大江健三郎全小説 3

セヴンティーン／政治少年死す（「セヴンティーン」第二部）／幸福な若いギリアク人／不満足／ヴィリリテ／善き人間／叫び声／スパルタ教育／性的人間／大人向き／敬老週間／アトミック・エイジの守護神／ブラジル風のポルトガル語／犬の世界

講談社

大江健三郎全小説 3　目次

大江健三郎全小説 3

セヴンティーン

I

　今日はおれの誕生日だった、おれは十七歳になった、セヴンティーンだ。家族のものは父も母も兄もみんな、おれの誕生日に気がつかないか、気がつかないふりをしていた。それで、おれも黙っていた。夕暮に、自衛隊の病院で看護婦をしている姉が帰ってきて、風呂場で石鹼を体じゅうにぬりたくっているおれに、《十七歳ね、自分の肉をつかんで見たくない?》といいにきた。姉は強度の近眼で、眼鏡をかけている、それを恥じて一生結婚しないつもりで自衛隊の病院に入ったのだ。そして、ますます眼が悪くなるのもかまわないで、やけになったみたいに本ばかり読んでいる。おれにいった言葉も、きっと本の中からぬすんできたのだろう。しかし、とにかく家族の一人はおれの誕生日をおぼえていたのだ、おれは体を洗いながら、独りぼっちの気分からほんの少しだけ回復した。そして姉の言葉をくりかえし考えているうちに石鹼の泡の中から性器がむっくり起き上がってきたので、おれは風呂場の入口の扉に鍵をかけに行った。

　おれはいつでも勃起しているみたいだ、勃起は好きだ、体じゅうに力が湧いてくるような気持だから好きなのだ、それに勃起した性器を見るのも好きだ。おれはもういちど坐りこんで体のあちらこちらの隅に石鹼をぬりたくってから自瀆した。十七歳になってはじめての自瀆だ。おれは始め自瀆が体に悪いのじゃないかと思っていた、そして本屋で性医学の本を立読みしてから、自瀆に罪悪感をもつことだけが有害なのだと知って、ずっと解放された気持になった。おれは大人の性器の、包皮が剝《む》けて丸裸になった赤黒いやつが嫌いだ。そして、子供の性器の青くさい植物みたいなやつも嫌いだ。剝けば剝くことのできる包皮が、勃起すれば薔薇色《ばらいろ》の亀頭をゆるやかなセーターのようにくるんでいて、それをつかって、熱にとけた恥垢を潤滑油にして自瀆できる状態の性器がおれの好きな性器で、おれ自身の性器だ。衛生の時間に校医が恥垢のとり方についてしゃべり、生徒みんなが笑った。なぜなら、みんな自瀆するので恥垢はたまらないからだ。おれは自瀆の名手になっている、射精する瞬間に袋の首をくくるように包皮のさきをつまんで、包皮の袋に精液をためる技術までおれは発明したのだ。それからというものは、おれはポケットに潜り穴をあけたズボンさえはいていれば、授業中でも自瀆することができるようになったのだ。さて、おれは、婦人雑誌の特集カラー・ページで読んだ結婚初夜に性器で妻の膣壁をつき破り腹膜炎をおこした夫の告白のことを思いだしながら自瀆した。青い翳《かげ》りをおびた白く柔軟な包皮にくるまれたおれの勃起した性器はロケット弾のようで力強い美しさにはりきっているし、それを愛撫しているおれの腕には、いま始めて気がついたが筋肉が育ちはじめているのだ。おれは暫く茫然として新しいゴム膜のような自分の筋肉を見つめていた。おれの筋肉、ほんとうに自分の筋肉をつかんでみる、喜びが湧いてくる、おれは微笑した、セヴンティーン、他愛ないものだ。肩の三角筋、腕の二頭筋、そして大腿の四頭筋、それはみな、まだ若くて幼稚な筋肉だ、けれども育てようしだいで自由に大きくなり硬くなる筋肉だ。

おれは父親にいって誕生日のプレゼントにエキスパンダーかバーベルを買ってもらおうと考えた。父親はけちだ、運動用具なんか買い渋るだろう、しかしおれは湯気のあたたかさ、石鹼の泡のなめらかさにうっとりしていたので、父親のことをなんとか説きふせることができそうな気がした。次の夏までにおれの筋肉は頑丈になり、隅ずみまで発育し、海で女の子たちの眼をひきつけるだろう、それに同年輩の男の子たちの心に尊敬の熱っぽい根をうえつけるだろう。海の風の塩辛い味、熱い砂、太陽の光が灼けた皮膚になおもふりかけるムズガユ粉、自分や友達の体の匂い、海水浴する裸の大群集の叫喚のなかで不意におちいる孤独で静かで幸福な目眩《めまい》の深淵、ああ、ああ、おお、ああ、おれは眼をつむり、握りしめた熱く硬い性器の一瞬のこわばりとそのなかを勢いよく噴出して行く精液、おれの精液の運動をおれの掌いっぱいに感じた。そのあいだ、おれの体のなかの晴れわたった夏の真昼の海で黙りこんだ幸福な裸の大群集が静かに海水浴しているのがわかった。そしておれの体のなかの海に、秋の午後の冷却がおとずれた。おれは身震いし、眼をひらいた。

精液が洗い場いちめんにとびちっていた。それは早くもひややかでそらぞらしい白濁した液にすぎなくて、おれの精液という気がしなかった。おれはそこらじゅうに湯をかけてそれを洗い流した。ぶよぶよして残っているかたまりが板の透き間に入りこんでいてなかなか流れない。姉がそこに尻をぺったりつけたら妊娠してしまうかもしれない。近親相姦だ、姉は汚らしい妙な女になるだろう。おれは湯を流しつづけた、そしてそのうちに体がひえきって震えがきそうなのを感じた。おれは湯槽《ゆぶね》に入り、音をたてて湯をはねちらしながらすぐに立ち上がった。あまり永いあいだ風呂に入っていたら、母親があやしみはじめるにちがいない、そして嫌味だ、《この子は去年まで烏の行水だったのにねえ、お風呂のどこがおもしろくなったんだか》。おれは音をたてないように苛いらしながら鍵をはずした。風呂場を出るのと一緒に、オルガスムの瞬間おれの体の内と外からひしめきあうように湧きおこっていた幸福感や、どこの誰とも知れない人たちに感じた友情、共生感、それらの残り滓《かす》のすべてが、かすかに精液の匂いのする湯気のなかに閉じこめられた。四畳半の脱衣場の壁に大きい鏡が張ってある。おれは黄色い光のなかに裸でしょんぼり立っている独りぼっちのおれを見た。

たしかに、しょんぼりしたセヴンティーンだ、毛だって細ぼそとしか生えていない下腹に萎《しぼ》んだ性器が包皮を青黒い皺《しわ》だらけの蛹《さなぎ》みたいにちぢこまらせ、水やら精液やらを吸ってみずっぽくどんよりして垂れさがっている、そして湯にのびた睾丸だけ長ながと膝まで届きそうな具合だ、魅力なしだ。それに背後から光をうけて鏡にうつっているおれの体には筋肉どころか骨と皮だけしかないのだ、風呂場では光の具合がよかったのだ。おれはがっかりした。おれはまったく意気銷沈《しょうちん》してシャツを着た。おれの顔がシャツの首からぬっと出ておれを見つめる。おれは鏡に近づいて、しげしげと自分の顔を見た。厭《いや》らしい顔だ、不器量とか色黒とかいうのじゃない、おれの顔はほんとうに厭らしい顔なのだ。まず皮膚が厚すぎる、白くて厚い、豚の顔みたいだ。おれは、骨格のしっかりした顔を浅黒く薄い皮膚がぴっちりと張りつめているような顔、陸上競技の選手みたいな顔がすきなのに、おれの皮膚の下には肉や脂肪がいっぱいつまっている。顔だけ肥っている感じだ。そして額がせまい、粗い髪の毛が、せまい額をなおせばめてぎっしり生えている。頰がふくれている。唇だけ女みたいに小さく赤い。眉は濃く短く、ぼそぼそ生えていて形がはっきりしない、そして眼は怨《うら》めしそうに細く三白眼だし、耳ときたら頭に直角にひらいて肉厚な、ああ福耳なのだ。おれは自分の顔が女みたいでぐにゃぐにゃで恥ずかしがってキイキイ啼《な》いているみたいで、写真をとるたびにまったくうちのめされてしまう。とくに学校でクラスの者みんなの記念写真のときなど死にたいほど憂鬱な写真ができあがる、しかも写真屋がいつもおれの顔をのっぺりした二枚目に修整するのだ。

おれは呻《うめ》きたい気持で鏡のなかの自分の顔を睨みつけていた。顔の色が青黒くなってきている、それは自瀆常習者の顔の色だ、おれは街でも学校でも、自分がいつも自瀆していることを宣伝しながら歩きまわっているようなものかもしれない。他人が見れば、おれの自瀆の習慣はすぐわかるのかもしれない。おれの怨みっぽい大きい鼻を見るたびに他人どもはみんな、ほらこいつはあれをやるやつだ、と見ぬいてしまっているのかもしれない。そしてみんなで噂しているのかもしれない。おれは、自瀆が体に悪いのじゃないかと思っていた時分とおなじ気持にとらえられた。思ってみればあのころから事情はすこしもよくなっていないのだ。事情というのは、おれが自瀆することを他人に知られることの死にたいほどの恥ずかしさ、ということだ。ああ、おれのことを、他人どもは、あいつは自瀆常習者だ、あの顔の色やら眼のにごりを見ろよなどといって、厭らしいものでも見るように唾を吐いて見ているのだろう。殺してやりたい、機関銃でどいつもこいつも、みな殺しにしてやりたい。おれは声をだしてそういってみた、《殺してやりたい、機関銃でどいつもこいつも、みな殺しにしてやりたい、ああ、おれに機関銃があったらなあ！》おれの声は低い、それで声にならなかった息が鏡を曇らせ、おれの怒りに燃えている顔をたちまちぼんやりした汚い霧のむこうへおしかくした。おれを見て嘲笑《あざわら》う他人どもの眼から、おれの顔をこんな具合に隠してしまうことができたらどんなに解放された自由な気持になれるだろうに、とおれは怨めしい思いで考えた。

　しかしそんな奇蹟はおこらないだろう、おれはいつも他人の眼のまえで赤裸の自瀆常習者なのだ、あれをやってばかりいるセヴンティーンなのだ。結局こんなにみじめな気持の誕生日は生まれてはじめてだ、とおれは気がついた。そしておれの一生の残りの誕生日はみな、このとおりのみじめさか、もっと悪いかだと思った、これはきっと正しい予感なのだ。自瀆なんかするんじゃなかった、とおれは後悔し頭痛を感じた。おれはやけになって《おお！　キャロル》を鼻歌でやり始めながらいそいで残りの服を着こんだ、おまえはおれを傷つける、おまえはおれを泣かせる、けれどもし、おまえがおれを棄てるなら、おれはきっと死んでしまうだろう、おお、おお、キャロル、おまえはおれに酷《むご》いことをする！

夕食のときにもおれの誕生日にふさわしい言葉をいってくれる者はなかった、姉も風呂場にいたおれにいいにきたほどのことさえもういちどいうことはしなかった。結局、おれの十七歳の誕生日にふさわしい言葉などは無いのだということがおれにわかってきた。それにおれの家では食事のあいだに話し合う習慣がもともとないのだ。私立の高校の教頭をしているおれの父親が、食事のあいだに話をすることを嫌うからだ。食事しながら家族が話し合うのを、父親は下品な習慣で許すことができないと思いこんでいるのだ。おれも自瀆したあと疲れたみたいで頭はずきずきするし、おれのセヴンティーンの厭らしさに泥まみれになったような気持だったので、みんなが黙りこんで夕飯をすませるのに不満を申しのべたいとは思わなかった。おれの誕生日は、それ以外のおれの毎日とおなじように冷たくあしらわれてしかるべきだ、とおれ自身思うようになっていたのだ。しかし、夕食のあとでおれは誕生日のこともエキスパンダーのことも考えず、辛く赤い朝鮮漬を嚙みながらぐずぐずとお茶を飲んで坐っていた。もしかしたら、おれの心の隅にやはり、誕生日をまだこだわっている部分が残っていたのかもしれない。

　おれは夕刊を読みかえしたりテレビを横眼で睨んだりしながら、朝鮮漬を嚙んではお茶を飲んでいた。田舎ですごした中学生のころに、背の高い朝鮮人の同級生から、おれがチビだからといっていつも虐《いじ》められたことを思いだしながら、おれは朝鮮漬を噛んではお茶を飲んでいたのだ。テレビのニュースに、皇太子とお妃とが外国旅行のことでメッセージを発表している場面がうつった。皇太子が遠方を見ているような狡い眼で、《国民の皆様のご期待にそえるよう頑張るつもりです》というようなことをいった、その傍で妃が少しおしつけがましいみたいに微笑して、おれたち国民の皆様の方を見つめている。おれはむかむかして独り言をいった。

「税金泥棒が、きいたふうなことをいってるよ、おれはなにもご期待してないよ」

そのときテレビの脇に寝そべって文庫本を読んでいた姉が凄い勢いで起きあがると、おれに噛みついてきた。

「税金泥棒て、なによ、誰がきいたふうなことをいってるのよ」

おれはちょっとたじろいで、悪いことをいったな、という気持になったのだ。しかし父親はまったく無関心そうにそっぽをむいて煙草をふかしている。テレビ会社につとめている兄は模型飛行機をくみたてる他にはまったく注意をはらわず、母親は台所で働きながら頭をよじってテレビをばかみたいに熱心に見ているというわけで、誰もおれと姉の口論に冷淡なので、おれはますますむかついてきて、姉の売言葉を買って出てしまった。

「税金泥棒は皇太子夫婦さ、おれたちはなにもあの連中に期待してないよ。それから税金泥棒は他にもいるんだ、自衛隊がその親分株だよ、知らなかったか、灯台もと暗しかねえ」

「皇太子殿下ご夫妻のことは別にして」と姉が眼鏡の奥の細い眼を据えると、実に冷静な声でささやきかけるようにいった。「自衛隊がなぜ税金泥棒？　もし自衛隊がなくて、アメリカの軍隊も日本に駐留していなかったら、日本の安全はどうなると思う？　それに自衛隊につとめている農村の二、三男は、自衛隊がなかったら、どこで働けるの？」

おれは詰まった。おれの高校は都下の高校でも一番進歩的な所だ、デモ行進もやる。それで級友が自衛隊の悪口をいうたびに、おれは自衛隊の病院の看護婦をしている姉のことが頭にあって、自衛隊の弁護をした。しかし、おれはやはり左翼でありたい気がするし、気分の点でいっても左翼の方がしっくりする。デモ行進にも行ったし学校新聞に基地反対運動には高校生も参加すべきだという投書をして、新聞部顧問の社会科の教師によびつけられたこともあった。そしておれは、姉の言葉をひっくりかえしてしまわなければ、と思いながら詰まってしまったのだ。

「そんなこと公式的だよ、自民党の連中がいつでもいって国民をごまかす定《き》まり文句だよ」とおれは虚勢をはって鼻でもしらうようにいった。「単純な頭のやつのいうことだよ、そして税金泥棒にうまくやられてしまうんだ」

「単純な頭でもいいわよ。だからわたしの単純な疑問に、あなたの複雑な頭でこたえてよ。日本にいるあらゆる外国兵力が撤退して、日本の自衛隊も解体して、日本本土が軍事的に真空の状態になったら、たとえばの話だけど南朝鮮との関係が日本に有利なように運べると思うの？　李承晩ラインのあたりで今でも日本の漁船はつかまってるのよ。もし、どこかの国が小さい軍隊でも日本に上陸させたら、軍事力がまったくないのではどうすることができるの？」

「国連に頼めばいいじゃないか、それに南朝鮮は別にして、どこかの国の小さい軍隊なんていうのがクセモノなんだぜ、日本になんかどこの国も軍隊を上陸させたりしないんだ、仮想敵国なんてないんだ」

「国連もそんなに万能じゃないのよ。火星から攻めてくるのじゃなくて、地球の上のどこかの国の軍隊が攻めてくるときには、その国が国連のなかでもってる利害関係もあるし、いつも日本人のためばかり思ってくれるとは限らないわ。それからねえ、朝鮮戦争でもアフリカの隅っこの戦争でもそうだけど、国連軍が介入するのは一応戦争がはじまってからよ。日本の陸の上で戦争が三日間でもおこなわれたら、ずいぶん沢山の日本人が死ぬわ。それからでは国連軍も、死んだ日本人にとっては意味ないわ。日本になんかどこの国がというけど、基地として日本をもつともたないのとでは極東で大きなちがいよ。もしアメリカが撤退したら、左翼の人は不安をなくすためにソ連の軍隊の基地をみちびきいれたくなるんじゃない？　わたしだって、基地のアメリカ兵とふれる機会があるわ、とてもマレにだけど、あなたよりもあるわね。それでやはり外国兵が日本にいることはよくないと思うのよ。自衛隊が充実するほうがいいと思うの。農村の二、三男を失業から救うことにもなるんだし」

　おれは自分が敗けつつあるのを感じて苛だっていた、おれは敗けたくないし、またおれの立場が正しい筈なのだ、学校で友達と話すときに姉のような意見はまったく問題にもされず、棄てられ踏みにじられるのが常だった、今もおれは勝たねばならない筈なのだ。糞、女の浅智恵か、とおれは自分をけしかけた。再軍備論が正しいなどとおれは思ってみたこともなかったのだ。

「いまの保守党内閣の政治が悪いから、農村の二、三男も失業するんじゃないか、政治が悪くてできた失業者を、また悪い政治のために使っているだけじゃないか」とおれは昂奮していった。

「でも、戦後の復興と経済の発展は、その悪い筈の保守党内閣のもとで進められてきたのよ」と姉はまったく昂奮しないでいった。

「保守党の政府が日本を繁栄させてるのよ、結局なんといってもそれは現実じゃない？　だから日本人の大多数が保守党の方をえらんでいるのじゃない？」

「日本の現在の繁栄なんて糞だ、選挙で保守党をえらぶ日本人なんて糞だ、そんなものは厭らしいだけだ」とおれは叫んだ、涙がこぼれた、口惜《くや》しいし自分がなにも知っていない馬鹿だという気がしたのだ。

「そんな日本は滅びればいいんだ、そんな日本人はみな、くたばればいいんだ」

姉は一瞬たじろいでいた、そして冷たい眼で猫が自分の打ちたおした鼠を楽しむようにおれのおおいに涙でみっともない顔を見まわしてから、うつむいて新聞を読むようなそぶりをしながらいった。

「そんな考えなら、あなたも首尾一貫してるわ。わたしには左翼の人たちが狡いように思えるのよ。民主主義の守り手のようなことをいいながら議会主義を守らないわ、そしてなにもかも多数党の横暴のせいにする。再軍備反対、憲法違反だといいながら、自衛隊員になにか他の職業につくようにと働きかけはしない。本気じゃなくて、ただ反対してみるだけの感じよ。保守党の政府のミキサーでつくった甘い汁を飲んでおいて、辛い汁だけ政府のせいにするようなところがあるわ。次の選挙でいちど進歩党に政権をとらせてみるといいのよ。基地からアメリカ軍を追っぱらって、自衛隊をつぶして、それで税金をさげて失業者をなくして、経済成長率はぐんぐんあげていくかどうか見てみたいわ。わたしだってなにも嫌われながら自衛隊の看護婦なんかしていたくないんだから、良心的で進歩的な労働者になれるなら大喜びよ、まったくの話がねえ……」

おれは涙を流したことだけでも恥辱感の泥を頭から尻まで鉛のようにつめこまれた気がしていたのだ。それは、おれたちの議論を、まったく無関心な態度で聞きながしている父親と兄にたいしても、憤激と惨めさのどん底におしつめられた思いで感じていたのだ。父親は息子が涙まで流しているというのに、いやに余裕たっぷりで新聞をひろげたままだ、父親はそれをアメリカ風の自由主義の態度だと考えているのだ。勤め先の私立高校でもアメリカ風自由主義教育といって、決して生徒に強制したり生徒の問題に介入したりしないのが自慢なのだ。

おれは父親の学校から転校してきたやつに、父親が生徒から軽蔑され嫌われ、頼りにできない教師だと思われていることを聞いている。いつか父親の学校の生徒が桃色遊戯で二十人も補導されたとき、新聞が問題にしたけれど、父親は自由主義者として生徒の放課後まで束縛することは許されないというのが自分の信ずるところとかいって平然としていた。そんなものは無責任の信条だ。おれくらいの年齢の生徒は反抗したり不真面目だったりするけれど、自分の問題にしっかり肩をいれて考えてくれる教師をいちばん求めているのだ。おれだって、少し煩《うるさ》いくらいおれの問題に介入してきてもらいたいと感じることがあるのだ、今のようなのはアメリカ風か自由主義流かしらないが、父親でなくて他人みたいなものなのだ。おれの父親は学歴がなくてずいぶん多くの職業につき、苦労して独学した、そして検定試験に合格してから今の位置につけたのだ、そのためにできるだけ他人とかかずりあわずに今の地位をまもってゆこうとしているのだ。他人からあやうくされたり他人のマキゾエをくったりして、また苦しい下積生活をおくるのが恐いのだ。その護身本能の鎧《よろい》を息子の前でも脱がない、裸になって威厳をそこねないように、感情を表にださないでいつも無責任で冷たい批評ばかりしているのだ。今もその父親のアメリカ風の自由主義の最も典型的な態度をとっているつもりなのだろう……

おれはなおもぶつぶついっている勝ちほこった姉の言葉を無視してやるために、立ちあがった。離れの物置のおれの小っぽけな住処にひっこんで行くつもりだったのだ。とにかく、立ちあがったときは、それだけしか考えていなかった。憤懣と恥辱感がおれの胸でうずまき、おれには他のことを考える余裕がなかったのだ。おれは立ちあがり一歩踏みだした、そして卓袱台《ちゃぶだい》を蹴って荒っぽい音をたててしまった。湯呑が倒れ、小便のように黄色く冷えた茶が流れた。おれはその瞬間、息をつめて父親を見た。父親はどなりつけるかわりに、嘲《あざけ》るような冷たい笑いを唇にうかべ新聞から眼を離さなかった。

「全学連の八つあたりね」と姉がからかうようにいった。

おれは逆上した、おれは喚きながら姉の額をしたたか蹴りあげた。姉は卓袱台に手をのばしたままあおむけに倒れた。おれは姉の瞼《まぶた》が砕けた眼鏡のガラスで切れて血を流すのを見た。姉の醜い顔がぞっとするほど青ざめ、その硬く眼をつむった瞼から頬骨の高まりへと、サラサラした血がしたたりおちた。母親が台所から駈《か》けだしてきて姉を介抱しはじめた。おれは自分のやったことに呆然として震えながら立ちすくんでいた、おれの足指にも姉の血がついていてそこを見つめると、そこから灼けつくような痛みとムズガユサがのぼってきた。父親がゆっくり新聞を膝において おれを見あげた。おれは殴られると思い、抵抗せずに死ぬほど殴られようと決心した。しかし父親は冷静にこういっただけだったのだ。

「おまえは、もう、姉さんから大学の費用をうけとれないぞ、よく勉強して東大に入るほかないねえ。官立大学なら月謝が安いし、奨学金をとれる率も高いからねえ。よく勉強するなどというのじゃたりないぞ、神経衰弱になるくらいやれ、自業自得だろう？　東大に入るか就職するかだ、防衛大学に入るのなら話は別だがなあ」

おれは腹のなかの臓腑まで冷えきってくるような気持で、父親たちに背をむけ庭に出た。春の夜だ、暗い空の下に薔薇色のもう一つの空があって、二重になっている。水蒸気や埃が地表からむんむんたちのぼって空にあがり光線をさえぎる層になり、そこへ東京じゅうの家々の電灯の光が乱反射しているのだ。おれは狭い庭のはずれの物置に船の寝台のような自分だけの住処を造って寝ている。電灯はないので板戸を閉じると手さぐりで寝台まで進んでゆくほかない。おれは家族の者から離れて独りぼっちの時間をもつために、自分で物置に寝台をつくったのだ。三畳の物置だが一畳分だけおれの寝台で、あとの部分にガラクタが積みあげてある。おれはガラクタのあいだを手さぐりで寝台に向かった。手が机と椅子とをごたまぜに積みあげた高みにふれる。

それは物置の寝台を船だと考えるときの操舵室だ、おれは暗がりのなかで無用に眼をあけたまま、机の抽斗《ひきだし》をひいて中から脇差をとりだした。これはおれが寝台をつくるときにガラクタのなかから発見したおれの武器だ、三十センチほどしかないが銘は来国雅《らい》とある、いつか学校の図書室でしらべたが、室町末期の刀剣家みたいなのだ。四百年前だ。おれは脇差をぬいて両手で握りしめて、ガラクタのあいだの暗闇にむかって力いっぱい突きだし突きだしした。殺気というのは、いま物置にこもった、胸のどきどきする感情なのだと思った。えい！　えい！　やあっ！　と低く気合をこめながら、おれは来国雅の脇差で暗闇を突き刺しつづけた。いつかおれはこの日本刀で敵を刺殺するぞ、敵を、おれは男らしく刺殺するぞ、といつのまにかおれは考えていた。それは激しい確信にみちた予感をともなうような気がした。しかしおれの敵はどこにいるのだろう、おれの敵は、父親か？　おれの敵は、姉か？　基地のアメリカ兵か、自衛隊員か、保守政治家か、おれの敵はどこにいるのだ、殺してやるぞ、殺してやるぞ、えい、えい、やあっ！

暗闇にびっしりシャツの縫い目の虱《しらみ》のようにくいついている敵をみな殺しにしているうちに、おれは少しずつおちついてきた。おれは姉を傷つけたことを後悔しさえした。眼が傷ついていて姉が失明するようなことがあれば、おれは自分の眼を犠牲にして角膜移植の手術をしよう、とおれは考えた。おれは自分のしてしまったことを償わなければならない、自分の罪を自分の肉と血で償わないやつは卑劣だ。おれは自分のやったことを償わないやつじゃない。

おれは脇差を白木の鞘におさめると抽斗に戻し、服を手さぐりで脱いで寝台に横たわった。暗闇のなかに眼をひらき耳をすましてあおむけに横たわっていると、実に様ざまな魑魅魍魎《ちみもうりょう》の声と姿がおれにおしよせてくる気がした。おれは擂鉢《すりばち》の底にいて、その怒濤の襲撃に小っぽけな裸をさらしているみたいな感じだ。母屋からレコードの音が聞こえてきていた。マイルス・デイヴィスの六重奏団のなにかだ、兄がモダン・ジャズに凝っているのだ。おれは、姉をおれが蹴りつけ父がおれに嫌がらせをいっているあいだ、兄が畳の上にならべたプラスチック片や接着剤のチューブのなかに立膝してせっせと模型飛行機を造りつづけ、おれたちみんなをまったく無視していたことを思い出した。カメラが撮影者の眼にそれと感じられなかった細部をうつしとっているときのように、おれも今までまったく気がつきはしなかったものの、記憶のフィルムには、おれたちにまったく無関心だった兄がちゃんとおさめられているのを発見したのだ。そして今、兄は十分前の小さな嵐をすっかり忘れさってハイ・ファイの再生装置のまえに、うっとりした頭を不安定に揺れる首の上にのせた麻薬中毒みたいな恰好でジャズに陶酔しているのだろう。そして時どき指の腹から、こびりついて固まった接着剤の薄皮をはぎとっているのだろう、おれは弟を殴りつけるべきだったとか、おれは妹にあまり調子にのるなと叱りつけるべきではなかったか、などとくよくよ反芻《はんすう》し、その考えからのがれるためになおさら低音域と高音域を人工的に誇張した再生装置のヴォリュームをあげてみたりしながら。

　兄は秀才で一家の希望だったのだ、一昨年東大の教養学科を卒業しテレビ会社に就職した。兄は大学でもクラスの指導者で学生祭には凄い働きをしたが、会社に入ってからも始めのうちは報道番組の特集班のプロデューサーの仕事に情熱をそそぎ、良い仕事をしていたものだ。あのころ、おれは兄を信頼し尊敬し、父親でみたされないものを兄から滋養のように摂取していた。ところが去年の夏ごろから兄は、疲れた、疲れた、と口癖のようにいいはじめ、秋に一週間、休暇をとった。そして休暇のあと会社に出はじめはしたものの、人間が変わってしまったのだ。無口になり温厚になり、モダン・ジャズに病的に凝り、模型飛行機つくりのマニアになった。おれは去年の秋以来、兄が仕事について話すのを聞いたことがないし、兄が政治について話すのを聞くこともなくなった。そういうよりも、あの情熱的で確信にみちた饒舌家《じょうぜつか》だった兄が、今年に入ってからというもの、五分とおれにむかってものをいったことがないのだ。兄は去年の冬、おれをつれて谷川岳の難しい岩壁を登るという約束をしたまますっぽかして、おれに辛い思いをさせた。しかしおれは、酔っぱらった人間のように体じゅうぐったりしてモダン・ジャズを聴いている兄を見ると、この男とパーティーをくむのなら、どんなにやさしい沢にだってとりかかりたくないと、いくぶん負けおしみもあって思うのだ。ああ、兄はなぜあんなふうになってしまったのだろう。

　兄が変わってから、おれは家でまったくの独りぼっちだ、独りぼっちのセヴンティーンだ。おれは十七歳でみんなから理解されながら、成長し変化していくべき時期にいるのだが、だれひとり、おれを理解しようとするものはいないのだ、おれはまったくピンチなのに……

　かすかにしかしはっきりと、物置の外側からおれに合図している者がいる、おれは忘れていたのだった。おれは上体をおこし寝台脇の船窓のように丸く穿《うが》った窓をあけた。悠然とその者はおれの船室ベッドにおりたち、喉をごろごろやりながらおれの足をくるみこんでいる毛布の上で体をまるめた。ギャングだ。こいつはおれの家の近所を荒らしまわる泥棒猫なのだ。おれの父親も母親もけちだ、動物を飼ってそれに自分の食物をかすめとられることを思うと一瞬にしても悪寒におそわれるような人格だ。それでおれは、食物の心配のいらない動物しか飼うことができない。去年は蟻の一族を五十四、壜《びん》のなかで飼っていたが、かれらは冬を越すことができなかった。おれの手には、凄く立体的な迷路のきざまれた壜だけが残った、おれは悲しんで涙を流した。そのあと、おれはギャングをてなずけたのだ。ギャングは虎斑《とらふ》の雄でやけに巨《おお》きい、泥棒猫なので食物の心配はいらない、夜ふけに眠りに帰ってくるだけなのだ。おれが自分だけのもの思いにふけっているときにギャングが帰ってきたので、感情をあたたかく揺さぶられた。おれはチッチッと唇を鳴らした。ギャングはおれの足の上の毛布からのっそりと重い体をおこし、おれの唾を飲みに来た。こいつだけがおれの十七歳の誕生日を祝ってくれるのだ、とおれはさかんに唾を舌でおくりだしてギャングに飲ませながら、感傷的になって考えた。しかしギャングはアル・カポネよりも凄い悪党なのだ、感傷的になったりすることは決してない。おれの唾を飲んでいるあいだも毛布をとおして胸の肉にくいこんでくるくらい爪をむきだしてしっかり足がかりをつくっている、いつでも逃げだせるようにだ。おれはギャングを抱いたことがない、向こうから近よってくるのを胸や膝にむかえることができるだけだ。喉をならし眼をつむり濡れた小鼻をふるわせて啼いているときでも、いったんおれが指をギャングの胴にまわしたりすれば怒りくるって逃げだすのだ。ギャングは束縛されたくないのだ。それがわかっていても、おれの唾がすっかりなくなり咽頭がちくちくしはじめたとき、ギャングが再び毛布の裾へ戻って行こうとすると、おれは孤独の深い穴ぼこにおちこむようで耐えられなかった。おれはギャングの巨きい虎斑の胴が余裕綽々《しゃくしゃく》と胸からおりて行こうとするのを抱きとめようとした。一瞬、火花がとびかうような激しさでギャングとおれの掌とが接触した、電車のスパークだ、おれはギャングの爪で肉をさかれた手の甲を舐めて血の味をあじわった。ギャングは自分の頭で船窓の覆いをはねとばすと、虎斑の鱶《ふか》になって荒れくるう大洋におどりこんで逃げ去った。傷は痛かったが、おれはギャングに腹をたてるどころか、あいつはなんとすばらしい悪漢だろう、と感嘆の思いにとらえられていたのだ。あいつは野蛮で、悪の権化で、恩知らず恥知らずで、爆発的で、一匹狼で、なにものも信頼せず、自分の欲しいものだけ掠《かす》めとる。それでいてあいつはおれに尊敬の念をおこさせるほど堂々としており、暗がりを獲物をもとめて歩く様子は堅固な建築物のように美しく、しかもゴムの柔軟さをそなえている。あいつに睨みつけられるとおれはおどおどし、弁解がましくなり、赤面してしまう。なぜあいつは、あんなに体じゅうどの隅っこにも弱点をもっていないのだろう。おれはあいつが秘密の物陰で白い猫を殺して喰っているのを見てぞっとしたが、そのときもあいつは平然とし堂々とし立派だった。

　ギャングのような存在になりたい、とおれは考えたが、それこそ奇蹟でもなければ達成できない願望だということもわかっていた。なぜなら、おれの頭のなかに豚の白子のような弱い脳があり、自意識があるからだ。おれは自分を意識する、そして次の瞬間、世界じゅうのあらゆる他人から意地悪な眼でじろじろ見つめられていると感じ、体の動きがぎごちなくなり、体のあらゆる部分が蜂起して勝手なことをやりはじめたように感じる。恥ずかしくて死にたくなる、おれという肉体プラス精神がこの世にあるというだけで恥ずかしくて死にたくなるのだ。それでおれは、できるなら発狂してしまったクロマニヨン人みたいに洞窟で独りぼっちの穴居生活をやりたいと思う。他人どもの眼をケシテしまいたくなるのだ、さもなくば自分をケシテしまいたくなるのだ。ギャングは自分を意識しはしないだろう、自分の体なんか汚い毛皮と肉と骨と糞だとしか感じていないだろう、だから他人の眼に見つめられておどおどしたりすることはない。おれはギャングの大きく頑丈で傷あとがぽつぽつ禿げた頭のなかの小さな脳の夢を羨望した、猫の悪夢は灰色のもやもやであるくらいがせきのやまだろう。ところがおれの見る悪夢のもの凄さときたら、青酸《せいさん》加里《カリ》入りのジュースよりひどいはずだ。

　おれは暗闇になれた眼が船室のガラクタの形と影に幽霊を見出すのを惧《おそ》れて眼をつむったまま、眠りの恐怖がちかづいてくるのを怯えて待っていた。眠りにおちいるまえにおれは恐怖におそわれるのだ。死の恐怖、おれは吐きたくなるほど死が恐い、ほんとうにおれは死の恐怖におしひしがれるたびに胸がむかついて吐いてしまいそうだ。おれが恐い死は、この短い生のあと、何億年も、おれがずっと無意識でゼロで耐えなければならない、ということだ。この世界、この宇宙、そして別の宇宙、それは何億年と存在しつづけるのに、おれはそのあいだずっとゼロなのだ、永遠に！　おれはおれの死後の無限の時間の進行をおもうたび恐怖に気絶しそうだ。おれは物理の最初の授業のとき、この宇宙からまっすぐロケットを飛ばした遠くには《無の世界》がある、いいかえれば《なにもない所》にいってしまうのだということを聞かされ、そのロケットが結局はこの宇宙にたどりつくのだ、無限にまっすぐに遠ざかるうちに帰ってくるのだ、というような物理教師の説明のあいだに気絶してしまった。小便やら糞やらにまみれ大声で喚きながら恐怖に気絶してしまったのだ。気がついたときの恥ずかしさ、臭い自分への嫌悪、耐えがたい女生徒の眼、しかしそれよりもおれは、物理的空間の無限と無の観念から、時間の永遠と死せる自分の無の恐怖にみちびかれ気絶したのだということを告白できず、教師と級友に癲癇だと思わせることに懸命だったのだ。あれ以来、おれには心をわけあう真実の友がいなくなってしまった。その上、おれは悪夢のなかでその無限の遠くへ独りぼっちで旅だつ恐怖を味わわねばならぬことになったのだ。死んだ人間なら無意識だから恐怖を感じることがない。ところが夢の中のおれは無限の遠方の星で独り眼ざめているので恐怖をつねに意識しているわけなのだ。悪意にみちた夢の配給官の悪がしこい発明だ。死の恐怖と、その悪夢は近づいてきていた。おれは悪戦苦闘して他のことを考えようとした。

皇太子妃ニ正田美智子サンガキマッタ新聞記事ヲ読ンダ時、美智子サンハ無限ノ遠方ノ星ニ行クノダ、ト考エ、胸ガ苦シクナリ涙ガ流レ、恐怖ニ震エタ、アレハ、何故ダッタロウ？　美智子サンガ死ヌノデアルカノヨウニオレハ恐レタガ。オレハ美智子サンノ写真ヲ壁ニハリ、ソレニ向ケテ結婚ガブッコワシニナルコトヲ祈ッタ、アレハ嫉妬デハナイ。ソシテ投石少年ヲテレビデ見タトキモマタ胸ガ苦シク涙グンデシマッタ。アイツモ押入レニ美智子サンノ写真ヲハッテイタソウダ。ソノ夜、オレハ自分ガ美智子サンデモアリ、投石少年デモアル夢ヲ見タ。アレハ何故ダッタロウ？　あれは何故だったろう、おれは死の恐怖から逃れられず体をおこし眼をひらき、震える体を抱きしめ暗闇を睨みつけた。おれは祈るような思いで、できるだけ早く結婚したい。今日はいままで一番ひどい恐怖で脂汗が流れてきた。その美しくはなくても憐憫の情の厚い妻に夜じゅう眼ざめていてもらい、おれが眠ったまま死なないように見はっていてもらえたら、と願った。

ああ、どうすればこの恐怖から逃れられるのだろう、とおれは考えた。おれが死んだあとも、おれは滅びず、大きな樹木の一分枝が枯れたというだけで、おれをふくむ大きな樹木はいつまでも存在しつづけるのだったらいいのに、とおれは不意に気づいた。それならおれは死の恐怖を感じなくていいのだ。しかしおれは、この世界で独りぼっちだった、不安に怯えて、この世界のなにもかもが疑わしく思え、充分には理解できず、なにひとつ自分の手につかめるという気がしないのを感じている。おれにはこの世界が他人のもので、自分にはなにひとつ自由にできないと感じられる。おれには友人もなく味方もない。おれは左翼になって共産党に入るべきだろうか？　そうすれば独りぼっちでなくなるだろうか？　しかしおれは、いまさっき、左翼のえらい人たちがいうとおりのことをいって、ほんの看護婦にすぎない姉から撃退された。おれは左翼の人たちがこの世界をつかんでいるようには自分でつかめていないことがわかったのだ。おれには結局なにひとつわかっていないのだ。おれは自分を一つの小枝にしてくれる永遠の風雪に耐える巨大な樫《かし》の木を見つける能力がないのだ。理解できず不安の残り滓を頭にとどこおらせたまま共産党に入ってもおなじことだ、おれは信じることができず不安なままだろう。それに自衛隊の病院につとめている近眼の娘にやりこめられるようなチビを、共産党の人たちが相手にしてくれる筈はない。

ああ、簡単に確実に、情熱をこめてつかむことのできる手を、この世界がおれにさしだしてくれたなら！　おれは弱よわしくあきらめて再びおれの船室ベッドに倒れ、毛布のあいだをまさぐって性器をつかまえると自瀆するためにむりに勃起させはじめた。明日は進学のための学力テストと体育の試験がある。二度も自瀆したらおれは明日八百メートルを走る試験なんか無茶苦茶だろう。おれは明日にたいして漠然とした怯えを感じた。しかし恐怖の夜からせめてほんの短い間でものがれるためには自瀆するほかにみちがないのだ。物置の外では他人どもの大都会の夜が唸っていた、春のエッセンスが汚れた市街の空気にすりへらされながらも、遠方のむんむん匂うぶなの森から、おれの血や肉をかきたてて不安の海におしながしにきた。おれは十七歳だ、みじめな悲しいセヴンティーンだ。誕生日おめでとう、誕生日おめでとう、股座《またぐら》をいじりまわしてあれをやりたまえ。

猥褻なことを思いえがく必要にせまられて、おれは父親と母親がうんうん唸りながらやっていることを考え、あいつらの尻の穴は二つともまるはだかで臭いぬくもりのある蒲団のなかの空気にじかにふれて嬉しがっているのだと考え、突然、おれは父親の精液から生まれたのではなく、母親が姦通したあげく生まれた子であり、父もそれを知っているのであんなに冷たいのではないかと疑った。しかしオルガスムが近づくとおれのまわりには桃の花が咲きみだれ温泉が湧きこぼれラスヴェガスの巨大なイルミネーションが輝いて、恐怖や疑惑や不安や悲しみや惨めさを融かしさった。ああ、生きているあいだいつもオルガスムだったらどんなに幸福だろう、ああ、ああ、ああ、いつもいつもオルガスムだったら、ああ、ああ、あああああ、おれは射精し股座を濡らし、みじめな哀しいセヴンティーンの誕生日をふたたび暗闇の物置のなかに見出して無気力に泣きむせびはじめた。

2

おれは良い気分で眼をさましたのではなかった。頭が痛く、体じゅうに微熱があるようで、腕は重く足は重く、自分はなにもできない無能力者だということを、朝眼ざめたばかりのおれの体に、世界じゅうの他人どもが教えにきた気がした。今日は悪いことがおこりそうな予感がする。おれは去年まで、誕生日ごとになにかひとつ新しい習慣をつけることにしていた。しかし、十七歳の誕生日はおれになにひとつ新しいことをやりたい気分にしなかった。十七歳でおれは降り坂なのだ、五十歳で降り坂になるやつがおり、六十歳まで昇り坂のつづくやつがいる。そしておれの昇り坂は昨日でもう終わっていたんだ、とおれは感じた。おれは眼をさますとすぐ悪い気分の泥地に深く踏みこんでしまっていることに気づいたので、起きあがる気力もなく、毛布のぬくもりのなかで眼をあけたままじっと横たわっていた、どんなに気分が悪く、どんなに厄介なことをしょいこんでいるときでも、去年までのおれは、朝眼がさめた瞬間だけは、胸に熱い幸福のかたまりを感じたものだった、おれは朝が好きだった。おれは胸のなかのかたまりにせきたてられて早く戸外に駈けだし、朝の世界に挨拶をしなければならないと感じた。ラジオ体操の教官が、なんの理由もなしにあんなに陽気な声で叫ぶのを、おれは同感してうけいれることができたものだ、なぜなら朝だからだ、朝だからあなたも幸福で希望が湧いてくるんでしょう、と呼びかけたくなった。しかしいま、隣の家のお調子者の中学生が大きいヴォリュームでかけているラジオのそらぞらしい掛け声を聴くと、苛いらして腹が立ってくるだけだ。誰にも他人に掛け声をかける権利なんかないんだ、と知らせてやりたい！

物置のなかには、扉や壁、それに屋根の透き間から陽の光がさしこんできて、埃をかぶった子供用自転車のサドルを金色に光らせたりしていた。おれが幸福な子供だったときの自転車だ、おれが公園のローラー・スケート場でこれを乗りまわしていると外国人の女が写真をとりたがって追いかけまわした。そしておれが自転車を藤棚にもたせかけて休んでいると、いつのまにかその金髪の大女がうしろから来て、おれの自転車のサドルに頬ずりしながらおれにほほえみかけていたのだ、おれは裸の尻にさわられたみたいで恥ずかしくて自転車を置いたまま逃げ出した。背後から女の気の変なみたいな笑い声が痙攣《けいれん》するように高まったり低まったりして追いかけてきた。そしてその大女が叫んだ言葉を、英語をならいはじめてから思いだした、凄く恐かったので覚えていたのだ、《おお！　プリリ・リル・ボーイ、プリーズ、カムバック！　プリリ・リル・ボーイ！》おれはちっちゃくて綺麗だったのだ。それはあの幸福で胸がわくわくする子供の時分で終わってしまったが、ほんとうにおれは、ちっちゃくて綺麗だったのだ。そして朝は気持がよく、世界じゅうの人間が気持がよく、太陽系の宇宙がどこもかも気持がよかった。しかし今のおれは宇宙どころか、この小さな物置のなかにさえいろんな暗く悪い芽を見つけてしまうのだ、自分の体のなかにさえも。便秘の気配や頭痛、そして体じゅうのあらゆる関節に数粒ずつ砂が入って、がりがりやっているようだ。おれは毛布をかぶったまま、悪い気分にだんだん深くのめりこんでいった。しかしおれが毛布にかくれて泣いてみても奇蹟でもおこらない限り、気分がよくなったりすることはないのだ。物置の外で、世界じゅうの他人どもが、おれの気分を悪くするために早起きして大活躍しているのだから。

おれは実にいろんなことどもを諦めて、寝台からのろのろと降りたち欠伸《あくび》をし、涙か他の体液かわからない透明状目脂《めやに》で下瞼をちょっと湿らせ、うなだれてズボンをひきずりあげた、性器はどこもかも縮みこんで膨《ふく》ら雀《すずめ》のように股座の屋根にちょこんととまっていた、朝だというのにインポテみたいだ、とおれは考え、ちょっとマゾヒスティックな悦びを感じた、十七歳のお誕生日に最初の兆候があったんですよ、と精神分析医のまえでズボンを膝までずらしインポテの毛だらけの里芋を見せている四十歳のおれが眼に見えた。あれのしすぎだったんですかねえ……

玄関の方で姉と父親がなにか言い争うような調子の会話をかわし家を出てゆく気配があった、不機嫌そうな姉の声と、いやに超然として分別臭い父親のおだやかな声、しかし父親は決しておだやかな気持ではないのだ、あれはアメリカ流個人主義のつもりなのだ。とにかくおれは姉が失明した様子でもないので安心した、それに今朝は顔をあわせなくて済んだわけだ。おれはいつも取りこし苦労をする、おれは事件でも病気でも最悪の状態ばかり空想するのだ。それでいておれはなにか取りかえしのつかないことを仕出かしたことがない、おれは何事かをやる男じゃないのだ。おれは姉の眼玉を蹴りつぶすこともできない男だ。そして後悔したあげく、ほっと救われた気持になるような男なのだ。おれは現実の世界を少しでも変えたりすることのできない男だ、やれない男だ、インポテのセヴンティーンだ、おれがやることのできることといったら他人どもの眼からのがれて自瀆するだけだ。そしてこの世界の全体を造りかえたり補強したりするのはみんな他人どもだ、おれが物置の船室に閉じこもってあれをやっているあいだに、他人どもがこの世界をいじくりまわし、《さあ、これで良し！》というのだ。とくに政治ときたら何から何まで他人どもがやる仕事だ。おれはデモ行進に加わっても、いつも心の中では独りぼっちで、こんなこと無駄だよ、と考えている。おれが政治に力を加えたりすることができる筈はないのだから、それでおれはあんなことがまったく無駄だとわかっているのだ。政治家は、他人どもの中の他人どもだ、あいつらは議事堂や料亭で政治をやり、掌をぽんぽん叩いて《さあ、これで良し！》というだけだ、それが政治なのだ。二十歳になっても、おれは棄権ばかりするにちがいない、死ぬまで投票所に行かないにちがいない。昨夜姉がふりまわした意見のほうがおれの叫びちらした意見よりも、ずっと本当のおれにしっくりする、とおれは考えた。恥ずかしさが体じゅうに湧いておれの血や肉を酸っぱくした、結局おれは政治のことなんかまったくわからない馬鹿なのだ、おれには自分の意見なんかないのだ、チンパンジーになってあればっかりやっていればいいのだ、おれは再びマゾヒスティックな悦びを感じた。他人どもに酷《むご》いことをされて悦んでいる感じだ。おれは《おお！　キャロル》を歌いながら物置の外へ、凄く眩《まぶ》しく晴れわたった青空のもとで他人どもの世界が光り輝いている外へ出て行った。おれはこう歌いながら出て行ったのだ、おまえはおれを傷つける、おまえはおれを泣かせる、けれどもし、おまえがおれを棄てるなら、おれはきっと死んでしまうだろう、おお、おお、キャロル、おまえはおれに酷いことをする！

学校には二十分遅刻した。悪いことに学力テストがもう始まっていた、おれはすっかり慌てて答案用紙と問題紙とをうけとり、一番うしろの机についた。椅子に坐りながら隣の机のやつの答案を覗くと、もう四分の一ほども鉛の兵隊の足跡みたいな鉛筆の文字が並んでいるのだ。試験に遅れたということがどんなに不利かと思うと、早くから机に坐って気持をおちつけたり鉛筆をといで揃えておいたりしていた連中に憎しみを感じた。国語の試験だ、おれは問題を読んだが慌てているのでなかなか頭に入らない、頭には血があふれんばかりに湧きたぎっている。おれは恐怖におそれながら問題を読み、読みかえし、それに集中しようとしたが、他のことがアブクのようにぶくぶく頭にまぎれこんでうまく考えられないのだ。

《月は入がたの空清う澄みわたれるに風いと涼しく吹きて草むらの虫の声々もよほし顔なるもいとたち離れにくき草のもとなり。鈴虫のこゑのかぎりを尽くしてもながき夜あかずふるなみだかな、えも乗りやらず。いとどしく虫の音《ね》しげきあさぢふに露おきそふる雲のうへ人、かごとも聞えつべくなむ》

この文章は誰のなんという作品にふくまれているものか？ きっと紫式部の源氏物語だろう、しかし自信はないのだ。もよほし顔とはなにをもよおしているのか？ おれにはわからない、もよほし顔なんてエロティックだとおれは考え、たちまち猥らな空想におちこんでしまう、いつか本屋で立読みした雑誌に笹の葉お銀という昔の女が浪人にあたしゃもよおしたわいなあ、というのがあったことを思いだす。二首の歌がふくまれているが、これは一人の歌か、そうでないか？ 会話の部分を括弧でかこめ、おれはまた、いとどしく虫の音しげきあさぢふに露おきそふる、の一節から自瀆のあとの濡れた下腹の感覚を思いだす、おれは頭が悪くて色情狂だ。答案の三分の一が埋まった所でベルが鳴った、しまったアウトだ！ とおれは冗談にまぎらすつもりでつぶやいてみたが、それは思いがけなく鳩尾《みぞおち》にずんとひびいた、名前を書きおとすところだった。

試験のあとの教室は厭らしい、みんなうつむいて熱心に答案を書いたあとなので頬を上気させ眼はうるみ、ペッティングのあとのような表情になっている、そしてむやみに昂奮しているか意気銷沈している、おれはその意気銷沈組だ。みんなが思いおもいのグループでかたまって試験の結果について話しあいはじめる、そのときになってもおれは椅子に坐ったままぐったりして頭をたれていた。優等生の連中はかれらだけでかたまって、冷静に話し合っている、おれは去年まであのグループだった、しかし今はそこに加わりに行く勇気がなかった。しかしおれは、かれらの会話を盗み聴くために耳の神経を集中させていたのだ。かれら優等生はなんでも事情に通じているし、教師たちの計画をどこからか聴きだしてくる方途をこころえているのだ。かれらは実に厭らしいほど冷静に技術者のように話し合っていた、良い成績をとる技術者だ。おれなどにはちっぽけな関心さえはらおうとせず、高慢にそして善良そうに、

「桐壺《きりつぼ》はアナだったなあ、ぼくは漢文の問題とからみあわ

せたのが出ると思って大鏡なんかにあたってたけど」などとやっているのだ、あいつらは完璧な答案を書いたにちがいない。

「こんどの試験で平均点八十五以上が、東大進学コースのクラスに編制されるんだそうだ、ぼくはだめさ」

「ご謙遜でしょう、きみがだめなら、誰ひとり東大進学クラスに入れないよ」

　おれは優等生の連中にむかつく、そして同時に昨夜父親がいった言葉を思いだし追いつめられた気持になる、ああ、おれはとても東大進学クラスに入れないだろう、あいつらがアメリカの上流社会の花婿みたいに幸福に、選ばれたクラスで勉強するあいだ、おれは程度の低いクラスで勝ちめのない悪戦苦闘をしなければならない、そこでは教師も本気に教えないだろうし。

「しかし、良い問題だったね、水準はこえてるね」

「源氏からの出題としてはスタンダードすぎるんじゃない？　実戦ではあんな風じゃないだろう、命婦《みょうぶ》の言葉をもっと手のこんだ問題にすることとくらい簡単だぜ、あのパラグラフの次の行もいれると、敬語が誰にむかって使われてるか混同してわからなくなる」

「実戦では、とおっしゃると、きみは東大にご決定のようですな」

「いやいやとんでもない、予備校の入学試験ですよ」

　嘔吐だ、げっとなるし腹も立つ、あいつらは試験の昂奮のなごりを楽しんでいるのだ。かれらとちがって、もっと率直な者らのグループもある。かれらはグループの周囲に、とくにそのなかの女生徒たちに笑いをひきおこす。剽軽《ひょうきん》なやつが突拍子もない大きい声でどなっている。

「おれはよう、小便をもよおしたんだと思ったんだ、なあ、平安朝には公衆トイレないじゃねえか？　それでよう、がまんできなくなってよう、虫の音しげきあさぢふに露おきそへたんじゃねえか？」これにはみんな笑ってしまう、この男は頭の良いやつだが変り者で、またそれをつねに意識してふるまう男だ、渾名《あだな》が《新東宝》だ、他の会社の映画をぜったいに見ないで、エログロ三本立週間などというのを場末まで追いかける、ときには千葉県へまでも追いかける。

「かごとも聞えつべくなむ、というのはなに？　新東宝さん」とつりこまれて女生徒がたずねる、滑稽な答を期待してくすくす笑いながらだ。

「お巡りがこごとをいったんだよ、軽犯罪法に触れるからねえ」

「あら、平安朝にお巡りさんいたの？　新東宝さん」

「あら純情ね、あなたあ」と人気者はこたえる。「じゃ本当の所をいうよ、音が聞こえるのをごまかしたんだ、なんだかカミキリ虫など鳴いてるようでござんすねえ、そして拭いたんだよ」

「まあ、この人、痴漢よ」と女生徒は身もだえせんばかりに叫び、教室から逃げだしてしまう。人気者は拍手喝采をあびる、そして両手でそれを制する真似をするが、それはアメリカのテレビの人気番組の司会者を模倣したものなのだ、上機嫌だ。

しかしとにかく、あいつもおれより正確にあの問題を理解したのだ、とおれはうちのめされて考えた。急に独りぼっちで椅子に坐っているのが耐えがたく思われた。不安の淵と無力感の淵のあいだの、崩れおちる砂の狭い道に立っている思い。おれは椅子をはなれたが、優等生たちのグループに近づく勇気はなかった。しかし新東宝がそのグループにおれを招きいれるような身ぶりをしたとき、おれは自分を不当に低い人間としてあつかわれたように感じ、侮辱を感じ、この人気者の芸人に背をむけると教室を出た。おれはすぐに自分のふるまいを後悔し、自分を心の狭い男だと考え、自己嫌悪におちいった。ほんとうにおれは独りぼっちで不安で、柔らかい甲羅に脱ぎかえたばかりの蟹のように傷つきやすく、無力だと思った。そしてまたベルが鳴るとこんどは数学のテストなのだと思うと、おれは恐怖に怯えながら教室に戻らねばならなかった。数学のおれの答案は、国語の不名誉な答案に輪をかけてまずかった。おれは泣きだしたい思いで終わりのベルを聴いたのだ。しかしおれは午後になってから、思ってみれば午前中はむしろ耐えぬくのに容易だったと考えるにいたったのである。

午後は体育の総合実力テストが行なわれた。おれは体育がいちばん不得意だ、自分の体を意識すると動きがとれなくなるし、体操パンツ一枚でいる時に勃起がおこったら困ると考えて怯えるからだ。そしておれは、ほとんど恐怖におそわれて八百メートルを走らねばならぬことを考えたのだった。しかも女生徒や一般の通行人たちの見物している大運動場で！

大運動場は校舎の裏にあって鋪道《ほどう》をへだてて商店街に面している。暇をもてあました大人ども、子供らが低い柵によりかかって運動場を眺める。かれらは美しく力強いスポーツを鑑賞するためにそこにいるのではない、かれらは滑稽な失敗をやる生徒を嘲笑《ちょうしょう》するためにだけ集まってくるのだ。かれらは、生徒たちが教師に強制されて走りまわる苦しみに耐えるのを眺めながら、その一瞬だけは会社の上役や気難しい顧客や取引先などから自分の頭に乗っけられる不名誉な強制を忘れるのだ。

おれたちは男生徒だけ大運動場のトラックの真ん中に集まって準備体操をしながら、体育の教官がストップ・ウォッチや閻魔帳《えんまちょう》を持って体育教官室から出てくるのを待ち、怯えたり勇気にあふれたり、なにも考えずのんびりして晩春の陽の光を楽しんだりしながら、ざわめいて牛の群れのようだった。受験勉強で衰弱している優等生たちは陽の光にふれて眩しがり、そしてこれから走らねばならぬ長い距離に怯えているのがわかった、かれらは青ざめていた。しかしおれは、かれらのようにクラスの仲間から勉強家で疲れている男とうけとられている者には、この苦しい屈辱レースもおれよりはしのびやすいはずと考えた。勇気にあふれて、準備体操の掛け声をかける役目までかって出ているのは陸上競技の選手たちだ、とくに都の本年度最高記録を持っている男などは、試験後の教室で優等生たちがもっていたような態度を、もっと誇張して見せびらかしていた。かれは跳躍を一瞬止めて不審そうに踝《くるぶし》をしらべ、頭を二、三度ふり、そして再び他の者の倍ほどの高さに跳躍する。お芝居なのだが、おれにはそれが充分に羨ましく、劣等感を刺戟された。準備体操にも熱をいれず、陽の光をあびて楽しんでいるだけの連中、あいつらは教室でもおなじだった。あいつらは自分の能力を低くおとしめた場所において、他人から見られても自分でも平気なのだ、低徊趣味の恥知らずだ。おれはクラスじゅうの誰ともおなじでなく、独りぼっちで、おそらく誰よりも怯え、早くそれがすぎさることだけを望み、それについて考えまいと努めた。

大運動場から校舎のあいだに瘤《こぶ》のように突き出した小運動場では、女生徒たちがバレーボールをしていた。女生徒たちは不恰好なブルーマースを家鴨《あひる》のように穿いて鉢巻をしていた。また、コートの脇でスカートをつけたままの数人がじっと病気の獣のように立って試合を眺めている、あいつらは月経なんだ、とおれは軽蔑して考えた、それは公然の秘密だ、誰もが知っている、新東宝は毎週、熱心にそれらスカートの見学者の名前をメモしてまわり、ついには学校の女生徒全員の生理期間の表をつくった。そして新東宝は、荻野式を応用し、やっても安全な日をあらゆる女生徒に教えてやったのだ、《おれいつでも暇だから、重大なのを棄てる決心したら電話くれよなあ》と、あいつがみんなにいいそえたというのが評判になったことがある。あいつはそんな事をしても、女生徒から嫌われないし男生徒の人気者なのだ。もしおれが女生徒になにかしたら、翌日からおれは仲間はずれだろうし、学校に出てくる勇気さえ湧かないだろうに。なぜあいつだけ、なにもかも許されるのだろう？　それにあいつは学年で唯一人の経験者ということにもなっていた。あいつはおれが子供のころ教会の日曜クラブの催しで見た劇の悪魔役のようだ、神様も人間も苦しんだり働いたり懺悔したりしなければならないのに、悪魔役だけは、いつも冒瀆的なことや誤ったことやを叫びちらしながら寝そべって御馳走を食べていた。ああ、おれも悪魔役になりたいものだ、しかしこの現代の悪魔役はいったい何だろう？　あいつは学校を卒業したらどんな職業につくだろうか、それはおれにわからない現代社会の悪魔役の職業ではないだろうか？　おれは準備体操ではやくも息切れしながら考えていた、たとえば毒殺魔の職業？

当の新東宝はあいかわらず周囲の者らを楽しませていた、《困ったぞ、困ったぞ、先週のネヴァダの原爆実験で、異常がひきおこされたぞ、おれの調査表は訂正されなきゃならん、それとも杉恵美子嬢は下痢であらせられるのかなあ》。おれは耳をそばだて、小運動場をもういちど素早く盗み見た、それはおそらくすべての男生徒がやったことだ。杉らしい大柄の白い顔がこちらを見ていた、スカートをはいた湿っぽい者らの中で一人だけ昂然と頭をあげてこちらを見ていた。おれは胸を熱くした、そして男生徒みんなが嘆息するのにあわせて熱い息をはいた。あらゆる学年に一人ずつ女王格の生徒がいるものだ、美しいだけでなく圧倒するような威厳と媚びるような魅力をあわせもっていて、あらゆる女生徒に嫉妬され、あらゆる男生徒を熱中させる。おれたちの学年では杉がその人だった、おれも杉に恋文を書いたもののそれをわたす勇気なしに破いてしまった連中の一人だ。おれは杉に見つめられながら醜態を演ずることにあらためて苦痛を感じた。ブルーマースを穿いた女生徒が相手なら、その白く肥った腿を見つめかえす厚顔をもってすれば恥辱感をのりきることができるかもしれない。しかし堅固にスカートをつけた女生徒にはなにひとつ弱味がない、つけこんで相手をひるませ、見られる者から見る者へと自分を転換させることができない、しかもそれがあの杉なのだ……

「なぜ杉恵美子嬢がおれたちを熱心に見てると思う？」と新東宝はにきびで嵩《かさ》ばっている顔を得意の感情で輝かせて、おれに最後の一撃を加えるために叫んでいた。

「おれがなあ、あの子の机に怪情報を投げこんでおいたのよ、マスをかくやつはすぐにへたばるからすぐわかるとなあ、杉恵美子嬢はいまキンゼイ報告的な人生の真実にふれる所なんだ、禁欲者はへたばるな！」

体育教官が駈けてきて恐慌を収拾した、そして八百メートル競走の試験が始まった。四百メートルのトラックを十人ずつ組になって二周するのだ。出発点は小運動場の反対側だが、おれたちは出発およびゴールを女生徒から最も遠くでやれるかわり、鋪道から見物する連中には、それをすぐそばで観察されるわけだ。テストが始まり第一陣が走りだすと、貪欲な見物人どもはすぐに出発点に集まって柵に腰をかけ、おれたちの草競馬を眺めはじめた。

出発点に立ったとき、おれは陽の光に乾いている地面に石灰で引かれた線が無限につづくような感じをうけた、号砲が鳴り、隣のやつの裸の腕にごつごつぶつかりながら駈けはじめると足がもつれ、たちまち胸が苦しく喘《あえ》いだ。スタートから競走者たちは冷酷にも凄い速さで全力疾走する、人生は地獄だとおれは思った、地獄のこの世界を清潔なトレーニングパンツを穿いて野球帽をかぶり号砲を握った鬼に強制されて、喘ぎながら逃げまどう奴隷がおれなのだ、まぬがれることはできないのだ。おれはすぐに競走者の一団からとりのこされて、ずっと遅れて独りぼっちで走っていた。足は悪夢で怪獣に追われるときのように重く、頭のなかは灼けるようだった。そしておれは声をあげて呻きながら駈けている自分に気がつく。女生徒たちの前を走りぬけるときには無理に胸をはり頭を擡《もた》げ足を高くあげて規則正しく走った、そしてすぐその揺り戻しが来た。おれは顎《あご》をだし腕を振ることもできず手首は腰よりも下にたれ、ほとんど地面に足をひきずってよたよた駈けていた、そして間断なく呻いていた。それでもおれは四百メートルを走り、一応出発点に戻った時には、そこで順番を待っている者たちに、照れかくしに笑った顔をむけようとしたが、顔の皮膚はこわばって動こうともしない、おれは悲しげな仏頂面をして眼だけきょろきょろさせることができただけだろう。《おい、男らしくがんばれ、内股でちょこちょこやるな!》と教師がどなった、《青い顔して病気みたい!》と鋪道から子供の声が追いかけてきた、それほどおれは遅く駈けていたわけだ。みんながおれの悲しく滑稽な走りを眺めていた、世界中の他人どもがみんな嘲笑しながら、青ざめた頰に苦しみの涙をたらし唇を黄色にして内股でちょこちょこやっているセヴンティーンを見つめていた、他人どもは、さっぱりとして乾燥していて雄々しく余裕綽々だった、おれは恥辱で眼もくらみ哀れっぽく、ぎごちなく怯え、ぶくぶく肥り、臭い汁をだしていまにも腐ってしまいそうで、みじめな駈けっこをしていた。他人どもは、犬のように唾を顎にたらし腹をつきだしてのこのこ走っているおれを見ていたが、おれにはかれらの本当に見ているのが、裸のおれであり赤面しておどおどするおれであり、猥褻な妄想にふけるおれ自瀆するおれ不安なおれ臆病者で嘘つきのおれであることがわかった。他人どもはおれを眺めて喚いていた、《おまえのことはなにもかも知っているぞ、おまえは自意識の毒にやられ春のめざめにやられ、体の内側から腐っているんだ、おまえのみっともない湿った股座まで見とおしだぞ! おまえはみんなの見るまえで自瀆する孤独なゴリラだぞ!》

おれは六百メートルまで走り再び女生徒たちに眺められた。おれは自分が心臓発作で死ぬことを願ったが、そのような奇蹟はおこらなかった、そのかわりにあくまでも眼ざめている自意識が熊のように唸りだすような事実を思い知らねばならなかったのだ、競走者から百メートルも遅れよろめきながらゴールインし、完走できたみじめな安堵に胸を熱い液でうるませたとき、苦笑いしながら教官がおれの背後を指さした、おれはそうすまいと思いながら、ついあいまいに卑小な笑いをうかべてふりかえり、おれが小便をもらしてつくった黒く長い道を発見したのだ、森の嵐のようにどよめく全世界の他人どもの嘲笑のなかで! おれが誠実をつくして死にものぐるいで不恰好な八百メートル競走をおえたとき、受けた酷いもてなしがこれなのだ、おれは惨めで醜いセヴンティーンだが、それにしても他人どもの世界は酷いことをした、おれに酷すぎることをした、おれはもうこの他人どもの現実世界に善意を見つけだそうと縋《すが》りつくことは止めよう、おれは恥辱の淵に沈み疲労困憊し濡れたパンツの寒さにくしゃみしながら決意をかためた、敵意をもやし憎悪をかきたてなければ泣きだしてしまいそうだったかもしれないが。

3

「《右》のサクラをやらないか、よう？」と背後から近づいてきたやつが呼びかけた。

おれは独りぼっちで電車を待っていたのだ、体育のテストのあと自治会がひらかれていたがおれはそれに出席する勇気をもたなかった。おれはふりかえり、真面目な顔でおれに近づいてくる新東宝をそこに見た。おれが殴りかかろうとでもしたというように、かれは一瞬たじろぎ、慌ててしゃべりはじめた、おれが緊張をとくまで、こんなに饒舌に、

「怒るなよ、なあ、おれも自治会なんか馬鹿くさくて出る気にならなかったんだよ。改札口んとこでおまえを見かけたから追っかけてきたんだ。ほんとうにおまえは勇敢だよ、おれ見直したぜ、おれにはとてもやれないことを、おまえやったもんなあ。体操の教師なんてやってるやつは屑だけど、あいつはとくに程度悪いよ。馬じゃないんだから、なあ、八百メートルを走りたかないんだ。それをむりやり走らせるんだ、暴力教師だよ、可愛い音楽の先生にふられて気が立ってるという話だけどなあ。おれだって駈けっこしながら相当頭にきてたんだ、おまえが小便したんで、みんな嬉しがってるよ、みんな小便してやればよかったんだよ、あの暴力教師、まいってたぜ」。その話がおれを苛立たせるだけだと敏感にさとると「おれの時どき顔を出す《右》の連中の党派がなあ、新橋の駅前広場ステージで演説をぶってる、それにサクラを頼まれてるんだ、とくに学生服のサクラがいいんだよ、日給五百円くれるよ、なあ、おまえ、サクラになってくれないか？　真面目な話なんだよ」

おれは自分が新東宝を恐がらせているのを感じた。おれはかれがそんな真剣な顔をして、そんなに切実な訴えのこもった声をだしたのをはじめて見た。かれはおれが半信半疑で黙っているのを見ると身の上話さえはじめたのだ。

「おれ自身はなあ、ライトサイダーというよりも無政府主義者なんだ、ビートみたいな新しい無政府主義者なんだよ。だけどなあ、進歩党や共産党が自衛隊の悪口いうだろ、そうするとおれは腹が立つんだ。いつかおまえがなあ、自衛隊を弁護したろ？　姉さんが自衛隊の看護婦してるといったなあ、あのとき、おれは嬉しかったんだ、おれは卑怯だから黙ってたけどおれの親父も自衛隊につとめてるんだよ、陸上自衛隊の一佐なんだよ。だからおれは、進歩党や共産党をぶっつぶしてやりたいんだ。《右》がそうしてくれるんなら、《右》を応援したいんだ。それでおれは、《右》の連中の所へ時どき顔をだすんだ、皇道派という名聞いたことがあるだろう、ボスは逆木原《さかきばら》国彦だよ、戦争のあいだ奉天の特務機関にいたんだ。日本中の誰の権威も認めてな

いぜ、首相の岡とは満州以来のつきあいなんだ」

おれは新東宝が思っていたよりずっとナイーブな男であることに気がついた。ナイーブな新東宝は、結局なにものでもなかった。おれは軽い気持になり眼の前にとんできた優越感の鳥をしっかり摑んだ。そこへ電車が入ってきた。おれは新東宝にうなずき、そして二人で電車にのりこんだ。とにかくおれは家に帰って独りぼっちになることに耐えられなかったのだ。軽蔑しか感じない友達と一緒にいるのは、独りでいるよりずっと自尊心の傷に手をふれる惧れがない、それで安心していることができる。大人が悪い酒に酔って不安を逃れることに似ている。電車に乗ると新東宝はうってかわって無口になった。《右》の演説会のサクラに傭われることを原爆スパイ級の秘密にしておきたいらしかった、本当にそれほどのことだと信じているのかもしれない。あの饒舌な新東宝が《右》の団体と関係をもっていることを誰にもしゃべったことが今までなかった筈だから。もし誰かにしゃべっていたら、その翌朝にはおれの高校の生徒の半分がそれについて知っているにちがいない。おれと、にきびだらけの新東宝とは胸をこすりつけあうほど体をよせて電車に揺られていた。おれは埃がポマードでねり固められたようなかれの頭がおれの顎にふれてから、新東宝よりもおれのほうが背が高いのを知った、それも始めて知ったのだ。奇妙な話、おれはそのことで心の底から慰められた。

新橋駅につくまで、こうしておれたちは黙ったまま胸をこすりつけあっていたのだ。都心の駅の午後三時の不思議に閑散としたプラットホームを新東宝と肩から腕をふれあって歩きながら、ふと、こんなにして桃色遊戯の仲間になってしまうんだな、という気がした。そのことを後になっておれはたびたび思いだした。そのとき、おれの生涯にとってきわめて重大な事件がかたまりつつあったのだが、とにかくおれはあの晩春の昼さがりの新橋駅でそういう感想をもった。それはあのときプラットホームを旧式の竹《たけ》箒《ぼうき》で掃除していた老駅員がそう感じたことだろうが、ごく冷静に見ておれたちはいま桃色遊戯に出かける、にきびと顔面蒼白の二人の高校生というところだったはず。

皇道派の逆木原国彦の演説はひどかった、演説のおこなわれている広場に出ただけでそれがわかった。誰ひとり真面目に聴いている者はなく、またステージの上で怒号している熱狂した初老の男自身、誰かに真面目にうけとられることを期待せず孤独に意味不明の怒号をつづけているようだった。おそらく逆木原国彦は新橋駅に入ってくる電車の轟音に独りで対抗した最初の男になりたかったのだろう、人間たちを見るよりも高い線路を疾走する電車を見つめて怒号していた。おれと新東宝はサクラらしく拍手したり喚声をあげたりするべきだったが、そのきっかけをつかめないでまごまごしていた。それに絶叫する危険な顔つきの人間ライオンは自分が傭ったサクラのことなど気にもしていないようなのだ。無責任な通行人たちの、そのまた背後でおれと新東宝はむしろ好奇心でいっぱいになって、この怒号する男を眺めていた。とくにおれは、こんなに数多くの他人どもの冷淡な無関心と嘲笑に向かって、軍隊のように堂々と攻撃的に怒号する男がいることに驚いていた、しかもかれの叫んでいるステージにはなにひとつかれを掩護《えんご》するものはかざられていないのだ、竹竿に日の丸がはためきもせずたれさがっているだけだ。ステージの両袖に、腕章をまいた黒シャツの青年たちと、背広を着た老人たちがいたが、かれらも逆木原国彦に注意をむけるよりは、広場の別の競馬情報板の方に気をとられているようだった、きっと皇道号とでもいう馬を場外馬券売場で買って大穴をあてる夢でも見ていたのだろう。

しかしそのうちに、一人のサクラが自分の仕事に情熱を回復した。それは妙に寒々とした貧弱な猫背の男で、ステージにむかって並んだコンクリートのベンチの中央に膝をかかえて坐っていたが、逆木原国彦が酷使した喉に唾をおくりこむために言葉をきり、無念やるかたない眼つきで虚空を睨む瞬間に、つまりその短い怒号の切れまに熱狂的な拍手と喚声をおくるのだ。かれ独りの熱狂は、広場の周囲にぶらぶらしているなにごとにも傍観者の立場を棄てずなにものにも巻きこまれまいとその親の死の床で誓ったような人々にスキャンダルを見る興味をひきおこした。人々は集まってきて輪をつくり始めた。その輪が閉じてしまわないうちにおれと新東宝はせきたてられる思いで広場のなかに入りこみ、一番うしろのベンチに掛けた。おれたちはとにかくサクラだったからだ、しかしおれには新東宝も単なる不熱心なサクラを出ず、時どき皇道派に顔を出すというのも眉唾のような気がしたのだ。かれが皇道派員なら、こんなに怯《お》ずおずと黙りこんでいるべきではないように思えたから。ベンチに坐ってみるとおれたちの前に二十人ほど坐っている男たちもみな、その中央で拍手し喚声を発する模範的なサクラと同様に、皇道派から傭われた者らであるのが見え見えだった。かれらはみな日傭労務者のような風態をして手持ぶさたで腰をかけている、そしてかれらの膝に一匹ずつ猫が配られるのを待っているという様子だ、そしてかれらの中央の男がますますファナティックに喝采するたび居心地の悪い身じろぎをして気詰りな悲しそうな表情をうかべた。

おれは新東宝が拍手をはじめるつもりかどうか窺ってみた、それが新東宝を狼狽《ろうばい》させた。かれは急いで、あいつらもみんな傭われたサクラなんだ、と説明した、「今日は晴れだけど逆木原国彦は雨の日に演説会をひらくことが多いよ、あぶれた日傭労務者が動員できるからな。そして自分では逆木原が演説するとき天は逆木原の忠誠に感じて末世を嘆く涙の雨をふらせるのだ、逆木原は尽忠の雨男だ、などとぶつんだけど、雨宿りしている連中はかくべつ怒らないよ、少しは受けるときだってあるんだぜ」

おれはそれはそうかも知れないな、と思った。雨は人間を感じやすくするからだ、とくにおれは雨のとき、湿度の高い日、また低気圧のときに体の具合が良くて他人に寛大になる。「それからなあ、雨であぶれている日傭労務者も喜ぶんだよ、苦しい仕事じゃないからね、黙って話を聴いて時どき拍手するだけでいいんだ」と新東宝はおれに疑われていると思いこんだように弁解する調子でつけくわえた。おれは自分が新東宝に圧力をくわえていることを知った、憂鬱ではなかった。おれは大運動場の恥辱感の記憶からすくなくともその短い間は自分が解放されているのを感じた。夜になれば、おれは自殺してしまいたいほど恥辱に震えるだろうが、いまはせめてもの執行猶予だ、とおれは考えた。

ベンチに腰をかけて自分の膝においた手を眺めている日傭労務者たちもまた、なにものかから執行猶予されているという印象をあたえた。かれらの、通行人からの視線の矢が千本も刺さっている背や肩、頭の上で、晩春の午後の陽の光が引潮のようにおとろえて行った、そして冬の夕暮のようにうら寒い失望感が陽ざしにまぎれこみはじめた。東京という大都会が失望し徒労感にうちひしがれているのだ。あの仕事熱心なサクラだけが性懲りもなく熱狂的な拍手と喚声をおくっていた。ステージの上の逆木原国彦は怒号しつづけたが、かれのだみ声はその重量に耐えながらおれたちの頭上を空にむかって飛び去った。広場を遠まきにかこんだ暇をもてあました男たちの冷たい嘲弄《ちょうろう》が鷹のようにそれを狙うだけだ。おれはしだいに眠ざめたままの眠りのようなものに沈みこんで行った、おれの耳は大都会の轟音を個々の声、個々の音というよりもその大群そのものを聴いていた。おれの疲れた体を夏の夜のあたたかく重い海のように轟音は現実から浮かびあがらせてくれた。おれは背後のヒマ人どもを忘れ、新東宝を忘れ、日傭労務者たちを忘れ、叫びたてる逆木原国彦を忘れていた、そして大都会の沙漠の一粒の砂のように卑小な自分を、いままでに一度も感じたことのないやすらぎで受け入れていた。

そして逆におれはこの現実世界にたいしてだけ、他人どもにたいしてだけ、敵意と憎悪を新しくしていたのだ。いつも自分を咎めだてし弱点をつき刺し自己嫌悪で泥まみれになり自分のように憎むべき者はいないと考える自分のなかの批評家が、突然おれの心にいなくなっていたのだ。おれは傷口をなめずっていたわるように全身傷だらけの自分を甘やかしていた、おれは仔犬だった、そして盲目的に優しい親犬でもあった、おれは仔犬の自分を無条件にゆるしてなめずり、また仔犬のおれに酷いことをする他人どもに無条件で吠えかかり咬みつこうとしていた。しかもおれは眠いようなうっとりした気持でそれを行なっていたのだ。そのうちおれは夢のなかにいるように、おれ自身が現実世界の他人どもに投げかける悪意と憎悪の言葉を、おれ自身の耳に聴き始めた。それを実際に怒号しているのは逆木原国彦だ、しかしその演説の悪意と憎悪の形容はすべておれ自身の内心の声だった、おれの魂が叫んでいるのだ、そう感じて身震いした。それから全身に力をこめて、おれはその叫喚に聴きいり始めた。

「あいつらの糞野郎めがだよ、国を売る下司《げす》の女衒《ぜげん》の破廉恥漢がだよ、日本の神の土地の上に家をたてて女房子供をやしなっているのはおかしいじゃないか？　ソ連・中共のけだものの国に行って日本人廃業すればいいじゃないか、おれはとめないよ、けつを蹴とばしてやるよ。あいつらフルシチョフの男色野郎におかま掘られて屁っぴる暇もねえだろう。ごろつき毛沢東にストライキ扇動してためた不浄金を賄賂にだすつもりだろう。それでも二年もたちゃ右偏向とかいわれて粛清だ、首切られるよ、自己批判させてもらってなあ、いいざまだ。あいつらおれたちを暴力団だというだろう、だけどねえ諸君考えてみてくれ、集団暴力で飯くってるのはあいつらだ、デモだストライキだ坐りこみだ。現代はじまって右のテロと左のテロとどちらが多いと思う？　文句なしにアカの豚野郎が沢山殺してるよ、強制収容所はナチスだけじゃない、ソ連のやつがもっとひどいんだ。あいつらの代表が中共へ行って人民の膏血《こうけつ》しぼった金でタダ飯くわせてもらって、日本軍国主義は大虐殺しました、三光策といって殺しつくし焼きつくしそれからもっと悪辣なことしました、どうかお許し下さいと日本帝国臣民の名においてだよ、謝ってきてくれたそうだ。あいつらの女房強姦させて殺させてやりたいと満州帰りの友人が泣いて怒っていたね。あいつらは売国奴だ、恥しらずでおべっかつかいで二枚舌の無責任で、人殺しで詐欺師で間男野郎で、ヘドだ。おれは誓っていいが、あいつらを殺してやる、虐殺してやる、女房娘を強姦してやる、息子を豚に喰わせてやる、それが正義なのだ！　それがおれの義務なのだ！　おれはみな殺しの神意を背におって生まれたのだ！　あいつらを地獄におとすぞ！　おれたちが生きるためにはあいつらを火焙《ひあぶ》りにするほかないのだ！　あいつらを地獄におとしておれたちは生きるほかない！　おれたちは弱いのだ、あいつらをみな殺しにして生きるほかないのだ、これはあいつらの神様のレーニンの兄貴が叫んだ言葉だとさ、諸君、自分の弱い生をまもるためにあいつらを殺しつくそう、それが正義だ」

悪意と敵意の兇暴な音楽が再生装置を破壊するヴォリュームで世界じゅうに鳴りひびいた、自分の弱い生命をまもるためにあいつらを殺しつくそう、それが正義だ、おれは立ちあがり拍手し喚声をおくった。壇上の指導者はおれのヒステリーをおこした眼に暗黒の淵からあらわれる黄金の人間として輝き煌《きら》めいた。おれは拍手し喚声をおくりつづけた、それが正義だ、それが正義だ！　酷いことをされ傷つけられた弱い魂のための、それが正義だ！

「あいつ、《右》よ、若いくせに。ねえ、職業的なんだわ」

おれは勢いを込めてふりかえり、おれを非難している三人組の女事務員が動揺するのを見た。そうだ、おれは《右》だ、おれは突然の歓喜におそわれて身震いした。おれは自分の真実にふれたのだ、おれは《右》だ！　おれは娘たちに向かって一歩踏みだした、娘たちはおたがいの体をだきあって怯えた小さな抗議の声をあげた。おれは娘たちと、その周囲の男たちのまえに立って、それらすべての者らに敵意と憎悪をこめた眼をむけ黙ったままでいた。かれらすべてがおれを見つめていた、おれは《右》だ！　おれは他人どもに見つめられながらどぎまぎもせず赤面もしない新しい自分を発見した。いま他人どもは、折りとった青い草の茎のようにじゅくじゅくと自瀆で性器を濡らす哀れなおれ、孤独で惨めなおどおどしたセヴンティーンのおれを見ていない。おれを一目見るやいなや《なにもかも見とおしだぞ》といっておれを脅《おびや》かす、あの他人の眼で見ていない。大人どもはいま独立した人格の大人同士が見あうようにおれを見ている。おれはいま自分が堅固な鎧のなかに弱くて卑小な自分をつつみこみ永久に他人どもの眼から遮断したのを感じた。《右》の鎧だ！　しかも、おれがなお一歩踏みだしたとき娘らは悲鳴をあげたが、足が竦《すく》んだように逃げさることもできないのだ、おれは娘らの熱い血がどきどき脈うつ胸のなかの恐怖に性欲を、それも精神の喜びをそそられた。おれは怒号した、

「《右》がどうした、おい、おれたち《右》がどうしたというんだ、淫売ども！」

娘たちは夕暮ちかい雑踏のなかへやっとの思いで逃げこんで行った、そして残った男たちはぶつくさ不平をいいかわし、同時におれを恐がっていることをかくそうと努めていた。ああ、他人どもがおれを恐がっているのだ！　それからやっと、かれらがおれの、淫売という言葉がふりまいたスキャンダルの紙屑を始末させるつもりになったとき、おれのまわりには皇道派という文字の入った腕章をつけている者たちが集まってきていた、おれたちは《右》の集団だった。

おれの肩に力強い掌、親しい情念にみちた筋ばった掌がしっかりと置かれた。おれはふりかえり、激しいものに昂揚している初老の男を見た。おれはかれの燃える眼に魅入られた、おれは小さな子供のように感嘆をこめてこの憎悪と悪意の演説者に笑顔を向けた。

「ありがとう、きみのように純粋で勇敢な少年愛国者を待っていたんだ、きみは天皇陛下の大御心《おおみこころ》にかなう日本男子だよ、きみこそ真の日本人の魂をもっている選ばれた少年だ」

啓示の声は雑踏と電車とスピーカーと、そしてありとあらゆる大都会の吠え声を制圧しておれに美しく優しくふれた。おれは以前それにかかることのあった、ヒステリー質の視覚異常におそわれた。暗黒の淵に夕暮の大都会は沈みこみ、暗黒な金泥をぬりこめた墨のように光輝をふくんでおり、そして夜明けの太陽が燦然《さんぜん》とそこから現れた、黄金

の人間だ、神だ、天皇陛下だとおれは感じた。「きみは天皇陛下の大御心にかなう日本男子だよ、きみこそ真の日本人の魂をもっている選ばれた少年だ！」

4

皇道派本部で入党の宣誓をしたあと、逆木原《さかきばら》国彦はおれに、これできみは最も若い皇道派員になったといってくれたが、本部での生活の当初はハイ・ティーンの党員などおれの他に一人もいないのではないかと思われた。やがて十九歳の党員を三人見つけたが、かれらもおれがもっていたハイ・ティーンのイメージとは似ても似つかぬ男たちだった。これら《右》のハイ・ティーンたちは尊大で重おもしく謹厳な表情を崩すことがなかった。おれが映画やジャズ、ポピュラー音楽の話をつい持ち出すと、かれらは軽蔑されたように猛然と憤って、おれのことを軽佻浮薄《けいちょうふはく》な輩《やから》だと罵った。こんな言葉づかいをかれらが好んでするたびに、おれは小さな失望の泥をかためた球を、おれの《右》の蟻穴のふちに一つずつ並べた。なぜなら、かれら若い《右》は、おれが党に入るまえに無責任に空想していた漫画的なそれとあまりにもそっくりだったから。それでいて死ぬほど真面目なところまでそっくりだった。おれは、ずいぶん前に『明治天皇と日露大戦争』という映画の広告を見たとき、若い《右》はこんな映画を観るんだろうと考えたことを思いだした。かれらに訊ねてみると、映画の話で初めてかれらは乗って来て、何度も見たこと、感動したことを話し、それからおたがい同士で、あの映画が歴史記録映画ででもあったかのように、俳優と人物とをすっかり混同してカンカンガクガク論じはじめた。

「明治天皇陛下は憂わしげなおんまなざしで兵を見つめられたなあ」とか、「乃木大将の馬は凄かった、東郷元帥は戦場でも顔にやつれが見えなかった、さすがは武人の心がまえだなあ、武士は摂生し非常時に完全なベストコンディションであたるべきだ」とか真剣に議論するのだ。かれらは他に、戦争映画と時代映画の剣戟物なら時どきは映画館にでかける様子だった。戦争映画で日本軍人が活躍する場面は心を躍らせたし、剣戟物には、刀剣をもちいて人間を殺すための技術が展開されていたからだ。かれらは西部劇や現代の暗黒街ものを軽蔑しふりむきもしなかったが、それは武器としてそれらの映画ではピストルがもちいられていたからだ。かれらにはピストルが入手できなかったし、総裁からそんなものは禁じられてもいたし、結局かれらには日本刀一本で完全な殺害をおこないうる技術のほうが貴重でもあり現実的でもあるように思えたからだろう。とくに《右》のハイ・ティーンの一人は鍼《はり》のツボ図のように裸の人体に朱い点がいっぱい記入された表を大切にしていた。その朱い点がなにを意味するかは、ある朝、新宿区で刺殺事件があったとき、おれにもわかった。かれが丁寧に新聞報道をしらべて、該当する体の一部に新しい朱点を記入したからだ。

「きみも誰かを刺すのか？」とおれがまだ新しい仲間たちに新鮮な好奇心をもっていたもので訊ねると、かれは黙禱する人のように厳しく眼をつむり、激しい孤独な声で、おれにむかって話すというのではなく「あいつらが、おかしなことをやめなかったらなあ、《左》のあいつらが、いつまでもおかしなことをやめなかったらなあ、おれはやる」といった。おれはおかしなことという言葉にもどかしがりながら、それでも他のもっと適切に表現できる言葉がみつからないで眉をひそめているその仲間の気持がよくわかると思った。そうなのだ「あいつらがおかしなことをやめなかったら」。それで充分に皇道派員にはつうじるのだ、雄弁は必要でない。

確かに若い皇道派員たちは雄弁でなかった、ボスは雄弁家だったし、幹部級にはおなじように雄弁な人たちがいたが、若い派員は決して雄弁でなく、また日常生活で饒舌でもなかった。むしろつねに沈黙していた、そして演説しなければならない時には、眼の前に敵が武器をかまえて立っているように、怒号し、睨みつけ脅《おびや》かすように腕をふりまわした、「おれたちは赤のやつらが、おかしなことをやるのをとめなければならないのだ！」

皇道派員ではなく、保守党の青年部の若い男たちと一緒になるような場合には、皇道派員はすっかり黙りこみ、反対に饒舌だけに情熱をかたむけている保守党の若い男たちの雄弁を耐えしのんだ。おおむね、保守党の若い連中を、皇道派の青年たちは軽蔑していた。皇道派員だけがかたまるとつねに、あいつらは出世主義者どもだ、という非難の言葉が出た、「あいつらは自分の出世のことばかり考えているのだ、それに自分を押しだそうとしておしゃべりばかりしている、あいつらは《左》の出世主義者と似たところをもっている。あいつらも、おかしなことをやめなければ……」。おれは地方出身の保守党青年部員がおれにくれた葉書を思いだす、単なる顔見知りだというだけで、その男は自分の未来計画を洗いざらい告白してきたのだ、「私は株をやって二十万ためたが、いまも私の買っている株は順調に成長している。現在、私は二十四歳なので、二十五歳都議、三十歳代議士、三十五歳入閣の野望を達成すべく、片方では株による金力の把握、片方では党青年部文京区支部宣伝部長の役職をつうじ派閥への参加を狙っている。私は人間実力主義なので党本部に出入する際は党幹部にも対等に議論をしかける。先日は都内某料亭において党幹事長と二時間にわたり世界情勢、国勢を論じ大いに煙にまいた。私が内閣に列するころ貴兄が院外団の有力者に成長していることを考えて愉快にたえず、文通を始めることにした。大いに論じあおう。なお株のことならば松川証券社長、政治のことならば党情宣部長菊山氏に紹介しよう」。これにはおれも驚いたり呆れたりした、本当にあいつらは僻《ひが》みっぽい田舎者で出世の手づるにしがみつきたがっているのだ。こういう連中と若い皇道派員とのあいだには時どき衝突がおこったが、さんざんかれらに言い負かされたあと、おれたちが黙りこんでかれらを脅《おど》かすように睨みつけると、すぐにもおれたちの正しいことが判明するのだった。おれたちには、この雄弁家どもと接触して有益だったことはない。おれたちはボスをつうじてのみ学んだし、ボスのすすめる書物を読んでのみ自分を支える知恵を得たのだ。それも多くの知恵ではない、少しだけの金の知恵を確固とした信念として硬く熱い鋲のように頭の芯にうちこむのだ。そしておれたち自身をも硬く熱い鋲にするのだ。とくにおれは、あの決定的な回心のおこなわれた晩春の夕暮から、ボスの声のみに学びボスに貸しあたえられた書物のみを読んで来た。純粋にそれのみを、そしてそれ以外のものをすべて憎悪と敵意をもって拒否していたのだ。

逆木原国彦は確かにおれを特別に待遇してくれたと思う、そしてかれがおれにそそいだ情熱におれは充分に答えたと思う。逆木原国彦はいったものだ、「きみにわれわれの思想をたたきこむのは、できあがっていた瓶に樽の酒を移すようなものだ。それにきみの瓶は砕けず、この醇乎たる美酒は零《こぼ》れることがない。きみは選ばれた少年だが、《右》は選ばれた機関だ、いまにそれが鈍感な奴らにも太陽のようにはっきり見えるようになるだろう、それが正義なんだよ」

あの夕暮から数週間たつと、逆木原国彦は、おれを皇道派本部にひきとりたいむね、おれの家を訪ねて父親と母親を説得してくれた。父親は例のアメリカ流自由主義で、おれが家に迷惑をかけず自分で道をきりひらくならそれを干渉する意志はない、といった。そしてまた、政治運動をやるにしても愛国心にもとづいているんだから、赤の全学連よりは健康でしょう、と逆木原国彦にお追従のようなことをいった。おれは父親が、息子が学生運動に深入りしては自分の教師としての立場が困るというふうなことを、そのアメリカ流自由主義とは裏腹なことをいっていたのを思いだし、これで父親はご安泰だなと考えていた。兄はおれに見つめられると困惑して眼をふせた。母親はおれが姉を怪我させたときもそうだったが直接におれに何もいわなかった。姉は逆木原国彦に自衛隊の看護婦であることを口をきわめて賞《ほ》められると、看護婦仲間で、逆木原国彦著の『真に日本を愛し日本人を愛する道』が、よく読まれているということを、汚らしいほど赭《あか》くなってイヤホーンから聴こえるくらいの小さな声で答えた。そして逆木原国彦は、おれが本部にうつり住むことを了解されたのを家族みんなに感謝し、おれの一生涯には全責任を負うと約束して独りさきにひきあげた。それから家族全員がおれに、いつから《右》の団体に入り、あのような大物と知りあうようになったのかと訊ねた。おれは嘘をいって、みんなを黙らせることに成功した、「姉さんが自衛隊の病院の看護婦になったときからだよ、おれは自衛隊のことを悪くいうやつらにがまんできなかったんだ」。おれは自分が家族みんなを一撃で退却させる能力をかちえていることを自覚した。その日おれが姉にいいまかされて泣きだしてしまった、おれの十七歳の誕生日からほんの十週間しかたっていなかったが、おれは奇蹟を経て別の人格となっていたのである、おれは回心していたのだ。

おれの回心は学校でもっとも劇的な成功をはくした。あのおしゃべりの新東宝は、いったんおれが皇道派に正式に入ってしまうと、結局皇道派では単なる気分的なシンパにすぎなかったその立場がおれに知れてしまったことをさとり、それからおれのための宣伝係、伝記作者となった。新東宝によれば、おれは数年前から《右》だったのであり、八百メートル競走でのおれに絶望的に感じられたあの失態は、体育教官への軽蔑の《右》的表現であり、そして「あいつはよお、新橋駅前の広場でなあ、《右》の悪口をいいにきた共産党の連中二十人ほどに向かってなあ、独りきりで喧嘩を売ったんだぜ。皇道派の逆木原国彦は、あいつを自分の後継者だと考えてるよ、あいつは皇道派の本部に住みこんでいるんだからなあ。あいつは本当の、根っからの《右》だぜ」ということになるのだった。

おれが《右》であり、皇道派員であるということは、たちまち高校じゅうのすべての生徒たちに知れわたり、それは教員室の最大のスキャンダルにもなった。おれは担任の教師に注意されると、《右》の学生がいていいように《左》の学生もいていい筈だといい、教師がわずかにでも《右》を非難するような言葉を発すると、逆木原国彦にそれをつたえてもいいのかという態度を示し、婉曲に皇道派の威力を暗示した。教師たちは生徒たちよりももっと深刻に新東宝のデマゴーグに影響されていたので、おれの暗示は効力充分だった。世界史の教師が、おれの出席する時間だけ過度に保守的になるという噂も聞こえるようになっていた。

《右》のおれにたいして敵意をもつ者が、おれの高校にいなかったわけではない。全学連と連絡をとってデモに参加する生徒自治会の委員たちは、おれに議論をふっかけてきた。おれは、かつて自分が《左》の指導者の意見に感じていた判りにくい所を、そのまま裏がえしてしゃべるだけでつねに勝った。姉が誕生日の夜のおれをうち負かしたように、おれはかれらをうち負かした。それにかれらたち自身、平和について、再軍備について、ソ連、中国について、アメリカについて、確信できるほどがっしりとは把握してはいなかった。おれはただ、これまでは自分の不安だったかれらの弱みを衝くだけでよかったのだ。しかもおれには切り札があった、「とにかく現在、日本のインテリには《左》が多数派で、《右》は少数派さ。しかしおれは、立派な大学教授の進歩派よりも、食うに困って自衛隊に入っている百姓の息子の味方をしたいんだよ。大学教授は名誉もあるし正義の味方だし、それだけで充分だろう？　きみたちの好きな大学教授が国連に駈け込んで訴えれば極東の局地戦争も解決されるだろう、だけどその間の二、三日に李承晩の軍隊に殺される日本の百姓の息子の味方をしたいのさ。それに、きみたちが誰より好きなサルトルがいってるけど、それを実現しようとしないのなら正義を語ることが何になろう。とにかくおれは頭が悪くて弱い人間だけど《右》の青年行動隊で生命をかけているんだが、きみたちの誰か一人でも共産党員になって地道な献身をしているかい？きみたち東大に入って、やがては官僚か大会社の幹部になるんじゃないか？」

青ざめて絶句した秀才たちの背後から、あの傲慢な杉恵美子があきらかにおれに興味をよせている眼でおれを見ながらこういったのを思いだす、「あなたみたいに時代錯誤の《右》少年は防衛大学にでも行くことね」。おれは逆木原国彦に、自分が防衛大学に入学して同志を集め、やがてクーデターをひきおこす力になりたいという考えをのべた。逆木原国彦はおれの希望に深い満足を示した。おれは激しい幸福感に体を熱くした。

皇道派の制服はナチスの親衛隊の制服を模したものだが、それに身をかためて街を歩く時も、おれは激しい幸福感をおぼえ、甲虫のように堅牢に体いちめんに鎧をまとい、他人から内部の弱く傷つきやすい不恰好なものを見られることがないのを感じると天国にのぼったような気持がした。いつもおれは他人から見つめられるたびに怯えて赤面し、おどおどと惨めな自己嫌悪におそわれたものだ、自意識にがんじがらめになっていたのだ。しかしいま、他人はおれ自身の内部を見るかわりに、《右》の制服を見る、しかも幾分恐れながら。おれは《右》の制服の遮蔽幕のかげに、傷つきやすい少年の魂を隠匿してしまったのだ。おれはもう恥ずかしくなかった、他人の眼から苦痛をうけることがなかった。それはしだいに、制服を着ていない時にも、裸の時にも、決して恥ずかしさの傷を他人の眼によって負わされることがないという徹底をした。

おれはかつて、自瀆している自分を見つけられたなら恥辱のあまり自殺するだろうと考えていた。それこそ他人の眼の最大能力と、恥ずかしさに怯える最も弱い自分の肉の劇であった。しかしある日おれは決定的な体験をして、この劇の危機性さえ無意味となり崩れさるのを知ったのである。それは逆木原国彦との次のような問答から始まった、「きみは性欲に苦しむことがあるだろう、抑圧してはつまらないよ、女と寝るかい？」「いいえ、寝たいとは思いません」。「それじゃこうしよう、トルコ風呂の女にきみの男根をひともみさせるんだね、この金を持って行きなさい」

始めおれはそんなことが可能だと思っていたわけではない、自分の恥辱感の根がそれほど完全に掘りとられているとは思っていなかった。仲間がおれに制服を着て行けといった。夜だったが、おれは動揺していたので仲間の忠告にしたがい、昼しかつけない規約の皇道派の正装を、わが《右》の鎧を着こんで新宿の旧赤線地帯にある装飾ガラスの扉の奥へ入って行った、勃起するどころか惨めな子供が酷《むご》い刑罰をうけようとする時のように青ざめて、入党してはじめて総裁を怨みながら。そしておれは、わが皇道派の制服が鉛の潜水服より重くおれたちを支える錘《おもり》となり、わが《右》の鎧が他人どもにとっては皮の狭窄衣《きょうさくい》より激しく恐怖心を締めつけるものであることを知ったのであった。

　頭を藁色《わらいろ》に脱色した体格の良い娘が、白いブラジャーとショート・パンツをつけただけで桃色の個室におれを迎えいれた。正確に五秒間だけ、湯気に濡れた裸電球の灯りのなかで娘はおれの制服を見つめた、そして陋劣《ろうれつ》なほど竦んだ顔になり、眼をふせた。娘は二度と眼をあげなかった。おれは裸になった、生まれてはじめて他人の眼のまえで、しかも若い娘の眼のまえで裸になった。そしておれはやっと筋肉の芽ばえはじめた薄い裸の体が装甲車のように厚い鎧をつけているように感じた、《右》の鎧だ、おれはもの凄く勃起した。おれこそが新妻の純潔な膣壁をつき破る灼熱した鉄串のような男根を（逆木原国彦のいったとおり男根を）もつ男だった。おれは一生勃起しつづけだろう、十七歳の誕生日に惨めな涙にまみれてその奇蹟をねがったとおり、おれは一生、オルガスムだろう、おれの体、おれの心、それら全体が勃起しつづけだろう。南米のジャングルの種族にはつねに勃起した性器をもっている連中がいて、かれらの性器は狩猟や闘争のさいの不便を惧れた神様が犬の性器のように腹に密着させていてくれる、おれはいわばかれらの種族のセヴンティーンだ。娘はおれを蒸風呂に入れ、洗い流し、風呂に入れ、タオルでぬぐってパウダーをふりかけ、医者の診察用ベッドのような台に寝かせてマッサージすると、黙ったままおれの男根を愛撫しはじめた。自瀆の習慣から形の変わっている包皮を惧れ畏《かしこ》む指先で静かに剝いたあとで。おれは傲然とあおむいて貴族のようだった、娘は自分が恥ずかしい悪癖をおこなっているとでもいうように赭らんでいた。娘はおれに杉恵美子にあてて書いた手紙のなかに姉の詩の本からぬいて引用した詩の一節を思いださせた、結局その手紙は自分で破いたのだが、

　　きざはしのいと高き敷き石のうへに立ち――
　　園におかれし甕《かめ》に倚《よ》り――
　　おんみの髪もて日の光を織りたまへ、織りたまへ――
　　はからざりしこころの痛みもちておん手の花を抱きしめたまへ――

　おれの男根が日の光だった、おれの男根が花だった、おれは激烈なオルガスムの快感におそれ、また暗黒の空にうかぶ黄金の人間を見た、ああ、おお、天皇陛下！　燦然たる太陽の天皇陛下、ああ、ああ、おお！　やがてヒステリー質の視覚異常から回復したおれの眼は、娘の頬に涙の

ようにおれの精液がとび散って光るのを見た、おれは自瀆後の失望感どころか昂然とした喜びにひたり、再び皇道派の制服を着るまで、この奴隷の娘に一言も話しかけなかった。それは正しい態度だった。この夜のおれの得た教訓は三つだ、《右》少年おれが完全に他人どもの眼を克服したこと、《右》少年おれが弱い他人どもにたいしていかなる残虐の権利をも持つこと、そして《右》少年おれが天皇陛下の御子《みこ》であることだ。

おれは天皇陛下について深く知りつくしたい熱情にかられた、今までおれは兄より上の世代のように戦争のあいだ天皇のために死のうと決意していた者らのみが天皇と関係があるのだと考えていた。おれは戦中世代の者たちが天皇について語るのを聞くと嫉妬と反感をいだいてきた。しかしそれはまちがっていたのだ、なぜならおれは《右》の子であり、天皇陛下の御子だからだ。

逆木原国彦の書庫に入るのを許可されて、おれは天皇陛下をおれにときあかす書物を探し出した、おれは『古事記』を読み『明治天皇御製集』を読み、神兵隊や大東塾の先輩たちが教科書にした書物を読んだ、『マイン・カンプ』も読んだ。そしておれは逆木原国彦に示されて、谷口雅春の『天皇絶対論とその影響』を読み、求めていたものをかちとった、《忠とは私心があってはならない》。おれは最も重要な原則を把握した。

おれは情熱をもえあがらせて考えた、そうだ、忠とは私心があってはならないのだ！　おれが不安に怯え死を恐れ、この現実世界が把握できなくて無力感にとらえられていたのは、おれに私心があったからなのだ。私心のあるおれは、自分を奇怪で矛盾だらけで支離滅裂で複雑で猥雑ではみだしていると感じ不安でたまらなかった。なにかをするたびに、これはまちがったほうを選んだのではないかと疑い、不安で不安でたまらなかった。しかし、忠とは私心があってはならないのだ。そうだ、私心を棄てて天皇陛下に精神も肉体もささげつくすのだ。私心を棄てる、おれのすべてを放棄する！　おれは今までおれをなやました矛盾にみちたもやもやがやきはらわれるのを見た。おれに自信を喪わせたもやもやは未解決のままふっとんで行ってしまう、もやもやは一掃された。天皇陛下はおれに、私心のもやもやを棄てろ！　と命じられ、おれはもやもやを棄てたのだ。個人的なおれは死に、私心は死んだ。おれは私心なき天皇陛下の御子となった。おれは私心を殺戮した瞬間に、おれ個人を地下牢に閉じこめた瞬間に、新しく不安なき天皇の子として生まれ、解放されるのを感じたのだ。おれにはもう、どちらかを選ばねばならぬ者の不安はない、天皇陛下が選ぶからだ。石や樹は不安がなく、不安におちいることができない、おれは私心を棄てることによって天皇陛下の石や樹になったのだ、おれに不安はなく、おれは不安におちいることができない。おれは身軽に生きてゆけるのを感じた。おれはあの複雑で不可解だった現実世界がすっかり単純に割り切れるのを感じた。そうだ、そうだ、忠とは私心があってはならない、私心をすてた人間の至福が忠なのだ！　しかもおれは不意に、死の恐怖からまぬがれているのをさとった、おれはあれほど絶望的に恐れおののいた死をいまやまったく無意味に感じ、恐怖をよびさまされなかった。おれが死んでもおれは滅びることがないのだ、おれは天皇陛下という永遠の大樹木の一枚の若い葉にすぎないからだ。おれは永遠に滅びない！　死の恐怖は克服されたのだ！　ああ、天皇よ、陛下よ、あなたはわたしの神であり太陽であり、永遠です、わたしはあなたによって真に生きはじめました！

おれは目的をたっして逆木原国彦の書庫と縁を切った。書物はもう必要でなかった。おれは唐手《からて》と柔道に熱中しはじめた。おれの稽古着に逆木原国彦は《七生報国、天皇陛下万歳》と書いてくれた。おれはかつて逆木原国彦がいったとおりの言葉を今や自分自身で、自分に呼びかけて良いと信じた、きみこそ真の日本人の魂をもっている選ばれた少年だ！

五月、《左》どもは国会デモをくりかえし行ないはじめた、おれは勇躍して皇道派青年グループに加わった。赤の労働者ども、赤の学生ども、赤の文化人ども、赤い俳優どもを、殴りつけ蹴りつけ追い散らせ！　おれたち青年グループの鉄の規約は、ナチスのヒムラーが一九四三年十月四日ポーズナーンの親衛隊少将会議で獅子吼《ししく》した演説から造られたものだ。《第一忠誠、第二服従、第三勇気、第四誠実、第五正直、第六同志愛、第七責任の喜び、第八勤勉、第九禁酒、第十われわれが重視し義務とするものはわれわれの天皇でありわれわれの愛国心である、われわれは他のいかなるものに対しても気を配る必要はない。》赤どもを踏みにじれ、打ち倒せ、刺し殺せ、絞め殺せ、焼き殺せ！　おれは勇敢に戦い、学生どもにむかって憎悪の棍棒をふるい、女どものかたまりにむかって釘をうちつけた敵意の木刀をたたきつけ、踏みにじり追いはらった。おれは何度も逮捕され、釈放されるとすぐまたデモ隊に攻撃をくりかえしそしてまた逮捕され釈放された。おれは十万の《左》どもに立ちむかう二十人の皇道派青年グループの最も勇敢で最も兇暴な、最も右よりのセヴンティーンだった、おれは深夜の乱闘で暴れぬきながら、苦痛と恐怖の悲鳴と怒号、嘲罵の暗く激しい夜の暗黒のなかに、黄金の光輝をともなって現れる燦然たる天皇陛下を見る唯一人の至福のセヴンティーンだった。小雨のふりそぼつ夜、女子学生が死んだ噂が混乱の大群集を一瞬静寂に戻し、ぐっしょり雨に濡れて不快と悲しみと疲労とにうちひしがれた学生たちが泣きながら黙禱していた時、おれは強姦者のオルガスムを感じ、黄金の幻影にみな殺しを誓う、唯一人の至福のセヴンティーンだった。

（四二ページの引用詩はT・S・エリオット、深瀬基寛訳「な

げく少女」より）

政治少年死す

（「セヴンティーン」第二部）

I

夏はまさにあらわれようとしていた、空に、遠くの森に、海に、セヴンティーンのおれの肉体の内部に、夏は乾いた鋪道の地面にむかってゆるめられる消火栓からの水のように盛んに湧こうとしていた……

おれは雨あがりの朝、左翼たちの集団が包囲をといた国会議事堂前広場を、青年行動隊の仲間たちと訪れて缶ビールを飲んだ、勝利を祝うために。おれは勝利にわずかながら酔い、そしてもっと豊かな寂寥感を頭のなかに、また胸のなか躰中の筋肉のなかに熱いむずがゆさのように育てた。左翼たちは石器時代の人間のように石をその武器とするために、現代の工夫が固めた鋪道の石を剝ぎとっていた、その剝ぎとられ掘りおこされた鋪道の上に、おれは踏みにじられた娘の死骸の幻影を見た。もっと多くの死骸がそこに横たわるべきだったのだ、左翼どもの暴動、市街戦、そして雪のふりしきるさなかまで、おれたちは天皇のための銃をとって闘いつづけているべきだったのだ、二・二六のときのように。

おれは奇妙に寂しくてたまらず、裏切られたような、うろ寒さを感じて、静謐のなかに安定している傲然とした国会議事堂をながめた、それは他人の城だ、よそよそしい。そしておれは、五月来の戦闘のあいだ身近に感じられ、この手に握ることのように思えた**政治**が、またもとどおり、遠くなり、他人の城にとじこもってしまっているのを感じた。おれは唾をはき空缶を破壊された鋪道に投げすてた。仲間たちみんながそれにならった、おれはおれだけがこの祭りの後のようなうろ寒さを感じているのではないことを知った。缶と敷石とのふれあう空しく不快な音がそれをおしえたのだ。

おれたちは皇居にもうでるために坂をおりて行くときも、まったく士気あがらなかった、五月の暗く青葉の匂いだけ激しい疲れきった夜更けにも、おれたちはこんな湿っぽい行進はしなかった。おれは走り去る自動車の窓や水たまりやショウ・ウインドウに、この数ヵ月で圧倒的に逞しくなったと思われる自分の躰がうつるのを見たし、また眼をつぶって躰中に力をこめると胸が厚くなったことや筋肉があらゆる細部で硬く育ってきていることが感じられたが、それだけで楽しい気分になることもその瞬間にはできないのだった。

しかしいったん宮城前広場につくと、おれは昂揚と幸福感にとらえられ、至福の満ちおこる汐におし流された。おれはあらためて、朝の教育勅語奉読から、夕暮に御真影に祈る眼も昏む快楽の一瞬まで、おれの皇道党本部での生活が天皇によってつねに償なわれ満たされ光輝をそえられているのだと感じた。おれが現実生活のなかでどんな寂寥感をもつときがあろうと、天皇の子としてのおれには至福の瞬間の連続しか真実ではないのだから、その灰色の世界こそ欺瞞なのだ。天皇に関係のないことを考える必要はないばかりか、天皇の眼、天皇の耳において世界をとらえるほかのことをおれはすべきでない、それは私心なのだから、おれは**私心なき忠**に徹しなければならない！

　おれは天皇にかかわりのない現実世界にたいしてはまったく冷淡な、ものぐさで不精な若者になろう、あの左翼かぶれの教師どものいる学校には念をいれて出席する必要もないだろう、天皇はおれの真の太陽だ、真夏の太陽だ、外の世界におとずれる夏よりも早く、そしていつまでも、おれの内部世界には天皇の太陽が真夏をもたらしていたのだ、おれは天皇の夏休をあたえられた学生だ。おれは天皇のためにのみ全速力でエンジン全開で疾走するために、ふだんは情熱をストックしておこう……

　党の機関紙に新人紹介という欄がある、そこに載せられたおれの紹介文は次のようだ、おれが自分の内側で考えていることがそのまま外側から見たおれ観になるという奇蹟を、おれはここで生れてはじめて体験したような気がする、ずっと幼なかった幸福の一時期をのぞいては。とくにあの汚ならしい自意識の悪魔にとりつかれてからというもの、それはまったくおこりえないことに思われたのだったが、党紙編集者は書くのだ。

《十七歳の弱冠なれども行動にあたっては勇猛果敢、赤色分子を蹴ちらす。恐怖を知らず、わが身をかばうことなき勇士なり。十七歳にして入党を許されたる唯一人の少年党員として修業、諸党員の間に伍して歩をゆずらず、勤勉その進境著しく大成の期待をうく。されども党本部における日常生活においてははなはだ温順、寡黙、礼儀ただしく思いやりあり。いつの日かの飛躍を期して爪をかくしたる能ある仔鷹のごとし。全学連の同年輩諸君、爪の垢でも煎じて服用しては如何？》

　おれはこのような人間として皇道党本部に存在していたわけだ。おれのようにインテリの父親をもつ小市民家庭にはいちばん育ちにくい、農民的な性格をもった人間として、おれはそこに生活していたのである。

　そしてそのあいだに、保守党内閣が別の派閥の保守党内閣にかわっただけで、民心一新していた。また問題の軍事条約はむすばれたが、左翼どもは保守派の派閥の一代表者をたおしただけで満足し、国会の包囲をといていた、その包囲陣の学生の一人は、《日本がいやになった》という泣きごとの詩を発表していた。おれの心の夏におくれて、季節の夏は、そのあいだに、行動後おれが油布でみがく党の鉄兜のように輝きながら、まさにあらわれようとしていた……

2

皇道党の若い者たちだけの修養会で、めずらしく議論がおこった。おれは会のいちばん隅で黙想していた、そこで議論は芝居の台詞のようにおれの頭のまわりをとびかった。若い者たち、せいぜい三十五どまりの者たちは皇道党のなかで、行動隊活動のあと自信を深め積極的に発言するようになった。また、行動隊活動をつうじて、特に逆木原《さかきばら》国彦はじめ長老たちのなまぬるさに疑問をもってきている者がいて議論を激しくする。なかでも理論家の者らの台詞はこういうふうなものだった。

A党員　（二十五歳、神道系の大学を卒業した皇道党ではまれな懐疑派、高知県の神官の息子である）おれはこんどの行動でおれたちが勝った、勝ったと喜んでいることに疑問をもってるよ。おれたち皇道党員は勝ったか、本当に勝ったか、おれは疑ってるよ。

B党員　（三十歳、現実派、いつも羽織、袴の純日本式服装をしている、それに刺激されておれもそんな恰好で学校に行き、数学の教師が右翼野郎とおれを蔑しめるためにいったかげぐちを聴き、かえってたかめられた喜びを感じた。またこの現実派の男は保守党の青年部との交渉をすべて買って出る骨おしみしないところも持っている、あだ名は政治屋、中学卒のみの学歴だが読書家、沼津市の商家生れ）敗けたわけじゃないよ、現に敵の大将が敗けたことを認めているんだ、国会前で敗けた瞬間にわんわん泣いたと雑誌に書いている、その学者は全学連どもが国会内に入って革命をおこすことだって可能だと思っていたらしいよ。考えてもみな、あの学者どもが改正したがらなかった旧安保でよう、駐留軍の出動を要請できるんだ、そんなことになってたら革命どころか左翼どももみな殺しだよ。そんなことにならなかったのは保守派に良識があるからさ、安保体制もその良識があってこそ日本のためになっているんだよ。ところが左翼の学者は、娘っ子一人死んで泣き、そして十万人みな殺しの危険をまぬがれて、また、わんわん泣くんだ。おれはあんな学者の泣いてる首根っ子つかまえて踏み倒してやりたかったな、泣きっつらに右翼だ！　この言葉はレーニンが叫んだんだぞ、といっとけば書斎に戻ってレーニン全集に首っぴきだろう、そんなのが学者だ、殴ってやりたかったなあ。

A党員　勝ったつもりで、勝ちほこって、泣いてる学者を殴ったり踏みつけたりしたいのか、本当におれたちは勝ったと、きみは信じるのか？

B党員　おれたちが勝ったと信じてどこが悪いんだ？　左翼の毒が尻までまわってる新聞がどこもかもおれたちを暴

力団とかなんとか書いてるけど、国民はおれたちを支持してるんだ、次の選挙には国民が左翼の連中を勝たせるとでも思うのかい？　あいかわらず保守党が勝つんだ、それでおれたちもやっと国民の真の声で挨拶されるわけさ。

A党員　きみにもわかっているらしいよ、勝ったのはその保守党の汚ならしい膿だらけの痳病どもだ、選挙に勝つのも連中だ、おれたちは勝ったのじゃない、逆木原総裁もまた選挙には勝てないにきまっているんだ。きみは保守党青年部の豚どもと一緒にいろいろやってきたなあ、それであの青年豚どもが早くも金権政治屋どもの糞のなかを気持よがってうんうん唸って眼をほそめて転げまわってるのがわからなかったのか？　おれは左翼どもとおなじように、保守党のやつらも敵だと思うんだ。

B党員　その敵の保守党が皇道党に、この六月来、公式にだけで二十万円献金してきた、それにこんどの新しい首相の後援会からも十五万円は来ているんだ、それで活動できたんだ、きみは敵からおくってよこした塩だけにこにこしてなめて、咬みつくのか？

A党員　（昂奮して蒼ざめ震えながら叫ぶ）その二十万、十五万の金でおれたちを暴力団なみに働かせたやつが勝ったんだ！　このままでは皇道党は、あの青年豚どもがお世辞のつもりでいうように、院外団になりさがってしまう。保守党の汚ならしい院外団になりさがって暴力関係をうけもつことが仕事になる！

B党員　（やはり昂奮に蒼ざめて）じゃ、おれたちがどうすればよかったんだ！

C党員　（睨みあい昂奮しきって殴りあいはじめんばかりの二人に聴かせるためのように、壁の檄文を大声で読みはじめ、一瞬みんなびくっとして静まり、それを聴く）

暗雲がいっぱいにたちこめている。

赤い怒濤が北から西から一呑みにせんと迫っている。

国の護りは薄く李承晩の恫喝すら本当にははじき返されないのである。

共産党、進歩党、総評、日教組、全学連及び文化人と自称する赤い愚連隊共が第五列的陰謀を策してしきりと蠢いている。

政治的腐りはそこ、ここに大きく破れてウミを流し、悪臭を国中に放っている。

これが今日の日本の偽らざる現実である。

誰が愛国の至情を吐露するか。

日本！　危いぞ
と案ぜざるを得ないではないか。

時は今。それはあたかも五・一五事件又二・二六事件の前夜の如き情勢に日本は立ち至っているとしか思えない。

見よ。懦弱《だじゃく》と浮薄と怠惰と淫風は国を掩い、人々は目前の安逸にふけり権力を濫用し、貪欲の美酒に酔い虎狼の如くにうかがい私腹を肥し破れを知らず、安からざるに康しとし、脚下に横たわる永遠の滅亡の断崖を忘れているのである。
純真な青年同志の中に維新断行、救国革新の声あるも又宜《む》べなるかなである。

A党員　そうなんだ、おれは保守党の政治屋どもにも反省をもとめるべきだと考えてるんだ、だから保守党から金をもらって紐がつくのは厭なんだ。国会を包囲した左翼どもを殴っているだけじゃ警官と変らんじゃないか、おれは逆木原先生に、保守党にたいしてもっと断固たる態度をとってもらいたいと思うんだ。

C党員　断固たる態度というのはなんだ？　たとえば共産圏を訪問した保守党の有力者には抗議文を発したが、ああいうことか？

A党員　もっと強力なことができたら……

C党員　クーデターか？

A党員　可能なら……

C党員　おれは可能だとはいわない、しかしクーデターについて論文を書いている人は日本の現代の右翼にもいるんだ。クーデターの必然性という論文だ。日本の自衛隊は戦前の四、五倍の装備をもっている、そしてシビリアン・コントロールのもとにある、皇軍のように天皇が統帥権をもたれているのではない。国民の不信をかう政治指導のもとで、その命令どおり無条件に死地におもむくことが国のため政権のためになるかと疑うものがでる、そしてそういう政権に軍が隷属しなければならないかどうか批判的になるものがでてくる可能性はある。自衛隊が信頼できない政権の命令によって動くより、その政治指導そのものを刷新することこそ国運開顕に貢献するという自覚をもつものがでるかもしれない。とにかくクーデターがおこるなら共産理論より日本独自の民族主義的理念によるほうがいい、そういう論旨だ、おれは非常にすぐれた意見だと思う。逆木原総裁は、まだ時期が早いといわれる、しかし何ひとつ準備工作もはじめないで、結果だけ念頭において時期尚早といっているのは、おれはそれが軟弱すぎると思うんだ、保守党の金権亡者どもに利用されるのがおちだ。明日こそはクーデターの基礎工作に着手しよう、そう毎日考えて、結局だ、ある夕暮に、こんどこそ明日こそは、と決心する、そして朝までに死んでしまうんじゃないか、左翼の学者が革命についてとる態度とおなじになあ。おれはそういう死にかたはしたくない。こんど、全学連は国会をのっとろうとした、あわよくば全学連クーデターというところを狙っていたんだろう、それでおれも、これはまごまごしてはいられないと考えたんだ。右翼のほうでも、あわよくば民族的クーデターを！　と考えるやつが出てこないと全学連に対抗できない。誰かがいった学者じゃないが、国会前広場が静かになったとき、おれも、民族的クーデターの芽がこれでつぶれてしまったと考えて泣きたかったんだ。あの腐った臭いのなかでしか生きられない政治屋どもを殺して清らかな花の匂いのなかで腐らせてやれなかったのを考えて泣きたかったんだ。民族的クーデター、そして天皇陛下の統帥権復活、それが本当の日本および日本人の姿なんだ。この理想のプログラムをなあ、左翼のやつらの言葉だと、この未来像をなあ、もっていないやつは右翼の正統にはなれても愛国者の正統にはなれない。戦争で死んだ愛国者の正統にはなれない。おれは逆木原先生が、いつまでもこの意見のがわにきてくださらないなら、皇道党を脱党して、クーデターの基礎づくりを始めるよ、きみたちも、おれと一緒にこないか？

A党員　おれは一緒に行くかもしれない。

おれ　（天皇の統帥権という言葉がでたときから不意に生きいきした関心をもちはじめていたおれは、天皇により近い道に歩みだすことができるなら、結局、逆木原国彦から去ることはまったくなんでもないという気持がすでに固っていることに驚きながらいった）おれも、そのときには、あなたと一緒に脱党しますよ、おれは防衛大学に入って内側から、そのクーデターの基礎工作をすすめたい。

C党員　（おれとA党員の手を握り）よし、きみたちは仲間だ！

　おれが皇道党に入ってはじめて聴き、納得し、それを実現したいと願った政治の現実と未来についてのプログラムがこれだった、そしておれは皇道党のなかにやっと身近な指導者をえたのだった。おれはそろそろ逆木原国彦を指導者というより、右翼の偶像として感じはじめていた、おれはもっと肉を多量にもち血を多量にたくわえている、もっと生の人間らしい指導者をすぐそばに欲しいと思っていた、おれにとって偶像は直接に天皇であったから、右翼の偶像としての逆木原国彦は必要でなかったのだ。おれは世界史でならった無教会派の信者のように、信仰の側面では神だけが他の附属物や障壁なしにあらわれることを望んだ、天皇という神が！　そのおれにC党員は最ものぞましい右翼的人間の仲間として、ともに神なる天皇に跪《ひざまず》く有能で思慮も深い同輩の修道者として手をさしのべてくれたのだ。おれは仮にC党員とよんだかれについてもっと詳しく語っておきたい。というのはかれが、おれの入党前後にイメージとして持ち、また現実に話もかわした、あの漫画的右翼の典型たちとはまったく別の人格であったからである。

　安西繁、三十五歳、敗戦のとき学徒出陣で戦場にいた、戦中派だ、党の中堅幹部のなかで独りだけ特別な雰囲気をもっている、そして愛読書は左翼どもが編集した《きけわだつみのこえ》である、それだけでも他の党員たちとちがう。それにいちばん若い層の党員であるおれたちには、よく理解できないところがあって、たいていの若い党員は煙ったがって敬遠する、しかもみんな、この変り者の幹部を気にかけているのだ。中背だが、肥りすぎるほど肥り、肩にもりあがった肉や低い重心、精力が前にむかって駈けたがるのを抑制しながら歩くような態度、浅黒い皮膚、すべて牡牛を思わせる。そして厚いレンズの奥にかくしているが右の大きい眼は激しいやぶ睨みだ、やはり大きい左の眼は正常だが永いあいだの酷使から、ますます厚い彎曲をもったレンズを必要とする近視である。顔は、もし肥ったカメレオンがいるなら、それに似ていることになるだろう、しかし魅力はある。かれがやぶ睨みの眼とそうでない眼を苦しげに調節して意外な高みにかかげた新聞を読んでいるのを見ると、新聞というものはおれにはとても読みとりえない困難で深い人生の真実にみちているのだという気がする。また、かれにそれとおなじ方法で見つめられると、胸がなにか重苦しいつめものでふさがれ重苦しくなり、ふだんの自分が調子づいて浮薄だったことがわかる、汗が脂っぽくなってくるような気がする。週刊誌の記事に、かれを皇道党でもっとも過激な男だと書いたものがあったが、老年の党幹部のなかにはこういうものもいる、《あの男は左翼になりたくなれば明日にでも思いつめて共産党に入るような男だ、それに現実の日本よりも、戦争中に死んだ仲間の学徒兵のことをもっと切実に考えている、それに天皇陛下をお憎みもうしあげているらしいふしもある、宮城前で自決しようとしてはたさなかったとかいうことも聞いている》

　おれは安西繁と親しく話しあうようになってから、かれが国会前広場でのおれの活動を注意深く観察していたことを知った。かれはおれをあのねばついてくる困難にみちた眼で睨みつけるように見つめながら、奇妙な優しさのこもった声で、

「きみは絶望した犬みたいに勇敢だったよ、もうやめろ！　といってやりたいほど勇猛果敢だったよ。ヒステリーで狂った女みたいに勇敢な体当りの連続また連続だ、中世紀だと悪魔がついた人間として、魔女裁判でしばり首になっただろうなあ」といった。

　《もし天皇が悪魔なら、おれはたしかに現代の悪魔つき、魔女だったろう》とおれは考えた、そして党本部での修祓、祝詞奏上、玉串奉奠などの祭典のときには陽気ないたずらの気持を味わいながらその悪魔の考えをくりかえし頭にえがいた。

　ある日、安西繁と献金あつめの会社めぐりの仕事をうけもった。商事会社某、五千円、パルプ会社某、一万円というように寄付をうけて歩くのだ、それは夏の行動の基金となるだろう。あいかわらずポケットに《きけわだつみのこえ》をいれて歩いていた安西繁が国電の吊皮にもたれ、ほとんど網棚のあたりに本をかざして読みはじめる、それを隣からのぞきこんで、おれは赤インクでかこまれた詩を読んだ、安西繁も唇をうごかしながら、それを実に永いあいだ読みかえしつづけた、国電の四区間ほどのあいだ、汗の玉を厚い唇のまわりにこびりつかせ震わせて、かれは孤独な子供のように読みふけっていた、

……………

悲しい護国の鬼たちよ！
すさまじい夜の春雷の中に
君達はまた銃剣をとり
遠ざかる俺達を呼んでいるのだろうか
ある者は脳髄を射ち割られ
ある者は胸部を射ち抜かれて
よろめき叫ぶ君達の声は
どろどろと俺の胸を打ち
びたびたと冷たいものを額に通わせる

……………

この安西繁は、天皇のことをほとんど考えない右翼かもしれない、とおれは考えたが、同時に安西繁を熱情をこめて敬愛している自分にも、やがておれは気づいた。しかしそれは、おれが天皇のみをつうじて感じる至福をいささかも傷つけなかった、おれは考えた《なぜなら安西繁は戦中派だし、おれは戦後派のセヴンティーンの右翼なんだからら。そして、ああ、天皇はおれ独りの神であったほうがいい、さもないとおれは安西繁に嫉妬することだろう！》

おれは皇道党本部にいるあいだ常に、安西繁に近づいているようにつとめ始めた。やがてはかれと同じ部屋に二人きりで眠るようにもなった。逆木原国彦は大きいが涸れた湖のような感じだった、荒れはてた湖底を風がヒステリックな砂埃をあげて吹きつのる、そしてもう情念の水は一滴もない、おれは老人の肉体をつうじて天皇の幻影を見たくなかった、おれはセヴンティーンの肉体に天皇をやどしたいのだ。安西繁はおれの心のなかの天皇を蚕食しなかった、そしてかれの心のなかの、死んでしまった学徒兵の幻影はおれの胸をうたず、おれの額にびたびたと冷たいものを通わせなかった。おれは安西繁との本部での共同生活を大人らしいと感じ自由に感じ好きになった。安西繁が逆木原国彦の優柔不断にあきたらずに脱党するという噂は本部でもときどき耳にした、そしておれはそのときにはおれもついて行こうとあらためて決心していた。

逆木原国彦と長老たちは次の選挙の準備工作のために、いまは本部の活動にあまり情熱をそそいでいないようだった。おれは本部の御真影のまえに坐って一日中、至福の感情にひたっていることがあった、そのような日の夜、おれは十回も自瀆したあとのように疲れきって喘ぎながらなかなか眠りにおちこめなかった。しかし夜の世界を猛毒でみたした、あのおれの馴染の死の恐怖はもうおとずれてくることがなかった。

3

夏は、おれの内部の黄金色の天皇の幻影のように激烈におとずれた。夏の盛りに、おれは暑さの最も激しい地方都市の乾いた市街に、灼けつく鉄兜をかぶり青年行動隊の闘争服に汗と苦しがる皮膚とをつめこみ、棍棒を握りしめて行進し闘うためにく東京を発ったのである、八月だ、広島、原爆記念日を左翼どもからまもれ！

汽車をおりると駅のなかですでに、ヒロシマは暑かった、空は晴れわたって無機質の青だ、そこへ無機質の夏雲が突然まいおこる。なにもかも無機質の味がする、建築物群も、数多くの川も、地面も、そして夏自身も。人間だけが猛然と機関車のように湯気をたてて走りまわっている汗まみれの有機質だ。しかしその人間どももも、生きのこりのいもの凄さを汗の飛沫とともに躰じゅうから放散している。夜行列車のなかでの若い党員の会話、《広島か、牡蠣が食えるぞ！》《なんだい、田舎の貧乏人の常識のないのが、食通ぶるな！　命知らずの右翼にも、八月の牡蠣を喰わせはしねえよう、広島人だってなあ、八月の牡蠣は喰わねえ用心してるから、ヒロシマ原爆のみな殺しのあとも、人間がほそぼそ生きのびられたんだあ！》駅からのぞいて広島市街を眺めるだけでおれはほそぼそ生きているどころか、猛烈な精気の人間群に、これが生きのこりという者かと思うと嘔気がするほど腹の奥にこたえた。おれは眼まいまで感じるしまつで、駅頭からの最初の党の行進がはじまるまで、偽装平和大会反対！　赤色対日文化侵略撃退！　の駅の立看板のかげに坐りこんで頭をかかえていた。

しかし市内への行進がいったんはじまると、おれは真夏らしい昂奮のなかにすぐ入りこんだ、そして敵が前方にあらわれると昂奮は真夏の水位よりもたかまった。おれたち青年行動隊は、国旗と党旗をかかげて徒歩行進だ、そのまえに三台の車が幹部たちをのせて先行する。車からは軍艦マーチ、愛国行進曲、青年の歌、そして海ゆかばがマイクの音量をフルに開いて叫びたて、また別のマイクからは党の中国本部長が訴えを叫びたてがなりたてる、《ヒロシマ市民のみなさまに訴えます、平和大会は赤色偏向だ、左翼亡国連中の政治大会だ、赤色謀略でいっぱいなんだ、あいつらは日本民族の純真な祈りに色をつけ左にかたよらせソ連中共の侵略の下ごしらえのために、平和運動家などと偽装してやってきているのだ、ヒロシマ市民の皆様、みなさま、どうかわれわれの愛国の悲願の声にふれてくださあい！》おれたち徒歩部隊はビラをまいて進む、赤と青のザラ紙に、偽装平和大会反対！　赤色対日文化侵略撃退！　と黒ぐろと印刷したビラだ、たちどまっておれたちの行進を好奇心でうっとりしてがやがや叫びちらしながら見おくる連中も、手にうけとるのを恐がっているのでおれたちはビラをふりまくだけだ、ビラは舞いあがり、風にはためき、おれたち自身の土足に踏みにじられる、偽装平和大会反対！　赤色対日文化侵略撃退！

突然、おれたちは左翼どもの気配を感じる、緊張し、戦いにそなえてビラをすべて一度にまきちらしてしまう、前方に大きい建物が見える、マイクが訴えをやめて、おれたち青年行動隊員に呼びかけはじめる、《広島球場と児童文化会館のあいだの広場に注意せよ！　赤色全学連が汚ならしいプラカードをたてている、明日の大会の準備をしているのだ、愛国的な青年諸君、左翼どもの待機する、前方の広場に注意せよ！》おれたちは自動車隊の前に出る、児童文化会館のまえに全学連どもが五十人ほどむらがり、おれたちを罵っている、おれたちの耳にとどくまえに、かれらの罵声はマイクの叫びに吹きちらされる、マイクから怒りにふくれ充血した絶叫がとびだしておれたちをすぐ背後からおそい、おれたちの耳をたちまち使えなくしてしまう、《反動だ、暴力団だと叫んでいるぞ、愛国者諸君、あの全学連どもは、恥知らず、暴力団と叫んでいるぞ！　愛国者諸君、あの赤色暴漢どもは、恥知らず、反動と罵っているぞ！》おれたちは怒りくるって突撃する。プラカードをひき倒せ！　くそっ、内閣打倒？　くそっ、勤評反対？　くそっ、米帝打倒？　くそっ、くそっ、軍事条約を認めない？　くそっ、くそっ、会場に殴りこめ！　四千人の全学連を蹴ちらせ！　くそっ、原爆ゆるすまじ？　くそっ、二度とあやまちはくりかえしません？　くそっ、死の灰はもうごめんだ？　くそっ、下げビラを破きすてろ！　赤のやつらを殴りつけろ！　おれの現実は後退しおれの**映画**が始まる、暴れ者の主役おれは恐怖におびえた学生の眼の大写しのスクリーンに体当りする、女子学生の髪をつかんで駈けるおれの手に髪一束、背後に悲鳴、ぎゃあああ、ああ、カメラでおれを狙うやつを見つけ会場の隅に追いつめ、棍棒をカメラにうちおろす、頭でカメラを覆う、ばかだ、頭を殴りつけると気をうしないカメラをおとし自分の体の重みでカメラをつぶす、ぐしゃりと音がする、おれは演壇にむかって走る、鳩と花束のかざりつけを全学連どもが会場の天井の横木に吊りさげている、その紐を跳びだしナイフでごしごしやる、不意に鳩と花束は金属質の喜びの歌をうたって、全学連どもが怯えてかたまっている黒いかたまりの頭上に墜落する、ぐわん、ぐわらあん、真昼の市街を警察車のサイレンが四方八方から洪水のようにおしよせる、おれは会場出口に向って走る、そこで多数の学生どもにくみふせられた党員が殴ったり蹴られたりしている。学生どもの反撃開始だ、おれは三人の学生に前方をふさがれ迂回しようとし、連中が作業衣の上衣にもご丁寧に東大のバッジをつけているのを見る、おれは叫びたてながら力のかぎり棍棒をふりまわし襲いかかる、ごん、ごん、ぐしゃり、棍棒が折れ淡い朱色の霧がおれに吹きよせる、怒りと恐怖で赤くなった学生どもの大群のおしよせるクローズ・アップのスクリーンにとびこんでゆく、おれは殴りつけ殴られ蹴りつけ蹴られ、猛然と衝突し、ひきずり倒され再び立ちあがり、衝突し殴りつけ殴られ、呻きながら敵を呻かせ、また倒れこんでしまう。おれにむかってのしかかってくる群集の顔のクローズ・アップだ、しかしそれはズーム装置の故障のように一瞬静止し、そして不意に学生どもの顔の大群は溶暗してしまう、ああ天皇よ、ああ、ぼくは殺されます、ああ天皇よ、再び明るくなるスクリーンはのぞきこむ警官たちの顔の大群だ、それは近づきクローズ・アップは過度に進行し、頰ずりされるほど近くの浅黒い顔が警官の声で《起きられるかい、ひどくやられたなあ、暴力全学連どもめが！》という、スクリーンすべてが警官の優しい同情にうるおった一つの眼だけでみたされる、スクリーンの外でおれ自身の声のナラタージュ《天皇よ、あなたはぼくを見棄てませんでした、ああ天皇よ！》

　暑さと苦痛、日光の無機質の感じ、汗の匂い、音、叫び、汚れた空気の鼻孔内でのひっかかり、それらすべてが回復し、おれの頭からおれの映画をおしだしてしまう、**現実**の八月のヒロシマがおれを再びうけいれる。おれは掌に血と髪とがこびりついているのを見る、《他人の血、他人の髪だ》おれはその掌をゆっくりズボンのポケットにしまい、善良なはにかみ屋の少年の声で訴える、

「独りで歩けると思います、お世話さまでした。暴行されましたけれど、報復は自分でやります。共産党流に、被害をふりかざして警察のみなさんを利用はいたしません、どうか行進に戻らせてください」

　おれの完全な東京風アクセントが農村出の若い警官を一瞬くちごもらせる、しかしかれは頰をあからめ微笑していう、

「行きなさい、独りで歩けるなら。まったくひどくやられたなあ、全学連のバカどもがなあ！」

　おれは全学連どもがたちならぶあいだを昂然と胸をはってゆっくり歩き、かれらのくちぐちに低くつぶやく罵りの言葉を拍手のように聞いて外に出て行く。暑さと光線の大洪水のなかで行進の隊伍はくみなおされている、そして広島球場のジャイアンツ対カープ試合の大観衆のあげる熱狂のどよめきが驟雨の到来のように隊伍をおののかせる。学生たちは虚脱したように黙りこんで、破壊された集会場の入口の陽かげから隊伍を見送っている。太陽は一インチも動かなかったようになお頂上で天皇のように輝いていた、《ヒロシマ市民のみなさまあ、ああ、訴えまあす、全学連のお、赤色暴徒は、われわれにい、挑発をしかけてきました、共産テロ団の常套手段でありまあす、ヒロシマを、赤い暴力からまもりましょう、悲しみをいだいて死んだ家族の冥福を祈るうヒロシマ市民の安らかな慰霊の日をお、全学連どもは、ああ、階級闘争の場にしておりますう、われわれはヒロシマの厳粛なる霊の祭をお、日本民族の純真なる祈りとしてまっとうしたいのでありますう、それを赤どもは、内閣打倒などと無関係な政治色をもちこみ踏みにじろうとしておりますう。赤どもは、われわれ愛国団体が平和大会に殴りこみをかけるという妄想をいだきましてえ、ええ、決戦するとか対決するとか偏向ジャーナリズムに踊らされていっておるがあ、売られた喧嘩ならばあ、われわれも買ってたたずばなりますまい、いい、皆さまあ、ヒロシマ市民のみなさまあ、みたまのごめいふくを祈りましょう、うう、祈りましょう、うう》

飛行機が低空を旋回して爆音による威嚇をおこなう、おれたちの味方の爆音だ、ビラも撒いている、赤と青の、あのビラだ、偽装平和大会反対！　赤色対日文化侵略撃退！　おれたちは旋回する飛行機にむかって暑さに唸りながらあおむき国旗をふって激励する、飛行機は翼を揺すって無機質の紺碧の空からこたえる。眼球があまりに激しい光にいためつけられ、空はたちまち青から紺碧、そして黒に色をかえる。繁華街で左翼の宣伝隊と衝突し殴りあいがある、敵の宣伝カアにのりこもうとした党員が袋叩きにあう、救援に加わると、またサイレンをならして警察車だ。そこへニュースが入る、広島駅から無届けジグザグデモの全学連が県庁におしかけるというのだ、おれたちは絶頂まで昂奮して県庁前広場へ駈足前進をはじめる、罵声と暴力ざたと激怒の夏だ、おれたちは決してひるまないだろう！　赤どもの侵略から日本民族の純真な魂まつりを断乎としてまもりぬくだろう！　皇道党青年行動隊は、すでに真夏よりもなお、太陽よりもなお、昂揚し緊張し、爆発可能だ。県庁の建物が見えはじめるのと同時にジグザグデモの喚声がきこえはじめる、おれは国会前広場での暴力の劇の日々からずっと訪れることのなかった、至福の強姦者のすばらしく熱く、じんじんする全精神と全肉体のオルガスムに、たちまちおそわれてしまい、駈けながら呻いて歯ぎしりする
《ああ、天皇よ、ああ、ああ！》

4

夕暮に絶望的な暑くるしさと湿っぽさの凪がはじまると、闘争は終った、明日の慰霊祭での行動をうちあわせるために幹部たちは、他の愛国団体との協議のために料亭へでかけた。おれは幹部をおくって行き、おなじ料亭に前屈みに入って行く、憂鬱そうな中年男を見た、かれは躰じゅうに鋼鉄の針金の束をつめこんでいるように硬く重く緊張しているのだった、しかも憂鬱そうに影にみちている、かれがふりかえっておれの顔を死んだ猛禽の眼、激しく、また暗くどんよりした眼で見た。おれは会釈した。幹部をおくりこみ、あの男は鬼みたいだ、地獄の暗い青みどろの沼の鬼みたいだ、と考えながら宿舎にかえると、電話だ。おくったばかりの幹部からで、いまおまえの会釈した人物がおまえを若いが腹のすわった男らしい、きっと大事をなすだろうといった、とおしえてくれ、その人物の名前を、あの伝説的な暗殺者の名前をつげた。おれは身震いし、口腔を乾かせ、溜息をついた。試験の成績のよかったときの感情の昂ぶりを思いだした、受話器をおく手が震えた、《あの鬼のように憂鬱で緊張しきった中年男が、テロをおこない既に人を殺した男なのだ、その男がおれを……》

宿舎にきた医者から、おれは躰じゅうに二十個の打撲傷を発見された、仲間たちのなかには骨折した者もいた、し

かし宿舎は静かで、幹部が戻ってくるとその報告を聞き（明日の左翼どもの大会を実力阻止することはせず、市主催の慰霊祭に身を潔めて参拝する、市民の純粋な祈りをさまたげることのないように）祝詞をささげて就眠した。広島では夜、人間の死肉の気配に刺激されて犬が吠えるという話を聞いてきたが、それは聴えず、ただ暑い夜の広島全体がかすかに臭うような感じだけがいつまでもおれの眠りをさまたげた。おれはしだいにその臭いを現実のものと感じはじめ、あの暗殺者が夜の暗い片隅に眼をひらいたまま横たわり、その臭いをかぐさまを空想した、《あの鬼が予言したんだ、これは絶対に正しい予言だという気がする、若いが腹のすわった男らしい、きっと大事をなすだろう……》

　朝、おれたちは斎戒沐浴し団旗と黒い布をまきつけた弔旗の日の丸を先頭に整然と厳粛に慰霊祭にもうでた。昨夜の幹部報告で今日は左翼どもと闘う機会がないとわかっていた、それでおれは広島に、原爆ドオムに、隊の行列を好奇心に酔って眺めるびっくりした人間に、興味をうしなってしまった。結局おれにとっては、そこがヒロシマであろうと札幌であろうと仙台であろうとよかったのだ、そこは単なる夏の盛りの汗まみれの人間のすむ一地方都市にすぎなかったのだ。おれは若い右翼として、汚ない赤どもと戦い、天皇の栄光をまもりとおすことのみに熱情をよびおこされるのだ。原爆、戦争の悲惨、平和への希い、ヒューマニズム、そんなことはおれと関係がない、第二次大戦のあいだ、おれはほんの子供だったのだ、その光輝に関係なく、その悲惨、その原爆をフィナーレの大合唱とする悲惨にも、まったく関係はないのだ。むしろ天皇をまもるためならニューヨオクへでもモスクワ、北京へでも原爆を投げこんでやる、もし広島が赤どもの牙城になったならもう一度こんどはおれが原爆を投じてみな殺しにしてやる、それが正義だ。もし日本じゅうが赤どもだらけになり、日本人民共和国ができたら、おれは天皇をカンヌにうつしたあと、ヒロシマ原爆の十万倍の威力をもった核反応装置で日本全土をふっとばしてやるだろう、それが天皇の子の正義だ。おれはその朝の時刻、その記念すべき土地にいあわせた人間群のなかで、カメラを肩にしたフィリッピン人たちの一団をふくめても、すべての人間のうち最も、原爆による死者に関心うすい者であったろう。《爆発してしまった原爆、死んでしまった三十万人、それがなんだというのだ、暑い空気を一瞬のやすみなく肺におくりこみつづけ汗をにじませるこの群集に！　おれたち生きている群集に厖大な死者の誰ひとり声さえかけられないじゃないか、なんの関係があるというのだ、なんだというのだ！》

　花束のうずたかい山が陽に灼かれ、線香の汚ならしい煙の霧がたちこめて喘息の種になっている納骨塔にむかって三分間の強いられた黙禱のあいだ、おれの考えていたのはノグチ・イサムの造ったばかでかいコンクリートの橋のことだ、広島支部の党員によれば、あの巨大な橋じゅうのいぼいぼは男根と女陰を示すのだ、灼熱の太陽にやかれる無機質の戦後都市で、三米ほどの大男根、大女陰が、百本ほどもにょきにょき突起して叫ぶのだ、《みな殺しの原爆にやられたんだあ、生きのこりは昼も夜もやってやってやりまくれえ、生んで生んで生みまくれえ！》戦争中、疎開した農村へ浪花節と一緒にきた女歌手が歌ったといって兄に教えられた歌、あれこそノグチ・イサムがヒロシマに建造して人類滅亡をふせごうとした悲願の大橋の絶叫する歌だ、《どおかねえ？　やったかね？　しっかり、しっかりやっとくれえ！　どおかねえ？　生んだかね？　しっかり、しっかり生んどくれえ！》

　不意に他人の震えおののく手が、おれの頭に縋るようにふれた、おれは躰をこわばらせてふりむき、中年の醜い女のすすり泣きながらおれを見つめている暗くて悲しみにふくれ溶けてしまいそうな鬱血した眼を見た。おれはとてつもなく穢いものにでもさわられたように怒りでどす黒くなった頭を女の指からふりはなし、女を蹴りたおそうとし、女のすすり泣きながらのつぶやきを聴いた。

「ああ！　あの子が生きていたら、ああ！　あの子が生きて育っていたら」ああ、唾だ！

　おれは死ぬほど忍耐して、できるだけ優しく一歩しりぞいた。女は追い縋ろうと恥しらずに試み、急に怯えて立ちすくんだ。おれは女がおれの腕章の文字、皇道党を読んだことを知った、それで面倒はおわった。おれは仲間を追って駈けだしながら唾を吐きつづけた。そして群集の流れをさかのぼって花束と線香の屋台店の数しれない華麗で安っぽい連なりの向うへ出た瞬間、広場の大群集が雷にうたれて硬直し静まりかえったのだ、ふりかえると背後の大群集はばかみたいに眼をつむって十何年まえにおこなわれたみな殺しをしのんでいた、八時十五分、ノグチ・イサムに電報をうって追加工事させなければならないことが何か、おれはそのまの悪い瞬間にさとった、《毎年、原爆の日八時十五分に、平和大橋の巨大男根群に、ミルク一合ずつ発射させる装置たのむ、国連ビルの噴水の要領でよし、巨大女陰群につきては貴案待つ》おれのために特に一本もらって、そのコンクリート男根射精パイプからは唾を一リットルだけ噴出させよう……

　午後は自由時間だった、退屈で空虚だ、おれは独りぽっちで映画を見に行った、アラン・ドロンがご馳走の匂いを嗅いでいるような頭にくる眼つきで突然、友達の肥った青年の心臓をぐさっと刺したシーンがよかったが、お祭り気分の広島人どもで満員なのだ。おれは窒息するまぎわでうまい具合にそこを脱出し、命からがら原爆資料館を見に行った。しかしそこにも気晴しの種などはなかった、原爆にやられたぼろぼろ人間の写真を見て、こいつらよりおれが原爆のことをよく知っているんだと考え優越感をおぼえたこと、ケロイドの馬を実験用に殺す写真の前で涙ぐんだこと、被爆後の土に育ったオオイヌノフグリやハコベの標本が細胞を破壊されたなりに美しい草の葉だったこと、それだけが気分に余裕のできたことどもで、ひとまわりするとおれは嫌悪と苛だちで気も狂わんばかりになり不潔な便所で二十分間も吐いていた。それからおれは絵葉書売場で、裸で死んでいる若い兵隊の写真のやつを一枚だけ買い、東京の本部で留守部隊を統率している筈の安西繁に通信を鉛筆で書きおくった。

《広島は暑くて最テイです。幹部は弱腰で赤ドモの偽装平和大会をボンヤリ見逃しています、来るほどのこともなかりけり。昨日のみひと暴れ、心気爽快でしたが。過激になればなるほど大御心にかなうのではないでしょうか？

原爆資料館の日本民族の恥をさらす醜怪な写真その他を見るにつけても、天皇陛下にこのようなケガラワシイものをお見せしてはならぬ、広島行幸を一身をカケてもおとめしなければならぬ。決心固くいたしました。

明治天皇《おおきみ》陛下のますらおぶりを偲ぶれど大本営趾《し》荒れに荒れたる

下剋上の世に憤怒しますね》

絵葉書をポストにいれて宿舎に戻ると、外出せずテレビを見ていた幹部たちが色めきたっていた。テレビは広島からの特別番組を正午から放送しつづけている、原爆の日特集だ。東京から招かれた若い作家たちの座談会もプログラムの一つだった、その座談会で、南原征四郎という、最も若い、学生あがりの作家が広島では皇道党が愚連隊なみの暴力ざたをつづけている、と特に東京方面ネット・ワークの聴視者にむかって報告した、というのだ。テレビ会社への抗議は幹部たちがやる、青年行動隊のものが南原という若僧をつかまえて謝罪させてくれ、あいつはまだテレビ局のスタジオでまごまごしている筈だ。

おれだけ独り、青年行動隊員が外出から帰ってきたわけだった、他の連中は映画館のなかで悪い空気を吸って病気になるべく大奮闘しているだろう。おれは南原という作家の本を姉がもっていたことがあるのを思いだした、写真をおぼえている、その南原が防衛大学生についていいきな悪口を新聞にのせて、姉を怒らせたのだ、おれは姉にかわって南原の本を三冊、古本屋に棄て値で売りに行った。《あの野郎、またおかしなことを出演料分だけいったんだ、猿芝居の赤い仔猿めが！》おれは幹部にひきうけた、といった。独りでいいか？　大丈夫ですよ、たかが作家なんだ、皇道党の腕章だけ見せれば、震えあがって小便をもらしながら泣いて謝るでしょう！

おれは勇躍してテレビ局にむかい、党の広島支部がやっているタクシーを走らせた。南原は、おれが探しにくるのを待ってでもいたように独りぼっちで、テレビ局のビルの一階のガラス板で鋪道からへだてただけの見通しのいいティ・ルームの一番隅っこに腰をおろして憂い顔で桃のシャーベットをなめていた。おれは黙ったままティ・ルームに入って行き、南原に向いあった合成樹脂の椅子に坐って、「皇道党の者です、抗議に来た」と鈍く嗄れさせた若い右翼の声でよびかけた。

　南原はゆっくり顔をあげておれを眼鏡のむこうの細くて濃い茶色の女性的な険しさをもった眼でびっくりしたように見つめた、その眼に最初はかんまんにそしてしだいに激しく表情の転換があった、《こいつは誰かを待つために鋪道からの眼にいちばんあらわな所でじっとしていたのだ、そしてその誰かのかわりにおれが来たのだ、こいつは眼の表情で心の中の動きをみな陳列してしまうやつらしい、インテリだ、拷問されるまえに洗いざらいぶちまけて泣き喚く型だ、こんなやつを使って非合法活動をやるとしたら共産党はイチコロだ》南原の眼のふわふわ揺れる焦点が、おれの眼のあいだにきまるまでおれは第二撃を待ってやった。

「貴様はテレビで皇道党のことを愚連隊なみだといったなあ、暴力ざたをつづけているといったなあ、その皇道党員として抗議に来たんだ、責任をとってくれ」

　恐怖が、もの凄い山火事のような恐怖が、南原の眼にひろがった、恐怖は液のように眼の奥からにじみだしつづけた、茶色の虹彩、葡萄色の瞳、それがこの真昼の明るさのなかで夜の眼のようにひろがり、恐怖がそこをひたしている、頬が白く硬くなりこめかみがひくひく痙攣し、脣が唾にぬれた桃色の歯茎のみえるまでひらいた。叫ぶのか？とおれは一瞬狼狽して考えたがそうでないのだ、おれはこのように完璧に（いわば過度に）恐怖にうちひしがれる男をはじめて見たと思った、こいつは百人分の恐怖ガソリンを頭のなかの臆病の車庫にストックしておいたんだ。おれはズボンのポケットのなかで跳びだしナイフの留めボタンをはずし、そのまま親指の腹に力をおくりこんだ、がちっと音がする、銀色の切っ先が二センチほど、ズボンの布を刺しつらぬいて表の熱い空気にふれてくもる、それが透明なテーブルの下に見える、南原は怯えて肩をおとし恐怖の眼でそれをさっと見るとすぐに眼をつむってしまった、震えている白く広い瞼のまるみ、そして気がつくと顔いちめんにひりひりする汗の粒だ、青ざめて汗をかいて南原征四郎は恐怖の海にすっかり潜りこんだのだ。おれは兎を穴に追いこんだ猟師だった、急ぐことはない一服しよう、恐怖映画見物だ、それもスクリーンにあけた覗き穴から恐怖におののく観客席を眺める娯しみだ。ついで驚いたことには閉じた瞼のあいだから猫を殴ったときのように、脂《やに》のような小量の涙がにじんできて、おれの娯しみを絶頂に追いあげた、おれは笑いだしたくなるのをこらえるために死ぬ苦しみで、しかもこの臆病な売国左翼にサディクな憎悪と軽蔑とを嘔きたいほど激しく感じたのだ、南仏の青く透明なプランクトンのすむ海にヨットをうかべフランス俳優が演じたアメリカ青年の刺殺場面のように、おれはナイフをつきだしたかった、暗い眼をしたアラン・ドロンのようにでなく兇暴な独裁者の哄笑とともに自分が腹を殴られたようにのけぞって、こいつを虐たらしく刺し殺してやりたい……

「おれは貴様を刺す。辱しめられた皇道党広島行動の責任をとって、おれが貴様を刺し、逆木原総裁はじめ党友の先生たちに申しひらきする。殺しはしない、腹を刺すだけだ、すぐ救急車をよぼう」

　眼をつむったまま南原征四郎はぞくっと震えた、しかし黙ったままだ、おれは余裕と昂奮とをますますしっかりと躰じゅうにみたした、右翼エネルギーの満タンクだ、おれは南原の恐怖の水でぐっしょり濡れた頭のなかを見とおすことさえできた、なぜなら天皇の選ばれたる子は全能だからだ、《**おまえ**はいま眼も昏むばかりの恐怖の水たまりに頭半分までつかっている、口腔はからからに乾き舌の根は痛い。明るすぎる光、強すぎる太陽熱、それをいまさらのように躰じゅうに感じる、そして輝くブルーの空に吸いこまれてゆくような気がして貧血だと感じる、繁華街の噪音が、腹だたしくうらめしい、こんなに多くの人間が恐怖なしに生きてばからしい動作をつづけている真ん中に、**おまえ**だけ恐怖におののいていなければならない、独りぼっちだ、悪寒がする小便をちびちびもらす涙もにじむ鼻水がたれる喉がチクチク痛む風邪ぎみだ、ああこんなに暑い地方都市にわざわざくるんじゃなかった、無意味だ、**おまえ**はこれが現実でなかったら！　と希い、現実に暑がりながら実在していることを不動に感じてがっかりし、テレビであんなことをしゃべらなかったらよかったと心のなかで繰り言の洪水だ、作家仲間がテレビの時間のあいだに訂正するよう注意してくれたらよかったのに、作家仲間が独りぼっちにしないでくれたらよかったのに。**おまえ**はうらめしい。暑い空気、汗、テレビ化粧のあとの皮膚の不快さ、きつく喉をしめつけているシャツとネクタイ、このごろ肥りすぎだ若いのに、このまま中年肥りになるのか？　合成樹脂のテーブル、椅子、それにさっきまで甘くて冷たいシャーベットをのんでいた小さなピンク色のクリトリスみたいなスプーンまで合成樹脂だ、軽く脆い、**おまえ**はなにもかもがうらめしく腹だたしく不当に思われ叫びだしたい、しかし恐怖はいぜんとして**おまえ**の前に清潔に乾いた顔をして坐っている、さあ、脣がひくひくうごいた、瞼もひくひくした、**おまえ**は泣きべそをかきながらおれに哀願し跪くぞ、さあ！》

　南原はまぶしそうに涙で赤く汚れた眼をうっすらとひらき、おれを見つめ頬はこわばらせたまま、真剣なゆっくりした調子で、

「ぼくは黙って刺されるつもりはない、きみがそうするなら、ぼくは抵抗するぞ」といった。

　おれは呆然とした、こいつは三十分間も汗を流しながら恐怖の海をもぐりつづけ、うちのめされたあげく、こんなことをいうのだ、ナイフを握ったおれに、眼をつぶって無抵抗に敗けていた三十分間のあとで！　ふざけた野郎だ、

しかしおれは、南原がたしかに幾分、恐怖からたちなおりはじめているのを感じとってあっけにとられた。まったくふざけた野郎だ！　それでおれは戦術を変えなければならなかった。

「あの隅に赤い電話がある、あれを使ってテレビ局に取り消しの申し出をしろ、皇道党が暴力ざたをひきおこしたと思ったはまちがいで、愚連隊なみという言葉は不用意に使ったがすまなかった、と放送させろ！」

　南原はちょっと眉をひそめ赤い眼をはるかな遠い所へただよわせた、敗け犬の不体裁なみじめさと、おれにはわからない奇妙な恐怖への忍耐力といったものをおれは感じた、こんな野郎には会ったこともないという感じなのだ、それからやっと南原は小さな咳をしてからくちごもって始めた、

「ぼくは取り消さない、皇道党は暴力ざたをひきおこした、これは記録も証人もある、それにぼくの使った愚連隊なみという言葉は、よく考えての上だし、月並だがぴったりしていると思う」

　おれはいつのまにか押しこめられてきていた、おれはかっと腹を立てた。南原のふてぶてしさに始めておれはつきあたったように感じた《**おまえ**は臆病ものだ、それは確実だ、泣くほど恐怖におののいた、そして今も深い恐怖から解放されていない、脣は震え躰全体はちぢこまったまま汗まみれだ、鼻から汗のしずくがテーブルにおちるほどなのに顔もぬぐえない》しかし南原はその恐怖にじっくりとりくみ少しずつ押しかえし、そして回復した陣地はてこでもゆずるまいとしているようだ、しかも嵩にかかったりはできないらしい、いつまでも恐怖に耐えながらの苦しい匍匐前進をしているらしい。おかしなやつだ、皇道党にはこんなのはいない。おれは党に入ってからいままで感じたことのない得体のしれない不安にとらえられた、おれはじりじりしていった、

「確かにおれたちも暴力をふるったよ、だけど全学連だって暴力じゃないか？」

　南原の涙に汚れた赤い眼がほんの少し大きく見ひらき、おれを見つめた、おれはいたずらっぽい感情の一瞬のひらめきみたいなものをそこに感じたと思ったが、うまくとらえられなかった。おれは自分が頭の悪い、単純なセヴンティーンの生地をあらわしてしまったという気がした、もうおれの右翼の鎧は威力を発揮できそうになかった、《糞っ！　おれはこいつが臆病風に吹かれて泣いているあいだ三十分間も待ってやったんだ！》おれは荒あらしく椅子から立ちあがった、南原は怯えて身がまえるようなそぶりを見せた、抵抗しないで刺されるつもりはないという所だろう、おれは棄て台詞をのこして暑い表に出た、やっと気がついたがティ・ルームでは役立たずの冷房機械が大奮闘していたらしい。

「おれは貴様をいつか必ず刺す、左翼の売国奴どもを生か

してはおけない」

　待たせておいたタクシーに乗ってふりかえると南原征四郎はぐったりと坐ったまま心臓の悪い人間のように唇をあけて呼吸していた、まだ恐怖の残り滓がくすぶっているのがわかった。

「兄貴、ずいぶんとっちめていましたねえ」と党の息のかかっている運転手がいかにも愚連隊なみにいってよこしたが、おれは答えなかった。おれは暗雲をよびおこす、といったふうな一つの疑惑にとらえられていたのだ、《あいつは臆病者だが三十分間も汗を流し涙をにじませて恐怖のトンネルの暗闇を匍匐前進しつづけ、すこしずつ忍耐のあげくの立ちなおりをかちえた。ああいうやりかたで生きている青年もいるのだ、現実の恐怖から眼をそらさず、現実の汚辱から跳びたって逃れず、豚みたいに現実の醜くく臭い泥に密着した腹をひきずり匍匐前進する。ところがおれは現実の恐怖から全速力で逃げさり、天皇崇拝の薔薇色の輝きの谷間へ跳びおりたのだ！　もしかしたら、あいつのほうが正しいのではないか？》おれは愕然と身震いして頭の隅ずみから、この暗雲を追いはらった、そして大きい声で運転手に話しかけた、

「今夜はきみの会社の社長が、おれたちをキャバレエに招待してくれるんだってなあ、どんな所だ？」

「社長が経営してるんですよ、東京からジャズ屋もよんであるんです、大変なもんですよう、兄貴のように若い人にも面白ければいいけどねえ」と党員運転手は厭味まじりに叫んでよこした。「大いに広島名産の酒でも飲んで平和大会見のがしの鬱憤を晴らしてくださいよ、兄貴」

　原爆の日の広島行動が終ったその夜、おれたちは広島支部長の招待を充分に娯しんだ、キャバレエには外部の客もいたが、おれたちの天下だった。東京からよんであるジャズ屋というのは黒く豊富な髪を油で帽子のようにかためた陰気な若い男でピアノを弾いた、ジャズではなくおれたちのリクエストする愛国行進曲や軍艦マーチを。そして荒城の月をひかせてみんなが合唱するころになると、おれは酒をがぶ飲みして酔っていたので、そのピアニストの麻薬中毒らしく青黒く荒んだ憂鬱な顔が気にならなくなっていた。そしておれが酔っぱらったのは運転手がいった鬱憤のためではなく、おれの胸の深くに根ざしたあの疑惑のできものの芽をアルコールで殺すためだったのだと思う。だからおれが飲みすぎて悪くなった気分をなおすために化粧室へ吐きにいって楽師控室と書いた紙を鴨居に吊りさげたまま扉のひらいている部屋の汚ならしい長椅子に南原征四郎がウイスキイの丸瓶を握って寝そべり床においたテープ・レコオダーからのジャズ・ピアノを聴いて唸り声をあげているのを見つけた時には酔いからの幻覚だと思ったのだ。しかしそこにだらしなく寝そべって泥酔し頭をふらふら揺すってテープの音楽に声援をおくっているのは確かに現実の、あの匍匐前進の若い作家なのだ、そしてテープからも

ピアノ音楽にまぎれこんだその若い作家自身の声がきこえている、《そうだ、そんな風だ、そんな風なフレイズがお前自身だよ、オリジナルだ、そうだ、もう一度、ほら、お前の頭のなかが見えるよ、そうだ……》それに加えてまた長椅子の男はつぶやいたり唸ったりする、《そうだ、それがお前だ、そうだ、うん、うん、お前は立派ないい男だ、そうだ、しっかりしろ、オリジナルだ》おれは部屋のなかへ入ろうとした、化粧室へ案内してきた熊のような頭の女給がおれを廊下へひきずりだそうとしてささやく、《お止しよう、わたしの部屋へ行こうよう、その男は変態だよ、あのジャズ屋についてきた同性愛の変態だよ、ほっといてわたしの部屋へ行こうよう、ねえ、お止しよう》

　酔いの毒で膿み爛れている眼鏡をはずした裸の顔を南原征四郎が努力をかさねてもちあげ、眼をこらしておれを、テープ・レコオダーを蹴とばして音楽を中絶させたおれを見あげた、一分間もたってやっと南原はおれを認めた、そしてアルコールを浸したような声でとぎれとぎれに、

「あの優秀な、ジャズ・ピアニストに軍艦マーチをやらせているのは、お前たちか？　よお、少年右翼よ、ハイティーンのエネルギーで君が代か、よお」とからんでくるのだ。

　おれは黙ってこの足もとの酔いどれを見おろしていた、まといつく女給は嗄れ声で、《昨日の夜遅くねえ、薬を注射してねえ、二人で録音してるんだよ、同性愛だよ、レコードにして売ればいいよねえ、いひひ、酔っぱらいの変態放っといて寝に行こうよう》とささやきわいせつなくすくす笑いをもらすのだ、おれはウイスキイの瓶に丸くひろげた脣をあてようとしている酔いどれにたいして完全な優越感をもった、《**おまえ**はやはり恐怖からのがれられないんだ、恐怖のなかを匍匐前進するかわりに夜になるとウイスキイや麻薬、同性愛に変ちくりんなピアノ、そんな泥温泉にうずまって傷を癒すんだ、**おまえ**はどんな幻影のなかにも逃げこまないけど、そのかわり腐った汚物槽にいつも漬っていないと不安なんだ、**おまえ**は下向きだ、輝かしいオルガスムのような上向きはおれだ》

「よお、少年右翼、おれを刺すんだろ、いまやってくれよ、なあ、酔ってると痛くないんだぞ、そのかわり明日の宿酔はもの凄いがなあ、あはは」と豚はからみつづける。

「おれは貴様のようなげすは刺さない、貴様はどうせ腐って死ぬ。おれは大物を刺す、おれは売国奴を刺す」とおれは答えた。

「ハイティーン右翼よ、おまえになぜ、その権利がある？」と豚は一瞬真剣にいった。

「おれはおれの命を賭ける。権利じゃない、使命だ、日本を最も毒するやつを、おれの命を賭けて刺す、それがおれの**使命**だ！」おれは叫び、疑惑なしに再び幸福な薔薇色の雲を躰のまわりに感じた《おれは勝った！》

　豚は昂揚しているおれを見あげて頭を弱よわしくふり欠伸をし長椅子から泥だらけの床に崩れおちるとテープ・レ

コオダーに頭をのせて不意に熟睡していた。おれは豚の頭に唾を吐きかけ、女給にひきずられるまま廊下に出た、女はおれの股倉をどすんと叩き、疑わしげに《あんた童貞?》とどなった、おれは、あの豚にうち克ったのだと感じると急に立っていることが耐えがたいほど酔いを感じた、おれはどこか暗くていい匂いのする柔い場所に倒れこみ、それから裸にひきはがれ、鬼のようにひげもじゃの田舎女給にてもなくひねられて、きゃっと叫びながら童貞でなくなった……

5

東京に帰る特急列車のなかで、おれは**使命**という新しくおれの家畜小屋に入った優秀な種牛のような言葉について考えた。使命、生命を賭けて果すべき使命、おれは躰の深みに熱い火のようにそれが燃えているのを感じながら窮屈な石の台のように固い座席に坐って疾走した。《おれの使命、それはいつかおれが逆木原国彦に希望をのべたように、防衛大学に入学して同志を集め、クーデターをひきおこすことだろうか?》おれはこの六月以来、ほとんど学校の勉強をしていなかった。受験勉強は独りぽっちではできない、ところが学校の教師はおれを敬遠しているし、同級生たちはおれを好奇心と敵意と惧れとに躰を硬くして遠くから眺めているだけだ、あれではおれの受験勉強のたすけをしてくれる者を見つけることは不可能だ。防衛大学は年々受験生がふえて試験が難かしくなってきている、それに東大と防衛大学とを二股かけて受験するような厭らしい秀才もいるんだから受験生のレベルはかなり高いだろう。それに防衛大学は学課の面では理科系の学校だから、試験で重視されるのは数学と物理、化学、すなわちおれが学力テストで惨敗した課目なのだ。おれは漠然とした恐怖を感じ、それはしだいに明確な輪郭をとっておれの心を苛みはじめた、《ああ、おれはとうてい防衛大学に合格できないだろう!》

しかし、選ばれた右翼の子、真の右翼の魂をもっている逆木原国彦から証言されたおれ、あの伝説的な暗殺者によって若いが腹のすわった男だと批評され、きっと大事をなすと予言されたおれが、右翼の人間としての使命をはたすことができないという筈があろうか? それは絶対にありえない、それは絶対にありえてならない、不合理だ。

おれは混乱して誰かおなじ皇道党員に問いかけたいとまわりを見まわした。みんな闘争と歓楽に疲れきって座席に躰を苦しそうに折りまげ眠っている。おれは窓から走りさる風景を眺めた、粗い砂礫と赭土の直立した壁がおれの眼に不快な強制をおこなうような気がする、おれの眼の奥のどろどろして重い水銀のような脳漿をぐいぐい後方に曳くような感じだ、おれは眼をつむった、おれはできの悪いインポテの高校生だと常に感じていた日々のことを思った、たえざる劣等感、他人の眼、自信のなさ、憂鬱、《おれはほんとうに、右翼になったことで本質的に変ったのだろうか？　ただ右翼になったというだけで、なかみはあいかわらずのできの悪いインポテの高校生にすぎないのではないだろうか？　どこに、おれが真の右翼の魂をもっている選ばれた少年だという証拠があるのだ？　おれはあの若い作家の豚が刺されても曲げまいとした表現のとおりに、愚連隊なみの小っぽけなぐずにすぎないのではないか？　おれは豚のような酔いどれのことから、今朝抱いて寝ていることを発見して心底驚いた汚ならしい病気の犬のような女給と、眼ざめるすぐ前におれの唇にくすぐったくふれたその長く黒い鼻毛のことを思いだし、自己嫌悪の毒におかされた、おれは梅毒にかかっているかもしれないのだ！　おれは昨日、あの作家の豚に刺激されて、皇道党入党いらい始めての疑惑にとらえられた、そして今日おれはやはり入党いらい始めての暗く湿っぽく激甚な自己嫌悪の毒を味わっている。《ああ、平和がいけないんだ！》とおれは声にだしていった、平和がいけない、おれは国会前広場での闘いが終ったとき、静謐のなかの議事堂を眺めながら保守党の代議士寄贈の缶ビールをのんで感じた奇妙な寂しさとうろ寒さを思いだし、平和大会見逃しの決定に感じた不満と興味喪失とを思いだした。また逆に、深夜の乱闘のあいだにつねに見た黄金の光輝をともなって現れる燦然たる天皇、広島でも実力行動にあたっては体験することのできた全精神、全肉体の天皇へのオルガスムを思いだした、《ああ、ほんとうに平和がいけないのだ！　天皇よ、どうすればいいのか教えてください、天皇よ、天皇よ！》

めざましく峻烈な汐の香が、一瞬おれの疲れた鼻孔をはじけるほど緊張させた、おれは眼をひらき、窓いちめんにひろがる夕暮の海を見た、そしておれは叫んだ、

「ああ！　天皇陛下！」

真実、天皇を見たと信じた、黄金の眩ゆい縁かざりのついた真紅の十八世紀の王侯がヨーロッパでつけた大きいカラーをまき、燦然たる紫の輝きが頬から耳、髪へとつらなる純白の天皇の顔を見たと信じた、海にいま没しようとする太陽だ、しかし太陽すなわち、天皇ではないか、絶対の、宇宙のように絶対の天皇の精髄ではないか！　おれは**啓示**を海にしずむ夏の太陽から、天皇そのものからあたえられたのだ、天皇よ、天皇よ、どうすればいいのか教えてください、と祈った瞬間に！《おれは**啓示**をえたのだ！》

おれの叫びで眼をさました党員たちが犯人を穿鑿してどよめき始めた、おれは眼をつむって寝ているふりをした、そして歓喜にみちあふれて啓示を心のなかにくりひろげ確かめた、《**啓示**、おれは自分の力でこの毒にみちた平和を破壊することによって、天皇にいたるのだ、**啓示**、おれは自分の力で真の右翼の魂をもっている選ばれた少年としての証拠をつくりだすのだ、**啓示**、おれは自分の力でおれを祭る右翼の社、おれを守る右翼の城をつくりだすのだ》お

れは昨夜、酔っている自分が豚の酔いどれにむかって投げつけた言葉がそれ自身で強制力と権威とをもっておれに再び戻ってくるのを感じた、日本を最も毒するやつを、おれの命を賭けて刺す、それがおれの**使命**だ！

この新しい言葉から始った思考がひとめぐりして再びその言葉に戻り、円環は啓示をかこんで閉じた、そしておれは至福の昂揚のなかで優しく甘い華やかな声を聴いたのである、《おまえの命を賭けて日本を毒するものを刺す、それは忠だ、**私心なき忠だ**、おまえは私心をすて肉体をすて、真の忠を果たして至福にいたるだろう、それは神々の結婚のようであるだろう》おれは満足と平安の睡りをねむりはじめた……

東京に帰りついて本部に急ぎながら、おれが考えていたのは、この啓示を安西繁に話すことだった、しかし安西繁はおれたちの広島行動のあいだに、皇道党を脱退していた。逆木原国彦は、それを知った若い党員を動揺から回復させるために、道場で特別講義をおこなった。それは直接に安西繁の脱党にふれるものではなく、昭和二十年八月二十五日朝、右翼の塾士十四人が古式にのっとって行なった集団割腹自決をめぐる講話であった。

敗戦にのぞんでかれら愛国の士たちは慟哭して陛下に詫び、死か蹶起かを論じ、ついに一同自決を決意した、かれらの一人が最後の酒宴にあたって朗吟した天忠組三総裁の一人松本奎堂《けいどう》の辞世歌《君がためみまかりにきと世の人に語りつぎてよ峯の松風》、またかれらが署名した共同遺書《清く捧ぐる吾等十四柱の皇魂誓つて無窮に皇城を守らむ》、夜明けにかれらは元代々木練兵場の一角、通称十九本欅の傍らで割腹した、直接参加者は一人も生きて残らないが、自刃予定書によれば、祝詞奏上のあと初秋草の咲いた草原に円坐し双肌をぬぎ刀に白布を巻き、

《一、先生

「覚悟はよいか。最後に何か言ふことはないか」

　一同

「先生のお祈りと一つであります」

　先生

「霊魂著《ト》く日の若宮に参上り、無窮に皇孫の御天業を翼賛し奉らむ」

　一同

「弥栄《いやさか》」

　先生

「いざ」

一、一同同時に割腹自刃、但しカイシャクは腹を割いてからなす。》

かれらは予定書のとおりに全員、割腹死をとげ愛国の鬼となった、検屍にあたった某検事正の談《このやうな立派な集団自決は戦前に於ても、また今後に於ても、おそらく始めてで、そしてまた終りであらうと思ふ》自刃の現場を含めた旧代々木練兵場は全て進駐軍将校宿舎ワシントン・

ハイツとなった為、自刃跡地に約五十貫、約三十貫などの大石を土中深く埋めて他日を期している。

「この割腹自殺はだよ、始め十五人によっておこなわれる筈だったんだ、ところがだなあ卑怯きわまる野郎がいたんだよ」と逆木原国彦は眼球の丸みがほとんど完全に外気にさらされるほど眼をかっと剝き怒号した。「介錯役さえ許されていた盟中の一人が無断で脱走脱落したんだ、十四烈士は水のごとく淡々として一点の動揺もおこらなかったがねえ。その野郎はどぶ鼠のようになあ、いまも日本の隅っこで恥辱に震えながらこそこそ逃げかくれているだろうよ、おまえたち、どぶ鼠にはなりたくねえだろう？　ああ？　十四烈士中の最年少はおどろくべし今の数えかたで、十七歳だよ、なあ、きみとおなじセヴンティーンだよ」

　逆木原国彦は最後の部分を、とくに安西繁と親しいとみんなが認めているおれにむかっていっていた、おれは安西繁がそのどぶ鼠のように恐怖から脱走したのだとは思わなかったが、割腹自刃したセヴンティーンの右翼少年がいたのだということには深い感銘をうけた、おれは啓示をふたたびうけ涙ぐむのを感じるほどだった。

　逆木原国彦はおれの感動を感じとるともう他の誰にたいしてでもなく、ただおれのためにのみ語るのだ、おれを睨むように見つめ、おれを感動のエスカレーターに追いあげ絶頂へ達せしめようと、

「その愛国のセヴンティーンがだなあ、巻紙に墨書した遺書を見たことがある、現場に懐中して行ったから全面に生々しい血痕があるんだ、おれは胸をうたれた、おれは涙を流した、なんというすばらしい少年だろうと、おれは泣き咽んだよ。覚えている、天津大神に復奉申し奉るに臨みて謹み恐みて涙記し奉る、という言葉から始っていたなあ、悲し、みかどの鎮り居坐大内山の彼方拝み奉れば涙滂沱として赤子我れ言ふべき言葉を知らず、只天を仰ぎ泣き伏すのみ、だよ、立派だなあ、これでセヴンティーンなんだ、天才だったんだよ、一種の天才、右翼の天才だ、悲しきかも、神を蔑し皇民の祈りを忘れし不忠の民草、日々に、天皇の宸襟を悩し奉り遂に悲しく恐き御大詔を拝し奉るに至る。今更に何の言葉かある、それからなあ、おれたちの現に生きのこっている愛国者に少年らしい素朴な信頼をよせてくれている所もある、必ずや維新回天の神機至らむ事を此処に確信す。謹み恐みて天津日嗣天皇の弥栄を血祈し奉る、そして辞世歌だ、まさやけく現身去りて永久に御代を護りの神とならまし、署名には草莽之臣とある、ソウモウノシンとは在野の人という意味だよ、長じて大臣くらいにはなれた人だろう。戦後のどさくさのなにもかも揺らいでいる時になあ、セヴンティーンくらいでなぜ確信す、といえたのか？　それはこの愛国の少年が身命を賭して叫ぶ言葉だからだ、割腹自刃しようとする少年には、その神の確信がめぐまれるのだろう、もう一首の辞世歌は、みなげきの深く鎮もるさ緑の大内山を見るにたへめや」

おれは耐えきれず、声をあげて嗚咽した、おれにはこの漢語だらけの立派な遺書の意味がほとんどわからなかったが、そのいかめしい岩石のあいだに淡い水色の芽をのぞかせている優しい草のような、若わかしい清純な悲哀の声は聴えてきた、おれは悲しくて悲しくてたまらなかった、おれは吠えるように喉いっぱいあけて泣いた、そしておれは嗚咽の静まりとともに湧きはじめた、悲しみのひたされた清浄なヒロイスムの感情において考えた、《そうだこのセヴンティーンの確信の権利は、その勇敢な自刃によって保障されているのだ、むしろ確信はこのセヴンティーンの使命となったのだ、かれが自殺したことによって！　おれもおなじセヴンティーンだ、おれにもかれのようにおれを祭る右翼の社、おれを守る右翼の城を、みずからつくりあげることができるだろう、**確信、行動、自刃**、そしておれは真の右翼の魂をもつ少年、もう一人の天皇の赤子セヴンティーンになることができるのだ！》おれは涙と啓示の汐に洗われていた、それは至福の汐でもあった……

逆木原国彦はおれにとくに《自刃記録》という本を貸してくれることで講話を終った、かれの特別講義はおれに感動をひきおこした、しかしそれはかれが意図したようにではなく、おれ独自の感動として終始するものであったのだ。その夜おれは独りぼっちで安西繁とおれと二人のための部屋に戻り、おれの机のなかに安西繁からの簡単なメモのような通信を発見した、

《自分は党の消極戦術を許しがたく脱党し、新しい党をつくるべく努力する。もしきみが同じ心ならば、一時の身のおき所として芦屋丘農場を紹介しよう、訪ねてゆけば万事は了解されている筈なり、地図を裏面に書く、安西繁》

翌日、荷物をまとめて党本部を出た。感慨が湧いた。芦屋丘農場へむかう気持だったが、いまもなお米軍宿舎のままであるワシントン・ハイツの自刃現場におとずれて見たかった。おれは電車に乗って代々木に向った。

トランクに腰をおろして、おれは鉄条網ごしに芝生の豊かに育った丘の高みを眺めた、将校家族の幼稚園の遊び場になっているらしい自刃現場で、平和な音楽と花かざりにかこまれて金髪の幼い子供たちが遊びたわむれていた、おれは寛容な優しい気持になっていたので、その愛らしい外国人の子供らの幸福が楽しかった、夏の終りの清らかな陽の光が独りぼっちのおれの微笑と、青い芝生にまいた水の銀色のしずくと、そこに遊ぶ金髪の子供のぴくぴく動きまわる小さな肩とを照していた。そしておれは十五年前のある夏の夜明けにそこで死んだセヴンティーン、《臍下約四糎のところを横に十五糎、深さ〇・五糎、即ち皮膚のみを切り《首の中央より少し下部、第五、第六頸椎間を斬って前咽喉部の皮を一枚残せしのみ》の介錯をうけたセヴンティーンと、いま党を離れて独り自分の右翼の社、右翼の城をみずからつくろうとしているセヴンティーンのおれとを、ただ一人の同じ人間であるように感じた。

6

芦屋丘農場でおれは生れてはじめて肉体労働をおこなう機会をえた、若い農夫の生活をおこなう機会を。おれは、人間みな、その生涯の一部分を農耕者としての太陽のもとでの労働についやすべきだと思う。自分の生命を賭しての一事業をおこなうまえには、農夫としての労働の日々が必須だと思う。おれたちは農耕の時をおくりながら夕暮の羊のように静かに柔順にある一瞬を待ちのぞむ。そして額に湧きおこり自然にまた乾きさる汗、足指のやわらかな筋目とふくらみを汚し、同時に清めてもいる泥、熱い筋肉の雪のようにつもる疲労、空の太陽に優しく見張りをうけ、大地の裸の肉体のようにあらわな土に懐しく受けいれられ、はやりたたず虚無的にもならず、墓場のために用いられることもある土の奥に柔らかくみずみずしい人間そのもののように脆い種を播いて冬を越す信頼感、芽ぐみ実のり熟する大運動の軌道の成長感、それらすべてを頭上にいただき胸中に充実させて働く農夫的生活のなかで、おれたちは待ちのぞんでいた天からの声《さあ、おまえはもう充分だ、行け！》を聴く、そしてその瞬間、おれたちはすべてを放棄して、排卵後の鮭のように身軽に、まっしぐらに行く！

　芦屋丘農場でおれは果樹園に仔牛の跳びこすことのできない最小限の柵をつくる仕事をまず一週間、朝から夕暮まで、十時間ずつ行なったが、その一週間のあいだに柿の実はめざましく熟していった。おれは果実がまったくひたむきに全力疾走で熟するものであることをさとった。そしてまたおれは、おれの頭のなか、おれの筋肉のなかで、激しい速さで成熟するものを感じていたのだ……

　また芦屋丘農場でおれは家畜飼育の仕事をまかせられて果樹園の仕事のつぎの二週間をそれにあてたが、家畜小屋でおれに最も深い印象をあたえたのが、妊娠している牝たちだった。妊娠していたのは牛一頭と豚一頭、そしてこれは家畜小屋の外の陽かげの藁の上に寝そべっているのだが一頭の土佐犬だった。おれは妊娠している獣が、のろのろと動くことしかせず、おちついており、ある種の大いなる諦めとでもいうべき慈愛にみちた平穏な眼をもち、陽の光のようにうしろめたさのない倦怠を躰いちめんから放射しているのを見ると感動を深く躰にも精神にも感じた。そしてまたおれは、おれ自身が、この妊娠した獣らとおなじ特徴を示しはじめているのをも感じていたのだ、鈍重なほど穏やかにおちつき、転んで流産するのを惧れて土地を踏みしめ踏みしめ歩き、やがてきたるべき出産の苦痛と喜びとを静かに予感して独り母性の微笑みをたたえている、そしてなお、自分の手足、胴、頭のすべてをいとおしんでいる……

　だからといっておれは、自分がいかなる果実を成熟せしめているか、いかなる胎児を妊もっているか、はっきり具体的に知っていたわけではないのだ。しかしおれは、芦屋丘農場の主、松岡源五郎氏が愛蔵していた古仏のように曖昧な、しかし明確であることはまさにあきらかな微笑を、いわば恒常微笑を、あまり敏感に表情をあらわさなくなった日灼けの激しい顔にうかべて出産を待っていたのだ。なぜなら**啓示**はすでにあきらかだったし、やがて《さあ、おまえはもう充分だ、行け！》という声がすぐにおれを見舞うだろうことがきわめてあきらかに予感されていたからである、すべての妊娠した生命体がそうであるにちがいないように……

　農場主の長男の嫁もまた、芦屋丘農場において妊娠している者らの連帯の輪の一つだった。おれは農場にきてからきわめて無口な若者になっていたが、この美しい娘とは時どき静かな会話をかわした。この娘もまた、おれと同じように妊娠している家畜を見ることを好んでいて、おれの働いている家畜小屋にたびたびおとずれたからだ。

　松岡源五郎氏もまた右翼の思想家がたいていそうであるように神道の信者であり、農場には芦屋丘神社という社までしつらえられていたが、その長男の嫁は仏教を信仰していた、おれは夕暮のせまる農場で、すでに暗い家畜小屋のおれがとりかえた新しい寝藁のくぼみにじっと横たわりせわしない息をしている妊娠した豚の気配にじっと耳をかたむけながら微笑している娘を、その聖母のような表情を眺めるのがすきだった、またその華やかではないが湿りにみちた太い声を聞くのがすきだった、おれは神道を信じる少年として、彼女にいくらかのいたずらっぽい抗争心をひきおこしていたのだろう、娘はいつも仏教をめぐって話しかけてきた、

「拈華微笑《ねんげみしょう》という仏様の教えのなかの言葉知っている？　あなた」というような風に。

　おれは牛の飼料をざくざく缶にあけながら途方にくれたような顔をする、それに事実、おれの当てずっぽうはつねにまちがっていたからだ。

「知らないでしょう、あなたもまた、お義父様のように、高天原派なのね」

「ええ、神道はこちらの精神だけ修養すればいいんですから。仏教のように外国語をひとつ勉強するとおなじ努力をさせるものは、右翼にはむきませんよ」

「怠けものだから」と嬉しそうに、なんとなくおれには拈華微笑的ムードに思える微笑みとともに娘は勝ち誇っていう。「それはねえ、心から心に伝えることをいうんです」

「テレパシーだ、科学未来小説仏教版だ、仏陀はきっと火星人なんでしょう」

「星のふるのを見て悟りをひらいたんだっけな」と美しい年長者はいう。「とにかく、わたしは豚が赤ちゃんをお腹で育てながらこんなにして寝そべっているのを見ていると、自然に微笑が湧いてくるのよ、そして豚の頭のなかのことがわかるの」

「豚のやつ、なんと考えてます？　藁が不足だとか、麦を食べたいとか」

「豚も微笑しています、わたしそっくりにね」そういえば脣がそりかえっている所は似てなくもない、「拈華微笑なんて実に心にくい言葉でしょう」

　おれもまたこの妊娠四ヵ月の若い娘に、心と心とのかよいあいを拈華微笑を感じる、そして改宗をせまられる。

「あなたは、子供なのに仏教の聖者みたいな所がある、仏教徒におなりなさい、やさしい仏教の本をあげるから」

「いや、葬式は神式にしてもらいます、なんとかの命《みこと》という名にするんです」とおれはこたえ、自分が近い将来の死をいつのまにか確信しているのを知る、《しかし、その前におれは啓示にしたがうのだ》

「わたしのお葬式は仏教でする、神式なんて生なましくて恐いわ」と出産を半年後にひかえている娘はすらすらとつづける。「わかってもらえるのは、あなただけみたいな気がするんだけど、妊娠してからわたし、酢っぱいものが食べたくなると同じくらいたびたび、自分のお葬式のことを考えるのよ」

　おれは理解する、そしておれも自分の啓示の出産と死とを空想する、神式の、確かに生なましいお葬式を。しかもおれは今や、おののくような胸のなかの水圧の上昇だけを感じ、恐怖は、ひとかけらも自分の内外に発見しない。おれたちは微笑しあい、拈華微笑し、そして不意に夜の帷のすでにおちたことを発見する、そしておれたちは親しい姉弟のように肩をならべてもう一度家畜小屋を覗きこみ、そして食堂のある建物へ戻って行く。そのとき芦屋丘農場はオーヴンのように香んばしく初秋の匂いをもうもうとたてこめる……

　おれはこの仏教徒の妊婦から、皇道党入党以来はじめて、サディクに踏みつけるべき女性でなく、敬愛と淡くエロティクな親しみとを感じる、真実の女性のイメージをいだくことを許されたように思う。この最も充実して行動へと自分の弓を撓めていた時期に、矛盾するようだが、自意識の厄介な自己裏切にめざめていらい始めて、純粋に素直なオープンな態度で、おれは年上の女にむかっていたのだ、おれはもう杉恵美子のことを思いださず、また時どき安西繁に会いに東京へ出ても王侯の快楽をえるためにトルコ風呂の女奴隷に会いに行こうともしなかった。おれは実際その欲求を感じなかったのだ、おれは小さな個々の勃起とオルガスムとを今や軽蔑していた、おれは啓示どおり、おれの全生命を賭けた大勃起、大オルガスムとにむかって精液と性エネルギーとをたくわえていたのだろう。おれは広島で熊が田舎キャバレエに住みこんでたまたまそう名のっていた女と寝て童貞でなくなったが、それ以上は決して女とやりたいと思わず、農場での労働によって性欲を昇華させると同時に、農場主の長男の嫁の美しい仏教徒との拈華微笑によって、童貞よりもなお確固として純潔なるものに変っていたのだ、微笑みはおれの新しい天性となり、おれはふと微笑みをモティーフとする歌を考えることがあった、それはおれの辞世歌となるだろうか、牧歌はおれのおそらくは短かい生涯の急速の成熟期に、すばらしい展開を見せていた、芦屋丘農場、おれの愛した果樹、おれの愛した家畜、農場で最年長の男は右翼ぎらいで評判の老農夫だったが、かれはおれだけには特殊な、獣が馴れるような親愛をしめしてくれた、かれはいったものだ、《さあ、愛国とか憂国とかいってないで、土を見ろよ、草や菜を見ろよ、畑の柔らかさや湿りを足に感じろよ、おまえさんは百姓として生れついた腕と頭してるよ、政治なんてこと考えるには惜しいもんだ》

　このような老農夫が仕事の上で最も影響力をもっている芦屋丘農場は、確かに自由な個人の思想を育くませてくれる場所であったと思う、指導者松岡源五郎氏の存在はかなり強い右翼の磁界をつくってはいたが、おれはとくに政治的な講話を聞いたこともないし、おなじ農場員との政治的対話をもったこともない。そのような対話があるとおれはそのそばをさけて通った、おれは考えたものだ、《みんな外部世界の噂をしているにすぎない、他人のことを話しているにすぎない、おれは今、おれの内部世界にのみ関係をもち関心がある、それはおれの内部だけで育つ水栽培の啓示の樹だ》

　そしておれの水栽培は知らないまにどんどん茎をのばし葉を茂らせた、それはおれが東京に出て安西繁にあうたびに改めて感じられることであった。安西繁は、新しい同盟を造りあげようとしていた、それはかれをテレビ・スターのように多忙にしており、かれはおれと会っても、おれの内部にとくに深く入ってくるというような余裕をもたなかった。かれはおれの顔を黙って見つめ、疲れた吐息をもらし、こういうのだった、

「きみは森のなかの一人狼みたいに、だんだんファナティクに、過激になって行くようだ、きみは独りぽっちで自分のなかの気圧をあげている、きみの躰のなかに永久運動の発電機と充電体とをしまいこんでいて、きみはつねに自分の内部の電圧をあげるばかりだ、そしてきみは自分をゴム布でくるんで外部から絶縁しているから、電圧は無限にあがるばかりだ。きみはほんとうに、もの凄いエネルギーで月にむかって跳ぼうと身がまえる一人狼だ」

　おれは安西繁にむかって、かれの新しい同盟に加わろうか、と会うたびにいい、そしてつねに安西繁はおれを、かれのいわゆるゴムの絶縁布の外から眺めて、頭をあいまいにふるのだった。そしておれにも、自分が決して積極的にかれの同盟のために働くことを考えているのではないことを悟ることができるのだった。おれは確かに、冬眠中の肥えふとった獣のようになにもかもを独りでやらねばならず、またそれが可能であることを本能のように確実な無意識において知るようになっていたのだ。むしろおれは、ま

ったくの他人のように安西繁の同盟についての説明を聞くのが好きだった、そして満足して芦屋丘農場に帰って行くのである、牧歌と微笑と沈黙の農場に……

安西繁の新しい同盟の思想も、おれにとってはかれがおれに感じるとおなじように、あるいはそれ以上に、ファナティクに過激に感じられた。考えてみれば安西繁もまた、皇道党という人間の群から離れて東京という大森林に駈けこんで行った一人狼であったわけなのだ、おれは過労につかれきって、しかもなお激しく新しい同盟の組織をつくりあげるためにいきりたっている安西繁にたいして時どき実に激烈な印象をうけた。安西繁はおれと会うたびにつねに情熱の極度の燃焼のあげくの一種の判断停止の感じられる疲れきった様子でかれの同盟について語ったが、それはなかなか前にむかって発展しなかった、つねに壁のまえでたちどまっている感じなのだ、同盟加入者が新しく二人ふえると、たいてい安西繁は古い同盟員の二人を除名しているのだった、しかもここで古いというのは、せいぜい二、三週間のことなのである。そして、かれの話を綿密に聞いていると、かれの同盟に入ったかれ以外の人間で、三週間以上それがつづく者はいなかったことがわかる。結局、かれの同盟につねに所属している人間は、かれのみなのだ。

やがておれは理解した、安西繁は、かれのかつての戦友、戦歿学生たちのための同盟をつくりたいのだが、かれがおなじ同盟員として許すことのできる人間とは、戦歿学生そのものなのだ、死者たちなのだ。安西繁のように徹底的に一人狼である男は、この東京の荒野にもそれほど多くはいなかったろう、死者のために、死者のみを同盟員として一つの組織をつくりあげようとする青年右翼のファナティク、過激さ、その絶望的性格。安西繁の思想をつきつめてゆけば、かれの同盟員として選びとりたい同志は、戦歿学生でしかないことがわかる、そしてかれがつくる同盟も結局は戦歿学生のためのものでしかないことがわかる。

あの初秋の午後、おれは、熱情をこめてその同盟の発展の遅さ、停止的性格についてかたり悲憤慷慨する安西繁にこういってしまった、いうべきことでなかったかもしれないが、おれはこういってしまった、

「あなたはいったい日本のどこにあなたの同志がいると思っているんです？　どうして、あなた一人でいけないんです？　そんなにして一人で動きまわることに満足していられるのに、なぜ同志をさがしもとめるんです？」

「独りぽっちなら、自殺したほうがいいよ、なあ？」と安西繁はいった。「独りぽっちなら、なぜ愛国が必要だろう、独りぽっちの人間には祖国はない」

「それじゃ、あなたに祖国はないんだ、それは十五年前にほろびたんだ、タイム・マシンにのって戦歿学生たちの所へかえるほかない」とおれはいった。

「じゃきみの祖国は未来にあるのか？　きみもおれのように独りぽっちだけど、きみの仲間は死んだわけではないか

ら」

「天皇陛下があるんです。もしそういうべきなら、日本人もない、日本国もない、世界もない、銀河系もない……」

おれたちは微笑をかわして黙ったままじっとしばらく坐っていた、おれは天皇のことのみを考え、かれは戦歿学生のことのみを考えていたのだろう、おれが安西繁の年代の人間について証言できることは、かれらが死んだ仲間とともに自己をほうむる熱情をもっているということだ、こういうのを戦中派というんだろう、おれはそれを好きだ。

おれは立ちあがり、おなじく立ちあがった安西繁と握手した、かれはいった、

「おれは同盟を来年の五月までにはつくりあげたい」

おれは微笑みを消さないでかれを見まもる時間を五秒だけ長くした、そして別れた。夕暮におれは芦屋丘農場への私鉄乗換駅の木のベンチに坐って、駅前広場のテレビを見ていた。進歩党の委員長が肉の袋のような喉から嗄れ声をあげて憂鬱そうに演説している、妙に不安定な、存在感の確実でない顔だ、風にさからってきこえてくる小さな声と、その孤独な顔とは無関係みたいだ、《この遠いブラウン管にうつった顔をもつ人間が、実際に、この東京に家をもって住んでおり、現実生活をおこなっているのだ、そしておれはそのすべてを破壊することができる、おれのこの指はあいつにふれることができ、あいつを刺すことができるのだ、このカラー・テレビ用のブラウン管に白と黒とで抽象体のようにうつっている魚のように脣をひらいた顔……》

おれは農場の方向とは逆のむきの電車にのり家に戻った、家族はおれを好奇心と冷淡さ、そして不思議な丁重さでむかえた、おれは今日がおれのセヴンティーンの誕生日なので帰った、といった、姉さえもがそれを信じたふりをした、おれは父親に中国語のラジオ講座のテキストをお祝いにおくってもらう約束をした、おれは自分のなかの卑怯の残り滓がそこで芽をだしてくるのを見たわけだ、また殴りつけられた愚鈍な犬のようにおどおどした兄が旅行のしるべを読んでいるのをみておれは正月休みに冬山へ兄と行く提案をしようとしたが、それもまた、**あれ**をさきにのばしたいという臆病の作用かもしれなかった。しかし新聞の一面に大きい活字で選挙前の世論調査の記事がのっているのを見ると、おれは自分がそういうものをまったくばかにしていることもさとった。なぜなら、政治にそれと別の方法でかかわることが自分に可能だし、それは近づきつつあるとおれに感じられていたからだ。これはおれの内部の勇敢なほうの一茎の芽だった。

久しぶりに寝にいった物置の船室は、黴の匂いのしたに懐しい匂いをとじこめていた、おれはすぐ掘りおこしてやった。おれは抽斗から来国雅の脇差をとりだし、それをもって暗闇になにものかをつき刺した夜のことを思いだした、あれはほんとうのセヴンティーンの誕生日の夜だっ

た。いま、おれは来国雅を武器として使うことのできる技術をもっていた、おれは苦悶する肥大した壮漢を暗闇のなかに見た、しかしおれはまだ**あいつ**にきめた訳ではなかった、日教組のあいつ、共産党のあいつ、総評のあいつ。おれが脇差を枕もとにおいてベッドによこたわると、すぐにギャングが船窓からおりてきた、それは静かに重く毛布を踏んでおりたった。おれは賭けた、舌をチッチッとならす、ギャングは唾をのみに胸の上へくる、躰をとらえる、じっとしている、頭をつかまえ鼻を殴りつける、二グラムほどの鼻血が白い毛のさきに粒になる、しかしギャングはじっと死んだようにおとなしいのだ。

おれは秋めいた夜気のうすら寒さのなかで一瞬、汗みずくになり震えはじめた、しかしまだなにも定めたわけではない、しかしまだなにも定めたわけではない、そしていまになって考えれば、啓示が定めてくれるのではなく、**おれ**が定めるのだ、まだなにも定めたわけではない……

しかし果実は低速度カメラでとったフィルムのなかにおいてのように眼に見える速さで熟しおわろうとし、おれは家畜小屋の臨月の牛のように出産のための最初の唸り声をあげてしまった、もうその体内から汐のようにあふれでてくるものに抗うことはできないのではないか、恐怖の螺旋推進錐がおれの頭のてっぺんから尻の柔い穴までつきささってくる。おれはすがりつくべき藁しべをさがすがおれの沈んでいる水底からは藁しべひとつうかんでいない気も遠くなるほど澄んだ恐怖の水面が見えるばかりだ。おれは克服されていた筈の恐怖の再興に呆然とする。おれはあのワシントン・ハイツの芝生の遊び場で十五年前に割腹した神経質そうなおなじ十七歳の少年烈士のことを考える、《しかしあの時、日本は激動し混乱し揺さぶられていた、非常時だった、いまのおれのようにこの世界をぶっ壊そうとする計画をもつ男のような自分一身に地球をせおう人間の恐怖を、あいつは感じなくてよかったにちがいない。それに、あいつはおれのように人殺しをしようという人間の恐怖をもつことはなかった。ああ、おれは赤の鬼どもに凄く酷たらしい私刑をうけるかもしれない！》おれはその瞬間、アメリカの関係団体とタイアップした刊行物《赤の暴力に苦しむ北鮮の人々》という絵物語のなにからなにまで信じる気持になった。おれは柳の木に釘づけされはらわたをひきずりだされ、そのかわりに白熱した金属の臓物をおしこまれるだろう、喉が乾いたといえば、おれはおれ自身の脳みそを喰わせられるだろう、ああ、おれは性器を石臼ですりつぶされるだろう、赤の虐たらしい私刑狂どもに！

おれは発作的にむせび泣いてギャングを抱きしめた、そして不意に怯えの足枷をとかれた凶暴な泥棒猫は嵐のようにもの凄いスピードで胸と腕じゅうひっかき傷だらけのおれを恐怖死した死体のように残して、夜の深みへ跳躍した。おれはギャングのように、また十四人の同志を棄て汚辱感のなかの糞だらけの戦後をかくれしのんでいる、あの裏切者のように逃亡してしまいたかった、脱落脱走してしまいたかった、《しかし、いつまで？　未来永劫に？　天皇が死刑にされる革命の日まで？　ああ、そんな日がくるものか、左翼のやつらは本気で革命をおこそうなどと思ってもいないのだから》

おれは物置を走り出て叫びたかった、それは夢のなかで鬼に追われているときのようだ、《助けてくれ、助けてくれ、おれはちがう、ちがう、おれはちがう、助けてくれ》おれは横たわったまま耳をすました、兄がなおモダン・ジャズを聴きながら起きているのなら、おれは兄の所へ行って、なにもかもまちがっていたんだ、至福どころか恐怖ばかりだ、と告白したかった、しかし兄は、おそらく家に戻ったおれの眠りを妨げることをおそれて今夜は桃色の耳核にやはり桃色のあたたかい合成樹脂のイヤホーンをおしつけ、魚のようにごろんと寝そべっているのだ、ジャズの音はきこえてこなかった。おれはアメリカ流自由主義の父を怨念と軽蔑とにもえて考えた、おまえは息子を見殺しにするやつなんだぞ、恥かしくないのか？

おれは寝台がロケットになって、おれをどこか夜の空へうちあげてくれることを望み、全世界の人々がおれのことを忘れてしまってくれることを望んだ。おれはまた、自分が満一歳になったばかりの幼児であったら、と希った、またおれは、天皇も王も、あるいは祖国さえない遊牧民であったら、と希った。

しかしそれらすべては虚しい希望だった。おれにはわかっていたのだ、解決の道はただひとつ。おれは死と他人の眼を惧れ、自瀆と妄想に憔悴し無力感と自己嫌悪にもえているセヴンティーンに再び戻って、おどおどしながら《おお！　キャロル、おまえはおれに酷いことをする》と歌って、現実世界の鬼どもの法廷にひきずりだされるしかないのだ。それは一年たらず前まで常におれがやってきたことだった、そして今や、それは簡単でも常識的でもなくアブノーマルで複雑な、死を賭する大冒険になってしまっていた。しかもその時、既におれには天皇の光がその熱情の粒子をふりかけてくれてはいない筈なのだ、ああ！　おれは天皇の光なしに暗黒世界を生きのびては行けない、おれはすぐに乾いて死んでしまうだろう……

おれは自瀆しようと性器をもてあそびはじめたが、それは百回の自瀆につかれてしまった物のように、決して息づき膨らみ硬くなり柿色をしてこない。青黒くぐにゃぐにゃと股倉のなかで恥かしがっている。おれは狼狽して頭を下腹におしつけるくらい屈みこんで性器をためつすがめつしもみほぐしたがそれは勃起して男根の光彩を陸離とはなつことはなかった。おれはインポテだった、しかも正真正銘のインポテなのだ。頭がずきずき痛み、嘔気がし猫のひっかき傷が熱くなっていた。おれは最低で、それは確かにおれの十七歳の誕生日の夜に似ていた、おれは怯えきったインポテのセヴンティーンなのだ、そしておれは苦しみながら浅い眠りをねむる一瞬、自分が美智子さんで、それは結婚式の前夜で、父親、母親たちの前で恐怖から涙にむせんでいるというような夢を見て叫びたてながら眼ざめた、またおれは自分がタジマモリで、しかもおれが世界の隅からもってくるために艱難辛苦した花橘の実をバルザックのようなガウンを着た天皇に《なんだ、汚ならしい》とでもいうように無視される夢も見た。そしておれは結局、物置の白じらしい暗闇と冷たさのなかに泣く気力もなく不機嫌に汚れきって、強姦された娘のように膝をかかえてベッドに坐り、自己放棄したあげくまた戻ってきたような**忠とは私心があってはならない**、という黄金の言葉を反芻していたのである、それは鬼と明治天皇の肖像とをミックスしたような架空の純粋天皇によって、物置の外の小鳥の声と電車の始発する信号の音とをともなった朝の気配のおとずれとともに、おれによびかけられた言葉だ、純粋天皇がほんとうに存在して、その全能の眼を、かれの選ばれたるセヴンティーンの物置の船室にそそいだとしたら、その神々しい眼は見ただろう、体を小さくしてうずくまり不眠と脂で黒ずんだ小っぽけな顔をした少年の頭のなかに、次のようなみすぼらしく枯れた言葉の花ぐさりがもつれあってひっかかっているのを見ただろう、《やるほかないさ、おれにはもう私心のひとかけらさえも自分の腕でさげて歩く力はない》それでもおれは朝の陽ざしがあたためた裏庭に出て種々雑多な菊の類を踏みしだいて縄をまいた棒を立て、唐手の練習をやっているうちにかなり回復し、しだいに熱病がさめてくるような気分になった、おれは唐手の棒をすこしけずりマジック・インクで皇紀二千六百二十年と書き、また裏側にも神洲不滅と書きつけ、汗が新しくにじみ出て昨夜来の悪い汗を洗い流すまで縄の縞目を殴りつづけた。おれは決定的な今日が静かに熱情をこめて汗に濡れたおれの体のまわりにかもされてくるのを感じ、あれをやりとげさえすれば、昨夜の悪い悪い夜は暗闇のなかへ押し流され、どこか遠方の地下の下水道の縦穴を猫の喉がごろごろやるような音をたてて墜落していくのだ、と思った、えい、やっ、えい、やっ、そしておれは微笑をモティフにする辞世歌がしだいにできあがってくるのを感じてもいた、えい、やっ、えい、やっ、《国のため神洲男児晴れやかに微笑み行かん死出の旅》いちばん最後の節がうまくゆかなかったが、それはシニイデの旅と訓《よ》むことにした、おれは唐手の気合とともにおれ自身の辞世歌を朗吟してみた、おれは始めヒロイックな気持になり、そしてしだいに天皇の太陽のような輝く幻影のなかへ露のようにすいこまれた、えい、やっ、国のため、国のため、えい、神洲男児晴れやかに、えい、やっ、微笑み行かん死出の旅、えい、やっ、シニイデの旅……

7

きみの暗殺はくりかえし回転しつづけるヴィデオ・テープ、ニュース映画フィルム、またカメラマンがピューリッツア賞をもらうという噂まで出た写真の網版によって、日本人すべての者らの眼に中毒症状をおこさせるほどだった、永劫回帰の暗殺劇とでもいうように、テレビのブラウン管、ラジオのスピーカア、そして新聞、週刊誌、月刊誌、あらゆる映画劇場のスクリーン、それらすべてが発狂してきみの暗殺に核爆発クラスのエネルギーをそそぎこんだ。日本人すべてがきみの暗殺の毒におかされてしまっている、しかもきみの暗殺の毒の灰は霧のようになお日本列島のすべての島の地表にびっしりとたちこめている。そしてこの猛烈な毒からひとり離れて自由なのがきみだ、きみひとりだ。きみはそもそも始めからこのスキャンダラスな毒の粉に防護服をつけてやってきた、三党首演説会場できみの暗殺を観客席から見なくてすんだ唯一の人間が、行動していたきみだった、そして寸刻をいれず反覆回転しはじめたヴィデオ・テープが日本の隅ずみまでブラウン管から噴出するものをきみは見ることがなかった、しかも今は拘禁されて孤独に獄のなかだ、きみはあのグロテスクでナンセンスな暗殺、政治的弱者の不意の殺戮から、まったく遠くに離れていることになるだろう。この手紙を**きみ**にむかって書き始めたのは、きみがあまりにも、きみの暗殺から遠くはなれているからだ、この手紙を小さなポータブル・テレビだと思ってもらいたいのだ。

1チャンネル　きみの暗殺はいかに行なわれたか、その実況ヴィデオ・テープと写真。委員長は演説している、その声は嗄れて太く激越だし、その言葉の意味は挑戦と糾弾と反抗心のガソリンと発火機の同居だが、委員長の情念はむしろ疲労に萎縮し、怒りをはらまず、声と意味と、またカメラの背後の聴衆とテレビ視聴者の大群へそれらがつたわってゆくことへの小心な懐疑と不信にみちているようなのだ。かれは演説者としての自分を信じていないように見える。かれは委員長の大きい躰、大きい声に、たまたま移りすんだ小心な小男の魂でもって演壇の上にひろげられた原稿を代読しているかのように演説している、空虚な印象。委員長はあたかもこう考えているかのようである、《次の選挙にもいつものように敗けるだろう、国会ではまた完全に無力であることだろう、そして実業家は欲望と傲慢な自信にふくらんで日本の経済を推進し、何千万の農民とサラリーマンは勤勉に愚鈍に無力に消費的に、そしてみみっちい電化生活願望にあけくれ、与党政治家は金権と派閥というハンディをぶらさげながら、ただひとつ現状維持の線をそれないようにつとめてその他はすべて有能で出世主義で時代感覚ゼロの官僚にまかせてしまい、野党政治家は負けを承知で国会のなかに坐りこみ国会の外のデモ隊の声援をわずかに聞く。そして文化人は手を汚さずに我々を応援するだけで満足し、我々もかれらを本当に苦しい所では頼りにせず信用しないだろう。どこにも真に左翼の魂をもった者はいず、どこにも我々の真の味方はいないだろう、なぜならおれ自身、数十年の運動のあと、自分のなかに真の左翼の魂をもっていると感じられない瞬間がたびたびあるのだ、現にいまがそうだ、おれは左翼の怒りを怒っていない。ああ、中国大陸の人民共和国！　あすこには左翼であることを現実化した六億の民がいた、その指導者とおれとが、アメリカ帝国主義は日中共同の敵だと声明したときの熱情は、いまおれの激しい声にこもっていない。ああ、湿地帯日本、おれは独りぼっちで虚しく、ぞっとするほど通俗で凡庸な、バナールな演説をする！　九千万日本のたれも本気で聞いていはしない》会場にはもの凄いヤジと叫喚、罵声と怒号だ、委員長の演説を妨害しようとする右翼だけが、真に怒り猛っている感じなのだ。委員長は司会者が妨害中止を要請するあいだ黙って、白く濡れて粘土板のような厚い無表情な皮膚につつまれた老けこんだ顔をうつむいて愚鈍な焦立ちを一瞬みせる、そのあいだ顔は眼鏡のセルロイドよりも無機的だ、皮膚呼吸をしていないようだ。すぐにまた委員長は演説をはじめる、魚のように丸く脣をとがらして《このような国民の評判の悪い政策は全部ふせておいて、選挙が多数を占めると……》そして黒っぽい少年がスマートでない駈けかたで演説中の委員長に走りよる、衝突そして再び衝突、委員長は倒れ、黒っぽい少年は酷たらしく捻じ伏せられる、それに始終カメラをかまえているカメラマン。傷を負わせたようでございますので、しばらくそのままお待ち願います、しかし混乱のなかを運びだされる肥満した委員長はすでに即死しているのだ、やがてヴィデオ・テープは空虚な手術室のベッドの枠にたれた血にまみれたネクタイをクローズ・アップするだろうがまだ会場では一人の聴衆も涙を流してはいない、好奇心と衝撃だけだ。もしかしたら捻じ伏せられた黒っぽい少年だけが恐怖と痛みからの涙をこぼしたか？

　写真一は、少年が最初の一撃を加える瞬間である、委員長はかれにむかって不審げな表情をうかべている、判断中止の印象だ、そして頭がすこしブレている。少年がここでは凶暴な獣のようだ、背をまるく弓のように撓め髪を逆立て短刀をしっかり胸のまえにかまえて跳びかかっている。写真二と三はその直後、少年の顔から眼鏡がなくなり、その眼はつむっている、委員長は少年から躰をそむけようとし前屈みになり、苦痛が最も率直にあらわれた表情をしている。また写真三は少年の背後のカメラでとられているので、このおなじ瞬間に、少年の袋のようなズボンと深いブーツでくるまれた棒のように硬直してまっすぐな左足が頭にいたる力の直線をなしていることを明確に示している。また、この角度からでは委員長の伏眼でウエッ！　と呻いているような顔と腹の筋肉に短刀をとられそうで必死にそ

れを握りしめた少年の横顔と、委員長の胸の大輪の菊とが小さな緊密な正三角形をなしている、委員長の呻きを少年は聴いただろう。そして写真四は第二撃を加える少年と苦痛に倒れようとしながら攻撃にむなしく体勢をととのえている委員長とを、正面から最も鮮明にとらえている。少年は一撃のあと、今や職業的暗殺者の厭らしい万全さをもって行動している。その両足に巨きい靴をはき、膝を両方とも外側に屈げて力をこめ、サイズの合わない白いシャツがジャンパーと学生服からかなりはみだすまでぐっと両腕をひき、右手は親指が切先に向うようにしっかり短刀を握り左手は親指を逆に向けるようにやはりしっかりと短刀を握っている。右手で突き、左手で引く、しかも両手はおたがいに別の手の力の方向を正確な刺殺ポイントへみちびく方向舵のつとめをも果たしている。そして、ある右翼組織の男があとから指摘したように、それでもなお万全を期するつもりの偏執狂的なこの暗殺者はその姿勢で左肩からぶつかって行こうとしているのである。野球選手が打撃ボックスに入るとき常に嚙みしめる言葉、打球から眼を離すな、少年も細めた眼をしっかり委員長の左胸にあてている。かれの顔は能面の鬼のような非現実な、架空な感じの凶悪さでこわばっている、歯を喰いしばり首筋の若さのあらわな筋肉に力をこめ、眼には悲しみと不幸の深淵をのぞいた者の眼の暗い表情をうかべているが、それはまた江戸の春画の若衆のオルガスムの表情にも似ている。そして躰全体に室町期かそれ以前の地獄絵の餓鬼の姿勢、表情が感得される。委員長は躰を前に屈め眼鏡を上唇までずりおとし迷惑にたえない表情の眼をして困惑しながら両手を、この突然あらわれた鬼の攻撃態勢にそなえている、そして無防備な太い胴、妊娠しているかのようだ、躰じゅうが人間の匂いでぷんぷんしている。しかしかれは既に最初の一撃で死にいたる重傷を受けており苦痛を感じる意識がうしなわれているらしい、足はぐらついている。少年のジャンパーに短刀の影が鮮明にうつっている、テレビ用ライトの影だ。数人の男が駈けよっているがほとんど委員長を防護しようという情熱をもってはいない。写真の左肩には別のカメラマンが実に平静にリラックスした姿勢で立ち、指にだけ正確な力をこめて暗殺者と被害者の最も素晴しき瞬間をとらえようと夢中だ。

2チャンネル　きみの暗殺にたいする様々な人びとの反応のフィルムと録音。

　マスコミが右翼の暴力というんで、この可憐なる少年愛国者であるかれの行動を、ふくろだたきにしておるのであります。私は、かれのおやりになったことが、これは立派なことであると、日本民族の血の叫びであり、日本的生命の発露であり、天地正大の気が時によって煥発するということの一つのあらわれだと思いますね（某右翼指導者）

　つぎつぎと伝えられるニュースから、これは計画された事件であり、少年は殺しの訓練をうけている、と判断した。

いわゆる戦中派に属し、しかも、私自身が軍隊で短剣術の訓練をうけていたせいであろう（小松茂夫氏）

この人間を生かしておいては日本のためにならない、と考えて、政治暗殺者はいつでも政治家を殺すらしい。中には売名のためやいろいろ不純な動機からの者もあるが、中には純粋にそう考えてテロを行うものもあるらしい（広津和郎氏）

ま、いちばんよかったのはボカアかれがやった、そのね短刀でズバリとやったと。でボカア日本刀でバッサリやるつもりでしたがね。ヤツの方がね、その適確ですよね。ま、適中性をいちばん、考えて、ま、もっともその、研究したせいだろうと思うんですがね、やっぱり（某右翼結社員）

あんな悪い奴を殺したといったって、私のためというより、悪いんだもの、あなた、ネ。悪魔のごときものですよ。私はそう思っているね。だからかれはえらいことをやったと、えらい少年だと、私は思っています（某右翼結社員）

氏が暗殺されたという報道を聞いたとき、私は絶望を感じた（浦松佐美太郎氏）

日本がいやになった、という詩だか和歌だかを書いた大学生がいたというじゃありませんか？　そんな若い人にくらべるとね、国のため倒れし人ぞあるこそに今の若人育ちきたらん、と詠んだというあの子のほうが、まあ、したことは別にしても健全だと思うんですよ。私は文芸に趣味があって詩だの和歌だのよく読むんですよ、天皇陛下さまのことをねえ、あの子は、大君のといっていくつもいくつも歌をつくって手帳に書いていたそうです、私はそれ立派だと思う、愚連隊なんてとんでもないですよ、そんなこという文化人こそ愚連隊ですよ、和歌を詠む子を愚連隊よばわりすることはできません、天皇陛下さまのことをですよ、週刊誌に書いてあったんだけど、藤森安和という、やっぱりあの子くらいの子供はこんな詩につくったんです、

いけないことだよ。おまえ　ポリさまに怒られるよ。
いけないよ。いけないよ。たんといけないよ。
なんだい、天皇陛下が御馬で御通りになったからって
よ、
天皇陛下だってしるんだよ　あれを　あれをさ。バア
チャン、アレダヨ。
アレってなんだい。バアチャン。
天皇さまだって人間だものアレしるさ。
アレダよ。
だからアレってなんだい。
だからアレだよ。
あれあれファンキー・ジャンプ。

こんな変態の詩と、大君につかえまつれる若人はいまもむかしも心かわらず、とくらべてごらんなさいよ（某主婦）

8

　おれは警視庁と東京地検の取調べをうけていた、それに公安二課、捜査四課、丸の内署などの数かずの警察官たちが東京じゅうを熱い息をはいて駈けずりまわっている筈だった。かれらは熱情をこめて人間の仕事に精をだすものたちだ、芦屋丘農場の老いたる農夫はかれらの誰かれの質問にこたえさせられながら、心のなかでは、ああ、この男たちはほんとうに百姓の頭と手をもって生れてきているのに惜しいなあ、と嘆いていることだろう。また、この警察官たちは、偶然かれらとつながりができたにすぎない一人のセヴンティーンにたいして、まさに人類の熱い魂の共通の根にそれをうながされているとでもいうように極度の情熱をこめて、人間関係を樹立しようとするのだ。おれは取調べの係官がおれにむかって綿々と優しい理解の言葉をあびせ、親しい心づかいをしてくれるのを黙ってうけとりながら、ふと、いまおれは保険の外交員が電気器具の外交販売人と話しあっているのではないかという気がするほどだった、話が一段落するとおれの肩をぽんと叩いて、それではどうもお忙しいところをありがとう、といいトランクをさげて街に出てゆきそうなくらいなものなのだ。おれは柔和な微笑をうかべた警察官の、どこかくたびれてがっかりしている表情のかげりにふれるたびに胸をつかれ、この男はもう何万人もの人間と親しい関係をむすび今や疲れきってその厖大な友情の重みにうちひしがれようとしているのではないかと疑った。おれは地球に生きのこって二十一世紀をむかえる現在と未来の人間に一つの参考意見をのべておきたい、《火星や他の惑星の生物の国に最初の使節をおくるときには警察官をえらびなさい、かれらこそが人類の親しい友情エネルギーを始めて会った者にたいして最も豊かに放出することのできる人間です、しかもかれらは地球上の悪人どもを知りつくしているから、他の惑星の生物に不当に苛酷であったりはしないでしょう。たしかに警察官は新しい時代の救世軍兵士に似ています》しかしおれは、まったくおれのみの個人的な理由で、警察官たちと深い友情をむすばなかった。むしろ、おれは警察官たちと人間関係をむすぼうとしなかったといったほうが正確だろう。おれはもう誰ともいかなる人間関係をもむすびたくなかった、そこで取調べのあいまにおれの閉じこもる独房はすばらしい場所であった、東京じゅうたずねあるいても、このようにすばらしい場所はいまのおれには決して発見されることがないだろう。おれは、閉じこもる独房という、閉じこめられる独房とはいわない、なぜならおれは、**あれ**のあとおれ自身の意志によることの他にはなにひとつ行なっていないからだ。おれは人間どもから隔離されたいと意志する、そしておれは酷たらしい外部の人間どもから日本の警察力の最も優秀な部分によって隔離された。おれは独りで禁欲的な黙想にふけっていたいと希望する、そしておれは誰も闖入してこない独房で、いかなる労働も強制されず坐っていることができる。おれは自由だ、しかもおれはおれの手をまったく労さず、なにもかも他人どもの労働によってまかなわれているわけだ。自由だって？　外へ出てゆけるか、という質問があればこたえよう、おれは外へ出てゆきたくないのである、しかもいま、おれが最も惧れるところのことが、その外へ出てゆくことなのだ。この場合に外へ出ないこと、それが自由でなくてなんだろう、このように特権的な自由をたいていのサラリーマンは一生あたえられることがないだろう。おれは独りぽっちで遊んでいた幼年期をおもいだす、裏庭の隅におれは白墨で一米四方の囲いをえがき、そのなかに坐って、夕暮までそこから出まいと決心した。まだ昼まえだった、永い時間だ、まよいこんできた野良犬に吠えつかれて恐かった、昼食に母親がおれをよびたて、ついにあきらめた、空腹で便意をもよおした、ほんとうに永い時間だった。おれはそれでも夕暮までその囲いのなかにいつづけたのである、いつでもおれは白墨の薄い白い囲いから出てゆくことができたのだが。おれは、あの奇妙にもの悲しく昂奮して白墨の囲いのなかに坐っていた時と、独房にいる今と、なにも変った状況ではないと感じる、魂のおく深くの、過去や未来と自由に行ったり来たりできる魂のおく深くの青葉の谷間で……

　おれが自由な独房の日々をおくっているということは担当の看守、あるいは当番の警察官にも理解されたようだ。この看守はたいていあまりに老いており、この警察官はたいていあまりに若く赤んぼうのようだったが、おれの心や躰については頭をつうじてよりも舌の味覚のような感覚で理解してくれた。かれらの皮膚感覚は制服のしたで哀れなほど鋭い。おれが独房の床の中央に正坐している、それをかれらが覗いて短いあいだ見つめる、かれらは黙って覗き窓から沈んで行く。おい、寝そべっていいぞ、疲れて衰弱するぞ、そんな恰好でいてはだめだ、このような言葉をかれらは決してよびかけてくることがない、かれらの眼にたまたま光があたっているとき、おれはこんな言葉を読む、《ああ、きみは正坐したい気持でいるんだね、自由に自分勝手に正坐しているんだね、マラソン競走をしたくなったら、きみは自由に自分勝手に、甲州街道でも駈けてゆくのじゃないか？》

　おれはやはり子供のころ兄が教会の米人牧師にもらってきたアザラシかオットセイが主人公の絵物語に夢中だったことがある。その北の海の哺乳動物はたしかオーリイという名前で、すばらしいデッサン力のある画家が情熱をこめて黒の濃淡だけの挿絵をかいていた、おれがいちばん好きだったのはオーリイの旅行路を点線でかきこんだ世界地図で、それは段ボオルみたいな紙の表紙の裏に印刷されていた。オーリイはサアカスで働いたかどうかしたあと（おれはそのころ英語がまったくだめだった、それにもう記憶も薄れたのではっきりしたことがいえないが）アメリカの大湖水地帯のオンタリオ湖かエリー湖にはなされ、そこから河をくだり海をいくつも泳ぎわたりし、ほとんど全世界を旅して故郷の北海に戻るのだが、その詳細をきわめた旅行図なのだ。いまおれは独房に坐っていながら、もしその意志をもちさえすれば自分には、あの勤勉な気ちがいの北の海の哺乳動物くらいの大旅行もできるという気持なのだ。そしておれは、あの本に夢中だったころ子供心にも、自分には一生こんな大旅行は不可能だと胸を涙でいっぱいにするほどの悲しい諦めを感じていたのだった……

おれが警察の規定の食事のみをとり、取調べの係官がその悲惨な給料から奢ってくれる丼物や、父親とか逆木原国彦とかが差入れてくれる弁当を辞退するのを見て、ある老いた看守はいった。

「あんたは他人に干渉されずに気儘に生きてゆく人間なんだねえ、それはやはり天分みたいな、さずかった幸福だねえ、だんだんそういう人がすくなくなるんだが」

おれは自由な人間として看守の眼にうつっていたと信じる、逆に覗き窓の長方形に眉と鼻梁、頬、耳をきられている看守の真剣な眼を見ると、おれはこの看守が自由な人間ではないと感じられた。いつでも制服と制帽、鍵束他の付属品を置きすてて広大な陽のあたる外へ出発できる筈でいながら、かれは実はひとつまみの自由も持っていないのだ。それに大変滑稽だが、看守にとっておれは重要人物なのに、おれにとって看守はまったく非重要なゼロ的人物にすぎないのだ、それは森のような街路樹の木立ごしに警視庁の建物を見まもりながら歩いている筈の数多いサラリーマンの任意の一人が、おれにとって非重要なゼロ的人物であると同じだ。しかも諄《くど》いようだがその任意のサラリーマンの心は、テロリストおれのことでいっぱいかもしれないのだ。おれは自分のことと、純粋天皇のことよりほかのもので胸の倉庫の透間をうずめたりは決してしないが……

おれが自由であったのは独房においてのみではなかった、おれは取調べのあいだにおいても自由であったと思う。取調べの係官の人間的な、しかも最も優しい意味で人間的な態度についてはすでにのべたが、おれの方でも決してそれを裏切るような行為にはでなかったつもりだ。おれはすべての真実をフランクに陳述した、たとえばおれを始めて皇道党の集会につれていった男が新東宝であり、それはおれのセヴンティーンの誕生日の翌日であったことなど、とくに新東宝の性格や行動について説明したときには係官は涙を赤く熱そうな頬にこぼしてしまうほど笑った。しかし、おれの陳述は係官をつねに満足させないのだった、かれは優しく人間的な態度と仕事熱心な機械のような性格をともに示しながら、くりかえしまきかえし執拗に問いかけてきた。おもな問題点はほぼ次のようなものだったと思う。一、おれの共犯関係。おれはつねに**あれ**がおれの単独犯行だと主張した、なぜならそれは真実だったからだ、《私が皇道党員として逆木原総裁のもとに住みこみ、そこで教育されたこと、また安西繁氏から深い影響をうけたことは事実です。しかし逆木原総裁の行動の軟弱さには不満をいだいていました、それがもとで私は脱党したのです。安西繁氏は戦歿学生のための組織を、戦歿学生の幽霊と共につくりあげようとしている男です、私は氏の新しい組織に同情をもっていませんでした。私がこの夏お世話になった芦屋丘農場の松岡源五郎氏にも直接政治について話を聞いたことはありません。私はたれにも具体的な一人一殺の暗殺計画を相談したことはありません、また誰かにそそのかされたこともありません。独りきりでやったことです、そしてこの独りぽっちでやったということが、誰にでもなく私にいちばん重要なことなんです》

　そして二、おれの犯行の直接動機。それを説明し納得させることが難かしかった、少なくとも始めのうち、おれはそれを困難だと感じ、やがてそれが不可能だと悟った。しかもそれこそ、おれにとっては最もあきらかだったことなのだ。おれは**あれ**を天皇の栄光のためにやった、天皇のために恥辱を準備する売国奴を刺殺する、それはいうまでもない、天皇の栄光のためではないか。このとき、おれにはきわめて面白く思われる反応を中年の係官が示した。かれは天皇の栄光という言葉を、日本国の栄光というふうに理解した、そしていった《それできみは神州という言葉を手帳のなかにたびたび書いているんだね、神州不滅とかねえ》、おれは熱情をあふれさせる思いで係官の誤解をとこうとした、おれは言葉のニュアンスのちがいであれ、こんな律儀な警察官に誤解されたままにしておきたくなかった《私は戦後の民主主義教育でそだったからでしょう、天皇と国家と国民とをそんなにむすびつけては考えないのです、そのように感じないんです。神州男児とか神州不滅とかいうのは単に和歌らしいものをつくるための言葉にしかすぎないんです。私は天皇のために自分の命をかけるだけでいい。日本のことも、日本人のことも二の次なんです、ただひたすら、天皇だけが私には問題なんです。天皇のために刺したんです、それで政治をよくし警察官の月給をたかくするなんて考えたわけではありません。あくまでも私と天皇とのあいだのつながりだけが問題なんです》

　係官は苦りきった表情を一瞬する、しかしすぐ気をとりなおして始める、《それでは、なぜ委員長をえらんだのか？》おれは考えこみ、自分の心のなかを触診してたしかめてからよどみなく答える、《委員長でなくてもよかったんです、日教組の連中でも共産党のやつらでも、極たんにいうと、天皇の栄光をねがわない者なら誰でもよかったんです、問題は刺殺する相手にあるのではなくて、刺殺するこちら側にあるんですからね》係官が不意に冷たい顔になって低い刺《トゲ》のある声でいう、《それじゃあ、まるで痴漢だ》おれは忍耐強くいう、《痴漢という言葉をとりけしてください。さもないと黙秘権をつかいます》係官はなかなかとりけさず、その日の取調べは一応終りということになる。
　取調べのあいだに、おれでなく係官のほうが怒ってしまったこともある、それはおれが、どうしてこの秋の初めに**あれ**をやったか、という点について係官がおれを追及していた時だ、おれは答えていった《夏、広島から帰ってくる汽車の窓から日没の瞬間の海の神々しい輝きを見て、ぼくは、ああ天皇陛下と叫びながら啓示をえました、いま考えてみるとあの啓示の瞬間に、**あれ**の日時のおおよその所はきまったんだという気がします》、係官は苛立ってきながらせきこんで訊いただす、《具体的にいうと、きみは天皇の幻影を見たわけだね？》おれはますますフランクに、おれの体験と感想の真実を告白する、《そうです、強いていえば天皇の幻影が私の唯一の共犯なんです、いつも天皇の幻影に私はみちびかれます。幻影の天皇というとわかってもらえても限度があるようなので、もっと思いきって、簡単にすると、天皇が私の共犯です、私の背後関係の糸は天皇にだけつながっています》、一瞬あと係官の猛烈に怒り狂っている大きい頭がぐっとおれの顔にせまり、すんでのことで頭突きをくうところだと思っているおれに係官はどなりはじめたのだ、《天皇が共犯？　天皇が背後関係？　おまえ、天皇に会ったことあるかよ？　天皇に金をもらったことあるかよ？　丁重にあつかえば糞小僧がつけあがりやがる、カマトトおきやがれ、こん畜生》おれはもう決して簡単で平板な事実承認、誤り否認の二つしかすまいと心にきめながら、内心はきわめて冷静に、激昂した警察官の赤っぽさと土気色《つちけ》のまだらの顔を見まもっているだけだ……

　確かに、おれがフランクな気持でなにひとつ隠すことなく陳述しても、それはむしろ人間的な係官を当惑させるほかに、どんな効用も持たないのではないか？　こう考えついたあと、おれは取調室で無口になった。それにもうたいていの事実は洗いざらいぶちまけたあとだったのだ、既に十五回目の取調べは終っていた。おれが取調べに興味をうしなってしまっても許されていいころだろう。
《夕暮の海に沈む陽から啓示をえたといっても警察官がそれを信じることはできないだろう。右翼の魂をもった選ばれたる少年としての証拠を造ろうとしたと、自分を祭る右翼の社、自分を守る右翼の城をきずこうとしたと、そういっても警察官がそれを理解しなければならぬ訳はないだろう。おれは黙っていよう、おれは理解されなくてもいいのだから。なぜなら、おれはすでに城をきずき社をたてた、おれはすでに右翼の子である証拠をえた、そしてあとにはもう、天皇の栄光とおれの至福があるばかりだからだ》
　そう考えるとおれの正坐している暗い独房の四つの壁のまわりから、警視庁のあらゆる建物と警察官たち、東京地検のあらゆる施設と検事たち、アラジンのランプを主題にした漫画映画で見たようなふうに、たちまち雲散霧消した。おれは自由であるばかりか孤独にさえなった。そしておれは暗殺者としての自分を、暗殺者的人間としての自分を、静かに考えてみる余裕をえることになった。

　暗殺者的人間、おれは広島で見た、あの伝説的な暗殺者の暗く憂鬱そうな顔を思いだした、あれは鬼のように感じられたものだ。いま、おれは小さな筋肉をもった少年の鬼のようだろうか？　そしておれは突然気づいた、あの伝説的な暗殺者がピストルで政治家を射殺したのは三十年ほども前だ、あの暗殺者は非常に若かったにちがいない、二十歳前半、もしかしたらおれのようにハイティーンの、小さな鬼にすぎなかったのだ。そしてその後三十年、あの憂鬱な暗い顔で、眼に見えぬ厖大な重荷のもとにいつも前屈みになって生きてきたのだ。影のなかを忍苦して三十年生きてきた暗殺者的人間、しかもかれは三十年前に**あれ**をやってしまったあと、地獄の中を耐えしのんで暗殺者的人間として生きつづけてきた。《あの人は三十年間、明日はなにをやろう、と考えて夜をおくったのだろう？》おれはあの男のことを考えてばかりいるうちに、暑い真夏の地方都市でかれと話をかわしているような夢さえ見るのだった。夢のなかでおれが訊ねる、この三十年間なにが苦しかったことですか？　憂鬱な鬼の先輩がこたえる、暗殺者的人間のバッジをなくさないように苦心しました、すべすべしてすぐになくしそうなんだからねえ、ある朝、眼がさめてみたら甲虫になっていたという小説をカフカというユダヤ人が書いているんだが、私も、ある朝、眼がさめてみたら暗殺者的人間でなくなってしまっているのじゃないかと、そればかり惧れてきたねえ。暗殺は一回こっきりだから、いったんなくしたバッジをとり戻すことはできない。あいつは臆病だ、とか、あいつは忠義でない、とか、あいつは色魔だ、とかそんな評判ひとつで暗殺者的人間でなくなるんだからねえ、気をつけてくださいよ！　夢は東京大学の合格発表後のカウンセリングにかわり、おれはとくに暗殺者的人間の学部に入れられている、学生課の職員がおれにちかづいて、きみの答案はテレビで見たが立派だったよ。きみもあの成績をずっと一生もちつづけるのが大変だねえ、という。おれは眼ざめて自分が憂鬱な鬼の老年をむかえることを考え一瞬ぞっとしてその考えから全速で遠ざかる……

　こうした日々がすぎさり、ある朝おれは寒さに身震いして眼ざめた、最初の冬の気配だ。まだ外の世界は夜明けだろう。おれは穴ごもりの獣だ、時間を内臓で感じとることができる。おれは鳥肌だっている自身の躰をだきしめて熱い血を感じながら、暗殺者的人間のおれに呼びかけた、《おまえ、セヴンティーンの聖者よ、おまえは映画で見た開拓時代のアメリカの冬のはじめの夜明けの風景が大好きだったなあ、嵐のようにパセティクでしかも桃色と鳩の胸の色の静かに濡れた光をはなつ空、墨色にいちめんに霧《き》っている原、そして葉を払い落した樫の枝には魔女を絞首するための麻縄が風に揺れていた……》そしておれは寝具をとりつくろって再び眠った、ふと芦屋丘農場のあの若い妊娠している仏教徒がおれのことで衝撃をうけて流産するようなことでもあったらという惧れにとらえられ、またその点では家畜たちはみな安全だ、と考え、こんどは冬の芦屋丘農場を夢に見た。

その朝、午前十時、取調室に出ると始めて火鉢があった、そして寒さからばかりでなく緊張に頬を白っぽくしている係官が、

「取調べは昨日夕方終った、ご苦労だった、現在までの段階では一応、おまえの単独犯行としか考えられないという結論をえている。いまの政治のあり方や左翼のあり方についての、おまえの思いつめた若者らしい気持もよくくみとれたと思う。おまえが警視庁にいるのも今日限りだが、最後に、話しわすれていたことでもあればいいなさい」といった。

「私は身をすてて大義を行なったのです、目的が達成できたのでサッパリしました」とおれはこたえたが、その一瞬、おれはこのまま死刑執行場にみちびかれるのだと考え、夜明けに思いうかべた魔女の首吊り樫のことをもういちど鮮明に思いうかべた。

「逆木原先生や安西繁さんが逮捕されて迷惑をこうむっていられるということはありませんでしょうか？」

「それは答えられない、しかしおまえのお姉様は自衛隊の病院をやめられたぞ」と係官はいった。

おれは醜くいためコムプレクスだらけの姉が看護婦をやめ結婚もできず一人で暮してゆくことを思うと暗然とした、《姉だけがおれのセヴンティーンの誕生日をおぼえていてくれた唯ひとりの人間だったのに、おれは暴力をふるったりした、おれは優しい弟じゃなかった、姉には詫びたい》おれはアメリカの魔女狩のさかんな地方の野原の喬木に首を吊りながら、姉に詫びている人間を（それがおれなのだが）また鮮やかに見る思いなのだった……

午後二時、おれが車ではこばれたのは死刑執行場ではなかった、東京地検は《刑事処分相当》という意見つきでおれを東京家裁におくり、おれの身柄は東京少年鑑別所にうつされたのだった。《練鑑じゃないか、愚連隊どもがブルースを歌う》とおれは車からおりた瞬間に考え、死刑だと思いこんでいたことの反動もあって、もうこれでおれが特別待遇をうけるのも終りだ、不良少年どももとごたまぜだろうと思い、恐怖におそわれた《おれを小さいころから殴ったり虐めたりした子供の敵がここに蟻塚をつくっていっぱい棲んでいるのだ、おれはたちまち殴り倒され踏みつけられるだろう、おれの右翼の魔法などかからず天皇のことを天チャンなどといって屁とも思っていない若い野蛮人どもにおれは恥辱をうけるだろう！》**あれ**からあと、おれが恐怖に震えたのは刺殺後、背広の男たちにカメラマンまでまじった一団に倒れた委員長とおなじ床に首根っ子をおしつけられぎゅうぎゅうやられた時と、今との二度だけだという気がした、おれは暴れて逃げだしたいと始めて思った。

しかし右翼の魔法にかかっている大人たちは、なまなかのことでは特別待遇をやめてしまわないものだということがすぐわかった。鑑別所次長が入所心得を話し、おれがそれにこたえる、脇の男が泥のように柔い鉛筆でメモをとっている、それが伏眼にしたおれの眼にうつる、《ハキハキト答エル、立派ナ態度、逃亡、自殺ヲ企テルガゴトキ様子ナシ》

その後すぐおれは所内東寮の単独室第一室に収容された、第一室、特別待遇は右翼の魔法にかかった大人たちの執念だ。おれは警視庁にいたときとおなじように独房に正坐して外部と人間どもから庇護されていることができるのだった、子供のころ練鑑におくられたりする虐めっ子にいったん眼をつけられると、夢のなかで追いすがる鬼をどうしてもまいてしまうことができないように、つねに摑えられては酷いことをされたものだ、おれはチビで弱かったから絶望だった。しかし今は虐めっ子の蟻塚で、しかも最上等の第一室で、独り悠々と正坐しているのだ。おれは平静な幸福な気持だった、十分から十五分ごとに係官が様子を見にきたが、かれはまたメモに《少シモ変ッタ所ナシ》と書きこんで満足の一服をしたことだろう。午後三時四十五分、食事が運ばれてきた、おれはその殆どすべてをたいらげた。午後は永く静かに油の川のようにゆっくり流れた、おれは芦屋丘農場で感じたような魂の平和を感じていた《あのときおれは妊娠している人間で、出産をまえにしていたが、実に静かな、父親が好きなミレーの晩鐘みたいな平穏を味わっていた、今おれは出産した後の脱けがらを静かな平安の川にひたしているのだ、おれの生涯でいまがいちばん静かな日の静かな時刻だ》夕暮がカヌーをこいで油の川をゆっくりさかのぼってくる……

静かなる男、夢みる少年、そして暗殺者的人間はせまってくる穏やかな夕暮のなかの東京少年鑑別所東寮単独室第一室に正坐して、しだいに濃くなる夕闇のなかにガス状の星雲のように輝きながらぼんやり浮ぶ思想を見つめていたのだ、《おれは暗殺する前、その瞬間、そしてそれ以後においても、やがておれはどうなるのか、ということを正面からたちむかって考えたことはなかったという気がする、おれは将来になにを見ていたのか？　**死だ**、私心なき者の恐怖なき死、至福の死、そして**天皇**こそは死を超え、死から恐怖の牙をもぎとり、恐怖を至福にかえて死をかざる存在なのだった！　おれはこの花の香りのような死、菓子の甘さのような死の家にはいって行くまえにちょっとふりかえって挨拶するように、暗殺をおこなったのだ。いまになってみればよくわかる、今朝おれがとっさにいった右翼の言葉、**身を棄てて大義をおこなう**は、**忠とは私心があってはならない**という言葉とおなじ意味なのだ、おれ個人の恐怖にみちた魂を棄てて純粋天皇の偉大な熔鉱炉のなかに跳びこむことだ、そのあとに不安なき選れたる者の恍惚がおとずれる、恒常のオルガスムがおとずれる、恍惚はいつまでもさめず、オルガスムはそれが常態であるかのようにつづく、それは一瞬であり永遠だ、**死**はそのなかに吸いこまれる、それはゼロ変化にすぎなくなる。おれは委員長を刺殺した瞬間に、この至福の四次元に跳びこんだのだ！　おれは今すでに死体なのかもしれないし、二百年後なおこのままの体であるのかもしれない。警視庁の独房は黄泉《よみ》の国のような感じだった。そしてここ練鑑は煉獄ででもあるのだろうか。姉がもっていた文庫本に此処過ぎて悲しみの市、という行があった、赤線がひいてあった、あれは死の世界の門に書いてある言葉だそうだった。おれは暗殺の剣をつき刺したが、あれは門をくぐりぬけるための旅券申請だったのだ、此処を過ぎるときの儀式だったのだ、剣の舞だ、いまおれは**悦びの市**にいる》

　歌声がおなじ建物の遠くから聞えてきていた、不意におれはその旋律をしっかりとらえた、おれがいつも歌っていたやつだ、おお！　キャロル、おまえはおれを傷つける、おまえはおれを泣かせる、けれどもし、おまえがおれを棄てるなら、おれはきっと死んでしまうだろう、おお、おお、キャロル、おまえはおれに酷いことをする！　《おれが歌っていた歌を歌っているやつら、おなじハイティーンたちがここにはいっぱいいるのだ、既にその歌声がおれの耳に届く、明日はおれもあいつらと小さな接触をもつようになるかもしれない、そしていつかは、おれはあのおなじハイティーンたちとともに人間の大群集のなかへ釈放されることになるのだ！》おれは恐怖が再びおれの胸にじわじわ滲んでくるのを感じながら歌声を聴いていた、おお、おお、キャロル、おまえはおれに酷いことをする！　おれは黄泉の国の鬼のはずだ、鬼として暗殺者的人間の威厳をまもって生きているのだ、しかしおれはしだいに深く黄泉の国へおりてゆき、しだいに暗い方へ歩いてゆく、という鬼らしいコオスのかわりに、しだいに黄泉の国の深みからうかびあがり、しだいに明るい方へ駈けて行っている。明るい現実世界から《おお！　キャロル》だって聞こえはじめた、本当は暗い暗い壮厳な声がきびしく《霊魂著《ト》く日の若宮に参上り、無窮に皇孫の御天業を翼賛し奉らむ》と誓うのをこそ聞いているべきときに、おお、おお、キャロル！　だ、急に歌声が止む、教官に叱られたのだろう、ここは外部世界とおなじだ、歌うやつ叱るやつ、そしておれはやがて大群集が喚声やら罵声やらをあげてテレビ・カメラ、ニュース映画カメラ、マイク、写真機、鉛筆、それらを千トンも持ったマスコミの連中とともに襲いかかってくる暴動のような騒ぎのなかへ追放されるのだ、そしておれは、ああ、疲れきった憂鬱な鬼として老年にいたるのだ。おれは再び、あの伝説的な暗殺者の三十年について考えた夜の夢の骨も凍る恐怖感のなかへ頭からおちこんだ。おれはヘマもやってすぐに暗殺者的人間のバッジをなくすだろう！　おれは右翼の城から追われ、右翼の社からひきずりおろされ、右翼の選ばれたる子である証拠の百倍も、つまらないぐずの自瀆常習のインポテの泣き虫の低脳の劣等感過剰の犬のようなばかである証拠をつくりだしてしまうだろう……

おれは恐慌におそわれた大都市を胸に内蔵しているようだった、おれは絶叫しながら跳ねあがり壁に体あたり弾かれて床にあおむけに荒あらしい音をたてて倒れ呻き声をあげた、**いやだ、いやだ**、強制されるのは**いやだ**、**あれ**を無意味にされ、天皇から永遠に見棄てられてしまう！　強制だ、強制だ、汚ならしい外の世界へ強制的に追放される、**いやだ、いやだ、いやだ！**　死刑にしてくれ、いますぐ執行人をよんで死刑にしてくれ！

電灯がともった、夕暮が無機質な明るみのなかで粉々にくだけ散った。おれは電灯のおおいが頑丈な鋳物製であること、ベッドの木綿の敷布が紐になること、それを一瞬さとり、次の瞬間、おれの恐慌は湯のなかに投げいれた雪のかたまりのように凄惨なスピードで融けさった、かすかな鉱物質の匂いのたゆたいだけのこっている。廊下を駈けてくるものがある、おれはすばやく起きあがり扉にむかって正坐し静かに微笑む。怪訝そうな表情を係官の男らしく実直な眼がまばたきひとつではらいおとす、おれは静かに息をつめて呼吸のせわしなさをおしかくしながら、おれの短い生涯の最後の啓示をあじわっている、《自殺しよう、おれは汚らしい大群集を最後に裏切ってやる、おれは天皇陛下の永遠の大樹木の柔らかい水色の新芽の一枚だ、死は恐くない、生を強制されることのほうが苦難だ、おれは自殺しよう、あと十分間、真の右翼の魂を威厳をもってもちこたえれば、それでおれは永遠に選ばれた右翼の子として完成されるのだ。おれはいかなる強大な圧力、いかなる激甚な恐怖にも、その十分間のあと揺らぐことがない、おれの右翼の城、おれの右翼の社、それは永遠に崩れることがない、おれは純粋天皇の、天皇陛下の胎内の広大な宇宙のような暗黒の海を、胎水の海を無意識でゼロで、いまだ生れざる者として漂っているのだから、ああ、おれの眼が黄金と薔薇色と古代紫の光でみたされる、千万ルクスの光だ、天皇よ、天皇よ！》

係官はいままでの十分から十五分間隔の見まわりとくらべてずっと熱心におれの部屋を覗いている、おれの眼はヒステリー質の至福の視覚異常をおこして瞼をとじた内部で天の岩戸のなかのように光輝絢爛で、ひらくことができないが、やがて係官の眼がおれの顔にとどまるのを感じる、おれの頭は激しく澄みわたりフルに活動する、きっと次の見まわりが遅れる事情があるから、こんどだけ過度に綿密なのだ、係官はおれの眼をとじた顔が淡い桃色に輝き、汗にぐっしょり濡れ、小鼻には汗の粒がひくひく揺れており、そしてうっとりするほど幸福なのを怯えるような気持で見つめていたのだ、係官が廊下を重い足どりで去って行く、おれは眼をかっと見ひらき敏捷に活動を開始する、木綿の敷布をかいがいしい音をたてて二つにさき結んで狭い輪をつくる、針金のほうが早く死ねるだろうが、この粗末な布のなんという優しさ、電灯のおおいの鋳鉄は頑丈で高さもいい、明日、強い腕をもった労働者はあらゆる部屋でこの岩山のように頑丈なやつと格闘しなければならないだろう、歯みがき粉を水にといて壁に指で文字を書きつける、猛然とおれの躰を熱情がふくれあがらせる、おれは爆発しようとする、いま、おれの躰は十倍の重み、十倍の巨きさだ、巨人おれは渾身の力をこめて黄金の文字を書きつける、廊下のずっと向うで人間の声が人間の名を呼んで若者の声がそれにこたえている、堀口、はい、安川、はい、大本、はい、三宅、はい、もう一人の三宅、はい、坂田、はい……

天皇陛下万歳、七生報国、おれの熱く灼ける眼はもう文字を見ず、暗黒の空にうかぶ黄金の国連ビルのように巨大な天皇陛下の轟然たるジェット推進飛行を見ている、おれは宇宙のように暗く巨大な内部で汐のように湧く胎水に漂よう、おれはビールスのような形をすることになるだろう。幸福の悦楽の涙でいっぱいの眼に黄金の天皇陛下は燦然として百万の反射像をつくる、八時五分、おれは十分間、**真の右翼の魂をもっている選ばれた少年**として完璧だった、おれの右翼の城、おれの右翼の社！　ああ、おお、おお、天皇陛下！　ああ、ああ、あああ、**天皇よ、天皇よ！**　**天皇よ！**　おお、おお、あああ……

9　死亡広告

純粋天皇の胎水しぶく暗黒星雲を下降する永久運動体が憂い顔のセヴンティーンを捕獲した八時十八分に隣りの独房では幼女強制猥せつで練鑑にきた若者がかすかにオルガスムの呻きを聞いて涙ぐんだという

ああ、なんていい……

愛しい愛しいセヴンティーン

絞死体をひきずりおろした中年の警官は精液の匂いをかいだという……

幸福な若いギリアク人

アメリカ・インディアンのように皮膚が黒く硬いのでインディアンとよばれている二十歳の製材工が工場のまえの黒褐色の土層のむきでている広場で子供らと一緒に、しゃがみこんで、一頭の樺太犬を見まもっていた。樺太犬は、オホーツク海から浜に、肥って白っぽい小型の犬ほどの躰を陽にかわかしにきたゼニガタアザラシをつかまえたところなのだ、臓物を上機嫌の飼主にあたえられて、樺太犬は酔ったようにうっとりし荒い息づかいで、牝を愛撫するように臓物を食っていた。夏のおわりの夕暮の光が血色の臓物、黒い樺太犬、子供たち、工員の高くきびしい頬骨、そしてかれらのまわりの黒っぽい広場の上に濃いくまどりをつけていた。北海道北東のオホーツク海岸にある、人口四万たらずの市だ、夏でも夕暮になると肌寒い日がある、その日がそうだった、子供らは寒がってこわばった頬や瞼に怯えや不安を虫のようにとまらせていた、かれらは北方の子供らだ、その肉体のいちばん深い底で、到来すべき冬をつねに予感しているのだろう。樺太犬と、いわゆるインディアンだけが、気温の冷却には無関心で他のことを考えるか感じるかしていた。

樺太犬は臓物のことを、また付近の漁師がトッカリとよぶゼニガタアザラシのことを小さな脳やその他の精神的な機能をはたす器官いっぱいに詰めこんでいただろう。インディアンは、かれの背後の工場の小さな森よりは多量に積みあげられている材木の陰に立ってかれを見つめている筈の男のことを考えていた。その男は、かれの頭にひらめいた最初の印象でいえば定時制高校でならった国語教科書に写真のある詩人の様な若い男だ。黒くて鍔の広く丸い旧式のソフトをかぶり、丸い鉄縁の眼鏡をかけ、痩せた頬に黒ずんで垢のたまった毛穴をポツポツあけ、小心な教師みたいに眼、鼻、唇をひきしめている、そしていつも厭にしつこく見つめてくるのだ。インディアンはもう十日ほども前から、その男がかれを遠くから、また雑踏のなかで素早く近よって見つめるのを知っていた。その男に、それ以前に会ったことはない、またその市の人間である様子もない。《あいつ、警察のスパイかもしれないぞ》とインディアンは考えた、そして緊張にその浅黒くひきしまった顔をますますひきしめ、肉なしに皮膚がじかに骨にはりつけられているような顔をし、あれこれ疑心暗鬼のとりこになった。《とにかくこの市では、オホーツク海にむかっているということもあって、警察は凄く敏感だからな、スパイを北海道じゅうのアイヌの数くらい養っているというんだ、あい

つ本当に警察のスパイかもしれないぞ、そうならうかうかしてはいれないぞ》

インディアンは警察から捕えにやってこられるようなことを今までにやっていたわけではない、現在もやっていないと信じているし、将来もまずそうしたことはなしに、この市で老いて死ぬだろう、そうおぼろげながら考えて製材工場で月給七千五百円の仕事をしていた。しかし、スパイということになると、かれも緊張して汗ばみシャツを濡らしたり汚したりしてしまう事情が、ごく最近、できているのだった。

製材工場には二十七人の工員が働いている、その三分の二が月給制で残りは日給計算だ、しかしその両方とも殆ど月給制をとっている工場らしい保障にはまったくありついていない。そこで内密に労働組合をつくろうということになった、しかも中央の労働団体が中小企業の組合の組織化に力をいれはじめたところなので、かれらの工場の組合の小さな芽にも札幌のオルグが水をかけにきてくれた。組合の成立を正式に工場主に話しに行った暁には、インディアンも、晴れて組合員になる筈だった、かれは組合に熱中していた。《おれたちの組合が中央の組織につながれば、おれたちはオルグのいうとおり、日本中の労働者と腕をくむことになる。まったく、あの大げさですこし軽薄なオルグのいうとおり、日本の労働者みんなが同志だということになる、そして世界中の？　あはは》

警察はインディアンの労働組合が中央の組織とむすびつくのを知って早くもスパイをおくりこんだのか？　国境のそばに住んでいながら安心して暮している自分たちとちがって、東京の連中は毎日空をあおいで死の灰を嗅いだりするのを惧れて、毎日うなだれて歩いているほどだというから、警察のスパイもあたりまえか？　インディアンはそう考え、工場の仲間に男のことを話してみたが、他の連中はその男に気がついていない。もしかしたら、インディアン個人に関わることかもしれない、しかしそうなると、まったく五里霧中なのだ。そこでインディアンとよばれる青年は、退け時間のあとモーターが沈黙してしまった工場の前にしばらく一人で居残って、その見つめる男の態度をどう出てくるかあたってみることにしたのだ。

樺太犬は夕暮の光が濃くなり、土の上の一滴の血のしたたりが真珠色の光沢をもちはじめると、臓物をすっかり喰ってしまって不機嫌になってきていた。もっと喰いたいが、すでにオホーツク海は昏れて荒れ、トッカリがのこのこ臓物をはこんできてくれそうにはない。そのような欲求不満の不機嫌が犬の頭のなかで肥ってきはじめるのを知って、子供らは立ちあがり口ぐちに犬へ帰ってゆくようによびかけた。しかし子供らよりも重い躰を横たえて犬は広場の中央にどっしりと、子供らが逃げ去ってしまいはせぬか見張っている。子供らが不意に新しい怯えにとらえられる、なんとこの現実世界は子供の意のままに動かぬものだろう、犬までも、夕暮までも、とみるみる昏れなずんでくる広場で、子供らは万古不易の子供の嘆きを嘆きはじめる。ゼニガタアザラシを咬み殺した犬が、子供らを咬み殺すことができないとどうして安心できよう、子供らは駈けて広場を去りたい気持でいっぱいだが、犬というやつは逃げる者を追うのがいちばん好きなのだから……

「おい、カア、カア、カア！　トウ！」とインディアンは低い声で犬にいった。

　犬はぐったりと頭をたれたまま柔順に立ちあがり、青年をちらと見あげ、それから飼主の家へゆっくり歩いて帰って行った。子供らが息を大きく吐き、駈け去る、青年だけ、すでに夜の黒い土の広場にしゃがみこんで残る。かれは立ちあがった。

「おまえ、よお、おまえ」と背後から怯ずおずした声でよびかけてくる。

　インディアンはふりかえり、すぐ傍に、見つめる男を発見した。

「お？　おれか」とかれは緊張していった。

「おまえよお、おまえ、日本人か？」と男は丸い眼鏡の奥の皺だらけの厚い瞼のあいだから細く鋭いが、どんよりと脂《ヤニ》色に沈んでいる眼で見つめながらいった。

　青年はびっくりし、腹を立てた。胸から腹、背中まで皮膚がじんと熱く腫れてきた。すでに暑くない夜気の前ぶれのなかで皮膚をくすぐり汗粒がしたたる、それも額からだ。かれは一歩踏みこみ、男の鼻面に一発おみまいしようかと拳をぴくぴくひきつらせた、そのかれにおっかぶせて、

「日本人でねえだろが、よお、おまえ、おまえ朝鮮人でもねえだろ？　なあ」

「おれがアメリカ人かよ」と青年は吃りながらやっと応酬した。

「おまえは、ギリアク人だ」と男は断定的な、そして妙にさしせまった声で、いわば予言者がそのような口調をとるかとも思われるような声でいった。

　青年は呆然としていた。工場の仲間がかれをインディアンとよぶ、それをきくと大きい声で笑いながら返事する習慣だ。いまもかれは陽気に笑って、この偽予言者を追いはらうべきだったかもしれない。しかし、ギリアク人とは何だろう？

「おまえはギリアク人だよなあ、おまえ、そうだろ」と男は、こんどは哀願するようにかれに答えをもとめた。

　青年は黙って考えていた、《おれがギリアク人だって？　ギリアク人とはなんだろう？》

「いまおまえ、樺太犬になにかいったろうが、あれはギリアク人の言葉だろ？　もともと樺太犬はギリアク人が造ったものだ、おまえ他人の樺太犬をうまくあつかえたが、あれはおまえがギリアク人で、ギリアク語で犬に命じたからだよ、なあ？　ギリアク人は舟をあやつるのもうまい、オホーツク海を磯舟でのりきって樺太へわたれるというじゃ

ないか、なあ？　おまえ、磯舟は、あやつれるんだろう？　なあ、頼みにのってくれんか、よう？」

青年は自分が樺太犬にむかって殆ど無作為的によびかけた言葉を思いだそうとしたが、思いだせなかった、そこでかれは舌と脣をうごかしてみた、《おい、カア、カア、カア！　トウ！》そうだ、これは日本人の子供のつかう言葉でない、しかしおれはいつからかこの言葉をつかってきた、ずっと昔、子供のときから、《カア、カア、カア、トウ》だった、仔犬には、《コオチ、コオチ、コオチ》だった。おれの家は市営の棟割長屋で浜から遠く、漁師をやっているわけではないが、おれは確かに磯舟がうまい、玄人はだしだといつか漁師にいわれた。ギリアク人とはなんだろう？

「頼みがあるんだ、ギリアク人だと知ってそれでの頼みだ」と男はいった、かれは息がふれてくるほど顔をふかぶかと青年の顔にかたむけてきてむしろささやくのだ。「なあ、おれは、ソ連の領分に入りたいんだよ、磯舟で向うへわたしてくれ、それが頼みだ」

「ギリアク人というのがおれにはよくわからない」と怯えが表にでてくる声で青年はいった。「頼みもなにも」

「明日もここで待つ、磯舟はあるんだ、頼みにのってくれ」と男は青年の言葉をうけつけないでいった。「おれのことを警察にいったりはするなよ、おまえがギリアク人だと、工場のやつみんなに言いふらすぞ」

ギリアク人という言葉が不意に汚辱にまみれて感じられた。青年は自分が青ざめ度をうしない、震えはじめているのに気づいた。かれは体勢を挽回しようと試みた。

「なんだか知らないが、工場ではみんな、おれのことをインディアンとよぶよ」と青年はいい、声をあげて笑ったが、その声は嗄れ、痙攣し、すぐにとだえてしまう。

男は余裕をとり戻し、青年を見すえた。青年は男をそこに置いたまま、歩きだそうとした、その背へ男は静かにいってよこした。

「終戦まで樺太でギリアク人は土人保護法というのをうけて集って暮してたんだからな、インディアンとおなじさ、保護区があったんだ、樺太の敷香のオタスの森だよ、そこのインディアンということだろ？　なあ、おまえはよう、樺太からひきあげてきたんだろが、オタスの森から、よお？」

たしかに青年は二十年冬、樺太からひきあげてきたのだ、五歳の幼児として、母親におぶわれ、二人きりで稚内にひきあげ、そしてこの市に移ってきたのだ。なお呼びかけてくる男に耳をかさず、インディアンとよばれる青年は唸り声を押しこらえながら夜の町を走った。《しかしギリアク人とはなんだろう？　ああ、ギリアク人とは……》

「そうだよ、わたしの家はギリアクだよ」と青年の母親はいった。「だけど、わたしもギリアクのこと、そんなに知らないよ」

青年は、夏もすえつけたままの冷えたストーヴのかげに膝をかかえこんで坐り、流しで食器を洗っている母親の小さな背と腰、足を見つめた。母親は暗い硝子窓の向うの路地のますます暗い闇を見つめている、そして手だけ熱心に動かして食器をくりかえしくりかえし洗っている。母親はふりかえって息子と顔を見あわせるのを惧れているようなのだ。息子はいま自分の顔を見られたくなかったのでそれは母親とおなじ気持だった。ただ、かれは母親を、他人を見るように見つめていた。背、腰、足、板間に敷いたゴザの上にちゃんとそろえられている二つの大きな足、とくに踝《くるぶし》が頑丈で大きかった。かれはその踝を奇怪な獣の踝のように見た。首筋、頭、かれは母親の向うむきの頭をぐるぐるその周りを見つめながら歩いているようにあきらかに思いえがいた。

眼、その濃く黒いまつげのかげの鋭く黒い眼、高く筋のとおった細い鼻、唇、それは肉厚で大きい、顎もまた踝とおなじように頑丈だ、そして皮膚の黒さ《ああ、これはおれ自身の顔とかわらない、おれ自身が、母と同じギリアク人というわけだからあたりまえか、それにしてもギリアク人とはなんだろう》

「ギリアク人というのはなんだ？」

「知らないよ、あまり、わたしはギリアクだということしか知らないよ」と母親は太く黒っぽい皺がきざまれ、そのあいだの皮膚が裸電球の光を鰯の鱗のようにてりかえしている首筋をかすかに力ませていった。「わたしの家は樺太でも普通の日本人とおなじ暮しをしてきたんだから、それにこちらへひきあげてからは、まったく普通の日本人の暮しなんだから」

普通の日本人の暮し、青年と母親の住んでいる二間だけの家は市営の棟割長屋だ、両側の壁の向うから、その普通の日本人たちのざわめきが聞えてくる、ラジオを高い音でかけ子供が泣き喚き、それを女の声が叱りつけ、男たちの声は、たいてい工場の給金や作業員の労賃の安さをぶつくさいっている、それは青年と母親の住いでおこなわれることとまったく同じことどもなのだ。

「おれ、ギリアク人だと知らなかったよ、自分のことを、いいたちにもなってなあ、知らなかったよ、ギリアク人だなんて」

「知らなくてもいいと思ったから、それに、いう機会もなかったから」と母親は、もう食器を洗ってはいなかったが途方にくれて窓の向うを見つめながら、弁解するようにいった。「こちらにひきあげてからは、ギリアク人らしいことはなにひとつしないし、しようと思ってもできないしねえ、おまえは知らなくていいと思っていたんだよ。森や川もないし、犬も飼わないし、ほんとにギリアク人らしいことはなにひとつしないんだから」

「森や川？　ギリアク人らしいこと？　なんだい、それを聞いてるんだよ、おれは」

「森があったら山トナカイがとれるかもしれないし川があったら鱒や鮭がとれるよ、そういうことだよ、おまえ。ギリアク人は、わたしのお祖父さんは山トナカイをとるのがうまかったといってたし、わたしも子供の時分にお父さんがトドやらトッカリやら、三百八十頭もとってきたの知ってるよ、五、六人でエトロフに行ってねえ。ギリアク人らしいことといって、それくらいだよ、そんなに特別なことじゃない、アイヌとはちがうよ」

　青年もアイヌのことを考えていた、ギリアク人もまた刺青をし熊を殺してお祭りをし、木彫の熊を旅行者に売り、飾りたてた衣装で写真のモデルになる、あのような種族なのだろうか、と考えていた、それで一瞬、なぐさめられた気持になった。

　青年はアイヌが嫌いだった、工場の仲間と阿寒湖に遊びに行ったとき、かれはアイヌの青年と血みどろの喧嘩をしたことがある、それは木彫をやるアイヌ青年がその小刀をぬいて立ちむかってきたからだ。アイヌ青年は紺のジーン・パンツをはき革ジャンパーを着こみ、黒く豊かな髪をべったりとなでつけ、もみあげを頬骨の下までのばしていた。青々した頬から顎のひげ剃りあとも透きとおっているような眼も桃色の首の皮膚も、映画で見た女たらしのイタリア青年にそっくりだった。かれはそのアイヌの青年に嘲笑されているような気がしてがまんできず、殴りあいまでしてしまったのだ、《ギリアク人、アイヌと戦う、か？　おれはあの時、日本人、アイヌと戦う、という気持でふるいたったんだ、それで後からずいぶん悪いことをしたと悔んだのだった》しかしなぐさめは永く続かなかった。

「親父は、やっぱりトドやトッカリを撃っていたのかい？」と青年はいった。「親父がシベリアの抑留所で死んだのは、戦争中に、軍隊の、日本の軍隊の特務機関にいたからだといってたけど」

「おまえのお父さんは漁や狩にはあまり熱心じゃなかったよ、特務機関でとても大切な仕事をもたされてたんだからねえ」と母親はいった。

　母親はその死んだ夫について話すことで勇気をえたようだった。彼女はふりかえり、息子の脇をとおりぬけると畳をしいた六畳の居間兼寝室に大股に歩いて行ってそこに押入れから蒲団をだしてのべはじめた。こんどは青年が膝頭を見つめて母親の視線をのがれる番だった。かれらの家は流しの脇の狭い三角形の靴ぬぎとそれに続く四畳のストーヴをおいた板の間、そして間の仕切りなしに六畳の畳の間がつづいているだけだ、押入れは六畳を蚕食して突出している簡単な板囲いでその隅に父親の写真と皇太子妃の写真を母親が掛けていた。

「大切な仕事というのはなんだ？」とかれは蒲団の上にきちんと坐り眠ってしまったものかどうか思案している母親

にいった。

「わからないけどねえ、普通の人は国境をこえて入りこむときピストルと望遠鏡とカメラを持っていくだけだけどねえ、うちの人は無線の機械も持って行ったよ、あの人はロスケの言葉も少しは話せたし、向うがわのギリアクやオロッコの人と連絡もとれてたんだからねえ。憲兵のえらい人とも友達づきあいだったよ、野田少尉という憲兵とは本当の友達で、戦争に敗けたとき敷香の町の人間をみな逃げさせたあとで、野田少尉とあの人だけで、二人きりで敷香の町を焼いたんだよ、それはわたしがおまえをつれて豊原から船に乗るとき他の憲兵の奥さんから聞いたよ。お父さんがそんな働きをしたから、わたしらギリアクだけど、その船に乗せてもらえたんだよ、他のギリアクはたいてい、豊原で殺されたり捕まったりしたよ」

「じゃ、他のギリアク人は、みな樺太にいるのか？　おれたちだけ、日本にひきあげたのか？」と不意に孤独の深淵におちこんだ思いで身震いして青年はいった。

「いや、そうじゃない、日本にひきあげた人も何人かいるよ、樺太にも残ってるけどねえ、きっと十家族くらいはひきあげてきてるよ」

「ひきあげてきたギリアク人、他の人たちも北海道か、どこにいるか知ってるか？」

「知ってる人もいるけど」と母親はいい、青年を覗《うかが》うような眼でちらと見あげた。

《ギリアク人だということをおれにいう機会がなかったというのは嘘なんだな、それがおれにわかったと思ったんだな》と青年は腹をたて、むっと脣を硬くひきむすんで考えたが母親を咎めるよりはもっとギリアク人について聞かねばならなかった。

「知ってる人というのは、どこにいる？」とかれはいった。

「佐呂間にお爺さんがいたよ、でも今は美幌の療養所で病気なおしてる筈だよ。お爺さんはシャーマンだから、居る所を知ってるだけで、他のギリアクの者とは連絡もないから、少しもつきあいがないしねえ」

「シャーマンてなんだ」

「巫女みたいなものだよ、ギリアクにもオロッコにもそれぞれのシャーマンがいるんだよ」

「ギリアク人のこと、あまり知らない、なんて嘘じゃないか、よく知っていてかくしてるんじゃないか」と怒りくるって青年は叫んだ。「おれにかくしてるだけじゃないか」

　壁の両側が一瞬静まった。青年はいま、その両側の純粋な日本人にかれらの会話を聞かれたくなかった。かれはそういう感情を、この市営住宅に住んできた間、十五年間にただ一度も持ったことがないという気がした。ごく短い時間になにもかもがかれのまわりで変化をおこしてしまったような気持なのだ。かれは黙りこみ、舌で乾いた脣をなめずった。罠にかかった獣のような感じだった。かれは膝に頭をふせ眼をつむり暗黒のなかで、小さな呻き声をたてた。

「おまえ、ねえ」と母親が怯えた声でよびかけても、青年はそのままじっとしていた。「おまえ、ねえ、今夜は集まりがあるのじゃないかい？　工場の友達と集まるといってたじゃないか、ねえ？」

そうなのだ、夜の八時から、札幌からきたオルグのとまっている鉄道員の家に集まる筈だったのだ。かれの工場の仲間だけでなく、いろんな種類の力仕事をしている連中が集まって九州の炭鉱のストライキのことをオルグから聞き、激励文を送ることになっていたのだ。しかしいま青年は、その集まりのことをすっかり忘れており、いま母親からそれを思い出させられても、まったく興味をそれにひかれないのだった。《九州の炭鉱に、労働者の同志よ、などと手紙をおくる？　ギリアク人の労働者から激励されたら、びっくりするくらいがおちだ、あいつら、日本人め！》それからかれは、かれがいま造りあげようとしている製材工場の労働組合にたいしても、関心がまったく雲散霧消しているのを感じた。中央の組織とのつながりにたいして胸をふるわせる思いでいたことなど、まったく信じられないことだった。他人がさっきまでおれの心に巣くっていたみたいなもんだ、と青年は考えた。《そうだ、他人だ、日本人だ。なぜならいまのおれは、ギリアク人だからだ》青年は住みなれた狭い住居を見まわし、いまさっきまでここには他人が住んでいたんだ、と感じた。それからかれは立ちあがり、押入れの隅から皇太子妃のカラー写真をはずすと、燃えていないストーヴの焚き口に押しこんだ。不意に涙が流れた。

「おまえ、ねえ、おまえ」とすっかり怯えきって母親はささやきかけていた。「ねえ、おまえ、誰かにギリアク人だといわれて苛められたのかい？　誰がそういったんだい？」

「おれ、もう寝るよ」と急激に清水のように湧く疲れにうちひしがれて、青年は甘ったれた涙声でいい、畳と板の間のさかいの裸電球を消し、手さぐりで服を脱ぐと猿股ひとつで自分の蒲団にもぐりこんだ。母親はかれが躰のどこかとふれあうのを嫌うので自分の蒲団の隅にちぢこまり息をつめて眠ったふりをしていた。

インディアンとよばれる青年も蒲団のなかで眠ったふりをしたが、壁の両側からもれてくる音と光とでなかなか眠れなかった。それにまったく静かで暗い森の奥の洞穴にもぐっているにしても眠ることのできないような気分なのだ。しかしギリアク人がどういう存在なのか、まだ殆どわかったわけではないのだ。ただ、自分がギリアク人だとわかっただけだ。狼少年が不意に人間世界につれ戻されたときのようだ、それも青年には、むしろ、人間狼が突然、狼の森に戻ってきたとき、という風に感じられる。ギリアク人は日本人とくらべて、人間よりも狼の側だ、という気がするのだ。

《明日、郵便貯金をおろして、その美幌の療養所のシャーマンというやつに会いに行ってみよう》とかれは考えた、そして心がすこし柔らぐのを、睡りがすこしずつ近づいてくるのを感じた。しかし眠りはじめるやいなや、かれは狼の頭をした老爺に追いかけられている夢を見た。そして震えおののいて眼ざめると、工場前の広場で見つめる男がいった土人保護法という言葉が、その声音までともなってよみがえってきた。《ああ、土人！》青年は嘔気を感じ、小さな声で呻き、それからすすり泣きはじめた。かれの母親はすでに低く平穏な寝息をたてているのだった。夜明けちかくまでインディアンとよばれる青年は嘔気になやみながらめざめていた、そしてやっとうとうとすると、こんどは自分まで毛のいっぱい生えた狼の頭をしている夢を見た、《しかしギリアク人とはなんだろう？　ああ、ギリアク人とは……》

　翌朝、インディアンとよばれる青年は郵便局に行って貯金をおろすと、そのまま家には帰らずバスに乗って、美幌に向った。青年はその朝、かれの家を出た瞬間から、かつて感じたことのない、居心地の悪い感情がかれの心の隅にまず芽のように生れ、それが硝子球のなかの水栽培の球根の根のように心のあらゆる隅ずみに発育するそれ自身を充満させ、ついに心の境界を破って躰のあらゆる部分にしみとおって行くのを感じていた。その奇妙な感情におかされると、動作が鈍くぎこちなくなるのだ。空気がゼラチン状で、それに抵抗をうけながら歩いたり話したり黙って立ちすくんだりしているようなのだ。

　敵にかこまれ、敵の国を歩いているような気持でかれは郵便局へ行った。郵便局で最小限の言葉を話すとき、言葉はなかなか向うにつたわって行かないように思われた、また、とうてい金を戻してはくれないのではないかという根拠のない危惧がいつもかれの頭をしめていた。《もしおれがギリアク人だとわかったら、郵便局を襲った強盗かなにかみたいにつかまえられるかもしれないぞ、日本人の郵便局で金をひきだすのはギリアク人にできることではないのじゃないか？》

　バスに乗っても、青年はまわりの乗客からつねに見つめられ気にかけられているような気がした。敵の国のバスに乗って走っているような気持だ。もし乗客の誰かがかれをギリアク人だと見破ったなら、バスの中は大騒ぎになり、たちまちかれはつまみ出されるのではないかという惧れを感じる。青年はバスの一番後ろの隅にうつむいて肩をせばめて坐りできるだけ他の乗客に自分の存在が眼にとまらないようにと願った。しかしいつもすべての乗客がかれを見つめているようなのだ、かれの匂いを不審そうにくんくん嗅いでは頭をかしげてみているようなのだ。車掌の女の子が切符を売りにきたとき、青年はまったく震えおののくような気持だった。《もし、おれがギリアク人だとわかったら、この女の子は強姦されるくらい恐れおののいて、切符も鞄もパンチもみなほうりだして、ぎゃあぎゃあ喚きながら逃げて行くかもしれないぞ》それからまた、切符を震える指でうけとったとき、上眼づかいに車掌を見あげ、インディアンとよばれる青年は、その赤っぽく丸い顔の肥りすぎた女の子が、特殊な感情のこもった酔ったような眼でほほえみかけるのにぶつかって心の底から衝撃をうけた。かつて青年は、いろんな女の子から好意をよせられ、それを陽気な無造作さではねつけたり受けいれたりしたものだったが、今はその小っぽけなデブの女の子の微笑が非常に重大なもののように思え、結婚を申しこみたいほどなのだ、《ああ、おれがギリアク人だとわかったら、この日本人の娘は……》

美幌の町についてバスからおりた時、青年は再び走りだすバスから車掌の女の子が手をふってよこすのを見て深い溜息をついた。かれは自分がギリアク人であることをその女の子に知らせなかったことで、とりかえしのつかない罪をおかしたような気持になった。しかしギリアク人とはなんだろう……

停留所の傍のそば屋でインディアンとよばれる青年はカレー・ライスを食べた、そしてギリアク人の食べ物についてあいまいな空想にふけった。《いったい、おれは何を食べる人間なんだろう、カレー・ライスなんか食べていていいのだろうか。樺太犬に土佐犬の食べ物をやるとやがては衰弱して死んでしまうんだが、おれは大丈夫だろうか》とにかく、カレー・ライスはギリアク人の食べ物ではないという気がした。そして、この空気も、この水も、なにもかもギリアク人のものではないという気がする……

青年は満腹せず、食欲もない、中途半端な気持でしばらくそば屋の木椅子に坐ったまま、他の日本人たちが食ったり飲んだりするのを羨望するような眼で見つめていた。それから頭をふって立ちあがり、給仕の女の子に勘定をはらいながら療養所の場所をたずねた。それから青年は煙草と缶詰をお土産のつもりで買うと、町はずれの丘の道を頭をうなだれ、これから会う筈のギリアク人仲間のお爺さんにたいして恐怖と、それにおとらず強い好奇心とを感じながらゆっくり登って行った。自分自身に何年かぶりで会いに行くような気持もして、おちつかず息苦しいのだ。

療養所の受附で、青年はできるだけ低い声で受附の係りの男以外の誰にも聞えないように、ほとんどささやくようにいった、それもおちつかず息苦しい思いで、こういった、

「樺太からひきあげてきた爺さんを見舞いたいんだけど……」

「そんな爺さんなら、三人もいるんだからなあ」と係りの男は、青年にその名を訊ね、それを知らないとかれが答えると、がっかりしたように頭をふっていった。

「ギリアク人の爺さんなんだけど」と青年はうなだれたまま、耳から頭の髪の下の皮膚まで赤くしながら、ますます低い声でいった。横隔膜がひきさかれるような気がした。

かれは自分が普通の日本人で、単に好奇心からギリアク人のお爺さんに会いにきたのだ、というふうに係りからうけとられることを、殆ど望みなく、しかし熱心に願った。

「ギリアク人？」と係りの男はいい、それから病院じゅうにひびきわたるような声で、「ギリアク人のこと、誰か知っとるかあ？」と叫んだ。

　青年は躰をちぢめ震えた。おびやかされたような気持だ。受附の男たち、薬局の看護婦たち、待合室の患者とつきそいたち、かれら日本人すべてが青年を、珍しいものでもみるように注意ぶかく見まもりはじめたようなのだ。

「川上揚岩《ヨウガン》さんじゃないかあ？」と受附の別の男が平静に事務的にこたえた。「あの爺さんは樺太からひきあげたし、名前もなんだかなあ、普通とちがうからなあ」

「川上さんかあ、あんたが会いたいなんとか人は、ねえ？」

　青年は感情を害したのと当惑したのとで、黙ったままうつむいていた、少なくとも名前くらいは母親から聞いてくるべきだったのだ。受附の男は青年が黙ったままなのを、とにかくかれの推測に決して反対ではないと、したがってその川上揚岩さんがなんとか人だときめてしまった。かれは青年に病室の場所をおしえてくれた。

　青年はいちばん遠い病棟の、いちばんはずれの病室の敷居に立ち、そのなかの五つのベッドを見まわした。それからかれは気おくれをふりきって、

「川上さんいますかあ？」と叫んだ。

「川上揚岩ですかあ？」

　インディアンとよばれる青年は、熱い血の湧出を眼の奥に感じた。かれは母親以外の、はじめてのギリアク人仲間が陽のあたらないベッドから上躰をおこすのを見たのだった、顔の皮膚の色、頬骨、眼、まつげ、頭の形と髪の色、それらすべてが青年にかれと同種族であることを語っていた。青年は不意に、激しい幸福感を味わった。それは思いがけない感情だった、かれはその瞬間まで、むしろおなじギリアク人に嫌悪と憎しみを感ずるような気分だったことを一瞬に恥じていた。

「おれは、樺太からひきあげてきた者で、あんたのことを家の母親から……」と青年はいった、かれはギリアク人という言葉をくちに出さなかったが、それはギリアク人という言葉や、ギリアク人であることを恥じたり嫌悪したりしているからではなかった、ただ病室の他の者たちを驚かせそうな気がしたからだった。

　ベッドに躰をおこした老人は脇のもの入れから細い金属縁の眼鏡をとりだしてとがった頬骨の上にしっかりかけると青年を見た、眼鏡には片方だけしかレンズがなく、その向うの眼も片方だけしかかれを見ていないようだった。

「ああ、おまえ」と老人は納得したようにいった。「よくきたなあ」

　それから老人は病人らしくなく敏捷にベッドの向うがわにおりると黒いコールテンのズボンをはき寝るあいだも着

ていた麻のワイシャツの上に茶色の上衣を着た。インディアンとよばれる青年はそのあいだに、持ってきた煙草と缶詰をベッドの下に置いた。そうしながら青年は自分がこの老人を何度も見まったことがあるような懐かしい気持なのだ。《きっとこの人がシャーマンだからだろう……》

「療養所の裏の山の方に行って話そう」と老人はいった。「それは煙草か、持ってきてくれ、ここでのむと規則違反じゃから、いや残りはそこに置いたままでいい」

青年は屈みこんで煙草を一箱とりだしながら笑った、老人もふりむいて見るとおかしそうな顔をしているのだ。老人と青年は永い友達同士のように微笑しあい、肩をならべて裏口から病棟を出た。

「おれは昨日まで自分がギリアク人だと知らなかったもんだから」と青年はいった。「それにギリアク人なんて聞いたこともなかったもんだから」

「おまえ、それで何歳ぞ?」

「二十歳」

「じゃ、おまえギリアク人の晴れ男ぞ」と老人はかれに片方の眼でほほえみかけていった。「おまえはギリアク人でいちばん運の良い男ぞ、わしがシャーマンになって初めての晴れ男ぞ」

インディアンとよばれる青年はびくっと躰を震わせた。

「二十歳までなあ、自分のことをギリアクだと知らずに育った男を、晴れ男というんぞ、そいつは運が良い、凄い好運の星まわりよ、ギリアクの者はみな、そういうぞ」

青年は老人を見た瞬間に感じた激しい幸福感を再びおなじ激しさで味わった。そしてその幸福感は、もう青年の躰から消えさってゆかなかった。それは定着し、青年が昨日の夕暮からずっと感じつづけてきた絶望的な不幸を色褪せたものにした、《おれはギリアク人の晴れ男だ、凄い好運の星まわりだ》

「ギリアク人は、樺太にいた人間のなかでいちばん古い人間よ、古代アジア人ぞ、日本人より古い、アイヌより古い、オロッコ、サンタンより古い人間ぞ」と老人はいった。「その古い人間が信じてきたことを笑いものにはするな、おまえは晴れ男ぞ」

「おれはギリアク人なんて、聞いたこともなかった」と青年は揺りうごかされて叫んだ。「まったくなにひとつ知らん、教えてくれ、話を聞きたい」

老人と青年は丘の中腹にあるコンクリートのベンチに腰をかけ美幌の町と遠い海とを見おろした。老人は猛烈に煙草をすい始め、ギリアク人の歴史について、また風俗について語った。青年は熱中してそれを聞いたが、かれの心の中心には晴れ男がしっかり坐りこんでいて、かれを幸福な気持にしたままなのだ。日本にひきあげてきたものの、狩漁の民であるギリアク人に、この北海道で狩をする森もなく漁をする川にも恵まれない現状では、豊かな生活は望みようがない。日本人の中に入って日本人として暮すことのほかになにができよう……

老人はギリアク人が日本で暮す以上は、ギリアク人であることを忘れ日本人の仕事をして生きるべきだ、といいながら、自分がギリアク人のシャーマンであることをも誇りにみちて話すのだ。

「シャーマンになる人間は、その母胎を苦しめるんぞ、そうして生れるんぞ。わしは二十歳のときに神様がのりうつるのを知った。わしは神様の言葉を話しはじめた、もし神様がのりうつってもそれがわからんでいたら、足も背骨も曲って死ぬんぞ。シャーマンになっても楽しいことはない、シャーマンになると躰具合が悪うなる。それでもシャーマンは自分の躰のことをいうてはおれん、他のギリアク人に病気の蠅がとりついたら、山の神《ドットネロ》・熊と海の神《モッケネエ》・鮭のたすけをかりて病気さからうのぞ」

老人はまたギリアク人にふりかかる不幸が魔物《ミルク》の仕業であって、それにうちかつためにはシャーマンが犠牲になるほかない、と語るのだ。

「戦争のあいだギリアク人は日本の憲兵のために特務機関で働いた。ソ連軍がきた時は、それで男みんな監獄よ。わしは監獄に三年いて考えた、シャーマンのわしがギリアクみんなの不幸をひきうけてみたらいいとなあ。それで同じ房にいたギリアクに、わしの右の眼を潰させた。翌日にはギリアク人みな釈放よ」

インディアンとよばれる青年は感動して、かれの民族のシャーマンの掌を握りしめた。夕暮近くなっていた、かれは帰らねばならなかった。青年は昨夜来かれを苦しめたすべての感情にうちかっていた。見知らない男から不意にうけた打撃から、かれは立ちなおっていた。土人という言葉にも、もう青年はうちのめされなかった。《おれのことを工場の仲間がインディアンと呼ぶのは、誰かがおれのことをギリアク人だと知っていたからだろう、おれだけが知らなかったんだ。でも、それでいい、おれはギリアク人の晴れ男なんだから》

老人と青年は夕暮がせまって既に海も美幌の市街も霧のような空気の曇りの向うに消えてしまってからベンチの上で温たまっていた腰をあげ、病棟に向っておりて行った。

「わしは肺病で躰が弱って、もうシャーマンの祈禱はできん、それでもシャーマンのわしに喰いついておる病気は、ギリアク人みんなの病気のかわりぞ、わしが死んだら、おまえらの暮しも楽になるかもしらん」

青年は感動し胸を熱くして黙っていた。

「おまえは晴れ男だから、わしが心配することはないが。おまえは晴れ男だから」

幸福になって青年はバスに乗り引返した。

翌日は晴れて暑かった、インディアンとよばれる青年は裸の上躰を汗みずくにして製材工場じゅうのどの工員よりもよく働いた。前の日の無断欠勤を咎めにきた工場長も、朝からインディアンとよばれる青年が果たした仕事の量を見ると文句をいわず青年のもち場からひきあげた。青年は生れてからいままで、これほど躰のなかに熱っぽい力が湧いてくるのを感じたことはないと思いながら働いていた。そして考えてみれば、青年は樺太からひきあげてきた貧しい女の一人息子で、まったく光り輝いたりする所はひとつもない、ごくありふれた製材工だったにすぎなかったのだ。しかし今はちがう、かれはギリアク人の好運の星をになった晴れ男なのだ。青年は陽気に汗みずくの躰を酷使したが、今までにいちばん怠けた日よりも疲れなかった、《それもおれがギリアク人の晴れ男だからだ》

昼休にもち場を離れるとき、隣りのもち場の男の帯のこが折れて、青年にむかって毒蛇のように跳びかかってくるという事故があった。しかしインディアンとよばれる青年は、帯のこの歯のひとつひとつが緊張にぶるぶる震えながら紫色に光っているのをくっきりと見ることができたほどで、とっさに躰を沈めて無事だった。青年はまったく慌てる必要がなかったのだ、かれはギリアク人の晴れ男で好運を背おっているのだから。

夕暮に工場を出ると、暗がりから、黒ソフトをかぶった男がすぐに青年の背後へ追いすがってきた。

「おまえ、昨日どうした？　逃げる気か」

青年はふりかえり脂《ヤニ》色の眼を血ばしらせた病気の犬のような憂鬱な男にこたえた、

「逃げるつもりはない」

「どうだ、磯舟でおれを向うへはこぶか、なあ、どうだ、逃げるつもりないといったなあ、おまえ」

インディアンとよばれる青年は余裕にみちていた、その男が折れた帯のこよりも危険だということはない筈だった。

「なぜそれほど向うへわたりたいんだ？」

「日本みたいな厭らしい所にいれるか、こういう汚ない所で死ぬまであくせく働けるか、よう？」と苛だたしそうに脣をふるわせ唾の小さな粒をとばして男はいった。

インディアンとよばれる青年は、その怒っている男が実はまだ二十五歳にもなっていない若い男で、顔じゅうの皺とか血色の悪さとか眼鏡や帽子などで老《ふ》けこんで見えたにすぎないのだということを発見した。

「向うに行っても、どうかなあ」

「どうなんだ、おれを向うへ運ぶのか、運ばないのか、おまえに向うのことなんか聴いちゃいないんだ」と男はいった。「もし、おまえがおれを向うに運ばないなら、おまえがギリアク人だと工場の者みんなにいうぞ、おまえの家のまわりの者にもいうてまわるぞ、なあ、どうなんだ」

青年は男の脅迫にまったく動かされなかった。かれはギリアク人についてすでに知りつくしたような気持だった、そしてギリアク人という言葉はいまや、どんな汚辱にもまみれていなかった。母親がギリアク人であることをそれほど重大に感じていないように見えるのは正しいことだという気がした。《おれがギリアク人だと工場の者や隣近所の者が知っても、今以上に暮しが辛くなったりすることはない。それにおれはギリアク人の晴れ男なんだから》

憂鬱な犬のような顔の男は、黙っている青年にむかってますます苛だち、つかみかからんばかりだった。そしてインディアンとよばれる青年には男の脅迫がまとはずれに思えるいま、その男の肉体自身、まったく迫力にかける貧弱なものに感じられた。青年は自分がまったく完全に、眼の前の男から自由なのを感じた、男は凄みをきかしているつもりのようだったが、つい眼の前に無防備な恰好で立っている青年にまでそれは届かなかった。

「磯舟は買ってあるんだ、食料も水もつみこんで隠してある。おれが向うへわたるのにいちばん良い場所を研究した、おまえはただ磯舟を漕げばいい。ギリアク人には、そんなこと易しいものだろう」

「向うに行ってなにをするつもりだ？」

「なにをする？　おれは日本から出るだけでいいんだ、この日本が厭でたまらないんだ、出ていければいいんだ。おれはなあ、基地につとめてたからアメリカ軍隊のことや軍事設備や飛行機のことを知ってるんだ。向うへわたったらそれをソ連におしえてやる、そのかわりにシベリアかどこかへやってもらうんだ。樺太で暮してもいい、とにかく日本から出て行けばいいんだ」

《ああ、樺太！》とインディアンとよばれる青年は考え、不意にギリアクのシャーマンの老人からきいた樺太での生活の話が胸を熱い情熱でみたすのを、樺太の森、樺太の川、トナカイ、リス、サケ、マス、トッカリ、トド、それら樺太にあって古代からギリアク人とむすびついているものすべてがかれの頭を酔いで痺れさせるのを感じた。《樺太では山トナカイがいっぱい山にすんでいて、そいつらは人間の匂いをかぐと頭が痛くなり血を吐いて死ぬる、それでもギリアク人は銃でそいつらを撃ちとることができるのだ。また冬になれば十頭の樺太犬にひかせた橇でオロナイ川にはりつめた氷の道を疾走し、氷網で、カンカイという魚をとるのだ。常住地なしだ、トナカイを追って山のなかや平野を移動してくらすのだ、野ばら《クルミガックシ》をいれた穴に柳の柱をたてた家をつくると冬でも寒くなく春のようで柱からは青々と芽ぶいてくる、それは芽を出したもの《ベラクパン》だ、縁起がいいのだ、おれが好運な晴れ男であるように！》

「ほんとうに磯舟で行けるのか？」と青年は酔いにおかされてしまった震える声でたずねた。

「おまえはギリアク人だ、おまえが漕ぐなら海が荒れても大丈夫だ、それは旅館の親父に聞いた。いまもギリアク人が何人も、毎日こちらの新聞や情報をもって行っては帰っているというぞ、ギリアク人なら磯舟でどこへでもいけるんだ」

インディアンとよばれる青年は、もう自分を抑制できなかった、昨日、ギリアクの長老に会ってから自分の人間が変ってしまい、それは精力のありあまる巨きい犬のように抑制を頭のひとふりではねとばしてしまうのだ、《おれは晴れ男なんだ、失敗することがない、好運の星をいただいてるギリアク人の晴れ男なんだ》

「おれがひきうけたら？」

「基地の仕事の退職金が二万円のこっているんだ、向うへわたったら日本の金はいらない、それをみなおまえにやる、磯舟に乗って浜を離れたらすぐおまえにやる」

インディアンとよばれる好運の星をいただいた青年と日本に住むことが厭になった若い退職者は、おたがいの眼のなかに夕暮の深まりでかげらされてはいるものの、日本から脱出する計画をめぐっての確かな約束ができあがったしるしを読んだ。それからは単純だ、若い退職者が千歳のキャンプのバンド・ボーイをしながら死ぬほど苦しい気持で練りに練った計画が話しあわれるだけでいい。明日の朝、浜で会い、金が渡され、装備十分の磯舟はギリアク人の晴れ男によって漕がれ根室海峡をよこぎる、それも三時間たてばただ舟が顚覆しないように注意しているだけでクナシリ島のケラムイ岬に流れつくだろう……

夜の間じゅう、インディアンとよばれる青年は自分が敷香の奥でトナカイ五十頭をかって暮している夢を見た。夏だったので雪はなく、夜火を燃すと五十頭のトナカイはそのまわりに集って眠っていた。青年は木の棒の片側を熊の形にけずった楽器、チャチャンバスで遠くの谷のギリアクの娘に信号をおくり朝になると電線でつくった投げ縄でトナカイをとらえて殺し、肉を食べた、招いた娘と、子音の響きのまるっこいギリアクの言葉で話すギリアクの娘と一緒に野ばら《クルミガツクシ》で清めた家のなかで好運の星をいただいた晴れ男、インディアンとよばれた青年は……

朝、青年は、まだ眠っている母親にはなにも告げず家を出た。浜でキャンプの退職者に会うと、それからは計画どおりだった。かれらは磯舟を海に出した。青年は晴れ男だった、まさしく空は秋の到来をつげしらせる最初の朝をむかえて晴れわたっていたし海は凪いでいた。青年は三時間漕ぎ、知床岳と硫黄山、羅臼岳、それに斜里岳の四つの目標が、かれを傭った男の海図の上でぴったり計画どおりの位置におさまる所まで順調に進んだ。

波がおこり、海は流れを激しくしていた。もうソ連の海だし、舟は流れにまかせればいい、と若い退職者はいい、用意してきた大きい赤旗を檣《ほばしら》のようにたてた。インディアンとよばれる青年は顚覆を惧れて櫓をはずすことを思いついた。青年はその作業をおこなうために艫に中腰でかがみこんだ、そして波がやってきた。青年は頭から冷たい海の水に落ちこんだ。

海にもぐりこんだ頭をやっとの思いで表に出すと、赤旗を檣にした磯舟はすでに二十米も向うを静かにケラムイ岬にむかって流れていた。若い退職者は舟のなかに行儀よく坐ってこちらを眺めていたが艫でふらふら揺れている櫓を握るつもりはない様子だった。そして舟は見るまにケラムイ岬をさして青年から離れた。

インディアンとよばれる青年は海の流れに躰をしたがわせながら平泳ぎで泳ぎはじめた。かれはもとより若い退職者をうらまなかったし不安も感じなかった。《おれはギリアク人の晴れ男で、好運の星をいただいている男だ、溺れたりする筈がない》青年は晴れわたった宏大な空のもとで不安もなく恐怖も感じず、平静に泳ぎつづけた。孤独な感じがしだいに深まったが、青年は孤独には慣れていた。魚が海でくらすように、その孤独な感情をがまんしさえすれば、かれも海で暮していけるような気がした。

夕暮に、このギリアク人の晴れ男は密漁のトロール漁船にたすけあげられた。密漁者たちは、流氷にのってきたアザラシかなにかを見つけたつもりで勇躍やってきたのだった。青年は釧路の港で密漁者たちと別れると、磯舟を漕ぐ仕事の先払いの報酬の紙幣を乾かし、自動車の修理工場で中古品のオートバイを買うとそれに乗って四日ぶりに母親の所に戻ってきた。

＊　＊　＊

インディアンとよばれる青年はオートバイに乗って工場へ出かける。朝と夕暮には浜を見おろす丘へオートバイをとめて、樺太の方を眺める。青年は自分の躰の奥底、心の奥底まで自由なものを感じる。日本にいてもいいし、樺太へわたってもいい。かれは樺太では子供だったから特務機関とは関係がない。ソ連の軍隊に悪意をもたれる筋合いはない。森のなかで狩と漁の暮しをおくればいいのだ。また日本にいて、オートバイを走らせ工場で働くのも十分におもしろい。労働組合はできあがり工場主はそれを認めた。札幌からきたオルグが、日本じゅうの労働者との結びつきを説くたびに、小さな虫のような奇妙なむずがゆいものが喉をすべりおりる、しかしオルグは世界じゅうの労働者が仲間だともいうので、ギリアク人の晴れ男は結局なにひとつ気にやむことはないのだ。

今日も青年はオートバイにまたがったまま夕暮の輝きにみちた海を見つめて考える、《おれは好運の星をいただいた晴れ男だ、二十五になったら向うへ行って嫁をつれてこよう、ギリアク人の娘だ》かれにとって今ほど、世界がこのましい場所に思えることはなかった。

不満足

I

僕と菊比古《きくひこ》とは鳥《バード》につれられて汽車で二時間の地方都市へ、肉屋に就職するためにでかけていった。僕と菊比古は、僕らの小さな町の定時制高校の午後の時間を早退《はやび》けしてきたのだった。鳥《バード》は、自分のつとめている漢方薬店の仕事を朝のうちにすまし、その主人から僕らのために肉屋への紹介状をもらってきてくれていた。

鳥《バード》が、その渾名《あだな》でよばれるようになったのは中学校の英語の教室においてだったが、それ以来かれはずっと鳥《バード》なのだ、すでにかれは二十歳だが鳥《バード》だ。中学校の教室の硬くてせまいストイックな木椅子《いす》に、やはり硬く道徳的な尻《しり》をのせ自分の足の長さに悩んでいる連中のほとんどのものが英語の名前をもつそういう流行の一時期がある。

背高のっぽのロング、泣き虫《ウィーパー》、木で鼻をくくったような無愛想がもってうまれた性格のツリー・バインディング・ノーズ、熊《ベア》、いつも不健康な顔色のブルー・ブルー。このような英語趣味はたちまち退潮して、次に自意識のキラキラする複雑な趣味の渾名の流行となるのだが、鳥《バード》はあいかわらず鳥《バード》だった。

鳥《バード》には、容貌《ようぼう》、骨格、肉づき、姿勢、態度すべてに、あの神経過敏な羽根だらけの運動体を思いださせるところがあるからだ。鳥《バード》のすべすべして皺《しわ》ひとつない鼻梁《びりょう》は鳥のクチバシのように張って力強く彎曲《わんきょく》しているし、眼球はニカワ色のかたく鈍い光をもって用心深く、あんずの実の形でつりあがった眼《め》のなかで動いている。唇《くちびる》はいつもひきしめられているように薄く硬く、頰《ほお》から顎《あご》にかけては鋭くとがっている。髪は赤っぽく炎のように燃えたって空にむかっている。鳥《バード》が肩をはって前屈《まえかが》みに歩いているところは、痩《や》せた運動家タイプの老人のようで、そして結局、鳥に似ている。そしてかれの性格の若いながらの重厚さとうらはらな金切声は、それは確かに鳥だ、鳥《バード》……

しかしかれは時どき嫌悪《けんお》にたえないような暗い顔になって《鳥《バード》か、子供向きだ》と不平をいったりもしていた。僕は十六歳で、菊比古は十五歳だったから、鳥《バード》は大人向きの世界が自分のもので、子供向きの世界は僕と菊比古のものだと、細心に区別していたのである。もっとも、鳥《バード》と菊比古と僕とが仲間になったとき、僕らは定時制高校のおなじクラスにいたのだ。この隣の市への汽車のなかでも鳥《バード》は大人の世界の代表者のような顔をしながら、興味と無関心と嘲弄《ちょうろう》とを交互にしめしながら、なぜ僕と菊比古とが急に肉屋などへ就職したくなったのか、そもそもなぜ仕事をさがしはじめたのかと、聴きだそうとした。そこで僕と菊比古は逆に子供の領分に閉じこもって、鳥《バード》にそれを結局子供の気まぐれなのだ、と感じさせようとした。

僕と菊比古は自分たちの体のなかに蜂《はち》のように巣をつくり、ぶんぶん唸《うな》る怖《おそ》れ、ずっしりと重い恐怖について、鳥《バード》にうちあけることが羞恥《しゅうち》のあまりにとてもできなかったのだ。

僕らの定時制高校に、警察からきた男がひとつの演説をした。警察附属の軍隊があたらしくつくられる、それに応募してもらいたい、きみたちは生れてはじめて自分の愛国心をこころみる勇気の機会をもつだろう。それはみんな不熱心で寒さを嘆いて体をかきむしるだけの滑稽《こっけい》な体育の時間におこなわれた演説だったが、警官がかれも身震いしながら去ってゆくと、白いトレーニング・パンツとランニング・シャツだけで体じゅうに銀河系の恒星の数ほど鳥肌《とりはだ》をたてた生徒たちはひどく深刻になった。

それより少し前に不意に校庭から消えた高校生がじつは人買いに誘拐《ゆうかい》されて朝鮮の戦場におくられたのだという暗い噂《うわさ》もあった。警察附属の軍隊は結局、朝鮮へおくられるだろう。それはマックアーサーがそう考えているのだ。応募者が少なければ、高校を退学になったり、進学も就職もしなかった連中が、強制的に徴兵されるのだという噂もあった。そもそも定時制高校を廃して生徒をそれにあてるという噂さえ流れた。見知らぬ場所へ強制的につれてゆかれることほど恐ろしいことは僕や菊比古にはない、しかも他人どもの戦場へ、外国語でどなりちらす指揮官のもとで

……

こういう噂を信じることはなかったのかもしれない、街の噂はつむじ風のようにわずか砂と枯葉とをかさこそかきたてて去るまで眼をつむり耳をおさえてじっと自分のなかにかくれていればやりすごすことができるものだったかもしれない。こういう噂はやがてすぎさってしまえばあたたかくなったビールのようで滑稽でさえないのかもしれない。

しかし僕と菊比古には、この噂に敏感ならざるをえない理由がひとつあったのだ。僕らはその週末の職員会議で退学処分をうけることになっていたのである。僕と菊比古と鳥《バード》とが、僕らの地方の米軍基地へ《朝鮮で死ぬな、脱走せよ》というビラをくばりにいって日本人の警官につかまった。もし米軍の憲兵につかまっていたなら僕らは死ぬほど殴られたにちがいない。むしろ警官は僕らを、かれら憲兵の罠《わな》のまえで救いだしてくれたのだ。

僕も菊比古もなにひとつこのビラの運動について知っていたわけではなかった。鳥《バード》がどこかから手にいれてきたビラの束をくばりにいっただけだ。警察でも僕らから政治的に意味のあるなにごとかを聞きだすのはまず不可能だとみきりをつけて、すぐに、いくらかむくれている僕らを釈放

してくれた、ただし高校の地学の先生の腕のなかへ釈放したのである。僕は鳥《バード》がそのビラについて僕らよりずっとくわしく知っているのではないかと疑っていた。しかし鳥《バード》は仲間である僕らにもけっして他人の秘密をもらしたりはしない男だった。それは鳥《バード》はすでに退学処分されていたので地学の先生の罠からもするりとくぐりぬけることができた。僕と菊比古はこのビラの事件ではなく、それ以前の事件、鳥《バード》が退学になった事件の共犯としての疑惑がむしかえされて、それで退学になるだろうと、痩せて眼鏡をかけ唇をひびわれさせているほか、いかなる特徴もなく、指や掌《てのひら》を金属結晶の標本で傷つけた地学のおとなしい犬のような先生は、僕と菊比古がふるえあがるほどけたたましい音をたててその小さくて三角の鼻をかんでからいった。先生は署の待合室で僕らを深夜までまっているあいだに風邪をひいたのだ。警察をでたとき向うの暗闇《くらやみ》のなかに煙草《たばこ》の火とふたつのキラキラする眼がみえた。鳥《バード》が僕らを待っていたのだ。しかし地学の先生は鳥《バード》があきらめて立ちさるまで僕らを離さなかった。あんな生れつきの不良青年とつきあうから、きみたちのように成績の良い生徒が、この学校の首席と次席とが退学なんてひどいことになるんですよ、とかれはいって鼻をもういちどかんだ、こんどは僕も菊比古も用心していたので驚かず冷笑した。しかし地学の先生が僕らを学校から追うことをつらがって涙を痩せてかわいた白い頬にこぼしたので結局、僕らは驚かないではいられなかった。四十年間、地学をおしえつづけてきた先生には、僕らはみすぼらしくてあわれなほんの子供にすぎなかったわけである。

　鳥《バード》が退学になった事件というのは、かれが下級生の女の子と寝たことだ。体育館の跳び箱のバリケードのかげの泥《どろ》まみれのマットレスの上で鳥《バード》と女の子が寝た。僕と菊比古は平行棒の台に背をもたせて腰をおろし、シューマンのイ短調ピアノ協奏曲が英雄的か感傷的かという堂々めぐりの議論をしていた。僕も菊比古もそれを市のアメリカ文化センターのコンサートで一度しか聴いていなかった。しばらくして不機嫌《ふきげん》な鳥《バード》と上機嫌な女の子が平行棒にぶらさがりながら出てきた。僕も菊比古も羞恥に圧倒されて、その女の子の顔をまともにみることができなかった。一週間たって女の子は反省し考え方を変え、鳥《バード》に強姦《ごうかん》されたと校長室へ駈《か》けこみ訴えした。それは女の子が《カストロの尼》を読んだからだ、と鳥《バード》はいっていた。その時は僕と菊比古は無事だった。

　鳥《バード》が退学になったのは夏休前で、かれはすぐに町のめぬき通りの漢方薬店に就職した。鳥《バード》は各種の蛇《へび》から毛虫、ひきがえる、みみずなどを平気であつかえたし、薬草の採集と処理、分類にはきわめて細心だったから店の主人は鳥《バード》を大切にしていた。夏休に僕と菊比古とは毎日菊比古の父親がフィリッピンでかぶっていた鍔《つば》の広い麻の帽子を頭に紐《ひも》でしばりつけて、こちらは裸の頭のようやくのびてきた髪を汗で濡《ぬ》らし、まじめな顔でたえまなく放屁《ほうひ》する鳥《バード》についで地方都市の近郊の林や野を駈けまわった。ある夏のさかりの朝、鳥《バード》が枯れた草の匂《にお》いのたかい茂みから背に黒い筋のある栗色《くりいろ》の小さな蛇をつつきだし、つめたく昂奮《こうふん》してそれをとらえた。鳥《バード》の指に頭をつかまれ、その腕首にまきついた蛇の体は、小さな鱗《うろこ》がかさなりあっていない隙間《すきま》から、じつに弱よわしい地肌をのぞかせて哀れな感じだった。鳥《バード》はそれをタカチホヘビだといい、この地方でタカチホヘビをとらえたなぞ革命みたいなものだとしだいに熱くなる昂奮に涙ぐまんばかりでくりかえした。しかし漢方薬店にもどり、店主がその蛇の発見について地方新聞に電話しようというと、それをことわって猿《さる》の干物のぶらさがっている、むし暑い暗がりで憂鬱《ゆううつ》に黙りこんでその蛇を、どこからもちだしたのかわからない金色の唐草模様のあるものすごく豪華なビンにつめた。漢方薬店主は鳥《バード》を傷つけたことでおろおろし、そのビンについてはなにも不平をいわなかった。あのすべてに無関心で自尊心の強固な鳥《バード》が、新聞に顔写真いりで暴行犯とかきたてられたことに深くうちのめされていたのだということを知って、僕も菊比古も上機嫌の頭に水をぶっかけられたように感じ、やはりおろおろして黙りこんでいた。

僕と菊比古は地学の教師から退学処分の内定についてきかされたあと、確かに、まずはじめに鳥《バード》とおなじ漢方薬店につとめることを考えた。一日じゅうずっと鳥《バード》と働き、仕事がおわると三人で町を歩く、それはじつに楽しい生活であるにちがいない。しかし漢方薬店は格別に繁盛してもいなかったので店員は鳥《バード》一人でよかった。店主はかれの弟がやっている隣の市の肉屋に紹介状をかいてくれたが、鳥《バード》は僕らの就職自体に反対で、わざわざ、隣の市の肉屋などにつとめるより、夏休の時のように鳥《バード》の働いている所で手伝ったり遊んだりしているほうがいいじゃないか、とくりかえし説得しようとした。僕も菊比古も本当はそうしたかったのだ。鳥《バード》のいない僕らの生活は空想することさえむずかしかった。鳥《バード》は核だった、僕と菊比古は小さな電荷をおびて鳥《バード》のまわりをぶんぶん公転している粒子だったのだ。それでもなお、僕らが隣の市の肉屋につとめようとしたのは、あの暗く危険な噂、退学処分になった高校生が徴兵され朝鮮におくられるという噂への恐怖心においかけられる気分だったからである。しかしそれを鳥《バード》にうちあけることは僕にも菊比古にもできなかった。それはあまりにも自分で自分の羞恥心をふみにじる思いのする行為となったろう。

鳥《バード》はあらゆる種類の恐怖心から自由な男だった。僕は鳥《バード》が恐怖におそわれているところを見たことがなかった、そういうとき鳥《バード》は、ただ不機嫌になり冷酷になるだけだった。鳥《バード》はその性質の根本のところできわめて生《き》まじめな男だったから、恐怖をそそるものにたいして、ふざけてごまかすというのでなく、まっすぐそれにたちむかった。かれはほんとうに勇敢な若い男のひとりだった。それだけに僕と菊比古は鳥《バード》に自分たちの臆病《おくびょう》さを嘲弄されたくなかったのだ。僕はとくに鳥《バード》にからかわれることがあればそれが僕の世界の終りだとさえ思いこみかねなかった。菊比古のほうは、時どき鳥《バード》にからかわれていた。鳥《バード》は菊比古を同性愛だと疑っているふりをしてふざけるのが好きなのだった。僕は無傷だったが、そのことで逆に僕が、菊比古と鳥《バード》の関係を嫉妬《しっと》するということはあった。

　汽車のなかで僕と菊比古は肉屋につとめるのは金がほしいからだと鳥《バード》に信じこませようとした。その金は来年の夏のはじめ鳥《バード》を中心にして劇団をつくりシングの《プレイボーイ》を上演するためか、または、いつか鳥《バード》が関係をつけてきた、ある潜行中の共産党幹部へのカンパにしたいのだと僕と菊比古は主張した。この潜行幹部の場合も、実はあの絶望的に危険なビラ配りのときと同様に、僕と菊比古は共産党についてもコミュニズムについてもほとんどなにひとつ知らず同情もしていなかった。小さなヒロイズムと抵抗の気分はあったが、僕と菊比古はむしろ、こういう現実的なるものにたいして、無関心だったというほうが妥当だ。無関心の協力。二十歳の鳥《バード》にはビラ配りも共産党の大物へのカンパも現実の問題だったが、十五歳の菊比古と十六歳の僕とには、それらはいわば夜の森のなかのおそろしげなもの、とでもいう存在にすぎなかった。このように年齢のちがう僕ら三人がひとつの教室にいたことがあるのは、僕らの学校が定時制高校であったためである。ちなみに鳥《バード》を裏切った女の下級生は、まだ十四歳でしかなかった。

　僕らがその地方都市の駅のプラットフォームにおりたとき、僕らの列車と逆のがわを急行列車が通りすぎた。それは奇妙な列車だった、触角と大顎の最初の環節だけのムカデのようで、最新型の巨《おお》きい機関車は一輛《りょう》の客車、それも寝台車しかひいていなかった。そして僕らは、ただひとつひらかれた汽車の窓から、顔の下半分のない若いアメリカ人が所在なげに外を眺《なが》めているのを見たのである。恐怖心の洪水《こうずい》が僕と菊比古とをおし流した。堤防は、はるか水の底だった。汽車が眼のまえをすぎてしばらくして苦痛の呻《うめ》き声と歌声とが鉄の音にまじって風のように吹きすぎた。

　僕と菊比古の動揺と狼狽《ろうばい》が鳥《バード》にも感染したようだった。改札口を出ると僕らはその地方都市の内臓のなかへのみこまれる水のようにしゃにむに駈けこんだ。僕らはその遠方の戦場からの通信と、汽車の匂い、鉄と炭粉と火と、他人どもの尿の匂いからのがれさるために駈けているのだった。思ってみればそのころの僕らの日常生活のいちばん重要な部分が駈けることだったかもしれない。朝鮮戦争での負傷兵をいっぱいつめこんでふくれた寝台車をひいて、憂鬱な犬のような機関車が地方都市の夕暮のなかを海にそった森のなかへ砂地への水滴のようにすいこまれる。本能からのように凄《すご》いスピードで駅員が帽子の顎紐《あごひも》を脣のあいだにかみしめて僕らを追いかけてき、先まわりして僕らをさえぎったが、不意にがっくりと気落ちしてひきかえしていった。僕らは無賃乗車したわけでもなく貨物を盗んだのでもなく、ただ深刻な恐怖におそわれただけだったのだ。駅員は理性にめざめたわけである。

僕らが駅前の広場を駈けぬけてゆくのを市電の運転手がまるで自分の電車を世界でいちばん大切な乗り物と考えている崇拝者でも待ちうけているような尊大な様子で待っていた。ついそれに誘われて僕らは電車の方向にむきをかえて駈けた。僕と菊比古にしてみればそれで、鳥《バード》の眼から駈けはじめたことと恐怖の発作とを切りはなすことができるわけだった。

——あんなやつらを汽車でこの日本にはこんでくるんだ、ひどいやつよ、マックアーサーというヤンキーは、嘔《は》きたくなるよ、と菊比古が青ざめて眼をなんどもまばたき、嗄《しゃが》れた平板な声でいった、子供の声だった、息もきれていた、僕は自分が先にくちをきかなかったことを喜んだ。

——戦争だからね、しかし、あいつも下顎がついていれば口笛を吹いていたにちがいないよ、と鳥《バード》は余裕をもっていった。

——戦争でもひどいものはひどいよ、あいつはまだ驚きからさめないような、ぱっちりした鳶色《とびいろ》の眼をしていたよ、と菊比古はいった。

——菊比古は女のパンツはいている、と一句うかんだよ、季題は菊です、と鳥《バード》は嘲笑しはじめた。菊比古はひそかに女のパンツをはいているために昂奮しやすく感じやすい、全世界に同情している、それになにものかを怪物のように惧《おそ》れている。男のパンツのお化けに咬《か》みつかれることを惧れて夜ふけに泣きながらパンツにレースがついてるかどうか触ってたしかめている。

菊比古がむっと腹をたて青ざめた頬をかたくひきしめた、歯をかみしめているのだ、菊比古は怒ってもナルシシズムにふけるところがある。僕は独りで妙にいこじに微笑しつづけている鳥《バード》から眼をそらし、鳥《バード》がじつは僕らの心配が男のパンツの怪物ではないことを感づいているのではないかと不安に思った。

電車は古風に鐘をならし腰の高い木箱のようにぶるぶる震えながらひとまがりして、いまは直線のコースを走っていた。いちど停車し、中年の小さい女をのせてまた走りはじめた。女は猫《ねこ》について運転手に話しかけた。僕とむっとしている菊比古と微笑をこわばらせた状態の鳥《バード》が黙りこんでそれを聴いた。

——あんまり憎らしいからいってやったんですよ、人間にうるさくされるのが猫の義務じゃないか、それをおまえは、時どき後姿をちらりと見せるだけで、もう外へ遊びにでかけてしまうじゃないかとね、私いってやったんですよ、と決断のなみなみならぬ強さをみなぎらせて女はいっていた。

——運転中の運転手に話しかけないでください、とその時になって運転手はいい、脇《わき》をむくと真赤になってぷっとふきだした、かれは自分のタイミングのいい切口上に自己満足したわけだった。

すでに市電は狭い地方都市の中心部にさしかかっている、笑ってしまったあとの運転手とその無礼さに腹をたてなかった女とは、あらためて夢中になって猫の話をしていた。僕らは黙っていた。

——ここだよ、と鳥《バード》がいった。

——おれはもう肉屋にゆきたくないんだ、と思いつめたように菊比古がいった。

僕はこの沈黙のあいだ菊比古が僕とおなじように、朝鮮で傷ついた若いアメリカ人が肉や骨をむきだしにしてごろごろ転がっている眺めを想像して怯《おび》えていたのだということをさとった。僕もいま肉屋にゆきたくなかった。あの顔の下半分のかわりに血と脂《あぶら》の色の煮こごりがぱっくりひらいている若いびっくりしたアメリカ人が肉屋の鋼鉄の鉤《かぎ》につるされて息もたえだえに、オオ！　ヘルプ！　ヘルプ！などと叫んでいそうで厭《いや》だった。

——僕もいきたくないよ、と僕は菊比古の率直さにすこしだけ感動して、その瞬間には僕らの共同の敵である鳥《バード》にいった。

——降りるんですか、降りないんですか？　と運転台からふりかえって運転手がいった、気味の悪いほど額のせまく低い男だった、気がついてみると、この電車ではかれひとりで車掌の仕事もやっているのである、客はかれの所へ歩いていって切符を買うわけだ。

——いま急に、降りないことになったんだよ、と鳥《バード》が電車の線路に直角にのびている市いちばんの繁華街の方を見てからいった。

——じゃ城山の昇り口で降りますか？　この電車は第一号線だからねえ、港へはいきませんからねえ、あなた終点までのるつもりじゃないでしょう？　と運転手は鼬《いたち》のようにすばしこく僕らを見まわして罠《わな》をかけるようにいった。

——それが終点までなんだなあ、と無警戒をよそおって嬉《うれ》しそうに鳥《バード》はいった。

——終点は市の精神病院ですよ、と待ちうけていた運転手はいい、脇をむいてまた顔を真赤にするとぷっとふきだした。

——ああ、そうだよ、この電車には変り者がずいぶんのるだろうなあ、とポーカー・フェイスで鳥《バード》はいった。

運転手は友人と永い別れをしたあとのように、事務的で金属質で悲しげな表情、鉄でつくられた北京《ペキン》原人の表情にかえって、いかにもこの職業に疲労と嫌悪《けんお》を感じていることを示したがる態度でハンドルをまわした。震えながら腰高の木箱は衰弱した線路をゆるがせて動きはじめ、しだいにスピードをまし、途中の駅にはいちどもとまらないで終点まで、きいきい鳴いて走りすぎた。それから運転手は静かにふりかえると、こういうのだった。

——黄色切符二枚ずつと急行料金です。

——なぜ急行なんだ、厭がらせをいうな、と鳥《バード》がいった、かれの声は粗暴で太く脈うっていた。

——なあ、おまえたち、この市にきて大きい顔するな田舎者、と運転手がもういちど顔を赤くしていった。かれはもうふきだしそうではなかった、ラムネ壜《びん》のような鉄色の切符きりを筋ばった大きい掌に握りしめていた、武器としてそれを使うつもりなのだろう。

僕はそこまで観察すると電車の窓の歪《ゆが》んで塗料のはみでた木枠《きわく》の外の風景に眼《め》をそらした。不愉快な、生理的に嫌悪をもよおさせる、この世界。音がして呻き声が続き、そのすぐまえの果実が土地におちるような音が、人間の腹を殴った音だとわかった。菊比古が僕の胴を脇におしやった。僕はふりかえって、それまで僕の左の靴《くつ》が踏んでいた床に、運転手がその不充分に剃《そ》れた頰《ほお》をおしつけ、そのまま、もの憂《う》げに、黄土色の汚物をぐっぐっと嘔いているのを見おろした。鳥《バード》は昂奮して小さな紅潮を頰の片側だけにうかべていた、そして僕がかれを見ると、その熱いほうの頰に、拳《こぶし》をといて短くしっかりした指をあてた。僕と菊比古とが肉屋への紹介状をほごにしたことで、鳥《バード》は内心では腹をたてていたのだ。鳥《バード》は、高校をやめて勤めだしてから、時どき、僕らと直接につながらない、いわば大人の世界の反応をしめした。僕はその鳥《バード》を、ほんのすこしながら不満に感じていた。逆に菊比古は鳥《バード》が運転手を殴りたおしたことで上機嫌になっていた。僕はいまかれが自分の内部にかすかにしのびこむ卑怯《ひきょう》さや恐怖への敏感、臆病さを、鳥《バード》からかくしておきたい衝動からうごいていると感じた。運転手を殴りたおした鳥《バード》にかんじる僕の不満、嫌悪感は、僕が突然の暴力のまえで震えおののいているのだというのでない。唯《ただ》、僕は年上の醜い男を殴るものがいるということが厭なのだ。鳥《バード》と菊比古、そして僕とは、おたがいにばらばらの気持で電車をおり、そのまま、沈黙のなかをぶらぶら歩いた。

それから不意に背後で、荒あらしくどなりたてる五人の男が森の深みの獣のようにまったく唐突にあらわれて僕らにおそいかかったのである。僕らはたちまち結合を回復して、警戒をうながす叫び声をあげると、いちもくさんに駈けはじめた。たびたび駈けなければならない夕暮だ。僕らは鬼ごっこのように充分楽しんで駈け、そのうちにみんな胸のなかの屈託のかたまりを解消させた。

そしてもうどの男も追いかけてこなくなったとき、僕らは身震いとともに秋の終りの夕暮の郊外の空気のつめたさに気がつき、自分たちがさび色の鋪道《ほどう》を、一段低く夜の影のなかにすでにはいっている狭く不景気な運河にそって駈けていることに気がつくのだった。運河のむこうには、おそらく軽症の入院患者たちの耕作するはずの精神病院附属農場が、いまは季節がらすっかり裸でひろがっていた。僕らの鋪道の正面をさえぎって城のように精神病院がたちふさがった。そこは具体的にもうひとつの終点の感じだった、人の善い患者たちはみんなそう思いこんで悲しむだろう、と僕は憤懣《ふんまん》とともに考えた。あの病院のむこうで世界が縦にすっぱりと切りとられているように感じるのにちがいない。それというのも、あの北京原人の運転手が脇をむいてぷっとふきだしながら暗示をかけて電車からおろすからだ、結局、鳥《バード》があいつを殴ったのは正しかったのだ。

僕らのまえにそびえている精神病院の建物自体は決して美しくなく特異でもなかった。それは正面の建物と、中庭をかこんで僕らにむかってのびてくる両翼の建物とからなっている。それらの建物は汚ならしい葡萄色《ぶどういろ》にぬりたてられ、そして人間の住居らしいいかなる装飾もない。ただ、建物群を袋のようにすっぽりつつんでいる鉄柵《てっさく》が美しいだけだ、それはおそらく病院長が鉄柵をこの建物群のもっとも本質的な外界への信号だと考えているからにちがいない。僕らは駈けるのをやめて立ちどまり、鉄柵と、その尖《せん》端《たん》の真鍮《しんちゅう》の花かざりが、僕らの背後ですでになかば靄《もや》のなかに沈みこんだ太陽のほそぼそした挨拶《あいさつ》を、わずかに寒ざむと、しかしキラキラと緊張した輝くオレンジ色に照りかえすのを見た。

そして運河には二米《メートル》ほどの規則正しい間隔をおいて燃えたつ発光性の皮をきたオレンジ色の淡水魚が浮びあがる。僕らはうっとりしてそれを眺めた。病院のこちらがわの鋪道、運河、農場、その向うのひろがりのどこにも、僕らのほかに人影はなかった。気がついてみると僕らのまわりでは、湧《わ》きたつ、焦《こ》げたオレンジ色の夕暮の光が眼にみえる速さで色あせてゆくのである、菊比古の細いうなじの白っぽいうぶ毛に夕暮の最後の光がしずくのようにひっかかり、不意に夜が近づく。菊比古と鳥《バード》がふたたび歩きはじめても、たちどまったままかれらをやりすごして、かれらの後頭部を一瞬間眺めていた。ひとつの予感があった。ふたりとも、背後からみると、自負にみち傲慢《ごうまん》で、それに優しく内的なところと愚かしい無表情のゴムのまじりあった、結局は僕とおなじ様子をしているのだ、しかし僕らはやがて別れねばならないだろう。

——犬を訓練しているんだよ、と鳥《バード》が菊比古にいっていた。脱走者の匂いさえかげば追っかけて喉《のど》を咬むように仕込んでいるんだよ。

僕は鳥《バード》と菊比古に追いつくためにちょっと駈けて、かれらをおどかしたが、かれらはその会話のほうに強く支配されていて驚かなかった。僕らはもう正面の柵から中をのぞけた。

——見ろよ、つまらないことしないで、ほらセパードだ、と菊比古がいった。

僕らの周囲よりいちだんと暗い中庭を、バケツほどの頭をした愚直なセパード群が、バレエ靴を舞台の板にこすりつける鋭く軽い音に似た爪音《つめおと》をたてて駈けまわっているのだった。セパード群の中央に長靴をはき長いスカートをはいた屈強な人間が向うむきに立ってじっと身じろぎもしないでいた。

——あいつは女かなあ、そんな恰好《かっこう》をしているだけじゃないのか？　と僕は自分の質問のナイーヴさをすぐに恥じながらいった。

——いや、女だよ、おれはあいつを知っているよ、と鳥《バード》が過度に無頓着《むとんじゃく》にいった。

僕と菊比古は笑った、そしてセパード群の疾走中の耳がいっせいにこちらを向くのを見て、いい気持になった。

——嘘《うそ》じゃない、と鳥《バード》はいった。ここの庶務課のやつに頼まれて、入院患者のサークルの芝居の装置をやりにきたことがあるんだよ。象の山というのとカシミヤ山羊という二つの劇だけど、結局、おなじ内容なんだなあ、家にひとり患者がいて家族みんな不幸に暮すという内容さ。それで女のパートをあの訓練係がやったんだよ。おなじサークルの女をいれると、みんながなんだか反抗的になってね。

また僕と菊比古は笑った。そして、その時、中庭をかこむ葡萄色の煉瓦《れんが》の建物のどこからか入院患者たちの一人の夕暮の信号の叫び声があがり、それに呼応して、他のすべての入院患者のものすごい叫喚が何分間も、僕らのまわりをどす黒い感じでうねり、そして谺《こだま》が怯えた鳩《はと》の群のように、すでに暗い空のたかみへまっしぐらに駆けのぼって消えたのである。そのあいだは、セパード群も訓練係の制御にしたがわないで吠《ほ》えつのった……

——おれはその庶務課の友達に会ってくるよ、と鳥《バード》が、僕らの笑いとか狂人の叫喚とか犬の吠え声とかに無関心に冷静にいった、かれは僕らが疑ったことで、むきになっていた。

——おれたちも、この柵のむこうにはいりたいよ、あの犬どもを、そばでちょっと見たいんだよ、と菊比古がすばやく僕を一瞥《いちべつ》しながらいった。

——ああ、そうだなあ、と僕もいそいでいった、鳥《バード》を困惑させることに快感があった。

しかし鳥《バード》はまったく困らなかったのだ。かれは菊比古と僕とをしたがえて鉄柵にそって建物の裏側にまわり、柳の樹《き》の茂った通用門の守衛とごく短い時間はなしあい、そして僕らみんなを柵のなかへむかえいれさせたのだった。

アーケードをくぐってセパードが訓練されている中庭にでると、鳥《バード》は僕らにそこで待つようにいい、自分はその庶務課の友人に会いに葡萄色の建物のなかにはいりこんでいった。僕と菊比古はしばらくセパードの調教を眺めていた。訓練係は男のように上脣《うわくちびる》のあたりに髭《ひげ》を生やした中年の女で、僕らにまったく無関心だった。犬もすぐに僕らへの関心をすてておだやかになった。鳥《バード》はなかなか戻ってこなかった。そのうちに僕らもセパード群への関心をうしなった。

——自転車に乗ろう、と菊比古がいった。自転車が三台に空気ポンプ一台、きっとおれたちを歓迎するためなんだよ。また、健常な人間が自転車に乗っているところを入院患者に窓からのぞかせて、やつらのハゲミにするんだね。

自転車と空気ポンプとはアーケードの暗くかげった内壁にたてかけてあった、それらは暗い壁になお暗く、静かないしみのような細い影をおとしていた。皮をはいだ兎《うさぎ》のようだ。暗いアーケードのなかに戻ると犬どもと訓練係のいる運動場の中庭は具体的に黄色の明るみをおびた活気さかんな場所におもえた。

——連中の体操用なら、使うと悪いなあ、と僕は弱気になっていった。

——病人に許されているものが、おれたちに禁じられることなんて、ただ、自分で病人であることだけだ、他にありえないよ、と菊比古はいった。

鳥《バード》がいないとき菊比古は僕にたいして、余裕と優越感と、そして疑わしい人間なら軽蔑《けいべつ》だと感じかねない態度をとった。意識して、さわがしいほどいそいそと、そうするのだ。かれは僕より年下であることを負担に感じているのだ。菊比古が、自分のものに選んだ自転車に空気をいれるあいだ、僕は跪《ひざまず》いてそのゴム・タイヤと空気ポンプのホースを押えてやっていた。指のあいだを水のように空気がすべりぬけ、中庭の敷石ほどにも硬くなったタイヤは、びりびり震えて、肥《ふと》った獣の仔《こ》のようだ。菊比古は猛然と空気ポンプをうごかし、汗ばむほど屈伸運動して、それから弾みすぎる自転車の抵抗感と硬さに、おかしな自己満足をしめして、静かに無造作に、せまいアーケードのなかの淡い暗闇《くらやみ》をのりまわしはじめた。

僕が空気をいれおわって自転車にまたがるのをまって菊比古はその回転の輪をさっとほどき中庭に乗りだした。中庭の向う半分を通過するセパード群の、脅《おび》やかすような爪音、荒い風のわたるモミの木立の数しれない小さな葉のさざめきのようにパチ、パチ、シュッ、シュッという音が、たちまち僕らをおしつつんだ。動く空気のなかにはわずかな犬の香りもあった。向うがわから風が吹いてくるのだ。僕は獣や野蛮人の待ちぶせには風下から近づけ、とか犀《さい》をうちまかすためにはまず牙《きば》を叩《たた》きこわせ、とかいう短い忠告をあつめた《すぐに役にたつ猛獣狩一口辞典》という本を菊比古から見せられたことがあった。かれの父親はその本を実用書として使った体験をもっているということだった。菊比古も、その一行を思いだして満足しながら、風の流れにさからってセパード群に近づこうとしているのだ。僕らはガニマタでゆっくりペダルを踏んでいった。

僕らが背後から近づいてくるのをふりかえってみた訓練係が突然に調子のかわった掛声をかけて、すでにまったく昏《く》れなずんだ中庭の黒っぽいかたまりどもをおののかせた。

——ああ！　ああっ！　ああ、ああ、ああっ！

それでも菊比古と僕とは平気でセパード群にむかって自転車をすすめた。訓練係の女はなおセパード群へ警戒をうながす叫び声をなげかけ、それはまるでこの髭の中年女がセパード群に強姦《ごうかん》されているとでもいうような騒ぎなのだ。そして、敷石の上を、あえぎながら広い口いっぱいに唾《つば》をあふれさせて駈《か》けている犬の群のなかに僕らの自転車が入りこむと、犬の都市の雑踏をよこぎっている人間共和国の代表ででもあるような気がした。セパード群は、無意味に執拗《しつよう》に、この世界をひっかいている苦行者たちのように見える、犬の爪の音のわずかな驟雨《しゅうう》。

しかし犬の群をいったんとおりぬけてしまった瞬間に僕は、もし訓練係がセパード群にけしかけて僕らをおそわせたとしたら、転倒した自転車に足をはさまれたまま、喉を咬みくだかれるほかないのだと気がつき、恐怖におののく思いだ。それは菊比古もおなじだった。鳥《バード》のいないとき、菊比古と僕は小さな恐怖においてつながる。そこで僕らは犬の群をはなれて中庭を大きく回ることにした。訓練係がものすごい怨恨《えんこん》の眼で僕らの背や尻《しり》を見おくった。

敷石のあいだの窪《くぼ》みを荒あらしくバウンドしてのりこえるとき、自転車は強い性格の馬のような手ごたえをかえしてくる。ときどき自転車は新しい塗料の匂《にお》いをたてて、自己満足の微笑みたいなものが僕の頬に湧く。ハンドルのちがう部分に握りかえ、そのつめたさにびくっとし、ぐったりと肩や腰の力をぬいて自動的にぐるぐるまわりながら、

——とにかく病人でないことは気持がいいなあ、と僕は菊比古にいった。

——ああ、そうだよ、と素直さをむきだしにして僕をびっくりさせ、菊比古が微笑した顔を一瞬ふりむけて叫びかえしてよこした。

かれのピンク色の真珠光沢をもった内臓をかんじさせる微笑が僕の眼から頭のおくにとびこみ、そこの暗い空間を、永久運動体のように、いつまでもいつまでも回転しつづける。とにかく病人でないことは気持がいい、恐怖心にかられるときがあるにしても気持がいい時も確かにある。正気でなくなると、友人にたいする感情はいったいどのようになってしまうのだろう、精神病院にはいってから友達をつくった男はいるだろうか、そういうことを孤独にとりとめなく考えながら僕は自転車に乗っていた。

僕の自転車のゴム・タイヤのなかに閉じこめられている不運なひとかたまりの空気。犬の群の駈けまわる中庭の向う側の鉄柵のあたりにただよう秋の終りの憂鬱《ゆううつ》で澄みきった一日の最後の昼間のしるし。入院患者たちがなお、時おり叫びたてる。かれらの生活がそのなかにとざされている窓はすべて暗く水たまりにうつった夜の空のようだった。

鳥《バード》が大声で僕と菊比古を呼んだ。僕らは、自転車に乗っていることが、わずかながら得意で、片手離しや両手離しをやってみたりして鳥《バード》がでてくるアーケードの前に戻った。

——逃げだした患者をひとりつかまえてきてくれと頼まれたんだ、と鳥《バード》はいい、僕らのとまどった反応を上機嫌《じょうきげん》でみつめた。

——そんなことは病院の保安課かなんかがやる仕事だ

よ、と菊比古が鳥《バード》を信じないでいった。

——連中が医者団に反抗してストライキしているんだ、その間の事故なのさ。病院では市の議会に患者を逃がしたことを知られるとまずいから警察にとどけていないんだよ。それと同じ理由でストライキの連中にもかくしてあるんだよ。それで、おれたちがうまい具合に仕事をまかせられたわけなんだ。

——いつ逃げたんだ？　とまだ疑わしげに菊比古はいった。

——今日の昼だよ、そして昼のあいだ、おれの友達がひとりでさがしていたんだ。あいつは、いまひどく、疲れて、こんな所に就職したことを反省して嘆いてるよ。おれたちが今夜のあいだに探しだしたら、シングの芝居をやるとき、この病院で一公演まるまる買うといってるんだ。ということは、ここで一回やればその金で、うちの市でまあ正気のつもりのやつらに見せる分の仕込みもなにもかもできるということだからね。

——今夜中にか？　と菊比古がいった、かれは鳥《バード》を信じた瞬間に昂奮《こうふん》しはじめた。

——夜明けまでにさがしあてられないと、やはり警察に申告しなければならないからな、その前にセパードを放して見つけさせるとおれの友達はいってるんだ。

——じゃ、おれたちも、あのセパードを一頭ずつ借りて行こうよ。

——その逃げた男がセパードを死ぬほど恐《こわ》がっているんだ、地獄の犬だと思ってるんだよ、普通じゃないからね、それで、犬が探しにきたら、もの凄《すご》く抵抗して結局は咬《か》みころされるんじゃないかとおれの友達は心配しているんだ。

——夜明けにセパードが放されるまでに探しださないと、そいつを殺すことになるのかい、と僕はいった。そうだとすると。

僕の声が臆《おく》したように聞えたなら、それはその瞬間、僕の背後で犬の群の爪音の雨がスピードをましていっさんに遠方へ駈けさる気配があったからだ。僕はふりかえって、女の訓練係が調教をおわって犬舎に戻る犬の群を追い、長い黒いスカートを夜の風にはためかせて駈け去るのを見おくった。僕の内臓のあたたかい血と粘膜と肉の畠《はたけ》に恐怖の種子がもう一粒あたらしく今まかれたところだった。それはやがて芽をだすだろう、そしてこんな芽の成長に対抗できなかった者たちがこの建物群の暗い水の窓のむこうに沈むためにやってくるのだ。

——ありえないよ、ありえないよ、と菊比古が僕とおなじようにふりかえって背後を見ていた頭をねじって不意に確信をこめていった。

僕と鳥《バード》はびっくりしてかれを見た。菊比古はかれの自転車を壁にたてかけ、三台目の自転車に空気ポンプのホースをつなぐために屈《かが》みこんだ。鳥《バード》が空気ポンプのハンドルを押した。

——おれたちが自転車にのって出発すれば、その逃げだした男はたちまちつかまってしまうからなあ、血にかわきたる犬の顎《あご》、うるおさるることあらじ！

——それほどやさしくないかもしれないぞ、と鳥《バード》がいった。

——地面をよくみながら自転車で走ればいいんだよ、やつのひそんでいる地下の穴ぐらからは、直径五ミリの空気孔をつうじて湯気がたちのぼっているからね。イヌイットが氷のしたのセイウチをとらえるのとおなじ原理だよ、もしやつが地面のしたにいるならば、そういって菊比古はひとりで笑った。

——探してるのは特殊なセイウチか？　と鳥《バード》は冷淡にいった。おまえこそ女のパンツをはいた特殊なセイウチだ。

——ほら、と僕にむかって鳥《バード》はいった。これがそいつの顔だよ。

僕は写真をうけとって暗がりのなかに眼《め》をこらした。菊比古もたってきて汚れた指を写真にのばしてふれようとしながら覗《のぞ》きこんだ、かれのあたたかい息が僕の頰《ほお》にふれ、そして写真をごくこまかな水滴でくもらせる。鳥《バード》がひとりで空気ポンプをおすと硬いタイヤはバネのようにホースをはじき、ホースは地面をシュウ、シュウ土埃《つちぼこり》をまきあげて烏蛇《からすへび》のようにのたうっていた。

写真の男はフィリッピン人のように油質の艶《つや》をおびて浅黒い皮膚の、額のひろい中年男だ。すでにわずかながら禿《は》げあがっている。厚い脣と、おどおどしておとなしい子供のような眼とがたがいに排しあって、丸く広い顔を分裂させている。鼻は大きくて鈍い角度にまがっている。小さな獣の耳のようなかじかんで巻きこんだ男の耳。炎のように燃えあがっているちぢれた髪、それは鳥《バード》に似ている……

僕は理由もなく息苦しい気持になって写真から眼をあげ、その男の眼のように濃い黒の空をみあげた。眼が痛く、暗闇は空からなだれおちるようにうつる、僕は嘆息した。

——どこから探しはじめよう？　と菊比古がいった。

——この市の中心からか、それとも畑や林のなかからか、どちらかだ、と鳥《バード》がいった。

僕と菊比古と鳥《バード》とは暗く静まった柵《さく》のむこうの農場とその暗闇のひろがりのむこうの、すでに距離感の湧く手がかりのないあたり、半円形の丘とその周辺の疎林《そりん》とを眺《なが》めた。僕の心のなかに予感のように徒労感と漠然《ばくぜん》とした嫌悪《けんお》感《かん》がおこった。

——もし自分が逃げ出した男ならどこへ出かけてゆくか、を考えてみればいいんだ、そしてそこへ出かけてゆけば、この逃げ出した男もいるだろう、と菊比古が確信なくいった。

——それじゃ市の中心に出かけよう、と鳥《バード》がいった。とにかく、あの畠や林のなかを探しまわるのには三人では少なすぎるよ。町のなかだって夜になれば森みたいなもんだ、やつは夜の森を鹿《しか》みたいにおずおず歩いているわけだ。

僕らは自転車に乗って肩をはり口笛でトスカの《星は輝きぬ》の所をやりながら市街のなかの夜の森への狩猟に出発した。僕らはきわめて無責任な狩人だったのだ。市立精神病院をでてからしばらく運河にそって暗い道を走っていると、背後から犬の吠え声と狂人たちの大合唱がきこえた。ふりかえってみると病院の建物群にはいっせいに盛んな灯《あか》りがついて城のようで、そこから数人の見張り番のような入院患者たちの黒い頭がのぞいた。

僕と菊比古とは鳥《バード》の声にうながされて、それまで黒いタイヤの回転を見つめながら走っていた自分の頭をあげ、運河が別の運河にそそぐ場所の橋のたもとの人だかりを見た。僕らは、運転手と喧嘩《けんか》をした市電の線路にそった鋪道《ほどう》へ出ることを避けて大きく迂回《うかい》しながら、市の中心部にむかって走っていたのだった。

僕らは人だかりに近づいていった。人びとは劇場の観客のように共通に昂奮して、かれらの熱い心を鰊《にしん》の群のようにいっしょに遊泳させていた。かれらは僕らがそれにそって自転車を走らせてきた運河とは別のもっと深くもっと広くもっと暗い運河を見おろしてはむっと昂奮して考えこんでいるのである。かれらの足もとにおびただしい水に濡《ぬ》れた地面があってそれは橋のたもとの街燈《がいとう》のオレンジ色のあかりのなかで乾こうとしていた。

——だれか溺《おぼ》れたので？　と鳥《バード》がたずねた、僕らは自転車を傾けて左足で自転車と自分とを支えていた。

人だかりの中央の窪みからぬっと魚のような顔をだした若い警官が僕らをじろじろみまわし、そして黙ったまま、また屈みこんだ。しかし人だかりのなかの市民のひとりが警官の無愛想の責任を感じて頰をぱっとあからめながら説明してくれたので、僕らは腹だちを忘れた。

川におちこんだ女の子供を、ある勇敢な男が、瓶《びん》のかけらや板ガラスの破片でぎっしりつまった川床にとびおりて救ったのだ。女の子供は仔犬かなにかのように無器用にうかんだままでいて、無傷だったが、男は跳びおりて足を怪《け》我《が》し尻もちまでついて腰から下を傷だらけにし、そして血みどろで濡れそぼったまま恐慌《きょうこう》にかられて市の中央の方へ逃げ去ってしまった……

——なぜ逃げたんだかなあ？　ガラスが足に刺さったのさえぬかずに駈けて逃げたなんて、本当に普通じゃないよ、と鳥《バード》はいい、自分の言葉にぎくりとひっかかって唾をのみ脣をなめていた。

——痴漢なんだねえ、と頰をあからめたままの、内気でおしゃべりの市民が悲しげにいった。その男は昼まから橋《はし》桁《げた》のしたで寝そべっていたんだが、夕暮になって橋の上にでてきたんだよ。そして通りかかる人間に、この世は地獄かそうでないかなどと、ばかなことを聞いていた、一種の特殊な乞食《こじき》だねえ。それから女の子供がやってきたら、裸になってくれと頼んだんだ。痴漢だ。そして女の子供がヒステリーをおこして泣きわめいて川に落ちこんだのを、助けたわけだ。痴漢だったんだよ。

——なぜそんなにくわしくわかってるんです？　女の子供がしゃべったので？

——若い両親がそばで見ていたんだ、そして子供が川におちても、そこにガラスがいっぱい刺さっていることをしっているから、危なくないところまで駈けおりていって、子供が溺れながら流れてくるのを待っていたんだよ。

——その男はどんなやつでした？　額の広くて丸い色黒のやつじゃないですか？

——ああ、そうだよ、小男でキンキン声で女みたいな動作をするやつなんだよ、衿のとがった旧式の縞《しま》の白っぽい服を着ていたんだ。

鳥《バード》が昂奮の熱い心の鰯《いわし》どものような群泳にくわわって僕と菊比古をキラキラする眼でふりかえった。僕らも昂奮してうなずきかえした。

——それでこの世は地獄かどうかという乞食の質問の答はどちらが多かったんです？　と鳥《バード》がたずねると親切な市民は厭《いや》な顔をして答えなかった。

僕らも質問の答を待っていたわけではなかった。僕と菊比古と鳥《バード》はペダルの上にたちあがって重みと力とのすべてをこめ自転車をむりやり加速し、橋をわたり、繁華街から遠い町並の広く暗い鋪道を走って行った。

——なぜあんなこと聴いたんだ、鳥《バード》？　と菊比古がいった。

——おれもこの世が地獄かどうか教えてもらいたいよ。

中学校の夏休の九州旅行でみた暗く激しい海のむこうの荒れた小さなあの半島では、いま地獄が地の底から石油のように湧《わ》きあがって山河をみたしている、晴れた真昼にも雷はおどろおどろ鳴りどよめき草や木をたおして黒い風が吹きあれる、そして所在なげに溶けた眼をした若いアメリカ人の白い体が血にまみれる。僕は身震いし、頼りになるものをもとめるようにハンドルを握りしめた。あすこへ送られることにくらべたら、肉屋などなんだろう、僕はやはり肉屋にいってみるべきだったのかもしれない、行ってみれば鉤《かぎ》にぶらさがった肉のかたまりも、半分にたちわったボートのようで恐怖心や嫌悪をひきおこさない単なるかたまりに見えたかもしれない、慣れて無関心になることさえできたかもしれない、結局この市のこの時刻が地獄であるはずはないのだからと僕は考えた。もし他に仕事を見つけることができず退学になり、あの噂《うわさ》が本当だったら……

——おまえはどちらだ？　と鳥《バード》が僕に自転車をよせてきてささやきかけるようにいった。かれは意地悪な微笑をくちばしのように硬くとがらせた脣を中心にひろがらせていた。

——地獄についてなら、ばかばかしいから、なにも意見はないよ、と僕は強い声でいった。

——いや、その男があいつかどうかだよ、おまえは地獄について考えていたのか？

——絶対にその男があいつだよ、と菊比古が陽気に叫んだ。おれたちは、ついてるよ、無責任にどんどん自転車を走らせてると、あいつが凄い自己宣伝をしている所にでてきたんだからなあ。

——調子いいね。

——おれもあいつがその男だと思うよ、鳥《バード》、と僕はいった。

——おれもそう思うよ。しかしおかしなやつだなあ、痴漢でそして勇敢な人命救助者だ、どういうつもりなんだろう？

——普通じゃないんだよ、と菊比古がいった、それだけだよ。

——しかし傷だらけで逃げてゆくなんてひどいなあ。

——普通じゃないんだよ、と菊比古が無邪気にくりかえした。傷のことなど気がつかないよ。

——この道すじの薬局によってみよう、と鳥《バード》がいった。

クロフツのシステムでやろう。

しかし僕らは地味な探偵《たんてい》小説の警官のように入念に調査しなくてよかった。その暗い町並には唯《ただ》一軒の薬局しかなかったし、僕らがキンキン声の小男のことをきくと、眼玉が鼻より前につきでようとするのを強度の近眼鏡でおさえている、やはり小男の薬剤師が、たちまち雄弁に、この風変りな無一文の男について物語ってくれたのである。

——金はもってなくてもねえ、現実に怪我をして血を流しているんだし濡れてもいるんだからねえ、と憤激して眼玉の破裂する寸前の薬剤師は説明した。もしそういう男が人間らしい遠慮深さをもっている人間なら、こういう薬だらけの場所にのっそり無一文であらわれるべきじゃないよ、ヒューマニズムを悪用してるよ。まあ靴《くつ》をはいてるんだから足の傷はたいしたことないが尻《しり》はひどかったね、あれでは椅子《いす》に坐《すわ》ることはできないね。一応治療してやったんだが、お礼にどんなことをしたと思う？　馬鹿《ばか》にしてるよ、この世界は地獄だから気をつけてくれなどというんだからね、とくに犬とか馬とかの家畜がじつは鬼なんで、人間のなかにも鬼がいるんで、それを忍耐するためには鬼でない人間が気をつながなければならん、精神病院とか監獄とかにいれて、他人と手をつなぐ機会をとりあげてしまうのは、いったんこの世が地獄だと知っている人間にやっていいことじゃない、むごすぎるなどといってたよ。

——小さい女の子供のことをいってませんでしたかね、と菊比古がいった。

——女の子供も天使じゃなく鬼だとさ、小っぽけな鬼だといってたね。

鳥《バード》と菊比古が声をあげて笑うと薬剤師も声をあわせて笑い、それからがっくりと気落ちしたように憂鬱な顔でくちをつぐんだ。

——どこへ行くつもりかわからなかったかな？

――ああ、それはどうだったかなあ、と薬剤師は眼鏡のむこうでとびでた眼球にゆっくり土色のまぶたをかぶせて鶏のように緩慢に眼をつむり、そうだなあ、と分別くさくいった。夜ふけに人間はなぜ独りぼっちでいられるものか疑っているんだと話してたがねえ。この世の地獄のなかで夜ふけに独りぼっちでいるのはつらいといっていたよ。白夜の国に生れてきたらよかったんだと後悔していたね。

薬剤師は思い出のなかの禿げあがった小さい四十男の空想を軽蔑《けいべつ》し自己満足して笑っていた、独りで。薬の陳列棚《だな》のすきまから白っぽく萎《しな》びた女の顔がのぞいた、不機嫌そうで苛々《いらいら》している大きい顔だった。

――ありがとう、と鳥《バード》はいった。

――おまえたち、蝮団《まむしだん》の連中か？　あいつをリンチしたのかい？　と薬剤師が下等な好奇心に眼のまわりを紅潮させて、薄わらいして訊《たず》ねた。

――そうじゃないよ、薬屋、と不意にきまぐれなぞんざいさで鳥《バード》がいった、薬剤師とその狭い肩のところにのぞいている大きい女の顔がびっくりして上をむいた。ギャング漫画か犯罪テレビをおまえの汚ならしい女房とみたあとでトランキライザーを処方してのむのを忘れるな。それから声をそろえて、あれは現実じゃない、と呪文《じゅもん》をとなえるんだね。

鳥《バード》と菊比古と僕とは上機嫌で自転車をはしらせた。夜のおとずれない北欧の国まで自転車で脱走者を追いかけるわけにはゆかない、そこで鳥《バード》が繁華街の深夜喫茶とその裏どおりの酒場とをいちいちあたってみるという方針をきめた。

僕らの走ってゆく道すじがしだいにせばまって昇り坂になり二筋に別れる。まっすぐ昇ってゆくと市の中心の城山への登山口に出るのである。かつてこの城山の小さな城がこの地方の政治権力を代表していたころ、僕の祖父は百姓一揆《いっき》の指導者をだまして裏切らせ孤立させたうえで殺し、そして城主から拳《こぶし》ほどの金の亀《かめ》をもらった。僕はその祖父を恥じて、鳥《バード》にも菊比古にもそれを話したことがなかった。いま城山の頂上には公園がある、僕は小学校のときの遠足でこの公園にきて祖父がもらったのとおなじ金色にぬった亀のかざりを見て泣いたのだった、それは僕にも先祖からの卑怯《ひきょう》さと裏切りとの血が流れているようで恐かったのだが、女の先生には亀の顔がこわいからだと嘘《うそ》をいってひどくやさしくなぐさめられた、ああ、僕はあんなに小さい頭のなかで最初の嘘をつき、それで今になっても自分の卑怯さを正直に友人にうちあけることができず、また友人をいつもいまにも裏切ってしまいそうな危険を感じるのだ、鳥《バード》にも、菊比古にも……

鳥《バード》が先頭にたって鋪道の別れ道でハンドルを城山の逆の方向にきり、僕らはなだらかな短い坂を市電のとおっている鋪道におりて行った。すでに暗い道すじを自転車で走っている者たちを明るい電車の高い運転台から、あの殴りたおされた運転手がめざとくみつけることのできる可能性はまったくないと思われた。見つけられたとしてもなんということはないのだ、考えてみれば僕らが夕暮に、しにものぐるいで逃げのびたのは、あれはゲームの規則にしたがったまでなのだ。僕の恥ずかしい心の底に、泥《どろ》のなかの鮒《ふな》のように時どきキラキラしてひそんでいるのは、もっと別の湿っぽく複雑な恐怖感だった。

　港の方向から貨物で巨《おお》きく重くなったトラックがわずかに海の匂《にお》いをこぼしながら、それ以上にもうもうと土埃をあげて走りすぎる時刻だった。市電はすっかりその腰高の小っぽけな箱であるにすぎない自分に自信をうしなって、トラックの群のあいだをよろよろ駈けっこしていた。僕らは車道のはしをゆっくり走り、僕らの頬《ほお》の肉をびくびく震わせ上衣《うわぎ》とズボンをはためかせるトラックの疾走を冒険映画のかかっている劇場の暗闇《くらやみ》にでもいるように充分に楽しんだ。自転車のペダルの上に腰をうかせて立ち、のびあがって僕らが、一瞬追いこしてゆくトラックの運転台をのぞきこむと、運転手は航海中もの凄い大ダコに舷側《げんそく》からのぞきこまれた船長のように、信じることができないといった、脅《おび》やかされたぎごちない身じろぎをするのだった。そしてその危険なわりにほんの一瞬しか快楽のあじわえない遊びにしても、その遊びをしているあいだは、僕にはあのいじいじした懸念《けねん》はなかったし、鳥《バード》も菊比古も僕とおなじく、逃げだした小男のことさえ頭に思いうかべないといったふうなのだ。もし飽きさえしなければ僕らは夜のあいだずっと自転車をのろのろ乗りまわしては、轟然《ごうぜん》と夜のなかへつきすすんでくる猛烈なトラック運転手どもをおびやかして遊んでいたかもしれない、あの男は夜明けに咬《か》み殺しにくるセパード群にまかせておいて。

　しかしまず鳥《バード》がうまい具合に、市の繁華街と市電の鋪道の接点でこのゲームにあきた。そしてかれはトラックのライトのなかへ黒いカマキリのような細い影になって自転車をつっこんでゆき、トラックの流れを混乱させた。菊比古と僕とは上機嫌《じょうきげん》で鳥《バード》にしたがい、咳《せき》をするようなクラクションの嵐《あらし》のなかを酔っぱらいのようにくねくねうねって鋪道を横切った。まだ鳥《バード》が僕らの同級生だったころ、この遊びは僕らの学校での流行だった。週に四日間、自分の家でも、つとめさきでも、過度に働かされ疲れきって、残りの三日間の学生生活に戻ってくる学校で、憐《あわ》れな定時制高校生たちは、このように危険な遊びをすることでやっと、強い麻痺《まひ》を強い酒で追うように、息のつまる労働と拘束の四日間のなごりから自分を解放して自由になったのである。鳥《バード》と菊比古と僕とは、むしろ怠惰からこの高校をえらんだ例外の三人だった、そこで僕らはこの遊びにクラスメートたちのようには必死にならなかった。近郊の農家の息子で最も苛酷《かこく》に働かされていた、無口で小心な生徒がいちばんきわどい冒険をして自転車ともどもぐしゃぐしゃになり、この遊びは禁じられた。僕がいまその遊びをたっぷり楽しんだのは、この数週間の僕の心のはずかしい鬱屈《うっくつ》が僕を一種の激しい夏の畑仕事のようなものに縛りつけて、休息するひまさえあたえなかったからだ。そして僕にしてみれば休息することは小さく爆発することなのだ。こんな無意味で危険なだけの、つまらない遊びをつうじてだけ、ポンポン小さく爆発して内部の圧力を整えるのだ。ところが、あの蟹《かに》のような頭の青ざめた農家の次男は、真面目《まじめ》で融通がきかなくて、すっかり爆発してしまって自転車といっしょにぐしゃぐしゃになって死んだのだ。繁華街の入口の他愛《たわい》ないヤナギのかざりのたれさがっている街燈のしたで鳥《バード》と菊比古と僕は作戦をねった。この地方都市の蛙《かえる》どもご自慢の繁華街は市電の通りから城山と逆の方向に二百米《メートル》つづき、それは右にまがって百米のびて行きどまりだ、もうひとつの市電の始発駅がそこにある。そしてこのカギ型の繁華街にかこまれている部分に酒場やら食いもの屋、あいまい宿やらがぎっしりつまっているのである。そこだけが、この地方都市で深夜もなお明るい場所だ、その周囲の暗がりで善良な蛙どもは驚くべく早い時間に世界を信じて眠りこんでしまうのだ。

――おれが、このごちゃごちゃした方角をあたってみるよ、かなり知ってるから。おまえたちが、大通りをさがしていってくれ、きっと菊比古が見つけるよ、探し物なら女のパンツをはいた男に限るんだなあ、と鳥《バード》がはげました。

――それよりも、とむくれて菊比古がさえぎった。めしを食わないか、鳥《バード》、おれたちはもう二時間も探したよ、そしておれの考えでは、そいつはきっと見つからないよ。

――あと四十分たって九時に向うの市電の駅で待ちあわせよう、あいつをつかまえても、つかまえなくても、九時にあすこへやってきてくれ、それからめしを食おう、と忍耐強く鳥《バード》はいった。おまえたちがつかまえたら、普通じゃないんだ、殴るな。

鳥《バード》が自転車にとびのって独りだけ走りだすのを見おくりながら菊比古がぶつくさいって僕をびっくりさせた。

――あいつはひどく熱心になっているよ、なんにも関係のない人間ひとりに、と菊比古はいったのだが、鳥《バード》のいないときにその種の悪口を菊比古が僕にいったのはそれがはじめてだった。

――ほんとに鳥《バード》は熱中しているなあ、夏休に漢方薬屋の蛇《へび》をとりにいったときもそうだったけど、鳥《バード》は夢中になって仕事をするのがすきなんだよ、と僕はうしろめたい共犯の気持でいった。

――年だなあ、鳥《バード》はとしだ、と菊比古はいった。おれたちとふたてに別れたのは独りで仕事したかったからだよ、漢方薬屋だってもし鳥《バード》がおれたちと一緒に働きたいと強くでたら、きっとおれたちを傭《やと》ってくれたと思うよ。鳥《バード》はおれたちと別れたくなってるんだよ。おれは鳥《バード》が新しい友達と話しているのを見たしなあ。

――どんなやつだった？　と僕はいった、嫉妬《しっと》が僕を一瞬、放心状態にして、僕の声はあわれに嗄《しゃが》れた。

――いつか、新聞に《年寄は若いうちに殺せ》という詩を書いて送ったやつがいたろう？　裾《すそ》のひろいズボンを長めにはいている連中を諷刺《ふうし》した詩だよ。あいつは凄《すご》い不良だったんだけどいまはひどく静かになって、いつもおだやかに微笑していて、毎日、自転車に弁当をしばりつけて港の化学工場へかよっているよ、子供までいるんだ。

――あいつか、知ってるよ、鳥《バード》はもとあいつのことを嫌《きら》ってたよ。

――そうだよ、しかしいまはそうじゃないんだ、鳥《バード》はそいつの仕事のためにずいぶん骨をおってやったんだよ、おれが鳥《バード》に会いにいったら二人でひなたぼっこしながら黙っていて、ちょうどトレーラー・バスが車庫から外へでようとするとこだったんだが、それをみて、あいつが、悪魔のごとき柔軟性！　と叫ぶと、嬉《うれ》しがっておれの方を自慢するように見るのさ。あいつは勤勉に生活しているもと詩人といった自己満足ぶりさ。鳥《バード》もああいうふうに満足した大人になりたがっているんだよ、いつも不満足なおれたちと別れて。

――鳥《バード》はそんなふうにはならないよ、今日だって喧嘩《けんか》をしたじゃないか。僕と菊比古は欲求不満のように顔をあかくほてらせ怨《うら》みっぽい眼《め》をして、自転車をおしながら繁華街のなかへ歩いてはいりこんだ。憐れな小男のことより鳥《バード》の新しい友達のことが気にかかって胸がいっぱいなのだったが、しかしそのことについて、これ以上話すのは、女のようにとりみだしているようで厭だった。それにしても鳥《バード》が大人風の生活の満足をもとめるなんて……

――おまえ右側をのぞいて行けよ、あいつは一文無しだといってたけど、喫茶店にお金があるような顔でウェイトレスをだまして坐りこんでるかもしれないよ、と気をとりなおして菊比古がいった。しかしおれたちはこの市まででかけてきて、なぜ、こんなことをやっているんだ、腹ぺこで、関係ない人間を探しているんだよ。

――鳥《バード》とおれたち、おれとおまえとだって、おたがいにどんな関係があるんだろう。

――関係あるじゃないか！　と菊比古が叫んだ、まわりを歩いている地方都市の鈍感な他人どもが僕らをびっくりした眼で眺《なが》めた。

――とにかく探そうよ、と僕は菊比古の歪《ゆが》んでいる顔から眼をそらせていった。そして車道を横切って通りの右側に自転車を押して移って行った。僕のまえには二百米の光り輝く他人の地方都市があり、そこで他人どもが歩いたり立ちどまったり話したり商売したり黙って考えたりしている。ひとりぼっちでそこへ自転車をおしながら入りこんでゆくときになって始めて僕に、他人の国へやってきているのだという実感があった。鳥《バード》と菊比古と僕の三人でいるあいだ、この市のこの他人どもの群衆はまるで存在しなかったかのようだった。僕らはすくなくともかれらの存在を感じないで勝手気儘《きまま》なふるまいをしてきたのである。僕らは地方都市をばかにしていたのだ。僕らは小さい町に住んでいる、しかしそれは独得な町だ。東京を夢中になって模倣する地方都市とはちがう。しかしその間もここに他人どもは群れつどい、蛍光燈《けいこうとう》やネオンの光のなかで不健康な、死んだ鮫《さめ》のような顔色でしかもなおキャッキャッと嬉しがりながらここにこんな風に存在していたのだ。狭い海の向うのあすこでの戦争や、血だらけ膿《うみ》だらけの外国兵の一団の通過などに気をやむことなく永遠に死ぬことのない特殊人間のように平然として……

　僕は頭をふり身震いし、それから心をきめて自転車をとめると、まず最初の喫茶店に入ってみた。昂奮《こうふん》した鳥のようなフラメンコ・ギターの音楽が壁紙の破れた部分をガリガリ震わせていて、暗い室内はがらんとしていた。学生たちが何人かかたまって汚ならしいノートなどのぞきこんでいた。店の奥からあわてて駈けだしてきた給仕女が僕に微笑をおくってよこしたが、僕がすぐに表へ出ようとするのを見てとると微笑のスイッチを無関心のスイッチへと切りかえた。口惜《くや》しがったわけである。頭をあげた学生たちが、いやに横柄《おうへい》に僕を見た。僕は腹をたてるのをやめて外に出て自転車を押しながら、また歩きはじめた。向うからやってきたスコットランド格子《ごうし》のスカートに白ソックスの女学生が僕の自転車をほんの一瞬だけ値踏みするように見た。僕は自分と自転車とを見すぼらしく腹だたしく感じた。空腹で疲れてもいた。繁華街は雑踏していて自転車はいろんな連中にごつごつぶつかった。通りの向う側を見わたしたが菊比古は見あたらなかった。そのあいだに僕の自転車はひどく肥《ふと》った大女の尻《しり》に乗りあげようとして、僕は、ふりかえったその肉の襞《ひだ》のかたまりに、眼をナイフのかわりにつかおうとねがっているようなすさまじさで睨《にら》みつけられた。そこで僕は群衆を気にかけないでいようとして口笛を吹きはじめた。口笛を吹き、その歌の言葉を頭のなかにシメジのような多数塊状にもくもくはびこらせながら、無関心なふりで次つぎに喫茶店やらレストランやらを覗《のぞ》いてまわったが、問題の男とおぼしい人間はいなかった、だれもかれもみんな地獄をこわがっているようでなかった。そして僕は生れてはじめて、人間というものはこのように決して地獄をこわがってはいない様子で生きているものだったのかと思うのだった。そして、あの男がどこか奥深いところの暗がりで薬剤師にめぐんでもらった沃度《ヨード》チンキの匂いをぷんぷんたてながら毒草のようにじっとちぢこまって地獄をおそれているのだと思うと、なにか非現実的な気分になった。そしてまた、あの男への好奇心も湧《わ》いてくるのである。僕はその新しい感情の居心地のわるい傾斜にすべりこむことから踏みこたえるために口笛をぴいぴい吹きならして自転車を押していった、マリオ、マリオ、あ、死んでる、死んでる、お、マリオ、死んでるの？　あんたがこんなふうに？　こんなみたいにおしまいなの？　あんたが、死んでる、死んでるヨオ……

ひとつの喫茶店ではカウンターのかげのもっとも濃い暗がりで十人ほどの不良高校生どもが、衿《えり》をはだけた服のあいだから汚ならしい小さな喉《のど》ぼとけを自慢するようにおのおのつきだして煙草《たばこ》をのんでいた。その喉ぼとけのすぐしたに、もうひとつの喉ぼとけのようなものが眼について、それはよくみると蝮の頭の形をした木彫りのブローチだ、ああ、こいつらが薬剤師のスリルあふれる好奇心の中心、蝮団か、と思っていると、

——おい、なにを珍しがってるんだ、農家の息子と、そいつらの頭領かぶが犬よりもひどいこの市のなまりで凄んでみせた。

僕が扉《とびら》の外にでると、思いあがったこの地方都市の住人の嘲笑《ちょうしょう》が喫茶店のなかで煙草の煙といっしょにもうもうとうずまくのが轟《とどろ》いてきた。そして暫《しばら》く歩いて行くと誰かが僕を尾行しているようなのだ、蝮団の厭《いや》がらせだろう。僕は自転車をおっぽりだして、蝮団のなかの一匹の蝮に凄んだなまりいり呼びかけの返事をしたかったが、自分で驚いたことにその瞬間僕はこの脱走者探しに熱中しはじめていて、自転車のハンドルを命の綱とにぎりしめるような具合なのだ。

そのとき人ごみのなかに緊張で歪み醜くなっている菊比古の幼い顔があらわれて駈《か》けよってきた、かれもまた夢中になっているのである、多分、自分では気がついていないだけだ、気がついたら口惜しさやら屈辱感やらで、あの男を敵のように憎むだろう、菊比古は確実にいちばん子供なのだ。

——おい、と声をはずませ熱っぽく秘密めかして菊比古がいい、僕の肩をぐいぐい押してゆこうとする。僕は歩道のすみに押しこんで自転車をとめてから、昂奮した菊比古の苛いらしたそぶりに感染して頭をゆさゆさせながら駈けて車道をわたった。

菊比古は僕を繁華街から脇《わき》へそれる映画館への路地のまえまでつれていった、僕の腹のあたりがびくっと魚のように震えた。極彩色のガラス玉ののれんのさがった焼鳥の屋台の前で、ずいぶん長いズボンをはいた小男が厚いガラスコップをお茶の規則にしたがってでもいるように眼の高さにささげもち、蝿《はえ》かなにかの死骸《しがい》をみつけたあとで飲みほすつもりらしく骨折って調査しているのである、そして男の長いズボンの右足はだぶだぶにたるんでたくしあげられたフランネルの布地のしたに、生のめん類のようにぬらぬらと白く光る繃帯《ほうたい》のかたまりが靴《くつ》からはみだしてつながっているのである。男は繃帯につつまれたくるぶしを保護するために靴のなかで爪先《つまさき》だちし、よろよろしていた。そのくるぶしが夕闇のなかで揺れる様子は、ひどくこんぐらかった網文様の赤靴に小さいめんどりがとまろうとしているようだ。僕は黙ったまま喉を渇かせた。

——焼鳥屋なんかやっている女は警察のスパイだからな、おれはあいつを連れだすとき注意しなければだめだと

思うんだよ、ポリに横どりされないように、なあ、と菊比古が震えるボーイ・ソプラノでささやき、湯気のむこうで上気している中年女の顔を顎《あご》でしめした、その顎は小さく震えている。

――しかし、こいつがあの男かどうかわからないよ、と僕も僕自身と無関係に震える細い嗄れ声で息もつまる思いでささやきかえした。

――おれが試す方法を考えておいたんだよ、と菊比古が考え深そうにいった、そしてかれは男に近づいていくのだ。

――このあたりに地獄を恐《こわ》がってるみたいに憂鬱そうな男がこそこそしてませんでしたか？　と菊比古がなにげなくいうのがきこえた。

――憂鬱そうな男？　とその男は太い親指と人差指で濡《ぬ》れそぼれた大きい蝿をつまみだしてから菊比古を見つめていった。それはおれだよ、ここに蝿をつまんでこそこそしているよ、この足を見てくれ。

濃い湯気と煙のむこうで女がけたたましい上機嫌の笑い声をあげていた。あぶり焼きにされている獣の臓物の悲鳴の代弁のようだった。

――なあ、きみ、会社にでかけようとして玄関で靴ベラを探す、無い、それでバタ・ナイフを使って踵《かかと》をロシア酢づけのキュウリみたいにふたつに切ってしまった男が憂鬱でないか？

――このあたりを、どこかから逃げだしたばかりみたいな中年男が憂鬱そうにうろついているのを見ませんでしたか？　と耳まで赤くなってどもりながら菊比古はいった。

――どこかから逃げだしたばかりみたいな中年男なら、と梅毒でやられたにちがいない凄い嗄れ声で女がくちをはさんだ。

――見ましたか？　とほっとして菊比古がいった。

――そんな中年男なら憂鬱どころか、ある瞬間の犬みたいに気も晴ればれと走って行くのよ。

――さよなら、と腹をたてて泣きそうな声で菊比古がいった。じゃ他を探しますよ。そして僕の方へ眼をふせて戻ってこようとする菊比古の肩を蝿をつまんでいた指でしっかり押えて、男が執拗《しつよう》に話しつづけようとするのである。

――おい、きみは急いで小学校へ出かけようとしてだな、靴ベラのかわりにバタ・ナイフを使って踵をロシア酢づけのキュウリのように深くたちわったことはないかい？きみなら可愛《かわい》らしいお嬢ちゃんのようにピイピイ泣くよ。

菊比古のうなだれている顔が額から頬にかけて、こんどは夜めにもあざやかに白く色をうしなった。そして菊比古はふりかえると、かれの肩から手を離してふらついている男の繃帯でくるまれた傷ついた踵をラグビーのボールを蹴《け》るように入念に力強く蹴りつけた。男がお嬢ちゃんの怪物のように一声吠《ほ》えて屋台に倒れかかるとのれんのガラス玉が揺れて涙のように光っていた。

――なんという酷《ひど》いことを、なんという酷いことを、とびっくりして女がくりかえすのを背後にきいて、菊比古と僕とはぐんぐん人ごみを分けてそこから遠ざかった、自転車はおいてきぼりにしていた。

——酔っぱらいめ！　と菊比古は昂奮して批評した。あいつは会社に行きたくなくて、わざわざバタ・ナイフで踵を切ったんだよ。

夜気が頰に新しい冷たさを味わわせるので僕もまた自分が昂奮し腹をたてていることに気づくのだった。

——あの女ときたら色情狂だ、とも菊比古は批評した。ある瞬間の犬なんてほのめかしたのは交尾して離れたときの犬のことなんだ、まったくそんな色情狂みたいなことばかり、あの種の女はいってるよ、おれは一生涯《いっしょうがい》、あの種の女とやりはしないぞ。

——もう探すのはよそう、関係ないよ、夢中で何時間も探しまわってばかげてるよ、と僕はいった、僕は五分間まえの激しく昂奮していた自分に腹をたてた。

——おれもそう思ってたんだよ、疲れたし腹はすいたし、体じゅうこの汚ない小都会の埃《ほこり》でざらざらしてるよ、鱗《うろこ》が生えたみたいだよ、ばかばかしい。

——待ちあわせの所へ行こう、鳥《バード》もばかばかしいと気がついて飛んできてるよ、まったく地獄がおれたちの周りにあると惧《おそ》れている人間のことをなぜおれたちは真面目《まじめ》に心配しはじめていたんだろうと疑うよ。そして僕と菊比古は、繁華街の向うのはずれの市電の駅まで急ぎ足に歩いていった。約束の時間の十分前で、鳥《バード》はまだやってきていなかった。僕らは構内のベンチにかけて電車の発着を眺めながら鳥《バード》を待った。そのこぢんまりした駅からは港の方向へ行く市電のほかに、僕らの小さな町とこの市とをつなぐ私鉄も発車するのだった。国鉄の汽車の二倍も遅い私鉄の電車は市電の電車同様に旧式で小さな車輛《しゃりょう》がふたつずつつながっていて駅を出たすぐの踏切をわたるためにさえ殆《ほとん》ど停車しかねない苦労のすえ、やっと乗りきるという鈍さなのだ、僕らはたいていこの踏切で電車に跳びのり、僕らの町の手前の踏切で跳びおりるのだった。

鳥《バード》は約束の時間をすぎてもなかなかあらわれなかった。僕と菊比古は寒さと疲労と空腹とで苛《いら》いらし腹をたて鳥《バード》を待っていた。それに眠くもあった。僕らは一分おきに交替であくびをする一組の怒れるあくび人形だった。鳥《バード》はいったいなにが楽しくてあの男を探しまわり僕らを待たせておくのだろう、僕はひどく不満に感じていた。鳥《バード》は新しい友達を僕のしらないうちにつくり、それを秘密にし、僕から離れた場所での生活をもとうとしている、それはもう二年間ちかい僕らの仲間としての生活をうちこわすためのようなものではないか。鳥《バード》はもう菊比古と僕のことを仲間だと考えなくなったのだろうか？　いまのように約束した時間から四十分間も平気で僕らを待たせるというようなことはかつてはなかったではないか？　僕のなかでやりばのない不満がふくれあがり僕を憤懣《ふんまん》で身もだえさせるほどなのだ。患者がひとり病院を脱走して、この世界を地獄だと思いながら夜の闇のなかを逃げまわっているとしても、それがいったい僕らになんの関係があるだろう？　僕らこそ、海のむこうの赤土とポプラの荒野へ戦争につれてゆかれることの恐怖にさらされて生きているのではないか、そしてそのための手をうちにきた地方都市で、なにひとつ自分たちのためには働かず、この世界を地獄だという男をセパードから守ってやるために夜遅くまでとびまわって疲れきり腹をすかせ眠くなり寒がっているのだ。不機嫌に黙りこんでいた菊比古は、気がついてみると、ベンチにあげた両脚を猫《ねこ》のようにしっかりかかえこんで膝《ひざ》に頰《ほお》をつけ眠っていた。眠りの熱で赤くなった幼い頰のほかは、すっかり寒さに鳥肌《とりはだ》だっていて汚ならしかった。そして眼《め》のくぼみに無意味な涙が白くにごってたまっていた。僕の憤懣にやるせない苛だちと恥ずかしい悲しみとがまじってきた……十時になってやっと、鳥《バード》が寒さに色をうしなった平板な顔に、眼だけ異常なほどキラキラさせて大股《おおまた》に駅のなかへ入ってきた。むっと黙ったまま僕は、すでに僕の肩に重くあたたかくよりかかって眠っている菊比古を邪慳《じゃけん》に揺りおこして、おい、一時間も遅れて平気で鳥《バード》がきたよ、といった。

――遅れて悪かった、ラーメンを食いながら話そう、いろいろ手がかりをつかんだんだよ、逃げたのは面白い男らしいんだな、会った連中がみなそういってるよ、と快活に上機嫌で鳥《バード》は僕らの不機嫌にはいっさい鈍感にいった。さあ、のろのろしないでソバ屋にゆこう、そこにあるんだよ。

僕は一瞬、ぼうぜんとする思いだった。鳥《バード》がこれほど僕らの気分を荒あらしく踏みにじって自分中心にふるまったことはなかった。憤懣につきうごかされながら黙ったまま僕は鳥《バード》について行った、菊比古はまだ眠りからさめきらず不平をぶつくさいいながら、よろよろして歩いていた。自分のなかの緊張した感情の充実から黙っている鳥《バード》と不機嫌と不満とから黙ってる僕と菊比古とが石灰水のようにまずいラーメンを食べた。途中でやめると、嫌悪感《けんおかん》が口腔《こうこう》から消化器ぜんたいにぎっしりつめこまれたかわりに空腹感はそのままだ、気がついてみると鳥《バード》だけは不満足そうにすっかり食べてしまって汁を飲んだりしてるのである。

――あの男が、と鳥《バード》は眼をなお生きいきと輝かせながら報告しはじめた。ここで二人の人間に会っているんだよ。一人はおかまのやつでもう一人はまだ子供みたいないんばいなんだ、おれはその二人と話してきたんだ、それで遅くなったんだよ、とくにいんばいが客をとっているあいだ洗浄所の脇の土間で待ってたからな。

僕と菊比古とはほとんど食べのこしたラーメンの汚ならしい鉢《はち》のまえで空腹感と不満とにじりじりしながら、しかし疲労と眠りの誘いからのぐったりした虚脱感のせいで、鳥《バード》の自己満足の熱であつくなった雄弁を忍耐していたのである。

――おかまがあの男にめしを食わせてやったんだよ、若いおかまなんだが、その男は、本当にこの世界を恐れているんだと感じたとおかまはいってたよ、その男が極端だけど心底からこの世界を恐がっているのを見ていると、その男をつうじて真実の世界がみえてくるようなんだといっていた。しかも恐ろしい現実世界にひとりぼっちでいる勇気もあたえられるみたいだといっていたよ。おれたちが安穏と生きていられるのは、かわりのあんな男がこの世界の地獄について考えているからじゃないかとおかまはいうんだね。そしてあの男のことを、自分が今までと未来に会ういちばん優しい人間だと感じたといってたよ。あの男が港へ行きたがっていたから港までの電車賃をやろうとしたけど、あの男はおかまの気持を傷つけないように上手にことわったんだよ。なあ、足をひどく痛がってたけど歩いていってしまったそうだ、港には明日になって行くらしいよ。

そしていんばいはこういうふうにいったんだ、と鳥《バード》は熱中して眼をますます光り輝かせながら話すのだ。いんばいはプリントの花模様の夏のワンピースをきてサンダルをはいて店の前に立っていたんだ、そこへあいつがきてじっとたちどまって黙って見ているんだね。すぐ病人だとわかったけど、なにかもひとつ別の病人なんだというんだよ。子供みたいに透明にあの男はいんばいのまえにたってじっと見つめていた、《ズボンの前をみるとね、ぐっと立っちゃってるのよ、だけど静かに、泣きつかれた赤ンボみたいに、あの人はじっとわたしを見てるのね。それはとても恐いことがあってわたしと寝たら一分間だけ恐くないんだけどお金もないしなあ、と反省してるみたいなのねえ。そいで、わたしはぜったいの貧乏で独りで立てちゃってわたしに責任とらせるの、ばかみたい！　とからんじゃったのよ。それから急にわたし、これから一生いんばいしていくけど、穴でやってるのか皺《しわ》でやってるのか定かならず、の年齢になるまでこの商売つづけていくけど、いま、この人とやるとやらないとでは、ずいぶん生きてるということが変ると感じたのね。エロの意味じゃないよ、わたしは性感なしなんだから、わかるでしょ、反・エロの意味なのよ、だけどつい、無料で提供するといいだしそびれたのよ、お粗末なものですけどと遠慮してもってくことあるでしょう、あの過度のやつにかかったのね、それで自分に反抗おこして他のお客をツイバンだのよ、ヒステリーみたいに後から泣いていたんだわ、わたしのいんばい生涯はもうずっとこのままなのよ》

——おかまはあの男をいわばキリストみたいだなどと誇張していうほどで、と鳥《バード》がいって、微笑しながらつづけようとした、それを突然はげしい声で菊比古がさえぎったのである。

——もういいよ、おかまもキリストも関係ない、汚ない連中のことはもういいじゃないか、ほっといて帰ろうよ。

——なぜ汚ない連中なんだ、と鳥《バード》が凄《すご》いほど冷酷に決定的な調子でいった。菊比古、おまえこそおかまじゃないか、文化センターのアメリカ人と寝てるじゃないか？　僕が生れてはじめて味わうほどの濃く深い気まずさの沈黙が鉛の蓋《ふた》を僕らの頭のうえにどすんとおとした、時間がとまり鳥《バード》の呪文《じゅもん》で世界は眠り姫の城になった、僕は鳥《バード》の顔も菊比古の顔もみることができず紅潮した自分の顔を身震いがおこるほどじっと硬くうつむけているだけだった。傷ついた感情、憤激、奇妙にさむざむした不幸の感覚、それに場ちがいの欲望まで僕の凍りついた体の内部で渦《うず》状星雲のように深い無限の暗黒の淵《ふち》のうえでくるくる光ってまわった。ソバ屋のずっと高みで深夜の秋の風が吹きすさびはじめる気配があった。それから不意に小さな野蛮な獣のような呻《うめ》き声をほんの一瞬だけもらして菊比古が立ちあがり外へ出て行った、かれのなげだした四枚の十円硬貨のひとつがテーブルの溝《みぞ》にはまりこむのを僕はうなだれたまま見つめていた。

——鳥《バード》、あんなことをいってはいけなかったんだ、取りかえしがつかないよ、と僕は急に苛だたしい悲しみに揺りうごかされてうつむいたままいった。ああ、と鳥《バード》もぐったり虚脱していっていた。

僕らのあいだに刺《とげ》のいっぱいはえたいら草の茎のような沈黙があった。僕は明日にも新しい法律がつくられ、退学になって仕事もない僕と菊比古が戦場へおくられるかもしれないのだ、と絶望して考えた、僕も菊比古も戦場ではおそらくハウス・ボーイにされるだろう……

——朝の三時まで酒場や深夜喫茶がひらいてるんだ、そのあと町がすっかり暗くなったら、城山の遊園地の木馬の所へ行ったらいいとおかまがあの男におしえたというんだよ、おれはそこへ探しに行くよ。

——菊比古にあんなむごいことをいって傷つけておいて、そして、まだ、あの男のことしか考えてないんだ、と僕は激昂して叫んでいた。おれはもう、菊比古とおなじだ、鳥《バード》、おまえの友達じゃない。

——十一時の終発の私鉄で、菊比古はかえるんだよ、一緒に帰ってやってくれよ、と僕がたちまち後悔するほど悲しみと疲労にみちた声で鳥《バード》がいった。おれはこの仕事をほうりだせなくなったんだよ、いままでおれが自分を勇敢だと思ってやってきたいろんなことが、本当は卑怯《ひきょう》な無責任なことだったという気がしてきたんだよ。運転手を殴ったりしたこともなあ。おれは無責任は厭になったんだよ、唯《ただ》、自分のまわりに不満足で暴れている無責任がな。おまえたち、自転車さえどこかへ棄《す》ててきたんだろう？

僕は答えないで鳥《バード》をあとにのこしたまま店を駈け出た。菊比古は発車まぎわの終電のうしろの箱にひとりぼっちでうなだれて坐《すわ》っていた。黙ったまま僕は菊比古のそばに坐った。菊比古は僕にまったく無関心だった、ひどく青ざめて眼をつむって唇《くちびる》に淡い血をにじませていた、自分で嚙《か》んだのだ。僕は疲れきり空腹で眠かった。徒労におわった今日、おりのように恐怖の沈澱《ちんでん》する明日、ひとつの奇妙な情熱を追いかけて僕らを去った友人、傷ついた年少の友人、悲しみと憤懣のあいだを不安定に揺れて、僕は判断放棄しそうになった、放棄して眠るのだ。

　終発の赤ランプをつけて僕らの電車が鐘をうちならしながら震えにふるえて駅を出た。踏切で徐行する、限りなく永い時間もぞもぞしている。そして菊比古が発作をおこすようにびくっと頭をあげ、立ちあがって暗い深夜の窓にのりだして叫んだ。

——鳥《バード》、おれは恐かったんだよ！

　自転車を走らせて大急ぎで、鳥《バード》がこちらに向ってこようとしていた。僕も胸をあつくして立ちあがった。しかし電車がスピードを回復するまえに、鳥《バード》は不意に方向転換すると、闇《やみ》のより濃い方へ消えてしまった。菊比古は静かに泣きはじめた。

2

　鳥《バード》は他人の市の孤独な夜の道を恐いとは思わなかった。唯、街燈《がいとう》を背にうけて鋪装《ほそう》された道を走っているときには、自転車と自分の影が眼《め》にとびこんでくるので、それだけ嫌《いや》だった。むしろ真暗闇のなかを宇宙にうかんでいるように方向と上下の感覚のあいまいな状態でぐらぐらしながら前へむかっている方がすきだった。

　自転車に乗って走っている自分の影は、鳥《バード》が自分自身についてもっているイメージよりずっと幼く見えて不気味だし、自転車の速度がかれ自身の髪をさかだて、うしろになびかせ、燃えたっているような、風のなかの草のような感じに見えるのも、鳥《バード》には、じつに嫌だ。それはイタリアの一枚の絵を鳥《バード》に思いださせ、それが厭な気持につながっているのである。静かな街角をじつに静かな建物、耳が聞こえないかのような建物の静かな濃い影のひく街角を、女の子が輪まわしをしながら駈《か》けてゆく絵だ。その女の子の髪が、いま自転車で走っている鳥《バード》の髪のように、風になびいて流れているようだったのだ。あの絵は厭だ、街と建物とをひどく恐ろしくみせる、そしていまのおれの影も厭だ、この地方都市のすべてを凄《すさま》じく恐ろしく感じさせる、と鳥《バード》は考えた。

　そして鳥《バード》は自転車を走らせながらあおむいて、暗い空の片隅《かたすみ》が割れ、わずかな星のきらめきがあらわれる瞬間を見た、思いだしてみると鳥《バード》のそれまでの生涯で、夜の空は暗く曇っているか、または星にみちあふれているかのどちらかにきまっていたようだった。そこで暗い空の一角が古い建物の壁のように崩れ、その穴ぼこに星が輝くという瞬間をはじめてみたということが、いまはひとつの信号のように思われた。おれはきっと、あの男にめぐりあえるにちがいない、と鳥《バード》は考えた、《おれはあの男を、逃亡した入院患者をつかまえるというふうにではなく、遠方からの客のようにむかえよう。おれはこういうんだ、さあ、寒かったでしょう、傷が痛むでしょう、僕のそばで地獄のことを忘れてくつろいでください、そして僕にあなたの頭のなかのこと、あなたの見たこと、聞いたことを話してください。もし、あなたが港へゆきたいのなら、僕が港まであなたをまもって行ってあげます、海の向うへ逃げたいのなら、できるだけの援助はしますよ》鳥《バード》はもう、あの男を病院につれ戻そうと思ってはいないのだった。菊比古たちは二台の自転車をなくし、鳥《バード》がかれを逃がしたとわかったら、かれと病院とのあいだには面倒なことがおこるだろう。しかし鳥《バード》はあの男をセパード群から救って逃亡させるつもりになっていた。

　鳥《バード》は様ざまな人間がかたったことからあの男についてひとつの信ずべきイメージをつくりあげそれを信じていた。かれは眼をつむって行動する不満な若者として昨日までをすごしてきたのだったが、そのあいだも、かれは、いったん開いた眼でみたことは信じる勇気をもっている人間だった。いま、鳥《バード》にはその男が暗い夜の道を自分だけにしか存在しない地獄におびえて駈けているのが見えた。鳥《バード》はなにものかを信じたのだ。鳥《バード》は自転車をとめて腕時計を暗い空気の粉をはらいのけるようにして眺《なが》めた、深夜の二時だ、かれは城山の裾《すそ》をひとめぐりしてみたところなのだ、一周に五十分かかった。鳥《バード》はあの男が、どのような怪物、怪獣におびやかされてこの急峻《きゅうしゅん》な坂道をあえぎながらのぼるのかと考え、そのまえにあの男を見つけだして港へ案内する話をしてやりたかった、それに彼はあの男から、この世界の地獄について話をききたかった。セパード群がどんな火炎を背におった地獄の犬に見えるのか聞きたいと思うのだった……

　三時までにもう一周することができる、と鳥《バード》は黒ぐろとそびえたつ城山の深い樹立《こだち》をみあげて考えた。不意に疲労と眠気とがおそってかれを自転車の上でよろよろさせた。鳥《バード》は姿勢をたてなおし、あのいんばいのいた洋館風の門がまえにしもたやの附属した家にむかって自転車を走らせた。すでにその路地のすべての窓が灯《ひ》をけして黒ぐろとし、暗い空がむしろ明るくひろがって市街をおおっている印象だ。かれは路地にブレーキの音をきしませ、鳴りひびかせてはいりこんでいったが、あのいんばいはもうそこに佇《たたず》んでいなかった。思いがけなく暗く深い失望に体をひたされて鳥《バード》はびっくりした。狭い路地で、小さな穴にもぐりこもうとしているように窮屈にぎくしゃくと自転車を方向転換する。網にとらえられたエビにかわったような気がする。遠い所で急ぎ足に小さな弱い子供が階段をかけおりてくるような音がしていた。

　——見つからない？　と意外に近い窓がひらいてそこから頭だけのぞかせたいんばいが鳥《バード》にささやきかけるようにいった。

　——ああ、と鳥《バード》はこの夜全体とまったく無関係な一瞬の幸福感に酔ってこたえた。自転車にのったままの鳥《バード》の頭といんばいの覗《のぞ》いている窓とがおなじ高さだ。鳥《バード》は女の子が髪をおさげにし化粧をおとし睡《ねむ》たさから涙っぽい眼をして、かれを黙ってしげしげと見まもるのを見ると、それがいんばいというよりまったく小さなばかの女の子供にすぎない、なんだか稀薄《きはく》な人間の印象しかあたえないのを発見する。それは心臓が頭ほどの大きさになって死んだ鳥《バード》の従妹《いとこ》に似ているような気がする女の子だった、もっとも暗くて顔は、はっきりしない。鳥《バード》はてれくさがって自転車をいつまでもエビのようにぐるぐる、ぎごちなく回転させ、腰で重心をとっていた。

――可哀《かわい》そうに、といんばいの声にもどってざらざらと鈍感な感じで女の子がいった。

――ああ。そうだよ、可哀そうだよ。

――あんたのことといってるのよ。

鳥《バード》はちょっと狼狽《ろうばい》して自転車をとめ片足をのばして地面に体をささえた。

――あの人は、結局、普通じゃないのよ、と考えぶかげに女の子は結論をくだした。

――ふん、と狼狽から回復して鳥《バード》はいった。

――だから結局、ほっておくことなのよ、眠ってしまうことなのよ、疲れた顔してるのよ、と女の子はいった。結局、無関係なのよ。

――ふん、ふん。

――ネエ、オアガリニナッテテ！

鳥《バード》はそれこそ無関係に女の子が睡たさからでない涙をいっぱい小さな眼にためていて、それが夜の光にきらめくのを見た。鳥《バード》は黙ったまま自転車を走らせて女の子の暗い窓から遠ざかっていった。鳥《バード》は疲れていた。睡い、そして好奇心も心の昂揚《こうよう》もいまは色あせてしまっていた、じつに体の奥底まで根本的に睡い。たしかにおれは無関係だ、と鳥《バード》はやみくもに自転車をひとりぼっちの鋪道《ほどう》に走らせながら考えた、《おれはあのエロティクで親切でばかでちっぽけな女の子のところにひきかえして、あの一滴の涙のそばにぬくぬくと寝てしまうこともできるんだ。そしておれが気持よく睡っていると、このつまらない地方都市にひとつの朝がおとずれ、解きはなたれたセパード群があの男を追いつめて喰《く》ってしまう、そしてそれはおれに、どんな関係もないのだ。それもセパードは訓練されているし、地獄の犬でもないし、あの男をほんのすこし咬《か》むことさえないだろう。ただ、あの男が、地獄の犬に喰われるというもの凄い恐怖におそわれて、いちばん酷《むご》いショック死をするだけだろう。それはあの男の頭のなかの狂った世界にだけ関係があることで、おれとは無関係だ、しかしあいつは》

――ああ、だから、だからおれは困るんだよ、嫌になるんだなあ、これが！　と鳥《バード》は辛《つら》い憤懣《ふんまん》の思いで叫んだ、嫌《けん》悪《お》の泥《どろ》にまみれた熱い声が自分の耳に戻ってきた。

鳥《バード》はその嫌悪の声から逆にもうひとつの不安な暗い思い出にゆきあたった。かれは呻（うめ）き声をあげた。小学生の鳥《バード》がごく無関心な遊びの気分で、友達の坐ろうとする木椅子《いす》をうしろにひく。友達は倒れ、鳥《バード》はちょっぴり楽しい。その友達はそれが原因で脊椎《せきつい》カリエスになり、いまもなおベッドに寝たままだった、青年の胴体に小学生の足がしなびてぐんにゃりとくっついてぴくぴくしている。

――ああ！　おれが悪いんじゃないのに、と鳥《バード》は悲鳴をあげた。

疲れきって痛む足で、すでにのろのろとしかペダルを踏むことのできない鳥《バード》の耳に、あの無益に敷石をひっかいて走っていたセパード群の爪《つめ》の音の驟雨《しゅうう》がよみがえった。シュッ、シュッ、とそれは暗闇のなかでなる、シュッ、シュッ！　カサッ、カサッ、シュッ、シュッ、シュッ！　あのグロテスクで奇怪な犬どもめ、と鳥《バード》は憎悪にたけって考えた。犬はグロテスクで奇怪だ、猫《ねこ》もグロテスクで奇怪だ、鶏もグロテスクで奇怪だ、人間も……

鳥《バード》は暗い鋪道の向うの、城山の登り口の街燈のしたを白っぽい光をおびた縞《しま》の背広の小男が急いで通りすぎようとするのを見た。鳥《バード》は声をあげようとし、一瞬ふりかえったその男が、恐慌《きょうこう》におそわれたように、あたふたと暗い坂道をかけあがってゆくのを見た。そして鳥《バード》の眼には白っぽく光った縞の上衣《うわぎ》のひらめきだけしかのこらなかった。

鳥《バード》は深夜の巨大なトラックを一台やりすごし、鋪道をわたり、自転車を投げだして城山への坂道を追いかけようとした。ひどく昂奮して足がもつれるほどだ。突然、街燈の光の輪に四人の青年がぬっとあらわれて鳥《バード》をさえぎった。かれらの背後に、夕暮の市電の運転手が怨《うら》みにもえて鳥《バード》をみつめていた。青年たちは首に蝮《まむし》のかざりをぶらさげてじっと無表情に鳥《バード》を眺めていた。鳥《バード》は泣きわめきたいような切実な焦燥感にかられた。《おれはいま、やっとあの男の後姿をみかけたところなのに、あの男はおれに追われていると考えて、おれを地獄の鬼だと考えて、城山からまたどこか他の場所へ逃げてしまうかもしれない》怒りが鳥《バード》をとらえた。かれは嘔気《はきけ》を感じた。鳥《バード》はすばやくかがみこみ、ズボンの折りかえしの裏に錐《きり》のようにぬいこんであるナイフをとりだし安全ボタンを親指の爪でおしさげながら、四人の不良青年どもを観察した。三時だった、街はすっかり寝しずまって暗く、いまや夜の空は夜自身の光で淡くあかるんでいた。そこへ背の高い四人の黙りこんだ青年たちが立ちはだかって頭から靴先《くつさき》まで、まっ黒に見えた。黒い苛《か》酷《こく》な醜い四つの頭が、緊張し注意深く、流れるように静かに鳥《バード》にむかって動いた。鳥《バード》は自分のナイフの刃がとびでるシュッという音を懐《なつか》しい呼び声のように聴く、鳥《バード》は体をおこしざま、すばやく右後方に駈けた。敵がナイフを見てあきらめればいいとかれは思う。

――逃がすな！

四人の攻撃者に混乱がおこる、一人だけとびだしてきた青年に、鳥《バード》は短く迂回《うかい》しておそいかかる。青年は悲鳴をあげ肩をおさえて尻《しり》もちをつく。鳥《バード》の敵は三人になる。痛いよう、痛いよう、と坐りこんだ青年は、すすり泣いていた。鳥《バード》は街燈の光にナイフをきらめかせて威嚇《いかく》する。脣からしゅうしゅう音をたてて荒い湿った息がもれ、自分がコブラにかわったような気分だ、勇気が水のようにさいげんなく湧《わ》いてきた、鳥《バード》はナイフで戦うことが好きなのを思いだす。三人の蝮団員はあきらかにためらっていた。鳥《バード》の方から攻撃に移ろうとする。

背後から拳《こぶし》ほどの石のかたまりがとんできて鳥《バード》の首のうしろにあたった。鳥《バード》は暗闇にひそんでいる運転手を忘れていたのだ。鳥《バード》は自分がひどく緩慢にがっくり膝《ひざ》をつき前屈《まえかが》みに倒れて行くのを感じた。自分が刺した男のすすり泣きがきこえ、地面に激突した自分の頭のすぐわきに、血のしずくと蝮のかざりと切れたコモ糸とが転がっているのが見えた。次の瞬間、もの凄い攻撃がかれの体にくわえられはじめ、鳥《バード》はもう何も聞かず何も見なかった。あの男をやっと見かけたのに、やっと追いつけたのに、と残念に感じ、そしてひどく睡かった。死んでしまうのかもしれないと思う。はじめて鳥《バード》は深夜のがらんとした空虚な電車に二人だけ乗っていた、棄てられたばかりの少年たちのことを思いだし懐しむ。しかしすぐに鳥《バード》はギャッと叫んで気をうしなってしまった。幸福な北京《ペキン》原人の顔をして市電の運転手がいつまでも鳥《バード》の体の柔らかい部分の上での深夜の跳躍をつづけていた、午前三時半……

セパード群が爪音《つめおと》を激しく気ぜわしくたてて鳥《バード》の頭のすぐ脇《わき》を駈けぬけていった。鳥《バード》は冷たい地面に露に濡《ぬ》れて草のように冷えきってうつぶせに横たわっていた。眼をひらく、苦痛と夜明けの光がかれをはっきりめざめさせる。セパード群の最後の一頭が明るい坂道をいっさんに駈けあがってゆくのが見えた。鳥《バード》は唸《うな》りながら努力しておきあがり、よろめきながらセパード群を追いかけて坂道をのぼっていった。急に鳥《バード》の周囲は犬の吠《ほ》え声でいっぱいになる。鳥《バード》は呻《うめ》いたり唸ったりしながらのろのろ登っていく。そしてかれは坂道を二米《メートル》ほど灌木《かんぼく》の茂みに踏みこんだ所で、小柄《こがら》な男が向うむきに首をつってぶらさがっているのを見つけた、かえでの樹《き》に。セパードの群は悲しげに不機嫌《ふきげん》に吠えたてながら首つりの男のまわりを駈けまわっていた。鳥《バード》は無感動に無感覚に濡れた灌木の茂みに立って、わずかに震えてじっと見つめているだけだった。それから鳥《バード》はしばらくすすり泣いて頭をたれ拳をにぎりしめて黙禱《もくとう》しているように敬虔《けいけん》にみえた。濡れた草、湿った葉、樹幹、土、そして犬の群の匂《にお》いで鳥《バード》のまわりはむんむんしていた。鳥《バード》の肩に背後からおだやかにひとつのあたたかく柔らかい掌《てのひら》がおかれた。庶務課の友人がセパードの群を追ってやってきたのだ。

――これを病院にもってかえりたいんだよ、病院のなかで死んだのでなければ困るんだ、いろんな人間が困るんだよ、と庶務課の友人がおだやかな医者のような声でいった。鳥《バード》はまえをむいたまま無抵抗にうなずいた。

――オート三輪に車覆《くるまおお》いがつっこんであるから、あれでこれをつつんで持ってかえろうよ、なあ、おれはオート三輪できてるんだよ、運転してきたんだよ。

鳥《バード》と庶務課の苦労人の友人とは、浅葱色《あさぎいろ》のごわごわした防水布に男の小さな死体をつつみこみ、ふたりで坂道を運びおろした。結局、鳥《バード》は男の顔をいちども明瞭《めいりょう》には見ることがなかった。上衣の背が深夜の街燈の光の輪のなかを白っぽく光りながらひるがえって過ぎたこと、それが平静な朝の光のなかでじっとり霧に湿ってつめたく厚ぼったかった感触。セパード群はもう吠えもさわぎたてもしない、白い息をはきながら尾をたれて体をよせあい、防水布のかたまりをオート三輪につみこむ鳥《バード》たちをじっと見あげているだけだった、それらは昨夜のグロテスクで奇怪な犬ではなく、草や陽《ひ》の光のように単純でありふれた犬の群だ。

庶務課の友人がハンドルを握ってオート三輪は発車した。鳥《バード》は補助席をおろして、友人のハンドルを握るためにひろげた腕に窮屈におしつけられ、痛む体をちぢめて腰をかけていた。こぶになった後頭部がうしろの荷台の枠《わく》にぶつからないように少し前屈みになって黙っていた。セパード群は爪音をたてながら駈けてオート三輪から遅れまいとしていた。カサッ、カサッ、シュッ、シュッ！　と爪音はきこえてきたが、それも昨夜の空想のなかでのように、暗闇と孤独のなかでのように、鳥《バード》を悪夢の淵《ふち》へさそうことはなかった、朝だ、悪夢は近づいてこない……港の工場へ出勤する工員たちの自転車を鳥《バード》と友人のオート三輪が次つぎに追いこしてゆく。朝の光に、睡りたりなくて不機嫌で、洗いたての頰《ほお》を冷たい朝の空気に赤くした工員たちが、キラキラ光りながら自転車で走っていった。かれらは一日の労働をまえにして健康で生きいきとし、そしてどっしりと重い屈託と生命感とをうちにひめていて、そして鳥《バード》たちに無責任な好奇心をしめすことはなく、無関心に自分に閉じこもり、自転車で工場へ走ってゆく。鳥《バード》は自分がもう昨日までの苛《いら》だたしい不満足から解放されていることで、その工員たちとおなじ静かな大人のひとりであることを感じた。鳥《バード》はもう、菊比古たちの不満と恐怖の世界に戻ってゆくことはないだろう、かれはいま、工員たちとともにキラキラ光りながらオート三輪の補助席に前屈みにかけて、むっと黙りこんで走っていた。大人たちの朝だ。

ヴィリリテ

I

朝だ、かれはそのアパートに友人をむかえていた、昨夜、遅く、友人とともにかれは自分の部屋に戻ってきた。友人は満足し、鼾をかき、鼠のように小さいシカメッ面をして、かれとおなじ桜色のベッドに眠ったのだ。いま、かれらは、ベッド脇の、向きあったふたつの安楽椅子に坐って、一緒に、おたがいに濃い髭を、孤独なような、全世界の人間に共生感をいだくことが可能なような、結局ひとりぼっちな気持で、ゾリゾリと音たかく剃っていた。

「僕は私立大学の講師をしていますが」と友人がシャボンを顔の下半分いちめんにぬりつけて生クリームをすすっていた鼠のような感じで話しはじめた、かれにたいして、昨夜はじめて会ったばかりの友人が、その職業や地位についてかたるということは、いささか異例に属した。かれは感動の表情を示した。

「僕の講義を学生たちが熱心にきいているかどうか、一度ノオトを提出させてしらべてみたんです。すると、悲劇的という言葉を、この髭という字をつかって表記していましたよ、髭の木に的です」

かれと友人とは朝の空気と水にふれてピンク色になった皮膚を傷つけないように、試合を中絶した選手のように安全剃刀をおろして笑った。良い気分、ひかえめな上機嫌の気分が放電管のなかの紫色の電子のようにチカチカとびかった。

かれと友人とはひとつのシャボンとひとつの髭ブラシを、抵抗感もなく、兄弟のように一緒につかっていた。鏡は両面のものを、中間のテーブルに置いていた。時どき、その角度をかえて、顎のしたとか耳から頬にかけてとかが、うまく剃れたかどうかしらべねばならなかった。

「すみませんが、ちょっと鏡を動かしますよ」と友人はそういうとき礼儀正しくことわった。

「どうぞ、どうぞ、ご自由に」

「正面の壁にかかっている複製は、アンシアン・ルーカス・クラナッハですか？」と友人はあいかわらず丁寧にたずねた。

「そうです、アンシアンです」

「パリスの審判ですね、裸の女たちが、おかしな庇のついた帽子をかぶったり、輪の首かざりをしたり、足首をにぎってお尻につけたり、無関係で滑稽な感じで面白い」

友人はインテリらしく観察力と鑑賞力とを同時にさりげなく発揮していた。かれは労働者や農夫、そして農夫とおなじくかれの部屋にむかえることとまれな漁夫を好きだったけれども、朝、本当にくつろいだ気持になれるのは、やはりインテリの友人をむかえたときだった。かれは自由と幸福とを感じた。

「十六世紀の高フランケン地方の三人のマリリン・モンローですよ、モデルは。クラナッハはモデルを忠実に描写したんですからね、フォルムローズイッヒカイトがあるという俗説はどうにもつまらない意見ですねえ」

「フォルムローズイッヒカイトというのはどういう意味ですか？　ああ、それから、鏡をすこし動かしますよ」

「どうぞ、どうぞ、顎のまんなかのくぼみが剃りのこされていますよ。フォルムローズイッヒカイトというのは、形体喪失ということでしょうかねえ」と友人は親切にいった。

「確かにその意見はよくありませんね」

かれと友人とはシャボンをぬりつけた頰をほころばせ、友情のこもった眼でしばらく見つめあっていた。

「失礼かもしれませんが」と好奇心にかられた友人が顔じゅうをさっと赤らめながら、しかもつとめてさりげなくたずねた。

「あなたは、女の裸体にエロティシズムをお感じになるのですか、たとえばアンシアン・ルーカス・クラナッハに？」

「クラナッハの裸体からは恐怖感をかんじないんですよ、恐怖感さえなければ、女の裸体も男の裸体も、おなじエロティシズムを感じさせるのじゃありませんか？」

かれと友人とは頰と顎のシャボンの膜のほかは、躰になにもつけていなかった。安楽椅子のカヴァのけばだちが尻のあいだのくぼみをくすぐっていた。友人はかれの裸体を朝の光のなかで内気そうに、しかし、しげしげと見たが、かれは友人の裸体を見かえすよりは、むしろ自分の腹、自分の毛、自分のペニス、自分の腿を見おろしては、胸の熱くなるような内的でたかめられたエロティシズムを感じていた。それはクラナッハの裸体の女たちの複製を眺めるときとおなじだった。

「そうですね、さて僕の髭はおわりました、鏡をご自由に！　そうですね、クラナッハのなよやかな裸体の女の腿のあいだに、ペニスが鳥のようにとまっていても、それはたいしたスキャンダルにはならないでしょうねえ」

そういって大学講師の友人はズボンの埃をはらいおとすように痩せた腿をパンパンと叩いてたちあがり、それから、萎縮した黄色のペニスの袋の尖端をちょっとつまみあげて、ふきだしながら、しげしげと見つめて、

「どうでしょうねえ、僕のペニスは、他の人たちのとくらべて、小さいほうでしょうかねえ」といい、また、ぷっとふきだした。

「とんでもない、逆ですよ！」とかれは、ろくに友人のペニスを見もしないでいい、残っていた髭をいちどにゾリゾ

リ剃りつくしてしまった。

友人はズボンと下着をかかえてトイレットに行き、小さな滝のような水音をたてていた。そして出てきたときにはもうズボンをきちんとはいていた。友人は誇らしげだった。

「トイレの壁のゴリラの写真は愉快ですねえ、あれだけ切りぬいてはりつけるのには、ずいぶん時間と労力とをついやしたでしょうねえ、ほんとに愉快だ、あはは、あはは」

旧式な栗の木の箱の柱時計が九時をうった。かれがトイレットにいってくると、友人は背広を着て蝶ネクタイをむすび終ったところだった。かれは自分がすっかり裸であることを意に介さなかった。

「僕はこれから髭の木的に講義ですよ、ほんとにおもてなしありがとう、こんどからは、直接に電話して、おじゃまさせてもらいますよ」

そう私立大学の講師の友人はいって、背広の内ポケットからとりだした眼鏡をかけた。その友人の新しい顔を、かれは新聞の学芸欄で見たことがあるのを思いだした。友人は靴をはいてドアの把手に掌をかけてから、

「あなたの上衣の胸ポケットを見てください、ほんの少し、心ばかり。とにかく、いろいろありがとう。おおいに勇気づけられましたよ。講堂をうずめている五百人の髭の木的なにするものぞ、ですよ、さようなら！」

「さようなら！」と微笑してかれはいった。

かれは友人をおくりだすと、壁にかかっている夏服の上着の胸ポケットをさがして、小さくたたまれた汚れた五千円紙幣をとりだして鰐皮の財布にしまった。それから裸のままもういちど安楽椅子に坐り、尻をもぞもぞさせて毛ばだちの刺激に対抗し、新聞を読みはじめた。かれは外国の政治についての記事をもっとも娯しんで読むのだった。アルジェリアのオラン市のアラブ人居住地のひとつの建物のひとつの部屋に、裸のヨーロッパ人の死体が約八十個、ぎっしりつみかさねられているということを、かれはその朝、知識にくわえることができた。かれは満足していた。それからかれは朝食のミルクをわかすあいだに、合成繊維の下着を洗濯した。それがすんで、かれはスカートをはきブラウスをきた。


私立大学の講師は五千円も置いてきたのでポケットには三百円しかのこっていなかった。地下鉄で大学のひとつてまえの駅までゆき、基本料金区間のぎりぎりまで歩いて大型のタクシーにのるつもりだった。講師は二度とあの男娼に会いに行きたくならないようにとポケットから電話番号のメモをとりだしてくしゃくしゃにまるめて棄てた。夏の獣くさい風が吹いていた。おれは性倒錯じゃないぞ、男らしいだけだ、学生どもめ、学生どもめ！　とかれは力をこめて考えた。《とんでもない、逆ですよ！》かれははじめてなく誇りにみちて胸をはり微笑し、フランス語をはじめてならいだしたころのように単語練習をして歩いていった。

virilité 男の生殖力、男盛り、壮年、男らしさ、力強さ、そして複数で陽根……

講師は自分のペニスのことを考えると生きる勇気がみちあふれてくるのを感じるのだった《とんでもない、逆ですよ！》かれは満足に赤くなって、ぷっとふきだした。

2

かれは友人たちとの性交渉において、つねに女性的な役割をはたしていたが、自分の胯間にペニスが存在していることを恥じたり、不都合に思ったり、憤ろしく感じたりすることはなかった。かれの裸体、かれの精神、かれの感情、かれの世界、かれの経済、それらはすべて完全な、天国のような調和のなかにあるのだった。かれはすべてにうまくいっていた。それというのも、かれが自分を信じているからである。そしてそれは、かれが、いまそうであるような自分の状態、霊肉一致の状態に、勇敢にふみこんでいらいのことだった。それまでは、この世界は恐怖と危険との獣どもにみちた暗黒の夜の森だったのだ。

ある日、かれが地下鉄の乗換駅にたって粉末レモンの広告を見ていると、うしろで、

「ああいう生き方もあるよ！」という声がきこえた。ふりかえってみると烏のような学生服の連中が、かれを指さしてそういっているのだった。「あいつは、あいつの世界を生きてるんだよ」

それは就職試験のころで、学生たちは自分の世界の屈託に思い悩んでいたのである。

「うらやましいよ、コールドミート一致だよ」

となおも憂鬱な学生たちはいっていた。地下鉄にのりこんでから、かれは、コールドミート、冷肉、霊肉一致という連環にきづいたのだった。大学で駄洒落が流行中なのだ。

確かにかれは、かれの世界を生きていた。かれにとって世界は、鶏の胃袋のような形をしていた。それはアインシュタインの紡錘形で、硬くなめらかな表皮でおおわれ、表皮は水たまりのガソリンの薄い被膜のようにキラキラ輝やいていた。

その内部は洗濯板とか直腸とかのようにぶあつい波型の壁ですっかりおおいつくされている。かれはその暗いうすあかりの鶏の胃袋のなかで静かに生きているのだ。毎朝、新聞の国際欄を読むときのほかは、この鶏の胃袋の世界のなかに、すっぽりつつみこまれて、象の胎児のように永いあいだ安全に巨大な母体のなかにひそんでいる調和感覚をあじわっているのだった。かれは鶏の胃袋の外に眼をむけなかったし、実感からいうとかれにとって、その外部の世界は存在していなかったのである。友人たちでさえ、本当は、存在しないとおなじだったのだ。かれの世界にはかれひとりがびっちりつまっていたのだった。

数年まえのこと、かれは暗黒の、凶暴さにみちた、夜の

森から逃亡することにした。そしてかれは、外部の現実世界にアクティヴにたちむかうことをやめ、責任をとらず、判断放棄した。それから、子供のときうっとりと眠ったりめざめたりして白夜の日々をおくったベッドとおなじ桜色のベッドを買って、幼児期の感覚の蜜のなかへゆっくりと退行していったわけだ。そして、かれは鶏の胃袋のなかにおさまり、静かでおだやかな受身の生活をいとなむようになった。恐怖は去った。

それ以前、他人どもはかれの敵だった。他人は硬く尖っていて優越し、闘いをいどんできた。男の他人どものズボンのなかのペニスは敵の武器のようだった。女の他人どももまた毛むくじゃらのワラジムシのような恐怖の飼犬で武装していて、かれを怯えさせた。しかし、それ以後、他人たちはかれに優しく、究極まで優しくなった。男の他人たちは、優しく丁寧な言葉で微笑とともに内気な友情の声をおくってよこした。ペニスは友情の蜜の管にかわった、それは雄シベのように男らしく、しかもなにひとつ傷つけず美しかった。それに、女の他人たちは、もう地上に存在しないとおなじだった。女たちはかれの鶏の胃袋のなかへはいってこなかった。

大学講師の友人にいったとおり、かれはクラナッハの裸体に恐怖を感じなくなり、いまやエロティシズムさえ見いだしていたが、あの回心の日まで、かれはあらゆる女の裸体に、写真においても絵画においても、ものすごい恐怖のショックをうけていたのだった。いわばかれは、現在の内的な生活をはじめてから、やっと女性的なエロティシズムを許容できるようになったのであり、自分のペニスを許容できるようになったのだった。

かれはイタリアの流行と自分の趣味とで、服装、髪型、化粧をきめていた、かれは自分をまったく完全にみずからうけいれていたので、自分が美しいかどうかを気にかけたりしなかった。他人の批評の眼が存在しない、胃袋型の世界に生きていたので、他人の眼に美しいかどうかを気にかけもしなかった。

ただ、友人たちへの優しさから、かれは毎週、美容院にかよい、イタリア映画を見にいっては新しい服を注文した。ある日、かれはひとつのイタリア映画を見て、

「甘い生活、それはわたしの生活だ、甘い蜜のなかに蠅のようにうかんでいるわたしの生活だ」とひとりごとをいった。

かれは蠅という比喩を批評的につかったのではなかった。子供のとき飲んだ蜜の氷水に蠅がうっとりとうかんでいたのをおぼえていたからだった。

かれは大学の講師の友人のまえで、朝の陽の光をあびながら、ペニスをかくしもしないで、顎髭を剃り、そして栗色にそめてやわらかく波だたせたイタリア風の女の髪を、そよ風になぶらせ、幸福にひたっていたのだったが、それはかれにとって生れてからはじめてあじわっている、真の

ゆったりくつろいだ状態であったわけである。大学講師の眼にも、かれが真珠光沢をもった紡錘形のやわらかなかれの世界の表皮におおわれて、しなやかにうごきまわっている様子が見えたはずだ。もし大学講師が、おかしな変装欲から眼鏡をはずしたり、自分のペニスに固執しすぎたりしなかったなら。

3

蜂蜜色の夕暮の光も厚いガラス窓をとおしてはいってくると水の底のようにすべての影を青みがからせた。それを魚眼レンズのように突きでた眼でみわたしながら、

「それでも渋谷の夕暮は美しいですよ、川崎では曇った日には、熔鉱炉の煙が、犬の頭のたかさの所を這っていくんですからねえ、人間は夕暮だなあと感じるだけですよ」と美容師はいっていた。

「だからというのじゃないんですが、バセドウ氏病で苦しんでいたんです」

かれは頭をあずけて新聞を読んでいた、夕刊の国際政治の欄には、死刑執行されたトルコの独裁者のストイックな顔と躰の写真がのっていた。顔は縄のはしに、足は空中に、重力を感じることもないような軽快さだった。アメリカの学者が、核実験の灰によって突然変異がおこるならば、それはむしろ人間の歴史にとってよろこぶべきことだ、なぜなら、人類は突然変異によってのみ猿から訣別できたのだから、今度もまた、と期待をかけていた。

かれは喉のおくで猫のように風音をたてたいほど満足な良い気持なのだった、かれは鶏のように堅固な自分だけの世界に住んでいたので、トルコ人の暴力と死も、アメリカ人の集団ヒステリイと爆弾も、その恐怖の触手をかれにまでのばしてくることはなかった。それらは男の苦しむべき、男の責任をもつべき、ことどもなのだ。あるいは母親の不安におびえるべき、ことどもなのだ。かれは、新しい知識をえる純粋な喜びだけで、新聞を読んでいた。

「こんど頭を金色にそめてみませんか、男っぽい顔だちに似合う髪型があるんですよ、顔のまわりだけふさふさとカールして、頭のうしろは鳥の尾のようにいくらかそりかえらせるんです」と美容師が無頓着にいった。

かれも男っぽい顔というような言葉には無頓着だった。美容師の助手と他の客たちだけが頬をあかくした。

「服をえらぶのが難しいでしょう」とかれは寛大な声でこたえた。

「首のまわりと袖に金色のかざりのある、赤のゆったりした服を着るんですよ、踝まである僧服のようなスカートをはいて」

「背中に金と黒色と赤の巨きな翼をつけたら、フラ・アンジェリコの受胎告知の天使になってしまうなあ」

「ああ、わたし、それを見ましたのです」

そう美容師はいって、かれと一緒に声をたてて笑ったが、いくらか恥ずかしがっていた。かれは美容院をでるとタクシーをひろって、友人たちを見つけるためのロビイのあるホテルへでかけた。翼のついたゆるやかな服は悪くないかもしれなかった。しかしベッドにはいるまえに翼をとりはずす必要があるだろう。かれは、美術通のあの大学講師の友人なら、それを喜ぶかもしれないと空想した。

ホテルの回転ドアのまえで、かれを呼びとめて、じつに深刻な声で、

「おねがいです、話をきいてください」と若い男がいった。

回転ドアの向うでペイジ・ボオイの少年たちが好奇心にかっとなってこちらを眺めていた。青年はかれのブラウスの肩のふくらんだ部分を握って、かれをおしとどめていた。

「僕ならいいですよ」とかれは念をおすためにいった、時どき誤解していたことを怒る友人がいるのだった、若い友人にそれが多かった。自分で誤解して、相手に腹をたてるのだ。

若い男は、ほっとした表情で、しかし憂鬱げに、

「僕は明日、結婚するんですよ、それが恐くてしかたがないんですよ」といった。

かれが当惑して黙っていると、

「それで僕は、明日から死ぬまで、妻に束縛されるにしても、今日だけは、自分を本当に解放してやろうと、それで明日の恐さをわすれようと、そう考えたんです」と身震いしながら、病気の犬のように切なげにいった。

「なぜ、わたしを選んだの？」とかれは敬虔な気持におそわれていった。

「もう一週間のあいだ、いつもあなたを、ものかげから見張っていたんですよ」

「ものかげ？」

「煙草のスタンドとゴムの木のかげの椅子にいつもかけていたんですよ」と青年はいった、そして子供のように微笑するのだった。

それから、かれと青年とは肩をならべてタクシー待ち場へ歩いて行った。

「結婚式も、このホテルなんですよ」と若い男は微笑を凍りつかせてひきつった表情に戻っていった。

すでに夜だった、美容師の思い出のなかの川崎の熔鉱炉の煙のように、赤っぽいガスが犬の頭の高さを這っていた。かれのアパートの桜色の寝台のある部屋につくと、若い男は荒海で救助されたばかりだというほどの安堵のしかただった、そしてくつろいでいた。

「ウィスキーを飲みませんか？」とかれはいった。

「ええ、ありがとう」

かれらは安楽椅子のまえのテーブルに二人用の髭剃り用具がおいてあったのと、親密な気分をおたがいにしめしたかったのとで、桜色のベッドに並んでかけてグラス一杯ずつのスコッチを飲んだ。

「明日、僕は結婚するんですよ、女と！」と呻くように、しかし奇妙に熱情をこめて青年はいった、憎悪の熱情にちがいない。

　青年が女を嫌悪していることを知ってかれはクラナッハの複製のことを気にやんだ。その青年は、あの大学講師のようにクラナッハの裸体に鑑賞眼をしめすということがなさそうな気がしたのだった。

「自分が女と結婚してこれから家庭生活をつづけるのだと思うと、自分が無防備で敵の大群のまえにさらされているようで、死ぬほど恐いんですよ」とグラスを髭剃りシャボンのそばにきちんとならべて置いて青年はいった。

「ウィスキーをもう一杯どうですか？」

「いいえ、もう充分です」

「ちょっとごめんなさい」とかれはいってふたつのグラスと髭剃り用具とを流しの蛇口のしたにもって行って、ついでに水を飲んできた。

　若い男はベッドに浅くかけて躰をのりだし額を両掌でささえて自分の足を見つめていた。ぎこちない態度で、これからどうふるまっていいのかを思いあぐねている様子だった。かれはその若い男の恐怖と当惑とをとりのぞいてやることに、一種の昂奮を感じて、そのそばに坐りに行った。かれは自分がとくに優しくなっているのを感じた。若い男はベルリンの市の紋章の熊に似ている肥った男だった。うなだれている後頭部に円型脱毛症のなごりがあった。青年は確かにこの数週間、苦しみ悩んできたという印象を、まるっこい撫で肩にただよわせていた。

「結婚することを強制されているんですか？　御両親か、悪い女に？」とかれは自分があまりバナールなことをいうので、大学講師の友人のようにぷっとふきだしたくなりながら訊ねた。

「いいえ、いいえ、僕が希望して結婚するんですよ。五年間もつづいた恋人なんですよ。そしてその五年間にしだいに僕は、女をがまんできなくなってきていることに気がついたんですが、その恋人にはいいだせなくて、逆に深いりしたんです。いまとなっては、僕は恋人に責任があるんですよ。彼女は妊娠したし病院ではふたごだといっているんですからね。女と結婚して女と性交渉をつづける、ということだけでも重荷なのに、自分がほんとうに求めているものから拒否されているといつも感じていることは、僕を社会的に不適格にするでしょう。会社で新しいポストに移ったところなんだけど、僕は失敗するにきまっていますよ。僕はなにもかもが恐いんですよ」

「ふたごをひきとって、結婚をやめることはできないのですか？」とかれは同情していった。

「できませんよ、僕は責任をとりたいんだから！」と青年は激しく頭をふりたてて叫ぶようにいった。かれは驚いて口をつぐんだ。

「僕は明日、結婚して、そして死ぬまで束縛されることで、責任をとるつもりなんですよ。どなったりしてすみませんでした。だから、明日から一生のあいだ束縛されるのだから、今日だけでも、僕は、この五年間しだいにめざめてきたものを解放してやりたいんです！」

かれはもう黙ったままうなずいていた。すると青年は頰からすっかり血の気がうしなわれるほど緊張して、ぎこちなく、あえぐように、こういってかれを呆然とさせたのだ。

「あなたのほうで男らしい態度をとってください、僕は自分を解放してやりたいんです！」青年は娘のようなしなをつくっていた。

かれは巨大なスカンクにでも荒野で遭遇したような気持でものすごいショックをうけた。しかし青年は涙ぐまんばかりに真摯なのだった。鶏の胃袋の形の世界が破裂した。

4

かれは理髪店にはいってゆくと実に男っぽい嗄れ声で、反問をうけつけない厳かさで、

「GI刈りにしてください」と命令した。

かれは昨夜、独りで浴室に立っていって自分のペニスを洗いながら決心したのだった、庇護される人間でなく庇護する人間として、荒あらしい外部世界にたちむかってゆくべきときが再びおとずれているのであり、明日こそ髪を刈り男の服を買いいれ、男らしい態度をとろうと。桜色のベッドで青年は幼児のように安心し信頼して小さな鼾をかいて眠っていた。かれは自分が娘と結婚したばかりであるような気がした。そして朝、かれは青年とむかいあって髭を剃りながら、結婚式のあと旅行に青年がでるまえにもういちど話しあう時間をもとう、結婚式という試練に耐えた青年をなぐさめ励ましてやろう、とまさに男らしい態度で約束したのだ。その時間までに、かれは躰のすみずみまで男性的なるものに転身してしまうつもりだった。青年が結婚生活に耐えるように、かれも恐怖の夜の森にたちむかってゆくのだ。

かれが既製服屋で背広を買ってかえってくると、電話のベルが鳴りつづけていた。

「僕はおとといの大学講師をしている人間ですが」と期待に苛だっている声がいった。

「あの娘さんなら越していきましたよ」とかれは太い喉声でどなりかえした。

「残念です、本当に残念です、昨日おたずねすべきでした」とぐったりした声は嘆息まじりにいった。

「残念でした、さよなら！」とかれは自分の男らしさに感動して叫び電話をきった。

その午後から夕暮までかれは獣のような荒あらしさで生きていた。裸になってシャワーをあび夜の外出の準備をしているとかれのペニスは伸びすぎたアスパラガスのように隆々として、柔らかく白い腹、櫂のかたちにふくれた腿と、

まったく均衡を欠いていた。かれの裸体のみならず、かれの精神、かれの感情、かれの世界は調和をみだして不安定で、ぶるぶる震えるほど緊張していた。かれはひとりぼっちなのに銭湯での男たちのようにタオルで胯間をおさえて、大急ぎで服を着に行った。かれに羞恥心をよびおこしたのは、壁のゴリラや裸の青年の切ぬき、桜色の寝台、花かざりの木彫りの三面鏡、衣装簞笥いっぱいの極彩色の婦人服、女靴というようなものだった。かれは狼狽して眼をつむったが、香水の匂いはそれでも拒みきれないわけだった。

「おれは部屋全体をすっかりやりかえる必要があるぞ、時どき、結婚したあの子がたずねてきてもスポーツ・ジムの雰囲気にしておいてやるのがいいだろう」

　かれはそういってベッドの上にあぐらをかき夕刊の国内政治欄をぶつくさ罵しりながら読み、音たかく放屁し、それから求人欄をたんねんにあたりはじめた、かれは夜の森の恐怖と危険の社会に復帰するのだった。

　約束の時間がきて、かれは男靴を重い足枷のように感じながら市街へ出て行った。アパートの管理人の愚かな犬がびっくりしてかれに吠えかかり唾をはきかけられて尾をまいた。かれはじつにぎこちなく横断舗道をよこぎり、なんども轢かれそうになった、男子ひとたび家を出て八千万人の敵だ、とかれは考えた。昨日まで、かれは舗道をあるいていても自分自身の紡錘形の世界の桃色の霧のなかをただよっていただけで、外界の脅威を感じたことはなかった。その夜も赤いガスが舗道を自動車のヘッドライトの高さで流れていた。

「あなたに愛撫されているとあなたの胎児になったようで、まったく庇護されていると感じるんですよ、ねえ、五分間でいいから、恐しい新婚旅行にでるまえに僕と会ってください、男らしい人間のバリケードで僕がまもられていると実感できるように！」と青年は砂糖漬の果物を喉にいれているような声で、かれにうったえ、かれの裸の胸を扉をたたくようにノックしたのだった。

　かれがホテルのロビイの煙草スタンドとゴムの木のかげの椅子で約束の時間にまっていると、回転ドアのまえを、あの小さい鼠のようなシカメッ面をした大学講師が、蘭の花をハトロン紙にくるんだのをもって、ものほしげに脣をとがらせ、近視の眼に皺をよらせて探しながら、あたふたと通りすぎた。獲物をみうしなって呆然自失したグレイハウンドというところだった。

　約束の時間を一時間半すぎたが、今日、結婚したはずの若い男はあらわれなかった。かれはあの青年が、結婚を恐れるあまり、とうとう脱けだして、かれのアパートに逃げていったのではないかと考えた。いったんそう考えると、かれは独りでアパートのまえにたっている青年のあわれさに胸がふさがった。かれは立ちあがり、男らしい大股でロビイを横切り、フロントの支配人に、た。

「今日の結婚式は全部おわりましたか、無事に？」と訊ねた。

「この一週間、うちのホテルは結婚式をやっておりません、式場を整備中で」と支配人がいった。

「昨日のおかたから、あずかっておりました」と脇からペイジ・ボオイが汚ならしい顔をつきだして、かれに封筒をわたした。

かれは回転ドアの外の赤いガスのなかで封筒をひらいてみた、皺だらけの千円札が三枚小さくおりたたまれてはいっていた。かれは重い足枷の男靴をひきずって火のような頭をして歩きだそうとし、舗道からはいってきた大柄な体格の娘と顔をみあわせた。そしてかれは無意識のうちに腕をのばし、娘のブラウスの肩に指をふれて、

「おねがいです、話をきいてください」と深刻な声でいった、そして娘が回転ドアの向うにすばやい鳥の眼球の一瞥をなげて、

「僕ならいいですよ」と野太い声でこたえると、一緒に歩きはじめた。

「僕は明日、結婚するんですよ、それが恐くてしかたがないんですよ」と絶望の深みのなかから犬の遠吠えのように殷殷とかれはいって娘に訴えかけた。

赤っぽく濃くなった真夜中の霧のなかのタクシー待ち場で、女装した男をつれた背の低い四十男と、これも女装した男をつれた大学講師とがすれちがったが、おたがいに自分の新しい友人に夢中で気がつかなかった。

善き人間

I

少年がホテルの七階の窓をひらき体をのりだして、玄関の縞の天幕わきの薄暗がりを見おろすと、五人の青年の裸の頭が鼠のむれのように動きまわっているのが見えた。はじめ、少年はそれをシャドー・ボクシングをやっているのだと思っていたが、しばらく眺めていると殴りあいの喧嘩だとわかった。かれら五匹の鼠のむれは三対二にわかれて黙りこんだまま死にものぐるいで闘っていた。少年は恐怖心が食物のように胃をうずめるのを感じ、ものがなしいおくびをし身震いして喧嘩の見物をやめた。かれはわずかながら高所恐怖症だった、そして暴力的なるものすべてにたいして、もうひとつの恐怖症をいだいていた。もし、かれの父親の時代においてのように、この国にあらためて徴兵制度がしかれ戦争に出発しなければならなくなったとしたら発狂して死ぬだろうと思っていた。原水爆戦争なら、暴力的なるものを見るまえに焼け死んでしまうのだから、むしろそのほうがいいと思っていた。しかし、そのことについては誰にも黙っていた。老人になって死ぬまで、自分の臆病さが他人に感づかれないでおわることになれば、それが最上の生涯だと思っていた。

少年はホテルの正面の暗い空ともっと暗い海とを見た。浜から百米のところでカタツムリの殻のように単純なうず、まきを橙色の光がつづけてえがいていた。誰かが信号をおくっているのだ、この真夜中に、夏の真夜中の十一時に、と少年はびっくりして考えた。《海の上で真夜中にあんなことをしている人間は、ずいぶん勇敢なやつにちがいない》少年はいくらかの羨望を感じた。次の瞬間カタツムリの殻の光の場所から、空に火のかたまりがのぼりそして桃色のクンシランの葉が海面にむかって滝のようにそそぎおちはじめた、それは花火だった。一分間、花火はつづき、そして海と空は不意に暗黒の壁にさえぎられた。少年は自分がその花火の瞬間をとらえることができたことを幸運に思った。なぜなら、その日は花火のあがる日ではなかったから、おそらくそれは個人がたのしむためにあげた一発だけの花火だったから……

次に少年は海にむかって左を眺めた、少年がいる部屋はホテルの建物の最右翼だった。建物が海をかこむように彎曲しているので、少年の位置からは、建物の最左翼の部屋が三つだけ見わたせた。左はしから二番目の部屋に灯がともっていた。寝室のカーテンは閉じられていたが、浴室は見とおしだった。ひとりの三十歳すぎの裸の男がタオルを腰にまいてゆっくり寝室の方へ歩き去った。もうひとり裸の大柄な人間がシャワーの霧のなかにいた。つめたい水のシャワーをあびているのだ、それで窓ガラスが曇らないのだ。もしかしたら窓をひらいているのかもしれない。少年は昂奮してうしろめたい気分になりながら、そこを見つめていた。かれは裸の女を見たことがなかった、とくに裸のまま歩く所を見たいと思っていた。裸の人間はシャワーの霧から歩み出てきた、少年は息をついた、ひどく背の高い、若い男だ、萎縮した性器と陰毛とが、そこに黒い蛾がとまっているように見えた。少年は窓から頭と胸とをひいた。向うの若い男がその窓ぎわに歩いてきてかれを発見しそうなのとそれに男の裸を見ると気持が悪くなるからだった。それは女の裸を見てもおなじかもしれないが、少年は、それがそうでないだろうと希望的に思っていた。もしそうなら、誰が結婚するだろう……

ともあれ向うの浴室の二人の裸の男たちが少年の内部に小さな違和感をひきおこしたことはたしかだった。かれは苛いらし、身震いし、窓をはなれてふりかえると、仕事に戻った、かれの顧客たちはホテルの滞在者がもちこんでくる獣たちだ、その世話が、かれの夏休のアルバイトの仕事だ。かれは顧客たちを憎しみの熱情に揺りうごかされながら見まわした。

犬どもは、ホテル・マークをおりこんだバス・タオルにくるまって眠っていた、二頭の若いグレートデンだ、雌のほうが静かに苦しんでいるように唸りながら頭を揺りうごかすのを見ていると、まだ眼のあかない仔犬のようだったが、雄のほうは見ているものに憎悪をかきたてる圧倒的な獣らしさにおいて眠っていた。少年が嘆息すると肺の三角形の尖端までくまなく獣くさい空気がふきこんできて、海からの空気のなごりを追いはらってしまった。少年はもうホテルの要員というよりジャングルのピグミー族の肺をしていた。犬どもの部屋、すなわち少年の職場のエア・コンディションの通風孔は夏のあいだ閉じられていた。犬どもが風邪をひくからだ、とくに猫は風邪をひくことと腹にさわられることがなければ十五年も生きるのだ、それほど風邪は、かれの顧客である獣たちの敵だ。少年は眠ったグレートデンのベッドのまえの防水布のカーテンを閉じた、静かな苦悶の唸り声が遠ざかる。

今夜のもう一種の客は人間の赤んぼう用の籐の寝籠のなかで眠っていた、オレンジ色の縞のごく普通の猫だ、仔犬の首輪をつけて、歩くときはその重さでいつも頭をたれている。寝籠は、猫の持主がもちこんできたのだった。少年はこの高層建築のホテルの泊り客の犬や猫を世話するかかりに住みこむまで、すなわち、中学校の最後の夏休がはじまるまで、このように、人間の赤んぼうと猫や犬とを混同する感覚をもっている人々と会ったことはなかった。少年はもっと敏感な種族の子だった。かれの母親と妹がいま暑さになやみながら眠っている小さな家は、このホテルから港にいたるあいだの貧しい区劃にある、その周辺では、犬どもは犬どもらしく、人間の赤んぼうは人間の赤んぼうらしく暮している。もちろん、犬どもの世話をさせるために人間の子供をやとって制服を着せたりはしない。

少年は寝籠のおおいをあけて猫のオレンジ色の縞の頭に手をふれた。猫は昨日の夕食時から発熱しているのだった、ホテルに一週間も滞在している持主夫婦は、猫の発熱が、ビルディング病だといっていた。いまも熱はまだおさまっていなかった。少年に慣れている猫は、頭にふれられた少年の掌を、風のなかで帽子をおさえるように両前肢でかかえこみ、頭をこすりつけ、ぶるぶる体をふるわせて満足の唸り声をあげた。伸びた後肢のあいだにあらわになったベーコン色の円錐型の性器から、にごった涙のような液がピュッ、ピュッと飛びだしていた。少年はじつに奇怪ななまなましいお化け、肉体のお化けにふれさせられた気分で眉をしかめ憤激して掌をひいた。そのお化けはいま少年の体のなかにも育っていた。猫の発熱の原因はきっと欲求不満なのだろう、猫も歩いている裸の女を見たいのだろう。

少年は猫を殴りつけようとし、警戒のためにドアの向うに猫の持主が夢遊病かなにかでやってきていないかどうかたしかめることにした。少年はそのような性格なのだ、この臆病さをいつか克服することができるだろうか？　しかし、この場合、かれの警戒はむくいられた。ドアをわずかにひらいて廊下をのぞくと、ひとりの中年の女がそこに立ってこちらをうかがっていたのだった。少年は心底おどろいてドアを閉じ、肩で息をしていた。ホテル要員でいまなお眼ざめているのは、六階のフロントの副支配人と、エレベーター番の老人と、小動物係のかれ自身の三人だけだった。このビルディングはあたりに不つりあいな七階建だが、ホテルが使っているのは七階と六階だけだ。五階には地方放送局がある。四階は倉庫、それ以下は劇場やら商事会社のオフィスやらデパートやらが占拠している。この高層建築が、港をめぐるこの地方都市の様々な方向の中心だ、市のすべての運動が、この建物から放射状に伸びて行く。しかし五十万市民のたれひとり、この高層建築の七階の換気装置をとざした部屋で一人の不満屋の少年が犬どもと猫どもにつかえているなどと思いはしないだろう。そしてこの真夜中に、中年女の亡霊がそこへしのびよっていまにも少年とグレートデンと猫とを咬み殺そうとしているなどとは、なおさら思いはしないだろう……

亡霊はドアを叩きはじめた。少年は溺れる者のいきおいで大急ぎであたりを見まわし、床掃除用の棒雑巾をつかんで、それでもドアをあけず、黙って待っていた、それから、やっとのことで、

「ここは動物をあずかる部屋です、夜のあいだしめきりです」とドアの向うへ叫んだ。

「ドアをあけてください、ちょっとだけ、お願いがあるのよ」と女の声が遠方からのようにきこえた。

「どんな用事でしょう」と少年は叫んだ。

「あけてください」と女の声は忍耐づよくいった、防音壁ごしに向うも叫んでいるのだった。

少年はドアをひらき身がまえた、かれは中年女を一歩なりとも部屋にいれるつもりはなかった。

「あなたの所から、いちばん左のほうの部屋が見わたせるわね」と中年女はいって堂々と微笑した、少年とおなじほどの背の女だった、鼻がしっかりして太く眼がくぼんでしかも大きく、脣《くちびる》が男のようで、全体にライオンに似ていた、それは髪の形がたてがみのように感じられるからでもあった、眼は微笑しつづけて少年を恐がらせまいとしていた。

少年は黙って女を見つめ考えていた、いま覗いた部屋から抗議にきたのかもしれないと思ったのだった、しかし胸をふさぐほどの恐怖感はもう消えていた、微笑している中年女ライオンの眼が着実にそれをとかしさったのだった。

「わたしの部屋からここが見えるのよ、だから、あなたの部屋からも向うが見えるはずでしょう?」

「見えます」と少年はいった。

「いま、向うがわのはしから二番目の部屋に誰かいるか、見てくれない?」

少年は疑わしげに女を見つめた、もしかしたら、かれがいまその浴室を覗いたことを知っているのかもしれない、そして罠をかけているのかもしれない……

「そこがわたしの部屋なのよ、泥棒にはいるのじゃないのよ、いまわたしは帰ってきたところなんだけど、部屋へもどるまえに、誰がそこにいるか知りたいのよ、もちろん、わたし自身はいませんよ」

「浴室が見えました、僕がさっき窓をしめるときに見えたんです。二人の男の人がシャワーを浴びていました、僕はとくに覗いたわけじゃないんです」と少年はいった。

女は不意に微笑をうしなって脅すように少年を見つめた、こわばり厚ぼったくなった頬がますますライオンのようだった、しかし堂々とした立派な容貌であることはたしかだった、少年は女にけおされまいとしてそれに気がついた。女が深い息をつき、少年は女が酒の匂いをたてていることにも気づいた。女の顔にふたたび微笑がよびおこされ、それはうまい具合に湧きおこってきたが、眼だけはもう暗く翳ったままでもとに戻らなかった。そこに少年とグレートデンの寝台、猫の寝籠などがキラキラひかりながら吸いこまれてゆくようだった。三十歳くらいの年齢だった、荒い織目の布に果物や花の絵柄のあるタヒチ島の女のような服を着ていた、少年はタヒチ島の女の絵を見ただけでなく、船員の伯父から実際に伯父がその島でとってきた写真も見ていた。タヒチ島の女は時には裸で歩いている、と伯父はいって少年を死ぬほど好奇心と欲望で燃えあがらせたものだ。もっともその写真は裸でなかった。

「この部屋でしばらくわたしを休ませてくれない？　そして二十分たったらあなたがエレベーター番のおじいさんに、わたしの部屋の客が帰ったかどうかたずねてきてくれない？　もし帰っていなければ、帰るまでまたこの部屋にわたしを置いておいてほしいのよ」と中年女はいった。

「あなたは、その人に会いたくないんですか、敵ですか？」

「夫のお友達なのよ」

少年は女の依頼をひきうけることにした。かれは扉をすっかりひらき、女に部屋の中へ入るようにうながした。

「この部屋はエア・コンディションがありません」と少年はいった。

「いま、どんな動物がいるの？」と女はおおいをかけた寝籠と寝台に興味をしめしていった。

「グレートデン二頭とオレンジ色の猫です」と少年はいい、犬どものベッドの防水布をひらいてみせた。犬どもは眠っていた。

「可愛いわね、吠える？」と女はいった。

「ええ、吠えますよ」

女はナチスの婦人兵のように威厳にみちて上体をまっすぐにし顎をひき、膝をのばしてドアから犬のベッドの前までまっすぐに歩き、頭をかたむけると、突然、ジャングルの犀のように、

「ブルルウ、ブルルウ、ブルルルウ！」と唸った。

少年は大慌てで部屋のドアを閉じた。オレンジ色の縞の猫はおおいのかかった寝籠のなかでじっとしていたが、グレートデンどもはものすごい大嵐のなかでの船員のように、狭いかこいのなかをおたがいに体をおしつけあってのしのし歩きまわり吠えたてた。

「どこかに犬の神様がいて、この吠え声をきけば、たちまち救助にあらわれると信じているみたいに吠えるわね」と女は感心したように少年をふりかえっていった。

少年は腹をたてた、この酔っぱらい女めが！　とかれは考えていた。犀のまねをやめて悠然と犬どもの恐慌ぶりを眺めている女は少年がドアを閉じる直前、ホテルじゅうにひびいた犬どもの吠え声のおかげで、少年がアルバイトをとりあげられてしまいかねないことを知らないのだ。あの一瞬、犬どもの叫喚は弾丸のようにホテルじゅうを通過して、おそらくは副支配人の耳にもとどいたにちがいない。犬は十分間以上も吠え、少年と女はそれを黙ってきいていなければならなかった。吠え声が少し静まると、

「エレベーターのおじいさんに聞いてきてくれるわね？」と中年女がうながした。

「しかし、いま出て行くと、また犬の声が廊下じゅうにひびきわたりますよ」と憤慨して少年はいった。

「ああ、そうね、でもいまは大丈夫？　ドアを閉じていたら大丈夫なの？」

「防音壁がとりつけてあるんです」

「ブルルウ、ブルルルウ……」ともういちど女は犀のよう

に唸った。

女の声、グレートデンの吠え声、そしてとうとう騒ぎたてはじめたオレンジ色の縞の猫の悲鳴、それらは防音壁にむかって勇敢にとびかかり、吸取紙におちる涙のように素気なく吸いつくされた。

「残響がない部屋で犬が吠えているのは、夢のなかで深い淵におちこんでゆくときの気持に似ているわ」と女は機嫌よくいった。

「もう吠えさせないでください、いつまでも出て行けないから」と少年はいった。

「残響という言葉、知ってる？　わたしは高等学校の音楽教師だったこともあるのよ」と女はいった。

「その折りたたみ寝台にかけてください」と少年はいった。「あ、そのまえに、あなたの部屋を見ますか？」

「見ません」と女はいった、そしてたちまち陽気さをうしなって、グレートデンどものベッドと猫の寝籠のあいだの硬く狭い折りたたみ寝台にぎこちなくかけた。女はもうグレートデンに興味をうしない、さむざむとして不機嫌なこわばった表情になっていた、ひどく疲れているかひどく酔っぱらっているかどちらかのようだった。

グレートデンどもはしだいに二度目の恐慌から回復した、少年はドアの把手を握って、犬どもがすっかり静まるのを待っていた。

「人間に神様がいないように、犬にも神様はいないはずよ、ほら、もう吠えるな、犬どもめ！」と女が苛だっていった。

「黙って」と少年はいったがグレートデンはありがたいことにもう酔っぱらい女に挑発されなかった。「それじゃ、きいてきます、猫は病気ですから頭をなでたりしないでください」

「猫はきらいなのよ」と女はいっていた。

少年はいそいでドアをひらきヤモリのように素早く廊下に出ると、ただちにドアをとじてグレートデンのうらめしげな唸り声と猫の身動き、かれらの匂いと存在感、おしゃべりの女を背後にとじこめた。そしてかれは耳につめたい風のようにあたるエア・コンディションのきいた空気のなかを歩いていった。

エレベーター前の広間、それは建物の右翼と左翼をむすぶ中間だが、そこに出ると、エレベーター番の老人が、ホテル専用のエレベーターをそこにとめて、明るい内側に椅子をもちこみ、それに腰をおろして本を読んでいた。老人は一階の玄関前、六階のフロント前にもエレベーターをおくことができたが、たいていは七階にとめて深夜をすごすのだ。かれは副支配人の眼のとどくところにいるのが嫌いだった。老人はエレベーターを七階にとめてそのなかで本を読んでいるとき、その金属のつりさげられた箱のなかを荒野のように自由で広大に感じているのだ。本はヘミングウェイの《老人と海》で、それは老人が滞在客の外国人からもらいうけたものだった。老人はそのヘミングウェイしか読まなかった、つねにそうだった、老人にむかって、だれか好奇心の強い人間が訊ねる。《なぜ、そのヘミングウェイの一冊だけしか読まないんです？　年中、その藍色の海に赤と黄の巨きい魚が跳ねている表紙の本だけ読んでるじゃありませんか？》すると老人は喜んで、かれの得意の冗談をいうわけである、相手が外人客なら時には英語でさえも、《これは老人のための、たった一冊のおあつらえむきの本だからね、老人がいかに生くべきかを書いていますよ》

少年が扉をひらいたエレベーターに近づくと、老人は鮭の頭のような顔、しかも鮭の肉の色をした顔から、白い植物のツルのような老眼鏡をはずして、少年を見つめ、

「やあ、犬どもの王がやってきた」とかれのもうひとつの得意の冗談をいった、老人は決して不愛想な人間ではなかったけれども、とくに他人に迎合するということのない人間だった、他人にわかりやすい言葉より、自分のごく使いなれた言葉で話したがっていた。

「いま、犬の声がきこえましたか、お客の誰かが、犬の声で眼をさましたようでしたか？」と少年は訊ねた。

「いや、象の群が移動する音だけだったよ、ホテルじゅう大騒動だったよ、なにしろ、ここはケニアのホワイト・ハイランドでひとつきりの冷煖房完備のホテルだからなあ」と老人はかれのてもちの第三の冗談をいった、老人はかつてアフリカへ行ったことがあるのだった、そして百科事典のアフリカ関係の項目をふたつ自分の署名いりで書いていた。少年はそれを老人からきいて自分の中学校の図書館へゆき、たしかめてきていた、それは老人と少年のあいだの、もっとも輝かしい秘密だった、この五十万市民の誰が、エレベーター番の老人を百科事典の執筆者だなどと気づくだろう。しかし少年と老人はとくに親しく話しあったことがあるというのでもなかった、老人は少年を時どき、気まぐれのようにしか近づけないのだった。それを少年はいつも気にかけていた。かれは老人を愛していたしアフリカについて様々のことをまだ聞いていないと考えると苛いらするのだった。

「きみの今夜の臣下はどんな連中だい？」と老人はいった。

「グレートデン二頭とオレンジ色の縞の猫が一匹です、猫は熱をだしています、欲求不満です」と少年は冗談のつもりでいったが老人は笑わなかった、老人は自分の冗談でしか笑わないのだった。

「ふむ、ふむ」と老人は真面目にいっていた。

「しばらくまえに婦人客がかえってきましたね、酔っぱらって、いま僕の所にきています。自分の部屋の外からの客がまだいるかどうか知りたがっています」と少年は用件をいった。

「ここのところ一時間は、その婦人客が戻ってきただけだ」と老人はいってエレベーターのなかの時計を見あげ

た、十一時四十分だった。「その部屋に誰かが来ているというのは確かなのか？」

「僕が十一時に部屋の空気をいれかえようとして」と少年はいい、ためらってからつづけた。「浴室に二人の男がいてシャワーをあびおわったところなのを見ました」

「女じゃなく？」

「ええ、三十すぎの男と、もっと若い男です」

「その若い男がホテルの外からきた客なんだろう、少くともエレベーターを使っては帰らないよ」と老人はいった。

「そういってみます」と少年はいってひきかえした、かれは浴室のなかの二人の男を見たときのかれ自身の内部におこった小さな違和感のことを思いだして、しだいに不安におかされてくるのだった、《なんだ、関係ない》と少年は反撥してつぶやいた。

部屋に戻ってドアをひらくと女は膝をかかえこみその腕に顔をうずめてじっと鶏のようにうずくまっていた。少年は一瞬、声をかけそびれて黙って立っていた。女の姿勢は酔っぱらっている人間というより、もの凄い高圧の気体のなかでそれに耐えようとしている鶏という感じだった。少年は、もう娘でない年齢の知的な女がそのようにうちひしがれているのを見たのは初めてだった。それは裸で歩いている女ほども少年にショックをあたえた。少年がおずおずとよびかけると、やっと女が顔をあげた、腕にきつくおしつけられていた頰と眼が赤く鬱血しているようだった、眼は脂の膜に潤んでいた。

「まだ帰っていません」と少年は報告した。

「窓がひらいて部屋の灯はきえていたわ、のぞき見したのよ」と中年女は自分を恥じているような声でいった。

「部屋の鍵はおもちでしょう？　行ってみたらいいでしょう、自分の部屋なのに」

「勇気がないわ」と中年女は絶望したようにいって少年をびっくりさせた。「もし電話をかけることができればね、この部屋にはそれもないでしょう」

「いまならエレベーターの電話がつかえます」

「そうするわ、あなたが一緒にきて、おじいさんにそういってくれるわね」と女は臆したようにいった。

「けれど、そのまえにしばらく休ませて。悪酔いして死ぬほど疲れているのよ」

2

少年とやや疲労を回復した女とはエレベーター前の広間へとってかえした。女は動物たちの部屋にいたあいだに体じゅう汗をかいてグレートデンの体臭とも猫の匂いともちがう匂いをたてていた、それがならんで歩いている少年を嫌悪と不安でたまらない気分にした。すでに女は酔っぱらっているようでなかったし、陽気でもなかった、犀の声を真似たりしたとは思ってもみることのできない感じなのだった。

　老人は女から部屋の番号をきいてすぐにそれを呼びだそうとした。向うの部屋の受話器がコールする音が駈けまわる雛の足音のようにカサカサひびいてきたが、答えはなかった。老人はじつに露骨に不機嫌に交換の女の子を罵ったりした。

「確かに部屋にいますか？」とやがて老人が疑わしげにいった。

「僕は二人の男がシャワーをあびたところを見たんです」と少年はいった。

「一緒にいらしてください、きっとなにか悪いことがおこったんです、わたしの夫と夫のお友達とのあいだに」と女は奇妙にもの悲しげな確信をこめていった。その声は低い、嗄れた、気持の良い声だった、しかしそれは少年を身震いさせる力もそなえているのだった。

　老人も深い印象をうけたようだった、かれはヘミングウェイを電話機のそばにおいて立ちあがった、確かになにごとかの始まりだという気分だった、葡萄色のじゅうたんをしいたリノリューム床の薄明りの廊下を建物の最左翼へむかって三人は黙って歩いていった。少年はエア・コンディションと間接照明の超近代的なトンネルを真夜中に歩くといつも、宇宙ステイションの通路を連絡にいそぐスペイス・マンの気分になるのだった。それはかれに恥ずかしいことながら孤独を感じさせ恐怖感をいだかせた。《もしスペイス・マンに選ばれて、厭だという勇気もないままに宇宙へうちあげられたらどうしよう》というのが少年の未来にいだく不安なのだ。いま、女と老人とにつづいて歩いて行きながらも、それは少年の頭によみがえってかれをびくつかせた。

　しかし銀板に番号をうった扉の列の向うでは恐怖も孤独感も、不安もすでに克服した他人どもの列が、いっせいに眠っている。ひかえめな咳、嘆息のような声、そしてなにの音ともつかない、しかし人間と無関係ともおもえない音、それらが遠方の驟雨のように廊下のリノリュームとじゅうたんとにふりつもる。そのなかを黙って、仲間のようにつながって、歩いて行くのはますます宇宙旅行の出発の感じだ。少年はしだいに怯えてきて、自分の唇が無感覚になるようなのを、そして重くたれさがってくるようなのを指でさわってしらべてみた。言葉をもうまく発音できなくなったのではないかとかれは疑い、中年女がかれの部屋のグレートデンをおどかしたやりかたで犀のように唸ってみたかった。かれは自分の怯えやすい性格、臆病さをなにものよりも恥じ、それを克服するためになら何でもしたいと考えていたが、まだそれに成功してはいないのだった、かれは十四歳だった……

　部屋につくと女がドアの銀板のしたを叩いた、七一九号だ、はじめは無関心なように静かに、そして、しだいに激しく中年女はノックした。少年がうしろからみていると女は憤激しているようにも苛だって悲しがっているようにも見えた。ライオンのたてがみのように頭のうしろへおしあげた豊かな量の髪が、ばさばさ揺れていた、もしそこにグレートデンどもがいたなら大嵐に会ったように吠えたててホテルじゅうの人間を眼ざめさせただろう。しかし内側からは誰もこたえなかった。

「鍵をもっていられますね、あけてみましょう」と老人がいい、それから調子をあらためて、「あなたの部屋なんだから」と命令するようにいった。

　暗がりのなかで女がハンドバッグをかきまわし、そして、鍵のまわる小さな鋭い音がした、その音が契機になったようにドアの外側の三人の耳に、まだ閉じられたままのドアの内部からの、獣の寝息のような充足した盛んな音がきこえてきたのだった。ドアをひらくと灯はすべて消えて暗かった。三人は廊下にたったまましばらくは耳をすまし中から聞えてくる寝息（それはもういびきというべきだった）を聞いていた。かれらの立っている場所からベッドの位置は浴室の壁にさえぎられていて、もし明るいにしても眼にはいらない所にあった。海と空とが見えた、窓がひらかれているのだ、海は暗く、空もほんのすこし暗さが淡いだけでどこにも光はなく、その方向から、わずかに海の香りをはらんで重く熱風のような空気の流れが吹きこんできて三人の顔にむっとおしよせ冷たい空気は膝のあたりを逃げる犬のようにかすめさった、それらは廊下のエア・コンディションのきいた人工的な空気の秩序を混乱させてしまうだろう。《寝ているだけだ、窓をあけて寝る連中は多い、冷房が我慢できないのだ、そして市街の音をきくのがすきなのだ、朝、起きるまえに、うとうと眠りながら》と少年は考えた。しかし心の底にはやはりシャワーをあびた二人の男を見たときの違和感がのこっていたし、奇怪な気分でもあった。

　女の掌が壁をなでてのろのろとスイッチをさがした、不本意に、避けがたいものながらしかし不本意であることをしめしたがっているように。老人がうしろから腕をのばして女がさぐっている場所より二十センチも高いところでスイッチをおした。光の洪水のなかで海と空とは暗黒のなかに後退した。まず女だけが部屋のなかへはいっていった。女は浴室の壁が視界をさえぎる境界のところに立ちどまり、ゆるゆると両手をあげて自分の眼と頬とをしっかりおさえ、低く短い叫び声をあげた、それは犀の真似の唸り声とはちがう声だった、透明人間に殴りつけられたところだとでもいうように、ひどい肉体的な衝撃からの痛みと驚きの声のように、その叫び声はひびいた。

　老人と少年とが女を救助するために大急ぎで慌てふためいて部屋にはいった。そしてかれらは、二つの並んだ寝台の上の、死体のようにぐったりとして奇妙な具合に腕や足をおりまげている、裸の二人の男を見たのだ。かれらは眠っているのだったが、本当に死体のように見えた。老人が女の体を背後からささえた。女は震えながらゆっくり後ろへ倒れてきたのだった。しかも顔をおおった掌の、指のあいだから二つのベッドの上の眠り男たちを眺めていた、そしてこういっていた。

「わたしは予想していたんですよ、ずっと夕暮から、それを感じていたんです、あの青年がとうとう夫に追いついたときから」そして女は涙も流さずみじかくすすり泣いた。

　老人が女を椅子にかけさせた。しかしすぐに女は体をおこし前屈みになり、ベッドの下から薬瓶をひろいあげ、それを栗鼠がクルミをかじるときのようにしっかりと両掌でもって眼のまえにささえてそれを見つめ、そして床にすててもういちど椅子に戻った。

「睡眠薬をのんでいるんですか？　この二人の連中は」と老人がいった。

「ええ、そうですよ、たしかですよ」と女は身震いしていった。

「医者をよびましょう」

「だめです、それに医者を呼ばなくても、この二人は死にはしません、睡眠薬がとても二人で死ねるほどではないんです。一人でも死ねないように、わたしが注意して量をきめていました。本当に医者をよぶことは絶対いけません」とふいに自暴自棄になったような不思議な威厳にみちて命令するように女はいった、突然女は回復したのだった。

「しかし医者をよばないわけにはゆかないでしょう」

「だめです、絶対にだめですよ」と女はいった。「もし医者が二人で睡眠薬をのんだ男たちのことを警察に報告したら、そして新聞がそれを報道したら、夫とこの青年は、それで死んだとおなじです」

　老人と女とが別れのせまった家族たちのように急いで、しかもなにかそらぞらしくささやきあっているあいだ少年は茫然とした頭で二人の眠り男たちを、すでにあきらかに異常ないびきをかいている男たちを眺めていた。ベッドは窓から二米奥に、窓に並行にふたつならんでいる。窓ぎわのベッドに三十すぎの男が体を跳躍まえの高飛込み選手のようにまげて窓に背をむけ腕をもうひとつのベッドの方向に両方とものばして眠っている。かれは海からの風の味や温度にまったく無頓着で（かれの胃のなかの睡眠薬さえ無頓着な感じで）鬚を生やした赤んぼうのように眠っている。かれは善良そうで重おもしく大きく立派な容貌をしている。それはその妻とおなじだ、おなじ種族なのだ。実業家のステレオ・タイプだ、悠々と自信にみちて上機嫌で満月のような顔で眠っている。かれの体はタオル地のおおいで覆った腰をのぞいてすっかり裸で海からの風にさらされている、腹がひどくとび出ているが、それでも全体に、鎧をきこんでいるように堂々と堅固にみえる。たしかに女のいうとおりかれは死にそうに思えない。

　もうひとつのベッドの青年はじつに背が高く腕も足も長かった、少年はかれがシャワーから水に濡れたキリンのようにゆっくり歩み出てきた恰好を思いだした。《そうだ、あれはキリンみたいだった、憂鬱なキリンだ》あのとき少年はその青年の性器を見たのだったが、いま青年は重い岩に腰をおしひしがれているような恰好でうっぷせていたので性的な部分というと小さな尻と、痩せてほそい腿のあいだに舌のようにぐったりとやわらかに伸びた睾丸とが見えるだけだった、奇妙なことに睾丸はわずかな血に汚れていた。それが青年を、ごく普通の人間が裸でいるよりもっと裸で、ぐにゃぐにゃとゴムのようでナメクジのように粘液でできているもののように見せていた、《もしあの女が睡眠薬の量のことをいわなければ、僕はこの青年がいま死につつあるんだと信じるだろう。これはまさに死体むきだ》と少年は考え青年にたいして根深い嫌悪を感じた。青年の細い頸はむりやりねじまげられて部屋の奥の壁をむいていた。かれの頭と枕のあいだに一冊の硬い表紙の本がひらかれたままおかれている、そして本とシーツとが煙草の灰で汚れている。《ベッドに寝そべり裸で、他人の眼もかまわず、煙草の灰でそこいらじゅうを汚しながら不機嫌に本を読んでいる、そういう豚はこんなホテルにはうようよいるのだ。そいつらがやろうとしていることはときたら睡眠薬をのむこと、しかも他人の部屋でのむことなんだ》青年は帽子のようにのびた髪のしたにもうひとりの男とおなじくやはり善良そうな小さな顔をもっていた。そして眼をあけていたが、かれが眠っていることはたしかだった、眼は暗い空のようになにものをもうつしていない。長い手足に小さい顔で昆虫のようだ。

「夫は大学の教師です、あの青年はその学生です、新聞に報道されてはこまります、二人とも、睡眠薬で死ぬよりもっと悪いことになるでしょう」と女は老人をときふせようとしていた。「夫はこの五週間ほど、立ちなおろうとしていたんです、わたしと自動車旅行に出たのもそのためのです、夫は秋までにすっかり立ちなおろうとしていました。ところが、今日の夕暮に、この青年が裸の皮膚に褐色の革ジャンパーを着こんで汗にぐっしょり濡れてぷんぷん匂いたてて、死ぬほど昂奮して、追いかけてきたんです、オートバイに乗って。夫は、青年がこのホテルのまえの鋪道の海のまえの広い所をぐるぐるオートバイでまわっているのを見つけて、話し合いにおりて行きました。七階から見ていると、青年はドラキュラみたいに笑って夫を脅していました。それから夫が部屋に戻ってきて、この青年は、ただ日本じゅうをオートバイで轟々と走りまわりたくなっただけだ、オートバイの部品を買いそろえる金を借りに立ちよっただけだ、といいました、それで話をつけるから、今夜、わたしに映画を見にいって部屋をあけるようにといったんです。しかしわたしは信じてはいなかったですよ、オートバイに乗って革ジャンパーをきたこの青年がわたしたちの車を尾行していることをわたしは知っていたんです。ただ、夫が立ちなおろうとして睡眠薬やウイスキーをのみながら努力していたからそれでわたしは今夜、外出したんです」

少年は部屋を見まわしていた。いま女が手にとってほうりだした睡眠薬の瓶のそばに、ウイスキーの空になった瓶が、けなげな感じにまっすぐに立っていた。青年のジーン・パンツはベッドと壁のあいだにおちて、そこを草むらのように一郭だけ青くしていた。青年の革ジャンパーはベッドの枕もとのラジオがはめこみになっているナイト・テーブルの上に、小さい、極小の河馬のような形でうずくまっていた。

「しかし、どうしますか、奥さん、医者に見せないでおいて、万一、死ぬようなことがあれば、あなたは犯罪をおかすんですよ、われわれも共犯じゃないですか」

「わたしが誰に犯罪をおかすんです？」と不意に憤激して女が老人を睨みつけていった、赤っぽくなり水気のいっぱいふくまれていそうな泣きはらした女の瞼はぴくぴく痙攣していた、ヒステリイだ。「自分の学生との同性愛からたちなおろうとして睡眠薬中毒になり、ウイスキーで胃をめちゃくちゃにし、もうすでにアルコール中毒のかんじでさえあり、それでも結局、たちなおることができなくて、こんな不真面目な心中のまねごとをする夫にたいしてですか？　せっかく自分で自分を救助しようとしている大学教師を、わざわざオートバイで追いかけてきて脅し、なにもかもをもとの混乱にもどしてしまって、そのあげく、その教師の妻のベッドで心中のふりをする不良学生にたいしてですか？　わたしがどんな悪事を働くというんです？　こんなひどいめにあって、それでも、悪人どもの名誉を考えてやっている妻を、あなたはほかに見たことがあるとでもいうんですか、この裸の二人の男は本当に死ねばいいんです、とくにこの青年は死んでしまったほうがいいんです、死ぬことができないなら、夫をゆするときいったとおり、大学を中退して、これから老衰して死ぬまでずっと、オートバイで日本じゅうを轟々と走りまわっていればいいんです、部品くらいなら買ってやりますとも」

その部屋にはいってくるとき、動物たちの防音装置つきの部屋で働いている習慣から、少年が大慌てながらも背後のドアを閉じたのが、さいわいだった。もしそうでなければ、女の怒りの声はホテルじゅうの人間をすっかりおこしてしまったにちがいない。老人は女に睨みつけられ、女のまくしたてる憤激の言葉に圧倒されて黙りこんでしまっていた。

「この青年だけ、いまからホテルの外にはこびだして、よその医者に見せたらどうでしょう、裸じゃなく、服を着せて」と少年は提案した、かれは勇気をだしたのだ。「そのあとでこの部屋に別の医者を呼ぶんですよ」

「まあそうするほかに仕様がないわね」と女は気をとりなおしていった。「わたしの車ではこんで行けばいいわ、手つだってくれるでしょう？　あなたたち」

「もしこの青年の体が異常体質で、死ぬようなことがあれば、ますます、深みにはいりこむことになるんですよ、われわれは」と老人は念をおした。「しかし手つだいますよ、明日の朝、裸の二人の男がベッドにいることをルーム・メイドが見つけでもしたら大規模なスキャンダルだからねえ」

「わたしも裸になってここに一緒に寝てしまえば、スキャンダルはすこし小規模になりますか？」と女はむっとしていった、彼女にはたしかに高等学校で女教師をしていたにちがいないと思わせるところがあった、それが音楽の教師であるにしても。

そこで老人と女と少年とが三人で青年にズボンと革ジャンパーとを着せることになった。青年はいびきをかきながら、やはり無表情な眼をみひらいたまま眠っていた。青年の下着はどこにもみあたらなかったので、青くざらざらしたジーン・パンツを裸の足と尻にじかにはかせるほかなかった。女は青年の睾丸を汚している血を見てショックをうけ、ひとりだけ椅子に坐りに行って、それ以後、老人と少年の作業を傍観した。そのあいだも、女の夫の大学教師は充足した実業家のように円満な顔で大いびきをかきながら眠ってるのだった。

とくに革ジャンパーは汗に濡れたままなので、青年の腕をそれにとおすことが難かしかった。上体をおこさせた青年を少年が背後から支え、老人が革ジャンパーと腕とをかかえこんで悪戦苦闘した。それから老人は苛いらと考えこみ、こういった、

「ほんの一秒間でもこいつが眼をさませば着せやすいだろう」

そして老人は青年の頬を平手で殴った。次の瞬間、いびきをかきながら、無意識の青年はオランダの風車のように長く不恰好な腕をもの凄い勢いで回転させ、老人の脣と鼻のあいだを殴りかえした。少年が背後から見ていると青年のがっくりたれた頭の向うで、老人の鮭色の頭ぜんたいから汗のようなものがさっと分泌され飛びちった。

「おお！」と老人はいった、老人の頭は鮭色から土色にかわっていた、そして老人は脣と鼻を血に汚したまま、しばらく茫然として黙りこんでいた、かれを殴った青年のパンチはおそらくもの凄いものだったにちがいない、青年はとくに粗暴な感じではなかったが。

やっとのことで革ジャンパーを青年の裸の体に着せおわったとき、海からの熱気をおびた空気のつまっている部屋のなかは、みんなの体からの汗と革ジャンパーの匂いとでむんむんしていた。

「もしホテルの通路で誰かに出会ったらどうしましょう？」と女がいった。

「飲みすぎて酔っぱらったといえばいい」と老人が不機嫌のあまりに無表情になった声でいった。

「じゃ、酒の匂いをたてているほうがいいわね」と女はいった。

そして女は立ちあがると部屋のすみのトランクからウイスキーの瓶をもちだし針金で縛りつけた蓋をあけると、青年の胸にたっぷりそそぎかけ、自分でも瓶の口からじかにひとくち飲んだ。しかも女はウイスキーの瓶を後生大事にかかえて一緒にもって行くつもりらしいのだった。老人と少年とが、背の高い青年をひきずるようにして廊下を運んで行ったとき、女はウイスキーの瓶と青年の靴をかかえて先頭にたって進んだ。

　すでに真夜中をすぎていた。いびきをかきつづける青年を両脇からかかえて、唇の上に血のしみをつけた老人と、少年と、女とが廊下の葡萄色のじゅうたんを踏み、エア・コンディションのきいた薄暗がりを進んで行く時、扉の列の向うがわの平和な他人どもは、ずっと深い眠りにしずみこんでいるようだった。嘆息や小さな唸り声や、あいまいな物音などが聞えてくることはもうなかった。青年はひどく重く、あつかいにくかったので、照明をおとした広間の向うに光り輝くように明るいエレベーターの扉をひらいたままの箱にかつぎこむときには老人も少年も疲れきって唸り声をあげた。

　青年をエレベーターの床に坐りこませ、扉をとざし、警備員のいない地階へのボタンを押すと女は一種の解放感を見いだしたようだった。女はウイスキーを老人にすすめたが老人がことわると、もういちど自分だけ飲み、それから少年の眼のまえに瓶のラベルをつきつけて見せた。それはブラック・アンド・ホワイトだった、犬どものラベルのウイスキーだ、女はそれをおもしろい冗談かなにかのように考えたらしかった。

「僕は犬どもの世話を止めてここから出てゆきたいと思っているんです」と少年は不機嫌にラベルから眼をそむけていった。

「なぜ？　動物は好きなんでしょう？」と女はウイスキーの匂いをたてていった。

「僕はホテルの犬ども、猫ども世話係であることを恥じているんです」

「そんなことないわ」

「職業の時間に、人生のはじめての職業がその人間の性格をきめてしまう、ということを教わったんです。そうだとしたら僕は、やがて一人前の年齢になってどのような職業についても、犬ども、猫ども世話係の性格を洗いおとせないかもしれないと思うんです、僕はそのことをいつもおそれています」

「そんなことないわよ」と女はいった。

「僕はここをやめて出てゆきたいんです」と少年は激しくいった。

　女は好奇心をかきたてられたようにじっとライオンに似ている眼で少年を見まもっていた。その眼はもう涙のなごりをとどめてもいなければ赤く水っぽく腫れあがってもいなかった。ウイスキーに熱情をかりたてられたライオンの眼だ、《酔っぱらい女が！》と少年は心のなかで罵った。

エレベーターが地階にとまった瞬間だった、青年がものすごい勢いで嘔きはじめた。扉をあけて青年の苦しみの叫び声を誰かに聞かれてはならなかった。そこで扉をとじたままのエレベーターは吐かれた汚物、汗、ウイスキー、革ジャンパー、それにえたいのしれぬものの臭いがむんむんたちこめ、しかも青年の呻き声と叫び声がわんわんと充満した。青年が嘔吐のあいまに涙まみれに叫んでいるのは、「苦しいよう、苦しいよう、ああ、厭だよう、おかあちゃん、おかあちゃん、苦しいよう、厭だよう」というような言葉だった。

「これで、医師にみせるまでもなくなったわ」と女は冷静にいっていた、老人は血をにじみだしつづける脣を気にして指でさわってみながら結局それに同意していた。

少年だけが一瞬、青年とおなじように絶望的な感情にとらえられた、青年の苦悶は恐しく、女と老人との無関心な態度は厭だった、そして少年は心のなかで叫ぶように、こう考えていた、《ああ、僕はこのホテル、こんな人間、それに犬どもの世話そんなものが嫌いだ、僕は本当にここをやめて出てゆきたい、犬どもの王などといわれたくないんだ》そして少年は青年とおなじように嘔気をもよおし苦しさのあまりにさめざめと泣きはじめた……

3

真昼だった、玄関の縞の天幕わきの、昨夜、鼠の頭どもが格闘していた場所に、荷台をつけたクリーム色のオースチンがとめられている。背の高い青年と、実業家タイプの三十すぎの男が力をあわせてオースチンの上の荷台にオートバイをおしあげ、それをロープで固定しようとしている。それは馬車に狩の獲物、たとえば巨きい鹿の死体を縛りつけているような眺めだ。オースチンの運転席に坐った女がドアをひらいてズボンをはいた足をつきだし頭をほんのすこしのぞかせ、おそらくはオートバイの重心の位置について注意をあたえている。海は青く、空は晴れわたって風がおこっている……

七階の窓から少年と、非番になった老人とが体をのりだし、掌を陽よけにかざしてそれを見おろした。部屋にはもうオレンジ色の縞の猫だけだった、グレートデンどもの持主が朝早く出発したからである。少年は窓からはなれると発熱で食欲のない猫のためにコーンビーフの缶をあけて、それをミルクでとかしはじめた。猫は匂いをかいで寝籠のなかでなきわめいていた。少年は猫とコーンビーフの缶を窓から、光り輝く海にむかって投げこみたかった。

「あの人たちは、一緒に旅行をつづけることにしたんですね」と少年はいった。「どうして一緒に旅行できるのかわからないですね、そうでしょう?」

「そんなことはない」とあいかわらず窓からのりだして老人はこたえた。

「あんなことがあったのに」と少年はいった。「悪いやつらだなあ」

「誰が悪いやつらだ?」と老人はいった。

「みんな本当に悪い人間ですよ、大学教師も、学生も、教師の奥さんも。おたがいに、ひどいことをしていますよ、そして今日はもう忘れているんです」

「しかし、みんな、おたがいに苦しんでいたよ、あの女だってウイスキーで酔うまえは苦しんでいたろう? 結局あいう連中のほうが他の健全な人間よりとくに悪いということはないんだよ」と老人はいった。

「僕はあの連中をやはり悪い人間だと思うんですよ、あの大学教師は学生を誘惑して同性愛にしたし、学生は教師を脅迫したし、奥さんは……」少年はゆきづまって思いだそうとした。

「奥さんはなにもしなかっただろう?」と老人はいった。

「やはりなにかしましたよ、僕はあの中年女がいちばん悪いやつだったような気がしますよ、いつもウイスキーをのんでいて」と少年はグレートデンのように鈍感に頑固に固執した、かれは昨日の事件を理解したいのだった、それは非常に大切なことのように思われた。

「みんな善い人間だよ、そしてたいていの善い人間にできることは、昨日みたいなことをひきおこすか犬の主人になるかすることとくらいだよ、おまえさんみたいに、沢山の犬をあつかって、その犬どもの王になることとくらいだよ」と議論を放棄する意志をしめして老人は断乎としていった。

「あなたは犬を飼いましたか?」と少年は結局あきらめていった。

「いや、飼わないよ、それに、わしは、これから、という人間だからね」

「これから、犬を飼うんですか?」

「飼わないよ、そのかわりに船を買って魚を追っかけるんだよ、ヘミングウェイがこの本でそれをすすめているんだよ」

少年は老人が再び得意の冗談までかれをひきずりこんだのだと思った。しかし老人は陽気でもなく、むろん、笑ってもいなかった。少年は不意に昨夜のようにすすり泣きたいほど悲しい気分になって訴えかけるようにいった、

「僕は自分がひどく悪い人間になって、もの凄いことをしそうな気がするんですよ、僕は時どき心配でたまらなくなるんです。それも、ごく普通の悪い人間じゃなく、凄い悪人のことなんですよ。そうなりたいと思うときもあるし、もしそうなるなら、いまのうちに死んだほうがいいと思うこともあるんです。僕の父は三人も人を殺して、そして死刑になるかわりに精神病院にいれられたんですよ、だから僕は恐いんです」少年は嘘をいったのだったが、かれの心

のなかの不安と恐怖を表現するためには嘘でもいうほかなかった。

老人は窓からはなれてふりかえると、幼稚園の生徒をなだめる保姆《ほぼ》のように少年の頭に手をのばしてかれを慰める身ぶりをしかけた、それに少年は反撥して体をひくと、「また、早く大悪人になって三千万人も、人を殺したいと思うこともあるんです」といった、かれはいま初めて本当にそう思っていた。

「ならないよ、そういうものには、もう誰もならないよ、結局、善い人間になって、つらい連中は昨日みたいなことをするんだよ」と老人はいった。

「とにかくあんな連中が善い人間なら、僕はあんなふうになりたくないんです」

「おれたちは結局あの連中から金をとったんだからつまりはあの連中とはちがう世界の人間だろう」と老人はいった。「それであの金はどうしよう?」

「お礼のつもりでも、口止料でも僕はほしくないんです、厭なんですよ。もし船を買えるならそうしてください」

「おれの貯金をあわせれば買えるよ」と老人は不満足でもなさそうにいった。

遠く下のほうで女の声が叫んでいた。少年と老人が窓からのりだして下をのぞくと、大学教師の妻が手をふって別れの挨拶をしたがっているのだった、しかしもちろん言葉の意味はききとれなかった。少年は胸をしめつけられるような気持で、六階下の鋪道で手をふってあおむいている三十歳ほどの女を眺めた。女は泥をかためたように無表情で、がっしりした顔つきであおむいていた、もう黙りこんで、手だけふっていた。大きい顔だった。髪を獣のたてがみのように嵩ばらせてしかも硬く結っていた、髪の多い頭なのだ。それはたしかにライオンに似ていた。頑丈な、張りだした額、太くしっかりした鼻、強靭な顎、くぼんでいる大きくて切れの深い眼、それらすべてライオンだった。しかも石のライオンだった、凝固して動かない感覚だ。それから女はオースチンの運転席にはいりこんだ。五十米向うの十字路を車が左に曲るとき、後部座席に、教師と青年とが並んで腰かけているのが見えた。オースチンの上でオートバイは黒く巨大な兵隊アリのように陽の光にまみれていた。

夕暮、少年の交替の時間になると、少年と老人とは港の脇の釣り舟屋にゆき、古い和船を買った。それから老人はその店の売店で、カミキリムシのような音をたてるリールのついた釣り竿を買った。老人は早速、釣りにでかけることにしたが、少年は母親と妹の所へかえらねばならなかった。老人は残念がって油に汚れた港のなかでリールを操作してみせた。魚はつれなかった、もちろんだ。そのあたりに魚がいないことは老人も少年もよく知っていた。別れるとき老人にむかって少年は《やはりあの連中は悪い人間でしたよ》といおうとしたが不意にいつまでもこだわっている自分を恥ずかしく感じて黙って別れた。

叫び声

一章　友人たち

ひとつの恐怖の時代を生きたフランスの哲学者の回想によれば、人間みなが遅すぎる救助をまちこがれている恐怖の時代には、誰かひとり遥かな救いをもとめて叫び声をあげる時、それを聞く者はみな、その叫びが自分自身の声でなかったかと、わが耳を疑うということだ。

戦争も、洪水も、ペストも大地震も大火も、人間をみまっていない時、そのような安堵の時にも、確たる理由なく恐怖を感じながら生きる人間が、この地上のところどころにいる。かれらは沈黙して孤立しているが、やはり恐怖の時代においてとおなじく、ひとつの恐怖の叫び声をきくとその叫びを自分の声だったかと疑う。そしてそのような叫び声は恐怖に敏感なものの耳にはほとんどつねに聞えつづけているのである。かなり以前のことだが、僕もまたその叫び声を聞く者のひとりだった。僕は二十歳で、おなじ年頃の二人の仲間といっしょに、若いアメリカ人の家に同居して暮していた。それは僕の《黄金の青春の時》だった。

僕をふくめて三人の若い同居人みんなに、はじめて黄金の青春の時がおとずれていたといったほうがいい。それにこの若いアメリカ人も、僕らとの共同生活を深く楽しんでいて、僕らの共同の家は、陽気で上機嫌で満足の気分のなかにあった。

僕らはそのとき五千ドルの費用で建造されていたヨット友人たち《レ・ザミ》号での遠洋航海という快楽の約束をとりつけていた。僕らはまた、すでに約束のはたされた現実の快楽として贅沢な白いジャガーをもっていた。若いアメリカ人が僕らをおいて旅行にでたり、病気で家にこもったりしているあいだ、僕らは三人でその高貴な車を自由につかうことができるのだった。そのころ東京にいく台のアウト・スポークの白いジャガーがあったかしらないが、僕らはその僕らの車を、フランス風にジャギュアと呼んで、他のすべてのジャガーと区別していた。惨めなルノオが僕らのジャギュアにゆきあったりすると、いつでもそいつは自分自身の不恰好さを恥じて、嫉妬の排気ガスを屁のようにひりちらしながら、いちもくさんに逃げていったものである。これらの快楽が物質的すぎるというなら、僕らがこの若いアメリカ人の保護をうけることで、自分たちの家族の拘束をすっかりはらいのけてしまうことができたということをあげよう。それは精神の快楽だった。僕らはみな、それ以前もとくに深く自分の家族とかかわりあっていたわけではなかったが、それにしても完全な自由ということになると、それは特別なものだった、とくに僕らの年齢では……

しかし、それでいて、僕は漠たる恐怖からのがれることができなかった。恐怖といってもそれが僕の意識のなかの荒野を雨季の川のように黄色く暗く轟々とつねに流れているのではなかったが、それは時たま、偶然めいて不意に、しかもよく観察してみればやはり鎧《よろい》のように堅固に必然性をまとって、僕の眼のまえに黒くたちふさがった、そしてそれが、単に僕のみならず、二人の日本人と若いアメリカ人の、ヨット友人《レ・ザ・ミ》たち号の乗組員仲間みんなのまえに共通の壁のようにあらわれることもあった。

たとえば、僕らが共同生活をはじめたばかりのころの、夏の夕暮だ。アメリカ人がジャギュアに乗って商用にでかけていたので、僕ら三人は電車で湘南の保養地へでかけて行ったのだったが、海のなかの群衆と松脂《まつやに》とペンキと砂、それに尿の匂いたてる野蛮な海岸から逃げだして登っていった坂道の曲り角で、僕らはある交通事故の現場にでくわした。そこには奇蹟のように人通りがなく、熱気と遠方の人々の声さえなければ冬の保養地の夕暮のようでなにやら痛ましい気分がただよい、そして一人の若者が死に瀕していた。海へ快楽のためにきたというのではない、板ガラス運搬のオートバイを疾走させてきた屈強の若者が、じつに象のように凄じい印象をあたえるべく設計されたらしい、無闇に巨大なトラックに追突して、そのまま、泥がツララのようについているトラックの車覆いと、自分を裏切ったオートバイとのあいだに、赤い刺《とげ》のようにささっていた。血まみれだった。ひきさかれてひろくひらいた革ジャンパアのあいだからのぞいている赤い背には、板ガラスの尖って長い砕片がびっしりうわって、若者は一頭の小さな恐竜のようだった。やわらかで甘美な夕暮の陽の光に恐竜のガラスの角は濡れたように黒ずんでキラキラ光った。

じつにおびただしい血液が鋪道を汚していた。小さな窪みにたまった血に砂埃がうかび、すぐに黒く重くなって沈むと、また砂埃がわずかな風にふきよせられてうかんだ。海鳥がしきりに啼《な》いて頭のすぐ上の高みからのように聞えた。トラックの運転手と面皰《にきび》の助手が血まみれになって若者をひきずりだした時、若者がまだ死んでいないことがわかった。十八、九のきれいな額をした若者だった、衝突で下肢がちぢんだように見えた。頸すじに血と砂埃がこびりついていた、それは妙に乾燥していた。かれは死につつあった。

板ガラスの数しれない角を背に直角にはやして、鋪道に頬をおしつけた若者をかこんで、トラックの二人と僕ら仲間三人、そして後から赤いベンツを運転してきた中年男とが、嘆息しながら思い屈して立っていた。そのあいだも血は流れだして、僕らは血に汚れないようにたびたびあとずさらねばならなかった。

「あんたの車で病院まではこんでくれよ、トラックで揺さぶったら、血がぜんぶ零《こぼ》れてこいつは死ぬよ」

トラックの運転手がベンツの男にそういうと、男は唾に

ぬれた脣《くちびる》をひきしめ眉をひそめ、顔じゅうの皮膚をしわよらせて奇妙にほほえんで、黙って自分の車のほうに後退した、それから、

「厭だよ、車が汚れるよ」ときわめて即物的なことをいうのである。

そこで僕ら仲間三人は逆上した。ベンツの男が抗議し悪態をつき、そして不機嫌にあきらめるまで、それらすべてを無視しながら、僕ら三人は瀕死の若者を、その時の感情ではいわばわれらの兄弟を、ベンツの後部座席にはこびこんだ。栗色の上質の木板と深紅のビロードで張られた車の内部に、たちまち血の匂いがたちこめた。強制されてベンツは走りはじめた。

「訴えてやる、不法侵入で訴えてやるぞ」と運転しながら不運な中年男はいっていた。

三人のならんだ膝の上にうつぶせに横たわった若者の躰を腕で支えて、僕らはひとつの優しい満足をあじわった。海水浴客たちの雑沓《ざっとう》をとおりぬけるときにはとくにその感情がたかまった。日焼けした愚かしい顔が、窓からのぞきこんでは当惑した悲しげな表情をうかべてひきさがった。僕らは戦争からかえっていく四人組というところで、僕らの靴をぬらしている血は四人みんなの血だという気持にさえなるのだった。若者の側頭部のいちばん深い陥没から血はなおも流れて深紅のビロードを黒く染めた。海水浴場をとおりぬけると、走る車の窓の外の荒涼たる海岸の風景も黒く染ってきた、夜だった。

不意に、若者の躰が痙攣し、短い小さい叫び声がだれのものともしれず、血の匂いの濃い車の中の酸っぱい空気に刺のようにささった。すでに僕らの膝に重みをくわえているものは生きている躰ではなかった。突然に恐怖感が僕らを身震いさせた。僕らはみな、自分が死んだように感じた。僕らの膝は不器用にこわばり、重みをました死体が、そこからごつごつぶつかりながらすべりおちた、僕らの靴の上に。僕らはみな、死体の背のガラスの角でズボンを破き皮膚をわずかながらさかれた。

若者の死の瞬間の叫び声をききとがめて運転席の男がブレーキを踏んでいた。徐行するベンツから、僕ら三人はインディアンのように跳びだして暗い砂丘の方向にどんどん逃げて行った。そこは潮の流れがはげしく誰も泳がない場所だった、遠くからのざわめきだけが人間のけはいだった。暫く走ってからふりかえると、車にのこった男がひどく狼狽して、後部座席の死体にむかい躰をのりだしているのが見えた。それはこう訊ねかけているようだった、《ねえ、君、死んだのかい？　他人の車のなかで、ねえ、おい、君、死んでしまったのじゃあるまいね？》

それからまた駈けてゆくと、僕らの前方の危険な海流をひめた暗い無人の海面にむかって、礫《つぶて》のようにまっすぐ吸いこまれる黒い小さな鳥が見えた。それが合図だったように僕らはそのまま一斉に足をとめて息をついた。僕らのな

かでいちばん敏感な年少の友人が怯えた声で、やっとのことでこういった。

「あいつが死んだ瞬間に、黒くて鳩くらいのものが車のなかに浮んで見えなかった？　透明なようで黒くて、いわば、影みたいなものなんだけど、見なかった？」

「それが、あいつの霊魂か？　それならいま、海のなかにおちた鳥がそいつだよ、二十世紀のヤマトタケルだよ」

そういって冷笑する、もう一人の友人の声も、顔も、やはり怯えでこわばっているのだった。僕自身、あの力強い痙攣と叫び声の瞬間に黒く透明な影が、この世界をすばやく横切るのを感じたようだった。そして身震いするほど死ぬことが恐ろしく、それを思うと自分の青春の肉体もまったく無意味な気がしたのだった。僕らは黙りこんで砂丘の斜面をくだってゆき波うちぎわで、ズボンと靴の血を洗いおとした。背後の砂丘のニセアカシアと松の疎林がつくる濃い暗闇のむこうの鋪道から、死んだ若者のそばで途方にくれた男の呼び声とクラクションの音が聞えていた。風の具合で海水浴場のあたりからのざわめきが、それを消しさったり浮びあがらせたりした。汚れてしまったベンツの持主の憤激と悲しみについて考えると滑稽だったが、僕らは三人とも、ひどくがっかりしていて、笑ったり罵ったりする勇気も湧いてこなかった。僕らはやがて誰からともなく裸になり、危険な海にとびこんで泳いだ。それも海の遠方に見えてきた船の灯を息をつめて眺め、自分たちのヨットの完成する日のことを、むしろ茫然として考えてみながらの、おとなしい水泳だった。時どき、意味もなく涙が流れて、すぐ潮に洗われた。その日、僕らが湘南にでかけたのは、その遠洋航海のためのヨット建造の工事場へ仕事のすすみ具合を見にゆくためだった。ヨットは肉屋の冷蔵庫のなかにつりさがっている牛の胴体のようにキラキラ光る脂でおおわれた竜骨《りゅうこつ》を陽にさらして丸裸だった……

いまとなってみれば、あの事故、死体、栗色と深紅でかざられた車、それらすべては、一連の蜃気楼にすぎなくて、それらは、僕らの内部にひとつの恐怖の予感を喚起するためにだけあらわれた信号ではなかったかという気がする。しかし、あの短く小さな叫び声と、血の匂う薄暗がりをかすめた、黒っぽくかげる透明な鳩の飛翔は、それはあのときも実在したし、いまも僕のなかで実在していると感じられるのである。それは海水に濡れた足に蚤《のみ》のようにとびつく乾いた砂のむずがゆさのように、砂浜と海のように、浜にひきずりあげられ、おたがいにそむきあってならんでいた仲の悪い漁船の群のように、実在していると感じられる。

このように時どき、恐怖のすばやい触手が僕をかすめさったのである。

まず僕がこの若いアメリカ人、ダリウス・セルベゾフと二人の友人たちの共同生活にはいることになったいきさつから始めよう。僕はそのころ、とくにきわだった個性をもった人間だというのではなかった。いまでもそれはおなじだが、やはり一つの過去を背後にもっている、それをこれから物語るわけだ。ともかく僕のそのときまでの二十年の生涯に、なにひとつ特別の出来事がおこらなかったということがいわば僕の個性だった。僕は大学のフランス文学科の学生だったが、僕の教室には、僕とおなじ平和でなだらかな過去の尻尾をくっつけて退屈に勤勉にフランス語の辞書をひいている多くの仲間たちがいた、いわばそういう時代の子だったわけである。

確かに僕が子供だったころ戦争がおこなわれていた、それは異常と個性の時代だった。しかし、僕の頭のなかに実際に意識を備えた僕自身の種子が芽ぶいたのは衛生無害に殺菌されたデモクラシーの平和時代においてだった、櫂《かい》のようにのっぺらぼうな過去。そして僕の予感では、現在も未来もすべて櫂のような形のままあらわれては消滅しそうに思われた、しかもそのごく平穏な日常生活のなかで、僕は時どき不意にすばやい恐怖にみまわれていたのである。それはどのような性質の恐怖だったのだろう、日常生活の平穏のくりかえしのかわりに、ある晴れた日、突然に、暴力、悲惨、別れ、屈伏の時がおとずれるという予感のもたらす恐怖だったのか？　それとも逆に、老衰しての死の時まで、この日常生活のくりかえししかないということへの恐怖だったのか？　あるいはただ、それが二十歳という《黄金の青春の時》の性格なのか、ともかく僕はたびたび、不意の恐怖に足をすくわれた。

ただひとつだけ僕固有の過去というなら、その年のはじめに僕が克服しはじめたばかりのひとつのオブセッションがある。それも嵐のような行動のイメージとはほど遠い、憂鬱で滑稽な小さな地獄の物語だが、結局はそれが僕をダリウス・セルベゾフにみちびいたのだった……

高等学校の最終学年の冬の真昼のこと、僕は《ダフニスとクローエ》を読んでいて、発狂したように欲望のとりこになり（しかも、ぐったりした小さなペニスは体操用パンツのおくで怯えさせたまま）使命感のような緊迫した感情にかりたてられて、娼婦の所へ出かけた。娼婦は高等学校裏の草ぼうぼうの窪地に小屋をたてて独りぼっちで住んでいた、彼女はいわば高校生専属で、彼女が娼婦であることをしっているものは僕らの高等学校の生徒たちだけだった。

娼婦は僕の不眠の夜々の幻影とおなじくハエトリ草のような性器をかくしもっていて、それは蛙のように僕をちょっと咬み、やはり蛙のように胃袋をひっくりかえして僕を吐きだした。その性交はまた、毛むくじゃらで硬い台に切りぬかれたひとつの穴にぬいつけてある乾燥したゴム管の一触だった。それだけのことだ、それ自体にはいかなる意味もなかった。欲望はなお苛烈に燃えさかるだけだった。僕はもうその娼婦が美しかったか醜くかったか、若かったか老いさらばえていたかをおぼえていない。じつはあの窪地の小屋の暗がりの裸のお化けが男娼だったかもしれないと思うことさえあるほどだ。それらは一瞬の性交後、とげとげした別れの挨拶が終ったころに、すでにあきらかでなくなっていたことどもである。

ところが、その冬の真昼の一事件の翌日から、僕はそれ以前の僕でなくなったのだ、翌日からの僕は草ぼうぼうの窪地の地獄をとおりぬけた、まったく別の僕自身として生きはじめたのだった。鯨のように巨大なスピロヘータ・バリーダの幻影にひきずりまわされて不安の深海を泳ぎながら……

僕はいくど血液検査したことだったろう、僕の血管からひきだされて寒ざむと試験管におさまった死んだ血が、汚ならしいモルモットの心臓エキスと、まぜあわされて、補体結合反応、沈降、凝集反応の歯車がいくどまわったことだろう。牛の心臓のカルジオライピンが血液検査につかわれることをきいたあとでは、肉屋の運搬車と行きあうたびに、そこにつみこまれ脂を数しれない黄色の眼のように光らせている肉のかたまりが、自分と血をわけた同胞だという気がしたものだ。

僕の血液検査はつねに陰性だったが、陽性率の信頼度が百パーセントでない以上、それは僕の不安をしずめることができなかった。夕暮に僕の心に湧く一粒の不安の粟《あわ》は、深夜には僕の心を幾億の粟粒でいっぱいにするまでに増殖する。そこで悪寒にふるえながら僕は起きあがると素裸になって、躰中の皮膚を口腔の粘膜を頭髪のあいだを探しまわるのだった。あたかもそれが希望の種子ででもあるかのように梅毒の兆候を。

僕の狂気の眼、熱病やみの指がさがしもとめる兆候は、あの空想の感染の日を起点にして、季節のようにめぐり、葉の茂りのように移りかわり、果実のように成熟して行くのだった。始め、僕は皮膚のしたで米粒のように硬くなる初期硬結をさがしていた、扁桃腺にそれがあらわれていないかをしらべるために、日に十度も口腔のおくふかく指をさしこんでは嘔《は》き気になやんだものだった。そして僕は薔《ば》薇《ら》色にうみくずれて白い艶をもつ硬性下疳《げかん》をさがすために何時間も合せ鏡のまえで苦闘した。それから、鼠蹊《そけい》リンパ腺のなかのクルミ、全身の皮膚の淡い桃色の発疹、ハムのような色の炎症、ソラマメ大の丘疹《きゅうしん》、乳白色のアンギーナ、それからすさまじいゴム腫……

僕はそれらをなにひとつ発見しなかったが、同時にすべてが疑わしかった。人間の皮膚はなんと数多くの奇怪であいまいな兆候の陥穽《かんせい》をひそめているものであることだろう。薔薇疹に似たもの、丘疹に似たもの、それら疑惑の爆弾を破裂させる雷管《らいかん》で僕の皮膚がすっかりうずめられていたようなものだった。

僕は不安の籠のなかで駆けまわるコマネズミだった。医師たちは僕の性器の包皮をめくるたびに羞恥心と不安とをも荒あらしく、くるりと裏がえした。僕はやがて大学にはいったが、教室のなかでも授業はうわのそらで、自分の空想の悪疾にこだわっていた。自分のまわりの同級生たちは、この悪疾の妄想にとりつかれていないだけでも、僕からみれば天国の住人だった。僕はいつも嘆息とともに、こうつぶやいては自分をしいたげた、《ああ、あの悪疾の妄想にとりつかれていない生活、清浄と平安と静けさの生活、それが再び、僕にもどってくるのはいつだろう》僕の生活、僕の世界は暗くみじめで、いかなる希望のきざしもそこにあらわれてこないようだった……

それが、その年のはじめ大学の学生診療所でめぐりあった医師によって回復の方向をあたえられたのであった。医師は、かれが医学部でおしえている学生たちのだれよりも梅毒と梅毒恐怖症について深い知識をもっている僕に興味をもち、そして僕のほうでもかれを信頼した。治療はうまくゆきはじめた。五月ころには次のような会話が僕と医師とのあいだにかわされるようになっていた。

「いま僕はこのおかしな妄想から解放されようとしているんですが、とらわれていたときにまちのぞんでいたような、清浄と平安と静けさの日々、希望の時、そんなものはかわりにやってこないようですよ。なんだか無気力で、微熱があるようで、それだけです。肩もひどくこるんです。考えてみると、あのころはスピロヘータ・バリーダのお化けがいなくなる日のことを熱情をこめてまちのぞんでいただけ、いわばネガティヴな希望があったのかもしれません」

ネガティヴな希望というおかしな言葉は、僕の大学の退屈な昼食の時間などで流行していた、幸福なときにはネガティヴな絶望というようなきざないいかたをする連中もいたわけだ。

「それで、別の女とやってみようとはしないのかい?」と過度に男性的なところのある医師が看護婦にぬすみぎきされないように声をひそめ、くつくつ笑いながらいう。

「いや、そんなことをしたら、もういちどスピロヘータ・バリーダのお化けとの格闘のひとめぐりが始まるでしょう」と僕は自分の声にあきらめと羨望の滑稽なひびきがあらわれるのを恥じながら切実な気持で嘆息のようにこたえていた、僕は本当に医師のいう別の女とやりたかったのだ、と感じてもいた。

「きみのやるべきことは、梅毒で頭の禿げた鳥みたいな老いぼれ淫売にゴムなしでいれることだよ」と医師はひどいことをいった。「そしてものすごいお化けと永久に別れて、実際のひねりやすいスピロヘータ・バリーダをいちどもらってみることだな」

「僕はそうしませんよ」と僕はしだいに自分のなかであきらかになる性欲とそれにまつわる、諦念に身震いしながらいった。「そんなことしたら発狂するか、ショック死しますよ。他の方法を考えてください」

この会話のつづきのように、六月にはいってから医師が葉書で僕をよびよせ、ひとつの提案をしてくれたのである。

「きみ、ヨットにのりくんで外国へ行ってみないか、それですっかり、きみの妄想と自分のあいだにひとくぎりつけられるかもしれないぜ。きみが妄想と一緒に住んできた場所より他の場所へ出て行くんだ。ヨットというのは、癲癇《てんかん》もちでおれのところへ通ってきているアメリカ人が、いま建造しているものなんだ。そいつが三人だか四人だか、日本人の不幸な青年を救済してヨーロッパ一周のヨット旅行につれだす計画をたてているのでね。どういう男か、おれにもはっきりしないが、そいつダリウス・セルベゾフは、とにかく、朝鮮戦争のときに十九歳で日本を通過した。国連軍の兵士としてだ。そしてなにが起ったせいかわからないが二年あとの冬のはじめに、そいつは小学生のときにすっかり克服したはずの癲癇の発作にふたたびおそわれてやはり日本を通過し、本国に送還されたんだ。しかし、そいつは、父親が死んでしまうと、遺産を母親とわけ、自分の金で切符を買い、ヨット建造用の資金をポケットにいれて、日本に三度目の旅行をしたわけだ。そいつはいま、アメリカの百科事典のセールスをやってるんだが、本当の目的は、いまいったヨット旅行なんだよ。朝鮮の戦場での謎の体験が、癲癇とともに、そいつにもたらした聖者の使命感にゆりうごかされているというわけだ。よかったら、きみを乗組員として紹介しよう。いや、ヨットの知識は、この夏、習えばいいさ」

僕はその日のうちにダリウス・セルベゾフを訪ね、翌日、かれの家にひっこした。かれの借りている共同の家にはすでに一人の仲間がすみこんでいた。数日たって、僕らはジャギュアに乗りこみ、もう一人の仲間をひきとりに行った。ダリウス・セルベゾフはこれだけのメンバーでいちおう、かれのヨットの乗組員を構成することにきめ、ヨットの名を友人《レ・ザミ》たち号と決定した。

ダリウス・セルベゾフは、その祖父がブルガリアから移住したスラヴ系のアメリカ人で、赤い髪、強い顎、農民風の空色の小さい眼、すべてソヴィエトに送りこまれる筈のアメリカ情報局要員にふさわしい風貌、骨骼をしていた。そして、その声だけが優しく清らかでいくらか女性的にエロティクであることが、かれの印象を二重構造にした。僕がかれの家に移ってすぐ、かれは癲癇の発作をおこしたが、その夜僕らの共同の家には猛獣狩の狩人たちがとびこんでくるといえば大仰だけれど、ともかくジャングルの獣の咆哮《ほうこう》めいたものがこだました。発作自体がダリウスを叫ばせるのか、眼のまえにせまる発作への不安からダリウスが叫ぶのか、それはあきらかでなかった。発作の翌日、憂鬱の鬼に咬みつかれ、暗くした部屋にとじこもっているダリウスに、僕ともう一人の仲間とが交互に食事をはこんだ。その時にはまだ三人めの仲間は来ていなかった。僕らは食事をはこびながら、ダリウスのための見張り番の役目もはたした。ダリウスが発作のあいだに消耗しつくした体力を回復するまえに自殺をはかりでもしたらと、僕は医師から注意をうけていたのだ。その日、僕ともう一人の仲間とはダリウスにたいして、ヨットの乗組員として選ばれた者の義務感をこえて、しだいに厚くなる友情を感じていたのだ。それほど、発作のときの叫び声と発作後の憂鬱にうちひしがれた沈黙とで、ダリウス・セルベゾフという若いアメリカ人は僕らの心にふれたのである。

発作後のダリウスにはこぶ食事といっても、それはバターをごたごたぬりつけた厚いパンに生タマネギと塩をのせたストイックなサンドウィッチにすぎなかった。それが、癲癇の残響で頭のなかをわんわん唸らせているあいだダリウスの求める唯一のものだった。しかもこの食事をとりながら、かれは蛔虫《かいちゅう》を、毒蛇のように恐れているのである。その翌日、常態にかえったダリウス・セルベゾフは、僕らに自分たちを加害者のように感じさせる過度に善良なスラヴ系の微笑をうかべて、僕らとかれ自身のために大晩餐をつくった。

ダリウス・セルベゾフは僕らの共同の家の料理人の役も管理人の役もはたした。そしてヨット建造の進行状態に留意し、厖大なアメリカの百科事典を売るために東京都内はもとより地方へまで勤勉にでかけるのである。かれは女中をおいていなかったし、他のアメリカ人との交際もしていなかった。僕らはただちにひとつの家族のようになるほかなかった。

ダリウス・セルベゾフが大使館の同国人から悪い評判をたてられているという噂を、僕は英文学科の友人からきいたが、それが具体的にどういうことか、その男にもはっきりしないのだった。ダリウス・セルベゾフはクェスチョンマークがひとつふたつついている男だ、注意しろ、とアメリカ人観光客のガイドもしている、その友人はいっていただけだった、《きっと性的なことで悪い評判があるんだぜ、連中は排他的でそれ以上のことを知らせはしないんだがな、とにかく注意しろ》

たしかにダリウス・セルベゾフは、性欲にさいなまれるときにも、他の在日アメリカ人たちのように、たやすく高級娼婦に会いに行くということはなかった。ダリウスはそういうとき、便器にまたがった金髪の女を鞭でなぐっている大男とか、二人の汚ならしい少年が相互手淫しているところを窓からのぞきこむ髭の女家庭教師とかの、奇怪でわいせつな細密画のコレクションをベッドに寝そべりながら見ているのだった。乾燥して硬くなった種子のような笑いをキッキッとはきだしながら。あの時代に日本にやって来ていたアメリカ人が、それくらいのことでショックをうけるナイーヴな連中だったとは信じられないから、このこと自体が性的な悪い噂ということではなかったろう。そしてまた、ダリウス・セルベゾフが女の腹の毛むくじゃらの危険なたかみでギャッと叫んで発作をおこすことを望まなくて、女と寝に行かないのだとしたら、それも決して悪い噂の種になるほどのことではなかったろう。僕はその時まだそれ以上のことをしらず、そしてそれ以上のことを臆測してみたくもなかった。ダリウス・セルベゾフが謎の人物だとしても、ともかく僕はかれとの友人《レ・ザ・ミ》たち号による航海に希望を感じていたのである。それは僕の生涯の最初のチャンスとなるはずだった。

僕よりさきに共同の家でダリウス・セルベゾフと住んでいた仲間は十七歳で、横須賀の保護施設を出てキャンプで働いていたことのある少年だった。カラードの父親と日系移民だった母親との混血で、かれは自分のことを黒人の血と黄色人の血の斑《まだら》になった、人種上の《虎》だといった。キャンプでは、タイガーとよばれていたのだった。そこで共同の家でも、かれの名は虎だった。虎はキャンプを出たあと六本木や銀座、そして夏の軽井沢などで有閑婦人のジゴロのようなことをしていた。そしてかれは、いくらかアルコール中毒だった。

虎の両親はサンフランシスコで虎を生んだのである。戦争のはじまる二月前に、虎の家族は日本にやってきた。戦争中、虎の父親は捕虜のあつかいだった。そして戦後、かれと母親のところへ戻ってきたカラードの父親は、おかしなユーモアのある男になっていた。ある朝のこと、虎が絵本をみていてコビトカバがほしいと泣きわめくと、父親はすっかり蒼ざめて考えこみ、それではアフリカにいってコビトカバをつかまえてくるよ、といって家出してしまったのだ。母親はかれがアメリカへかえったのだといっていたが、虎自身は、カラードの父親がアフリカへ出かけたのだと信じていた。かれもまた、おかしなユーモアのある少年で、父親がコビトカバと普通のカバとを区別できるかどうか心配しているといっていたものだ。コビトカバが大きいカバと似ていることといえば夜行性だということくらいで、コビトカバは水棲することも群棲することも嫌いなのである。虎自身、保護施設の図書館で動物図鑑をあたってみることのできる年齢になってはじめて、それを知ったのだが。かれの父親は、いまなおアフリカのジャングルで深夜ひとりぼっちで、どんどん獲物を追跡しているのであろうか、コビトカバとカバとのはっきりした習性のちがいもわきまえずに……

虎の母親はいま奥只見の山奥でマタタビの実を採集してくらしていた、やはり彼女も、おかしなユーモアのある女だったのだ。いちど母親が虎あてにマタタビの実の瓶詰をおくってきたとき、虎は大瓶いっぱいのマタタビの実を、僕らのかっていたロビンソンという猫にいちどに全部あたえてしまった。天国をおとずれ至福に唸りながらころげまわったオレンジ色の縞《しま》のわれらの猫ロビンソンは、その後、数日、すべての現実に興味をうしなって、じつに荒涼たる眼つきをしてそこいらをさまよっていたものだ。

「日本には人種差別はないというんだけど、それは保護施設の連中などはみな、そう信じているんだけど、僕はそうじゃないということを知ってるよ。それがどういう形であらわれるか知ってるよ」

虎は安ウィスキーで酔っぱらってそういった、かれは無口な少年だったが、酔ってしまうと、ふだん無口でいることをひとつの抑圧に感じているように実に雄弁になるときがあった。そこには狂的な印象さえにじみでるようだった。そして虎は夜になると、ほとんどつねに安ウィスキーで酔っていた。ダリウス・セルベゾフはおそらく、酔った虎の雄弁さにひかれて、かれを友人たち《レ・ザミ》号の乗組員にえらんだのだったろう。

虎は保護施設にいたころ、そこから、市の新制中学にかよっていた。虎は数多くの友人をつくり、確かにだれからも差別されなかった。かれは人気のまとだった。かれは自分が《虎》であることを忘れようとさえしていた。しかしある日のこと、かれは自分がどのような人間であるかを、そして他人どもがどのような人間であるかを理解した。

虎はその退屈な朝のこと、おなじクラスの醜い女の子を、中学校裏の公衆電話ボックスにつれこみ、ふたりとも黙ったまま、しゃがみこんで鶏のようにおたがいをつつきあったのだった。女の子はむっつりしていたが、とくにショックをうけたようではなく、結局おたがいにいくらかの愉しみをあじわった。

「その夕方、僕が施設にかえってくると、キング・コングのような大男がふたりで待伏せしていて、僕をつかまえるとなにひとつ殴りも蹴りもしないで、ただ十粒の睡眠薬をのませたんだよ。そして眼がさめてみたら、僕はまる裸で、コンクリートの砂漠のなかにころがっていたんだ、夜明けのうすあかりのなかのコンクリートの砂漠なんだから。僕はじっさいびっくりしたなあ。それは横浜のちかくの丘の上の鉄筋コンクリートのアパート群の中庭だったんだね、そこに僕は裸で棄てられていたんだ。もし僕が朝遅くまで睡るたちなら、僕は十五のアパートの五百の窓から、僕自身の裸をつくづく眺められてしまったわけなんですよ。そこで僕はあのキング・コングどもが僕になにを知らせたかったかをしったんだ、それは僕が虎だということですよ、それから僕はずっと虎だ、そしてアフリカの親父を追いかけてゆきたがっているんですよ」

「きみは裸でどうしたんだ、裸でコンクリートの砂漠を逃げたのかい？」

「中庭にほしてあった洗濯物をどんどん着こんで、生れてはじめてくらいに清潔になって帰ったんですよ」と虎は嬉しそうにいって笑った。

この虎と僕とダリウス・セルベゾフとでジャギュアに乗り、東京港の埋立地の最も貧しい区劃へもうひとりの仲間をむかえにいったのである。かれは小さな木工所の宿舎にとまりこんで働いていた。かれ呉《クレ》鷹男は父親が朝鮮人だったが、かれの母親はそのことを、できるだけ隠しおおすように自分の息子をしつけたのだった。

呉鷹男は十六歳の冬に、アルバイトをしてつみたてた金をおろして、東京、北海道間の切符を買い、そして根室のノサップ岬からは盗んだ伝馬船に海図も磁石もなく、ひとりぽっちで乗りこんで荒れくるう海に向った。そして珸瑶《ゴヨウ》瑁《マイ》水道をやみくもに押し流されているところを烏賊《いか》つり船に救助された。かれはいつのまにか太平洋にむかっていたのだった。そして漁師たちが海鳴りにさからう大声で、かれに、いかに怪力で漕いだとしても朝鮮にはたどりつけなかっただろうことをおしえてくれたとき、呉鷹男は、自分がゆきたかったのは朝鮮ではなく、自分のこの世界とはちがう世界、それも死とか未来とかの抽象的な世界ではなく、具体的に、自分自身の土地だとかんじられる、しかも地図にはのっていないどこか他の世界へ、密航したかったのだとさとった……

　ダリウス・セルベゾフは英字新聞の囲み記事で、この勇敢な少年の冒険について読み、新聞社をつうじてやっと呉鷹男をさがしあてたのだった。呉鷹男が僕らの仲間になったときダリウス・セルベゾフはひどく喜んだが、呉鷹男は、はじめ、なんだか懐疑的な様子をしていた。現にかれは、僕らの仲間から一度出ていってしまいさえした。それについてはあとから物語ることになるが、ともかく友人たち《レ・ザミ》号の乗組員がすっかりそろった日、僕らはジャギュアで銀座に出て、お祝いの夕食をした、それはその年の六月の末のことだったと覚えている。

　僕らダリウス・セルベゾフをのぞく三人は共同の家の二階をしめた広い一室だけの部屋をあたえられていた。階下には台所と浴室、そしてダリウス・セルベゾフの寝室があった。塔のように背が高く、細い、おかしな洋館をダリウス・セルベゾフは借りていたのである。ひとつの部屋に三人が住むために、船室のような三段のベッドが壁をくりぬいて垂直の梯子《はしご》でむすばれている二階の洋室に、その夜遅く、食事をおえて戻ってくると、僕ら三人はじつに永いあいだ、おたがいに、自分自身について話した。僕らは早急におたがいを理解しあわねばならなかった。僕らが床を歩きまわったり梯子にぶらさがったり、ベッドに横たわったりしながら、にがくかたまってくる疲労とうらはらに甘い睡気に、頭を泥のようにして、しかもいったん流れはじめた自己告白の川からあがれないでいるとき、階下でダリウス・セルベゾフはバッハの無伴奏ソナタをくりかえし練習しているのだった。かれはヴァイオリンがうまかった。

　その夜もっとも雄弁だったのは呉鷹男で、かれは自分の密航の失敗について様ざまな意味づけをした。かれには意味づけの趣味があるようだった。虎がアフリカへの熱望について話すと鷹男はそれにこたえてこういった。

「いま考えてみれば、虎がアフリカへ行きたいように、おれもどこかへ、ここより他の場所へ行きたかったんだなあ。それというのもおれは自分を、おかしな具合でこの世界にいる流刑された、どこかちがう世界の人間だというふうに感じることがあるんだよ。しかもそれはおそらく朝鮮へうまくたどりつけていたにしてもいやされることのなかった感覚なのさ。おれが属しているのは朝鮮というような地図の上に存在している国ではなくて、この世界でない、別の世界なんだ、いわばこの世界の反対の世界なんだと感じるんだよ。この世界ときたら、それは他人のもので、おれの本来住む所じゃないと感じる。現にいまだっておれは、他人の国の他人の夜更けに、他人の言葉でしゃべっている。明日の朝おれは他人の国の他人の朝を歩くだろう。そんな感じは欲求不満にすぎないと思うこともあるんだが、とにかく実感ということをいえば、おれにはこの世界にぴったりして生きているという実感がないんだよ。そしてそれはこの世界におれが、まちがってはいりこみ、まちがって居つづけているからだと感じるわけだ。どういう理由からにしてもともかくこの呉鷹男、十八歳は、この世界の本当の人間でなくなってるんだというわけなのさ！　わからないだろう、全然！」

呉鷹男の額の生えぎわには角のような肉の突起が中央にひとつもりあがっていた。それをかれはどこかことはちがう世界の人間のアンテナだといっていた。つまらない冗談だったがそれでも時どきその角は呉鷹男をたしかに日本人でも朝鮮人でもない、ある特殊な国の人間にみせることがあった……

僕が梅毒恐怖症について話すと、少年の友人たちはおかしな冗談でも聞くように気軽く笑った。それは大学の友人たちの反応とちがって、僕を直截《ちょくせつ》になぐさめた。やがてダリウス・セルベゾフのヴァイオリンの二匹の蛇のウロコのふれあいのような和音練習がずいぶん前に終ったことに僕らが気づくころ、短い笑いのあとで沈黙している僕らの耳に、ひかえめで怯《お》ずおずした音が、僕らの裸の足のふんでいる床から三つだけひびいてきた。大男のダリウス・セルベゾフがヴァイオリンの弓で天井をたたいて合図をおくってきたわけである。ダリウスは翌日、仕事に出てゆくわけなのだった。僕らは黙ったままあいまいに微笑し自分の頬が上気しているのを感じ、居心地悪く感じ、そして窓をあけはなつと、夜の夏の匂いのたちこめてくるなかで裸になり、ベッドをととのえ、灯をけしてベッドにはいった。僕らの躰の匂いが消えてしまったあとに葉の茂みと、充実した土の匂いが部屋をみたした。そこは郊外の住宅地で、東京でいちばん樹木と野鳥と外国人と青ぶくれの汚ない金持どもの多い区劃だった。夜明けには鳥の群の声と、外国人と金持の飼犬の吠え声とが空気をかきまぜ泡だたせるだろう。僕らは暗闇のなかで夜の戸外からの空気の匂いをしだいに詳細にかぎわけながら睡りこんだ、こうして僕らは友人になったのだ。

この三人そろった最初の夜のことでもうひとつだけ記憶にあざやかなのは、呉鷹男が夜明けまでくりかえしくりかえし凄じい呻き声をあげては、かれの夢のなかの大敵と戦ったことである。かれの呻き声は、ときには悲鳴のような叫喚にまでたかまるのだった。虎は安ウィスキーを飲んで鼾《いびき》をかきながら眠っていたが、不眠の夜をすごしている僕には、結局かれがやはり眼をさましてしまうのが感じられた。階下ではダリウス・セルベゾフの内気な咳ばらいの声が夜明けまでキツツキが樹をうがつような音をたててつづいていた。そして鷹男だけが悪夢に声をあげて苦しみながら、しかも幼児のように完全な丸みをおびた睡りの巣に横たわって汗を流していたのである。夜明けがたの冷気とわずかな霧をふせぐために僕が窓をすべてとざすと、僕らの天井の高い洋室は鷹男と虎と僕自身の汗の匂いでいっぱいになった。それはやがて友人《レ》たち《ザ》号《ミ》の匂いとなるだろう……

翌朝、僕は鷹男にたいして年長者の優しさのごときものを感じながら、庇護者の態度をとりながら、あの夜じゅうかれを呻かせた悪夢についてたずねた。虎は鷹男の内部の声にふれることを最年少の仲間として不遜に感じているかのように、つかずはなれずの態度でしかし熱心に耳をかたむけていた。それほど鷹男のうなされる声は切実にひびいていたのだ。

呉鷹男もおそらく悪夢の夜の疲労からだろう、僕にたいして弟のように従順にかれの悪夢について告白したものだ。

「まず季節と風景をいえばなあ、冬の真夜中らしいんだよ。雨があがったばかりで東京じゅう汗ばんだ脇のしたのように濡れて匂っている。自分のまわりがまっ暗で香んばしくてジュースがいっぱいで、紡錘《ぼうすい》型をしている。レモンのなかの小さな虫が人間だという感じがする。その暗闇のなかに象のお化けの卵みたいな四つのガスタンクがふくらんだりすぼんだりしていて、それはとても現実感がある。その脇からこちらにつづいている道も現実感がある。それはおれが現にみたことがあるし歩いたこともある所のようなんだよ。そしてその暗闇の道を、自転車をおしてあるいてくる娘を、どこか他の世界から空とぶ円盤にのってきて待ちぶせしていた黒いおれがおし倒して、儀式をおこなったんだが、いったんおし倒してしまうとなにもかもまっ黒ににごって、おたがいの眼の光さえ見ることはできなかったんだ、おたがいに黒い毛虫にかわったようだ、そういう所で、そういう風に儀式がおこなわれたんだよ」

「強姦したのかい？　儀式というのはその暗号で？」

「暗号じゃない、儀式そのものみたいだったんだよ、その黒い娘をおし倒して、黒いおれが自分のごわごわの青デニムのズボンを脱ぐと、ペニスがなくなってしまっていて、おれの指には生きているツグミの頭がさわったんだ、ツグミはチクチク啼いて、肛門のそばから離れたがらないのさ、そして睾丸だけが黒くちぢこまって風に吹かれて揺れているんだよ。あはは」

「それで夢のなかのおまえはあきらめてかえったのかい？」

「終るのをおれは待っていたんだよ」

「自然にかい？」

「しかし夢のなかでは自然に終りがくるということはないんだなあ、自分の意志でなにかをやって、それでなにごとかが終るようにしなければ、本当の終りはこないんだなあ。いちばん始めにその黒い娘を濡れた土のくぼみにおし倒したときに始ったものを終えるのは、自然じゃなくて、おれなんだよ」

「しかし、終ったんだろう？」

「おれは考えようとしてちょっと黒い空間へ頭をのばしてみたんだ、躰をその娘の上からちょっとだけ離していたわけだ、するとその黒い娘が非常に冷静な声で冗談のようにこういったんだよ、オマエノ顔ハ見タクナイナ、警察ニモイワナイナ、早ク逃ゲテシマッテ、忘レテオクレヨ、コンナコト起ラナカッタンダヨ、ナニモ起ッテナイヨ、そしておれは躰をもとに戻し、娘の黒い喉を、ものすごく厖大な暗闇のなかにさがしだして、ふたつの親指の腹で、ぼくんとおしつぶしたんだよ。そしておれはひどく昂奮して鼻を暗い空にむかってあげ、沸きたつ熱い血の匂いのする暗黒星雲のなかを、泥だらけで、静かに歩いて帰るんだ」

「冬にはずいぶん人殺しがあるからなあ、夏になって、連中が、女の腿をきる方針に転向するまで、待つほかないなあ、すっかり安心するためには」

「連中？」

「夢のなかの黒いおまえのことだよ、どこか他の世界から空とぶ円盤にのってきた連中だよ」


そして僕らはなんだか憂鬱な気持の笑いをしばらく笑っていた。

「そうだよ、夢のなかでは確かにおれはこの世界の人間でなくて、はっきりした別の世界の人間、おれはその娘の喉くびをつぶした瞬間に、ピカリと自分の円盤をかがやかせたんだという気がしたよ」と呉鷹男はいった。

「ピカリと円盤を光らせるために殺したというのかい？」

「はっきりとそうだとはいえないんだな、儀式みたいなことなんだから。ただ、殺してから、その意味を少しずつ発見して行くんじゃないか、もし忘れてしまわなければ」

「暗闇のなかで殺してしまったとしたら、そしてその暗いなかの黒っぽい犠牲者の眼の光さえ見えなかったのだとしたら、覚えておきにくいだろうなあ、忘れてしまうだろう」

「そうだよ、忘れてしまう。そしてなにもかもが無意味になる、あのピカリも忘れてしまう。結局そういうことをおこなった自分が死んでしまうみたいだよ」

「そいつを警察がつかまえてみても困るだろうなあ、そいつが犯罪をすっかり忘れてしまっているんだから、裁判のまえに、まず、どういう犯罪がおこったかを教えこまねばならないんだ、ニワカニ劣情ヲ催シ附近ハ暗ク人通リモナイトコロカラ同女ヲ姦淫シヨウト決意シ、同所デ同女ヲ強イテ姦淫スルモ射精セズ、殺害シ円盤ヲピカリトヒカラセ、ヒドク昂奮シテ鼻ヲ暗イ空ニアゲ」

「いや、いや、ポリ公にはおれの夢のなかの犯罪をおれに正確におしえてくれることなんかできないよ、おまえのいまいったような、でまかせの犯罪でせいぜいだなあ」と呉鷹男は思い屈したように陰気にいった。「おれの夢のなかの犯罪はおれ独自の犯罪だから、おれ以外の人間にはとらえられない、そして夢のなかの犯罪者のおれも忘れられるだけで、処罰されたりすることはないよ」

虎が苛《いら》いらと窓ぎわを行ったり来たりしていた、そしてそのたびに夜のなごりの暗闇の粉雪が、僕らをめぐっている朝のおわりの明るい陽ざしのなかへふりそそいでくるようだった。僕らの周囲はわずかにかげり、僕らは身震いし、自分たちをなにものかの亡霊のように感じた。僕らの声は艶をうしなって嗄《しゃが》れた。

「夢だからいいにしても、そういう犯罪は、むだな、無意味な犯罪だなあ」と僕は憂鬱になって年長者らしく不機嫌にいった、もう僕はその話題をはじめたことを後悔して、虎とおなじように苛いらしていた。

「そういう無意味な犯罪のおそろしさは、いつかまた突然それを自分がくりかえすのじゃないかということなんだよ、原因のつきとめられなかった事故のようなものだからなあ。しかもこんどは、夢の中であれ外であれ、もっとひどい犯罪になりそうなんだ。すくなくともそれは暗闇のなかの細道でなどじゃないだろうと思うよ。たとえばビルディングの屋上か塔の上で、太陽の光のいっぱいの場所で、もういちど、女のはいている男もののズボンをはぎとらなければならないということになりそうなんだ。それが夢にしても、現実にしても、おれは厭なんだなあ、早く友人たち号《レ・ザミ》に乗っかって逃げだしたいよ」

それから呉鷹男は僕を弟の眼でみつめ、そして虎を兄の眼で見やり、不意に夢での呻き声とおなじ声をたててみせた、ああっ、ああ、ああっ！　かれの甲高い猛禽の声は、窓のむこうの高い空に羽ばたきする翼のようにまいあがり、風にさからって、ばさばさと揺れているようだった。僕と虎とはあっけにとられた。呻き声をあげながら呉鷹男は、切実に孤独を感じているようだった、内側に昂奮が沈んでかがやいている、ものほしげな犬のような眼をおののかせていた。背高のっぽで鬼のような角をはやし顴骨《かんこつ》のはった、いかつい顔の十八歳の呉鷹男は、その後もたびたびこの感情の淵にひとりぽっちで沈みこんではなかなかうかびあがってこなかった。呆然として気味悪く感じている僕と虎を、いわば常識の堤防のうえにとりのこして……

呉鷹男の夢の話をきいたとき、僕はかれの夢のなかでの体験と状況のまったくおなじ現実の強姦殺人事件が、その年のはじめ東京港にちかい埋立地周辺でおこったことを思いだしていた。そして僕は呉鷹男の暗い夢が、現実の事件としっかりむすびつくことに不安を感じたのだった。また、虎が呉鷹男の夢の話について警察に密告しはしないかなどと滑稽な気がかりを感じさえしたのだった。そこで僕は頭をふり、自分自身をあしらい、その危険な連想を意識の奥底に沈めた。一瞬あと、呉鷹男も呻き声の模倣をやめ、自己嘲弄的な微笑をとりもどして口笛をふいていた。

「こんど夢のなかでうなされているようだったら、僕が揺りおこしてやるよ、蹴っとばしておこしてあげてもいいや、それも僕が酔っぱらっていなかったらの話だけど」と虎がひとなつこい微笑とともにいった、かれは僕ら三人のなかで最も優しかった。

「ああ、ありがとう。しかし誰にもおれがうなされているとわからない時はどうなるんだい？　たとえば、真昼の、いまの瞬間とかなあ」

「いま、あんたは呻いていないよ、大丈夫だよ」となおも善良に優しく虎が慰めた。

　このようにして共同生活は始まり、一人の若いアメリカ人と三人の若い同居人はおたがいを理解しあおうとし、そして僕らみんなの中心には、友人《レ・ザミ》たち号というひとつの核と、友情のもうひとつの核がかさなりあって、しだいにその形をあきらかにしていったのだった。

　夏のはじめ湘南の海の近くの夕暮の鋪道で、僕と鷹男と虎とが若者の不意の死におびえたころには、すでに友人《レ・ザミ》たち号の竜骨は海辺の陽の光に獣のように具体的で明瞭な形をしめした。僕らはそれらの日々、ダリウス・セルベゾフもふくめて、たびたび声をあげて笑ったものだ。それはもう、かなり以前のことになる。それは僕の《黄金の青春の時》だった……

二章　セックスの問題

真夏になるとダリウス・セルベゾフは、かれ自身の癲癇の発作についてきわめて敏感に警戒した。いわば予感のうちに、その癲癇の芽をつみとろうとするのである。朝、眼ざめてから一時間ほどのあいだ、かれは自分の肉体と感覚、意識をめんみつに点検した。それは発射前のロケットの点検のようなものだった。もし、いくらかでも、違和感をみいだすことがあれば、その日は、家にこもってベッドにねそべっている、そして遠方からの嵐のように癲癇がちかづいてくるのを、おびえながら汗まみれで待っている……

そうでない日は、百科事典のセールスにでかけるけれども、それも、ひとりぽっちで出発することはなかった。かれのジャギュアの運転手として、ダリウス・セルベゾフは、外出の日、毎朝、僕ら三人によびかけては、そのひとりを採用するのだった。

　ダリウスには、いつまでも、どこか過度にひかえめな感じのするところが残っていた。朝食のあとで、僕らに運転をたのむとき、かれは気弱で善良な微笑をうかべては、誰か今日、自由な人間はいないか？　というふうにきりだすのである。僕は大学の夏休がはじまっていたし鷹男も虎もとくに制約されていることがないのをダリウス自身よくしっていたのに。そして結局、虎がつねに運転をひきうけ、僕と鷹男が、すぐさま暑くなるわれわれの共同の家に残された。それでもまだ、僕のほうはよかった。僕は時どき大学の図書館へでかけて行ったからだ。鷹男は、ひとりぽっちで家にのこると、暑気にぐったりした猫をいじめながら、本を読んだり小説を書いたりした。かれの知的作業にはいくらかファナティクなところがあってかれは時どき猛然たる集中ぶりをしめした。

呉《クレ》鷹男が読む本はすべて僕がもってきたものだった。かれは初めてサルトルを読み、たちまちそれに熱中した。僕らの共同の家にくるまで、かれはフランスの現代作家を一ページも読んだことがなかったのだ。いま呉鷹男の知的世界には新しい領分がひらけたといってよかった。かれは翻訳を読むばかりか、フランス語でサルトルを読めるようになりたがった。そこで僕と呉鷹男のあいだに、ヨットでの航海中、フランス語の初歩の授業をするという約束ができていた。かれはすでに時どきフランス語の辞書をとりだして眺めていることもあった。そして特殊なフランス語の単語に奇妙な執着をしめしたりもしていた。鷹男のそれが単純な側面だった。また小説のためにはかれは半・朝鮮人の青年の自伝と、殺人の夢の話と、そのふたつの主題をもっていた。かれは自分がやがて作家になるだろうと考えているのでもないようだったし、自分を天才だと信じているのでもないようだった。しかし、自分のふたつの主題が小説として失敗するとは決して思っていなかった。かれはそれを疑ってみることさえしなかった。ダリウス・セルベゾフは呉鷹男がそれを書きおわれば、自費出版してやりたいといっていた。

呉鷹男がすでに書きあげた断片をいくつか僕は読んでいたが、その朝鮮人の父親に関した部分がとくに成功しているように思われた。そこにでてくる朝鮮人の父親というのは、すでに老人で放浪者なのだった。乾燥野菜のような顎鬚をはやし、朝鮮風のズボンと登山靴をはいて四国の地方都市を放浪していた。かれの妻は日本人で、その妻は一人息子をすっかり日本人として育てるために、この気の毒な老朝鮮人を、家から追いはらってしまったのである。

息子の少年が修学旅行で四国にゆき、深夜に接続列車をベンチでまっていると、風が吹きすさび、西部劇の風景のように風にまるめられた枯草のかたまりの転がる駅前広場に不意に老放浪者はあらわれて顎鬚をしごきニンニクの匂いをぷんぷんさせ、雷のような声をはりあげて、「坊はん！」と教訓をたれるのだ。

「この国の人間どもを信じるな、みんな他人ぞ。嘘をつき裏切り卑劣にたちまわり破壊せよ、そしてなお最後に笑うのはおまえじゃないぞ、坊はん！　他人どもの世界では他人よりほかに最後に笑うものあらじ！」

　そして老朝鮮人は電子音楽のような効果音とともに暗闇のなかへ鳥のようにくるくると舞い跳躍して去ってゆくのだ、家出のさいにもちだした百個のニンニクの一粒をグジグジ噛みながら。老人はニンニクの常用と放浪で仙人になる計画なのである。呉鷹男は半・朝鮮人の青年の自伝を、《怪物》となづけようとしていた、それはかれのナルシシスムだった。

　呉鷹男は怪物がすきなのだ、そして怪物的かそうでないかということで人間を判断する基準をつくっていた。かれはひそかに自分を若い怪物だと考えていた。そして、虎と僕とを、非怪物だと考えており、しかし友情から、それをあきらかにしないでいるのだった。自伝《怪物》の作者としての鷹男にしてみれば自分以外のものが怪物的であると考えることにいっさい我慢できなかったのである。かれは怪物であるにしてもそうでないにしても、確実に、傲慢で、侮蔑的な態度をもった特殊な青年だった。ダリウス・セルベゾフについては、僕と虎にたいしてのように遠慮するわけではなく、その非怪物性、反・怪物性についても辛辣なことをいった。鷹男は、自分をこの世界とはちがう世界からの来訪者だと考えているわけだったから、その異郷の友への友情を考えにいれなければあらゆる旅行者とおなじように、その眼、その耳がすべて周辺の事物にたいして批評的にしか機能しないということだったわけである。

「ダリウスはアメリカ風のオプティミストにすぎないよ」と鷹男は批評していた。「戦場でのつらい体験から善意のヒューマニズムの、人類愛の、その他もろもろのピンク色の思想の聖者となったアメリカ青年にすぎない。なにひとつ異常なところのない衛生人間だ。それに、なにか自分の精神および肉体に異常の芽をみつけだしたら、商売物の百科事典をひっぱりまわして、たちまちバランスをとる方法をさぐりだすんだからね。あいつの大百科事典の世界には、異常とか怪物とかはまぎれこむこともできないよ、インクの匂いのする衛生的な理性の世界だ。まさにダリウス・セルベゾフはアメリカの平均的良心だ、百科事典のセールスマンにこれ以上の人物はいない！」

　呉鷹男が自分をダリウス・セルベゾフとは対極をなす、怪物、反・平均的人間だと考え、それにしたがって行動しようとしていることは、僕らの共同生活がすすむにつれて様ざまな点でしだいにあきらかになった。かれはきわめて明確にかれ独自の生活を僕らの共同生活にもちこんだのだった。

　僕らの共同の家にはダリウスの部屋の脇にひとつだけ浴室がある、それを順番に四人の共同生活者がつかうのだったが、鷹男は、つねに最後の入浴者だった、それは必要にせまられてきめられた規則だった。ある日、虎が鷹男のあとから浴室にはいり、そこいらじゅうが精液の匂いでむんむんしていることを発見したのである。虎が鷹男に抗議すると、鷹男は悠々としてこういったのだった。

「おれは毎日、オナニイにふける習慣なんだよ、しかも浴室で、シャワーを尻にあびながらね」

そこで僕と虎とダリウスとは自己防衛のために入浴の順番をきめて僕らの家の法律としたのである。また鷹男が真昼に自瀆する場合には、そのあとで浴室じゅうに水を流し、また浴室の空気をいれかえておくという義務が課せられた。このような厄介がついてまわるにもかかわらず、鷹男はほとんど毎日の自瀆をやめなかったし、それもつねに浴室でおこなった。夜よりも真昼にそれをおこなうことを好んでもいた。それというのも鷹男は自瀆にすくなくとも一時間をかけるので、僕らの入浴のあとからはじめると、たびたび深夜にいたるからだ。かれは小説の断片を書くために深夜の時間を大切にしていた。

夏のはじめの日々、ダリウスと百科事典とをつんだ白いジャギュアを運転して虎がでかけると、鷹男はベッドに寝そべってサルトルを読んでいる、それからむっくりと起きあがって裸になり、人体性解剖学図譜という本をもって浴室に閉じこもるのである。シャワーの音が永いあいだつづいて僕がそれを階下にはるかに聞きながら眼をつむっているとその晴れわたった酷暑の一日が、雨のふりしきる日にかわるのだった。そして、そのあいだ鷹男は、解剖学図譜を丹念にめくりながら、しかもシャワーのしぶきがアート紙を濡らさないように細心の注意をはらいながら、自瀆しているわけだ。鷹男によれば、解剖学図譜は浴室へもちこまれてエロティクとまったく逆の効用をはたすのだった。かれが熱心に見つめるのは、色素の沈着せる陰唇、小陰唇の弁、尿道旁腺《ぼうせん》の解剖学という図や、外陰に見られるいちじるしい静脈という図などで、それは鷹男に、女と無関係にひとりぽっちで性的満足をえていることがいかにいいかを、すなわち自瀆の光栄を、くりかえしくりかえし思いしらせるものだということだった。

「おれはオナニイの魔なんだね」と鷹男は自己満足して、誇らしげにいっていた。

呉鷹男の自伝的な断片のひとつには、ベッドに寝そべって読むサルトルに影響された、しかしとくにサルトル的ではない、かれ独自の論文の一章もふくまれていて、僕はそれを読み、鷹男のためにタイトルを考えてやった。オナニイの魔宣言というのだ。鷹男は自分では天使のための性行為、自瀆というタイトルにしたがっていた。それも思ってみれば過度のナルシシスムにちがいない。

《……おれの考えでは性的な行為において自瀆にまさるものはない。それはおそらく強姦とおなじくらいイイのだ、強姦は性的な行為プラス・アルファなのでいちおう別にして考えよう。自瀆は精神的であり、キゼンとしており自己閉鎖的で、それは攻撃されたハリネズミのように自己閉鎖的だということだ、針のナイフをいっぱい逆立て、自分の股座《またぐら》に頭をいれて自分の肛門のそばを咬んでいる攻撃されたハリネズミ。

閉じられた浴室において、他人の眼にふれることなく、自己の存在を消滅させ、ただ怒れるペニスだけがおれの眼によって存在しているのを確実に感じている。そのときおれはおれ自身ですらもない、おれという精神は存在せず、怒れるペニスだけが存在する。おれはおれだけで充足し、他人どもも、他人どもにかきたてられるおれの自意識も存在しない。おれが自瀆に専念しているとき、おれは存在していない。おれの死体が浴室のシャワーのしたに横たわってペニスを怒りたたせているにすぎない。おれはこの世界に真に存在していないという固定観念の苦しみから解放されている。

同性愛は自分の肛門を自分のペニスのまえにはこんでこようとする不能犯的な試みの、ひとつの折衷案にすぎない。おれは、この試みに純粋であろうとして、自分のなかば勃起したペニスを自分の肛門に向けむりやりおりまげてみたりもしたものだ。結局それにくらべても自瀆は洗練され明快だ。

性交のおわりに、射精のあとに、躰の下の女が煙のように消えうせたらいいと考えても、そんな奇蹟はおこりえない。理想のマボロシにすぎない。

しかし自瀆した青年が頰と眼のまわりを紅潮させ、涙のように眼脂《めやに》をため、指を精液に汚してたちあがるとき、かれのまえの女は霧のように消失している。それが自瀆の洗練された特質のもうひとつのものだ。

しかも自瀆はS・F誌の予言によればやがて宇宙にうちだされるはずの一人のりの人工衛星のなかでさえやれる……》

これは一種の冗談のように僕には思われた。しかしオナニイの魔、呉鷹男の性的な自由さにたいして、僕はやはりひとつの敬意をいだいていた。僕自身は性的なものに深くとらわれて身動きもできないありさまの二十歳の青年だったからだ。梅毒の悪夢は、僕にあの象徴的な性交いらい二度と娼婦たちの所へでかけさせなかったし、そしてまた僕にはもう一度、最悪の娼婦と寝て梅毒恐怖コンプレックスを追放しないかぎり、不能《インポテント》であるにちがいないという予感があった。僕はまさに四六時中、さかんにむなしく勃起していたからこの予感には根拠がなかったが、そのころ僕と苦渋にみちた恋愛をつづけていた女子大生といったん性交渉にはいるときのことを考えると怯えてしまうのだった。

その鳥のようにカサカサかわいた印象の女子大生と僕は、学生診療所で知りあったのだ。僕をダリウス・セルベゾフに紹介してくれた医師のところで、彼女は資料整理のアルバイトをしていた。僕は梅毒恐怖症からの回復の証拠としての解放感を是が非でもあじわいたいと思っていたので、いそいそとその女子大生と恋におちたのだったが、解放感などは、はじめからあらわれようのない恋愛だった、それがどのような原因によったかは分らないが僕らの恋愛はつねにいじけひねこび、まがりくねって迷路のように展開した。クロスワード・パズルのような恋愛だった。はじめ僕らはロレンスの評論集を読んで、現代人は愛しうるか、という議論をした。それから愛は現代人に希望をもたらすかという議論をし、希望をえた現代人は愛の名においてなにをなしうるかという議論をしたのである。おたがいに頭痛と疲労と、あいまいな飢餓の感情において議論を中絶させて別れ、次にあうとまた、おなじ議論をむしかえした。奇妙なことに頭痛が記憶喪失をもたらして、また始めから堂々めぐりがはじまるということもあった……

そしていま僕らの恋愛はずいぶん進んできていたが、最初の議論癖はそのままで、いつまでもいつまでも議論だった。僕らが肉体関係をもつことを決めたのはすでに数箇月も前のことだったが、具体的には僕らのあいだに接吻ひとつおこなわれたことはなかった。それでいて議論だけは性的なテーマをしだいに展開させていったので、最近では僕らの白熱する議論は性交の細部にわたっているのだった。銀座の雑沓《ざっとう》のなかを、かつてロレンスの論文について議論しながら歩いていたときのように夢中になって話しあいながら横切っていて、つい熱中した僕の恋人が、大きい熱っぽい声で、

「しかし、あなたの亀頭が……」と叫んだりもしたが、この不幸な女子大学の教育学部生は、まだ痛ましい処女なのである。

僕らは性交をおこなうことをきめた最初の瞬間にただちにホテルへでかけて寝てしまうべきだったのだ。しかし僕の恋人はヒステリイ質の神経症を発揮して、すべてのホテルを拒否していた。それに僕がダリウス・セルベゾフたちとの共同生活をはじめていらい、僕には自分だけの部屋もないので、恋人との性交を現実的にこの世界でなしとげることは不可能なのだった。そこで、僕の恋人は処女のまま発情した犬のように焦燥し、雑沓のなかを僕の腕にすがりついて歩きながら、すべての周囲の人間と事物を無視して、輪転機のように間断なく性医学用語を発しては議論をもちかけてくるのである。

「性交のあいだに、わたしに膣痙攣がおこって、あなたがペニスをぬきとれなくなったとき、あなたはなにをしてくれる？」

「僕は医者をよぶよ」

「ということは、その状態が結局はわたしの肉体性に起因するので、あなたの肉体とは無関係だと考えて、それで医者の眼に、あなたの肉体と意識は無傷だと思うからなのね。滑稽で絶望的なのはわたしの方だけだと思っているからなのね！　あなたの方では、反・肉体性の威厳をたもてると思っているからなのね！　ああ、わたしだけを他人の眼のまえに辱ずかしめて……」

こんなことをいって涙ぐみながらいきりたつ恋人を眺め

ていると、僕はすでに一万回も、この恋人と性交渉をもったあとであるような錯覚におちいったものだ。そしてこの欲求不満の議論の山火事からのがれるためだけにでも、できるだけ早くダリウス・セルベゾフのヨットに乗組みたいとねがったのだった。

そしてまた僕は、もともと自分にこの恋人をふくめてすべての女との性交をさけたいという欲求が潜在的にあり(それは梅毒もちの娼婦と再び性交するまでは自分が不能かもしれないという惧《おそ》れにみちびかれているわけだ)そこで恋人と議論だけに固執しているのではないかと考えた。そうだとすれば、おそらく僕は死ぬときまで性交といえば、あの一瞬の暗黒の体験をかぞえるのみであろう。僕はつねに性欲にせめさいなまれていたけれども、この予感は決して不快ではなかった。センチメンタルな話だが、その予感は僕を、無残な悲壮さでうっとりさせることもあったのだ。僕にはアメリカのマゾヒスティクな精神分析ファンのようなところがあった……

したがって、セックスに関するかぎり最も自由なのは虎だった。かれはアルコール中毒のために、性的なことがらにたいしてはほとんど積極的な興味をしめせないのだといっており、女たちを愛撫するより、ロビンソンをかれが発明した独自の方法で射精させることのほうに情熱をそそいだりしていたが、かれはしばらくのあいだジゴロの生活をしていたのだし、いまも以前の情人たちに時どき会いに行っていた。

ダリウス・セルベゾフが虎を見つけだしたのは六本木のイタリア料理店のそうした年少のジゴロたちの集りにおいてだったのだが、かつての虎の商売仲間たちが今でもかれのところへいわばジゴロのニュースをつたえてよこすのである。虎は僕らみなが誇りに思っていたほど美しかったし、かつての情人たちは努力をかさねてかれにもういちど会おうとするし、新しい女たちも好奇心の炎のもえる性欲のカマドをスカートでやっとおおって、混血児のセブンティーンに追いすがった……

虎は羞恥心の強い少年だったので、僕らにたいしてはほとんど具体的な性生活について話すことがなかったが、電話で女たちと連絡をとっているときの虎には、僕や呉鷹男を、性的な側面ですっかりひきはなして独走しているエキスパートの自信とおちつきのようなものが感じられた。かれはもう二度と、コンクリートの砂漠にほうりだされて夜明けをむかえるような失敗はしなかった。かれはいま、猛虎の行動法にしたがって、コンクリートとネオンと排気ガスのジャングルを生きているのだった。

その虎がある日、ダリウス・セルベゾフと百科事典とをつんだジャギュアを運転して暑い日盛りの東京中をかけまわって帰ってくると、僕と呉鷹男とにひとつのニュースをつたえた。

「僕と同棲したいという金持の女がいるんだけど、アフリカの空を見ることができなくなるのは、いやだ、といってやったんだ」

「その女はおれと同棲しないか」と不意に好奇心をしめして呉鷹男がいった。

「しかしオナニイのほうがいいんでしょう？」とびっくりして虎がいった。

「その女はシャワーを持ってるか？　よし、それならおなじことだよ、おれはちょっと行ってくるよ」

　虎が女の電話番号をおしえた。しかし、もちろん虎も僕も、本当に鷹男が、僕らの共同生活をすてて、その女の所へ行くなどとは思ってもみなかった。すでに虎にも僕にも友人たち《レ・ザ・ミ》号は他にゆずることのできない存在にかわっていたからだ。ところがおどろいたことに、鷹男はその夜から僕らの家を出ていってしまったのである。そして一週間たつと、その女と一緒に僕らの共同の家を訪問してきた。女は四十歳でレストランをひとつもっている善良で大きい犬みたいな人間だった。ひどく無口で、つねに泣いているように顔を歪めていたが、それは自分では幸福にうっとりと微笑しているようにみせているつもりなのだった。

「おれはこの色情狂の四十女に飼われて、自伝とかオナニイの魔宣言とかを、書いていいようかとも思うんだよ」と呉鷹男は女をまえにおいて平気で、虎と僕にいった、それは子供が夏休みの計画をうちあけているような真面目さと陽気さ、そしていくらかの懸念のこもった調子なのだ。

「おれはとてもこいつとうまくいっているんだよ、なあ、そうだろ？　こいつはそうだといってうなずいているよ。おれはオナニイできたえにきたえているからね、蛇口のように調節できるんだよ。もちろん、性的なことばかりいってるんじゃないんだ、おれたちは万般うまくいっているんだよ」

　僕と虎とは呆れかえって、おたがいの肩を殴りつけながら苦しがって笑った。鷹男も満足げに笑っていた。夕暮になってダリウス・セルベゾフがかえってくる時間になると鷹男はひどく苛いらして、僕と虎がひきとめるにもかかわらず女をせきたてて僕らの共同の家を出て行こうとした。鷹男が出て行って以来、僕と虎とは暑苦しい不眠の夜々を、たいてい毎夜、朝方まで鷹男の悪口をいっていたのだったが、それにもましてダリウス・セルベゾフがじつにがっかりし寂しがっていたので、僕らは鷹男がすくなくとも別れの挨拶をダリウスにして行くことをのぞんでいた。

　呉鷹男は玄関にいったんおりてから、僕のサルトルの数冊をとりに駈けあがった、すでにかれのノート類のほうはひとまとめにしてもちだしてあった。その時になって始めて僕は呉鷹男が友人たち《レ・ザ・ミ》号の計画から本当におりようとしているのかもしれないと考え鷹男を階段のかげで待ちうけている女に憎悪を感じた。虎も女から顔をそむけていた。僕らの部屋から本といっしょに猫のロビンソンをかかえて鷹男がおりてくると、それまでまったく無口だった女が、突然の執拗さをしめして、ロビンソンをもって行きたがった。鷹男はそれについて黙っていた。僕と虎も女の要請を無視した。ロビンソンは鷹男の足もとでひっくりかえりオレンジ色の縞の背を床にこすりつけながら、僕らみんなの動静をうかがっていた。女はかがみこんでロビンソンのふくらんだ脇腹に手をのばし、かかえあげようとした。

その時、僕らのロビンソンは、渾身の力をふりしぼって、女の掌をひき裂いたのであった。女の掌の両方から血はしたたりおち、一瞬あおざめた女の大きな顔に、厚い化粧の膜をとおしていっせいに無数の暗褐色のシミが浮びあがった。びっくりした善良な虎が痛むかとたずねると、女はなんとか我慢し、鈍感な微笑を鋼鉄の顔にうかべて、「いいえ、いいえ！」と奇妙に静かな嗄《しゃが》れ声でいった。

呉鷹男はロビンソンを舌をならして呼びよせ、それから態でもうちのめそうとするように力をこめて殴った。ロビンソンは一瞬、世界中のすべての真実を疑ってピイピイなきながら台所へもぐりこんでいった。そして呉鷹男は憤然として虎と僕とを睨みつけると、その日はじめてのひどい低姿勢の優しさを女にたいして示し、自分自身が、女の掌をひっかいたロビンソンででもあるかのようにあやまりながら、急いで僕らの家を出て行ったのである。僕と虎とロビンソンとはその夜ずっと腹をたてていた……

しかし、その翌日、鷹男は女と別れて、僕らの共同生活にふたたび戻ってきたのだった、そのようにして呉鷹男の冒険は終り、友人たち《レ・ザミ》号は安泰だったわけである。ダリウス・セルベゾフは常軌をいっして喜び、僕らはかれがそのために癲癇の発作をおこすのではないかと心配した。僕らはこの病気について正確なことはなにも知らなかったのだ。そして結局、僕と虎も、鷹男の帰還を深く喜んでいることにみずから気づくのだった。ロビンソンだけが呉鷹男にむかっていつまでも冷淡な態度をたもっていた。

僕らが鷹男にかれの終えてきたばかりの冒険についてたずねると、自己表現欲の強い鷹男はたちまち熱中して、「あの女はおれの生涯の最高の女だよ」といった、そしてかれのすこし憔悴した顔には苛だたしげな悲しみと安堵とがあらわれた。「あの不運な女ときたら、たこのできている拇指ほど発達したやつをもちながら、それをおれが終始いっかんして刺戟してやらなければ、どうにもならなかったんだ、したがっておれは、片膝と頭とで躰をささえながら、残りの腕に全力をつくしていなければならないんだよ。その腕がはらいのけられるときが、あいつの《彼女の時《ハア・タイム》》なんだよ、そこではじめて痛みのはげしい自分の腕を自由にしてやって、おれはおれの蛇口をひらくんだが、その瞬間無理な姿勢で疲れた背から頸すじに、巨大で黒いものが、どすん、どすん、おちてくるように感じるんだなあ。そしておれは悲痛な気持で、ああ、あの最高のオナニイのかわりに、いまおれは、自分の躰を他人の分泌物に汚して、せっせとがんばったんだと悔悟の念にかられてどなりたくなったんだ。なあ、虎、おまえもあいつと寝たんだろう？」

　虎はひどく狼狽して鷹男に背をむけると、ロビンソンの尾のつけねをこすりつけてやって奇妙にあからさまに満足をあらわす逆立ちをはじめさせながら、（虎は他にも様ざまな芸を猫にしこんだ）「どうしてあいつはロビンソンを持ってゆきたがったんだろう？」と思いだしたようにいった。「それはおれが、この家にあそびにくるとき猫にあいたくてしかたがないからだといったせいだよ。あいつはおれにもう二度とここへきてもらいたくなかったのさ。それで猫をつれてかえろうとしたんだよ。それでいて、あいつは、猫がすごく嫌いなんだぜ、むしろ猫をみると怯えるくらいなんだぜ」

「ロビンソンはそれを知っていて攻撃したんだよ、ほら、あいつの皮膚のきれっぱしが爪にはさまってるよ」と虎は猫をひっくりかえし黒い足をつかまえて熱心に調査しながらいった、いまロビンソンは鷹男への敵意を忘れて歌うように喉をならしていた。

「ロビンソン、おまえはひどく引っかいたなあ」と虎は猫を裸の胸にだきしめて、くすぐったがりながらいった。

「そうだよ、厭らしい猫めが。あの女は犠牲をはらったんだ。結局あいつは、おれの生涯の最高の女だったんだ」

「あの女とよく別れられたね、おまえは死ぬまであの女をオナニイの代用物にして、しかめっ面で生きてゆくのかと思ったよ」

「おれは昨日の夜、もの凄い優しさだったのさ、あの女もおれと心中しかねないほど、おれの優しさに感動したんだよ。それで、今朝おれは、いま別れなければすべてはおしまいだと、愛にみぶるいするほどかりたてられながら思ったんだなあ」

　鷹男は、僕と虎とが笑うのを黙って見まもっていてからつづけた、かれはむっとしていたが、自己表現欲のために我慢したわけだ。

「それでおれはズボンを脱ぐと、部屋じゅうに屁と屎《くそ》とをしてまわったのさ。あの女はそれをみて、おれがどんなに別れたがっているかを知って泣きながら追いだしてくれたんだ。明日の朝刊をおれは全部あつめて読むよ、あいつが自殺していたら、おれはそれを知らないでいることはできないからなあ」

　もしかれが本当に怪物だとしても、呉鷹男は滑稽なところなしとしない怪物だと僕は思った。そのとき僕らは夕食をおわってベッドにはいるまえの時間を裸になって窓をあけはなした部屋をあるきまわったり寝そべったりして暑気に耐えようとしていたのだが、呉鷹男は階下でダリウス・セルベゾフが入浴をおわるのを待ちかねて、僕と虎に、

「なあ、今日はおれを歓迎して、おまえたちは風呂をあきらめろよ」といった。

　そして感に堪えている僕らをしりめに、階段をかけおりて行くと、はなばなしいシャワーの音をひびかせはじめる

のだった。僕は鷹男に、ごく小市民的なけなげさ、勤労者の涙ぐましい滑稽さを感じた。怪物的というより、むしろまったくその逆のけなげさと滑稽を……

　翌朝早く、呉鷹男はひどく後悔しておろおろせんばかりで、髭もそらずに、私電の駅まで朝刊を買いにでかけた。おそらく鷹男の汚した部屋のあとしまつがいそがしかったのだろう、鷹男の生涯の最高の女は自殺してはいなかった。呉鷹男はもとより、虎もダリウス・セルベゾフも僕も深く安心した。

　呉鷹男はやはり友人《レ・ザミ》たち号の計画からいちど離れようとしたことを気にかけ、ロビンソンを殴ったことについても恥じているようだった。そこでかれはロビンソンのために鳥肉を買ってき、それから僕らにむかって次のように正式の帰還の言葉をのべた。

「おれはあの女と暮して、冒険の旅のことはあきらめようと思ったわけだが、やはり、おれはヨットに乗っかることを、心底から、猛然と望んでいたんだなあ、ますますそれがわかってきたよ、おれの単純なこと！」

　呉鷹男はたしかに単純なことをいっていた、かれは夜のあいだずっと、女の自殺のことを考えて苦悶していたので、いま自由に解放された平穏な午前の時間が、過度にありがたいのだった。ダリウス・セルベゾフは呉鷹男をボクシングのフックのやりかたで軽く殴るような、抱きかかえるような動作をした。

　夏は終りにちかづいていた。ロビンソンは冷蔵庫にぴったりと躰をつけて眠る習慣をやめ、虎がつかまえてくれる蟬にもほとんど食欲をしめさなくなっていた。一時期、ロビンソンは蟬ばかり食べていたのだ。ヨットの建造場から、ひとくぎりついた友人《レ・ザミ》たち号を見にきてくれという連絡がとどいた。ダリウス・セルベゾフはずっとヨットを見にいっていなかったし、僕らも、あの交通事故の日以来だった。僕らは、セールスをやすんだダリウスとともにジャギュアに乗って出発した。

　陽気な小旅行だった、とくにダリウス・セルベゾフは始めからはしゃいでいた。東京を出はずれた国道が最初に出合う砂地の丘陵の松林で大男がズボンを脱ぎつつあるのを見つけたりすると、ダリウスは僕らをびっくりさせる大声で、悲鳴をあげるように鋭く笑った。むこうの大男はズボンを脱ぎおわるとフランス国旗の縞の運動パンツをあらためて白い裸の尻にかぶせ、松林の向うの海辺へ駈けおりていった。すぎ去ろうとする夏を熱心におしんでいる男なのにちがいない。

「こういう笑い方は、癲癇もち的非連続性というんだ」と呉鷹男が、ならんで坐っている僕にいった。ダリウス・セルベゾフが運転し脇に虎が坐り、僕らは後部座席にいた。

「なんだって？　なんだって？」と虎がふりかえっていった、虎は安ウィスキーのポケット瓶をかかえこんで、匂いの悪い茶色のやつを飲み、沈鬱な感じに酔ってきていた、そして陽気さの火花がときどきそこにまぎれこむのだった。虎はアルコール中毒者の素質のあきらかになってきている濃い黄褐色の顔に、鋭く、また無邪気な眼をキラキラさせて僕らに言葉の説明をさせようとしていた。

「なんだって、なんだって？」とダリウス・セルベゾフもいっていた。

僕と呉鷹男はかれらを無視して笑ってみせた。抽象的な言葉の理解力という点で、日本育ちの虎と、数年の日本語授業をうけはしたものの日本滞在は数箇月のダリウス・セルベゾフがおなじ程度だった。ふたりとも徹底した鈍感さだった。語学の壁のむこうにいるダリウスは別にしても、この共同生活の日々をつうじて僕と鷹男は虎がまったく徹底して具体的なことしか理解しない人間であることを思い知って一種のおどろきを感じていたのである。《おれたちとは世代がちがいますねえ》と呉鷹男はいっていたものだ。

僕も鷹男も、かれらに説明しなかったので、なんだって、なんだって？ という呪文はジャギュアのお菓子のように柔らかい唸り声のなかで溶けた。車のフロント・グラスのうちがわに一匹のおおきい蠅、おそらくはジャギュアを凄いスピードで疾走する家畜とまちがえたウマバエがとまっていた。ウマバエはときどき飛びたって羽音をひびかせ、また、フロント・グラスに戻った。ウマバエは透明なガラスの策略を知りつくしていた。それに衝突するというのではなくヘリコプターがグラウンドに着陸するように静かに確実におりたつのだ。虎がしばらくまえから、それを見つめていた。かれはウィスキーの瓶を左手にもちかえた。虎は飛んでいる蠅をたやすくとらえることができた。しかしいま、かれの自由な右手がためらっていた。虎はいま、その大きすぎる蠅をつぶしたとき、その掌にへばりつく蠅の腸の感触の予感にためらっているのだった。

不意に鷹男が後部座席から羽根のウインドー・クリーナアの柄をのばして蠅をおしつぶした。フロント・グラスに黒く血の色のひとつまみのゴミが附着した。虎がうらめしそうに嘆息した。鷹男は急に苛いらしてきた。ダリウス・セルベゾフは楽しそうにひとりで笑っていた。結局、ダリウスにはもっとも基本的に鈍感なところがあったのだ、それがかれの病的に複雑な敏感さのアミのそこかしこの荒あらしい傷になっているのを、僕は気づくようになっていた。それもいわば癲癇もち的非連続性だった。蠅の単純ながらかさばった内臓が、真昼の陽の光の熱にたちまちかわいて不透明になった。まだ夏はすぎさってしまったわけではなかった。フロント・グラスのひとつのシミにすぎなくなった蠅が、僕と鷹男とを解放した。

やがて僕らの車は湘南の保養所に近づき、女子大生のピクニックの一群を追いこした。女子大生たちはダリウス・セルベゾフの脇の虎を誇大にいえば、羨望と怨恨のまじった無関心の表情で見おくった。彼女たちは熱気にまいっている様子だった。

「見たか？　おまえがおれたちに紹介したあの恋人のステロ・タイプの大群衆がいたじゃないか、静かに有毒の屁をひりだし、唇をつぼめて鬱屈して」と呉鷹男が厭がらせをいった。

　たしかに鬱屈した女子大生の大群衆で、そして僕の恋人の鬱屈したステロ・タイプたちの大群衆だった。これら鬱屈した女子大生たちは、やがて鬱屈した女子大生ばかりの電車にのり、鬱屈した女子大生のうようよする女子大学に戻り、自己増殖するアミーバアのようにたえまなく鬱屈の種子を妊娠しては、ますます鬱屈しつづけるわけだ……

「あすこにぞろぞろ歩いていた女子大生は五十人だった」と呉鷹男がいった。「ところで女子大生の平均放屁回数は一日六個なんだよ」

「なんだって、なんだって？」とダリウス・セルベゾフが好奇心に燃えてたずね、こんどは鷹男もいそいそと説明した、放屁回数というのは女子大生がみずからを解放する回数だ、と鷹男はいった。

「さあ、鷹男ちゃんのが、また始った」と嬉しがって女のように優しくゆっくりダリウスはいった。

「五十人が六個ずつ放屁する二十四時間ということは、ひとりが一日じゅう五分ごとに放屁する二十四時間ということなんだね、もっとも十二個だけあまるんだが。女子大生の屁の毒は五分間はもつだろう、そこであの女子大生の群衆はつねに屁の匂いをたてて大移動しているんだなあ、砂漠の駱駝《らくだ》の群が砂埃をまきあげるように、それは一種の旗印みたいだろうよ」

　それから呉鷹男は僕の脇腹をバッタのようにとんとんやりながら、こういった、かれは最初から僕にそういいたくて、つまらない計算などしてみせたのだ、

「なあ、おまえ、恋人と四時間いっしょにいたら、おそらく一度は、この女子大生の砂埃とおなじものが東京の砂漠の空にひろがるのをかんじるだろう？」

　ダリウス・セルベゾフはあらためて声をあげて笑った、それはいかにも白人の笑いで、僕らの笑いとは異質の笑いだ。かれは僕が女子大生の恋人をもっていることを嫌がっていた、そしてたとえばこの場合のように消極的な批判を、つねに試みていた。呉鷹男はダリウスのそういう反応の方もついでにおもしろがっているのだった。

　僕らの白いジャギュアがこのような小旅行をへて目的地につくと、ダリウス・セルベゾフは飢えた僕らをホテルのレストランにつれていってくれた。食卓からプールと海と遠い島とが見わたせた、そして汗だらけの男たちが駈けまわっているゴルフ・コースも眼下にひろがっているのだった。それらの風景もそのレストラン自体も、つい最近まで僕にまったく無関係な場所だった。僕は九州の山村の農家の長男で、そして僕の両親はすでになかった。僕の姉と結婚して家とちっぽけな田畑をついだ義理の兄からのわずか

な送金と、奨学資金、それに家庭教師のアルバイト料とで、僕は最低生活をいとなんできたのだ。ダリウス・セルベゾフの家にうつってから、僕は田舎に手紙をだして送金をことわった。それは義理の兄夫婦が僕からえた最良の手紙だったにちがいない。そのようなことを考えながらレストランに坐っていると、わずかながら孤独な気分になった……

ゴルフ・コースをあがってきた痩せた頸すじの老人が僕らの脇のテーブルで不機嫌に食事をはじめていた。かれは当時の首相だったが、僕には関心がなかった。ダリウス・セルベゾフと一緒に海の旅へ出発することがきまった瞬間に、僕から、この国家、この国民、この政治が現実性をうしなったようだった。僕はすでに、架空の国家、架空の国民、そして蜃気楼の政治のなかで生きていた。僕は恋人と知りあったはじめのころ性的な問題にとどまらず政治的な問題についても議論ずきなこの勉強家の女子大生とデモ行進に行ったこともある、そこには人形芝居のように縮小された世界ながら、勇気と恥辱感、連帯と愛国心、屈折しない敵意、それらの劇がわずかの暴力にいろどられて存在したものだ。しかしダリウスとの共同生活がはじまって以来、大学でどんなデモ行進参加の呼びかけがあっても、僕は空気か虫にかかわったようにそれにたいしてまったくの無関心だった。

「おれたちのとなりの凄い眼をした黄色の老いぼれの憂鬱そうなかっこうを見ろよ、ペルシア人が朝鮮料理を食ってるみたいじゃないか、なあ？　天下の情勢も、あまりうまくいってないらしいと、おれにはわかったよ」と呉鷹男がいった。

「ゴルフがだめだっただけだよ、ひどい顔をしてはいるが、結局、食ってるよ、凍りついたみたいなドライ・マーティニを飲んでるね、政治がうまくいかなければ、たちあがってトマト・ジュースからなにから嘔くはずだがなあ」と虎はいった、かれは自分の精神と肉体、とくに血管のなかにアルコール分を一定量にたもつために自分の瓶をテーブルにおいて水晶凝視のようなことをやっていた。

「あの人もたいへんなんだよ、虎ちゃん、鷹男ちゃんのわかったとおりなのよ」とダリウス・セルベゾフが同情していった、かれは決して反体制的な人間ではなくて、アメリカの大統領、日本の首相、そして天皇家までをも、尊敬していた。かれは僕らを、時の首相がゴルフのあとの食事をとる場所につれてきたことに深く満足し昂奮しているのだった、結局かれは善きアメリカ人でもあった。

「それも汚ならしい赤貧白人《プア・ホワイト》の十九歳の普通じゃないアメリカ兵が、遊びはんぶんに日本人の礼儀正しい農婦をうち殺したりしたからよ、ああいうやつには、いまアメリカ人が考えることのできるいちばん残酷なリンチをやるべきなのよ、たいていのアメリカ人がそう考えているよ」とダリウス・セルベゾフは頰を紅潮させ眼をうるませ少年のようになって、苦痛をうったえるように切実にいった。

「ダリウスが気にかけることはないよ、まあ、まあ」と呉鷹男があしらった、かれは僕ら共同生活者たちのうち、いちばんの大人だといってよい態度をしめすときがあった。

「それにおれが新聞をよんだかぎりでは、ママサン、オイデ、オイデと呼ばれて射たれに近づいたとしても、それは礼儀正しさとは別らしいですよ」

　食事を終えて僕らはヨット工場のある浜へ降りて行った、すでに僕らは首相のことも、紛争中の米兵による射殺事件のこともふくめて現実生活の次元のすべてのことを忘れさっていた。建造中のヨットは光輝にみちて太陽そのものの骨組みのようだった。

「ああ、おれは友人《レ・ザミ》たち号でアフリカへ行くんだ、このざらざらした熱い艫《とも》に腰をかけて、象牙海岸、黄金海岸、ケープタウン！」

　虎はヨットの胴によりかかり背のびしてそこいらいちめんに手をふれ嘆声をあげた。僕はその過度に具体的な熱望の声にぞっと身震いするほど感動した。まだ塗装されてはいないが、ほぼ外装のできあがった船体にはカーボンで船の名がエスキースしてあった。ヨットは熱い砂の上で象のように背が高く巨きかった。ピラミッドからの影のような尖った短い影が砂地をかぎり、そのわずかな陽かげをひどく昂奮した蟹が這っていた。海は近く低く灰色にひろがり、しばしば衝動的に輝いた。革ぶくろのような顔の船大工が熱心に工事の進み具合を説明した。このように快楽と遊びの単なる冒険のための船の建造に、ひとりの老人がこれだけ誠実な努力をかたむけてくれることがまるで不当なことのようで不思議にさえ思われた。老人は船体にかけられた梯子《はしご》を、追われる子豚のように素早く滑稽にかけのぼり、なかばできあがった船室へ案内した。上からみるとヨットは晴れあがった空に微笑してひらいている、青年の熱烈な脣だった、それが木でできているにしても……

「おれはこれに乗る権利を放棄して、あのエロトマニアの女にしがみつこうとしていたんだなあ、ああ！」と単純に憤激して呉鷹男がいっていた。

「レースの玄人筋が、このヨットの名は、不吉だとかいっていましたよ」と老船大工の助手の黒いサングラスをかけた若者が蠅の亡霊のような小さな顔を砂地からあおむけていった。がっしりと船の横木にわたされた板をふんで立っているダリウス・セルベゾフ、太陽をさえぎって真黒の巨人が、内臓のふれあう音のように優しく内的な声でそれにこたえた、

「いいんだよ、いいんだよ、レースをやるんじゃないんだから、この名がいちばんいいんだよ、友人《レ・ザミ》たち号」

　僕らはヨットの名において再びむすばれた。もう誰ひとりヨット仲間をすてて、どこか他の場所、他の暗がりへぬけだすものはいないだろう、と僕は感動して考えた。老人はサングラスの蠅の不謹慎な言葉を鉄のように強い声で叱っていた。僕らは靴のなかに数千の砂粒がこぼれこむのを

感じながら海に背をむけて斜面を登った。夏のあいだじゅうに海に狎《な》れしたしんだ老獪《ろうかい》な水泳者たちが遠方でおだやかな声をあげていた。かれらは海にキラキラする刺戟をうけることがもうないだろう。海は、ある日、ある時刻、不意にその輝かしい魅力をうしなってしまう、人間たちは海から解放され秋がくる。秋、海はおとなしい老婆のようにちぢこまる。

僕らはジャギュアに戻り、大仰に叫びたてて砂粒を靴やズボンの折りかえしから払い、乗りこんだ。ジャギュアは陽の光に灼けて蒸し風呂にかわり、そしてあのすばらしいヨットのイメージのまえでは毛を刈った羊のような貧弱さだった。そういうことについて敏感な虎は、かえりの道すじをずっと、いくらか乱暴に運転してジャギュアをしいたげた。帰り道、僕らは黙りこんでいたり眠ってしまったりして元気がなかったけれども、僕をふくめてみんなの友人たち《レ・ザ・ミ》号乗組員たちが、《黄金の青春の時》を生きている、という印象に深くとらえられていたことは確かだろう。疲れからしばらく眠り、横浜のあたりの有料道路の入口で眼をさましたとき、フロント・グラスに押し花のように乾いている蠅の死骸が気にかかって、僕はそれを爪先でこじりおとした。それはヨットの下から不吉なことをどなってよこしたサングラスの男が蠅に似ていたこととかさなって僕にごくわずかながら、はっきりした不快感をあたえるからだった。

僕はいつも光り輝く場所に暗い亡霊の信号を発見しては、それにこだわってしまうのだった。それは僕が、そのころから、つねに小さなぼんやりした恐怖を懐胎している、象の母親のように永いあいだ懐胎している、そのような青年だったからだろう……

僕らのジャギュアが東京に戻り、アメリカ大使館脇の狭い坂道を六本木の方向にぬけようとしたとき、そのときは疲れと永い時間の一定の酔いとで眠りこんでしまった虎にかわって再びダリウス・セルベゾフが運転していたのだが、僕らは四十人ほどの汗に汚れた学生たちの小さなデモに会った。それはみすぼらしく消極的で恥ずかしげな、子供がむずかっているような、ほんとうに小さく安全なデモだった。学生たちは眠りこまんばかりでばかな犬のように歩いていた。プラカードの外国語のつづりはそろってみなまちがっていた。旗はなかった。警官たちも大使館の詰所のまえで二三人かたまって立話しをしているにすぎなかった、まだ陽は高かったが夕暮の印象だった。なにごともなく、無事に、遠い空を飛行機がすぎさるように、すべてが終ろうとしていた、ひとりの退屈した愚かで若いアメリカ兵が、日本の農婦を射殺した、原因も理由もなく、おそらくは単なるちっぽけな嫌悪感と、日々の緊張からのどうしようもないストレスから。かれは死ぬほど退屈して、そして自分が死ぬかわりに、そこにいたママサンを殺したのだ。ニュース映画のカメラにおさまった逮捕されたばかりの兵隊は、猫になぶられた昆虫のように、じつに汚ならしく怯えきってゴミみたいなものだった、その不幸にも日本につれてこられた年若い外国の若者は……

「ほら、きみの大学の学生さんでしょう？」と僕にむかってダリウス・セルベゾフがいった、かれは車をとめてデモを見物するつもりのようだった。

僕は自分が赤面するのを、それにたいしての自己嫌悪とともに感じて黙っていた。

「レストランでもいったけど、ほんとにリンチにするといいよ」とダリウス・セルベゾフは固執していった。「そうじゃない？」

「僕はとくに関心がないですよ」と僕は腹だたしい思いでいった。

「こいつは生きている農婦に関心をもたない、そこで死んだ農婦にも関心がない」と鷹男が、ゆっくりあくびをしながら、途方にくれたような幼い声をだしていった。

僕は死ぬまえの母親のことをふと考えて、その殺された農婦にたいしてひとつの気持のひっかかりを感じたが、それを追いはらった。僕は閉鎖的な性質の、傲慢な人間だった、恥辱の観念も、個人的な意味にしか理解しなかった。それは鷹男にしても、いま眼をさまして呆然とデモ隊を見つめている不機嫌な虎にしてもおなじことだった。この傾向はデモの学生たちにも共通のように感じられるほどだった、かれらは、ひとつの退屈からの殺人に抗議しながら、しかも自分たちの退屈の重い荷物によろめき歩いているようなのだ。誰かの吹くあさましい口笛さえそこから聞えた。

その時、ダリウス・セルベゾフが、むっと紅潮した顔で唇をかたくむすんでジャギュアからおりたった。かれは車のわきにたってネクタイをむすびなおしシャツの袖をおろし、それからもういちどジャギュアに頭をつっこんで上衣をとると荒あらしくそれを着こんだ。僕はダリウス・セルベゾフが、かれ自身の神様が強姦されるところに立ちあっているとでもいうように激しく逆上してしまっているのを感じた。僕と虎が、かれを制止しようとした。しかしかれは僕らが声をかけるまえに、猛然と怒りくるっている獣のように肩をふりたてて駈けながら、デモ隊にむかって突進して行ったのだ。

「だめですよ、だめですよ！　もっと抗議しなければ、だめですよ」とダリウス・セルベゾフは日本語で叫び、それから英語で金切声をあげていた。「あいつをリンチにしなければ、ノオ、ノオ！　ジョンホルロイドの豚を、みんなの手でリンチにしなければ！　ノオ、ノオ、ノオ！」

それからおこったことは、ひとつの混乱にすぎない。奇妙な話だが、ダリウス・セルベゾフの出現によって学生たちは、たちまち緊張したのだ、疲れきり憂鬱に孤りぼっちで、ぞろぞろ歩いていた者たちが、一瞬、若わかしい猥雑さと兇暴さの積極的な群衆にかわった。かれらは、しきりにノオ、ノオ！　と叫びながらとびだしてきた正体不明の若いアメリカ人に襲いかかった。ジャギュアの中で見つめていた僕らの眼からダリウス・セルベゾフが消えさった。殴りつけ蹴りつけ、もみくちゃにする者たちの後姿と、昂奮にふるえた悲鳴のようなダリウスの声だけが僕らにそこでおこなわれている事件の意味をしらせた。

「ああ、よしてくれ、よしてくれ、おれは友人なのに……」というようなダリウスの声が学生たちの渦から湧きおこってきこえてきたのである。

　警官たちがダリウス・セルベゾフを救出するために、大使館まえの高みから駈けおりてこようとしていた。ダリウスを日本人の警官の手で救わせてはならなかった、それはダリウス聖者の善き心のためにあまりに強い打撃をあたえるだろう、かれは警官の味方でなく、いまさかんにかれを痛めつけている連中の味方のつもりなのだから、かれは警官に救われたあと、かれにたいする暴行のかどで逮捕される学生たちを見て泣き喚くだろう……

　虎の運転でジャギュアは猛然と発進し学生たちにむかってつきすすんだ。ひらいたままのドアが二人の学生をなぎ倒した。急ブレーキをかけたジャギュアのまえに、逃げおくれた学生たちの顔と涙と鼻血とに濡れたダリウスの顔が舞台を見あげる観客たちの顔のように並んだ。僕と鷹男がとびだして、ダリウスを両がわからかこみ、ジャギュアにひきずりこんだ。虎は発進したときとおなじスピードでジャギュアを後退させ、そのまま大使館前の高みにつづく坂へ登らせた。警官は茫然と僕らのジャギュアの暴走を見おくるだけだった。時速八十キロでジャギュアが六本木にむかって走りはじめたとき、背後にもの悲しいインターナショナルの合唱がおこって、鷹男と僕とを笑わせた。それはアンチ・クライマクスの効果だった。虎は怒りに燃えてハンドルを握っており、笑うどころではなかった。ダリウス・セルベゾフは泥んこになった両手で血と涙に濡れた顔をなでまわし、ますますひどい顔になり、しかもその眼はみるまに腫れあがってくる始末で、震えながらすすり泣いた。そしてこんなことをつぶやいているのである、

「ああ、よしてくれ、よしてくれ、おれたちは友人なのに、おれたちは悪いアメリカ人と戦う、償いの同志なのに、ああ、ああ、おれを殴らないで、おれに接吻してくれ、ああ、よしてくれ、よしてくれ、なんという恐ろしい誤解なんだろう！」

　それから不意に愕然とめざめたようにダリウス・セルベゾフは腫れあがった眼で僕と鷹男を見つめ恐怖におびえている声で、

「きみたちは、学生さんたちに、怪我をさせた、ああ！」と呻いた。

「しかし、あいつらは警察にはつかまらなくてすむよ、被害者のダリウスがうまく逃げだしたから」と呉鷹男がいった。

「被害者？」と当惑してダリウスはいい、それからじつにびっくりして、僕らを危険な獣でもみるようにおずおずと眺めた。

「恐ろしい、恐ろしい！」とダリウス・セルベゾフは、いま処女でなくなったばかりの不幸な娘のように嘆いて、それから癲癇の発作におちこんでいった……


ダリウス・セルベゾフはその夜のあいだずっと発作に苦しんでいた、激しい発作だった、僕らの共同の家は、かれの呻き声、叫び声につつまれた。家じゅうに魔物がはいりこんでいっせいに呼びかわしあっているようだった。夜明けがたに虎がベッドからおり、自分の枕をかかえて階下へ移った。僕は自分と鷹男がこの家にやってくるまで、もしかしたら虎はダリウスとおなじ部屋に寝ていたのかもしれない、と理由もなく考えた。そしてそのようなことを考えている自分を嫌悪した。虎は優しく、そして勇気のある少年なのだ。鷹男が自分のベッドのなかで、くすくす笑っているのに気がついて僕は、憤然として、

「どうしたんだ？」といった。

「この怪物むきの時代に、あれだけ古めかしいフロックコートみたいな人道主義者がいるんだなあ、そして癲癇までおこして苦しんでいるんだよ」と笑いに声もとぎれとぎれに鷹男はこたえた。

僕は黙ってダリウス・セルベゾフの叫び声を聞いていた、それは確かに滑稽なようでもあった。

「おれは上機嫌だよ、農奴をかりたてる封建領主みたいな気分だったよ」と鷹男はいった。

「大学生どもの正義派、社会関心派を、ジャギュアで追っぱらってやって、いい気持だったねえ」

「まあ、笑っていないで寝ろよ」と僕は、すっかり疲れきってもの悲しい気になっていることをあらためて感じながらいった、呉鷹男に反撥する気力もうしなわれているのだった。

翌日、癲癇の発作がしずまったあともダリウス・セルベゾフは極度に衰弱したままで回復しなかった。虎はずっとダリウスにつききりで看護していた。夕食のとき、自分の分の食事をダリウスのベッド脇に運ぼうとする虎に、呉鷹男が、なぜそんなに警戒しているんだ、とたずねると、虎は腹だたしげに、こういった。

「ダリウスが自殺するんじゃないかと思うんだよ、人生の目的がうちこわされてしまった、などといってダリウスは泣いているからね、ダリウスが自殺してしまったら、僕はもう一生のあいだアフリカの空を見ることができないという気がするんだよ」

「ダリウスが自殺する？」と鷹男と僕はびっくりしていった。僕はダリウスとの安穏な暮しのうちに最初の医者の注意を忘れてしまっていたのだ。

「なんだか眼つきも、ふだんとちがうんだよ」と虎はいっ

た。

「もうダリウス聖者らしい殉教者の眼はしていないか？」

「荒れすさんでギャングみたいな眼つきだよ、マタタビを食べすぎたときのロビンソンに似ているよ」と虎は心配げにいうと急いでダリウスの寝室にはいっていった。

　それから数日、ダリウス・セルベゾフと虎とがきわめて親密に、階下の病室となったダリウスの部屋で暮したので、そのあいだ、僕と鷹男とは核の外にはじきとばされた電子のような気分だった。鷹男は気まぐれな嫉妬をしめして嘲弄的にこんなことをいっていた。

「ダリウスにはアメリカ人に基本的な人種差別の感覚にかけているところがあるよ、あの虎はアフリカにいかなくても、ダリウスのようなアメリカ人の住む町なら、アメリカへわたってもいいのじゃないか？」

　その数日のあと、朝早く虎が僕らの部屋にあがってきて僕と鷹男を起して、

「ダリウスが、神戸の大学へ百科事典の納入の約束があるから出かけるというんだよ、それでもう出発の準備をしてるんだけど、なんだか心配なんだよ」といった。

「旅行できるくらい回復したのならいいじゃないか、心配ない」と鷹男はいった。

　そこで眠りつづけようとする鷹男をのこして虎と僕とが階下へおりて行くとダリウスはもう玄関に立っていた。

「虎ちゃん、ジャギュアで羽田まで送ってよ」とダリウスは嗄れた小さな声でいった。

「ああ。車を玄関にまわしますよ」

「もう大丈夫？」と僕はダリウスにいった、「まだ旅行はむりじゃない？」

「いや、旅行したほうがいいのよ」とダリウスは眼と脣とを痙攣させ、ひずんだような顔になって、なにか頑固な調子でこたえた。

　ダリウス・セルベゾフは僕の顔をまともに見つめようとせず、かれの精神にも肉体にも、まだ均衡が回復していないという印象があった。しかしダリウスの態度には、僕に、それ以上ひきとめる言葉をいいださせまいとするようなところもあって、僕はあきらめるほかなかった。ダリウス・セルベゾフが虎の運転するジャギュアに乗ってでかけてから、あらためて僕は不安の触手にとらえられた、それは漠たる対象の不安だったが、手ざわりは確かな不安だった。やがてそれは呉鷹男にも感染した。羽田からひとりで戻ってきた虎も、いうまでもなく不安におそわれて、病気の子供のように蒼ざめて小さくちぢこまった顔つきになっていた……

　翌朝、僕と鷹男は遅くまでベッドにのこっていた。虎だけが、ほとんど裸で朝の体操をするのを、僕らはベッドに寝そべって見物していたわけだ。かれの濃い褐色の皮膚がしずかに汗に湿って光りはじめ、僕らにその午後の暑さについて憂鬱な予告をした。すでに秋だったが、その熱気に

は突然回復した夏の印象が感じられるのだった。僕らはみんな、たびたび溜息をつきあくびをした。

階下でベルが鳴った、上半身、裸のまま虎が階段を駈けおりて行った。それから、虎は汗のすっかりかわいた体をむやみにタオルでこすりながら、茫然として青ざめた、貧しい顔になって僕らの部屋に戻ってきた、かれは自分のいおうとしている言葉を、みずから恥じているような具合だった。

「ダリウスが留置されているんだよ、神戸の警察に。誘拐と不法監禁でうったえられたんだよ、いま、お巡りがきてそういってるよ、ダリウスは誘拐して、監禁したんだ、六甲山のホテルに」

「誘拐して監禁して、百科事典を買うというまで帰さなかったのかなあ。百科事典を売る方法としては、いくらかきびしすぎたなあ」と鷹男がいった。

しかし虎は笑わなかった、冗談にたいしてかれがよくそう反応したように不機嫌にさえもならなかった。かれの怯えた顔に、粒つぶの汚れた汗がうかび、皮膚のあぶらにはじかれてほとんど完全な球状に見えた。かれは夢みるように嗄れた声で、

「すこし頭の弱い十二の男の子をホテルにつれこんで、翌朝には、怪我までさせていたらしいんだよ」といった。

それは僕と呉鷹男の胸に恥ずかしいひどい一撃をあたえる声と言葉だった。僕らもたちまち大粒の汗をかいた。一瞬、沈黙のなかで、虎の体臭が耐えがたかった。僕は窓をひらきにいった、指が震えていた、窓の外のヒマラヤ杉、ツツジ、芝の濃い色彩が僕の頭を穴ぼこのようにした。窓の外に巨大なみどり色の眼があって、それが僕らの共同生活の家をのぞきこんでいた、それは他人どもの眼だった。新しい汚辱の光が、僕ら三人の保護された若者たちをてらしていた。

呉鷹男が背後で鳥のようにチッチッチッと笑った、僕はぞっとしてふりかえった、それは許すべからざる笑いだった。僕よりさきに虎が唸り声をあげて猛然ととびだし鷹男を殴りつけた。鷹男はベッドにひっくりかえり、殴られた脣をみるみるふくれあがらせ、そしてしきりに血と唾をはいた。かれは殴りかえそうとしなかった。虎は怒りくるった小さな顔、仔犬のような顔を僕に、抗議するようにむけた。僕は悲しんで頭をふった。

そうなのだ、虎はこの数日のダリウスとおなじ部屋ですごした夜の時間について、鷹男から疑われ嘲弄されたと感じたのだ、そして鷹男を殴ったあと、まったく孤立無援の気分になって僕を睨みつけたのだ。僕は悲しみに揺りうごかされていた。そして虎に、僕がかれを性倒錯だと疑ったりしてはいないとどのようにしてつたえていいのかわからず、ただ頭をふっていたのだった。僕は虎について無責任な空想をしかねなかった自分を恥じ、虎にたいしてもっとも熱い感情を湧きあがらせた。僕はまた自分自身をこのみ

じめな気分の火のなかで救助したかった。

「おれはヒステリイをおこしたんだよ」とたちあがって拳で唇のあたりをおさえてみながら鷹男がいった、かれも自分と仲間たちをともに救助しようとしていた。

「僕は、あやまろうと思っていたんだよ呉さん」と虎も奇妙に熱情をこめていった。

「ダリウスを警察からうけとりに行かなければならないが、神戸まで、行かなければならないよ」と僕はわれにかえっていった。

「しかし僕らには、金は、みんなで千円もないよ、明日くらいダリウスが帰ってくると思っていたから、それで麦酒《ビール》を買いこんだから」とダリウスの留守のあいだ会計をうけもってきた虎が幼い声でいった。

「ジャギュアで行こう、みんなで」と鷹男がいった。「ガソリンをツケで満タンにして、それから予備の携帯用ガソリン缶にもいっぱいつめこんでゆけばまにあうだろう」

他に方法がなかった。僕らはジャギュアに冷蔵庫の食物すべてと麦酒をつみこみ、ガソリン・スタンドの男を深い疑惑のなかにのこしたまま、大あわてで出発した。僕らはもうほとんど話しあわなかったが、かたい結束の感覚をおたがいに感じていた。車のラジオを最大のヴォリュームにして野球中継をききながら夏の最後の日盛りの道を僕らはむやみに疾走した。大型トラックの河馬《かば》の群の大移動のあいだをぬって僕らの敏捷で痙攣的なジャギュアはぶあつく土埃をかぶって走った。

ヨット友人《レザミ》たち号の建造現場のそばをとおりすぎるとき、僕らは未練がましく身震いしたがジャギュアをとどめようとはしなかった。僕らは怒ったライオンに背後から追いかけられている気分だった、ライオンに僕らのもっとも貴重なもののありかを感づかせてはならなかった。僕らは巣の雛たちを狐の眼からまぬがれさせようとする雉《きじ》の母親のように細心に敵の眼をそらした。それから僕らは共同の家に猫を閉じこめたまま忘れてきたことに気がついたが、ひきかえすことのできる気分ではなかった。それと同時に、ひとりぽっちで細長くひからびて死んでしまう毛むくじゃらのロビンソンの印象は僕らを沈みこませ、いわば過度に悲しませるのだった。

夕暮がせまり夜がおとずれ、真夜中がすぎた。僕らは放尿するためにしかジャギュアをとめなかった。日盛りには耐えがたく暑かったが、真夜中には躰がふるえた。ふたつの季節のあいだを旅行しているようだった。僕らはジャギュアをところどころ故障のきたリューマチの老人のような車にしてしまいながら、しかも時速八十キロをこえたりしながら、数かずの市街を走りぬけた。

僕らが神戸の警察署にたどりついたとき、ダリウス・セルベゾフはすでに釈放されていた。そのことを僕らにおしえてくれた若い警官は愛国心にみち、社会および政治の矛盾にがまんできなくなって肝臓を古チーズのようにしてしまっているといったふうな男で、とくにこの熱血漢を憤慨させていたのはダリウス・セルベゾフが釈放後、事件をおこした当のホテルへ再び戻ったということだった。しかし僕には、むしろそれがダリウスの自己処罰の欲求からでたことだとわかった。僕らはその山の上のファショナブルなホテルへの道すじをきいて警察署をでた。虎は、若い警官がダリウス・セルベゾフをののしるあいだ終始涙ぐんでいて、外にでると大急ぎで鼻をかんだ。鷹男も僕もその正義派の警官を殴ってやりたい気分だった。

僕らがそのホテルの玄関にジャギュアをつけると制服をきた少年たちがいそいそと出迎えたが、ダリウス・セルベゾフの名をいうと、そのこざかしい猿どもはたちまち冷淡になり無礼になった。僕らはダリウスをホテルの地階のバーで探しあてるまでいくたびもホテルの連中からこうしたあしらいをうけねばならなかった。ダリウスは駝鳥《だちょう》のようにだらしなく酔っぱらってバーのすみのソファに深く沈みこんでいた、それは僕にオーデンの詩句を思いださせた、《そしてそこにベンチに坐って孤独な男が泣いていた、頭をたれ、口をひんまげ、鶏の胎児のようにどうしようもなく、醜く》

ダリウス・セルベゾフは泣いているのかどうかわからなかったが、とにかく泣きべそをかいているよりももっと悪い状態にあった。僕らがはいっていったとき、ちょうどダリウスはバーテンダーに合図して酒のおかわりをしようとしていたが、バーテンダーはものすごいばかりの冷淡さだった。ダリウスはそれだけ酔っぱらうまでに何度も平身低頭しなければならなかったにちがいない……

アスファルトの路面に麦をうえようとして大都会の中心をほりくりかえしてきた愚かな開拓者のような具合に、白っぽく埃まみれになり汗と不眠とに汚れ、疲労困憊した僕ら三人がダリウスのまえにたった。ダリウスは重たげにふくらんだ瞼ののびた顔をあげ、僕らを小さな、赤い眼で見まわした。それはぞっとするほど暗く無機的な眼だった。かれは黙っていた、僕らもすすり泣きたいような気分で黙って立っていた。それから、やっとのことで虎が、「ダリウス、僕ら汽車賃がなくて、ジャギュアできたんだよ、平均六十キロでどんどんきたんだよ」といった。

涙をながしたあとのように、まぶしげな、それも内部の汚辱感のまぶしさに痛んでいるダリウスの眼に、一瞬の希望がひらめいた。どのような時、どのような場所においても、固定観念のように、基本的な優しさをすてないのが虎の美徳だった。

「僕らもウィスキーを飲んでいいだろ、ダリウス」と虎はあまりにもむきだしなダリウス・セルベゾフの反応に照れてしまっていた。

麦酒をのみつくしてから時間がたっていたので虎にはアルコールが必要だったのだ、心理的には鷹男と僕もまたおなじ事情だった。

　バーテンダーは、ダリウス・セルベゾフへの反感を僕らにむかっても延長したが、不機嫌で絶望的な気分をあきらかにした屈強な三人の若者にたいしては、それを露骨にしめすことはしなかった。かれも自制したのだ。虎はバーテンダーの気持を忖度《そんたく》してやって、かれを解放してやるためにウィスキーを瓶ごと買った。僕らはダリウス・セルベゾフをかこんで坐ると、むやみに急いでそれを飲みはじめた。ダリウスは林間学校でいじめられた弱虫の子供がやっとのことで家族のもとへ逃げかえったという様子になっていた。かれはいま、きわめて醜かった。

「信じてもらえるかどうかわからない」と不意に叫ぶようにダリウスはいった。

「なにを？」と虎が親切にたずねた。

「こんどの癲癇のあと、新しい薬をのんでいたんだよ、そしてベビイみたいに、茫然とした頭で生きていたんだよ」

「しかし、それにしても」と激しく鷹男はいい、それから黙りこんで考え、はじめにいおうとしたこととはちがうことを続けた、それがみんなにあきらかだった、はじめ鷹男はダリウスを罵りかねなかったのだから。「ダリウスはなぜ、おれたちとのヨット旅行を計画したんだい？　なぜ、ダリウスは、そういう聖者になったんだい？　なんだか、あんたが怪人物に思えてきたよ、謎の男だよ」

　ダリウス・セルベゾフは呉鷹男を真剣に見つめ、そして訴えかけるような声で、

「僕は朝鮮戦争のとき、ひとり市民を殺してしまったんだよ、ねえ、撃ち殺してしまったんだ」といった、それは僕らがはじめて知ることだった。「戦闘中にじゃないよ、僕は戦闘はしなかったんだから。戦闘のあとだよ、そして、戦場からは遠い都会でだよ。僕はどうしてそういうことをしたんだろう、僕にはひとかけらのサディズムもないのに。僕は昼間の街をあるいていたよ、すると一人の若い男がついてきたんだよ。その男は朝鮮語で僕にどこか他の土地へつれていってくれるように頼んでいるみたいだったんだよ、香港、東京、ハワイ、サンフランシスコ、そんなことをいっているようなんだよ、そして僕は逃げるつもりで歩いていて、なんだかひどく破壊されたところに、その男と二人きりでいることになってしまったんだよ。そして僕は恐くて、その男を射殺したんだ。しかしその男は僕にどこかへつれていってもらいたかっただけなんだ、香港、東京、ハワイ、サンフランシスコ」

　ダリウス・セルベゾフという臆病な青年がピストルをもって歩いていた。優しそうな、善人らしい、ダリウス・セルベゾフに、その不運な若者が眼をつけた。グロテスクな厭な、そして、ありふれた伝説だった。あのころコリアンキャットから浮浪児まで、アメリカン・ヒューマニズムの騎士によって戦火の朝鮮から救出される者たちの夢物語は多かった。野心家の青年の頭を熱くする夢物語。しかし不

運なことにそのひとりの朝鮮の若者がみつけだしたアメリカ兵は、確かに人間的な男だったが、いわば過度に人間的だったのだ、すべてのことに敏感すぎ、すべてにたいして怯えており、しかも安全装置をはずしたピストルを、その弱い人間らしい小さな掌に握っていた……

僕らははじめてダリウス・セルベゾフが償いの聖者となった理由を教えられたわけだ。しかしダリウスの告白を信じるか信じないかは僕らにゆだねられた辛い自由にかかわることだった。虎はただちにそれを信じた、かれはダリウスが怯えからやみくもにその不運な青年を撃ったことについて、ダリウスに嫌悪と怒りとを感じさえしていた。虎はそのためにダリウスにたいしてなにほどかの優しさをうしなったほどだ。

呉鷹男は、僕とおなじように、ダリウス・セルベゾフの常凡な物語を信じなかった。それが僕にはよくわかった。かれは僕とおなじく次のように考えたのだ。憤ろしく貧しい感情になやみながら、《この陋劣《ろうれつ》な若いアメリカ人は、かれのヨット旅行の同伴者に僕ら三人をあつめたことを、同性愛の欲求からきたものだったと僕ら三人から考えられることを、そして腹をたてた僕ら三人にそむかれることを、性倒錯者らしい臆病さで用心しているのだ。いまかれには不利な証拠ばかりだからこんな通俗ヒューマニズムの説話をつくりあげて、僕ら三人にヨット旅行についてのつごうのいい考え方の方向をしめしてくれたわけだ》

しかし僕はダリウス・セルベゾフの嘘を追及しようと思わなかった、それは鷹男もおなじことだった。すくなくともダリウスの善意の伝説を信じるほうが耐えやすかった。自分たちが性倒錯の料理人の生け簀の魚たちだったと認めるのは、それはあまりに不名誉で、それはまったく、たまったものではない……

そこで実にすばやくダリウス・セルベゾフの告白を信じ、いささかの疑惑もいだかないという様子で、過度に無頓着な様子で、

「ああ、それでわかったよ、しかしこれからどうする、ダリウス？」と呉鷹男はいった。

「百科事典の販売も旅行もやめて日本を出なければならないよ、ジャギュアをかえして慰藉料をはらうつもりなんだよ、きみたちのためには、ねえ、ヨットを売って、生活費をつくろうよ、もし、いまの家にしばらくいたいなら、あの家は年末までもう金は払ってあるから」とダリウスはいった。

「ヨットを売るのはだめだ」と虎が激しくさえぎった。「僕らはヨットだけは持っていよう」

「持っておくとしても、ねえ、虎ちゃん、あのヨットはいままでに出来あがったところまでしか、お金はらってないよ。それに、もうお金はつくれないよ」

「僕らに、今のままでのこしていってくれたら、僕らが金をつくってヨットを完成するよ、それに旅行に出発すると

きは、ダリウスにも電報をうつよ」と虎はいった。

「ああ、なんという優しい小さなボーイ！」とダリウス・セルベゾフはそばできいているのがつらいような声で感きわまって叫んだ。

「なあ、僕ら友人《レ・ザミ》たち号でアフリカへ行くんだよなあ、それはもう定めた計画じゃないか、そのためにずっとやってきたんじゃないか、なあ」とダリウスのいささか滑稽でしかもなにやらあやしげな響きのある叫びを無視して虎は泣きだしそうになりながらひどく昂然といった。「僕らで金を儲けて、船を完成しよう、この冬までに、やろうじゃないか、なあ」

　虎の熱情にみちた声が、僕と鷹男をふたたび友人《レ・ザミ》たち号の光輝にあふれる幻影のとりこにした。もしあのすばらしいヨット、僕らの黄金の青春の実体が、なかば建造されたまま放棄されて雨と潮風にくちはてるのなら、僕らはそのときすでに死者とことなるまいと、僕らは感じた。このようにして僕らの共同生活は、ダリウス・セルベゾフが日本を出発したあと、新しい方向に動きはじめることになったのだ……

　それから僕らはウィスキーと友人《レ・ザミ》たち号の幻影に酔ってその日の不幸を忘れた。僕らはいつまでも話しあっていた、まるで幸福な人間たちのように。そして疲れきった僕らのためにダリウスがそのホテルに部屋をとろうとすると、支配人がじつに頑強にそれを拒否した。結局、僕ら三人はジャギュアのなかで寝ることになった、他のホテルをさがしに行くには、あまりにも疲れていたからだ。それにしてもホテルの支配人はダリウス・セルベゾフが僕ら三人にたいして、あらたな傷害事件をひきおこすことを恐れたのだったろうか。

　翌日、僕らの白いジャギュアは長い旅に汚れたまま、ダリウスの選んだ周旋屋にひきわたされた。そして僕らはもう再び、あのすばらしいジャギュアを見ることはなかった。

三章　虎の行動

僕らが東京に戻ったとき、ロビンソンは僕らの留守のあいだに餓死することをやっとまぬがれて煙のように家を脱けだし、そのまま家出してしまっていた。そしてたちまち野生にかえって、周辺の猫の王になっていた。時どき僕らはかつての僕らのロビンソン、現在の自由な猫の王が、遠方の生垣のあいだをゆったりと横切る一瞬を見おくったりしてなんとなく心を熱くした。猫に群棲する習性があるかどうかをしらないが、われらの猫の王、旧ロビンソンはそういうとき、たいてい数匹の従者をしたがえていた。

ダリウス・セルベゾフは日本を発つとき、僕らが友人《レ・ザミ》たち号で出航する暁には兎罠《わな》を買ってきてわれらの猫の王をとらえ、ふたたび怠惰な家猫に性質をかえさせて、一緒に旅だってきてくれ、と頼んで行った。

ダリウスは事件以後、出発の日まで、鋳鉄《ちゅうてつ》のような眼、鉛のような顔色で、鬱症の人間らしく、暗くした寝室にずっと閉じこもっていたのだったが、出発の朝になると、突然にゆりおこされたように熱情と雄弁をとりもどした。かれは僕らに友人《レ・ザミ》たち号の完成が僕らの手で不可能だとしても悲しむな、絶対にパン・アメリカンの切符を送って僕らをよびよせるから、とくりかえし言った。

そしてかれは税関をとおりぬけ、鈍感な筒型の香港行きジェット機にのりこむために、飛行場をあるいてゆく段になっても、風にまう紙の猿のようにヒラヒラとふりかえりながら挨拶をおくってよこした。そのあげくタラップに足をかけた瞬間にダリウスはすべての自制心をうしなって、スチュアデスの足もとにトランクをなげだし、駈けもどって来て、泣きわめくように叫んだのだった、見送りの群集が鉄パイプの柵によりかかっている送迎台にむかって両手をひろげて。

「待っていておくれよ、待っていておくれよ、働いてエコノミックに生きて、パン・アメリカンの切符おくるよ、ねえ、ねえ！」

見送りの人々は一瞬旅だつその家族のことをわすれて、僕ら三人をまじまじと見まもった。鷹男と僕とは恥ずかしさに苛だち、無関心な表情をつくったが、虎は素直に涙をうかべていた。そして結局、鷹男と僕も、心の奥底のやわらかいところに、水栽培の球根のようなひとかたまりの感動が、ゆらゆら沈みこんでゆくのを感じていたのだった。ダリウス・セルベゾフは僕らの最上の友達だったと、僕ら三人のすべてが飛行場のかえりに考えて別れを悲しんだことも確かだ……

それから、すなわちその年の秋から冬にかけて、僕ら三人は死にものぐるいの商人のように不確実な金儲けの道をさがしもとめてせかせか駈けまわった。じつに様ざまな、金儲けの方法をこころみたものだ、そして、いうまでもないことながら疲労困憊した僕らに富豪への道は遠かった。僕らはモスクワのハイティーンのイメージのなかの資本主義国の青年みたいなものだった、金儲けに狂奔しながら、つねに頭を壁にぶつけ、一文無しで、資本主義経済の矛盾を身をもって体験している、あわれな野心家たち、というわけだ。その晩秋、僕らが試みては失敗した様ざまな金儲けの方法について、僕らが代々木で演説をこころみたなら、共産党の領袖《りょうしゅう》たちは涙をながして感奮し、たちまち資本主義体制を打倒したにちがいない、かくも善良な若者たちを絶望させる、徹底して吝嗇《りんしょく》なこの体制を。

すくなくとも百万円の金が友人たち《レ・ザミ》号の完成のために必要だった。はじめのうち僕らは船の寝台のようにつみかさなった僕らのベッドに、残暑はもう去っていたが湿気と屈託に対抗しようとして裸で寝そべって、たびたびつぶやいたものだ、心底から軽蔑にたえないというふうに、

「なんだ、百万円か、あの豪華な船に、百万円ぽっち、どうだろう？」

それでも僕らが金儲けのさんだんをして百万円にいたるということはいったんやり始めるともう絶望的なけはいが濃かった。十万円でさえ難しかった。そのほうがより現実的、具体的な感覚の金額であるだけに、その金儲けの困難も、より現実的、具体的に実感されるのだった。そこで結局、僕らは、いつか虎が叫んだように、

「一攫千金を実行するほかない！」という気分になるのだった。

それらの日々、僕らは新聞の日曜版で、ヨーロッパ無銭旅行の体験記を読んだ。それは兄弟の二人の学生がスクーターに乗っておこなった旅行で、かれらは出発のための資金やらスクーターやらを、高名な実業家へ手紙をかくことで獲得したのだった。スクーターにいたっては自動車会社の社長がふたつ返事で装甲車のように頑丈なのを特別につくってくれたのである。

僕らにはハンディキャップがあった。僕らは自転車とか自動車とか、大メーカーの製品を宣伝をかねて試乗するという申し出をすることはできなかった。僕らは友人たち《レ・ザミ》号よりほかのいかなる乗り物をも、今や深く軽蔑していた。しかし、ともかく、僕らは、ヨット旅行のあいだ貴社のシャボンと日焼けどめクリームを愛用する決心だとか、ヨットの船体の最上の場所に貴社のウィスキーの空き瓶を縛りつけるであろうとか、様ざまの誘惑の言葉をちりばめた手紙を、名士録の人々へ送りつけはじめたのだった。

手紙を書くのは、やがて若い怪物の自伝とかオナニイをめぐる哲学的エッセイとかを発表するはずの呉鷹男の役割

だった。かれはこの手紙を毎日せっせと書きながら、結局、自分は自分の個性を離れた文章を一行も書くことができないように運命づけられた人間だという、自己賞讃にみちた発見をした。そこでかれの実業家あての手紙はすべて、奇怪な夢にみちた一種の審美的な脅迫状になってしまった。

いちどだけひとりの実業家の秘書から返信がきたことがある。おそらくその多忙な秘書は、僕らの手紙を丁寧に読まなかったのだ、最後に行をかえて書いた会見申し込みの部分だけを見て事務的に処理したのだ。しかし、それでも僕らは太陽のような希望を胸につめこんで喉を熱くかわかせ、身震いまでしながら丸の内の実業家のオフィスまで出かけていったのである。オフィスの待合室で僕らは、それぞれ無銭旅行への出発をめざす十五組の青年たちと共に面会の時間を待たねばならなかった。それをひとつの夢とよぶならば、海外無銭旅行の夢は、その秋、東京じゅうの学生たちのあいだで抽象的なペストのように猖獗《しょうけつ》をきわめていたのだ。はじめ僕らはドイツのカリカチュアの資本家のような猪首《いくび》をした実業家を空想していて、かれの筋肉でおおわれたようにでこぼこでむきだしの頭と鰐《わに》の眼にむかって、いったいどうすれば僕らが友人《レ・ザミ》たち号にたいしていだいている感情を理解させることができるかを、臆した心で模索していたのだった。しかし、結局僕らは待合室の十五組の仲間（?）たちを背後にせおって、自分たちも海外無銭旅行のペストにかかっているのだというふりをしてみせればよかった。これだけの若い人間たちにいちどに会えば、実業家はおそらく、一九三五年から四〇年までに生れた日本人青年は、あるひとつの突然変異によって、みながみな、国外脱出を望んでいるのだ、という観測をしたにちがいないからだ。

はたしてこの見とおしはただしかった。しかしこれは論理的にも当然のことだが、十五組のライバルたちと僕らとを区別するなにひとつ、僕らの特権としてはないということでもあった。実業家のほうではその事情を僕らよりももっと明瞭に理解していた。かれは僕らをかれの部屋によびよせるかわりに、わざわざ待合室まで出てくると、僕らの説明をほとんどきこうともしないで（きこうとしてもかれの耳は十五組プラス・ワンの連中のいっせいの自己宣伝をどう分離しながらきいていいかわからなかったにちがいない。そういうことは人間の能力をこえている、と後から呉鷹男がいったものだ。かれは実業家にひどく腹をたてた虎をなぐさめるためにそういったのだった。なあ、虎よ、十匹をこえる牡の求愛に悠々と対抗できるのは、発情した牝猫くらいのものなんだよ、そして人間では聖徳太子だけだ）八方睨みのダルマのように僕らみんなを等分に眺めながら、次のようにいった。

「私には諸君みなを海外におくることはできない。そしてまた諸君の情熱の強さを考えれば、諸君の一人をとくに選んで海外におくって他の諸君を絶望させることもできない。私にできることは諸君に当社の採用試験をうけることをおすすめすることである。そして機会を待っていただくことである、きみたちの能力しだいでは、諸君……」

　実業家の演説がおわらないうちに僕と鷹男と虎とは部屋を出た。秘書がたしかに憎悪にみちた眼で僕らを見おくったが、僕らにはかれの憎悪の根拠が理解しがたかった。実業家は、様ざまの森かげからポンポン銃撃してくるゲリラ部隊を一堂にあつめて、それを砲撃し、一発で勝負をきめたうえ、その勇敢な敵どもをうまく捕虜にしようとしたのである、かれの会社のサラリーマンという捕虜に。

　このようにして一攫千金の右往左往にいそがしい僕らの共同の家にひとりの週刊誌記者がやってきた。僕らがひどく善良にやすやすと、かれの策略にかかったのは、かれがまず最初に、僕らのヨット旅行のための宣伝を、その週刊誌でしようという甘い約束をしてくれたからかもしれない。そのころまではまだ僕らもたびたび期待を裏切られながら、あの新聞紙上のラッキイな無銭旅行者の印象の影響を脱しきっていなかったのだ。呉鷹男のような懐疑派さえそれにひきずりまわされてしまった。それにまた、その狡猾な週刊誌記者は、ダリウス・セルベゾフの名誉回復、というような言葉さえひらめかせて僕らをさそったのであった。ダリウス・セルベゾフはどんな人間だったのか、かれはどんな目的で日本へきたのか、そしてかれが性倒錯の少年誘拐犯として国外へ追放されたのは、はたして正しいことだったのか、それが週刊誌記者の計画している記事のテーマだということなのだった。

　僕らは週刊誌記者に良き友ダリウス・セルベゾフについてかたり、世界旅行のためのヨット友人《レ・ザミ》たち号についてかたり、僕らがなおヨット旅行の最初の計画を棄ててしまったわけではなく、やがて僕らとダリウスとはおそらく地中海の友人《レ・ザミ》たち号の上で再会するつもりだということをかたった。記者はかれのつれてきた下品で横柄なカメラマンに僕らと僕らの部屋の写真をとらせ、嬉しさに身震いせんばかりの様子でかえっていった。僕らはそのときはじめて一種の不吉な、しかも決定的な予感、罠にとらえられることがすでに決定的なコオスに追いこまれた軽率な獣の感覚を、しゃべりすぎたあとの孤独な不機嫌のなかに見出していた。

　そして二週間たって僕らはバス停留所の売店で、僕らとダリウスについての記事ののっている週刊誌、《漫画と猟奇》初冬特集号を買った。予感のとおり男色家のアメリカ人が東京につくったホモ・セクシュアルのハレム！　というのが僕らに会いにきた記者の書いたものなのだった……

　僕らはその週刊誌の会社に電話をかけて抗議しようとしたが、もとより、仔犬かなにかのようにあしらわれた。僕らはすでにおたがいに愚かしい眼つきで見つめあい、たえまなく身震いするほど自分たちの怒りの発作にとらわれきっており、しかもあまりにも容易に罠にかかった自分たちにたいして自己嘲弄的にもなっていた。僕らの孤立無援の感覚と汚辱の気分につきうごかされる三つの心のなかで兇暴さが、葡萄《ぶどう》状球菌のようにどんどん増殖した。

　僕らは記者のおいていった名刺をたよりにその週刊誌の編集部の建物をさがしだし、それに面した喫茶店に腰をおちつけて、かれがあらわれるのを待った。呉鷹男はサルトルを読み虎はウィスキーを飲み、結局僕だけが怨みっぽい犬のように一瞬も眼をはなさず木造モルタルの建物の階段の降り口を見張っていた。

　夕暮になって数人の仲間たちと一緒に、妙にさえざえとした顔つきで、僕らのめざす相手が階段をおりてきた。僕らは喫茶店を出てかれにむかって歩いて行った。僕らがかれをとりかこむと、かれは一瞬、もの悲しげな眼をし、苛めっ子につかまった子供のように、むなしく狼狽し、絶望した様子で意味もなく手をひらひらと振った。僕は不意にかれが、苛められつづけたために狂気のように敏感になった山羊のような顔をしていると思った。それでも記者は仲間たちが介入してこようとすると、急に傲然とひらきなおり、金切声で、

「いいよ、いいよ！」とさえぎった。

　僕らは記者をかこんで歩いた。かれの仲間たちは、ときどき僕らをふりかえって見ながら数米《メートル》前を競輪について議論しながら歩いていた。それは都電の停留所へむかう人々の雑沓のなかだった。僕らは、黙って僕らにかこまれたまま頬をこわばらせて歩いている、人間山羊になにか抗議の言葉あるいは行動をしかけるべきだったが、いったん一緒に歩きはじめると、かれにたいしてなにをおこなうにしてもそれはとうてい僕らにくわえられた屈辱をおぎないはしないという無力感におそわれてしまうのだった。あのおぞましい限りの汚辱の活字がいま全国にプンプンまきちらしている悪臭を、僕らにかこまれて虚勢をはっている一人の男に抗議することくらいでどうにかできるとは、とうてい思えなかった。奇妙な具合に友人たちのように僕らはつながって歩いているだけだった。

「なぜ、おまえたちは来たんだ？　あ？　黙ってついて歩いてどうするんだ？」と敏感に僕らの当惑を感じとって薄笑いをうかべ、しかしびくびくものの嗄れ声で記者はいった。

　それにこたえるように虎が短く熱い唸り声をあげ、そして太く黒く短い武器を振りあげると小さいモーションをつけて記者の後頭部へうちおろした。記者は自分の影を水面にみつめている人間のように憂わしげにうなだれ静かにぐったりと前へむかってたおれこんでいった。それは予定もなにもない突発事だった、僕も鷹男も、虎がそのような武器をかくしもっていることを、その瞬間まで知らなかったのだ。そしてまた、やにわに背後からその男を殴りつけることがどれほどの報復となったろう、その不毛と徒労については虎も一撃してたちまち了解したようだった。そこで

僕らは三人ともこの突発事に不機嫌になって、しかしそこにたちどまったままそれについての不平、不満をぶちまけているわけにもゆかないので、なにはさておき、死にものぐるいで逃げはじめた。背後から数人の男たちが叫びながら追いかけてくるのだった。しかし都電の通りへでると、うまい具合に学生たちがデモンストレートのジグザグ行進をはじめていた。そこで僕らはそれにもぐりこんで逃げのびることができたわけである。二十世紀後半の世界と日本の運命について不安か希望かにかりたてられ腕をくんでジグザグに駈けている学生たちのなかに、孤独でむなしく憤っている反・社会的な三人の青年が格別ちがった顔つきをするのでもなくまじっていたのだ。それでもその瞬間の切実さということではデモ隊のだれよりも、僕ら三人のほうが切迫した気分でいたにちがいない。どんなに敏感な政治的青年も、世界の軋る音を耳にききとることはできないだろうが、僕ら三人の反・政治的青年の背後には、怒れる男どもの追いかけてくる靴音がひびいていたのだ……

　僕らが共同の家に戻ったとき、すでに玄関の前に三人の警官が所在なげに立っていた。僕らは鋪道にたちどまり、植込みをとおしてそれを眺めた。僕らの躰に暑さからではない汗がふきでた。それが冷えこんでくる夜気にふれてたちまち氷のようにつめたくなって僕らを身震いさせた。暗かったが、そこに僕らがたちどまっていると、虎の躰の匂いが濃く激しくたちのぼって、ただちに警官に僕らの所在をしらせそうだった。しかしそのまま通りすぎてどこかへ逃亡するということも億劫なのだ。僕らはその日、あまりに疲れていた。僕らは焦った苛だたしい気持で、あらためて虎の突然の粗暴さを悔いた。また、あのスキャンダル記事と、この警察ざたとで、僕らのヨットのための実業家への働きかけの成果は、まさに絶望的になったわけだった。失望感と怒りは曲りくねって内攻した。

「あのげす野郎が死んだのかなあ」と虎がいった、かれの不安の荒あらしさで、かれの躰の匂いが突如として酸っぱく重くかわった。

「死んではいないよ、たちまち起きあがっておれたちの住所やら動機やら、なにからなにまでしゃべったんだよ、それでこんなに迅速に警官諸君がやってきたんだよ」と鷹男がいった。

「ああ、そうだね、じゃあ、僕捕まることにするよ、とにかく早いほうがいいよ」

「いや、虎はいけない、おまえは頭にきてる」

　鷹男がそういった、僕は虎と鷹男を等分に眺め、それから鷹男にうなずきかえした。虎は熱病の女の子のような眼をしていた。

「おれがあいつの頭を殴ったんだよ、そしておれが傷害容疑で、ほんのしばらく拘留されるのさ」と鷹男がいった。

「しかし……」と虎は当惑と感動とでくちごもった。

「おれは強姦殺人の夢を話したろ？　あのつづきを、逮捕と拘留の夢を見たいんだよ。それもいささか現実的に見たいんだなあ。過度に現実的にじゃなく、強姦殺人の容疑でつかまるほど過度に現実的にじゃなく。それに、おれたちがなぜ、あいつを殴ったかということを警官どもや新聞記者どもに、効果的に話して、いくらかでもあの汚ない記事の印象をひっくりかえさねばならん、というわけだ。そこで旧セルベゾフ家のスポークスマンが捕まったほうがいいんだ」

「おれもそう思うよ、やはり虎は昂奮しすぎているよ、警官を殴ったり脱獄したりしかねないし、どこかの電車の脱線転覆まで自白するかもしれないよ」

　呉鷹男はもう警官たちにむかって歩きはじめていた。警官たちもそれに気づいててれくさげに身がまえる素ぶりをしめした。

「ああ、それで虎、おまえは何で殴ったんだ？」

「安ウィスキーをつめていったジョニイ・ウォーカーの瓶にかわりに砂をつめておいたんだよ、見張ってるあいだに飲んでしまって、喫茶店の蘭の鉢から砂をつめたんだよ」

と虎が恥ずかしがって、不機嫌な小さな声でいった。

　警官がついに僕らにむかって駈けだした。鷹男がかれらをさえぎると、警官たちはびくりと震えて立ちどまり、なにごとかを叫んだ。それは暗闇で出会った他人に道をたずねる人間の声のようだったが意味はききとれなかった。そのかれらにむかって呉鷹男はどんどん歩いてゆき、はっきりした低い声でこういった。

「殴ったのは僕です。蘭の鉢の砂をつめたジョニイ・ウォーカーの瓶で殴ったんですよ、もしあの虫男を殴った人間をお探しなら」

　虫男というのは呉鷹男がもっとも軽蔑し、あるいは憎悪している人物についてもちいる代名詞だった、かれはそれをムシオと発音するわけである。警官たちは鷹男をかこみ、逮捕というより連行しようという態度だった。それでも僕と虎が近づいてみると鷹男は両脇を警官にかかえられて、昂奮して蒼ざめているのだった。怯えているような感じなのだ。

「あんたたちもこの家の……」

　警官たちは僕と虎とにそういい、僕らがうなずくと声をあらためて、妙に依怙地に、

「ともかく一緒にきてくださいよ、あんたたちには迷惑はかからないんだから」といった。

　僕も虎も、むろんそうしたいと思っていた。ダリウス・セルベゾフが出発してから、僕らのあいだには家族のように親密な連帯感情の更新がおこなわれたようだった。僕らはもう肉親で決して別れることができない関係だという気になっていた。僕らは幻影の友人《レ・ザミ》たち号に乗ってすでに航海をはじめていたわけだ。その夜、深夜になって僕と虎だけは家にかえされたが、共同の家の僕らの部屋で、鷹男なしでいると、途方にくれるほど虚しい感情になった。浴室

にいって鷹男がつねにおこなう自瀆について思いだすと白い浴槽やシャワー装置などすべてが涙ぐましい感情を喚起した。それは僕だけのセンチメンタリズムではなかった。僕のあとで浴室にいった虎は、やけになったように荒あらしくふんだんに水音をたてていたがタオルを腰にまいて出てくると、「やはり、僕が捕まるべきだったんだ」といい、また乱暴に扉をしめて階段をかけおり浴室へ戻っていった。

　呉鷹男がこの特殊な外泊をしている数日間に僕はひとつのおかしな体験をした。それは永いあいだの僕と女子大生との変則的なプラトニック・ラブが実をむすんだということなのだが、やはりきわめて変則的な実のむすびかたをしたのである。女子大生は鷹男が捕えられたむねの新聞記事を読み、それに暗示されてわざわざ、問題のスキャンダル記事を読み、服から外に出ている部分はすくなくともすべて好奇心で真赤に上気させて僕を共同の家に訪ねてきた。虎は警察に鷹男の様子をさぐるといってでかけていた。かれはとにかくなんらかの方法をこうじる決心をしてでかけたのだ。そこで僕と女子大生は数箇月来始めて室内で二人きりになる機会をあたえられたわけである。

「あなたがわたしに肉体関係を強制しなかった潜在的な理由がわかったわ」とひどく雑駁なことを女子大生はまずささやいた、それも好奇心と調子の低い欲望とに耳まで赤くしてなのである。僕は嫌悪を感じ、また彼女をめぐるすべてをなにか容易に感じた。

「なにがわかったんだ？　おれたちが本当に、具体的に、ダリウスの男色ハレムの要員だったとでも思いこんでいるのかい？」

「具体的にどうだったかということは重要じゃないのよ、あなたが潜在的にダリウスの欲求を感じとり、その期待にそわないことを罪悪のように感じ、そして顕在的に、わたしに拒否の態度をとることでそれを償なったのよ」

　女子大生は上機嫌でうっとりして上脣をアヒルの雛のクチバシのようにめくれあがらせ淡く輝くピンクの歯ぐきをあらわしていた。妙になまなましく、しかもタイルのように堅固な歯ぐきだった。

「いったいきみは、自分をなんだと思っているんだ、自分がおれのなんだと考えているんだ？」

「わたし？　あなたの反・ダリウスよ。あなたはわたしを拒むことで反・ダリウスとの性交渉を自分に禁じていたわけよ」

　狂信家の眼を輝かせた女子大生はこういい、欲望と陋劣《ろうれつ》な羞恥心からむっと下品に顔じゅうを充血させ嗄れ声で、しきりに咳きこみながら、提案したのだ。

「もう性交しない理由はないよ、ヤリマショウ！」

　僕はあの真昼のまた新しい苦渋にみちた性交渉について多くを覚えてはいない。女子大生は僕らの永いあいだの性的会話のおかげで用意周到だったがやはり無経験から彼女の準備はみな、どこかまがぬけているのだった。

「ソレデハシヨウ」

「ワタシハ処女ダカラ、ポリエチレンノ袋ヲモッテキタヨ、オ尻ニシクタメニ」

「シカシ、ソレハ小サスギルナア」

「シカタガナイ、コレヲ床ニシイテ、立位デヤリマショウ、スクナクトモ絨毯ガ血デヨゴレナイヨウニシテ」

ぎごちなく、自分のペニスを袋にとらわれた鼠のように感じる、不愉快で、厭な性交だった。おたがいの裸の踝《くるぶし》に血のしずくがしたたった。よろよろして僕らの足は結局、灰色の絨毯に血の足型をつけた。ひとつまみの快楽もなかった。


二人の不幸に青ざめた戦士が最悪の戦いをおこなったようなものだった。やがて、

「アナタハ早漏ノ逆ジャナイ？」

女子大生の恋人がそういったので結局僕は中止した。彼女は溺死寸前の表情だった。僕らは三十分間もつづけていたのだった。いったん体が離れると、いくらか心の距離はちかづいた。僕らはしばらく静かに性的な会話をおこなった。おちついて優しくなった恋人は手で僕に射精させようとしたが僕はことわった。彼女が血によごれたポリエチレンの袋を小さく折ってハンドバッグにしまい、帰ってからしばらくして虎が戻ってきた。僕はむやみに照れくさがっていた。

「あなたの恋人が駅のトイレで嘔《は》いていたよ、じつにつつましく小さな脣から、ゲイゲイやっていたよ」と虎はいった。「妊娠させたのじゃない？」

「早すぎるがありえないことじゃないだろうよ」

「ああ、お父様！」と虎はいった。

翌日、女子大生からこれで別れたいという手紙がきた。その後、僕らは、いちどだけ会うには会ったが、そのとき、もの凄いニキビを発してふくれあがってしまった見なれない顔であらわれた、わが旧恋人は、

「思ってみればわたしはいまもヴァージンなのよ」と不可解なことをいった、こうして僕の恋愛は終ったのだが、僕はその結果、梅毒恐怖症からの自己解放に一歩をすすめたのであった。


呉鷹男は、五日間勾留されていて結局は起訴されないで無事に戻ってきた。かれは玄関からまっしぐらに浴室へ駈けこむとそこにとじこもって自瀆し、躰を洗い、上機嫌で僕と虎のまえにはじめてあらわれた。かれは痩せに痩せて以前の二分の一になってしまったようだった。眼は暗く鋭く鳥の眼のようにキョロキョロつねに動きまわった。眼球に水銀をいれて重くしたいくらいなんだ、いまのままではどうにもこの動きをとめられない、と鷹男は自分でいっていた、そして不意に声も朗々と宣言するいきごみで、

「金儲けの方法をみつけてきたぞ。おれの談話を新聞が無視したのは失敗だ。だがな、なあ、虎、おれはおなじ房の朝鮮人の英雄に金儲けの方法のヒントをもらって、そし

て、おれ自身の頭のなかでそれを完成してきたんだよ、大収穫だよ」といったのである。

虎と僕とは半信半疑だった、しかし帰ってきた鷹男の存在をみぢかに感じていることの喜びが僕らを寛大にして忍耐強くした。

「どんな方法？」と虎が訊ねた。

「古ぼけた真空管ラジオさ」と鷹男は僕らを苛だたせて楽しんでいるような態度をしめしていった。「いま、どんな家でもステレオを買ったり、トランジスタ・ラジオを買ったりで、おやじの時代の真空管五球スーパーなんぞ、埃をかぶってるだろう？　それを安く買いとるか、ただでもらってくるかするんだよ。おれの感じでは、当今、古ラジオをもらってくるのは仔猫をもらってくるのと似ているね、ピイピイいう、つまらない邪魔物をもらってくるというわけだ。おれたちは勤勉に働く、そして一箇月あとには五百台の旧式真空管五球スーパーがおれたちの家にみちみちるのさ」

呉鷹男はそこで黙って、五百台のラジオの混雑ぶりを夢みるような眼つきをした。かれの眼は、はじめて本来の鷹男らしい色彩と光とをとりもどしたようだった。

「一度だけ、五百台のラジオをいっしょに聴いてみようじゃないか、しかも一台分の聴取料もはらわずにＮＨＫをきくのさ」と鷹男がつづけた。

「いや、一度などというな、一生きいてろよ、五百台の真空管五球スーパーを。配線のことぐらいは手伝うよ」

「それを、その五百台のボロラジオをなあ、朝鮮に密輸するんだよ、旧式のラジオさえ手にはいりにくい朝鮮、わがコリアへ密輸だよ。かれらは五球スーパーで日本の放送をきいて懐旧の情か、憎悪の念に心をふるわせるんだなあ。そしておれたちは一台を二千円の大安売りで合計百万円を儲けてかえってくるんだ。しかも、庶民には手に入らないがあることはあるという朝鮮製のものすごいラジオを一台だけ記念にかってきて、友人《レ・ザミ》たち号にとりつけてもいいと、おれはセンチメンタルなことも考えてるんだ」

「しかし密輸といっても、おれたちはなにひとつ密輸についてしらないし、密輸の実際などという本もない」

「おれが自信を回復したからね」

「自信？」

「珸瑶瑁《ゴヨウマイ》水道についての自信さ、いったん失敗はしたが、おなじ房のその朝鮮人の批評ではなかなか素質のいい漂流だったというんだよ。こんどは羅針盤をひとつ買って行くんだ、それに仲間も二人いるというわけだ。もし失敗したにしても友人《レ・ザミ》たち号の航海のためには実習になるからね」

「珸瑶瑁水道をわたって行ったら、北朝鮮につくのじゃないか？　地図をはっきりおぼえていないけど、きっとシベリアか、北朝鮮だよ、そしておれたちは強制労働だ」

「いや、いや、そういうことはない、おれにまかせておいてくれたら、そういうことはない」と確かに自信にみちて鷹男はいった。「もしもだよ、おれたちの五百台のラジオをのせた船が北朝鮮についたら、おれたちはその五百台のラジオを金日成将軍《キムイルスン》と人民諸君にささげにきたというんだな、そしておれたちは北朝鮮の民主主義人民共和国にくみこんでもらうことにしよう。日本にいるよりはいいだろう？　もちろん虎は不満だよ、しかし北朝鮮にはアフリカの独立国からいろんな連中が会議にきているからね、そいつたちに連絡して、結局、虎は、はるばるとアフリカめざして旅立つのさ」

虎は奇妙なほどまじめな顔で呉鷹男を見つめていた、そして鷹男の嘲弄的な提案にも、とくに苛だつというのではなく、ただ考えあぐねている人間の切実さをこめてこういった、

「おれはやってみてもいいと思ってるよ、もし鷹男がいちど漂流したというのが本当なら」

呉鷹男は不意をつかれたようにぎくっとし、それからあいまいに微笑して、留置場でできた桜色の丘疹《きゅうしん》のいくつかをポリポリひっかいた。かれの長くのびた爪に薄い皮膚の銀色に光る剝片のいくつかがひっかかって震えていた。僕は虎をアフリカへおくり鷹男とふたりで朝鮮民主主義人民共和国に住むことをぼんやりと、そしていくらかは甘美に空想した。虎は平壌、北京、モスクワとジェット機をのりついで、ガーナの空港におりたちアフリカの土地を踏む。僕は結局、自分はこの日本を脱出したいだけなのかもしれない、それがどのような国、どのような人間たちのなかへであってもいい、とにかく、ここより他の場所へ出発したいのかもしれない、とあらためて自分の情念の深いところで感じていた。

「本当だよ、おれが琣瑶瑁水道を流れたのは」とあらためて冗談のように鷹男はいったが、かれの眼球は薄桃色に染っていた、かれは虎にたいして緊張していた。

「疑ったわけじゃないよ」と虎はいった。「僕もそれをやってみたいと思うよ、なあ、ほかにすることもない」

虎がそういうと、かれの声の響きから、僕らの生活の真空状態、空虚な穴ぼこに、突然、照明がほどこされたようだった。僕らはダリウスの出発以後自分たちの生活に大きくひらいてしまった穴ぼこの深さを思いしった。そうだった。確かに、ほかにすることもないのだった、五百台の古ラジオをつみこんで深夜の琣瑶瑁水道へのりだして行くことのほかには……

「それじゃ、明日からラジオを集めてまわろう、東京じゅうの一千万の人間がもってる三百万のラジオ群から、ほんの五百台をつりあげるんだ、勤勉だけがすべてだよ、やさしいねえ」と鷹男はいった。

五百台のラジオといえばどれほどの嵩になるものだろうか、と僕はぼんやり考え、一種の怯えにとらえられた、それに船への積みこみ、密航、売却……

結局、僕はそれについて考えることをやめた。しかし鷹

男の提案に反対だというのではなかった。明日から、僕ら三人は東京じゅうのラジオ群に一台ずつ攻撃をしかけるだろう。五百台の古ラジオの集合、いくぶんアンチ・クライマクスな滑稽。しかし僕ら三人は一台の古ラジオをあつめることがそのまま僕らの計画を一歩、具体的に前へおしすすめることででもあるように、熱中するだろう、それより先のことは考えずに、それはすでに無気力と怠惰の一徴候であるかもしれない……

けれども僕らは一応そこまでで、論議をおわり、三人そろって中華ソバを食べに出て行った。ダリウス・セルベゾフが出発してから、僕らはとりのこされた三人の孤児という感じで、ほとんどつねに一緒に動きまわっていた。僕は鷹男と虎とをふりきってひとりだけ大学に出る勇気がなかった。僕が大学に出る日には鷹男と虎は大学構内の地下の喫茶室で辛抱づよく、講義の終りをまっていたので、結局、僕は教室を途中でぬけだしてしまうのだった。そしてアーケードをくぐりぬけて地下の喫茶室へむかうあいだ、眠れる森の美女に会いに急ぐとでもいうような具合に僕の胸はたかなるのだった。

翌朝、早く、虎が僕と鷹男をおこした。かれはラジオ蒐集にすでに夢中になっていた。むしろ鷹男のほうがこの計画にはじめからあきてしまったという印象があるほどだった。それでも鷹男はラジオ蒐集の戸別訪問の詳細なプランをたてた。僕らはラジオをつつむ大きい風呂敷、それはダリウス・セルベゾフが百科事典の見本をつつんでいたものだが、それをもって出発した、結局みんな、狩に出発するようにしだいにきおいたち興奮して。

僕らの出かけたさきは私電の沿線の高級住宅地のひとつだった、始発駅の大きい地図を見あげて見当つけたのだ。そういう場所で高い塀と深い植込みの家を見つけさえすれば、その家は古ラジオをゲジゲジのように厭がって追いはらいたがっているのだから、小さい声で、古ラジオ！　というだけで二台くらい手にはいる、と呉鷹男はいっていた。

そしていったんめざした高級住宅地におりてみると、家々はすべて巨大なコンクリート塀と紅葉した植込みにかこまれているので、僕らはラジオの古装置のジャングルにまいこんだような気分になるのだった。僕らは熱中していそいそと、この前途あいまいな仕事にたちむかった……

手はじめに僕らは駅の正面の四つ角のヒマラヤ杉のそびえたつ家を選んだ。それは虎の趣味による選択だった。通用門のベルをおして待っていると、トマトのような顔の尊大な小娘があらわれて、約束がしてあるかどうかとたずねた、それも丸い覗き窓からおなじく丸い顔をつきだしたかっこうにおいてである。

僕らはまず鷹男のつくった文案を暗誦する人間として虎をえらんでいた。虎は昂奮にせきこんで叫ぶようにいった。

「僕たちは横浜の施設からきました、混血児たちの娯楽のために古ラジオの寄附をおねがいしています、どうかお宅の……」

「約束がなければだめです、だめです！　いったい、あなたたち、この家がだれの家か知っているの？　表札を見たら！」

　僕らは小娘の見幕に気おされて表札を見に正門のほうへまわってみた。そこには、片耳のうえに丸い禿があることをトレード・マークにしている喜劇俳優の、ものすさまじい達筆の表札があって、盗まれないように針金でくくりつけてあるのだった。ふりかえってみると小娘は得意満面で将軍のように僕らを見張っていた。僕らはもの悲しい気分になって、そこから遠ざかった。

「あの女中は、自分の人生に誇りをみいだしたかったんだが」と呉鷹男はいった。「いま見つけたところなんだよ」

　次の家で最初の成功があった。僕らは、まだ新しい五球スーパーを鱶《ふか》のようにつりあげて百科事典の風呂敷につつみこんだ。僕らの前途はいまや明るく光をあたえられた。

　呉鷹男が丁重なうえにも丁重に、

「ＮＨＫの聴取料の係へは、私どものほうから連絡いたします。もしトランジスタ・ラジオをおもちでも、とくに申請なさることはございませんですよ、それにテレビとは別だと考えるのが自然ですからねえ」と不得要領なことをいい、僕らみんながお辞儀をして、鷹男の演出のワンクールが終った。

　聴取料についての工夫は、高級住宅地では蛇足かもしれなかったが、やがて僕らの狩猟隊が団地へ進出するとき効力を発揮する、というのが鷹男の意見だった。鷹男の人間観には、いくらか概念的なところがあった。そうはいっても僕と虎にはもともと人間観などなかった。したがっていったん僕ら三人が外部にむかっての働きかけをはじめると、つねにリードするのは鷹男だった。それと同時に、鷹男には、かれ自身認めるとおり、この世界のこの土地のうえに、足がぴったりついていないという感覚があるのだった、かれは地上に影をおとしていないようにふるまうことがあった……

　ラジオ蒐集の最初の日、僕らは五台のラジオの収穫をえて、共同の家に戻った。かえりの電車のなかで、僕と虎は裸のラジオを一台ずつ膝にのせ、残りのラジオは鷹男が百科事典の風呂敷にくるみ膝にはさんで床におき、そしてみんなおなじく満足した気分で居眠りした。電車のなかの東京の人間たちの好奇心はみな百時間使用後のサファイア針のように磨滅して、僕らにもラジオにもまったく鈍感だった。僕らは不審訊問をうけたりすることなしに昼間の市街をもちはこべるラジオの量について、ひとつの教訓をえた。

「東京の人間どもはラジオ群の大移動に過度に平気なんだなあ」と僕は鷹男にいった。「これでは東京じゅうのラジオがひとつところに集められつつあってもわからないぜ」

「これから冬のあいだはずっとそうだよ、春になったらそうでもなくなるよ、きっと」と鷹男はまた不得要領なことをいってラジオを愛撫した。

その夜、僕らはおのおののベッドに坐りこみ、床にならべた五台のラジオを見くらべて熱にうかされたように夜ふけまでおのおのの空想をしゃべった。ラジオ倉庫をつくる必要がある、しかも故障している分と、そうでない分とを、また、あまりに旧式なものと、そうでないものとを、分類し区分けして陳列しておかねばならない。そのためにはダリウス・セルベゾフの寝室だった部屋がいいだろう。かつて不運な若いアメリカ人が癲癇の発作に苦しみながら横たわっていた暗い部屋に、産卵に集まった亀のように古ラジオ群がひっそりとおちつき、時どき、厖大な量の電力を消費して一声ギャッと叫ぶのだ。

蒐集されたラジオにもっとも熱中したのは、虎だ、かれは家じゅうのコンセントを組織すると、僕らの寝室で五台のラジオを同時にきくことのできる体制をととのえた。いっせいにスイッチがいれられ放送局がえらばれ、ボリュームが全開にされ、そして僕らの耳にひびいたのは、シューマンのイ短調、ピアノ・コンチェルトの冒頭の部分だったので、僕らはみんな一瞬、悲劇的な気分になった。ドイツの音楽家たちがしばしば別れの主題に採用するという、四つの音符が、それも奇怪なほど英雄的に古ラジオ五台から湧きだしたので……

呉鷹男と僕とは、たちまち五台のラジオの同じ放送に興味をうしなってベッドに入ったが、虎はわざわざラジオの群のなかに寝そべって、いつまでもうっとりと聴きほれていた。虎は酔っていた、それは連日のことだったが、その夜はかれの酔いを五台の旧式なラジオ群が加熱し、二重構造にしていた。いま僕らの共同の家は加速度的に貧しくなっていたので、われらの若きアルコール中毒者、虎の飲む酒は、鷹男が東京港の埋立地の周辺から買いだしてきた奇妙なウィスキーで、それはアルコールと水にいくらかの香料、そしてひとつまみの砂糖、というような単純明快な処方でつくられたものだった。飲むまえに瓶をふりまわさなければ、平均的な味がしないという代物だった。僕と鷹男はそのお化けウィスキーに不安を感じたが、虎とその胃袋とはけっして不満足を訴えず、また虎が宿酔《ふつかよ》いで苦しんでいるのをみかけることもなかった。虎によれば、このラベルなしウィスキーは、きわめて即物的で下品なほど単純で、宿酔いをひきおこす成分などふくむ余裕がないということなのだ。

ラジオ群が深夜放送をはじめても、なお虎が凄いボリュームの五台の合唱を中止させなかったので、鷹男が不平をいった。それは当然の抗議だった。しかし虎はそれでもラジオ群を放棄しようとしない。虎は上機嫌で、眼をつむって、厚く丸い脣をたわいなくひらいて喉をぴくぴくさせ、いまはジャズの時間をきいている。

突然、僕らの階段ベッドの中段に寝ていた鷹男が、下段の僕の頭のわきへぐっと片足をおろし、それに力をこめ、ラジオの一台を蹴とばした。ラジオはひっくりかえり、悲鳴のようにジャズを歌って、虎の頭に衝突した。次の瞬間、鷹男は虎に足をひきずられて別の二台のラジオのうえに墜落していた。それから、大慌てで立ちあがった二人の、軍鶏《シャモ》の争いのようにけたたましく切実で短い殴り合いがあった。そのあいだ、恐慌をおこして逃げまどう大群集のように五台の古ラジオはとりみだしてピイピイ喚いたあげく大半が故障して黙りこんだりした。

二分間たって戦いがおわった。ふたりとも眼を痛め、腫れあがってくる眼球に、ひっかき傷だらけの掌をこわごわとふれ、鼻と唇から血を流して、昂奮にわななきながら、むかいあって立っていた。それから呉鷹男は薄笑いをはじめ、虎はすすりあげて泣きはじめた。僕は虎が五台のラジオ群からの音楽を聴きながら決して楽しんではいなかったことを知った。虎はアフリカへの道の遠さに不安をいだいて、怯えながらそれだけ執拗に古ラジオ群を活動させていたのだ。

それから呉鷹男と虎とはおたがいの傷を鏡にうつった自分の傷のように見つめあって、おのおの自分の唇や耳に塗り薬をつけ、一緒にまだ喚いているぶんのラジオ群のスイッチをきってまわり、僕にはやっとききとれるほど小さくあいまいな嗄れ声で和解の言葉を交換した。虎はベッドの梯子を登れないほど酔っていたので鷹男におしあげてもらった。みんながベッドにはいったあと、虎はずいぶん永いあいだ、すすり泣きをつづけ、鷹男は独りで薄笑いからクスクス笑いにかわった笑いを、いつまでも笑っていた。僕はどうしていたかというと、あとで鷹男にきいたところでは夜明けがたまで、《おれは厭だよ、おれは厭なんだよ！》とつぶやいていたそうだ、覚えていないが、おそらくはもの凄い悪夢をみていたのにちがいない。古ラジオの魔物にとつぶやかれてしまうような悪夢を。ラジオ蒐集がその出だしにおいて一応の成功をおさめていたにもかかわらず、その深夜僕ら三人の共同生活者たちは、みんな、多かれ少なかれ不幸だったわけだ……

翌朝、虎はひどく後悔し、それに生れてはじめての、ものすごい宿酔いの獣に躰の内側からかみつかれて自己嫌悪のササラのごとき状態になり、酒を飲むことを止めると約束した。鷹男は無関心だったが、僕は虎の回心に賛成した。ラジオを集めてきても、酔っぱらった虎と不眠に怒る鷹男が破壊してしまうのでは無意味だった。その日は、虎が宿酔いから回復するのを待っていたのでラジオ狩りには午後から出発したがそれでも二台の収穫があった。帰りに虎は古本屋でラジオ入門を買った。かれは故障した分のラジオを密輪のまえに修繕してしまうつもりなのだった。

このようにして約二十日間に、僕らは五十台の古ラジオを蒐集した。ところが、そのころになると、ラジオを具体的に一台あつめることが、友人たち号《レ・ザミ》の出航の希望を一％

だけ減じることであるというような気分が、僕らをとらえはじめていた。それは当初の感覚とは逆で、しかも、それよりずっと強くあらわれた。それに、僕らはしだいにラジオ集めの困難をおもいしるようになり、五百台の目標をひとつのオブセッションのように感じ、それから、新しい退廃が僕らの日常にしのびよるのをも感じとっていた。それは僕らが毎日くりかえす混血児の施設についての嘘のつみかさねからくる退廃だ、したがって虎がそれをもっとも激しく感じ、呉鷹男はもともと真実と嘘とをふくめてこの世界を蜃気楼のように考えている人間なので、嘘をいくらくりかえしてもコンクリート像のように健全かつ堅固だと自分でいっていた。それでも、僕らの共同の家にならべられた五十台のラジオ群のまえでは鷹男もまた、僕や虎とおなじく不機嫌にならざるをえなかった。五十台のラジオ群は、醜い小さな老婦人たちのように、かたく脣をつぐんで暗がりに坐りこんでいる。時どき僕らは自分たちが五十台のラジオ群に嘲弄されているような気分になったものだ、五十台のラジオ群の五十倍の沈黙に。

　すでに秋は深まり、京浜工業地帯のほうまで足をのばしての古ラジオ集めのかえりに疲れきって鋪道をあるく夕暮には赤っぽいガスが犬の背ほどの低さまで沈んできてはうずまいた。僕らは憂鬱に黙りこんで古ラジオを共同の家にはこびかえった。赤っぽいガス、汚ならしい霧にぬれながら、夏という季節が去ったのと同時に友人《レ・ザミ》たち号のいかにも真夏の光にくまどられた幻影も去ってしまったのだというふうに感じながら、旧式なほど重くなる巨きいラジオにむかむかして……

　それでも虎はアルコール中毒から立ちなおろうとし、あの夜ふけ以来、ラベルなしウィスキーはもとよりいかなる種類の酒も飲まなかった。そこで虎は極度の不眠症にかかり、夜のあいだずっと死のイメージにおいまわされ、昼間はむやみに寂しがっていた。虎はその追いはらいがたい不安と寂寥感とについて僕らに説明したがり、ある時はファナティクなほど熱情をこめて、決然と、

「僕がアフリカにさえ行けば、このおかしなもやもやは蹴とばすことができるんだがなあ、自分の本来の土地にゆくんだから。自分の本来の土地に住んでもなお不安で寂しいのなら、僕はこの世界にもっと沢山、普通でない人間がいると思うんだ、とくに子供なんか、みんな普通でない人間になるはずだよ」といった。

「そうかもしれないよ。ただし、おれはどこともわからぬ国にゆかねばならない、うんざりするなあ、遠くて！」と鷹男はいった。

　こういう気分のみなぎってきた、沈滞状態の僕らの共同の家に、ある朝早く、ひとりの男がたずねてきて、玄関にでた虎に、

「呉君はまだ寝ていますか？」といったのである。

呉鷹男は虎といれかわりに階下へおりていってしばらく

その男と玄関で話すと上機嫌とうしろめたさのまじった、ヒステリックなくすくす笑いをもらしながら階段をかけあがってきて、

「あのラジオどもを売ってしまわないか？　ほら、おれに留置場で密輪のプランをさずけてくれたおっさんがきたんだよ。おかしなやつだよ」と、さすがにきまり悪そうに、冗談めかししていった。

「そういうことか」と僕と虎とはひどくがっかりし、また安堵も感じて、鷹男とおなじように頰をあかくしてこたえた。

「ああ、そういうことだよ」

「滑稽なおかしな話だったなあ」

「それで売るかい？　一台が千五百円だというんだよ」

それはすばらしい価格だった、僕らの共同の家に棲息している、コイルとガラス管と木の亀どもが、かなりの額の金を僕らにもたらすと具体的にわかってみると一種の喜びが僕らに湧き、僕らは三人とも、久しぶりに声をそろえて昂ぶった笑いをわらった。

「それじゃ、売ることにするよ」と原因のあいまいなおかしな威厳とともに鷹男はいって、再び階段を駈けおりた。

呉鷹男の留置場の友人は心理的な洞察力のある男で、すでに僕らが一定量のラジオをあつめたことはもとより、それを厄介ばらいしたくなっていることまで見ぬいてきたのだった。かれは五分間もたたないうちに、僕らのラジオ群を運搬するための小型トラックをつれてきていた。

僕らはかれとトラック運転手のためにラジオ群のつみこみを手つだった。虎はそのラジオが結局どのような運命をたどるのかを、しきりに聞きたがったが、顔の皮膚に毛の一本もない、剝げた犬のような小男は、なにひとつはっきりしたことをいわずもう少しまてなどといって制し、自分は本来ならラジオの仲買いなどより、映画のプロデュースをやりたいのだ、というふうな話を、日本人にくらべると過度に歯ぎれのよい日本語で、うらめしげな金壺眼を宙に遊ばせながらひとりで話していた。それは志をえない良心家の朝鮮系日本人という印象だった。僕も虎も、留置場の鷹男との出会いの話をきいて、もっと農民的な人間を空想していたので、そのうそうそと寒い感じの饒舌には不意をつかれたような気分になった。

「ほんとは俳優をやるつもりだったんだけどねえ、眼が小さいのでねえ」

かれは自分が本来ならばやるべきだったことだけをしゃべりつづけ、そしてラジオの積みこみがおわると、現にかれをいまめぐっているこの世界と現実とを心から軽蔑している、という態度で、ぐったりとトラックの助手席に乗りこみ、焦点のさだまらない魚のような眼ではじめて僕ら三人を見わたすと、虎にむかって、

「問屋で代金をわたすから一緒にきてくれよ、ほら、あんたにラジオの問屋もみせたい」と声だけはいきいきといっ

た。

「ああ、僕いってくるよ、この古ラジオどもの運命をみとどけてくるよ」と虎は嬉しそうにいってトラックいっぱいのラジオ群とともに荷台のほうへ乗りこんで出かけていった。

　呉鷹男と僕とはあとにのこって漠とした不安を感じていた。不安はしだいに不幸の確信にかわった。そして深夜、涙ぐまんばかりに憤激し禁酒の約束をやぶって乱酔した虎が戻ってきて、僕らは詐欺にあったことを確認したわけである……


　それから一週間たった深夜に、虎が暗闇のベッドのなかでむっくりと躰をおこし、

「僕にはヨットが必要なんだ！」と叫んだ。

　僕は一瞬、詐欺にあったことの直接の責任を気にしすぎ安ウィスキーをのみすぎたために虎がついに発狂してしまったのだと思った。虎は鷹男とちがって芝居気のある少年ではなかった。

「僕は横須賀にいって銀行強盗をやることにした！」と虎は再び呻くように叫んだ。

　それから虎は暗闇のなかを梯子をおりて電燈もつけず部屋を横切り階段を荒あらしく踏みならして駈けおりて行った。やがて激しくシャワーを流す音がきこえはじめた。僕は虎の叫んだ言葉を鷹男がきかなかったことを望んだが、それは無理だった。すぐに鷹男のいくらかエロティクなしのび笑いが部屋の空気と僕自身とをびくっとおののかせた。

「おまえが学校へ行っているあいだに、おれとあいつは友人《レ・ザミ》たち号を見に行ってきたんだよ」と鷹男がいった。

　僕はじつに悪い予感をおぼえた。耳をふさぎ枕のしたに頭をつっこみ、しかし僕は聴いていた、虎がシャワーをあび、鷹男が、

「友人《レ・ザミ》たち号は、雨ざらしで汚れてしまってばかな物干台みたいなものに堕落していたよ、秋から冬の空気にやられたんだ、虎がヨットに乗りこんでみようとしたら支柱がはずれて全体がすっかり崩れそうなほど揺れるんだよ、すでに傾いていたね。秋も冬もヨットに悪い、あれは夏のものだよ」と小鳥のようにさえずるのを。

「ボードレエルの秋の歌だ、おれはびくびく震えながら薪《まき》ざっぽうの投げだされる音を聞いていた、断頭台のたてる音だって、それほども鈍い音はしない。まあ、そういう眺めだったよ」

「それでおまえはどうだったんだ？　どうなんだ？」と悲しみと憤激から、僕は睡りこんでいるふりをしつづけることができないで、鷹男にどなりかえしていた。

「おれは、虎がやるというなら、銀行強盗をやるつもりになってるよ」と鷹男はいった。「あいつはいいプランをもってるんだよ」

「おまえも虎も、頭がくるってるよ、気違いだ」と僕はい

った、そして涙を流した。

虎はじつに永いあいだシャワーをあびつづけていた、この冬の半ばちかい夜、数週前から故障して冷たい水しかでないシャワーを。結局、鷹男が起きあがって、虎の様子をみにいったが、ひとりでかえってくると、かれは眠ったふりをしている僕に、低い嘲弄的な、しかし奇妙に動物的な優しさをこめた声で、

「あいつは育ってないなあ、おれたちには弟みたいなもんだよ」といった。

やがて帰ってきたものの風邪をひいて洟水《はなみず》をすすりあげている虎の下のベッドに不眠のまま横たわっていて、僕は自分の重たい胃が股座のあいだまでたれさがっているのを感じた。僕はたびたび咳をし、自分の咳を、ダリウス・セルベゾフとヨット建造場を見にいったとき、海のあたりでないていたオオヨシキリの声のようだと思い、また自分が回復しがたいほど深く悲しんでいるのを感じていた。夜明けに虎も鷹男も寒がって身震いしていたが、僕だけは躰じゅうに汗をにじませた、それはここしばらく続いている微熱だった。いまやあの奇怪な欲求不満の女子大生の恋人すら懐かしかった。それにしてもダリウス・セルベゾフと友人《レ・ザミ》たち号にのって夏の地中海を走っているという空想は、すでにその可能性がまったくうしなわれてしまったといっていい今になって、もっとも残酷に僕を刺戟した。うしなわれた快楽の時間、だめになった青春、そういう老年めいた感慨がそのときの僕に、いわば生涯をつうじてはじめてあらわれていた。おれはこのまま老いて死んでしまうのだ、ヨットにのって遠洋にこぎだすということもなく、と考えると嘔きたくなるほど孤独な気持だった。その夜明けには共同生活がはじまっていらいダリウス・セルベゾフと友人《レ・ザミ》たち号の価値がもっとも重く大きく僕の世界をうずめていた。あれは単に青春の兆候だったのでなく、生命そのものだったのだ、永遠だったのだ、ダリウス・セルベゾフとの友人《レ・ザミ》たち号での出発が！　と僕は思った。僕もまたその灰褐色のいかにも冬めいた夜明けの憂鬱な時間には、銀行強盗でも殺人でもしかねなかった。結局、僕も、虎や呉鷹男とおなじように気が狂っていたのだろう。

真冬になり僕らの共同生活の経済そのものが危機に瀕した。友人《レ・ザミ》たち号の完成どころではなかった。ガス・ストーヴがなかったので僕らは洋服箪笥のひきだしなどにおしこんでおいた夏から秋のあいだの紙屑を燃して部屋をあたためた。僕らは怠惰から紙屑を棄てなかったのだが、それがいまでは、夏からずっと燃料をためこんでいたような結果になった。それは、この憂鬱な冬の日々に、僕らのえた数少ない満足のひとつだった。そのことを虎はダリウス・セルベゾフへの手紙にかいてやったが、その手紙は香港のホテルについたところでたちまち回送されてきた。ダリウスは香港のホテルに転送先をおしえていなかった。もちろん

僕らの共同の家へも音信はなかった。かれはこの世界の広大な遠方のどこかへ、まぎれこんでしまったケシ粒みたいなものだった。僕と鷹男と虎とは、それ以後ダリウス・セルベゾフのことを話題にしなくなった。

僕はふたたび家庭教師をはじめた。それは夜の仕事だった。僕が子供たちを教えに行っているあいだ、鷹男と虎とは、もぐりタクシーを営業した。車は、鷹男が、あの、一度だけ同棲した中年の情人から、夜のあいだ借りる約束をした古いオースチンで、暖房装置のなかに硬貨が一枚はいっており、装置の扇《ファン》が回転しはじめると、つねに硬貨と扇のふれあう音がした、それは下品でしかも苛だたしい音だった。鷹男も虎も、われらのジャギュアのことを思いだしては、自分がオースチンを運転していること自体、なにものかに嘲弄されているように感じていたので、この硬貨の音は二重に嘲弄的だった。それに鷹男にとって不名誉なことながら正直にいってしまえばかれは自動車をかりるかわり、一週間に一度ずつ、かつての情人と性交しなければならなかった。情人は性交をはじめるまえから死ぬほど昂奮してモズのように鳴いているので、いつ鷹男のいわゆる《彼女の時《ハア・タイム》》にたっするのかわからず、それに心臓の発作をおこしそうにつねにあえいでいるので、鷹男はいつまでもいつまでも、嫌悪と懸念にたえながら、かれの自瀆むきのペニスを活動させねばならないのだった。やがて鷹男は情人が車をかすだけのもとをとろうとしているのだということを発見した。最初のオルガスムでやめてしまわれないように、第四、第五のオルガスムまで鷹男が勤勉であるように、最初からモズのようにギャッ、ギャッと鳴きさけんで、カムフラージュしていたわけなのだ。それ以後、鷹男と情人とは、二度のオルガスムまで、という協約をむすび、鷹男の苦役の時間はいくらかでも短くなった。

その冬、エジプトでは戦争がおこっていた。アラブ人の農民たちは敵の飛行機から砂漠のなかの発電所をまもるために、いわば砂袋のように建物の屋根にその躰を横たえた。ナセルは世界じゅうに義勇軍を要請した。僕の大学にも、エジプト行きの兵士たちがひそかに募集されているという噂がつたわり大騒ぎになった。僕がその噂を、共同の家にもちかえると、鷹男と虎もノアの方舟《はこぶね》の噂をきいた獣たちみたいに昂奮した。翌日、僕ら三人は大学じゅうを駈けずりまわって噂の出所をさぐった。しかし、夕暮までにはその噂が、英文学科の暗く激しい情念と栄養失調で頭のなかに抽象的な脳腫瘍をひとつ作った青年の欲求不満からの、危険な嘘にすぎないことがわかった。そこで僕らは、僕の大学に流行の熱病のように、国外脱出の気分がみなぎっていることをあらためて知った。そうでなければ、エジプト義勇軍というような突飛な噂が、ガソリンをかけた稲塚に投げこまれる一本の松明《たいまつ》のような具合に、たちまち学生たちの群集をひとつの炎でおおいつくすといったことはおこらなかったにちがいない。

この噂を追いかけての一日が僕の躰にひとつの打撃をあたえた。夜になって遅れて家庭教師にいった子供の家で僕は喀血して倒れた。子供の母親が呼んでくれた医者は、ひどく不機嫌に、僕がきわめて重症の肺結核におかされているといった。母親は寛大だったが、僕はその子供に国語の授業をしながら自分のはっした数しれない咳のことを考えて絶望の淵に沈みこむ思いだった。応接間の長椅子に寝ている僕の耳に、僕にたいしては優しかった母親が、その子供を鬼のように叱ってうがいをさせている声が聞えてきた。僕は微熱にうっとりした頭でひたすら自分自身に絶望し、その栗のような頭をした憎らしい子供と母親とに、いわば人道的な愛を感じ、償いたいとねがった。

その結果僕は大学のサナトリウムに収容されることになった。僕はそれで共同生活から独りだけ脱落することになったことに秘密の安堵を感じているのを、虎と鷹男にさとられることを恐れていた。しかし、僕は発病して療養所に去るまでともかく自分の意志では、僕らの共同の家を出てゆこうとはしなかったのだ、そう考えて僕は虎と鷹男にたいしての、うしろめたい裏切りの感情を解消しようとした。

サナトリウムに移る日、虎と鷹男は、オースチンで僕を送ってくれた。じつに寒い日だった。沈黙がたびたび僕らをとざした。すくなくとも僕は衰弱し発熱していて大きい声をたてる元気はなかったのだが、そのたびに僕は、後にとりのこされて憂鬱な虎と鷹男、そして解放され脱出しようとしている途中の陽気な自分、という対立を沈黙のなかにかぎだしてしまうのだった。そこで車の走っているあいだずっと、僕は共同の家と友人《レザミ》たち号のことについて、それが僕の最大の関心事であるかのように情熱をこめて話したがっているふりをよそおわねばならなかった。じつにむなしい希望についてさえ饒舌にしゃべろうとしたものだ、まさに死ぬほど苦しい努力をして、

「このクリスマスに、ダリウス・セルベゾフから、僕らを呼びよせるためのパン・アメリカンの切符がとどくかもしれないよ！」などと僕はいったあとひどく咳きこんだ。

「そんなことは、ありえないよ。僕らはやはり銀行強盗をするほかないよ」と虎は車を運転しながら奇妙な静けさにおいて、歌うように軽やかにいった。

僕はサナトリウムにむかっている、すでに現実世界の外の人間だった、赤んぼうのように無責任な無能力者だった。けれども軽率さをよそおい、しかも全身の力をふりしぼって、こんなことでもいわずにはいられなかった。

「どんな計画をたてているんだ、横須賀に行って銀行強盗するなんて、どんなことなんだ？」

夜のあいだの死への惧《おそ》れを、真昼には忘れてしまう僕は、その車のなかの会話の時にも、あの冬の気配の深い夜明けがたに、虎と鷹男が銀行強盗について考えていることを知ったときに自分の流した涙のことはいくらかあいまいにしか思いだせないのが幸いだった。それに僕はむやみに

疲れきっていて空想力がおとろえていた。結核による大学生活の中絶と卒業後への真暗な不安というようなことが僕を虎と鷹男から、いくらかひきはなしてくれてもいた。

「横須賀に行くというのは、あすこが基地でアメリカの気の毒な黒人の兵隊がうようよいるからなんだ。僕がアメリカ兵みたいな外套を着て、合成樹脂の自動小銃をかかえて銀行にはいって行けば、連中は、僕のことを自暴自棄の黒人兵だと信じるよ、そんな黒人兵が日本人の青年と共犯だとか、日本語だけしかしゃべらないとか、警察のほうでは思わないだろ？　そこで、僕は呉さんとふたりでオースチンに乗っかって東京にかえるんだ、横須賀じゅうの憲兵と巡査どもが、どこにもいないアメリカ兵を探しまわっている時に」

「そういうことは、おこりえないよ」と僕は、祈るように切実にいっていた。「そういうことは、まさに荒唐無稽というもんだ、おこりえないよ」

「この十月の横須賀の銀行強盗は十八歳のカラードの兵隊がやったんだが」と鷹男がいった。「日本警察はなにひとつ、それを妨害するために行動しなかったんだ、お巡りたちは立って見ていたんだ。五時間たってキャンプのなかで、むこうの憲兵がつかまえてくるまで待っていたんだよ。自動小銃とピストルとでは、喧嘩にならないからねえ」

「それを、僕がやるんだよ、しかも僕はキャンプに戻らなくていいんだから。日本の警官たちは、いつまでも待ちぼうけだ」と虎が考えぶかげにいった。

僕は自分が呉鷹男と虎との緊密な結びつきの輪の外に一歩出てしまっていることに気づいて、漠然とした嫉妬を感じた、そして居たたまれないほどの疑惑とを……

「そういうことは、おこりえないよ、そういうことは、まさに荒唐無稽というもんだ、おこりえないよ」と僕は病人らしい厭らしい無力感とともに祈るようにくりかえすほかなかったのである、神様が迷い犬のように数しれず、東京の汚れた空を飛びかっているような、平和な冬の日で、僕は永いあいだのひとつのストレス、第二の梅毒恐怖症のごときものから解放されたばかりのような気持、おそらくはダリウス・セルベゾフと友人《レザミ》たち号の幻影から解放されたような気持でもあったのだが……

「ほんとうに、あれをやることになったら、それを話しにくる、仲間はずれにはしないよ」と別れるとき、虎はじつに真摯な表情でベッドの上の僕を見おろしながらいった、虎は僕らのなかで最も美しい顔と声、純金の心をもった男だった。僕はほんとうに虎が約束をはたすことを祈った……

虎は呉鷹男に、ある朝、横須賀へ行ってみないか、実験してみるんだよ、と誘った。前の夜にもぐりタクシーをしてかせいだ鷹男の情人のオースチンがまだ置いてあった。かれらは出発し、横浜の放出物資屋で、アメリカ兵の外套と靴とを買った。百貨店の玩具売場では合成樹脂の自動小銃を買った。お祭り気分で、虎は小瓶につめたウィスキーを飲み、そして、かれはもとより、鷹男もはしゃいでいた。いうまでもなく、その日、銀行強盗をするつもりはなかった。近い将来それをおこなう準備という気持もなくなっていたほどで。ただ、虎がどれほど黒人兵に似るか、というのが興味の中心で、ただそれだけだった。これはゲームだ。オースチンのなかで虎は外套を着こみ自動小銃を膝にかかえた。そしてふかく満足し、嬉しがり、鷹男に、パトロールしている警官の脇を徐行してくれるように頼んだ。車はアメリカの艦隊の兵士たち相手の酒場やキャバレー、クラブのならんでいるけたたましい装飾に狭くかぎられた横町をぬって進んでいた。外国人相手の女たち、そして外国の兵士たちが、オースチンをのぞきこんでは、いくらかの反応をしめした。虎をカラードの兵隊だと思いこんでいるようでもあり、そうでないようでもあった。それは、結局あいまいだった。虎はしだいに昂奮し酔いを発した。それから虎は、運転している鷹男に車をとめるようにいった。そしてドアをひらき、片足を外にだして座席に横ずわりになり、意味ありげに、警官たちを眺めた。警官たちは、虎を見つめ、そして思い屈したように、おたがいを見かわした。かれらは虎の挑発を無視することにきめたようだった。虎は、ゆっくり歩道に立ちあがって、ますます軽蔑しきったように警官たちを眺めた。

その時、背後から白人の憲兵ふたりが駈けよってくるのを鷹男は見つけた。虎もそれに気づいた。実験をやめて外套を脱ぎ、オモチャの自動小銃をオースチンのなかへ放りこむべき時だった。ところが、その瞬間、虎は、長い外套の裾をばたばた冬の風にたたかせながら、路地に駈けこんで行ったのである。虎が悪魔かなにかのように大暴れする恰好で外套をはためかせ、大きい靴をひきずり、オモチャの自動小銃をふりかざして逃げてゆくのを、鷹男は呆然として見まもっていた。警官たちと憲兵たちとは、かれの眼の前まで駈けてきていた、そして憲兵たちの一人が威嚇射撃をした。

虎はよろめきかけてふりかえった。外套が足にもつれたのだ。別の憲兵が、もういちど威嚇射撃をした。次の瞬間、虎はオモチャの自動小銃を脇にかまえ、まさに真の虎のように憤怒し、憲兵たちと警官たちにむかって走りはじめたのである。四人の男の発射する拳銃の熱い弾がたちまち虎を凍てついた地面にたたきつけた。

「おれが、あれは冗談だ、酔っぱらった日本人の青年がおかしな遊びをしているんだと、あの人殺しどもにいえばよかったんだ、その暇はあったんだ」と話しおわって呉鷹男はいった。

「なぜ、そうしなかったんだ？」

「おれはその時、自分がこの世界と関係ないような、ぴったりしないような、あの感じにとらえられていたんだよ。ほら、いってたろう、おれがこの世界の人間でないような……」

僕は嗚咽《おえつ》しながら起きあがり呉鷹男を殴りつけていた、おなじ病室の三十人の学生たちが僕らを見まもっていたが、僕は自制できなかった。鷹男は抵抗せず、黒ずむほど青ざめた顔に微笑をうかべ、血走った眼をチカチカ輝かせて僕を平然と見かえしていた。憎悪でもなく悲嘆でもない危険で暗いものが、その骨のなかの黒いチッチャな罅《ひび》われのような眼から僕にむかって噴出した。僕は怒りと底知れぬ失望感と悲しみとから嗚咽しながら胃液と少量の血とを吐いた、そして僕は、僕を介抱しようとする呉鷹男をふりはらって叫んだ、

「出て行け！　おまえはもう仲間じゃない、敵だ、おまえこそ撃ち殺されればよかったんだ、あいつは可哀想にアフリカの空をみることもできないで、横須賀なんかで死んだんだ！　おまえは、怪物だなどといって、本当は、ただの不満屋じゃないか、なんでもないげすじゃないか！　虎だけが本当の、友人たち《レ・ザミ》号の乗組員にふさわしかったのに。出て行け！　出て行かないとおれが殺してやる！」

病人の学生たちが蠅のように背後からわんわんおそいかかって僕をつかまえた。それはむしろ倒れようとする僕をささえるためだったのだ。呉鷹男は脣と鼻からわずかに血をながし銅のように蒼ざめ、しかし頑強に微笑をうかべて樹木のようにしっかりと僕のまえにたちふさがっていた。僕は憎悪と、そしてなんの脈絡もない不意の怯えと苦悩とにおののいた。

「虎は、魔法の力で横須賀をアフリカの土地に変えたみたいだったんだよ、本当の虎みたいに猛だけしく怒り狂って合成樹脂の自動小銃をかまえて、まぼろしの象にむかってゆき、うち倒されたみたいだったんだよ。おれは羨ましがっていたぜ」と呉鷹男はいった。「それじゃ、おれは帰るよ、さよなら」

そして呉鷹男はじつに冷静に、僕を見棄てて扉の方へゆっくり歩いて行ったのだった。そして僕は病人仲間の学生たちの腕を鬼の腕をのがれるようにのがれて起きあがろうとし、僕の結核療養中での最悪、最大の喀血をした、もう呉鷹男も、死んだばかりの虎のイメージすらも、僕に関わってこなかった。僕はすさまじい死の恐怖を感じ、しかも自分が死をもっとも惧れている今のこの瞬間に死ぬのだと感じ、自分自身をあわれんで泣いた……

四章　怪物

呉鷹男は二人の友人をうしなってまったく孤独になった当座は、生れてはじめての最も激甚な友情の発作に胸を灼かれていた。かれにとって友情は、たいていの愛とおなじように、ひとつの欠如の感覚だった。かれは傲岸な薄笑いをうかべたまま、高い顴骨《かんこつ》の頰に、涙をふたすじにわけてしたたらせ、友情か、欠如か、欠如しているものはいつまでも欠如しているんだ、ゼロのまたゼロを気にするな、おまえは怪物のはずじゃないか、と自分自身を嘲った。それから、この欠如の感覚はいくらかうすらいだが、孤独感は深まった。

呉鷹男は二人の友人たちがかれの世界から去ったあとも、しばらくはひとりだけ共同の家に住んでいた。かれは、あのいじめられつけた犬のようにうらみっぽい眼をした詐欺師をつかまえてやろうと考えて罠《わな》をはっていたのである。しかし、いうまでもなく沢山の古ラジオをかかえこんだ詐欺師は二度とあらわれず、家主は呉鷹男が室内で紙屑を燃やすことに腹をたてて追出しを計っていた。また、自動車をかりたことで再び交渉のはじまった情人は、車をかりるのをやめたいまも深夜にひどく酔っぱらってたびたび電話をかけてよこした。呉鷹男は自分だけがその共同の家にひとりで住んでいることで、不当に束縛されているような気持になった。

そこで呉鷹男はその年の大晦日に家じゅうのありとあるものを、サルトルの翻訳数冊のほかはみな売りはらって、その金の半分をサナトリウムの友人あてにおくり、残りの金は自分のものにして共同の家を出た。かれの母親は、かつてかれと朝鮮人の父親と三人家族で住んでいた、東京港の埋立地の集落の家を放棄して、いまは小さな商事会社の掃除婦にすみこんで暮していた。鷹男はもとの自分の家にいってみたが、そこは小屋のごときものになってしまって道路工事の道具が置かれ野良犬が住んでいた。もちろん呉鷹男が再びそこへ住みつくことなどはできなかった。また、かれがかつてつとめていた木工所は破産して閉鎖されていた。その周辺をあるきまわったあげく、結局、呉鷹男は、おもに朝鮮人の日傭い労務者が居ついている簡易宿泊所の共同寝室にとまりこむことにした。その木造ブロックの建物は、かれの生れた集落のほぼ中央にあって、かつての家から遠くなかった。鷹男は近所の顔みしりの人たちに、もし母親をみかけたなら簡易宿泊所にいることをおしえてもらいたいと頼んでおいた。かれは母親が葉書でしらせてきた商事会社の名前を忘れてしまっていたのだ。

奇妙な新年だった、呉鷹男は、簡易宿泊所の同居人たちと、なにひとつ話しあわなかった。沈黙の生活だった。しかし、簡易宿泊所をふくめて、それをかこむ集落の人々、とくに若者たちが、かつて呉鷹男がそこに住んでいた時分とは、確実にちがってきていることを、かれは感じとっていた。集落の若者たちは、もし希望をみいだしているというのが不正確なら、刺戟されかきたてられ動揺し、新しい不安を見出していた。

かつて呉鷹男の集落の若い人間は、家具工場や鉄工所や運搬会社の過重労働の沼の奥ふかく魚のように無言でもぐっていた。かれらには鈍感な獣のような確実なところがあった、そしてそれはそこから鷹男の母親が自分の息子をもっとも遠ざけようとした悪しき傾向でもあった。かれらの生きている世界は缶のように閉ざされていたので、かれらは外界からの黴菌にはおかされず内部からの崩壊にも無縁で恒常的だった。かれらの魚類の眼に不安な変化の光がきらめくことはなかった。ところが、いま呉鷹男が、かれの集落にかえってゆくと若者たちはみな、妊娠してしまった女たちのように、すぐ目前にせまった奇怪で新しい体験のさけがたいことを実感して、鳥のようにおののき騒ぎたてているのである。集落全体が、奇妙な新年をむかえていたというべきだった……

呉鷹男はこの新しい印象をはじめてその集落の若者たちに見出したのではなかった。もっと小規模で、事実それは一週間ほどで消えさってしまったのだったが、以前にもいちどこのようにキラキラして危険な動揺、息苦しい希望、さけがたく怯えとともにせまってくる選択の予感の熱病がうずまいたことはあったのだ。それは呉鷹男が珸瑶瑁《ゴヨウマイ》水道を漂流した直後で、かれはその眼くるめく渦の焦点だった。しかしいま呉鷹男は、かれの集落をとりまく颱風の渦の外にいるのを感じ、仲間はずれの気分をあじわった。

年頭の休暇で、旋盤工や圧延工、梱包屋の釘うち、運転手、製本工など、頭と腕と足とが不均衡に長く大きい若者たちが、黄褐色の冬空と炭の匂いのするガスにとじこめられ、金属質に光る泥が波がたにかたまった矩形の広場で、石を投げたりシャドウ・ボクシングをしたり、屈伸体操をしたりしていた。そんなことでかれらは遊んでいたわけだ、いくらかは焼酎に酔い、いくらかは気がとおくなるほど退屈して。呉鷹男は、簡易宿泊所をでてゆくたびに子供のころからおなじ集落で育ってきた古い友人や定時制高校で見知っていた顔にすぐ出会った。しかしそこでとりかわされるのは、鈍感な桃色のブヨブヨした肌に陰険な狡猾さの刺《とげ》の生えた、挨拶の毛虫だ。かれの泥の唇から友人の鉛の耳へもぞもぞ移動する。そしてかれは自分がもう、その集落でひとつの刺のような異物にすぎないことを悟った。

それでも呉鷹男は、この新しい動揺の芽が、ひとつの危険な誘惑にみちた噂にみちびかれたものであることを探りあてていた。日本の朝鮮人たちを、北朝鮮におくりかえそうとする計画が静かに、影のなかでおしすすめられているという噂。やがて金日成《キムイルスン》の使節と日本赤十字の代表はニューデリーかカラチかジュネーブで握手し微笑しあうだろう、そして民族移動の二十世紀タイプのひとつが始まる。その日までに、かれの集落の若者たちは、態度をきめなくてはならない、朝鮮民主主義人民共和国という奇怪な夢の国にたいする態度、未来世界への態度。そこで焼酎の酔いを武器に若者たちは、冬曇りの空のしたで火力発電所が燃やす石炭の厖大な煙の匂いと味を感じながら、石を投げ、シャドウ・ボクシングをし、屈伸体操をし、ものすごく巨きい不安と当惑の渦まきのなかで、ひとつの選択を、顴骨のたかいポーカア・フェイスでやってみようとしているわけだ……

ある日のこと呉鷹男が簡易宿泊所で寝そべってノートを書きつけていると、母親が伝言をききつけてやってきた。母親はかれが、あのすばらしい共同生活、日本人のなかでの共同生活をやめたことを涙を流して怒り、それにまた、かれがこの集落などへ戻ってきていることを呪わんばかりに責めたてた。呉鷹男は永いあいだ黙ってそれをきいていた、それから、

「なぜだかわからないが、あいつらみんな、おれのことを仲間はずれにしているよ、おれは歓迎されてないよ」といった。

「それはおまえが朝鮮人じゃないからよ」と力をえたように母親は始めて優しくなり、かれが子供のころから何度となく聞かされた同じ歌をくりかえした。「わたしはそのことを、おまえの学校友達のゴロツキどもにちゃんといっておいたよ、ねえ、安心おしよ」

そして母親は、呉鷹男が朝鮮人あつかいされていないことに安心して、それでもできるだけ早く他の場所にひっこすことをすすめて帰った。

呉鷹男は結局かれの集落の若者たちを心底から軽蔑していたので、かれらがその混乱の渦からかれをおしだそうとしても思ってみればなんということはなかった。しかもかれは母親の考えとは別な理由においてながら確かに北朝鮮へかえるつもりはなかった。赤十字の船で旗と紙テープで菓子のようにかざられて海をわたることは、五百台のラジオ群を密輸して海をわたることとまったくちがう。それは昂奮させない。それにしても、帰ってきた埋立地の集落で、具体的に孤独であることとは、呉鷹男にとってひとつの僥倖のように思われた。かれは深い孤独感とともに自由の感覚をその新しい環境で見出すことができた。かれの現在の生活は、物理的にも人間的にも無重力状態の宇宙ロケットの内部にうかんでいる生活で、この地球上のいかなるものとも、真のつながりがないという感覚があった。そしてこの深く濃い自由の気分の底でサルトルを読んだり文章を書いたり、寝そべって眼をつむっている東京港周辺の宇宙飛行士、呉鷹男はしだいに苛酷なほどたかまってくるかれ独自の不安に揺さぶられはじめるのだった。共同の家での生活

のうちにその牙をおさめていたものが、再び影からすすみ出て活動しはじめ、かれの頭のなかは百鬼夜行だった。孤独の感覚があらためてそれをかれにもたらしたわけである。

　共同の家のシャワーのある浴室と別れをつげてから、呉鷹男は自瀆の習慣を棄ててしまっていた、あのオナニイの魔であった呉鷹男が、それまでにみがきあげた自瀆のさまざまな新技術を放棄したということは、すくなくともかれ自身にとっては現実生活の大異変だった。しかし、かれは、じつに奇妙なほどさりげなくオナニイと別れをつげたのである、結婚してしまった男のように。

　おなじ比喩をつかえば呉鷹男はなにか新しい巨大で底しれない渇望と結婚したような気がしていた。結婚というより妊娠というべきかもしれない、かれはいままでかれをとらえていたものとは別のものを、もっとおそるべきものを妊娠したという感じをいだいていたのである。いまはもうかれの性欲が肉体の世界を離れたという感覚、すくなくともオナニイでいやされる程度のものではなくなったという決定的な感覚。オナニイでとらえられる範囲をこえてむごたらしいほど無限に底なしにひろがり深まっていった渇望の感覚……

　ある日、呉鷹男はこの感覚に対抗しようとし簡易宿泊所を出て映画館のトイレットへ自瀆をこころみにでかけた。しかし、かれの涙か唾のような精液が、他人の精液のしみのついた板壁にむかってふきだし、したたったとき、呉鷹男は愕然と身震いして、自分をひどく孤独に感じた。共同の家の浴室のシャワーをあびながら自分を怪物だと感じて自己満足しての自瀆の思い出が、むしろ恥ずかしい汚辱の記憶のように思われた。かれは自分があのシャワーのもとで自瀆しながら、仲間たちとダリウス・セルベゾフの存在感を背後に感じていた、それは甘ったれていたのだと思った。そしていま、ひとりぼっちで、幾億の他人どものなかにいると、自瀆などはすでになにほどのものでもないと悟った、ひっきょう、あれは子供の遊びだ、不満な子供の拙劣な遊びだ……

　このようにして呉鷹男は自瀆とは別の、まったく新しいタイプの、不満の解消法をみつけださねばならなくなっていることを、あらためて確認したのだった。かれの肉体と意識のなかで抑圧されているものはしだいにするどくとがり、むきだしになり、直接的になってきていた。それはもうあきらかにマラリヤのようだった……

　共同の家にいたあいだも、呉鷹男は不満をもち、渇望し、不安におびやかされていたが、友人たち《レ・ザミ》号が、なにほどかの均衡はもたらしてくれるようになっていたのだ。虎の存在も均衡の安定をくわえてくれる作用をもたらした。虎が、かれ自身の不満のスゴロクの上りとしてアフリカの土地を思いえがき、それにむかって狂奔するのを傍でみながら、呉鷹男は、自分の不満もまた、虎の不満の解消によって、おなじタイプの解決を予告されるのではないかという、ひとつの代償作用のイメージをもっていたのだった。虎の渇望が鷹男の形而上学的な不満の現実上の雛型だったわけだ。呪い殺しにつかう藁人形と仇との相関関係のように、虎の渇望が鷹男のはっきりと把握できないぼんやりした、しかも根元的な渇望に解消のいとぐちをあたえる……

呉鷹男は簡易宿泊所の、昼間は他人どもの出はらった共同寝室に迷惑がられながら寝そべっては、たびたび共同生活の時期の様ざまな出来事や感情について回顧し、このように考えた。かれの哲学論文のノートはしだいに量をましていった。

《虎がしだいにファナティクになってきたころ、おれは虎との相関関係にもうひとつ別の意味を見出していた、おれは虎を裏切っていたわけだ》と呉鷹男は悔いとともに書いた。それは虎との横須賀ゆきとあの決定的な事件について考えるたびに呉鷹男をとらえる悔いだった。《おれは虎の計画の現実の成功を信じてはいなかった。信じていなかったからこそ、おれは虎の夢中になった予行練習に情熱を発揮して横須賀まで同行したわけだ。まったくおれのように他人にたいして幻影をいだくことのない人間が、虎の子供じみた趣味に最後までつきあったのは、虎の行動がやがて失敗におわるとき、自分もまた自分の渇望が決していやされることはないとあきらめて納得することができるかもしれないと期待したからではないか？　虎の失敗が、おれにも、おれのさけることのできない挫折をまえもって予告し、そしておれに、この世界に静かに順応して生きてゆくことを教えてくれるかもしれないと、おれの卑怯で素朴めかした無意識がひそかにねがっていたのだ》

しかし呉鷹男は横須賀で虎から、最後の瞬間のしっぺがえしをうけたのだった、それを考えると悔いは憤懣とからみあって二重に深まった。あの黄褐色の美しい若者、虎の破壊しつくされた死体が、ぼろぼろの防水カバーを巨大な指でひとつまみして棄てたようなかたちで外国兵相手の酒場のならぶ汚ならしい路地に横たわったとき、鷹男が激しく流した涙は、羨望の涙だった。かれは内臓もねじれるほどの全生命的な羨望を感じたのだ。虎は、あのみじめな横須賀で、アフリカの風土のうちなる死をとげていた。誤解の拳銃によってぐしゃぐしゃにつぶれた頭をのせた虎の血を流す肉体はアフリカの大森林の天使たちによって黒い人間たちのための空へはこばれた。かれの父親と祖父、奴隷出身の曾祖父とはアメリカ大陸から、その父祖たちは黄金海岸から、かれらの息子の冬さなかの昇天をむかえていた。虎はついにアフリカへ帰還したのだ。あとに残されて呉鷹男は嫉妬に苦しむばかりだ。かれの道づれはすでに出発したのに、かれひとりは孤独な不満の暗黒のなかへとりのこされた。そしてその結果始めて呉鷹男は、深まる渇望と不安のなかで、自分もまた虎のように決定的な冒険、自分を生命の危険におとしいれてしまうほどの冒険をおこなわなければ、かれ自身を解放して自分の土地に住む人間としての安堵にいたらしめることはできないと了解したわけである。

呉鷹男はかれの哲学論文のノートのなかに《authentique 真正の、正しい、確かな、間違いない、本物の、間違いなくその土地の》という一節を加えて、時どきこのフランス語の単語を援用してかれ自身の熱病を追求した。l'homme authentique というのが、かれによれば、この現実世界にちゃんと市民権をもって生きている人間のことだった。真正の、その国の人間、本物のその国の人間、間違いなくこの土地の人間。そして、それがなにに原因したのかはわからないが、かれは authentique でない人間なのだ、それがかれの不安と渇望の熱病の根元的なみなもとなのだ。《おれは緊急に、おれ自身の authentique な土地にかえりつくことを考えなければならないぞ、緊急に、緊急に！　おれはこの他人どもの現実世界に仮の逗留の状態なんだが、欲求不満のオナニストということではなにひとつ有効な解決はみちびきだせやしない、今までのおれの試行錯誤は、みなムダだったわけだ。おれはまったく自滅寸前なんだ。おれは緊急に、緊急に、おれ自身の国、おれ自身の土地へかえるてだてをみつけなければならない。しかもそれは、虎がやったような絶望的な棄身の攻撃によってみつけだすほかないだろう》

呉鷹男は怯えと嫌悪を感じ、形而上のマラリヤがもたらした熱に、犬のように身震いした。かれは珸瑶瑁水道を漂流したときのことを考え、友人たち《レ・ザミ》号での航海に希望をつないでいたときのごくわずかながら確かにあった安堵感のことを回想した。いま、呉鷹男はかれのそれまでの生涯のなかで最も深いどんづまりにおちこんでいると感じ、最も危険な熱病にかかっていると感じた。時どきかれは発作的にすすり泣いた。しかし、簡易宿泊所の昼も夜もおなじ明るさの空間に鮮烈な予感がひらめくこともあった。

ある夜更け呉鷹男はひとつの激しい夢をみて眼ざめた。それは共同生活の家で見たことのある夢とおなじ構造の夢だった。しかし再びあらわれたその夢はもっと具体的で、もっと直接の意味づけにみちていた。雨あがりの暗闇で黒い獣のごときものがひとりの娘におそいかかり、強姦して荒あらしく殺してしまう夢。今度の夢では、その兇暴な黒い獣が、おれ自身であるとはっきりわかっていた。そしてその不運な娘は、強姦されるあいだも、殺される瞬間も、じつにうっとりと自己満足にふけっていて《わたしはこの土地の人間なのよ、ねえ、わたしはこの土地の authentique な人間なのよ！》と快楽にたえないように勝ちほこった声をあげているのだった。そこで夢のなかの黒いものの、呉鷹男は、無益の感覚、徒労の感覚に苛だち、じつに切ない憤激の思いで、もどかしい指を娘の首にまわし、ますます力をこめてしめつけた。いったい何故そんなことをしているかはまだぼんやりとあいまいで、わからないところもあるのである。しかし、夢の次の情景で、呉鷹男は数しれない他人どもに追いかけられ暗い荒野を逃げまどいながら、まったく新しい自己満足を、今こそは自分の心に見出しているようなのだ、《おれはこんな人間なんだぞ、おれはこんな人間なんだぞ、おれは怪物だ》とかれは自己宣伝しながら荒野を逃げてゆき、背後の他人どもはかれのことを、なにか特別な言葉、かれに固有の種族名のような特別な言葉でよびながら追いかけてくる。その言葉がよくきこえているようで、その実、はっきりとらえられない。しかし、ともかく、かれが特別な人間であることを、背後の他人どもはよく知っている、かれらとは別の異質の人間であることを、怪物であることをよく知っている。そのことが追われている呉鷹男を自己満足でみたしている。呉鷹男はやがて好奇心の誘惑にまけてふりかえり、追跡者たちがかれのことをなんとよんでいるのかをはっきり聞きとろうとする、しかしそうすれば、かれは追手たちにつかまり無残に殺されてしまうだろう……

　この冬のさなかに汗みずくになって眼ざめ、呉鷹男は真夜中もともされたままの裸電球のしたの狭いベッド群に横たわって眠っている他人どもを、深い不安のうちに見わたした。ついさっきまで夢のなかでかれを追っていた者たちが、いま簡易宿泊所のベッドに仮に横たわって、呉鷹男という怪物の次の出方を待っているという感じだった。《もし本当におれがあれをやったのだとしたらおれはむざむざあれをむだにしてしまったのだ、そうでなければなにもかもがもっと明らかになっていたろうに》と呉鷹男は考えた。そして決定的な暗示がかれをしっかりとらえた。

　翌朝になってこの夢があいまいに溶けさったあとも、この夢のもたらした暗示は呉鷹男から離れなかった。かれは労務者たちとともに簡易宿泊所を出てめし屋に行き食事をするあいだ、この夢の意味と暗示に追いつめられていた。気をまぎらわせようとめし屋の土間の秤に乗っかって体重をはかると十キロも肥っている。それは共同の家を出てからシャワーをあびることがないからだ、おれはこのまま肥ってゆきなにひとつ怪物らしく行動せず、静かに死ぬのだろうかと鷹男は考えた。そして、不意にどんづまりへ追いつめられた気分になり、ますます激しく、あの夢の暗示がせまってくるのを感じた。《もし本当におれがあれをやっていたのだとしたらおれはあれの真の意味の追求を放棄したので、あれをむだにしてしまったのだ!》と声をだして呉鷹男は考え、それからたかまる昂奮におしやられて新聞のとじこみのある近くの水上生活者のための保護施設にでかけた。かれはいま夢の世界にむかって溯行《そこう》しているのだった……

　呉鷹男は一年前の新聞のとじこみをかりだした。かれは確信をもって分厚いとじこみをめくり、ただちにあの強姦殺人事件の記事をさぐりだした。それは、呉鷹男の集落のすぐそばの埋立地の畑と水田が道ひとつへだててつらなる地帯で、雨あがりの深夜、若い賄い婦が強姦され扼殺された事件だった。呉鷹男は深い不安と恍惚において、その犯人がまだとらえられていないことを確認した。もしこのおれがやったのだとしたら、おれはその真の意味をつかまえそこねて、この重要な体験をむだにしているのだ、そのあげくはっきり思いだせもしないという始末なのだ、こんどやるとしたら絶対にそれを理解しつくさねばならない。呉鷹男は啓示をえた。

その瞬間、かつての自瀆にかわって強姦殺人の幻影がかれの情熱となったのだ。かれは昂奮にあおざめてノートにこう書きつけた。《強姦殺人はこのあいまいで不確実な世界で、おれをぐっと強力に昂揚させてくれるめずらしい手がかり、稀有な方法だ、それは、はじめてこの現実世界という河馬の胴体におれの咬みつくことのできる切れ目をいれてくれるだろう。おれは違和感なしに確実に、カッと熱くなるほど充実して、現実世界と四つに組むことができるだろう、強姦殺人という手段でなら！　そしておれが強姦殺人の武器でこの世界の他人どもを攻撃し連中とおれとのちがいを積極的におれの方から見せつけてやるとき、連中はおれが別の authentique な生活に属すべき人であることを認めるだろう。おれを敵だと、怪物だと認めるだろう。そしておれは、そんな他人どもの眼にかこまれさえすれば、おれ自身のなかの自分独自の国、自分独自の世界を実感できるだろう。虎が横須賀で他人どもを拒否し攻撃してかれの内なるアフリカを実感したように！　ああ、あの強姦殺人はこのおれにあたえられた啓示だ、おれはあの犯罪にもっともふさわしい。ところがそれを有効に意味づけなかったから、あれはおれの夢のなかに後退したのではなかったか？　こんどやるとしたらおれはもう絶対におれの強姦殺人を夢のなかに見うしないはしないぞ》

その日から呉鷹男はひとつのゲームを発明した、怪物のゲームだ。まず十円区間の切符を一枚買って国電の循環線に乗るのである。もう松の内はすぎていたが、電車には着かざって自足した日常生活者がいっぱいだった。晴着をきて化粧した小さな娘をつれ、おなじく晴着をきて鯨のように嵩ばっている母親というような一組をかれは獲物としてえらぶ。そしてかれは、その一組を充分に見きわめることのできる場所に陣どり、かれの遊びをはじめる。母親と娘とを一緒に強姦し、扼殺する空想のゲームを。

電車のなかで強姦することはできない、空想においてはそれはあまりに非現実的すぎる。現実には電車のなかではもとより、自転車の上で強姦する勇敢で器用な人々すらいるかもしれない。かれはリージング、ウィーン間の二等車のなかでズボンをさげて迫ってくる旅行者から逃げまわらねばならなかったドイツ娘の手記を読んだことがあった。

しかし空想世界では事件はつねに汚ならしいほど末梢的な具体性をもっておこらなければならない。

呉鷹男の空想の指はじつに細心の注意をはらって、母親と娘とを、様ざまの落し穴のなかへみちびくのだった。遊園地のボート小屋、麦畑、建築中のビル、看護婦も医師もかえってしまったあとの診療室、深夜の教室、駐車場の車。そしてかれは母親と娘とを黙らせるために苦心する、殴り倒したりクロロフォルムをかがせたり縛りあげたり、時には舌を切りとったり、あらかじめ殺してしまったりする。かれはほとんどつねに、その幼い娘の生毛《うぶげ》におおわれたひとつまみの真珠光沢の性器と交接して、血の泡のシャボンで自分の猛だけしい男根をかざるのだったが、そのそばで沈黙してそれを凝視するものとして、やはり裸にひきむかれ腹の脂肪でマットレスの折れ目のように段をつくってしゃがみこんだ母親が必要なのだった。怨みっぽい狂気の眼、毛むくじゃらの黒く巨大な蝦蟇《がま》を股ぐらに一匹飼っている母親。それから呉鷹男は、起きあがり、犠牲者たちの晴着でかれの血みどろの鉄串をぬぐい、かれが性欲から強姦したのではなく、その犠牲者たちの理解しがたい形而上的な動機から兇行におよんだのだということを示すために、交接のあいだにはまったく示すことのなかった快楽の表情を微笑のようにたたえて、念いりにゆっくりと自瀆するのだ。そして呉鷹男は、二つの死体をあとにして憂わしげにまた微笑して遊びつかれた子供のようにかえってゆく。電車の硬いクッションの上で呉鷹男はもの凄い鬼のように勃起し昂揚し涙ぐむほど上気し耳からは血がしたたるように感じる。熱い指を耳たぶにふれてみないではいられない。空想のなかでかれに強姦され扼殺されている瞬間の母親と娘とが、おたがいに、妙に周囲に警戒的な白っぽい粉を頬や眼のまわりにふきださせ、おどろくべき日常的な会話をかわすのが、電車の身震いする音の水面から気泡のように時どきうかびあがって呉鷹男の耳にとどく。それはグロテスクに日常的だ。鷹男は哄笑の発作に揺りうごかされる。かれは苦しくなるほど腹をくぼませたり歯をかみしめたり、眼をかたくつむったりして忍耐するが、ついに耐えきれず爆発してしまう。電車のなかの他人どもがびっくりして、いっせいに呉鷹男の存在に気づく。そこで呉鷹男のゲームは終りだ。《そうだ、おまえたち、この世界の日常生活者ども、いつもそのとおりにびっくりして緊張していろ！》とおとなしく頭をたれて電車じゅうの注意の網から脱けだそうとしながら、呉鷹男は考えている。《このおれという怪物が行動を開始したら、おまえたちの日常生活はたちまち消えさってしまうんだ、東京に百万人のテロリストが潜入したとおなじほどの大恐慌がはじまるんだ！》しかし二分間とはかれの周囲の緊迫は永もちしない、ただちにきわめて日常生活的な沈滞が電車と市街の騒音のなかに回復してしまう、呉鷹男の不満のうちに、忘れさられる。水かれは躰をよじって窓ガラスに自分の頭と胸とを映す。

のなかの砂糖のかたまりのようにたちまち侵蝕される期待、灼けつく熱い期待に胸をかっと燃えあがらせながら、しかもなかば絶望して。羊のように角のはえた兇暴な怪物の頭のかわりに、かれはほんの小さい肉の角はあるものの熱病になやんでいる幼児のような眼をしばたたいている、善良そうで気持の良い、おとなしい青年の顔をそこに発見してぐったりする……

呉鷹男は深夜、拳ほどの礫《つぶて》を外套のポケットにいれて、様ざまな場所の屋敷町を歩きまわったりもした。すでにかれは電車に乗るか歩いているかしなければ、静かに連続的にものを考えることができなかった。それも夜ふけがいいのだった。深夜に、ほとんど駈けるように、見知らぬ街角を大急ぎで通りすぎるとき、かれはじつに明晰な頭をもつことができるように感じた。むしろかれはマラソン選手のように駈けながら、かれの哲学論文を書くべきだと考え、駅弁当の売り子が首からかけている板の台のような机を考案しようと思ったりもした。

また、深夜の街でパトロールの警官と出会うと呉鷹男は冬の夜ふけの風にじかにふれている頬から眼に汗が粒になってふき出すように感じるほど緊張した。もし警官がかれを不審訊問すれば、自分が家鴨《あひる》のようにパクパク脣を喉までひらいて、こういうだろうという予感があったからだ。《去年の冬の若い賄い婦の強姦と扼殺とは、あれは僕がやったんですよ、そしていま、この怪物、僕は無限にくりかえされるはずの強姦殺人を準備しています、逮捕して、全世界の不安なく暮している authentique な大群集の眼のまえで絞首刑にしてください、それは本当に何十億人かのあなたがたの、みのためですよ！》

しかし実際にある夜、呉鷹男が老人めいた警官に肩をたたかれたときは、かれはこのように雄弁ではなく、小娘のように恥じいって、小さな弁解するような声で、

「おれは友達の家をさがしているんだよ、きっと駅をひとつまちがえておりたんだと思うんだけど、教えてくださいよ」といっただけだった、そしてそのあとで自分自身をほとんど憎悪した。

呉鷹男がポケットに持っていた礫は、かれの観念では撲殺するための鈍器である武器のつもりであった。しかしかれは、深夜の市街で数しれない人々に出会いながら、誰ひとりをも、その礫で撲殺しはしなかった。ポケットのなかで礫を握りしめてみたことはあるが、それも攻撃の心からというより、怯えの感情からのことが多かった。呉鷹男が深夜の丸の内のビル群のあいだのコンクリートの渓谷を急ぎ足に歩きまわっていると、生命保険会社の森のように巨大な建物のまえに相撲とりみたいに足をひろげて三人のつつましやかな娘たちが立っていた。娘たちは小声で、一人のソプラノ、二人のアルトの合唱をしておたがいに勇気づけあいながら、立ったまま放尿しているのである。呉鷹男

はポストの陰にたたずんで礫をかたく握りしめながら、身震いするだけで一歩も踏みだすことができず、その気弱で無害な自分自身を羞じていた。もしそのとき鷹男がダリウス・セルベゾフをもふくめてかれの友人たち《レ・ザミ》号の乗組員仲間と一緒だったとしたら、かれはいかに悪魔のように嘲弄し滑稽がり涙を流して笑ったことだろう。しかしその深夜、孤独な鷹男は、ついに単なる性犯罪者ですらもなかった、単なる臆病で陋劣な覗き屋ですらもなかった。かれは三人の魔女たちの尿に溺れるワラジムシのように自分を感じていたのだった。いわば宇宙でいちばん小っぽけな怪物になってしまったかれは声をあげて脅かすことさえできなかった。

それでもいちど呉鷹男が、この国の人間、おちついてこの世界をたのしんでいる連中への攻撃に、もっと果敢な勇気を発揮したことがあった。かれはポケットのなかの一個の礫で敵を殴り倒すことはできなかったが、ある夜ふけ、人家の密集したあたりにむかって、かれはそれを力をこめて投げたのだ。黒い鳥のように礫は飛翔した。しかし鷹男の耳にガラスの砕ける音、樹の枝の折れる音、壁の崩れる音、屋根にはずむ音など、それらの物音はなにひとつかえってこなかった。鷹男は投石したあと、背後に向って駈けだしていたが、五米ほどを駈けるとぐったりして立ちどまった。礫は無限空間へロケットのように吸収されたようだった。あるいは巨大なものの掌が深夜の暗い空間にさっとのびて、怪物の悪意の投石を受けとってしまったかのようだった。

《この世界の不安なき日常生活者どもを怪物の攻撃からまもるための巨大なものがこんなふうに存在しているのだとしたら、それが連中の神だ》と呉鷹男は、その夜ふけ、見知らぬ市街をどんどん歩きながら考えた。

《いまおれの投げた一個の礫を神のグローヴがうけとめたのだとしたら、これから幾千回おれが礫をなげつけてもいつでも神のグローヴはそれをうけとめてしまうだろう。この世界に authentique に暮しているものどもは、いつも神によって怪物の礫から庇護されているんだ。まったく、おれが礫をなげても、なにひとつこの世界にその結果があらわれないのだから、おれはこの世界に存在していないとおなじだ。おれは敵の神におれの存在を拒まれているわけだ。おれが存在していると主張するためには礫などという不確かなものでなく、もっと確実な方法で神の眼をかすめて、この世界にもの凄い結果をひきおこしてやるほかはない。そのときはじめて、おれはこの現実世界におれ独自の危険な authenticité をしっかりもって存在していることを証明できるのだ。ああ、そうでなければおれは本当に自分が生きているのかどうかさえわからない》

冬のおわりだった、呉鷹男の集落には黄褐色の海がおおいかぶさっているようだった、それは曇り空にうかぶ東京港の凍りついた蜃気楼だった。鳥の群のように潮の匂いがまいおりてきた。夕暮の最初の灰色の粒子がふりはじめていた。呉鷹男はかれのかつて通学した定時制高校の屋上へ涸《か》れたプールを見おろしてみるために登ってきたところだった、運動場からは鉄条網にさえぎられて見えないので、屋上から、プールの涸れた底に魚の群が死んでいるかどうかをたしかめようとあがっていったのだ。それはずいぶん永いあいだ、プールが涸れたときに来てみようと思っていたことなのだ。この定時制高校にいたころ体育の時間に満水のプールに、潜って泳いでいると鼻のまえを、ヒラヒラと小さな魚が通りすぎる。鷹男はその小さな魚がすきだったので、プールが涸れたときの、その魚の運命もしりたかった……

屋上へあがる階段は産道のように暗く狭かった。そして屋上は明るくて、それが鷹男を昂揚させ、身震いさせた。しかし夕暮は、かれの背後の暗い階段からイカのように黒い液をふきだしてたちまち周辺をくろずませた。昂揚は宙ぶらりんになり、身震いだけのこった。寒かった。プールは涸れてはいたが、死んだ小さな魚の群を見つけるには屋上は高すぎた。

そこで呉鷹男はコンクリートの水槽のならんでいる屋上をひとまわりすることにして、そのひとつの水槽のまわりを歩き、壊れた水槽のなかの暗い穴ぼこが洞窟のようであるのを見、それから次の水槽のかどをまわった。そこに、水槽とおなじコンクリートの踏台に腰をかけて、スカートのなかでひらいた足のあいだに眠る家鴨のように頭をつっこんだ、小っぽけな、寒ざむした、途方にくれている小動物のような、ひとりの女子高校生が、偶然、存在していたのだ。コンクリートの踏台のように、水槽のように、屋上のように、定時制高校のように、この東京港をかこむ現実世界のように、まったく呉鷹男と本質的なつながりもなく、そこにひとりの女子高校生が、幾万の寒いぼをたてて坐っていた。

こういうことは現実にはおこりえない、と呉鷹男は鮮明な頭脳の、過度に鮮明にもえあがる頭脳のアセチレン・ガスの光彩のなかで、一瞬そう考えた。ここに女子高校生が坐っていること、そしていま顔をあげ、膝におしあてていたために赤く充血している眼でおれをぼんやり見つめていること、そしておれがこいつを強姦し扼殺すること、**こういうことは現実にはおこりえない**。

呉鷹男は小っぽけな鼠のようにおずおずと水槽のかげにひきさがろうとした。かれは女子高校生の眼にうつっている《善良で無害なひとりの若者》の自分をはっきり思いえがくことができた、小っぽけな鼠のようにおずおずとした若者。そして突然かれは愕然として覚醒した。確かにあいつがいったように、おれは怪物どころか犬ころのような小さな不満家にすぎない、この小さな不満家おれは怪物となって自分自身の国を主張するどころか黙ってここそ死んでゆくのだ、流浪生活の小さな不満家として。ああ、それはいやだ、おれが怪物なら、おれは本当に怪物となりたい、怪物となって爆発して、おれ自身の国、おれ自身の世界を見るのだ、虎が横須賀で撃ち殺されながらあおむいてそこにアフリカの空を見たように……

呉鷹男は気をうしないかけるほど貧血し、いわば気息奄々《えんえん》で、呆然と、一歩、踏みだした、怪物に一歩、かれはちかづいた。そしてもう、呉鷹男は眠り、ゆっくり怪物が眼をさました。かれは赤んぼうのように霧のかかった暗い頭をした怪物だった。さあ一歩、踏みだしたぞ、と怪物は考え、それ以上もうなにひとつ考えなかった、ただ底しれない解放感と怯えの暗がりのなかで……

怪物は鮒の形のナイフを外套のポケットからとりだして、女子高校生の向日葵《ひまわり》のように丸い頭のそばでユラユラさせてみた。女子高校生はとくにおどろかないで立上ると静かに歩きはじめた。怪物はナイフをもとに戻そうとして自分の左の手の甲をひどく切りつけてしまい、自分の血をコンクリート床にしたたらせた。ナイフがしたたる血とともに床に葉のようにおちた。怪物はもうなにも持たず裸の手を血に汚して女子高校生とならんで歩いた。

こういうことは現実にはおこりえない、そういう声が、かれが投げた礫を暗闇ですくいとった巨大なものの声がいっていた。怪物はその声にさからうようにうらめしげに頭をふり唇をかみしめ、そして突然自分の肩のわきの女子高校生の張りきってくろずみ面皰《にきび》のふきでた頸をつかまえて、えいやっ、えいやっ、としめつけはじめた。女子高校生も合唱するつもりのようにわずかに唸り声をあげた……しばらくたち、呉鷹男が、女子高校生の、ごろごろ鳴っている円い腹に両膝をそろえてのせ、肩に両手をつき、頭をたれて女子高校生の喉を犬のように咬むふりをしていると、女子高校生が眼をひらき、そのひらべったい顔の皮膚すべてが風のわたる高原のようにそよいだ。そこから、なにものかがあらわれでようとしていた。叫ぶのだ、と呉鷹男は考え、憤怒にとらえられた。やがて、かれが全力をこめて扼殺した少女の瞼のあいだから白っぽいひとしずくの涙がうかびでた。それがいま、あらわれでようとしたものだったことを呉鷹男は了解した。すでに夜で、死体も暗い空も下方の海の存在感もすべていまや夜のなかにあった。おれはいま怪物になったのだ、もう怪物であることをやめはしない、もう夢のなかへのがしはしないぞ、と自分に約束するように呉鷹男はつぶやき、疲れきって眼をつむっていた。

この犯罪において強姦がおこなわれたかどうかは、やがて呉鷹男の裁判においても最も重要な争点となった。そして、もしそれをこのような言葉でよぶことが滑稽でなければ、奇妙なことに呉鷹男はその間の事情についてなにひとつ記憶していなかった。少なくとも呉鷹男は僕にそう語った。かれは死刑判決をまぬがれようとする努力をしなかったし、むしろそれをみずから選んだのだから、かれが裁判にあたって虚偽の申したてをしたと疑う根拠はないだろう。それにまた、かれは自白をのぞいていかなる証拠もないまま結局かれの犯罪ともくされている第一の強姦殺人についてもその自白が自分の幻想なのか具体的な記憶なのかの区別を法廷でみずから拒否したのだった。第二の強姦殺人とされたこの犯罪についても、呉鷹男はその点について執着しなかった、法医学の側面からいえば被害者の膣内から精液は検出されなかった。

弁護人と呉鷹男の供述記録はこの点にふれた次のような対話をふくんでいる。

弁護人　被告人は検察庁でこういうことをいっていますね。被害者の陰部からなにか出ていた、そして右目をギロッとひらいており、舌を出しているので関係するのをやめた……

被告　それは検察官の空想ですが、僕はそのような本質的でないことはどうでもいいと……

弁護人　死刑になるかどうかというところなんですよ。それがどうでもいいんですか？

呉鷹男がこの事件をめぐって性欲の昂揚を体験したのは、その深夜、簡易宿泊所でひそかにじつに久しぶりの自瀆をおこなったときのみだった。オルガスムはかれがかつて体験した最良のオルガスムで自瀆者のあらかじめの予想の範囲をこえて痛みのように激甚にあらわれ、かれは一瞬すべてを自分とともに調和的に感じ、解放されていることを感じた。それから、呉鷹男は、怪物としての自分を持続させるために、自分の内部だけにでなく、自分の外部にたいしても、怪物としての自分を主張するために活動を開始した。それはこの国の人間、この現実世界の人間にたいする怪物の自己宣伝だった。

呉鷹男は公衆電話ボックスにひどく緊張しあおざめて舞台にのぼるように入ってゆくと新聞社をよびだした。

「ある場所のねえ、ある定時制高校の屋上の壊れたコンクリート水槽のねえ、穴ぼこのなかに、死んだ娘がいるんだよ、殺されてそこにおしこまれているんだよ」といった、それから自分の怯えた態度に腹をたててどなりはじめた。

「ああ、それはおれが殺したんだ、東京港の埋立地のいちばん海にちかい定時制高校だよ。ああ、おれか？　おれは怪物だ」

意識のあかるみでは勇敢な怪物の呉鷹男も、意識の周辺の暗がりに一歩ふみだしてしまうと、不安にたいしてきわめて敏感な十八歳の孤独な若者にすぎなかった。かれは、その自己宣伝をむしろ不安にせきたてられてはじめたのだったかもしれない。

女子高校生を扼殺したあと、死体を穴ぼこに運びこんで、呉鷹男はしばらく死体の腰の上に坐っていた。かれは逃走するために夜がもっと濃く深くなるのを待っていたのだ、かれは死体とともに暗い小さな穴ぼこにかくれて時をすごさねばならなかった。呉鷹男はそのときにも小さな子供のそれのような不安にとらえられていたのだった。死体を眼のまえにみることも、死体を背後にすることも恐い、死体は爪をとぎシュウシュウ息をふきながら絶望した猫のようにおそいかかってくるかもしれない。そこでかれは死体にこしをかけたのだ、死体を死体として横たわらしめ、しかもそれを視界にいれることなく、その死体の存在をたしかめつつ、死体とともにあるために。

呉鷹男はまたかれのおかした犯罪ができるかぎりはやく他人の眼によって確認されなければ、あの最初の夢の犯罪のように犯罪は夢のなかへ消えさってしまい死体は砂糖のようにとけ、もういちど怪物の資格をえるためには、再び強姦殺人あるいは単なる殺人をおこなわなければならなくなる、という不安にとらえられたのだった。もし、かれのおかす犯罪がすべて他人の眼にふれないなら、結局かれは強姦殺人のシジフォスとなって、老いさらばえて死ぬまで幾千回となく無益な強姦殺人をくりかえさねばならない、ついに怪物としてのかれ自身の安住の地をみいだすことなく……

そしてこの不安にとらわれたとき呉鷹男はもうひとつの強姦殺人をおこなったのが自分自身にほかならないと確信したのだった。あの事件はいまのおれの不安がそのとおり実現して夢のなかに後退した無益な強姦殺人のひとつなのだ。暗い雨あがりの道でいったん犯された瞬間に、つまらない夢とわかった無効の犯罪。すべてのものを金にかえるマイダス王の指のかわりに、すべての犯罪を幻影にかえる指が働いたのだ。そしてこういう時迷宮入りという言葉は、警官たちがそこにはいりこむのでもなく、犯罪がそこにうずもれるのでもなく、犯人自身があいまいな迷路をさまよいはじめることを意味するのだ。呉鷹男はこんどこそかれの犯罪を夢のなかに消えこませることなくいつまでも持続させ、またかれ自身がその迷路にはいりこむことをさけ、そしていつまでも怪物であるために自己宣伝を開始したのである。

「おれはそいつを、純粋におれ自身の個人的な目的のために扼殺したんだよ、おれはその娘を扼殺することで、この他人どもの世界とおれ自身との関係のかたちをきめようとしたんだ、それもおれのプランにしたがって、おれの手で。おれは自分のこの世界での居心地の悪さの意味をおれの頭のなかではっきり意識化するためにあの娘を扼殺したんだよ。おれはこの現実世界から拒まれている。おれはこの世界の正規の人間じゃない。そこでおれは逆に自分でこの世界の人間みなを拒否することで、おれがおれ自身の国からきた怪物だということを間接的に立証したんだ。おれはおれ自身がこの現実世界に拒まれている私生児だと感じていながら、しかもこの世界になんとかはいりこんで嫡出子の安心感をあじわおうと悪戦苦闘してきた、それが、まちがっていたんだ。ああ、それがまちがっていたんだ。そのまちがいがわかるまでおれは、小さな和船にのって漂流したり、また、外国旅行の計画にたよってみたりしたんだよ、もちろん、みな失敗だったさ。しかしいま、おれは、この現実世界で居心地よく生きている他人どもの任意のひとりをしめ殺してやったんだ、そしておれのなかにおれひとりの王国、おれひとりの世界の存在をたしかめたんだ。あなたにも、いまやおれがあなたがたとはちがう人間になったとわかるだろう？　おれはおれの authentique な現実生活があなたがたの世界ではゆるされないことを証明するために、あなたがたの現実世界では安全には生きられない人間だということをしめすために、あなたがたのひとりを、心をこめて殺したところなんだから。おれこそ自分自身の巣へもどりたくて暴れているニューヨオクのキング・コングのように優しくて真剣な怪物なんだよ、自分の現実生活の authentique な感覚をさがしもとめている、怪物なんだよ」

翌日、呉鷹男の犯罪と、かれの怪物としての生涯は、他人どもの世界に不意に、轟々と洪水のように侵入し、占拠し、存在しはじめた。新聞、ラジオ、テレビ、すべてのマスコミュニケイションが、呉鷹男の怪物としての自己宣伝を拡大し増幅し強調して再び流れ出させた。かれは壮大になり普遍化した。

それ以後、呉鷹男は声名の高いテレビ解説者のように連日、かれの犯罪についてのかれ自身の解説と自己宣伝を、公衆電話ボックスからおくりださねばならなかった。それは、新聞をはじめとしてすべての報道機関が、かれの犯罪の意味をなかなか理解できず、かさねての説明を、東京の片隅にひそんでいる地鼠のような怪物のかれに要請したからだ。かれが遠方の公衆電話ボックスから、かれの集落に戻ってくると、すでにラジオはかれのおこなったばかりのその日の演説を九千万の人間にむかって再生しているのだった。

犯罪以後、呉鷹男をもっとも熱情的に昂揚させた至上のものが、マスコミュニケイションとの関係だったろう。かれは、犯罪以前にはかれの頭のなかの暗闇にしか存在しなかったかれ自身という怪物のイメージが、マスコミュニケイションのスクリーンの上に巨大で具体的な影としてあらわれるのを見たのだった。

市街には冬のおわりの重くるしいガスのような動揺が鋪道から屋並までをうずめているという印象があった、群集はただこの怪物のイメージだけを追いもとめて駅前広場や地下鉄のプラットフォームにあらわれてくるという印象があった。呉鷹男は巨大な自分自身の影におおわれている東京を、変装して姿をかくした独裁者のように満足して視察してまわった。もし、他人どもの眼に怪物からもたらされた不安のきらめきがみあたらなければ、かれはそのことからもたらされた不満足の代償を、夕刊を一部買うことでたやすくかちとることができるのだった。マスコミュニケイションの覗き眼鏡をつうじてみれば、東京はまさに、かれという怪物の胎内にあった。

そのようなヒステリイの印象が幻影にすぎないということを呉鷹男が考えてみなかったわけではない。しかし、かつてかれ自身の頭のなかの海を泳いでいた怪物は、幻影であるにしてもいま、東京の大群衆の頭上の空を遊泳しているのである。かつてはきわめて個人的な小っぽけなものだった怪物が、いまは轟々と機関車のように叫びたてる巨大な怪物として、他人どもに感じとられているのである……

ところで呉鷹男は、怪物としての自己宣伝の活動において、奇妙な伏兵に出会わなければならなかった。それは、かれが新聞社との通信をはじめて三日もたつと、東京じゅうに、かれの模倣者、かれの贋ものが無数に出現して、すべての新聞社の怪物がかりの電話を昼も夜も鳴りひびかせつづけたからだ。それらの贋ものの通信が、真の怪物であるかれ自身の言葉としてあやまって報道されたのを読んだとき、呉鷹男は兇暴な怒りのような純潔趣味の発作にとらえられて、熱烈に訂正を申しいれた。それからは、ほとんど連日の訂正と撤回の要求が、かれの通信の内容となった。かれは猛りくるってかれの独自の怪物性を主張した。そしてそのたびに、かれは犯罪の記憶の細部をあさりつくして、かれが真の怪物、すでに特殊な言葉、個人的な言葉となった怪物のその当人であることを証明しなければならないのだった。

かれの贋ものたちの告白する怪物のイメージのいかに通俗的で無意味で嫌厭すべきものだったことだろう。そして新聞記者たちにたいして、真の怪物かれの本質を説明し納得させることのなんと困難だったことだろう。やがてかれは、マスコミュニケイションの担当者たちが結局は、思想的な怪物であるかれ自身と、テレビ活劇か漫画にあらわれる海賊のような贋ものどもの怪物とを、まじめに区別する意志をもたないことを理解した。

したがってマスコミュニケイションによる怪物の幻影の再生に満足をかんじることはしだいにすくなくなり、不満と焦燥とにおいて呉鷹男は絶望的なほどヒステリックにかれ自身の怪物性の主張をおこなうことになり、最もひどい悪循環がはじまった。かれは、かれをまったく誤解した新聞社に電話して抗議しながら一瞬すすり泣くほど口惜しがったりした。かれは不幸な怪物となった。

いま呉鷹男と新聞社との通信の記録を読むと、結局、それが思想的で、かつ論理的だったのは、ごく最初の数回にしかすぎなかったことがあきらかだ。その意味でも、呉鷹男は孤独な、動揺しやすい、きわめて反・怪物的な意識の暗がりをあわせもっていた十八歳の青年にすぎなかったのだ、意識のあかるみでは地球全体を相手に戦う大怪物であったにしても。

殺人のさいにも、呉鷹男の最も重要な選択は、一歩ふみだして外套のポケットからとりだしたナイフを、女子高校生の眼のまえでユラユラさせた瞬間におこなわれたのである、それ以後は、最初の選択を持続させることと、ごく小さな連続する選択をおこなってゆくことでよかった。電話をつうじての自己宣伝についても、最初に公衆電話ボックスへはいりこむ決意をした瞬間がもっとも重要な、本質的な選択だったのだ。それ以後しだいに疲れと絶望感にむしばまれて、かれ自身の怪物宣言は、とりとめなくなり、ドラマティクな緊張をうしない、一種の堕落を感じさせさえしはじめる……

　犯罪後、二週間たって呉鷹男は、マスコミュニケイションとの連絡をつうじてはもうすでにいやされることのない不安にとらえられていた。マスコミュニケイションの怪物の幻影はついにかれと深く関わることなしに、祭りの山車《だし》のように大騒ぎして遠方へ去っていた、かれはもうひとつ別の行動、こんどこそ決定的にかれの怪物としての authentique な現実生活をかれに保障するところの行動をおこさねばならなかった。かれは警察官たちにかれの犯罪のかれ自身の所有権をはたしてうまく説得できるかどうかを疑いながら、そして過度に自信をうしなって怯えをさえ感じながら、かれの集落にちかい警察署にでかけていった。

　昂奮しきり獣のように熱中した警察官たちにがっしりと腕から肩をつかまえられたとき、かれは救助された者の感覚をもった。嵐の海に難破しようとして救助された者の感覚。呉鷹男は、珸瑶瑁水道での漂流と被救助の具体的な感覚をふたたび体験していたのだった。すでにいたましい春だった。

　呉鷹男の最初の公判の朝、新聞は、かれの父親が北海道を放浪中にみつけられたこと、そして新聞記者にひとつの談話をあたえたあと、父親が再び放浪にはいって、いま行方不明であることを報道した。新聞には顎鬚をながくのばした小さな老人が鼠のような眼をして、ニンニクをかじっている写真がのっていた。いま、老人は、なかば仙人となって、ニンニクだけを食べながら放浪しているのだった、北海道の暗い原野を、つむじ風にくるくる舞いながら、ひたすら仙人にかわるために。その談話記事によれば老人は仙人になるべき人間だけに、きわめて哲学的な態度をもっており、あらゆる問題に妥当な答をひとつずつ用意して、なおも思考をつづけているという印象だった。

「あなたの息子さんはなぜ、あのような犯罪をおかしたのです？」という問いに老人は、まさに哲学的モラリストの態度でもって、簡明にこたえていた。

「息子は朝鮮人でもない、日本人でもない、なんでもないものに育ったのやからねえ、そやから犯罪人にでもなりたかったのんやあ！」

　呉鷹男は寛大に微笑した、そしていくらか勇気づけられて法廷にむかった。かれは最初の発言において、自分を有罪だと認め、死刑に処せられることを希望した、かれは怪物としての威厳を回復していた。

　しかし裁判長は呉鷹男の怪物としての宣言を無視しようとし、じつに些細な具体的事実に固執した。姦淫の事実、というような言葉は、呉鷹男にはゼロにひとしい価値しかもたなかったにもかかわらず、裁判長には、それがこの現実世界のすべてのようでさえあった。ペニスは挿入されたのか、射精しなかったのはなぜか、などという言葉の驟《しゅう》雨《う》をあびて、呉鷹男はまったくの無関心の、いわば仮死状態のなかにおちこんだ……

　それでも呉鷹男が激しく覚醒する瞬間はあった、裁判長が、かれの怪物としての本質に疑わしげにそっとふれて次のようにいったとき、呉鷹男は熱狂的な自己宣伝をこころみて法廷を動揺させたのである。

「被告人は、自分の怪物としての正統の生活をかちとるために、この犯罪をおこなったといっていますが、自分がその怪物であると考える証拠はありますか、なにひとつ根拠のない妄想にすぎなかったのではないか？」

「僕を死刑にしてください、僕が死刑になった瞬間、僕が怪物であったことを疑うことは誰にもできなくなるから」と被告席の呉鷹男はいった。「ひとりの青年が、自分の本来の正統の現実生活を生きているという実感をえるために、自分の精神のほんとうの国があって、現在の不安はそこへ戻れば解消されるのだと信じるために、死刑になることさえ拒まなかったとすれば、生きている人間にはだれひとり、その青年の内部の真実を疑う権利はないでしょう。もし僕が怪物であることがわかれば僕が無罪になるのだとしたら、僕は死刑になった瞬間に無罪の証拠をえるわけです。あなたがた、この現実世界に安住できる人たちは、僕にたいして誤審するほかない。死刑にされながら、昂然と世界じゅうの他人どもを、現実生活の嫡出子どもを拒否している瞬間、僕は、真の怪物になるんです」

　呉鷹男は裁判のつづくあいだに、しだいに冷静になりおちつき、言葉づかいも、やがてまったく日常的なものにかわった。そして一審の判決で死刑ときまったとき、むしろじつに幼くさえきこえる声でこういった、

「僕はいまはじめて、自分が怪物としてみとめられ、怪物の資格をあたえられたのを感じます。僕は、自分の怪物としての本質を、自分自身を信じています。僕はもう自分に不安を感じることもなく、他人を粗暴に傷つけることもないでしょう。ただ、死ぬことはじつに恐ろしいので赤んぼうのように怯えています。それでも、もう、死んだあと、他人どもの死の世界をひとりぼっちでさまよう、ということはない。僕は怪物の死の世界に安住するでしょう。死ぬことが恐ろしいというのは、もし神が存在したら、と疑うときがあるからです。それにしても僕は上告しようとは思いません、他人から裁かれるのはこれで終りにしたいと思

います。僕はひとりで、自分自身の世界にもぐりこんで冬眠したいと思います」

　呉鷹男が法廷をでるとき、傍聴席のかれの母親が突然たちあがって、強い震えをおびた硬い声、猛禽の叫びのような声で、

「呉燦《オチャン》……」と呼びかけた。

　呉鷹男はそのみじかい言葉の音楽をかつて耳にしたことがなかった。しかし、かれはただちに、それがかれ自身の朝鮮名であることを理解した。

　呉燦《オチャン》……

　その瞬間、呉鷹男は、なぜ自分がこの世界に authentique に生きているという安堵感をもつことのできない人間となったかを、なぜこの現実世界の私生児となったかを理解する手がかりが自分にあたえられたのを感じた。呉《オ》燦《チャン》として生きるかわりに架空の呉鷹男として贋の生涯を生きることを母親に強制された幼い日から、かれは嫡出子の感覚をうしない始めたのだ、この世界にぴったりした正規のメンバーであるという感覚を。

「呉燦《オチャン》……」ともういちど母親が叫んだ。

　呉鷹男はふりかえらず扉を暗い廊下へと出て行った。そのとき、自分の突然の怒りにふるえる指に扼殺されたあの不運な娘が流した、ひとしずくの涙が、澄みわたって眠る幼児のそれのように静かな頭に、じつに鮮明によみがえった。独房の生活でかれはそれまでずっと怪物の本質について荒あらしく考えてきたのだったが、いまからあとは死刑の夜明けのいたるまで、そのひとしずくの涙のおだやかな光のもとに、短く区切られた残りの生涯を生きるだろうと呉鷹男は予感した。

五章　真夜中

呉鷹男の犯罪から五年間がすでにすぎさっていた。かれは東京地裁でも、東京高裁でも死刑をいいわたされていた。そしていま最高裁での判決をまっているところだった。呉鷹男自身には自分を救助しようという意志がなかった。かれが上告したのは、結局、かれの周囲の人たちにたいするかれの優しさからだった。かれは静かな人間になり、すでに青春を生きている人間の印象ではなかった。おそらく独房で、加速された四季を生きているかれは、もう四十歳ほどにもなってしまったのかもしれなかった。呉鷹男は、かれ独自の時を生きていた。

僕は呉鷹男と面会するために東京拘置所をたずねるたびに、かれが僕をあとにのこしてどんどん年をとっていってしまうのを感じていたのである。しかし僕にしても、一般の二十五歳の青年にくらべれば、はるかに衰弱し、はるかに青春から遠ざかった二十五歳の人間だった。友人たち《レ・ザミ》号への期待に充実した熱い共同生活、あの数箇月が僕らの青春のもっともおいしい部分を、僕らの生涯の蜜を、吸いつくしたのだったか？　確かにあれは《黄金の青春の時》だったのだ。

僕はサナトリウムで瀕死の数年をすごし、肋骨を古い靴かなにかのようにいくつかあとに置きわすれて、再び現実世界へ戻ってきていた。現実世界といっても、もういちど大学の生活にかえったわけだが、若い学生たちのなかで、僕は古いロシアの小説のものがなしい万年大学生のようで、みすぼらしく自分自身腹だたしかった。しかも僕は他に着るものがないので、卒業したかつての同級生にもらった学生服を着こんでいたのである。もっとも、老けこんだ僕がアルバイト先で、偽大学生のあつかいをうけないでいたいとすれば、やはり学生服を着ているほうがよかった。それでも、学生服を着ていることで逆に、偽大学生だと疑われることもないわけではなかった。

僕の科の僕より年長の学生はひとりだけで、かれは三十歳だった。かれは二十五歳で大学にはいったのだが、いつ卒業できるものか見とおしさえつかなかった。なぜなら、かれは大学へは食事にくるだけで、他の時間はすべて厖大な量の模擬テスト採点のアルバイトにあてていたからである。かれは高級サラリーマンほどの収入をえ、それを九州の実家へしおくりしていた。かれはアルバイトに追われているために授業にでられない、という口実をつくろうとして、実家へしおくりしていたのである。実際は、かれの頭が、現在、いかなる授業をもうけつけないのだった、かれは自分が十年近い受験勉強で頭脳エネルギーのすべてをつかいはたしてしまったのだといっていた。

こういう事情でかれは憂鬱な老学生だったが、新入生のはいってくる学期はじめの数週間だけは、一種のスターになった。かれは大学の主であり、学生生活の権威であり、同時に、出世主義の猛勉家たちのアンチ・テーゼだった。僕はかれが十八歳ほどの女子学生をつれて誇らしげにアルバイト斡旋所を案内しているところなどをたびたび見かけたものだ。しかし夏学期がおわるころには、かれが偶像である時代もおわり、かれは孤独になる。そして、僕が弱よわしげに羞じた微笑をうかべるかれと一緒に、食事をしたりすることになるのだった。結局はかれにとっても僕が、大学でもっとも懐かしい人間だったわけだ。それは僕にとって僕自身を理解するためのたすけになった。

大学にかえってから僕は《呉鷹男を救助する会》という組織の事務の仕事をやっていた、そこで僕は数箇月に一度というほどの回数ながら、呉鷹男と面会することができた。かれが逮捕され監禁され裁判されているときになって、僕とかれとの友情は、もっとも深まったという感じがあった。僕らはいま、おたがいを、ほとんど兄弟のように感じあっていた。友人たち号《レ・ザミ》のうしなわれた幻影が、僕らの共通の血だった。僕らはまた、死んでしまった弟としての虎の記憶をもっているのだった。僕らは面会のたびに、くりかえしくりかえし熱情をこめて虎について話しあったものだ。呉鷹男は、かれのきたるべき死刑以後、僕が虎について話しあう友人もないままに、虎についての記憶の細部をうしなってしまうのではないかと心配していた。そしてまた呉鷹男は不意の疑惑にかられて、たびたび、こう問いかけてくるのだった。

「ほんとうにおまえは、おれが虎を見棄てたときのことを、あのひどい冬の横須賀でのことを、許してくれたのか？」

それをのぞいては僕とかれとのあいだに呉鷹男を不安にする事情はなかった。したがって呉鷹男は弁護人にたいしてよりも《呉鷹男を救助する会》の文化人たちにたいしてよりも、僕にもっとも、かれの精神と肉体の内部について語るのだった。かれの話し方には、かつての嘲弄的な気負った調子が消えさり、静かな優しさがあらわれていた。かれは静かな人間、おとなしい獣のような人間にかわっていた。僕はむしろ時どきかれがかつての反逆的な態度をとりもどしてくれることを望む気持になることがあった。面会のあと電車にのって群集のなかにかえり、ふと、これら監禁されていない人間たちが、あの男をしだいにおとなしく無抵抗な去勢牛にしてしまい、そして良心のとがめなく静かに殺そうとしているのだ、と考え、涙ぐむほど憤激したことをおぼえている。僕は二十五歳にもなりながら呉鷹男にくらべてつねにセンチメンタルであったわけだ。

ある日、面会に行くと呉鷹男が、むしろ過度に陽気な光をおびた眼をしてあらわれたことがある、奇妙な具合に胸をつかれている僕に、かれはこういって説明した。

「おれの父親がニンニクをかじって仙人になる修行をやめて母親と和解したんだよ、もうちょっとで仙人のいちばん初歩のクラスに入れるところだったんだがなあ。それで、母親と一緒に北朝鮮にかえることにしたというんだ、あの誇りたかき日本婦人のほうで和解を提案したんだぜ。おれのことを気にかけてるが、次の船で北朝鮮送還は終りだからな、帰ってもらうことにしたよ。おれとしては父親が、朝鮮民主主義人民共和国でもしきりにニンニクをかじって、仙人の修行をつづけてくれることを望むよ、人民仙人などというのも一人くらいはいいよ、向うにわたればおれの母親も父親を追いだしたりはしないだろうしね」

　最高裁の判決は八月におこなわれるだろうという噂だったし、そして死刑はうごかないだろうという噂だった。六月の終りすでに戦後でもっとも暑い夏だといわれる年だった。その七月のなかばに、そもそものはじめ僕をダリウス・セルベゾフに紹介してくれた大学の診療所の医師をつうじてパリから、ダリウスの手紙がとどいた。それはダリウス・セルベゾフが日本を出発してからいわばはじめてよこしたまとまった通信で、宛名は、虎と呉鷹男、僕の三人の名が、僕ら三人にいかなる変化もなかったであろうことへのダリウス・セルベゾフのかたくなな確信において、ならべて記されてあるのだった。僕はそれを見て一瞬、僕自身と虎と鷹男がいまなお共同の家に住んで一緒に暮しているという幻想の風穴に吸いこまれそうになるのを感じた。甘い蜜のなかで溺死する蠅のように僕はむしろそこへおちこむのをのぞんだ。友人《レ・ザミ》たち号の黄金の輝きにてらしだされたわれわれの青春の亡霊。

　それから僕は一種の怯えにかたくなって手紙を読んだ。僕はむしろダリウス・セルベゾフがヨーロッパとアメリカ、それに北極からアフリカ大陸までをあくせくとさまよいつつ働き、しかもすべての事業に失敗して、いま自殺しようとしているところだ、という手紙であることを望み、その最低の線からいくらかでもうわまわる内容の手紙であることを不安に感じたのだった。

　手紙にはこう書かれていた、ダリウス・セルベゾフは、様ざまの困難に耐えて冒険の旅をつづけてきた、そしてまったく小っぽけな幸運にもあわず、むしろ悲惨と不運のフック連打をうけてきたのだが、五年のあいだにはいくらかの金がたまった。かれはインドのニューデリイで英語教師をしたりベイルートで案内人の仕事をひきうけたりして稼いだのである。いまかれはパリでやはり英語教師をし、僕ら三人をパリによびよせるだけの銀行預金をもっている。友人《レ・ザミ》たち号の再建にかかるまでには数しれないほどのフランス人に英語をおしえなければなるまいが、友人《レ・ザミ》たち号の乗組員みなパリにあつまれば、これからの仕事は喜びにみちてはかどるだろう。ただちに現在の正確な住所を知らせてもらいたい、おりかえし招待の手続きをとるだろう……

僕の不安に思った最悪の手紙だった。善良な、偏執的なほど善良な眼に微笑をたたえてこの手紙をかいているダリウス・セルベゾフのことを考えて、僕はもの悲しい憤激にとらえられた。いったいあのアメリカ人は、なんという男なのだろう、虎が撃ち殺され、鷹男が監禁されて死刑の最終判決をまっているとき、こんな手紙を書いてよこすのだ、いかなる自己不信も逡巡もなく。ダリウス・セルベゾフは外出からかえった子供がすっかり安心してその玩具箱をのぞくときのように、かれの不在のあいだの他者の運命の変動についてなど、不安に感じもしないのだ。

考えてみれば、僕と虎と呉鷹男を共同の家に呼びあつめ、友人たち《レ・ザミ》号の情熱をふきこんだダリウス・セルベゾフが、それ以後の僕ら三人の運命の歪みの元兇なのだ、ダリウス・セルベゾフ悪魔はかれの五年前にまいた悪の種子《熱望》がどのような果実をむすんだかを、いま再びあらわれて観察しようとしているわけではないか……

僕は一週間ものあいだその手紙がチフスのようにひきおこした高熱に苦しんだ。それから東京拘置所へ出かけていった。それは以前からきまっていた面会の約束の日だった。僕は呉鷹男とむかいあう瞬間まで、その手紙について話すべきかどうかを迷っていた。僕は生活のあらゆる細部にわたって勇気と自信とをうしなうことから老いこんでゆくタイプの青年のようだった、そしてその老衰現象はすでにはじまっているわけだった。

呉鷹男は、脳腫瘍の手術を五分後におこなう患者のように頭をすっかり剃ってあらわれた。かれの頭は犀《さい》の胴のように頭蓋骨の割れめを皮膚の下からあきらかにしていた。かれは青ざめながら肥満し、独房でやる体操のために肩から筋肉をぐっともりあがらせ、そしてむしろ鈍感なほど静かな眼で僕をじっと見つめながら微笑してのこのこやってきた。朝だったが、すでに暑く、かれの裸に剥かれた頭に清らかな汗の粒がふきでていた。

「どうだい、また肥ったなあ」と僕は空疎な、うわずった、熱い声でいっていた、それを僕の当惑しきった耳がきいているのだった、どうしてこんな言葉から始めていいものだろう、ごく近いうちに殺される人間に、と通俗ヒューマニズムの匂いのする反省をしながら。

「ああ、七十キロをこえたんだ、肥ると暑がりになるんだなあ、朝、眼がさめると、もう汗をかきはじめて夜ふけまでずっと、皮膚が濡れてるんだ、塩を沢山かじってるよ」

呉鷹男は微笑しながら汗に濡れた丸くて大きい顔をじっと僕にむけていた。かれは静かすぎ温和すぎ寛大すぎ、結局それは奇怪だった。僕はかれが発狂してしまっているのではないかと疑ったりした。かれの眼は無意味な涙にうるおっている犬の眼のようだった。かれはすでに建物が老朽するときのように、細部の死に腐蝕されているのかもしれなかった。ただ、そのあいだもかれは肥りつづけ、全身に巨人のような印象を獲得しつつあるのである。

「それで、おまえはどうだい？　この暑いのに学生服なんか着こんで」と呉鷹男がいった、そして僕はもう、あの手紙をかくしておくことができないということを一種の判断放棄の、なげやりな気分において感じた。

「ダリウス・セルベゾフが、パリから手紙をよこしたんだよ、おれたちにやってこいというんだよ」

「おれたち？」とますます深く微笑の皺をきざんで肥満体の呉鷹男はいった。「虎とおれとは無理だよ」

　僕は沈黙と汗とに身をまかせた、僕は呉鷹男の微笑に対抗できないことをしっていた。

「それでいつ出発する？」とかれはつづけた。

　僕はそのことをまったく考えていなかった。僕はダリウス・セルベゾフに返事をかいてさえいなかった。僕は頭をふった、それはじつにあいまいな答でしかなく、僕はそれを恥じた。ダリウスの招待を拒否するときめているのでもなかったのだ。

「おまえまで束縛されることはないよ」と呉鷹男はやはり赤んぼうのように静かに微笑して歌うようにすべすべとした声でいった。

「ああ」と僕はいい、うなだれて自分の卑怯さを再び恥じた、僕は戦友を敵の陣地に放棄して逃げる人間のように自分を感じていた。

「しかし虎はダリウス・セルベゾフのおくってくる切符で出発すべき男だったんだ、あいつにはアフリカの土地をピョン、ピョン跳びまわる機会をあたえるべきだったんだ、虎というやつは、本当に出発したがっていたし、行先をちゃんと知っていたよ。それに、あいつは若かった」

　そう呉鷹男は回顧的にいった、確かに虎は若かった、若く死んだ虎はいまもなお若い、死のときに十七歳だった虎はいまもなお、かれの十七歳の青春をうしなっていない、時間と空間の存在するかぎり、虎はあらゆる瞬間に十七歳で怒りにもえながら真冬の横須賀の路地を駈けている。そして、呉鷹男と僕とは、すでにともに中年男めいてすでにあの友人たち《レ・ザ・ミ》号の光のなかの青春を永遠にうしなっているわけである、僕らはすでに若くない。そして音速をもこえる超スピードで老けこんで行くところだ。僕は理由もなく怯えていた。呉鷹男と僕のまわりを老衰と死の鱗粉をまく小さな蛾が無数に舞っていたのだ、それは暗い朝の面会室に、ほとんど眼にみえるように思えた。

「友人たち《レ・ザ・ミ》号の竜骨はどうなったろう。白蟻にたかられたみたいな具合に潮風と雨にやられただろうなあ、それとも泳ぎにきた連中が燃やすかどうかしやがったかなあ。おまえ、見にいってきたか？」

「行かない、しかし二年ほどまえに、あすこは小っぽけな津波にやられたんだよ、そのときに流されたと思うんだ」と僕はやっと息をつく思いでこたえた、その問いはもちろん、過度に優しくなった呉鷹男の配慮によったのだ、かれは僕をなにものかから解放しようとしたのである。

「ああ、そのほうがよかったんだよ、竜骨だけでも船は出発したほうがいいよ、陽にかわいてくずれるのはみっともないよ、船のやるべきことじゃないよ」

それから呉鷹男と僕は、いくらか余裕をとりもどして、ヨット友人たち号、虎《レ・ザミ》、それにジャギュアのことなどを話した。僕らはおたがいの内部でこれらの光彩にみちた短い過去が過熱しないように、むしろ自己嘲弄的に話したのだった。そして面会時間が終りにちかづいたとき、呉鷹男が話題をかえた。

「おれはいま牧師と会っているんだよ、ほとんど毎日ね」とかれは微笑したままいった。

「新聞でそのことを読んだよ、牧師はもうすぐ洗礼をさずけるといっていたよ」

「ところがおれは、神の不在を確かめるために牧師と会ってるんだよ。牧師が神についてもの凄く宣伝するのをきいていて、どこかに神の不在をかぎつけたいと思っているんだよ」

僕にはいうべき言葉もなかった。ああ、神様、神様、神様、本当にあなたに、存在しないでもらいたい、と僕は呉鷹男のために祈りたい思いだったのだ。

「もし神が存在するなら、おれは無限時間、人殺しということで厭な夢をいつも見なければならん、死刑というのは処罰だからね、償いではないからね、あれは時には生きている他人どもへの教育でしかなかったりもするからね。そこでおれは存在する神に、ひとつ返事してやりたいんだよ、おれは有限時間のほうへちょっと生きてみて、楽しいことはすこしもありませんでした、と厭味の返事をね、人殺しは楽しくないんだから」

「止めてくれ」と僕は不意に涙をこぼしながら逆上して叫ぶようにいっていた。「止めてくれ、そして脱獄してくれ、なあ、鷹男、脱獄してくれ、おまえは珸瑶瑁《ゴヨウマイ》水道を漂流しても生きのびたじゃないか、脱獄して、かえってきてくれ、なあ、鷹男」

秋田犬のような警官が駈けよってきて、僕を椅子からひきずりあげた。涙がつくった魚眼レンズのなかで精神病院のおとなしい収容者のように呉鷹男が微笑といくらかの当惑をうかべておだやかに坐ったまま、くるくるまわった、それはかれの放浪中の父親が深夜の地方都市の広場でつむじ風にくるくる舞ったのとおなじ運動のようだった……

「なんだ、きみ、子供じみたことをするな、そんな年齢で、子供じみたことをするな」と僕をひったてながら憤慨した警官は嗄《しわが》れ声と熱い息を僕の耳にふきこんだ。

確かに僕は子供じみたことをする年齢でなかった、拘置所の長く暗い廊下の壁にかけられた小さな鏡のひとつをのぞいて僕はそれをあらためて理解した。卵形のうす暗がりに、泣き腫らした赤い獣の眼をまぶしげにひらいて二十五歳のすでに若くない男が、くたびれた学生服を着こんで善良そうにおずおずと鏡の外を見つめているのである。呉鷹男が僕の唐突の涙に当惑したはずだった、僕は羞恥に身震いした。もう僕は涙の似合う年齢ではなかった。むしろ乾燥した苦渋の時を生きる年齢だった。

東京拘置所を出ながら僕は羞恥心から駈けた。おそらく僕はもう呉鷹男との面会を許されることはないはずだった。僕はもう呉鷹男の声をきくことはないだろう、かれの微笑のまえで化石することもないだろう。駈けてバス停留所にきた僕に、羞恥心をではなく解放感を見いだしたのにちがいない、白いタスキをかけて大時代な竹箒をもった中年婦人が満面に笑みをたたえて、

「嬉しいでしょうね、嬉しいでしょうね、いまの心をうしなわないで、もう二度と、こんな所へきてはいけませんよ、もう二度と、この恐ろしい悲しみのある所へきてはいけませんよ」とささやきかけてきた。

僕が羞恥心とともにひとつの解放感をあじわっていたというなら僕はそれをみとめよう。しかし僕は嬉しくはなかった、僕は乾燥した苦渋の時を生きていることを理解したばかりだった、涙にうるおうことさえない苦渋の時を。中年婦人は僕に金をくれようとさえした。僕は悔悛し解放され、なお深く悔悟している貧しい囚人のようにみえたわけである。

僕はダリウス・セルベゾフに手紙を書いた、それは僕のみすぼらしい英語で書かれた短い手紙だったが、辛い内容をはらむ手紙だった。ダリウス・セルベゾフは絶望のあまりに死に瀕した人間の悲鳴のような返事をよこした。そして、僕を東京においておけばたちまち殺されるか逮捕されるか、あるいは自殺してしまうかすると疑ってでもいるように、ヨーロッパへの早急の出発を要請しているのだった。僕はダリウス・セルベゾフの手紙を読みながら、自殺という観念に刺《とげ》のようにさされるのを感じた。もし僕に重体だったサナトリウムの最低生活からのふだんの回復の感覚がその後ずっとつづいているということがなければ、僕は自殺についてもっとたびたび考えたかもしれないと思った。僕は友人たち《レ・ザ・ミ》号にすっかりみはなされ、虎に死なれ、鷹男の友情を拒んだサナトリウムでの最悪の生活でいちど死んだのだった。事実、数度の手術のあいだに僕が五分間ほど死んでいるということはあったのだ。そのような瞬間の前後から空想すると、死とは、自分の肉体を他人の手にひきわたすという感覚だった。医師と看護婦、あるいは神たち、悪魔たちに、そして結局は虚無に、虚無のまた虚無に。

考えてみれば僕はもう回復しつくしていた、したがって年長の大学生としての僕の憂鬱な生活は、つねに下降の気分をおびているようでもあった。呉鷹男が死刑を執行される日のことを考えると、僕は僕自身の内部に耐えがたい感情の肉腫を見出すのだった。そういうことで僕は、とどのつまり、ダリウス・セルベゾフにかれの招待に応じる手紙

を、友人《レ》たち号《・ザ》乗組員《ミ》のただひとりの生きのこりからの手紙を書いた。おりかえし、エール・フランスの切符がとどいた、それに外務省で渡航手続きをとるための正規の招待状もとどいた。

僕はダリウス・セルベゾフといつまでパリで暮すのかとか、その後どうするのかというようなことを考えること、生きている自分の未来についての具体的な予定をくむことに熱情を感じなかった。僕は根深い徒労感のなかで疲れきって最小限の生きる工夫しかしないのだった。僕は出発するというより逃亡しようとしていた。フランス文学科の学生である僕がパリへ行くことはいわばひとつの幸運であるわけで大学で僕は休学届をだすようにすすめられたが頑強に退学届を提出した。それから僕は郷里にかえり不機嫌な義理の兄夫婦から一着の古い背広と外貨二百ドルにあたる分の餞別をもらってきた。

九月の終りまで遅れて、最高裁は、呉鷹男にあらためて死刑を宣告し、刑は確定した。朝鮮のふたつの国にたいしての政治的顧慮に期待をかけていた弁護人は失望していた。朝鮮では、ひとつの国は新しい軍事条約をむすび、もうひとつの国には学生たちの暴動がおこるというようなことがあって、呉鷹男の声はそこにとどく余裕がなかった。それも呉鷹男が救助をもとめる声をはっしたらの話だが、かれは独房で微笑して沈黙していただけなのだ。僕はもう再び呉鷹男に面会することができなかった。ダリウス・セルベゾフの招待をうけいれたむねの憂鬱な手紙を僕は呉鷹男にかいたが、かれはそれにこたえなかった。しばらくして弁護人をつうじて、呉鷹男が僕のヨーロッパへの出発を早くするよう望んでいるという伝言があった。僕はそれをきいてあまりに深く安堵したので、自分の内部の、呉鷹男にたいする心理の知恵の輪のもつれかたについて、すくなくともひとつのことを理解した。

十一月の中旬に僕は羽田空港を発った。二週間、ギリシアとイタリアを旅行し、それからダリウス・セルベゾフのいるパリへ到着する予定だった、善意の交通案内業者が、僕にギリシアとイタリアへたちよることをむしろ強制したのである。それにいったん旅立つとなると、僕はダリウス・セルベゾフとの再会をできるだけ延期したいと感じてきたのだった。それはなにごとかへの執行猶予のごとき感情だった。ともあれ僕はジェット機に乗りこんだ。僕はじつに巨大な責任、肩の重荷をそのまま地上におきざりにし、回避して、逃亡していくのだと感じた。それはサナトリウムの寝台にはじめて横たわったときの感情だった。しかし五年前には、僕は暗い穴ぼこにおちこんでいたのであり、暗い無限空間にとびだしていくのではなかった。それにまた、僕はあのとき、自己処罰の欲求をもつどころか、厳格なる精神において呉鷹男に友情を拒む気力さえもっていたのである、それに僕は二十歳だった。離陸の時、乾いた苦渋の国の市民であるはずの僕は、老けこんだ写真に国籍と二十五歳の年齢と名前とを書きこんである旅券の黒いノートを胸ポケットにいれて、呉鷹男と虎のために涙を流した。周囲の乗客たちのなかにも僕の涙に感染し犬のように昂奮して泣くものがいた。

アテネは秋だった。僕はオモニアス広場から貧しい市場のあいだへ電車で坂をおりた区劃のエウリピデスという汚ならしいホテルにひと晩の料金三十一ドラクマの約束で部屋をかりた、それは最低の部屋だった、僕はベッドひとつと鏡、巨きいバケツで水をうけるようになっている洗面台だけの部屋で、秋の最後の熱気に汗をかき、それがただちに乾くことではじめてギリシアの砂のように湿気のない空気を身のまわりに発見しながら、三十一ドラクマがいくらにあたるのかを計算してみた。それは四百円にもみたなかった、二百ドルしかもっていない旅行者の僕にもそれは破格に安かった。僕は一種の希望を感じた、それにいくばくかの解放感もあったのだ。窓ぎわにたつとホテルの一階は床屋や乾物屋なので、中庭ごしに髭を剃るための椅子に縛りつけられるようにしてのけぞっているギリシア人が、かっと眼をむいて二階の僕の部屋の窓を見つめていたり、オリーヴの実をあふれるほどつめこみ地面にじかにならべられている牡牛ほどの袋からもの凄い匂いがおしあげてきたりした。

僕は外出したが博物館も名所旧蹟もまったく見物する意志がなかった。丘の上にあざやかな、夜には照明をうけてなおあざやかな、アクロポリスの円柱群をさえ僕は見物に登ってゆかなかった。疲労の永いあいだのつみかさなりと徒労感とが僕にヤドカリのように貝殻をかぶらせていた。僕は好奇心をすっかり衰弱させ、自分自身の貝殻をかついでのそのそ歩いているだけだった。僕は失業して落胆しているギリシアの市民とおなじ暮しをアテネの市街でおこなっていた。朝から夕暮まで、旅行者たちや、子持ちの蟹のように海綿を躰いっぱいに背負った無意味なスポンジ売りや、物乞いのギリシアの子供たちを眺めていたのである。そして夜になると魚や果物の糟《かす》と匂いとにうずまった市場の雑沓をぬってホテルのそばまで戻り、これも破格に安い魚料理屋で蛸や小さい雑魚の酢づけを食べ、毛沢東《マオツエトン》！　と呼びかけられたりしながら、自分の狭い部屋にかえって行った。僕は極度にものぐさになり、平気で洗面台の下のバケツに放尿し、深夜、まっ暗の廊下をつたって共同便所にその重い満ちあふれる容器をはこんだ。ある時は、おなじように尿のつまったバケツをさげてきたギリシア人の中年男と便所で顔をつきあわせたこともある。痩せほそって硬い浅黒い皮膚の顔から皮を剝いだ魚の眼のように突出した不安な眼球をしきりにうごかし、口髭のしたの脣をひくひくさせて、その奇怪な異邦人は僕を警戒していた。僕は外国人が獣どもより日本人にちかいという先入観を疑う気持になり、それから、自分という人間に、おなじ人間の他人たちが、獣どもより近いという先入観についても疑いはじめるしまつだった。僕は夜じゅう紙表紙のアメリカの探偵小説を読み、夜あけがたに、両隣りの部屋で人間の呻きや憤激したような声、ベッドの軋みなどがきこえなくなってはじめて眠った。それもギリシアの安葡萄酒を飲んで酔いつぶれるような具合に眠るのだった、そうでなければもう眠ることはできなかった。

僕は秋のギリシアで、誰とかたりあうこともなく見知った顔に会うのでもなく、周囲の人間の声を獣たちの声のように聞いて、まったく孤独に数日をすごしたのだった、そしてしだいに自分の内部にひとつの荒涼とした砂漠がひろがるのを感じていた。僕はギリシアで虎についても呉鷹男についても考えなかった。ただ、兇暴な、荒涼とした感覚を育てていた。それは飛行機が着陸するまぎわのギリシアの赤い裸の風土を見たときに芽のように生じた感覚、市場のなかの映画館でギリシア文字のスーパーインポオズが蝗《いなご》のように跳びはねるジョン・フォードの映画を見ていながら、周囲のエイ、エイ、エイ！　と喚声をあげるギリシアの下級労働者たちから病菌のようにうけた感覚などのつみかさなりのようであり、自分自身の内部に泉のように湧くとどめがたいもののようでもあった。僕は独りぼっちで小さな魚のフライに拳ほどのレモンをしぼってかけながら誰ひとりそこで理解するものとてない日本語をつぶやいたものだ、《荒涼として荒涼と荒涼たり》それは旅行に出たあとの僕のひとつの口癖となっていた。

その夕暮も僕はこの言葉をつぶやきながら、シンタグマトス広場からオモニアス広場へむかってスタディオウ大通りを歩いていた。荒涼として荒涼と荒涼たり、それはアテネでの一週間目の夕暮だった。大通りの雑沓には日本人たちもまじっていたが、かれらが僕を避けてとおるのがはっきりわかった。一週間のあいだにすでに僕は、かれらを警戒させ嫌悪させる雰囲気を獲得してしまっていたわけだ、三十一ドラクマのエウリピデス・ホテルの最低の部屋の生活で。その僕を、ひとりのギリシア人の若い男がひきとめて、凄じいばかりの英語で、美しく若い娘に会いに行こう、といった。僕は東京の場末のその種の職業の男に酷似しているその若いギリシア人に滑稽な懐かしさを感じた、しかしかれは褐色の鬼のような顔の奥にそういう日本人よりもずっと善良な優しい眼をまばたいて、美しく若い娘に会いに行こう、わが毛沢東《マオツエトン》！　と熱中して誘惑していた。かれはタクシーの運転手でその職業の帽子はズボンのポケットにおりたたんで押しこんでいた。

美しく若い娘、ジュースにみちた第一級の娘に会いに行こうよ、わが毛沢東《マオツエトン》。醜く年老いた怪鳥、砂の人形のように乾く第百級のそのまたしたの最低級の梅毒の怪鳥に会いに行こうよ、ということだろう、と僕はおかしなあきらめの嘆息とともに考えた。そして僕は貧しい旅費のことや、まったくひとしずくの欲望もないことや、これでまた梅毒恐怖症の地獄におちいるだろうことなどを、ざらざらした自己破壊の感情において考え、泣きべそをかいたような微笑で、若い詐欺師くさいギリシア人の善良な眼にこたえていた。しかもそれと不連続に頭が燃えあがり胸がむかつくほどの昂奮状態で、いかなる抵抗力もなく若いギリシア人の車に乗りこんでしまったのだ……

アテネの丘陵へ市街ぐるみ登ってゆく坂になった裏町の、トルコの圧制のなごりのある土の家の、鋪道になかばかくれた地下の部屋で、僕はアルクメーヌというギリシア人の二十歳の娘と交接した。ガラス玉の垂れ幕の向うで僕を案内してきた若いギリシア人と、扉番の老ギリシア人の女が上機嫌で話していた。裸のアルクメーヌは突然に甲高い声をあげてかれらを叱りつけ僕の快楽のために沈黙をもとめた。アルクメーヌはギリシア語とほんの少しのイタリア語しか話すことができず、僕は大学の初年級のころの夏休の集中講義でおそわったイタリア語の単語のいくつかを思い出した。それでもいくらかの会話はできたのだった。

僕らは性交のあとで奥の独房のような部屋にはいった。僕に薄荷《はっか》色の親指ほどの石鹼をわたし浴槽の上から藤の枝のようにたれているシャワーのコックを調節してくれてから、アルクメーヌは下腹部に黄色のひとつかみの毛を花かざりのようにつけた小柄の裸で、威厳をもって台所へはいって行き、琺瑯《ほうろう》びきの薬缶をもって戻ってくると便器にまたがって熱情をこめて自分の性器と、僕の唇がふれた乳房のあたりをごしごし洗った。僕もまたアルクメーヌの皮膚とほとんどおなじ色の皮膚を、薄荷色の石鹼で洗った。僕はそのときなにひとつ予防することなしに交接し、そして性病についての不安を感じていない自分に驚いていた。それが僕に自分自身の荒涼とした気分をあらためて思いしらせた。したがって僕はいわばいくらかでも自分の内部の荒廃をあらい流すために薄荷色の石鹼をつかっていたのだ。アルクメーヌの調節にもかかわらずシャワーの蛇の頭からは身震いするほど冷たい水が、それも気まぐれに間歇的にほとばしって下腹はおろか頭まで濡らした。こうして躰を洗いながら僕とアルクメーヌはおなじように暗い黄色の裸の濡れた躰を、やはり暗い黄色の裸電球にキラキラ光らせながら、イタリア語の単語だけの会話をかわしたのだった、それはこんなふうだった……

——出発《パルテンツァ》、いつ《クワンド》？

——明日《ドマアニイ》、と僕はでたらめをいった。

——どこへ《ドオヴェ》？

——ローマ、フロレンスそして《ボイ》パリ。

——パリ、私《イオ》、出発《パルテンツァ》、パリ。

——あなた《ヴォイ》、いつ《クワンド》？

——明日《ドマアニイ》、とアルクメーヌもいったように僕にはきこえた、彼女は様ざまな言葉を発し、僕の無反応に苛だってこういったのだった、でたらめにちがいない。

それからアルクメーヌは下腹部の黄色い毛の房のことは

平気で胴までの短い上着をきこんだだけで寝室にかえると、躰をぬぐっている僕のところへ赤い手帳と歯のあとのついているちびた鉛筆をもってきて、

——ホテル、あなたの名前《ヴォストロ・ノオメ》、といった。

僕はとくに深くものを考えるというのでもなくダリウス・セルベゾフからの手紙にあった僕のためのホテルの住所とそれに僕自身の名前をそこに書いた、僕はやはり荒れはてた気分のまま無責任だったのだ。それから僕はアルクメーヌに三百ドラクマをはらい、扉の外まで送ってきて黄色の毛の房を指でもてあそんでいるアルクメーヌと別れた。若いギリシア人の運転手は鋪道のはしに立っている下半身裸のアルクメーヌへとくに関心をしめすというのでもなく、嬉しそうに、第一級の若く美しい女だったろう、なあ毛沢東《マオツエトン》、なあ？　というようなことをいっていた。結局、僕はかれにも百五十ドラクマをはらい、アテネの空港でドルからかえたドラクマをすべてつかいつくして、まだ夜の浅いエウリピデス・ホテルへオモニアス広場を横切ってかえって行った。僕はその時、日本を発ってからはじめて不幸でなかった。僕はアルクメーヌが鋪道の夜の光に黄色い毛の房を濡れているように光らせてふたつの硬い足のつけねをかざりながら威厳をもって脅すように指をふり、真面目な顔で、別れの言葉のかわりにこういったのを思いだしてひとりで笑ったりもしたのだった。

——明日《ドマアニイ》、明日《ドマアニイ》、明日《ドマアニイ》、もういちど《アンコーラ》。

ギリシアの若い娼婦は僕がdomaniという言葉を、未来の時制のすべてのときにわたってもちいることを理解していたわけである。明日《ドマアニイ》、明日《ドマアニイ》、幾千の明日《ドマアニイ》があって、僕は老衰して死ぬのだ、みずから誇ることもなく友人もなく、荒涼と、と僕はアクロポリスをうかびあがらせる巨大な光の箱をあおぎながら考えた。

その明日《ドマアニイ》、翌日から僕はこの突然の出費のためにくつがえった経済計画を絶望的な最低生活で回復させねばならなかった。僕はその週のうちにアテネをたち、ローマ、フロレンスと旅行したが、それは貧民の移動というべき性質の旅行だった。ローマでは、終着駅《スタチオン・テルミネ》の引込線にそった荒廃した裏通りのホテルで、フロレンスでは壁にひとつだけ覗き穴のようにひらいた窓から陽の光のかわりにサンタ・マリア・デル・フィオレ寺院の鐘の音が雪崩のようにおちこんでくる下宿屋《パンシオネ》で、魚の脂の匂いのするピッツァだけを食べ安葡萄酒を飲んでひねもす寝そべっていたのである。なにひとつ意識的に見物にでかけるということもなかった、それは逃亡生活だった。僕はあいかわらず好奇心も想像力もまったく退化させて徒労感の貝殻にとじこもっている疲れた巨大ザリガニだった。フロレンスに立ち寄ったのも、もう旅行案内業者のすすめからというよりパリでのダリウス・セルベゾフとの再会を先にのばすというだけの目的からだというような気がしていた。僕はパリとダリウ

ス・セルベゾフに、いわばきわめて稀薄にうすめられ溶かされコロイド状になった憂鬱な予感を、しだいにあきらかに感じていたのだ。僕はフロレンスでこの予感と鬼ごっこをしていたような気がする。アテネ、ローマとへてくると季節を駈け足で追うようにたちまち冬にはいりこむのだったが、その初冬のフロレンスで、思い屈した鬼ごっこを。

ある夕暮、僕はピッツァを買いにでて道に迷った。暗い室内で赤銅の聖具や受難像などが、子供の時に水の底にもぐってみた岩かげの、不安で刺戟にみちた魚たちのように光っている聖具屋、色あざやかでグロテスクなグレゴリアン・チャントの楽譜が陽にかわいてそりかえり毛ばだっている古書店、花屋、などなどにはさまれた、摩滅した敷石道を歩きまわっていると、不意にシニョーリア寺院の噴水と群像にかこまれて、涙のように白っぽく昏れた空から鐘の音のふりそそいでくる広場にでていた。観光客たちがすべてたちさり、無数の鳩も夕闇にまぎれて時どきその怯えた羽ばたきの遠い潮騒のごときものだけがきこえた。僕はその時、あの予感の鬼にまったくとらえられた、鬼ごっこは僕の負けだった。僕は疲れきり当惑しきった自分を感じ身震いし、《おれはいやだよ、おれはいやなんだよ》と自分がつぶやいている声をきいた。その深い失墜感にみちた声は自分自身をおびやかした。僕の肩の上に、噴水や海神やダヴィデ像の肩に鳩がとまって睡っているように、僕の霧に濡れた肩の上に、虎と呉鷹男が重くのしかかるように現れた。僕はもう出発の時の解放感がひとつの誤解にしかすぎなかったことを了解した。

パリには十二月のはじめに到着した、真冬だった。夜明けのオルリイ空港であまりにもの凄い寒さに茫然としたことをおぼえている。空港からダリウス・セルベゾフのホテルに電話をかけると一週間の予定でロンドンへ行っているという返事だった。一週間でもダリウス・セルベゾフとの再会がのびることは、休暇の終りにその延長の通知をうけとったような気分だった、怠けものの小学生のこの種の夢が現実となることは、まずないだろう、僕は数しれない怠け者の小学生たちに羨望されている気分でもあったわけだ。僕は重く嵩ばるトランクをひきずって海豹《あざらし》のように這いずりたいほど疲れきり、ダリウスがとっておいてくれた、かれのホテルとは別のサンジェルマン・デ・プレのホテルにたどりついた。やはり貧しい最低のホテルだったが暖房は充分だった。僕の躰は熱を吸収して膨んだ。しかしスチーム管の小枝を部屋、部屋にさしのべている暖房装置の樹幹が便所をとおっているので、五分間も便器に坐っているとアフリカの沼地で河馬《かば》を迎撃しているような気分になった。

僕は滞在の手続きをし便所に行き顔と手とを洗いベッドに横たわっていた。そこへ部屋のすみずみまで揺がせて凄い呼びリンが鳴りひびいた、僕は襲いかかられたような感じをうけた。腕時計をみると僕はまだ三十分前にホテルへついたばかりだった。ダリウス・セルベゾフがロンドン滞在を早くきりあげて帰ってき、フロントで僕からの電話を聞いて、すぐに僕のホテルに車をまわしたのだろう、と僕はかっと熱くなる頭のなかで思いめぐらせた。そして大慌てで靴をはいて暗い螺旋階段をおりてゆくと、もの凄いけんまくで拒絶の意志をみなぎらせているホテルの女主人の巨きい頭の向うに、寒いぼだらけの硬ばった顔にうそざむい小っぽけな微笑をうかべてアルクメーヌが立っていた。呼びリンが僕を威嚇するようだったのも当然だ、僕はすっかり混乱してしまったし頭はもう煙をたてて燃えていた。ホテルの女主人がアルクメーヌをはじめから拒否しているのもまた当然で、アルクメーヌは汚ない灰色の袋のような外套を着て、よごれた鼠のようだったし、朝の光のなかではむしろ醜く老けこんで、いかにも娼婦そのものだった。僕はものもいわず螺旋階段を駈けのぼると外套をかかえて降りてきた。そのとき自分が当惑のあまりに粗暴で孤独な顔をしているのを踊り場の小さな鏡のなかに見た。驚いたことにその顔は見つめているうちに操り人形のように機械的な不器用さにおいてながらいわば狡猾ぶった薄笑いをうかべはじめるのである、それはいかにも荒涼としていた。

——いつ《クワンド》?　とアルクメーヌがいった。

——昨日《イエリイ》、と僕は短い過去をしめすつもりでこたえた、明日《ドマアニイ》という言葉で未来の時すべてをさしたように。

——ああ、とアルクメーヌは微笑してうなずいた。

——いつ《クワンド》?

——今日《オジイ》、とアルクメーヌはいった。

——あなたの《ヴオストロ》ホテルは?

——In nessun luogo……

僕は頭をふった、僕らはサンジェルマン・デ・プレ教会の鳩の群のいる植込みのまえのキャフェに向いあって坐っていた。それはまだ早朝のことで、僕らの周囲には労働者たちと学生たちとが不機嫌に凍りついた自分の頭と情念をとかすために巨きい椀のようなカップからミルクいりコオフィを飲みパンをかじっていた。僕もアルクメーヌと自分のために、おなじものを注文していた、それはフランスでの僕の最初の食事だった、給仕はローマやフロレンスにおいてほど機嫌よくもなく親切でもなかった。

アルクメーヌは頭をふる僕を見つめながら考えこみ言葉をさがしていた、それから不意に分娩でもするときのように力をこめて、

——Nowhere……といった。

僕は理解した、それに新しくひとつのイタリア語の熟語をおぼえたわけだった、in nessun luogo どこにもない、どこにもない、われら安住する所、in nessun luogo それはどこにもない、虎も呉鷹男もかれら自身の国へ出発しようとしたのだが、それこそかれらは、nessun luogo にむかって出発したのだ、nowhere にむかって、不可有国、ネヴァ、

ネヴァ、ランドにむかって、しかしなんという虚しい響きの言葉だろう、in nessun luogo……

僕はアルクメーヌを自分のホテルにさそうことができないのをよく知っていた。あの女主人はアルクメーヌともども僕までそのホテルから追いだしてしまうにちがいない。しかもその朝パリについたばかりの僕には、このよごれた鼠のような外套を着こんでなお震えながら寒気に耐えている、いかにも娼婦らしいギリシア人を受けいれてくれるホテルなど見当もつかなかった。そこで僕はもう当惑のあまりに不機嫌な放心状態におちいって、黙りこんだ、そしてアルクメーヌ自身のことよりも彼女の言葉、in nessun luogoという言葉のことを考えていたわけである。

昼がきて僕らはサンドウィッチをかじった。それは獣がかじるようにかじるほかない乱暴なサンドウィッチだった、硬いパンをさいてチーズのかたまりをおしこんだだけのサンドウィッチ。そしてまた僕らは黙りこんだまま向いあって坐っていた。キャフェには学生たちが潮のように満ち、それからもう、学生たちの潮が干くことはなかった。僕もアルクメーヌも周囲の学生たちの声に茫然とききいっていた。そして時どき自分自身を抑制している微笑をかわした。キャフェの給仕たちのなかには僕ら二人をいかにも漠然とした好奇心の眼で見まもる者もいた。そういう者の数はしだいにふえた。僕らがあまりにも永くそこにいたからだ。また、キャフェの奥で、あきらかにギリシア人とわかる鬚の中年男が僕らを見つめているのにも気づいた。アルクメーヌは娼家から逃亡してきたのかもしれない、あのギリシア人は追手かもしれない、と僕は思い一瞬びくついたりしたが、その男はとくに僕らに近づいてこようというのではなかった。ただ見まもっているのだ。やがて僕はかれのことを忘れアルクメーヌの存在がそれ自体ひきおこす巨きい困惑だけにかかりきりになっていた。

やがて夕暮になり夜がきて、僕はアルクメーヌをキャフェから見える路地のなかの中華料理店につれて行った。その時になってはじめてアルクメーヌがよごれた鼠のような外套を脱いだ。僕はその瞬間恐怖におそわれんばかりだったが、アルクメーヌが外套のしたに着ていた黄色の服はそれほどひどくなかった。むしろ威厳があった。僕はアルクメーヌがおなじ黄色の毛のひと房を下腹に花かざりのようにつけて歩きまわったとき、もっと威厳があったことを思いだして、いくらか不機嫌な気分から回復した。僕らは壁よりに長くならんだテーブルに肩をおしつけあって坐った。僕らの眼の高さにバーのカウンターがあって、そこに立って酒を飲んでいる男たちもいた。あまり上品とはいえない料理店だった。僕は残り少ないドルのことを考え神経質にメニュをえらび、暗算し、いくらか安心した。もう僕とアルクメーヌはなにひとつしゃべらず、微笑はもとより顔をみかわすということもなかった。困惑しきってふたりの孤児のように僕らはじっと坐りこんでいるのだった。料理がきて黙ったまま僕は食べはじめた、そしてふと気がつくとアルクメーヌはじっと皿を見つめたまま、なにひとつ食べようとしないでなにごとかを忍耐しているのである。僕は自分の内部にこの一日のあいだ抑制してきた憤懣が恐竜かなにかのようにもの凄く動きはじめるのを感じた。僕は発作的に立ちあがり地下の化粧室へおりていった。そして放尿しながら途方にくれてあのギリシア人の娘がたちまち霧のように消えさってしまうことを祈っていると奇妙なことに涙がとめどなく流れて便器のなかにおちた。便器の上の壁には、裏切りドゴール、サラン万歳、ＯＡＳとフランスの光栄、万歳、という落書きがあった。それを見ると、昼のあいだ坐っていたキャフェから見わたせる壁という壁すべてに書きつけられていたおなじような落書きが網膜の残像のようによみがえってきた。顔を洗ってから階段をあがって席に戻るとアルクメーヌが消えていた。僕は一瞬まえまでそのことを望んでいたにもかかわらずひどく狼狽した。しかしアルクメーヌは、バーのカウンターの端で鬚の中年男と熱情をこめて話しあっているのだった。それは、昼からずっとキャフェの奥で僕らを見まもっていたあのギリシア人だった。記憶の穴ぼこの向うに、やはり無意識にかたちづくられた網膜の残像のように、キャフェの椅子に腰をかけていた男の姿勢がよみがえってきた。男がアルクメーヌに僕が席に戻ったことをおしえていた。アルクメーヌは帰ってくると、

——兄弟《フラテエロ》、といった、兄弟にめぐりあったというつもりのようだった、そして、さよなら《アリベデルチ》、と朝はじめてホテルで顔をみあわせたときのように寒いぼだらけの小さな微笑をうかべていった。

——さよなら《アリベデルチ》、と僕も微笑していった。

アルクメーヌがふりかえってギリシア語でなにか呼びかけると、ギリシア人の中年男も満面微笑してちかづいてき、テーブルのしたからアルクメーヌの飴色のトランクをとりだし、それをいかにも軽がると左手にさげ、そして右手を握手のためにさしだそうかさしだすまいかとためらい、結局、その巨きい掌を虫でも握りつぶすように独りで握りしめ、

——さよなら《アリベデルチ》、といい、アルクメーヌとともに真剣な顔で話しあいながら店を出て行ってしまった……

僕はひとり残って鶏とヌードル、唐辛子で味をつけた芝エビなどを食べ小瓶の麦酒《ビール》を飲んだ。滑稽で滑稽でたまらず大声で笑いたかった。五分前に流した涙のことは忘れていた。僕は便器に涙をこぼしながら《神さま、どうかこの僕を救助なさってください》と祈ったのだったがそのこと自体ひどく滑稽に感じられてくるのである、ああ、なんというおかしなギリシアの娘だったことだろう、兄弟《フラテエロ》だなどと嘘をいってどこかへ消えてしまった、あれはもしかしたら僕に兄弟《フラテエロ》！　と呼びかけたのだったろうか？　中華料理店を出てホテルに戻るあいだ僕はとめどなく自己抑制

のないくすくす笑いをつづけていた。しかしホテルの自分の部屋にはいった瞬間、荒野のただなかに自分を見出したようで圧倒的な孤独を感じた。それから僕は自分が明日からアテネ、ローマ、フロレンスでそうだったとおなじように疲労と徒労感の貝殻のなかに閉じこもった無気力なザリガニとして生活しはじめるだろうことをさとったのだった、このパリでも、明日《ドマアニイ》から……

確かにそのままの日々を僕はパリのキャフェに坐りこんですごした、そして一週間たち、夕暮にホテルへ戻るとダリウス・セルベゾフからの手紙が僕の部屋の番号のついた小さな囲いのなかにさしこんであった。ダリウス・セルベゾフはバスティーユ広場のかれのホテルのすぐそばのキャフェで待ちあわせようと提案していた、今日、午後七時から八時までバスティーユ広場の周辺は通行どめになる、それは反ＯＡＳの最初の大規模なデモがあるからだ、そこで八時すぎにそのキャフェまできてもらいたい、ともかくきみがパリへやってきてくれたことが非常に嬉しい、とダリウス・セルベゾフは書いていた。その手紙にはダリウス・セルベゾフの微妙な変化、この五年間がかれにもたらしたひとつの微妙な変化が感じられた。東京の共同の家で一緒に暮していたころのダリウス・セルベゾフなら、たちまち僕のホテルへ駈けつけてフロントで僕のかえりを待伏せしているはずだった。しかしこの種のダリウス・セルベゾフの冷静さは僕にむしろ好ましかった。僕は午後七時にホテルを出て地下鉄《メトロ》に乗った。

バスティーユ駅につくと午後八時だったが乗客たちは駅の地下道から表に出てゆくことを許されなかった。オレンジ色の薄明りのなかでフランス人たち黒人たち、ヴィエトナムと中国の黄色人たちにまじって僕はじっと立ったまま扉がひらくときを待たねばならなかった。頭のうえのはるか高みで群集の駈ける気配、ざわめき、叫喚がきこえた。アルジェリアに平和《ペ・ア・ナルジェリ》、ＯＡＳ暗殺者《オアス・アサッサン》！　というような叫びがきわだってききとれることもあった。しかしたいていは数しれない獣たちがひしめきあって遠方の狭い谷間を駈けぬけているという印象だった。地ひびきと叫喚、それに群集の存在感がたびたび巨大な壁のようにおしよせてはひいた。薄明りのなかの乗客たちはそのたびに動揺した。僕は眼をつむった、眼のまえに不安そうな黒人の娘の顔があったからだ、娘はいま自分が割礼される瞬間をまっているのだとでもいうように、まったく個人的な不安を顔じゅうにみなぎらせ小鼻に汗の粒をうかべて身震いしていた。眼をつむっていると頭の上の群集の印象は、空の高みを群集がつむじ風のように駈けわたってゆくイメージをよびおこした。黒人の娘の体臭が僕を繭のようにつつみこんできていた、それは虎の匂いだった……

やっと地下鉄の扉がひらかれ広場へのぼってゆくと群集はすでに去っていたが、警官たちは戦闘の終った直後の戦場の兵士たちのようにそこに残っていた。鋪道を歩いてゆくと、おびただしい血が流れている場所にゆきあわせた。それを避けて人々は広場へ踏みだして迂回していた。誰かが殺されたのだ、それも若い人間が殺されたのだ、と僕はその厖大な量の血を見おろして考えた、それから急にまた虎と呉鷹男の幻影が、あるいは虎の死と呉鷹男のまぬがれがたい約束の死の印象が、僕をはなれがたく確固ととらえた。

ダリウス・セルベゾフは鋪道にはりだしたガラス張りのキャフェのストーヴのそばで僕を待っていた、それは僕がパリについてから最も寒い日だったのだ。ダリウス・セルベゾフは病的なほど肥り、その月のような顔にいちめん髭をのばしていた。それは子供の絵本のウニのお化けのようだった。しかもすでにまったく中年のアメリカ人の印象だった。躰じゅう丸っこくすみからすみまで肥っていて身動きするのも大儀そうなのだ。かれは椅子から立ちあがりもしないで僕をむかえると、髭のあいだの脣を歪めて、涙声で、

「ああ、虎ちゃんも鷹男ちゃんも、ほんとうに可哀想にねえ」といった、それをかれは日本語でいったので僕はかれがまだ日本語を忘れないでいたのだと考えたが、かれの日本語はそれだけだった。そして驚いたことにかれは英語でなくフランス語でつづけるのだった。

僕とダリウス・セルベゾフ、それに周囲の人々はすでに広場でおこなわれたばかりの非合法デモについてまったく無関心に、それを忘れさって、おのおのの問題に沈みこんだ。広場も鋪道も暗く霧がひろがりはじめ、キャフェの中からはあのおびただしい血のあたりを見とおすことができなかった。

ダリウス・セルベゾフは僕に虎の死と呉鷹男の犯罪と裁判についてできるだけ細部にわたってくわしく話すことをもとめた。フランス語でそれを話すことは僕にとって苦行だった、日本語で話したにしてもそれは苦行だったろう。僕とダリウス・セルベゾフの坐っているテーブルには他に三つの椅子があった。そこに虎と鷹男、それに僕自身の幻影が坐って陪審員のように僕の物語をきいていた、青春の、みんな青春のはじめの三人の幻影が。これらもっとも苛酷な陪審員のまえで僕の物語は、つい虎と鷹男、それに僕自身にたいする弁護の響をおびてくるのだった。

ダリウス・セルベゾフはもの悲しげに貧乏ゆすりし、泳いでいるアシカの鼻からの呼吸音のようなシュウ、シュウという音をたてながら僕の物語を黙って聴いていた。虎の死について僕が話すとき、ダリウス・セルベゾフはもういちど女の子供のような日本語で、

「ああ、可哀想な、可哀想な、虎ちゃんねえ」といい、涙をこぼしキャフェじゅうの人間を一瞬ぞっとさせるほどの音をたてて鼻をかんだ。かれのハンカチーフはアルクメーヌの外套よりももっと鼠に似ていた。これは汚れた鼠の死

骸そのものだった。もしこの鼠が生きていたら髭のなかのダリウス・セルベゾフの小さな鼻を咬んだにちがいない。

そしてまた僕が呉鷹男の殺人についてのべ強姦の有無が論争されたこと、呉鷹男自身は自分が死刑になることを希望しているので、その点についてあいまいな態度をとったことを話すとダリウス・セルベゾフは憤懣にたえない態という恰好で、

「鷹男ちゃんは、なぜ女なんかを！」と呻くようにいった。

僕が呉鷹男の死刑確定について話しおわりダリウス・セルベゾフがまた鼠のような汚れたハンカチーフにその大きすぎる髭づらをうずめて涙と洟《はなみず》をぬぐうと、バスティーユ広場には夜明けがおとずれているのだった。キャフェには僕らのほかには、一組の恋人たちがおたがいの肩に自分の頭をのせて戦いおわった瞬間のボクサーたちのように抱きあって睡っているだけだった。夜明けとともに霧がうすらぎはじめ灰褐色と黒の建物群にかこまれたバスティーユ広場はしだいにあきらかになった、広場の中央の塔が見えはじめたとき、夜明けはパリの市街のすみずみにゆきわたるだろう。しかしじつに荒涼として涙ぐましい夜明けだった、僕はアテネでつねにつぶやいていた言葉を思いだして、ダリウス・セルベゾフに日本語の実習問題のようにそれを教えた、荒涼として荒涼と荒涼たり、荒涼として荒涼と……

「ほんとに荒涼としたねえ」と、咏嘆するようにダリウス・セルベゾフはいった。「朝は厭だねえ、だけど鷹男ちゃんのいる東京は、いま昼すぎだから、鷹男ちゃんは安心して眠ろうとしてるよ、日本でも死刑の執行は、朝だろうからねえ」

僕は黙っていた、すでに霧はすっかり晴れわたって広場はすみずみまで灰褐色と黒いかげりのある建物群と敷石とをあきらかにした、雀と鳩が啼きしきっていた、空は呉鷹男がいまそれにとらえられている観念、ひとしずくの涙の色をしていた。

「もう友人《レ・ザ・ミ》たち号の乗組員は僕らふたりだけなんだから、僕らはもう離れてはいけないよ、僕らは愛しあわなければならないよ、それも勇気をもって僕ら独自のやりかたで愛しあわなければならないよ」とダリウス・セルベゾフは不眠と疲れにいためつけられた小さな赤い眼に脂《やに》と涙をためたまま僕を、熱情的に、また女のような羞恥をただよわせてしかも思いつめたように押しつけがましく見つめて話しはじめた。

こんどは僕が黙って聴く番だった。僕は髭だらけの肥満したダリウス・セルベゾフが、あまりにもあきらかに性倒錯の中年のアメリカ人という印象をみずからしめしていることをあらためて感じていたのだ。僕は自分がなぜパリでダリウス・セルベゾフと会うことに憂鬱な予感をあじわい、フロレンスやアテネ、ローマでの日々をなにごとかからの執行猶予と考えていたかという無意識の動機を明確に

理解した。おそらく僕はダリウス・セルベゾフがこれから僕を説得し受けいれさせるひとつの行為のためにこの夜明けのパリまでの永い旅をおこなったのだ。

　不意に遠方ですさまじい炸裂音がひびき、人間の叫び声が永くそのあとにつづいた。ダリウス・セルベゾフは鬱屈したように黙りこみ僕を悲しげに見つめていた。眠っていた恋人たちも一瞬頭をあげて顔を見あわせ、そしてつぶやくように低い声で、どちらかの脣が《プラスチク！》といった、深夜にしかけられたＯＡＳのプラスチク爆弾が遅れて破裂したのだろう。そして誰かが傷ついたのだろう。叫び声はいちど沈黙し再び永くつづいてから、完全に夜明けの白い空に吸いこまれた。

「だから僕らは、他人たちが愛しあうようにではなく、勇敢に、僕ら独自の愛で、愛しあってゆかなければならないよ、きみはいまも、女どもから逃れようとして悪戦苦闘しているんだろう？　あの女子大生から結局、きみは逃れたかったんだろう？　きみにとてもひどいことをした女どもから逃れたかったんだろう……」とダリウス・セルベゾフはもういちど、もっと露骨に口説きはじめ、恋人たちはもういちど、おたがいの肩に頭をのせあって睡りはじめていた。

　ダリウス・セルベゾフはその攻撃のための時間を充分にもつだろう、いま夜があけたばかりだからだ。真冬の昼さがりの陽ざしのなかへ、この世界ぜんたいへの幼児の嫌悪感が光にかわってあらわれたような夕暮の最初の兆候がしのびこむころもなおダリウスは静かにもの憂げに、かつ切実に、ささやきつづけているにちがいない。そのころ東京は真夜中で、呉鷹男が暗闇のなかに眼をみひらき、ひとしずくの涙について考えつづける……

　僕はもうダリウス・セルベゾフの声をきいてはいなかった。自分の耳の奥ふかく谺しつづけている叫び声、荒涼として痛ましい夜明けの叫び声をきいていた。それは呉鷹男と僕自身の恐怖の叫び声のように思われた。

スパルタ教育

冬の夜明けだった、わずかな雪がふってすぐに乾き、眠っている人間たちは、白みかかった暗闇《くらやみ》のなかを凍《い》てつく毛皮の獣がさっと駈《か》けぬけていったような戸外の雪の気配だけを感じて、眠りながら身震いする、そのような夜明けだった。若いカメラマンが、夢のなかで啜《すす》り泣いていた。そして眼《め》をさましてみると、かれの耳にきこえていたのは、隣のベッドの妊娠している妻の啜り泣く声なのだった。

「吐き気がするのかい？」とかれは、妻に怯《お》ずおずした小さな声でささやきかけながら、妻が夢のなかで泣いていることを、そして朝になればそれを忘れてしまうことをねがった。

「しない」と、はっきり眼ざめている声でいって妻は再び激しく啜り泣いた。

「どうしたんだ？」

「この世界で新興宗教を信じている人間と信じていない人間とどちらが多いかしら、アフリカ人もいれるんだけど、ねえ？」

かれら夫婦のベッドのあいだの小さな船の形の竹籠《たけかご》のなかで、虎斑《とらふ》もどきのつまらない牡猫《おすねこ》がしわぶき始めた。猫は秋の終りに風邪をひいてそのままだった。カメラマンは苛《いら》だって猫の寝籠を蹴《け》とばした。猫は、あいかわらずしわぶきたてながら、どこかの隅《すみ》へツムジ風のようにくるくるまわって消えていった。カメラマンは身震いしながらベッドからおりて隣のリヴィング・キッチンへ跣《はだし》で出ていった。そして二つのグラスにたっぷりウイスキーをついで寝室に戻った。

「アフリカ人のことは忘れて眠れよ」とカメラマンはウイスキーのグラスの片方を妻にわたしながらいった、そして二人は、おたがいが吐き気をこらえているのを感じながら、その安ウイスキーを飲みほした。

どこかで深い穴ぼこからのように牡猫の咳《せき》がきこえた。若い夫婦も、ウイスキーで喉《のど》を灼《や》いて荒あらしく咳《せ》きこんだ。それでは、もうすこし眠ろう！　陽《ひ》がのぼり、生きているすべての人間の体温があがり、直接の脅迫者、また潜在している脅迫者どもをふくめた誰もかれもが活動をはじめるまでは、妻もおれも恐怖におののくことはない、とカメラマンは考えた。そして妻が再び浅い眠りにはいるまで息をひそめてじっとしていた。すくなくとも陽がのぼるまでは、じっと孤独に眠ることができると思ってみると昏《くら》い夜明けの気配が花の蜜《みつ》のように匂《にお》いやかに甘く感じられるのだった、それがただちに苛酷《かこく》な朝につらなるにしても。

しかし、もういちど眠りにおちると、脅迫されている若いカメラマンは、再び啜り泣いている自分を夢に見た。夢のなかでかれは、女のように組みふせられて、新興宗教の制服に身をかためた若い男に強姦《ごうかん》され、啜り泣きながらいやらしい回心をちかっているのだった。

その年の秋のおわりに、それはきわめて爽快《そうかい》な朝だったが、東京周辺の数しれない団地の数しれないコムパートメントのひとつに他の数しれない夫婦同様巣ごもりする鳥のようにおとなしく住んでいる若いカメラマンとその妻のもとへ、脅迫状がとどいた。それはカメラマンが週刊誌に発表した《狂信家たち》という組写真についての脅迫だった。かれは、様ざまの新興宗教の団体をまわりあるいて、もっと様ざまの信者たちの日常生活、あるいは信仰生活をカメラにおさめた。それを《狂信家たち》となづけたのは、いわばおかしな功名心とでもいうもので特別な主張があったわけではなかった。

週刊誌が発売されていた期間、すでに直接および間接の抗議は、その写真にたいして加えられていた。週刊誌の編集部へ圧力がかかり、交渉がおこなわれるということがあったようだった。はじめ若いカメラマンはそれを知らなかった。編集者たちが周到な配慮をおこなって、抗議者とのあいだに穏便な和解を成立させた、そしてそれは、いわば、世間知らずの若いカメラマンを保護するための最上の処置だった。しかし、翌週号の謝罪広告でそのいきさつを推測したカメラマンの内部には地虫の巣くうような空虚の穴ぼこがひらき、地虫のかわりにふだんにチクチクする恥ずかしさの虫が巣をつくった。それからかれはカメラをもつたびに自分のなかのその虫の存在に気がつき力をうしなった。もともとフリーのカメラマンであるかれは雑誌の編集部に顔を出さなくなり、公的な集会には欠席し、不眠症にかかり、毎夜、すっかり酔いつぶれて眠るまで、安ウイスキーを飲むようになった。そしてかれは写真をとるかわりに、書物の装釘《そうてい》や広告のデザインという、結局は自分の内部に深くかかわることのない仕事をして、その恥ずかしさの虫を巣くわせた穴ぼこが癒合《ゆごう》するのを待っていたわけだった。ところが、そういうときに、それまでの抗議がすべて編集部あてだったのとかわって、かれ自身のところへ脅迫状がとどき、《狂信家たち》の問題をあらためてかれの生活の中心にすえなおしたのである、秋のおわりの、ある爽快な朝に……

《オマエノ写真ハ、ワレラノ信者タチヲ猥褻《わいせつ》ニ滑稽《こっけい》ニ冒瀆《ぼうとく》シタ。狂信家タチトハナンダ。オマエトオマエノ家族ハ、ワレラ信者タチノ名誉ヲマモルモノタチノ手デ処罰サレルダロウ。レンズノ暴力ニカワル、ナイフノ暴力デ。オマエノ妻ハ毎水曜日、大学病院ノ産科ニカヨッテイルナ。シカシ、ワレラノ信者タチヲ冒瀆シタモノノ子供ニ安全ニ生レテクル資格ノナイコトヲオシエテヤル！》

この最後の文句が、若いカメラマンの心を恐怖の酸でむしばんだ。かれは初め、脅迫状を妻の眼からかくして処理しようとした。そいつは屈伏するにしても、そいつと戦うにしても、かれは眼のまえの広大な暗闇に突如としてあらわれた無名の怪物に、ひとりで立ちむかおうと考えたのだった。

しかし第一の脅迫状がとどいて一時間もたたないうちに電話のベルが鳴りひびき、不用意に黙ったまま、妻の動作をみまもっていたカメラマンは、受話器をもっている妻の手の震えから、妻の耳に脅迫状とおなじ言葉がささやかれていることを、ただちに察した。そして受話器を妻の手からもぎとったが、それはすでに遅すぎた。

その日は朝の爽快さが、脅迫状と脅迫の電話の到来をさかいにしてたちまち失われ、夏のなごりが不意に回復したようだった。真昼の団地の小さなコムパートメントの乾いた空気のなかで、かれらは恐怖の汗に体じゅうまみれていた。虎斑の牡猫にも、飼主たちの皮膚をぬらしているものがつたわって毛皮いちめんに不安の電気をピリピリおこしているという感じがした。カメラマンにとって、恐怖は、肉が重くついた雉《きじ》のような鳥が、筋ばった足をしっかりと踏んまえて横隔膜の上にとまっている、という気分だった。カメラマンは広告デザイン用のケント紙にその様子を素描してみた。しかしそれが完成するまえに、かれは自分が自己嘲《ちょうろう》弄的な行為をしていることに気づいてケント紙を破きすてた。

そのあいだ、妻は黒ずんだアブラ汗を顔いちめんにこびりつかせ、男のように唇《くちびる》をかたくむすんで窓の外を見おろしていた。団地の子供たちの遊び場には、恐怖心から自由な子供たちが一個のラッパにその小さな肉体を変えたように、すっかり自己解放して、叫びたてながら駈けまわっていた。妻は、孤独で過度に稚《おさな》く頑強《がんきょう》に自分のなかに閉じこもろうとしながら、しかも閉じこもっての孤立を不安に感じている、見すてられた小娘のような印象で、若いカメラマンは、かれら夫婦が見合結婚した前後のことを思いだした。それは三年前のことだ。その三年前に棄《す》てさってしまっていたように思えたひとつの態度、いわば他人の態度を、いま妻がふたたび事故防止ヘルメットのように採用したのをカメラマンはさとった。恐怖という、この新しく生活の核となったもののレンズをとおして初めて、それまでの平穏無事な結婚生活のあいだに見おとしてきたものが意識の網膜にうつりはじめたのかもしれなかった。

思ってみればおれたちは、他の幾千万の夫婦たちとおなじように、他人同士なんだ、それをいちおう頭の外にはじきだして、白蟻《しろあり》のように営々と他人でない他人の巣とでもいうものをつくろうとがんばってきたわけだ、そして子供まで生もうとしているわけだ、と若いカメラマンは悲しみのまじってくる、むなしい憤激にとらえられ、不平でいっぱいの反省をした。しかしそれも一瞬のことで、かれはすぐに、ひどく、自分本位な恐怖心の苦い蜜にねっとりとからみつかれて、身動きもおっくうに感じはじめたのである。

陽が翳《かげ》ってから、飢えた猫の不満の声ではじめて自分たちの空腹にも気づいて、若いカメラマン夫婦は食事をとった。そういうとき、かれらは団地の前の中華料理店に出前をたのむのが習慣だったのに、その日は、ドアの外にかれらへの加害者たちがゴキブリ群のように密集してでもいるというような気分で、電話をつかってさえ、外部と連絡することがはばかられてくるのだ。そこで妻が冷蔵庫のなかのまずしい材料で食事を準備するほかなかった。

咀嚼《そしゃく》しながらカメラマンは、そのように圧倒的な恐怖心のなかで、自分の歯が確実に動き、自分の胃もまたもぐもぐ実直に消化運動をはじめることを、これもまた自己嘲弄的に感じ、こんどは独りで薄笑いした。

妻はそれを見て、カメラマンが妻の顔にはじめてみるあきらかにヒステリー質のおさえようのない痙攣《けいれん》をざわざわとひろがらせ、欲望にとりつかれでもしたような重い嗄《しゃが》れ声で、こう叫んだ。

「わたしは絶対に子供を安全に生むことができない、わたしの小ロビンソン・クルーソーを生きたまま生むことができない。あの電話の声の男が、通りすがりに、棍棒《こんぼう》で、わたしのお腹《なか》を殴るんだから、そう約束するといったんだから。自分たちの信仰だけがこの世界で唯一《ゆいいつ》の価値あるものだと思っている人たちが、異教徒の子供を見のがす筈《はず》はない！　ネロ皇帝の大虐殺《ぎゃくさつ》のことを思ってもみてよ！」

こうして若いカメラマンとその妻に、恐怖の日常が始まった。翌日から、規則的な習慣のように毎日、一通の脅迫状と、三分間の電話による脅迫のスピーチが、かれらの狭いコムパートメントに届きつづけたのだった。

脅迫状の文章は、最初のものにならって、ほぼ一定していた。脅迫の電話の言葉についてもそれはおなじだった。ただ、手紙の書体がたびたび変り、電話の声もひんぱんに別の声に交替したので、脅迫者は、多数のメムバーをふくむ一つの団体であるように感じられた。しかし脅迫者たちは、たれもその団体の名をあきらかにしなかった。そこで、若いカメラマンは、脅迫者たちがこの東京のあらゆるすみずみに、いわば鼠《ねずみ》のような具合に潜伏しているのだというふうな妄想《もうそう》にとらえられることになった。

初め若いカメラマンは、かれがカメラにおさめてまわった数かずの新興宗教の団体の名を脅迫者にむかって電話口で読みあげては、反応をさぐろうとした。しかしそれはいかなることをもあきらかにしなかった。ただ、次のような新しい脅迫の言葉をひきだしただけなのだ。

「オレタチ信者ガ、単ニ、教会ニアラワレタリ、デモ行進シタリスル、イワバ顕在化シタ連中ダケダト考エルナヨ。昔ノ隠レキリシタンノヨウナ信者タチモ、ヒッソリ沈黙シテ憤《いきどお》リツヅケテイルンダ。日本人ミンナノ心ノ奥ニ本当ハ民族的ナ信仰心ガアルンダ。オマエハ、ソレヲ冒瀆シテ、日本人ミナヲ敵ニマワシタンダゾ！」

ある日、若いカメラマンが妻を勇気づけ、おどしたりすかしたりし、やっとのことで産科へ妻をつれだして、（それは脅迫者が、知っているとほのめかした、大学病院の産科とはちがう、新しく見つけた病院だ）自分も待合室の鬱屈《うっくつ》した妊婦たちのあいだで、妻の診察の終るのを待っていると、診察室の奥から、すさまじい恐怖の叫び声が高く鋭くひびいてきた。看護婦の制止もものかは、若いカメラマンが救助にとびこむと、妻は診察台の上で宇宙飛行士のような恰好《かっこう》のまま、裸の足をばたばたさせて叫びたてているのだった。優しげな髭《ひげ》をたてた医師がおさえがたい憤激に頰《ほお》をあからめ、腕をしっかりと胸にくんで、妻の膝《ひざ》のあいだに立ち、それを傍観していた。

「急にあの医者が、信者たちの味方で、あの脅迫者たちの命令どおりに、わたしの小ロビンソン・クルーソーを殺そうとしはじめるように思えたのよ。ああいう医者は、胎児を殺すことには慣れているんだから！」

いくらか平静に戻ったとき、妻はこう弁明した。そして彼女は完全に平静に戻ることはできなかった。昂奮《こうふん》のなごりが、いわば二日酔のように、いくらかの神経異常として残った。

若いカメラマンが妻に、警察官の保護をたのむことを話したときにも、もうひとつ別のタイプの神経異常が妻をみまった。妻は不意に石のように自分を閉じて頑固にそれを拒み、もし警察官に護衛されることにでもなれば、自分は発狂してしまうか、小ロビンソン・クルーソーと一緒に自殺するだろう、といった。そこでカメラマンには妻があらゆる他人たち同様、理解しがたい他者性をもって存在している、ということについての新しい発見ができたわけである。かれらの結婚のまえに、妻と警察官とのあいだになにか為体《えたい》のしれない事件があり、それが妻の内部にひとつの解消困難な固定観念をうみださせたのにちがいない。それをカメラマンは知りたいと思ったが、妻は一切説明しなかった。三年間の結婚生活のあいだ、かれは妻のその種のコムプレクスをまったく知らないですごしてきたわけで、それを思ってみると、若いカメラマンは、あらためて新しい鬱屈の種子をみつけたような気分になった。

かれはウイスキーを昼間から飲むようになり、飲酒の悪疾は、妊娠している妻にも感染した。いくらかの金をつくりだすために若いカメラマンがやむなく外出しなければならない日など、かれは妻が、ウイスキーでいくらか恐怖から解きはなたれて、寝室の中央の、したがってすべての窓から遠いところにおかれた寝椅子《ねいす》に横たわるのを見とどけてからでないと、不安でたまらないのだった。かれのコムパートメントの窓から、コンクリートの地面までの距離は十米《メートル》もあり、カメラマンも妻も、自分たちがその空間を魚のようにすいすい泳いで降下する、恐怖と快楽のいりまじった夢をたびたび見はじめていた。

「今日の夜明け方、なぜあんなに泣いたんだ？」とその昼すぎに、若いカメラマンがたずねた。

「はじめは、あなたの啜り泣く声で眼がさめたのよ」

カメラマンは妙にぐったりして口をつぐんだ。このごろでは妻が素直にかれの質問にこたえるというようなことはなくなっていた。

「脅迫の電話のことで気がついていることがあるんだけど」

「どんなことだ？」

「それはヒカリ館とわたしとが一緒に気がついたことなんだけど、電話は、この団地の中からかけられてくることがあるようなのよ。きっと子供たちの遊び場脇《わき》の公衆電話からだと思うわ。わたしの受話器にあてている耳と、もう片方の耳に、おなじ音楽や、おなじ子供の笑い声がきこえることがあるから。それも最近のことなんだけど」

「なら、つかまえられるじゃないか、なぜ今まで黙っていたんだ？」

「あなたが、恐《こわ》がるのじゃないかと思ったのよ、実際にあの連中と出会うのを。それにヒカリ館が黙っておくようにといったし」

若いカメラマンはショックをうけて、もういちど黙りこみ、妻をいぶかしいものを見るように見つめていた。

ヒカリ館というのは、かれが私立大学の写真科にいたときのクラスメートで、いま、そのような名の写真屋をひらいている男のことだ。その逆の最右翼がかれだったが、大学にいたとすると、かれとヒカリ館とは親しかった。ヒカリ館はもっとも常識的な学生だったあいだから、かれとヒカリ館とは親しかった。ヒカリ館が湘南《しょうなん》地方の実家へもどって写真館を後継し、かれが新鋭カメラマンとしてジャーナリズムに登場してからも友情はつづいていた。ただ、カメラマンのほうに多くの芸術家タイプの友人たちが新しくできたということはあった。かれの個展のときなど、会場で、善良そうな小肥《こぶと》りのヒカリ館だけが雰囲気《ふんいき》にそぐわないというようなことがたびたびだった。ちなみにカメラマン自身は絵本のロビンソン・クルーソーのようにどこか不安定な大柄《おおがら》の男で、その妻は逆に病的な感じがするほど小柄な女だった。二人ともヒカリ館の、いかにも小市民的な堅固な様子から遠かった。

《狂信家たち》の事件以後、とくにそれがジャーナリズムの話題となったというのでもないのに、いつのまにか、若いカメラマンが脅迫されているというニュースはひろまっているように感じられた。そして若いカメラマンの新しい友人たちはしだいに遠ざかってゆくようで、いま、かれの所へ連絡してくる者たちは、ほとんどなかった。それで、大学のころから変らず月に数度ずつ会いにくるヒカリ館が、現在では唯一の訪問者だった。はじめ《狂信家たち》についてヒカリ館は、あれはエキセントリックすぎる、といって非難していた。しかし脅迫がはじまったことを知ると、自分たちの信仰のために、外部の人間を苦しめることこそエキセントリックだ、と憤慨しはじめた。かれは若いカメラマン夫妻の大切な相談相手だった。しかしカメラマンにしてみれば、ヒカリ館のような常識の権化《ごんげ》が、かれら夫婦の内部の異常な恐怖の厖大《ぼうだい》さについて本当に理解してくれているのかどうか、おぼつかなくなることもあったのだが……

それだけに、いま妻とヒカリ館とのあいだにそのような会話がかわされたということを知って若いカメラマンはショックをうけていたのである。もし、こんなことがなければ、おれは妻の眼《め》にヒカリ館よりもずっとたよりになる男としてうつりつづけただろうし、それにまた、戦争にゆくことのないおれは、一生のあいだ、自分を充分に勇敢な人間だと信じて生きることができたのに、もちろん妻の眼にもヒカリ館という友人の眼にも、いわば勇者として生きることさえできたろうに、とカメラマンは考えたのだった。そしてかれは、妻が妊娠しているその胎児を、小ロビンソン・クルーソーとよぶのも、初めはかれ自身が絵本のロビンソン・クルーソーに似ているということからだったにしても、今では、かれの臆病《おくびょう》さに失望したあげく、子供なりと勇敢な人間になると信じこみたいという理由からなのではないかと疑った。妻の妊娠は、すでに八箇月めだった。

「ヒカリ館はいつきたんだ？」

「あなたが装釘のうちあわせに行った日、恐いから電話をかけてきてもらったのよ。そのとき、ヒカリ館とわたしとで、偶然みたいに気がついたのよ」

ウイスキーに酔って薄暗い部屋の中央の寝椅子に横たわっている妊婦を恐怖から救助するために、あいつは海のそばの写真館をとじて電車に乗ってきてくれたんだ、善良な丸い顔におそらくは不平不満をひどくあきらかに示しながら、しかも、いくらかいそいそとしているような具合に、ああ、なんという善良な態《くま》だろう！　と若いカメラマンは考えた。もともとヒカリ館が、その知り合いの女子学生との見合いをカメラマンにすすめたのだった。ヒカリ館という男は、そのように友人たちのために献身し、自分の日常生活には荒涼とした風を吹きぬけさせている、という《善良の怪物》だった。

「やはり、おれにもすぐ知らすべきだったんだよ」

「ヒカリ館が黙っているようにといったのよ、なんだか強硬に」

「おれはどこにいるともしれない暗闇《くらやみ》のなかの敵が恐いだけなんだよ。具体的に眼のまえにあらわれてくれれば、それほど恐くないと思うよ。それに、敵が、脅迫の代償になにを求めているのかを問いただすことができれば、犠牲をはらうにしても、一応おれたちは、この脅迫関係をおしまいにすることができたかもしれないんだ。そうだろう？」

と若いカメラマンは妻の眼のなかの卑怯《ひきょう》な自分という羞《は》ずかしいイメージに苛《いら》だって、妻をときふせるようにいった、しかし顔はあからみ、声は嗄れた。

「ヒカリ館は、おちついて三人で作戦をねろうといったんだけど」

「ヒカリ館なしでも、おれひとりでも、やれることはあるんだ」とカメラマンはヒステリックにいった。「ヒカリ館のことを、守護天使のようにいうな」

「それじゃあ」と妻もヒステリックに赤い眼をキラキラさせて激しくこたえた。「今日、電話がきたら、すぐ、あなたは階段を駈《か》けおりて行ってよ、わたしは電話を永びかせるから。すくなくとも、コールが十回つづいてから受話器をとるから」

「おれたちがまったくの無抵抗でもないとさとらせてやることにはなるよ」

「今日、こちらへやってきて電話をかけるとすればね、あのどこかの宗教の信者が」

「本当におれはつかまえたいんだ」と若いカメラマンは断《だん》乎《こ》としていった。

脅迫者の電話連絡にはひとつの様式があるのだった。まず一回コールして沈黙する。それが、こちらの心臓への最初の一撃というわけだ。そして再び始まったコールは、受話器がとりあげられるまで、決して鳴りやむことがない。若いカメラマンは、いくらかでも妻の神経の負担をかるくしようと、電話機の蓋《ふた》をあけて、ふたつならんだベルの椀《わん》のなかへスポンジ人形をつめこんでいた。それでいくらかベルの音はおだやかになったが、やはりあまりに永いあいだコールがつづくと両隣の居住者たちから不平がとどいた。若いカメラマンも妻も、自分たちが脅迫されていることを、かれらにうちあけてはいなかった。もし不用意にそのようなことを話したとしたら、平均的な市民の魂をもった隣人たちは、投げこまれるべき爆弾や放火についてすさまじい空想の翼をひろげ、早速、若いカメラマン夫婦をこの平和な団地、地上のパラダイスから追いたてる運動を開始するだろう……

その日も、日々の習慣の脅迫のベルが鳴りひびいた。電話のコールが第一と第二の脅迫のあいだの沈黙のみぞにおちこんだとき、若いカメラマンは立ちあがって、妻の青黒い鈍感な光をたたえた眼、怯《おび》えている小さい眼のなかの自分を見おろした。あんなことは単なる思いつきで、脅迫者がこの団地の中から電話をかけてくることなどない、ひとつの冗談だと妻がいうことを、かれは一瞬、期待したのかもしれなかった。それから、かれはサラリーマンの朝の挨《あい》拶《さつ》のような風に、

「じゃ、行ってくるよ」といった。

「今日は、外からかけてきているのかもしれないんだわ」と妻はそのことだけを心にかけているようにいって眉《まゆ》をひそめた。

「まあ、いいよ、行ってくるよ」

「ワザモノは持った?」と妻は、ぼんやりと感情のあらわれてくる声でいった、業物《わざもの》というのは容易にアメリカン・

バッファローでもうち殺せそうな皮ケースいり登山斧《とざんおの》だ、若いカメラマンが登山用具の専門店で買ってきたのである。

「ああ、ズボンのベルトにつけてるよ」

そう答えてから、若いカメラマンは、おれは脅迫者を撃ちたおすためにこの武器をもっているのか、あるいは単に自分をまもるためにそれをもっているのか、と考えた。どちらにしても、おれがこの斧をひとふりすれば、敵は死ぬほど傷ついてしまうだろう。上衣《うわぎ》の上から武器の存在をたしかめると、勇気が湧《わ》くと同時に、かれは生れてから今まで殴りあいさえしたことのない自分を、逞《たくま》しく粗暴に感じた。

若いカメラマンが、しだいに傾斜の急になるかれ自身の内部の恐怖の坂道を駈ける思いで団地の階段をおり、子供たちの遊び場脇の公衆電話ボックスを見わたせる裏口から頭をだすと、そのボックスの乳色に汚れたガラス窓から、学生服を着た、鮭《さけ》のような頭の若い男が、こちらをうかがっているところだった。そいつは、かれを見ると、泥《どろ》のなかで太陽に行きあたったモグラほどにも大慌《おおあわ》てしてボックスをとびだし、子供たちの遊び場の砂地へはいりこんで、難渋しながら逃げのびようとした。若いカメラマンは遊び場をかこむコンクリートの道を駈けて、そいつの先まわりを狙《ねら》った。

かれらは砂場のとぎれる所で、冬枯れた厭《いや》らしいコスモスの丈の高い茎の群生にかこまれて向いあった。団地の数百の律儀《りちぎ》な隣人たちの日常の挨拶が、ひとつ、ここにこれから始まるのだ、とでもいうような具合に。

「なんだ、なんだというんだ？　追いかけて！」と憤慨にたえないように、しかし狼狽《ろうばい》はあらわにして学生服の男は嗄れ声でいった、頭の形のほか眼の色まで、赤く湿っぽく汚れてなんだか鮭に似ている若者だった。

「きみこそ、なぜ逃げたんだ、おれの顔を見てすぐに逃げだしたのはなぜだ？　きみの声は、おれのところへ脅迫の電話をかけてくる声だぞ」

若いカメラマンは相手の狼狽に力づけられてこういい、たちまち敵を屈伏させた。

「許してください、見逃してください。学生アルバイトなんです。電話をかけると、週に千円くれるんですよ、なにもなかったのだと思って、見逃してください！」

学生アルバイト、週に千円、若いカメラマンは、アンチ・クライマックスのギャグをきいたように感じ、硬い核をつくっていた怒りと敵意がたちまちふにゃふにゃと崩れてとけるのを感じた。それから空虚でやるかたない悲しみが、かわりの核をなすのをも。かれら夫婦は、その学生の週給千円のために発狂しかけていたわけだったろうか、流産しかけ、自殺しかけていたわけだったろうか、ひとりの学生アルバイトの男の小さな儲《もう》けのために、ほんの小さな儲けのために……

「誰に千円もらうんだ、誰に傭《やと》われているんだ、なあ？」

「原日本教からです、他にも千円もらって手紙を書くやつがいるんですが、そいつも学生です」と屈伏した脅迫者はいった。「もし、ぼくがつきだされても他の学生アルバイトがすぐに新しい仕事をもらうだけですよ。ぼくだって前の学生にかわったんです」

「原日本教？　そんな団体を、おれは撮りはしなかったし、そんな新興宗教はもともと知ってさえもいないぞ」

「ええ、それは新しくできた団体なんですよ、しかし新興宗教のひとつである以上は、自分の団体が、あなたの《狂信家たち》で冒瀆《ぼうとく》されたと考えるべきだといっているんですよ。あなたの写真は日本人の民族信仰すべてをばかにしているというんですよ」

「きみも信者なのか？」

「とんでもない、ぼくは実存主義者なんですよ」と学生は一瞬昂然《こうぜん》と頭をふりたてていった。「ぼくは傭われただけなんですよ。それというのも原日本教では不言実行ですからね、みんな電話をかけたり手紙を書いたりは、したがりませんからね。とくに原日本教の若い信者たちは、日本に真の民族宗教を回復させるために暴力で戦うという任務をおびているんですよ。かれらはそのために訓練にいそがしくて、そのおかげで、ぼくら学生が職をあたえられたというわけなんです」

「訓練？」

「ミソギみたいなものです、ほんとに狂信家たちですよ。数十人の若者が、カーキ色の制服を着て、短刀を両手にしっかり握り、脇にかまえ、藁人形《わらにんぎょう》にむかって、ナムアミダブツ、ナムアミダブツ、と叫びながら突撃するんですから」

学生の言葉は若いカメラマンの心臓に、露骨なほど具体的にドスンと衝撃をあたえた。それまでの恐怖は、いわば東京ぜんたいにミジンコのように浮游《ふゆう》している敵への恐怖だったが、いまは敵はクロ犀《さい》のようにがっしりとひとつの形をとって猛《たけ》だけしくかれら夫婦へ迫りはじめたようだった。そしていまになってみると、この恐怖のクロ犀にくらべれば、形をあきらかにしないであらゆる隅《すみ》ずみにかくれていた恐怖はむしろしのぎやすかったように思えた。かれの内部で敵および恐怖の感覚がたちまち逆転したわけである。かつては、姿のない、あいまいなものこそ、最大の敵だったのに。

「ぼくをどうするんです？　どうしようというんです？」と苛だっている声で若い男がいった。「ぼくを警察につきだしても、他のアルバイト学生が、ぼくのかわりに電話をかけはじめるだけですよ」

おれはこいつをどうしようというのだろう、と若いカメラマンのほうでも考えた。この斧でうち殺すことなどできはしない。部屋につれ戻って縛りつけておくこともできはしない。しかしあれだけの恐怖をもちこんできた直接の脅迫者を、このままなにもしないで解放してやっていいものだろうか？　それなら、おれが加速度的にたかまる恐怖心の抵抗にさからいながら団地の階段を駈けおりたということは、それ自体、無意味ということか？　そしてまた、もしおれがこのままこいつを解放したなら、こいつの報告をきいて原日本教の連中は、おれのまったくのワラジ虫みたいな無抵抗さに、ますます嵩《かさ》にかかってくるのではないか？　かれは眼のまえの、鮭の頭に似た小男をもてあまして途方にくれた。

「許してください、ぼく個人はもちろん、原日本教など、反動的だと思っているんですよ、邪教ですよ。どうかぼくを見逃してください、もう決していたしませんから！」

「もうするな、きみも学生なら、こういう羞ずかしいことはするな」と若いカメラマンは相手のだした妥協案にとびついてゆく自分をがっかりして認めながら不機嫌《ふきげん》にいった。

そして若いカメラマンが、ふっきれない気分のまま頬《ほお》を紅潮させてひきあげようとすると、学生はくるりとうしろをむき、やにわに、じつに豊富な湯気をたてながらそこに放尿した。子供たちの遊び場の砂はしきりに黄色のアブクを湧かせた。

「きみはなぜ、ここまで電話しにきた？」

「好奇心からです」と臆した声は答えた。

妻は玄関のドアのまえの狭い敷物にべったり尻《しり》をつけて坐《すわ》って待ちうけていた。かれが、捕虜をひきつれてかえらないことをあらかじめ知っていたとでもいうようだった。妊娠している妻がそのように坐ると、瘤《こぶ》を背のかわりに腹にかかえこんでいるみたいだ。妻は膝《ひざ》もとにウイスキーの瓶《びん》と歯ミガキ用のセルロイド・コップをおいて、すでに酔いに茫然《ぼうぜん》としていた。アルコール飲料は胎児にとって決して良くはないだろう。しかし、脅迫の潮のなかの夫婦はそのことをまじめに考えようとしなかった。それも恐怖が、かれらにもたらした数かずの荒廃のひとつなのだった。

若いカメラマンは黙ったまま妻のまえに坐りこむと歯ミガキ粉の匂《にお》いのするウイスキーを飲んだ。そして妻と自分のために、そのコップを再び安ウイスキーでみたした。かれらは、おたがいに眼をふせて黙っていた。牡猫《おすねこ》だけが、あいかわらず小さなアワのような咳《せき》をはきちらして、気ぜわしく、かれらのまわりを跳びまわり、かつ怯えていた。

「なんでもなかったよ」と若いカメラマンはいった、かれは原日本教という名とその性格とについて妻に話してあたえるショックを考えて嘘《うそ》をつくことにしたのだった。それはまた、自分の唇《くちびる》から発せられるそれらの言葉が自分の頬の肉をつたわって自分の耳にいたり、そこでもたらすショックを考えてのことでもあった。

「管理室に行って、窓から見おろしていたのよ」と妻は酔いの熱のこもった、うっとりしているような声でいった。

そして同時にのばされた二人の指が、歯ミガキ用のコップの上でごつごつと衝突した。それから不意に妻が、すっかり酔いにとらえられたように、ぐっと体をゆらめかせ、

そして、すっくと上体をたてなおして、かれを睨《にら》みつけ、

「あなたとあの学生は馴《な》れあいなのじゃない？　これはみな、わたしを流産させるためにあなたがつくりあげた芝居じゃない？　あなたは、わたしと小ロビンソン・クルーソーを憎んでいるのよ」とまわらぬ舌でいった。

「なぜ、そんなことをいうんだ？」

「あなたは学生を、つかまえもしないし、殴りもしなかった」

「あいつは新興宗教にやとわれている、学生アルバイトにすぎないんだ」

「アルバイトでも、そうでなくても、結局あなたはなにひとつ、あいつに報復できなかったわ、それはヒカリ館もいうとおり、あなたの性格なんだから。あなたは臆病な、本当の負け犬タイプなんだから！」

　若いカメラマンは涙ぐみ、震えながら立ちあがり、そのままドアを出て階段をおり、その午後から夜のあいだ、ずっと団地のコムパートメントにかえらなかった。その夜のカメラマンの行動については弁護の仕様もない。かれは外《がい》套《とう》なしで冬の深夜の新宿をうろつき、そのあげくひどく酔っぱらい、それから駅前の公衆便所のそばに狼《おおかみ》のように群をなして待伏せしている男娼《だんしょう》たちのひとりと寝た。かれにはそれまでまったく同性愛指向はなかったのだが、その朝の夢に暗示されて、強姦《ごうかん》される女の姿勢をとって。オルガスムの一瞬、かれは啜《すす》り泣き、ああ、おれは鬼に喰《く》われているんだ、と嘆いた。しかし、自分が受身の肉体そのものになることで、あの岩のような恐怖心から一瞬だけにしても自由になることができるのを感じてもいたのである。やがて登山用斧を再び腰のまわりにまきつけるかれを見て男娼は、あんたはおかしな趣味だねえ、と感に堪えたようにいった。ともかく恐怖は若いカメラマンに実にさまざまのことを教育したものだ。

　翌朝、当然のことながら、自己嫌悪《けんお》と二日酔、不安と恐怖感のトゲを黒く鋭く雲丹《うに》のように体じゅうからつきだした若いカメラマンが団地の自分のコムパートメントに戻ると、荒れはてた部屋に青ざめたヒカリ館が飢えた虎斑《とらふ》もどきの猫とともに待っていた。妻の気配はなかった。牡猫はしきりに小さくしわぶき、ヒカリ館は涙ぐんだような赤い穢《きたな》い眼《め》で恨めしげに若いカメラマンを見あげた。

「なにかあったのか？」

「きみの奥さんが、自殺しようとしたんだ、病院へ救急車が運んでいったところだよ。きっと、病院で赤ちゃんともども死んでるにちがいない。ああ、そうだというのに、きみは外泊してきたんだ」とヒカリ館は守護天使というより正義をおこなう苛酷《かこく》な大天使のように、かれの丸っこい善良で幸福そうな顔に不似合な悲痛な声で叫んだ。「もう、これ以上、あの人を苦しめられないように、きみには病院の名も場所もおしえてやらないぞ！」

そしてヒカリ館は涙でつるつるになった顔をふりたて嗚《お》咽《えつ》を嚙《か》みしめるようにしながら、かれの脇《わき》をすりぬけて表へとびだしてしまった。虎斑もどきの牡猫もあわてて後を追った。若いカメラマンはうちのめされたままそれを見おくり、やがてドアをとざすと床に坐りこんで妻がのこしておいた安ウイスキーを飲みはじめた。かれはその憂鬱《ゆううつ》な冬の朝から昼すぎまでずっと飲みつづけた。しかし夕暮になると若いカメラマンは登山用斧のベルトをはずし、かわりに外套を着こんで出発した。

かれは東京じゅうをもの凄《すご》い勢いで鼠《ねずみ》でも追っかけるようにドタバタ駈《か》けまわった。かれは原日本教の本部をさがしていたのだ、そしてかれはそれを見つけだした。本部は、下町の路地の奥のしもた屋で、飾られた旗だけが仰々しかったけれども、そのほかにはなにひとつ、若いカメラマンの意識の敷地に構築された恐怖の大伽藍《だいがらん》と似かよっているところがなかった。そこで、奇妙にしっくりしないたぶらかしの印象が、若いカメラマンを日常生活の世界へおし戻しそうになった。しかし、一瞬あと、若いカメラマンは追いつめられた幼い獣のように絶望的な憤激の叫び声をあげると、満水のプールへダイヴィングする勢いで、しもた屋の暗い土間に駈けこんでいったのである。まさに徒手空拳《くうけん》で、なにをしようという確たるプログラムもなく……

土間の薄暗いひろがりは曠野《こうや》のようで、かれは無人の曠野を駈ける孤独な馬だった。もし土間がすぐ向うに裏の出口をひらいていたなら、このウイスキーの酔いに猛だけしい孤独な馬は、もの凄いスピードで原日本教を駈けぬけるつむじ風と化しただろう。しかし土間の向うには道場の板の間があり、そこへ土足のまま音たかく駈けあがった若いカメラマンは、突然にカーキ色の葉をいっぱいつけた猷く さい樹立《こだち》にはいりこんだような具合に、イガ栗頭《ぐりあたま》の青年たちにとりかこまれた。かれは背後から、脇から、それにいうまでもなく正面からも、数しれない屈強な胸と腕によって遮《さえぎ》られ引きつけられ小突かれ揺さぶられた。なんだ、なんだ、こん畜生、なんだ？ この野郎、ああ、いったい、なんだ、どうしたんだ？ というような罵《ののし》る声の幾千の蜂《はち》が、若いカメラマンのまわりを、ぶんぶん飛びかかった。どいつだ、だれだ、なんだい、なんだい？ いったい、どうしたんだ、ああ、ああ？

若いカメラマンは唸《うな》る蜂どもにこたえるどころか渾身《こんしん》の力をふりしぼって、しゃにむにつき進もうとしたが、その運動がかえってカーキ服の連中にヒントをあたえた。かれはダイヴィングの姿勢のまま、ずるずる押し戻され、ついで飛ぶ蝙蝠《こうもり》さながら、両手両足をいっぱいにひらいて、背後の鋪道《ほどう》へと頭から墜落させられてしまったのである。痛みに呻《うめ》き涙をこぼし、かれは土埃《つちぼこり》とコンクリートと少量の血のクッションに頰をおしつけたまま、カーキ色の壁を見あげた。それは土間の入口に立ちふさがり堅固にそこをかためていた。そしてなおも、ささやき声の幾千の蜂をとばしている。なんだ、なんだ、こん畜生、なんだ？　この野郎、ああ、いったい、なんだ、どうしたんだ？　カーキ色の揺れ動く樹々《きぎ》、しじゅうひらいている数かずの唇の奥の小さな赤っぽい暗がり、驚いて眠りからさめたばかりの鈍感と怯《おび》えのまじった眼の群、赤くほてっている、ニキビだらけの数しれない頬。

若いカメラマンは百人の老いぼれのリューマチをひとりで背おいこんだほどにも体じゅうに痛みをあじわい、やっとのことで膝をついて上体をおこし、再びダイヴィングをおこなおうと腰をあげかけたところで、両脇から腕をまわしてきた二人の警官の腕のなかへ倒れこんだ。そしてかれは自分が独力では立てないほど重く傷ついていることをさとり、無力感と警官の腕の圧迫から、小さい呻き声をたてて嘔《は》いた。警官たちは二人とも、女の子の縄《なわ》とびのように、ひょいと片足をあげて汚物をさけていた。

「あれは気が違っているんだよ、原日本教にひとりで殴りこむなんて。それに確かに酔っぱらってるよ。気が違っているんだ」

警官たちに、なかばひきずられてゆくかれの背後で、しだいに陽気になってきたカーキ色のびっくりした連中は、なおもぶんぶん上機嫌な蜂をとばしていた。若いカメラマンは、ずいぶん暫《しばら》くぶりの過激な肉体労働が、かれの血管のなかでふたたび湧《わ》きあがらせた酔いに意識を失おうとして、じつに深甚《しんじん》な嫌悪感、あらゆる外界と自分自身への嫌悪感から啜り泣いた、ああ、おれはここへ何をしにきたというのだろう……

若いカメラマンは留置場で、その苛酷な一夜をすごしたのだが、夢のなかで留置場はひとつの法廷にかわり、死んでしまったはずの妻と小ロビンソン・クルーソーが裁判官となってかれを裁いた。なぜ、被告は、原日本教へ出かけて行ったのか、そこで何をしようとしたのか、ということを裁判官たちもあきらかにしようとした。

——被告は子供のころ小さい柴《しば》犬を飼っていたね、と妻の裁判官がたずねた。

——ええ、そいつは学校友達の飼っているシェパードにいつも苛《いじ》められて小心翼々と生きていました、喧嘩《けんか》になると、そいつのすることときたら、泣きわめきながらひっくりかえり、わざわざ紫色の短いペニスをむきだしにして、それをもの凄いシェパードの牙《きば》にさしだすのです。完膚なきまでに痛めつけられ敗退の極北にいたり、それ以下はない最低の屈辱的な安心立命をかちえたいと急いでいるとでもいうように。結局、ぼくの柴犬は紫色のペニスを冗談半分に咬《か》みとられて死んでしまいました。子供のぼくは、悲しみからでなく憤激のみから涙を流したんですが、それは涙のように眼から流れはしたが、嫌悪の唾《つばき》だったんですよ。

——いま苦い唾のような嫌悪の涙をそそがれるべきなのは、被告自身だ、あなたが負け犬なんだから、と妻はいい、昨日とおなじことを叫んだ。あなたは本当の負け犬タイプなんだから！

ヒカリ館が証人席でしきりにうなずいているのが視野にはいってくる。小ロビンソン・クルーソーは眼からの苦い唾をうかべてかれを見つめている。

――被告は自分のいちばん柔らかいペニスをむきだして敵の牙にさしだし、みずから陋劣《ろうれつ》な敗北をもとめる柴犬だ、と妻はいった。わざわざ原日本教へやってきたのは戦って報復するためではなく、完全に負けてしまったことを敵の眼からも認めてもらうためだ、そして休戦を申し出るためだ、それが恐怖から逃れる唯一《ゆいいつ》の方法だと思いこんで……

若いカメラマンは確かにいま、脅迫者、原日本教への恐怖感から自由になったのを感じた。あのようにうちのめしたあと、なおも脅迫したりはしないだろう、と考えたからである。しかしそう考え、そう感じるにしたがって、かれ自身のなかの柴犬への嫌悪感は、耐えかねるほどにも深まってくるのだ。それはまさに最悪の夜だった。

――あなたは本当の負け犬タイプなんだから！　と妻はあらためて判決をくだした。

翌朝、不運な人間の柴犬は、警官たちの取調べのまえに医師の検査をうけた。満身創痍《そうい》だった、打撲傷、内出血はもとより、左肱《ひだりひじ》はくじいてしまっているというような具合で、肋骨《ろっこつ》についてはレントゲン撮影の必要があった。軽くすむにしても肋間《ろっかん》神経痛は、かれの一生の持病となるだろう……

それから警官たちは危険な癇癖《かんぺき》のある子供を相手にするような態度で、若いカメラマンの主張する脅迫のいきさつについて耳をかたむけ、これは当局が原日本教にもぐりこませているスパイからの情報だ、かれらはきみの《狂信家たち》という組写真について脅迫どころか腹もたてておらず、もしかしたらまったく知らないのかもしれないと思えるほどなんだが、というようなことを控えめな様子でいった。そして、きみのいうとおり脅迫があったとして（まあ、それは芸術家の言葉だ、信じよう）それでも、きみがこんどの事件で原日本教を告訴する意志がなければ、向うも、きみを怪我《けが》させたことを本当に悪かったと思っているんだし、もう脅迫などしないと思うよ、それは喧嘩両成敗だしね、と本音をはいた。そこで若いカメラマンは告訴しないと約束し、相手を安堵《あんど》させた。こういういきさつで、めでたし、めでたし、ということになったわけである。

「まさに身を棄《す》ててこそ浮ぶ瀬もあれだなあ」と警官はいい、そして若いカメラマンの頭の底深く再び負け犬の唾の涙が湧いた。

警察へかれの身柄《みがら》をうけとりにきたのはヒカリ館だった。若いカメラマンはヒカリ館があまりに上機嫌なので軽《けい》蔑《べつ》されたような気持になった。ヒカリ館は顔じゅう微笑でうずめ嘆息せんばかりに陽気なのだ。タクシーにならんで乗ると、腕を頸《くび》につり血と薬品の匂いをたて、なお傷のひらいている口腔《こうこう》に湧く新しい血の味を感じながら黙っているかれに、ヒカリ館は小肥《こぶと》りの体をクスクス笑いでふるわせて、

「きみはやはり素晴しい人間だよ、芸術家だよ、写真屋の親父《おやじ》のおれが昨日あんなことをいったのはまちがっていたよ。新興宗教に殴りこむなんて思ってもみなかったよ、きみの奥さんは幸福な人だよ」

「幸福な？」と負け犬の極北は不機嫌にいった。

「あの人は大丈夫だったんだよ、おまけに産気づいて、とても健康な赤ちゃんを生んだんだ、早産だけど、もちろん育つそうだ。赤くて元気でエビみたいな子だ、勇敢な若い父親にふさわしい息子だ、さあ、病院へまっすぐ行こうじゃないか」

「団地へやってくれ、病院じゃなく、団地へかえろう」と若いカメラマンは怯えたようにけたたましい声をだしていった。

勇敢な若い父親どころか、股倉《またぐら》をわざわざ敵に咬ませる負け犬の極北の息子の小ロビンソン・クルーソー、と若いカメラマンは、それまでのかれの二十六年の生涯《しょうがい》でもっとも激しい絶望のなかで考えた。ああ、おれは小ロビンソン・クルーソーに会うことなんかできない、赤くて元気なエビをみれば、恥じて死にたくなるだろう……

若いカメラマンとその実直な友人とが団地のコムパートメントにかえりつくと牡猫も家出したままで、まさに見棄てられた室内に電話のベルが鳴りつづけていた。カメラマンは不意におののくような根拠のない期待を感じて受話器をとった。

「おれだよ、脅迫者のおれだ、一昨日おまえに摑《つか》まったとき、おれが嘘をついたら、おまえは原日本教にのりこんだそうだな？　ばかなやつだよ、殴りこんで半殺しのめにあわされたのはムダ骨さ、おれたちは、若い信仰の会なんだからな、驚いたか？　しかも、今日からは、おれたちの会と、腹をたてておまえのことをあらためて調査した原日本教との二本立ての敵をむこうにまわすんだよ、おまえは！　オマエトオマエノ家族ハ我ラノ手デ処罰サレル！」

若いカメラマンは受話器をおき、不意に笑いはじめた。かれは声をたてて笑い、同時に肋骨のあいだの痛みに涙をこぼして呻いた。昨日の冒険は、負け犬がわざわざ咬み倒してもらいに強い犬のまえにすすみ出て許しをこうという行為であるどころか、単なる無鉄砲な空騒ぎだったのだ。かれは純粋な無目的の殴りこみをしただけなのだ。まったく、かれの恐怖とは無関係な所へ。そして依然として脅迫と恐怖はのこっており、かれはこれからそれに抵抗してゆくことで小ロビンソン・クルーソーの勇敢な若い父親になれるのだ。昨夜来、去っていた恐怖の鳥はふたたび、かれの横隔膜に足をふんばって鳴きはじめていた。そしてかれはもう負け犬の極北ではなかった。

「いまのは脅迫の電話だろう？」と幾ぶんかの敬意をこめてヒカリ館が訊《たず》ねた。「しかし奥さんは、小ロビンソン・クルーソーを生んでしまった以上、もう恐《こわ》くはないといってるよ。きみも、あんな勇敢なことをやれる人間なんだ、恐くはなくなったろう？」

「いや、恐いことは恐いんだ、しかし、負け犬の感覚にくらべたら、まだしも恐怖心のほうがしのぎやすいということを勉強したのでね」

「良い授業をうけたね。きみのような芸術家にとっては、この世界は恐怖が正常な状態なんだからなあ」と善良な実際家の友人はいい、そして、その善良さと単純さの皮膚のしたにひそんでいる、もうひとつ別の性格を、ほんの一瞬ひらめかせる言葉をつづけた。「おれは、きみが脅迫されて恐怖におののいているのを見たり助けたりするのがじつにすきなんだよ。それはおれの友人に本当の芸術家がいるということを確かめさせるし、しかもおれのような俗物が芸術家の役にたつことをも確かめさせてくれるからね。さあ、芸術家の二世に会いに行こうよ、男の子だよ」

　若いカメラマンはわずかに身震いし、それから気をとりなおして事件以来はじめてもつカメラをとりあげると、ああ、とうなずいた。

「そうだ、小ロビンソン・クルーソーに会いに行こう」

性的人間

I

暗闇《くらやみ》のなかを象牙色《ぞうげいろ》の大きなジャガーが岬の稜《りょう》の突端まで疾走してくる。ジャガーは夜の海に向かって右に、滝のように不意に急勾配《きゅうこうばい》の降《くだ》り坂となった枝道へはいりこみ、岬の南側に脇《わき》の下のようにかくれている耳梨《ミミナシ》湾に向かった。ジャガーはアリフレクス16ミリを積んでいる。車も、撮影機も、みんなからJ《ジェイ》と呼ばれている二十九歳の青年のものだ。J、その妻、ジャガーを運転しているJの妹、中年男のカメラマン、若い詩人、二十歳の俳優と十八歳のジャズ・シンガー、その七人がジャガーに乗ってJの別荘に向かうところだ。Jの妻がつくっている短篇映画のいくつかのシーンをとるために。

ジャズ・シンガーの娘はすっかり裸だ。彼女は酔って歌っている。それからみんなが彼女の歌を注意深くきかないので自分がそのジャガーの中の誰からも軽蔑《けいべつ》されているという強迫観念にとらえられて、いつか好評をはくしたことのある露骨な話をもういちどためしてみようとする。東京から四時間、車を走らせているあいだ、運転しているJの妹をのぞいて、ほかの者はみな始終ウィスキーを飲んでいたのだが、その十八歳の歌手が、まず最初に、仲間たちの酔いの戦列から、ひとり早駆《はやが》けしたのだった。それは、いつものことだった。彼女には自制心が欠けていた。

「わたしが政治家のパーティに仕事に行った時のことなのよ。わたしと一緒の控え室に化粧もしていない十六歳の子が、ピンポンの球と青いビニールの衣裳を膝《ひざ》において座っていたのね。そこでわたしたちは友達になったわけよ。仕事の順番がきてもその子はお化粧しなかったのよ。裸になるだけ。そして青いビニールの寝袋みたいな服に頭からはいこんで、わたしに背なかの下半分だけについているジッパーをあげさせたわ。その青い服は、蛙《かえる》の衣裳なのよ、体じゅうすっぽりくるんで、股《また》だけ魚の口みたいな穴がひらいているのよ。政治家たちは、女の子の性器をした青い蛙を見るわけ、しかもピンポンの球を体にいれていて、それが踊りにあわせてブルブル、蛙みたいに鳴くわけよ！」

残りの六人が憂鬱《ゆううつ》に声をあげて笑った。それはもしここで笑わなければ歌手が泣いて暴れはじめるのをみな知っていたからだ。みんなの笑い声に上機嫌になって歌手は、「その子の蛙ダンスの技術はすばらしいものなのよ、ほんとうにすばらしい技術なのよ」といって、誇らしげに聴き手たちを見まわしサスペンスをかもしだそうとした。

「パーティの政治家たちは、技術を見たんじゃない、十六の娘がどんなに恥しらずになれるか、ということを見たのさ」と運転している妹の脇に妻とならんで座っているJがいった。「どんな種類の、わいせつなショウでも、それはかわらないよ。技術を見せて、そのかわり恥ずかしい自分の肉体は透明にするということはできないさ。観客が見たいのは、恥しらずな肉体そのもの、恥そのものなんだから！」

　十八歳のジャズ・シンガーは失望し、不機嫌になり、すすり泣きはじめた。Jと歌手とが性関係をもっていることはJの妻もふくめて、誰もが知っていた。そこでますます憂《うれ》わしげに十八歳の娘は裸の肩をふるわせて泣いた。もしそれが車のなかでなければ、彼女はナイフか砕けた瓶をもって、恐怖にかられた猫のように暴れただろう。

「なぜ、意地悪するのよ、それに、暗くて道もまがりくねっているんだし、すこし静かにしてくれたらどうなの？　小屋につくまえに死にたいの？　あなたたちの映画を完成することもなく」と運転しながら妹はJをなじった。彼女は自分の兄が奇妙に心理関係のいりくんだ意地悪をすることに耐えられないのだった。

　そこでJの妹と泣く娘のほかは、みんなわずかに微笑して黙りこみ、酒を飲み、車のエンジンの音と自分の内部の音を聞いた。なぜ微笑しているのかは誰も考えてみなかった。かれらはいつも黙りこむときには余裕ありげに微笑した。ジャガーは坂をくだりきって湾の右の翼に入りこみ、左の翼にむかって耳梨村の狭い石畳の道を徐行した。

「窓をしめてくれない？　死んだ魚や網の臭《にお》いが厭《いや》なのよ、みんなは平気なの？」とJの妹がいった。

　残りの者たちの誰か二人が窓をとざした。

「こんなに注意して走っても、明日の朝みれば、いくつかの引っかき傷はあるのよ」とJの妹は兄に向かって嘆くようにいった。「なぜ、あなたが運転してくれないの？　あなたは運転の天才なのに」

「酔っていて危いよ、海におちるよ」とJは微笑したまま唇もうごかさずにこたえた。

　石畳の道を走る車は、海水のみなぎっている短い掘割をたびたびわたった。道は湾のすぐ内側をゆるやかに彎《わん》曲《きょく》して集落の端と端とをむすんでいる。道の両脇の家屋群は死んだ象の列のようだ。濃い灰色で、それ自体の内部に向かってすっぽり閉ざされた印象の家屋群。燈は掘割の向こうの海の方角からわずかな光をなげかけてくる。碇泊《ていはく》している漁船の標識の燈だ。家屋群は、影のなかにある。

　ジャガーは凪《な》いだ海の音よりもなおひそやかな音をたてて徐行していた。そして不意に、石畳の前方に、人々の群をヘッドライトがとらえた。運転している娘がブレーキを踏む。シートから酒瓶が転げおちて音をたてる。十八歳の歌手は泣きやめて罵《ののし》ろうとするが、結局黙ってしまう。ジヤガーのなかのすべてのものが好奇心にかられてヘッドライトに照らしだされている人々を眺めた。

　突然強い光のなかで地鼠《じねずみ》のようにたじろいでいる三十人ほどの漁民たち。おもに女たちだ。数人の老人たちと子供たちがそれにまじっている。女たちはみなアイヌの人たちのように濃く暗い色の厚司《あつし》を着こんでいて、誰もおなじ年齢のように見える。みな昂揚《こうよう》し苛《いら》だち不機嫌な中年女たちの集団。ヘッドライトはすべての者の顔をみにくく動物的に、卑小に見せる。人々は敷石道をいっぱいにうずめて一軒の家の前にたたずんでいる。いまはすべての顔がジャガーに向けてふりかえられているが一瞬前まではすべての眼がその家を見つめていたことが確かに感じられる。

「ケイコを隠して。座席の前に屈《かが》みこませて上着を頭からかけてやって！」とJの妹がいった。

　サワ・ケイコというのがジャズ・シンガーの名前だ。ケイコは素直にしたがった。前のシートの背に脇腹と腰とをおしつけて、ひざまずいた娘の裸の小さな体が上着やらスカートやらでおおわれる。車がふたたび動きだしたとき倒れないように、後部座席の残りの三人がその膝でサワ・ケイコを支えている。ジャガーは徐行して人々に向かう。Jがためらいがちに腕をクラクションへのばしたとき、Jの妹は怯《おび》えたような声で、しかしきびしく兄を制して、

「だめよ、そんなことしたら、車をひっくりかえされるわ。あの人たちは、いま自分のほうから動こうとしているのよ！」といった。

　ジャガーが接近すると確かに人々は静かにスムーズに敷石道の両側の家々の軒先にしりぞいた。そのときかれらはもう、車とそのなかの七人にたいして好奇心をいだいていないようだった。むしろまったく無関心にさえ見えた。車のなかの者もそれにならおうとしたが、うずくまっている裸の娘は震えていた。車が人々のあいだをとおりぬけるときはじめて、皆が見まもっていた集落の海がわのその家だけ、開かれた二階の窓のむこうに燈がともっており、それが敷石道やら人々の顔やらをあかるませているのがわかった。

　そこを通りぬけるとジャガーは速度を早めた。はじめみんな鬱屈したように黙っていた。かれらはみなおびやかされた気分だった。そしてこういうときつねに沈黙や緊張を解消させる役割の、中年男のカメラマンが豪傑笑いをして、こういった。いったん笑うとなるとかれは豪傑笑いしかできないのだ。

「こちらから刺戟《しげき》さえしなければなにもしない原住民の集落をとおりすぎる探検隊みたいだったじゃないか？　おれはボルネオへ教育映画をとりに行ったときのことを思いだしたぜ！　また、西部劇のことも思いだしたなあ」

　サワ・ケイコは裸の体をおこし、カメラマンの肥《ふと》った短い膝の上に尻《しり》をおちつけた。そしていくらか酔いのさめた沈んだ声で、あの連中、インディアン？　などと甘ったれ

たことをいっていた。

「あの人たちは、この村の住民よ。男たちは漁に出ているから、きっとこの村に残っている全員があそこに集っていたんじゃない？　わたしはこの湾の人たちのいろんな頭を粘土でつくった」とJの妹がいった。彼女は二十七歳で彫刻家だ、この夏のはじめパリからかえってきた。彼女はJ夫婦のつくる映画の美術を担当するだろう。

「車をとめて明日の魚をたのんでおけばよかったじゃないか？」とJが非難した。

「あなたは、この湾の村のことをなにもしらないのよ。わたしたちが疎開《そかい》してきていたとき、あなたは家のなかで絵をかいてばかりいて、この湾までおりてくることを恐がっていたから！　漁師の子を怖《おそ》れて！」

　ジャガーは敷石道を集落のはずれまで来て、低い防波堤の向こうに胆汁のように黒っぽく翳《かげ》った海を見おろしながら迂回《うかい》した。ジャガーは再び坂をのぼりはじめる。潮風に負けた灌木《かんぼく》の枝が、暴力的にねじまげられた腕のような形でジャガーのフロントガラスに向かってさしのべられる。それらに叩《たた》かれてジャガーは音をたて、車のなかの七人は一瞬、驟雨《しゅうう》のなかに閉ざされたような気分になった。

「漁師の子供は恐くなかったよ。ただ、うちの家族が、山の上に地所と小屋とをもっているだけで、湾の連中に怖れられているのが厭だったたから、おりて行かなかったんだよ。きみよりおれのほうが鈍感でなかったのさ」とJ。

「昂奮《こうふん》してびっくりして憤激している顔だったわね、たとえば、性交しているところを他人に見つけられたみたいな！」とサワ・ケイコがいった。

　そこで運転している娘のほかの六人は笑った。

「ケイコなら、性交しているところを他人に見つけられても平気だろう？　しかし、ケイコの観察力は時どき正確だよ」とカメラマンがいった。

「あの人たちは、姦通《かんつう》した女を辱《はずか》しめにきていたのよ」とJの妹が、兄にだけささやきかける低い憂鬱な声でいった。「わたしたちが疎開してきていたときにもこういうことがあったわ。あの家に姦通した女がかくれているのよ。家の出入口は板でうちつけられているんだと思うわ。今夜はあの人たちのかげになって見えなかったけど」

「真夜中に集ってきてどうするんだ？　辱しめるといっても、なあ？」

「ただ、じっと家のまえに立っているだけよ、村じゅうの女たちや老人や子供が！　それに男たちがいるときは、男たちまで！　それで充分に辱しめることじゃない？　胸が悪くなる、思ってみるだけで」

「そうだよ、おれも胸が悪くなる、厭だよ、姦通くらいで！」と後部座席の二十歳の俳優がいった。

「ぼうやも毎晩、自分のアパートのまえに東京中の人間におしかけられては、胸が悪くなるさ！」とカメラマンがいった。

「ほんとに、ぼうやには百人もの夫が姦通されているんだからねえ」と裸のジャズ・シンガーが俳優を年下あつかいしていった。

ジャガーは九十九折《つづらお》りの坂道をのぼり、湾をかこむ集落を真下に見おろす高台に出ていた。

「ああ、車をとめてよ、連中が囲んでいた家の二階の窓に燈がついていたね。なにか見えるんじゃない？」とカメラマンがいった。

七人はジャガーの外に出た。サワ・ケイコはシートに敷いてあった毛布をポンチョのように肩にはおっていた。カメラマンが撮影用のレンズをたちまち組みあわせて望遠鏡をつくった。かれは教育映画や宣伝用のフィルムをつくる会社につとめているが、古風な蛮カラで同僚と協調しない、企業内のアウトサイダーだ。会社で認められず出世できないことがはっきりすると、かれは口髭《くちひげ》を生やしグレイの背広のかわりに汚れたセーターを着こみオールド・ファッションの車に乗り、こまごました発明に熱中した。たとえば望遠鏡レンズを組みあわせたりすることだ。またかれは若い友人たちが映画をつくるときくと家族も会社の仕事も二の次にして熱情をかたむけ、その不確かな仕事に献身した。かれは大いなる欲求不満の四十男だった。鋭い才能があるというのではなかったが、じつに善い人間で、酒飲みだったが怠惰ではなかった。今はもう会社の仕事に興味をひかれていないにしてもそれをなおざりにはしなかった。明日も、夜明け方の一時間の撮影がおわれば、かれは独りだけ車を運転して東京の会社へ出勤するだろう。

望遠鏡の調整がおわると七人はかわるがわる真下の集落のただひとつだけ明るい窓をのぞきはじめた。女が屈みこんでせわしげに腕をうごかしているのが見えるが、その女がなにをしているかは不明瞭《ふめいりよう》だ。七人は永いあいだ見つめつづけた。女の体の運動はあいかわらずだ。七人の位置からは女の背と、乱れた豊かな髪の揺れるのだけが見え、腕の動作は不明瞭なのだ。肩の激しい上下運動は深く印象的だが。かれらはじつに永いあいだ眺めていた。それからみんなむしろ自分の充たされない好奇心に疲れてしまった。

「もう車にかえろうよ、寒いよ」とサワ・ケイコが時宜をえたことをいった。この十八歳の色情狂の娘にはこの種の気転がある、それは愚かしい甲虫の触角だけの鋭敏さみたいだ。

そこでみんな、女の運動の意味をさぐりあてることをあきらめてジャガーに戻った。Jとその妻と妹の三人が前の座席に、カメラマン、ジャズ・シンガー、俳優、それにずっと黙ってウィスキーを飲んでいた若い詩人が後部座席に座って、ジャガーは発車した。その若い詩人は二十五歳で、一冊の詩集を自費出版したばかりだ。かれはJ夫婦の友達ということで、この映画にコメントをつける仕事をひきうけたのだ。かれはJの若い妻と大学の同級生だった。そして大学の最後の学年ではきわめて親しかった。一緒に寝たことである、しかも一度だけでなく。そのころのＪの妻は貧しいながら昂然とした娘で、映画監督をこころざしていた。この映画狂の同級生とかれは卒業とともに別れたが一年たってかれのところへ、その娘から結婚式への招待状がとどいた。同級生の夫Ｊは、鉄鋼会社の社長の息子で、かれら二人より四歳年上だった。Ｊは、芸術的なパトロン趣味で、アリフレクス16ミリの撮影機をもち、芸術家の妹をもち、スポークのついた白いタイヤの象牙色のジャガーをもち、湾をみおろす別荘をもち、世界一周のパン・アメリカンの切符までもっていた。かれは妻が映画をつくる資金さえ父親のポケットからくすねてきた。同級生はＪに夢中で、また映画をつくる計画に夢中だった。若い詩人は友人に頼んでその夫のＪから費用をかり、詩集を出版し、そのかわりに映画のコメントを書くことをひきうけた。かれは新夫婦の家庭の友人ということになっていたがＪにたいしてはいつまでも疎遠の感覚を克服することができないのだった。かれはかつて一緒に寝たことのある同級生の夫にたいして嫉妬《しっと》を感じていたのか？　同級生はその夫がゴージャスなアパートで若い俳優や歌手たちをあつめてひらくパーティにかれを招待した。それが彼女だけの意志なのか、Ｊもそれを望んでいるのか、それがかれにはわからず不安を残していた。

「なあ、あれをどう思う？」とＪが、若い詩人とおなじように、ずっと黙りこんでいる妻にいった。妻は瓶からじかにウィスキーを飲んでいるところだった。

「米を研いでいたのよ」と妻はいった。

　そうだ、あの姦通して追いつめられている女は、米を研ぎながら忍耐し、抵抗していたのだ、とみんなが感じる。それから七人はみな、おびやかされながら米を研ぐ女と、その家のまえにたたずんでじっとしている怒れる人々をめぐり考えこんで黙った。やがて、

「なぜ窓をひらいていたんだろう？」と二十歳の俳優がいった。はじめ誰もこたえなかったので、かれは気分を害して顔をあからめたが、それに気づいて詩人がこういった。

「暑かったんじゃないか？　いまはもう真夜中で涼しいけれども、部屋のなかで体をうごかすのがまだ暑い時分から、きっと夕暮から、あの女は米を研ぎつづけていたんだろう」

「ああ、今日はこの夏でもいちばん暑い日だったからなあ。しかしなぜあの女は夜ふけになって涼しくなっても窓をしめないんだろう？」

「外の連中を挑発するみたいで恐いんだろうさ」

「胸が悪くなる！」と俳優はいった。

　それからみんな黙りこんだ。身震いするものもあった。ジャガーは湾の南側の丘陵のいただきをめざしてロー・ギヤーで登っていた。

　山荘につくと七人はジャガーから撮影用具、ウィスキー

やジンの瓶、食物、ポータブル録音器とテープそれに数冊の本とノートなどをおろした。肌寒かったのでジャズ・シンガーは車のなかで頸《くび》と背をおりまげ下着をつけたが、服を着ることはむつかしくて、結局、サテンのワンピースを格子《こうし》模様の毛布ともども脇にかかえておりてきた。彼女もふくめてみな、もう酔いがさめかかっていた。そしてみな酒をほしがっていた。

山荘は湾に面した斜面を切り崩した狭い平地の上に丸太の柱と鋼鉄の針金で支えられて吊《つ》り籠《かご》のように張りだしていた。ジャガーは山荘の真下に駐車していた。崖にかけられた急な梯子《はしご》をのぼって山荘にあがって行くのだが、かれら七人が梯子をのぼりきると、すでに象牙色のジャガーは濃い闇にまぎれこんだ。暗い空、黒い雲。雲とおなじほど黒い海と集落が眼下にひろがった。

山荘にはいって燈をともすと、七人はおびやかされる感情からいくぶん解放された。海と反対側に、山荘は広い庭園をひかえている。それは山荘の一階の床からわずかに低い露台に接しており、しだいにたかまってひろがる。したがって山荘の二階の窓から見おろす者の眼にも、庭園がとくに低く感じられることはない。広間にともされた燈が、露台のはしの生い茂った夏草と芝とを、あざやかなみどり色に浮びあがらせる。暗闇のなかの庭園は、石版の地の青にかさねて刷った黒のような色をしている。七人は広間の床に荷物をおろし、広い硝子戸《ガラスど》ごしに庭園の暗闇を眺めた。

「一階はこの広間だけです、浴室とトイレット、それにキッチンがこの奥についているけれど。二階に三つの寝室と、物置とがあります。ホテルの部屋みたいに独立しているから、ひとりになりたい人はそちらへ行ってください。でも、寒いわよ」と二十七歳の彫刻家が、その兄夫婦はべつにして、はじめてこの山荘にきた四人の客たちに説明した。

「ほんとに寒いよ、八月だというのに！　きっと東北のお百姓はおびえてるよ。おれは冷害の取材にずっと泊りこんでいたことがあるんだが、連中は弱い犬みたいにすぐおびえるんだよ、おれ風邪ひくよ、J！」とカメラマンが酒焼けした頬を葡萄色《ぶどういろ》にして身震いしながらいった。

そもそもその青年のことをJと呼びはじめたのは、かれの妹の外国人教師だった。青年の父親がかれにつけた名前はいかにも堂々として長く、外国人のためには記憶の困難な名前だったからだろう。それから誰もかれもがかれのことをJと呼びはじめた。Jという架空の人物めいた不確かな印象が、その青年にふさわしかったのだ。

「あなたは寒がりねえ。あなたが捕鯨船に乗って南極まで写真とりに行ったというの、本当かしら？　よく凍死してしまわなかったわねえ」

「本当です、それに寒がりと凍死とは関係ないよ、ケイコ。きみも寒さに強いと過信していつも裸でいたら、寒いと気がつくまえに凍死するよ、もっとも南極ではカメラがたびたび故障して、おれは修理屋みたいだったけどなあ」

　Jの妹と妻の二人がキッチンからもちだしてきた細く短い薪や新聞紙を煖炉《だんろ》におしこんで火をつけようとしはじめた、カメラマンはすぐにその仕事をひきうけた。

「おれは火をたきつける技術も持っているんだよ、マッチなしで放火もできるよ」といかにも空《むな》しくひびく自慢をしながら。

　残りの者が（怠惰なJのほかは）煖炉のまわりに広間じゅうの椅子《いす》をはこび、円型にならべた。ついでにソファやテーブルを、煖炉と反対側のすみにおしつけた、踊りたくなったときのために。また、とくに壁に向けたソファでは眠ることだってできるだろう、友人たちからわずらわされないで。

　煙と匂《にお》いとが広間にたちこめた。火のそばから体をおこした中年のカメラマンの頬は、もう葡萄色ではなかった。酒焼けの色が戻っている。かれは煙にやられて頬と唇のはしに涙を一滴ずつたらしていたが、火がうまく燃えあがったので眼を輝かせて満足していた。

「ねえ、蜜子《みつこ》ちゃん、地獄に導入するためのカット、この煖炉にどんどん火をたいて撮ろうよ」とカメラマンはJの妻にいった。

「いいわね、火の色だけ天然色のネガをつくって合成できればいいんだけど、ロジェ・ヴァディムの吸血鬼の映画みたいに、あれは血だったけど」と蜜子はみんなの手にグラスをひとつずつわたし、それにジンかウィスキーかをいちいち訊《たず》ねて注いでやりながらこたえた。

「おれがそのシステム、考えてみるよ、ああ、おれにはジンをください」とカメラマンは情人にたいしてのような感情をこめてJの妻にいった。幾分は声も低めて。

　かれらの映画のテーマは《地獄》だ。Jと蜜子とから、地獄をテーマにした短篇映画を作りたいという話を聞いたとき、若い詩人は違和感をいだいた。かれが蜜子の結婚式でうけた印象はおよそ地獄とは無関係だった。それに結婚のあとジャガーやアリフレクスというこの世の天国の花をえた蜜子は幸福そうだったし、その夫も、幸福な妻をえて、なお幸福そうだったから、なぜJ夫婦が地獄に固執するのかわからなかった。みんなすでに少女趣味の年齢から遠かったのだし。結局、この映画のコメントを書きおわっても、詩人にはこの映画に地獄が必要なのか理解することはできないだろうという予感があった。しかし、カメラマンが煖炉の火のフィルムの上での効果を量るために広間の燈をけしたとき一瞬、詩人はその小さな火のなかにかれ自身の個人的な地獄の響きを聞きとった気分におそわれたのだった。

　Jの妹の二十七歳の彫刻家は、みんなの円型の椅子の列の背後にうずくまって、古めかしい電蓄を操作した。煖炉のなかの光のあかりだけの室内で、そこは暗い谷間のようだった。やがて不意に、緊張して不安でしかも甘美な、バッハの変ロ長調のパルティータがひびきはじめた。ごく低く弱よわしい音で。ディヌ・リパッティの最後のコンサートという組レコードの一枚だ。かれらは、かれらの地獄の映画の音楽に、このピアノ独奏のレコードを使うだろう。リパッティはこの録音の演奏会にほとんど最悪の健康状態で出た、そしてこれが最後の演奏会になった。かれは二箇月あとベートーヴェンのヘ短調四重奏曲を聞きながら死んでしまった。

「煖炉の上の絵は、蜜子さんがぼくとケイコに見せた絵と似ていますね」と若い俳優がいった。かれは七人のなかで音楽にたいして最も鈍感だ。他の六人もリパッティに意識を集中しているというのではなかったが。

「おなじ画家なのよ、ベルギー生れの」

「じゃ、わたしが、こんな風に、胸だけ、リボンみたいな上衣《うわぎ》でかくして、裸で歩いてくるわけね」とサワ・ケイコがいった。

「そうなのよ。この庭に、ローマ風の裸の石像がふたつあるのよ、それらのあいだを、ケイコに歩いてきてもらいたいのね。ぼうやは前景に、裸で向こうむきに立っているの。パン・フォーカスでとるんだから、もちろん、ぼうやもちゃんとしていてもらわなきゃねえ」

「わたしの毛はこんなに立派じゃないわよ」と率直に十八歳のジャズ・シンガーがいった。

絵はシュール・レアリストのデルヴォーの複製だ。キリコ風の永遠に静かな風景のなかを美しい陰毛の典雅な娘たちが歩いてくる。その娘たちの裸体がケイコを恥じさせている理由は他の六人にも素直に感じとることができる。絵の中の彼女たちの陰毛はたとえようもなく美しい栗色をして青銅色に蔭《かげ》っていた。七人は（こんどはJの妹もふくめて）ジャガーのなかでの酔いを表わしていた。夜のはじめから真夜中への車の旅の感覚が腰から足にのこっていて、それが酔いを加速する。十八歳のジャズ・シンガーは、すぐに煖炉の熱気を暑がって服を脱いでしまう。サテンの濃いワインカラーの服は彼女の足もとで死んだ鶏のようだ。彼女はやがて下着までとってしまうだろう。この十八歳の娘がひとつの性格をもつとしたら、彼女を人間らしくしている個性的な性格は、露出症だ。誰もサワ・ケイコがナルシシストだとは思わない。徹底して彼女の肉体は貧しく未発育なのだ。なぜ彼女が露出症になったかについて、若い詩人はいつかJが裸のきみは服を着ているきみよりいい、といったのではないかと思っていた。Jは彼女にたいして影響力をもっていた。みんなが黙って煖炉の上の絵を眺めているので、彼女は苛《いら》だって、もし必要なら二十日鼠《はつかねずみ》みたいなカツラを下腹に縛りつけるんだが、というようなことをいった。そして彼女はますます残りの六人から無視された気分になり、強いジンを水のように飲みはじめた。

「いまの季節では太陽はどのあたりからのぼるかしら、J」とカメラマンがいった。

「さあ、どうだろう」Jはなにも知らない。

「ともかく海からのぼるでしょう、だからケイコは彫像のあいだを、前から左半身に陽の光をうけて歩いてくるのよ、影を右斜めうしろに長くひいて。ぼうやの頭と肩と脇腹とに陽があたって、横顔は黒っぽいのね。カメラはぼうやの一メートルうしろに置いてあるわけよ」

「そういうこと」とカメラマンが蜜子にいった。「朝、まだ陽がこの位置より低い所にある感じのときにとるんだから、六時にはもう仕事を終っていたいなあ」

「ケイコ、笑いだしたりしないでね、はだしがむずがゆくても、ポーカー・フェイスでいてね、いちばん重要なシーンなんだから！」

十八歳のジャズ・シンガーは答えようとしなかった。屈《かが》みこんで下着をとる。そしてジンとレモンと砂糖のコップを栗鼠《りす》がクルミをそうするようにしっかり両掌で支えて、椅子に膝《ひざ》をたてて座りなおす。もう彼女に向かって正常な会話を試みてもむだだとみんなさとった。彼女の椅子はいちばん右よりのJの椅子のひとつ内側だ。おなじように酔いと睡気《ねむけ》からあいまいな返事しかしないJと彼女が、七人のなかで孤立した。残りの五人が蜜子を中心に映画についてしゃべりつづけるあいだに、サワ・ケイコの裸の体はしだいにJに向かって右向きに捩《ねじ》れかたむいてゆく。結局、その裸の痩《や》せた背と尻《しり》を障壁にして彼女は自分とJとを友人たちの団欒《だんらん》から切りはなしてしまう。その二つの椅子だけが、他の五つの椅子より幾分はなれているのは、誰かが意識してそうしたのかもしれない。Jとジャズ・シンガーがそこに座ることをみんな知っていたのだ。

「彫刻のあいだを裸の娘があるいてくるシーンは、地獄のなかの風景ということになるのかい？」と若い詩人が蜜子に聞いた。かれとしてはコメントを書く準備をしなければならない。「または、地獄へおちる前？」

「地獄のなかのカットよ、いうまでもなく。それ以外の光景はないんだから！　もう、たびたび話したじゃない？」

「彫刻のあいだを裸の娘が美しい恥毛を陽にさらして歩いてくるというのは、地獄の風物の感じではないなあ」

「あなたは、単なる欲求不満なのよ」

若い詩人はうらめしげな嘆息をもらした。おれは、この金持夫婦の頭のなかの地獄など、結局どう思ってもいやしない、とかれは黙りこんで考え、自分をなぐさめた。

煖炉のなかの薪の量がめだって少なくなってきた。カメラマンが酒のグラスをもったまま屈みこんで煖炉へ火かき棒をつっこみ、火をもり上げようとしたが効果はすくなかった。部屋に熱気はみなぎっているのに、みんな煖炉のなかの燃えさかる炎を、いわば気分的に必要とした。

「蜜子ちゃん、もう薪ないかしら？」とカメラマンが煖炉の火照《ほて》りと、きゅうくつな姿勢からの充血で、赤銅《しゃくどう》のようになった大きい丸い顔をあおむけてたずねた。

「あるわよ、キッチンのすぐ外側に積んであるはずよ。もし湾の村の連中に盗まれてさえいなけりゃ、あるわ」

「その盗まれるというのは、蜜子ちゃんの強迫観念だって！　このまえ画集がなくなったから、ぼくが盗んだにちがいないといったときだって、強迫観念から蜜子ちゃんは、そういったんだよ」と若い俳優がいった。

「そんなことないわ。ぼうやが、わたしの家からいろんなもの盗みだして売ってることはJだって知っているのよ。ただ、ぼうやに盗癖があっても、そんなことどうでもいいから、わたしたちは、ぼうやを家にいれているんじゃない？　もしわたしの家で盗まないなら、ぼうやはお小遣をどこで手にいれているの？」

若い俳優は憤激して顔じゅうを桃色に染め涙をため唇をふるわせた。しかしそれはかれがもっとも得意な演技なので他の者は誰もあらためて心を動かされはしなかった。

「なんだ！　おれ頭にくるよ。まったくなあ、蜜子ちゃんは、なにをいってもいいと思ってるんじゃない？」と俳優は涙声でいい、急に立ちあがって電蓄の所へ行った。

リパッティのレコードはずっとまえに終っており、みなそれに気づいていながらほうっておいたのだ。ピックアップが無意味な気ぜわしい音をたてるのを風の音かなにかをきくように聴きながら。俳優はジャケットを調べもしないで別のレコードをかけた。それはディキシーランドだった。

「踊ろうよ、蜜子ちゃん」とあわれげに、若い俳優はいった、この種の未練がましい、不安定な感情をもっている少年なのだ。

「いやよ、ぼうや！」と不機嫌に蜜子がいった。そこでJの妹の彫刻家が、見かねて立って行った。

若い俳優と彫刻家とはチャールストンのスタイルで踊りはじめた。二十歳にしては幼すぎる俳優の顔はすぐ幸福にかがやいてくる。かれの頬にのこっている涙のあとを二十七歳の娘が踊りながら掌でじかにぬぐってやる。俳優はその腕をつかまえて自分の首にまきつけ娘をだきしめてしまう。それからは別のスタイルの踊りだった。

「踊っていないで薪をとってきたら？」と蜜子がいう。

「いやだよ。蜜子ちゃん」と俳優が憎にくしくこたえて腕のなかの娘を笑わせる。

「ぼくがとってきてやる、キッチンから外へは鍵《かぎ》なしで出られる？」と若い詩人がいった。

「鍵は鍵穴にさしこんであると思うわ」

若い詩人はJとジャズ・シンガーとが肩をよせあって黙りこんでいる脇《わき》をとおりぬけ、踊っている若い俳優と娘のまわりをぐるりとひとまわりして、酔いによろめきながら歩いて行った。煖炉の火が不安定な影をつくってかれの平衡感覚をますます混乱させる。自分自身の揺れる影を踏んでなおよろめきながらかれは歩いた。壁に向かっているソファの脇でかれは、ここで誰かと誰かが性交するだろう、こいつらのパーティときたらいつもそうなんだから、と一瞬考える。そしてソファの接している壁の海ぎわの隅《すみ》のドアを外側へひらいて出て行った。そこはかれらが梯子をのぼってあがってきた玄関口だし、二階への階段も、トイレットのついた浴室、それにキッチンへのドアもそこに集っている。かれはキッチンのドアの脇のスイッチをおし、ドアをひらいた。

　夏の真夜中の冷たく荒あらしい感触の、しかも甘美な空気がかれをとりかこむ。キッチンから庭園へのドアが深夜の風にわずかに揺れている。かれはそのとき何も疑わなかった。水道の蛇口からしたたりつづけている水をじかにのみ、それから跣《はだし》のまま、庭園の芝に向かって足をのばす。芝が生い茂っているので地面の本当の高さを測るのがむつかしい。若い詩人は一瞬、叫びをあげて、うつぶせにたおれた。かれは海に向かって切りたっている急峻《きゅうしゅん》な斜面の記憶を頭にうかべて叫んだのだったろう。しかしかれは安全に、芝の茂みへ頬をうずめ、頬から喉《のど》にかけて露に濡《ぬ》れた芝で泳いだあとのように濡らし、微笑し、おれはひどく酔っている、と考えそのままじっとしていた。それからかれは膝をついて起きあがると放尿し、腕いっぱい薪をかかえて広間に戻って行った。

　若い俳優と娘とは腹をこすりつけあって抱きあい、接吻《せっぷん》しながら、踊っていた。レコードは再び擦過音しかたてていなかったが、かれらはそれを意に介していないようだ。

　Jと裸の娘は背後からみたかぎりではおなじ姿勢のままだ。カメラマンと蜜子は煖炉のまえに膝をついて向かい合いコンテを検討していた。若い詩人はかれらの脇に薪をおろした。それからカメラマンが新しい火を燃えたたせているあいだに、かれは蜜子から新しい酒のグラスをもらって椅子におちついた。

「あなた、頬にかすり傷がついているじゃない？　血がにじんでるわ」とかれの脇の椅子に戻って蜜子がいった。

「ああ、転んだのでね。しかしどうして傷がついたんだろう？」

「かわいそうに！　おぼえてもいないの？」

「キッチンのドアが外にひらいていたよ」

「そんなことありえないわ」と蜜子がいった、そしてひどく長くみえる頸《くび》をのばして、かれの頬の血を熱い舌でなめとってしまう。かれは酒の匂いと嫌悪感《けんおかん》と、突発的な欲望を感じた。Jの方をうかがってみないではいられないのは、その欲望のせいだ。かれは狼狽《ろうばい》していた。

　ジャズ・シンガーは若い詩人に裸の背を向け頭と肩をJにもたせかけていた。そして右手をJの尻のしたに、左手をJの腿《もも》のつけねに置いている。左手の指さきはJのズボンをもりあがらせている性器のうえにのびてそのままじっとしている。Jはなかば眠り、なかば微笑している。かれらは確実に、二人だけの相関関係の個室にとじこもっていた。それから不意に裸の娘の性器の匂いが、煖炉でくすぶっている新しい薪の匂いのなかであきらかになる。若い詩人は、Jの妻がそれに気づかないことを、いわば恐慌《きょうこう》にかられたようにねがい、ジャズ・シンガーの十八歳の娘の鈍感さに怒りを感じた。当然かれはまたJを憎んでもいるのだった。

「この濡れた薪を火のまわりにおいて乾かそうよ、手伝ってよ」とカメラマンがいった。そこで蜜子と若い詩人も猫のように床に膝をついて手つだいはじめる。

そのとき背後で裸の娘とJとが腕をからみあったまま立ちあがりそのまま広間を横切って二階へあがって行った。若い詩人はJの妻の顔を見ないようにする。しかしこういうことは、初めてでないのだった。ただ、若い詩人だけがそれに慣れることができないのだ。もっともカメラマンも充分それに慣れているわけではないのだろう。かれは新しい遊びを提案した。

「ねえ、蜜子ちゃん、あのテープを聞いてみようよ？　ケイコがいると腹をたてるから。いまちょうどいいじゃない？」

「いいわよ、しかしケイコも映画の効果音にあれを使うことを厭《いや》がってはいないのよ」と酔いに眼を充血させ頰をふくらませた蜜子が過度に平静にこたえた。

カメラマンがジャガーから運んできたポータブル録音器とテープとを操作した。かれはどのような場合にも自分のエンジニアの技能を誇張して行動する。そのようにしてかれはそうなるべきであった望ましい存在としての自分を確かめているのだった。煖炉のあたらしい薪の炎の光のなかで飴色《あめいろ》のテープが静かにまわる。はじめのうちはどんな音も再生されない。若い俳優と娘とは下腹をおしつけあって抱きあったまま、しかも接吻はやめてうつむき、それぞれ一心にテープを眺めていた。テープが音をたてないあいだ、二十七歳の女流彫刻家の荒い呼吸音だけが室内に気泡のように湧《わ》きつづける。二階で、重くやわらかいものがわずかに移動する音がした。それから音はあいまいになった。

不意に、若い娘の声がボードレールの詩の翻訳を朗読しはじめる。《旅へのいざない》いくらか声の質が変ってはいるが、それがサワ・ケイコの声であることはすぐわかった。歌うときの声より話しているときの声に近い、しかも昂奮してしゃべりたてているときの十八歳の娘の声に近い。単調な朗読、発音の練習のようにくりかえされる、おなじひとつの詩の蜿蜒《えんえん》たる朗読。それが十分間はつづく。いつまでも朗読の内容はおなじ詩のおなじ翻訳だが、それからしだいに娘の声の奥底にひそむものが変化して来る。酔っている？　と若い詩人は素直にうたがう、なにしろジャズ・シンガーの娘はほとんどつねに酔っているのだから。それから不意に詩人は、朗読者が性的に昂奮しているのだと気がつく。熱をおび、乾き、稚くふるえをおび、甲高く細く、不安定な速度を加える声。時どき、不つりあいにまのびする休止。娘は懸命に忍耐して朗読しつづけようとする、彼女は内部からの抵抗とたたかって声の均衡をたもとうとしている。腹を立てて逆らっているようでもある。一瞬それは感動的だ。それから意味のない声が、詩の朗読にまぎれこんで来る。歌いながら駈《か》けている長距離走者の声。彼女はあえぎはじめている、ああ、そしてなおもちこたえようとして力んでいる。ああ、ああ、と声は飴色のテープから流れでる、ああ、ああ、あそこには、ただ、秩序と美しさと贅沢《ぜいたく》さ、静けさと快楽のほかになにひとつない。ああ、ああ、ただ、秩序と美しさと、贅沢さ、静けさと、ああ、ああ！　快楽のほかなにひとつない、ああ！　ああ！　なにひとつない、ああ！

それは洪水に耐えて水面に没しながら強くしなって震えている若い樹のような感覚だ、声はまったく絶望的に抵抗している。そして突然、流れのなかへ樹はのみこまれてそれ自体、洪水の力のモメントとかわる。ああ、ああ！　とうちのめされた娘は叫び、不意にすすり泣く、ああ、秩序と美しさと、ああ！　それはじつに執拗《しつよう》な最後のあがきだ。若い詩人は涙ぐみそうになる。それから声が粗野に爆発的に高まる、ああ、ああ、おお！　J！　ああ、J、J！

若い詩人は衝撃をうけて蜜子をみつめた。テープはバサ、バサ音をたててリールのまわりを空まわりしはじめる。蜜子が屈みこんで停止ボタンを押す。すべての音があいまいに埋没した。いまは二階もじつに静かだ。それから二十歳の俳優がくすくす笑いをはじめた。

「テープの助演者はJじゃないよ、ぼくだよ！」とくすくす笑いに声をとぎれさせながら俳優はいった。

「そうよ、もちろん！」と顔をあげた蜜子が、彼女をみつめている旧同級生にむかって答える。

「Jじゃない、ぼくだよ！」と勝ちほこってなおも俳優は抱きしめたままの彫刻家にいっていた。「ぼくが始終黙りこんで刺戟《しげき》していたのさ！」

「この悪漢、この悪党！」と顔じゅうに血をのぼらせて唇を大きくひらき笑いながら二十七歳の娘はいっていた。赤い咽喉《のど》がみえる。

「この最後の三分ほどを映画のタイトル・バックに使いたいのよ」と蜜子がいった。

「ああ」と若い詩人は妙に力をうしなったふうにいうと椅《い》子《す》のまっすぐな背に体をおしつけ眼をつむった。

「あの湾にくだる長い坂でねえ」と蜜子がカメラマンと話しはじめた。彼女とカメラマンにとっては、すでにこのテープは喚起的ではないのだろう。もしかしたら二人は録音にたちあっていたのかもしれない。

「向こう側、こちら側？」

「こちら側、あの坂でJが子供のときに、犬をつれたおじいさんがトラックに腹を轢《ひ》かれて死ぬのを見たんだって。すると飼主のお腹から流れる血を犬が昂奮して飲んだって」

「悲しくて昂奮して？」とカメラマンが中年男らしい分別を示した。

「よろこんで昂奮して」

「どんな犬？」

「ドーベルマンの仔《こ》」

「ああ、ああ！」

「わたしはそれが子供のときのJの空想にすぎないのじゃないかと思うのよ。チェコの童話にやはり犬が血をなめる話があるから、それをJが読んでいたのじゃないかと思うのよ」

「どういうの？」

「キリストが死んだとき、犬がその血をなめたから、それで犬も天国へ行けることになった、という話」

「犬も天国へ行けなくなった？」とカメラマンが訊ねた。

「犬も天国へ行けることになった」

「それじゃ、この映画には使えないなあ」

「そういうこと」と蜜子がいった。

「お腹すかない？　もってきた鶏を食べようよ。それからおれは少し寝るよ」

Jの妻はアリフレクス16ミリなどと一緒につみあげてある荷物の中からチキンの油紙包みとソース瓶とを取りだしてきた。ソースはJの妹がレモンや大蒜《にんにく》でその午後いっぱいかけてつくったのだ。

「ぼうやたちも、鶏を食べる？」

「ああ、食べるよ」と向こうの壁ぎわのソファから若い俳優の声が返ってきた。

「わたしも食べるわよ」とJの妹も叫んでよこした、そして唐突に悲鳴のような笑い声があがる。

「ぼくも食べるよ」と若い詩人も眼をひらいて煖炉の火の光をまぶしがりながらいった、結局、階下の誰もが空腹を感じているのだった。

煖炉のまえに五人が集って蒸し焼きの鶏を食べはじめたとき、ソファの上での会話のつづきを、ぼうやがJの妹をふくめて他のみんなに聞かせるべく声をたかめて始めた、かれはむきになって疑っていた。

「十九歳の不能《インポテンツ》なんてありえないよ！」

「それが、ありえるのよ。あったのよ、わたしのイギリス人の友達がそうだったんだから」とJの妹はまた咽喉の奥底を見せながら笑っていった。それは赤い恐しい暗闇《くらやみ》だ。

「そいつはホモ？」

「いいえ」

「じゃ、その女がずいぶんひどかったんだなあ、同情するよ」

「その女というのは、わたしよ」と彫刻家は嬉《うれ》しげにいった。「ぼうや、まだ勃起《ぼっき》したままじゃない？　その女と一緒にいて！」

みんなが若い俳優を笑った。かれはいつもそのようにサディックに可愛《かわい》がられているのだった。かれ自身それは承知なのだ。

「わたしのフランス人の女友達が相談にのってくれたのよ。そして三人で話しあったわけ。そのフランス人の女友達は、わたしの情人の性器までしらべてくれたのよ、若い時のルイ十六世風じゃないかと疑って！」

「くそ！　ルイ十六世とかそういうことというなよ、おれは歴史に弱いんだ！」

「それでも異常なしなのよ。すると、わたしの女友達がこういったのね。わたしの情人の不能《インポテンツ》は、そのイギリス青年だけの責任じゃない、結局それは、二人の人間の性交は、おたがいを昂奮させる範囲が限られている、その数学的な事実に関係している。三人以上の性交だと、数学的に、より昂奮させられるのじゃないかしら？　そういったのね」

みんな笑った。それからJの妹が最初に笑いやめてこういった。

「そしてそのフランス人の女友達もベッドに入ってきて三人で寝たんだけど、やはり十九歳ね、ちゃんとできたわよ、めでたし、めでたし！」

「しかし、あなたは楽しくなかったでしょう？」

「なぜ？」と二十七歳の彫刻家は、きわめてひややかにいって若い俳優を沈黙させた。

そのときジャズ・シンガーが広間に戻ってきた。サワ・ケイコは胸から下腹にかけて夏毛布をまきつけていた。すっかり裸のときの彼女よりも毛布をまきつけている彼女の方が、みんなの眼をそむけさせた。それはいかにも剝《む》きだしにJとケイコのあいだにそれまでおこなわれていたことを示している。しかし彼女自身はそういう心理作用には無頓着で、

「ひどいなあ、自分たちだけ、鶏を食べて！」と不満を示した。

「まだ充分あるわよ」と蜜子がいった。

「Jがあなたに来てほしがっているのよ」

「なぜ？」と平然と蜜子はいった。

「誰かが見ているという気がするの、二階では！　Jもわたしもそういう気がするの。とくにわたしには、小さな二つの眼がドアのところに見えたのよ、それでJはだめなのよ、どうしても、ならないのよ」

「ぼくだって、小さな二つの眼がキッチンの方へ行くドアの蔭《かげ》から、ぼくらを見ているのを見たぜ！　なあ、さっきそういったでしょう？」と若い俳優が叫んだ。

「嘘《うそ》よ、わたしは見ないもの」とJの妹はまた赤い咽喉をあけひろげていった。

「おれもさっき誰かに見られていたような気がしたよ、ケイコのテープを聴いていたとき」とカメラマンが真面目《まじめ》にいった。

若い詩人もまたかれの背後からの眼をずっと意識してきたような気になった。それからかれは薪をとりに行ったときキッチンのドアが外へひらいていたことを思いだした。しかしかれはその時もまた、それについて深く疑うということはなかった。それよりも今かれの意識のなかでは二階で妻を待っているJが威嚇《いかく》的に肥大しはじめていた。

「結局、人間が誰かに見られているという気になれば、いつでもその人間を見つめている亡霊を発見できるのじゃな

い？　人間の意識はそんな風にできているのじゃない？　それはいわば、神の眼とか悪鬼の眼とかいうことなのよ。わたしはヒステリーをおこすと、真暗闇でも、その種の眼を見るわ」と女の彫刻家はいった。

「おれまでヒステリーかね？」と中年男のカメラマンがいう。

「わたしがソルボンヌで哲学の講義をうけたとき……」

「もういいよ、やめろよ、哲学の話は！」と若い俳優がいった、そしてその突然の粗暴な言葉に彫刻家が反撥《はんぱつ》しないので、残りのみんなは、ついさきほどソファの上でJの妹と俳優とのあいだにおこなわれた愛撫《あいぶ》の性質について漠然と了解した。

「じゃ、わたしは鶏を食べるわ、ヒステリーの眼のことは暫《しばら》く忘れて」とジャズ・シンガーはいい、大きい手羽をとりあげて食べはじめた。裸の胸が大蒜のソースで汚れた。

「ねえ、Jの所へ行ってあげてよ、わたしとではどうしてもならないのよ、わたしは疲れた」と鶏の肉を大きくて白い歯にかみしめてジャズ・シンガーは催促した。

蜜子はあいまいに頭をふり、それから、哀れな濡れ猫のような眼で、若い詩人を見つめた。若い詩人はその眼を見かえした。酔いのために熱く鈍く緩慢なかれの内部に、ひとつの核、そこだけ明確に欲望の輝いている熱情の核がかたまった。もし、蜜子がJの所へ行かないなら、おれは蜜子を誘ってどこかへかくれよう！　かれはそう考えた。蜜子がJの所へのぼってゆかないように！　とかれは熱望した。しかしどこへかくれよう？　この四人の酔っぱらいどもがみな睡《ねむ》りはじめればいいんだが……

そのとき二階からJの叫ぶ大声がきこえた。苛《いら》だたしい切迫したような声がくりかえし蜜子を呼んでいた。若い俳優が大仰にふきだす。蜜子がゆっくりたちあがる。若い詩人を見つめたままで。そこでかれもたちあがって蜜子と肩をならべ広間を横切っていった。背後にドアを閉じ、キッチンと浴室と階段にはさまれた狭い場所で一瞬旧同級生は抱き合った。かれの掌はJの妻のスカートのしたの裸の尻《しり》のあいだにおしあてられた。かれの指が濡《ぬ》れた熱い眼にとどく。Jの妻はズボンの上からかれの猛《たけ》りたつ鳥をがっしりと握りしめた。

「どこかへかくれよう、どこかへかくれよう」と若い詩人はささやいた。

「どこへ？」とおなじく欲望にかられて嗄《しゃが》れた声がこたえた。「どこへかくれるの？」

若い詩人は追いつめられて思いめぐらした、しかしどこへかくれることができるだろう？　二階にはJが苛だって待っているし、キッチンには喉《のど》をかわかした誰かがかわるがわる水をのみにくるだろうし、浴室には十分ごとに誰かが放尿にくるというわけだ……

「ジャガーの中は？」と希望の予感にとらえられた若い詩人がいった。「ジャガーにかくれよう」

「ジャガーの鍵《かぎ》は、Jの妹がもっているのよ」と蜜子がたちまちかれの希望の芽をつんだ。

「この山荘から外へ逃げよう、きみをJの所から救出してやる。出て行こう！」

「わたしたちは、単に酔っぱらっているのよ、愛からじゃなく、欲望から、どこかへかくれようとしているのよ」と蜜子がいった。そしてかれの性器をにぎりしめていた蜜子の掌はズボンの腿《もも》のあたりへたれた。

　Jが二階から再び呼んでいた。蜜子は、若い詩人の腕から身をもがいてすりぬけ、階段を駈けあがって行ってしまう。その蒼《あお》ざめた横顔を見おくり、かれは自分の言葉が、蜜子を怯《おび》えさせたことに気づく。そしてかれ自身も怯えた。映画をつくる希望をうしなった蜜子との苦い生活というイメージが、かれを怯えさせたのだ。そうだ、おれたちは、単に酔っぱらっているのだ、愛からじゃなく、欲望から、どこかへかくれようとしていたのだ、とかれは考えた。そして浴室のドアをひらいてよろめきながら入って行った。足をひらき放尿しながら、ふとうつむくと、それまで眼にたまっていた涙がしたたりおちて嵩《かさ》ばる性器を濡らした。

　それからかれは蜜子とはまったく無関係な、孤独な欲望にとりつかれた。かれは酔いからの極度の無感覚の底にオルガスムへのわずかな手がかりをさぐりもとめながら執拗に自瀆《じとく》した。やがて精液が涙と尿のビールみたいな泡だちのなかへおちる。かれは快楽もなく呻《うめ》いた。かれはもう、蜜子のことよりJのことを中心に考えていた。かれはJに友情を感じた。かれが蜜子のなかに喚起した欲望は、Jが灰汁《あく》へと還元してやるだろう。かれはJの妹の回想のなかの三者性交のイメージにおいて漠然と、J、蜜子、それに自分自身をむすびつけ、その空想をきわめて調和的に感じた。かれははじめてJの領域で自分を居心地よく感じていた。かれは自分がジャズ・シンガーや若い俳優のように、強大なJに屈伏したのを感じたが、屈辱感はいだかなかった。かれは急速に萎《しぼ》みはじめる性器をズボンの中にしまいこみ、水洗のコックをひき、そのまま、となりの浴槽に腰をおろした。睡気がたえがたくたかまった。かれは水のはいっていない浴槽に横たわった。そして睡りはじめたが、その一瞬まえ、自分を棺の中の幸福な死人だと感じ、それを詩に書こうと思った、そしてまた浴槽の底の自分をいまひらかれたドアの向こうから見つめているように思える二つの眼のこともそこに書きこもうと思った。それから若い詩人は眠りこんだ……

　蜜子は暗闇のなかでJがやっと射精への坂をのぼりはじめるのを感じ、Jの肛門《こうもん》を愛撫し、そして男の子のように強い呻き声をたててJをはげました。水の底に潜りあおむけになり陽に光る水面を見あげていた、子供のころの谷川での水泳の思い出のように澄みきった冷静な気持で、ほんのわずかな快楽もなく。Jがわずかに声をあげ痙攣《けいれん》する。

蜜子はJの体がいちめんに汗ばみ重みをますのを、看護婦のように冷静に忍耐した。ケイコが嘘をいったのでないことは、Jの射精の時間の長さからあきらかだ。それに蜜子はJがケイコとの性交をとくに好んでいるのではないことを知っていた。Jはまた彼女自身との性交にもにせの熱中しかしめさない。その事情について蜜子は感じとっていた。それは逆に蜜子自身がJとの性交のあいだにつねににせの昂奮を演じていることを、正当化するように思われた。それでいてなおかつJが執拗にケイコと蜜子にたいして性的にはたらきかけることの意味はなんだろう?

　蜜子は、ほんのたまにそれについて考えようとすることがあったが、決して問題の奥そこまで降りてゆこうとはしなかった。彼女は漠然とした嫌な答を予感してひきさがる。彼女はJが女を要求する態度のなかに本質的な嘘があるのではないかと感じていた。Jは静かに蜜子の脇《わき》にくずれこみ、その暗闇に、蜜子とおなじようにあおむきに横たわった。Jと蜜子は暗闇のなかで裸の体をならべおたがいの平静な呼吸の音を聞き、ふたりとも暗闇に眼を見ひらいていた。汗が体を冷たくすると二人の裸の足が協力して毛布をたぐりよせそれぞれの体をおおった。そのあいだも二人は黙っていた。階下でケイコ、俳優、それにJの妹の笑いあう声がひびいている。カメラマンと若い詩人の声はきこえてこない……

「きみはにせのオルガスムじゃなく本当のものに達しようとは思ってみないのか?」とJがいった。

「わたしにそれは重要じゃないのよ、わたしの本当のオルガスムは映画なのよ」と蜜子はいった。それはもう百回目にも感じられる夫婦の会話だ。

「しかし、今夜きみは、初め本当のオルガスムに向かって進んでいた」

「嘘よ、ありえないわよ!」とほとんど恐怖にかられて蜜子は否定した、彼女は不感症を自分の自由な存在のよりどころだと信じていた。

「しかし、きみは昂奮していたんだ」

「嘘よ! ありえない!」

「それならいいんだ、おれは眠るよ」とJはいった。

　蜜子は不安におちいっていた、そうだ確かにJのいうとおりわたしは昂奮していた、と蜜子は考えた。性交渉をもったことのある旧同級生の詩人が、ドアの外で蜜子を抱きしめたとき、突然に蜜子はオルガスムへの軌道に乗っている自分を見出《みいだ》したのだった。Jが蜜子を抱くときどのようにたくみに蜜子が誘ってもJの指があの詩人の指の動きに似て来ることはありえない。詩人の指がほんの一瞬のためらいもなくたちまち彼女の性器に達したとき、蜜子が漠然と感じたのはこれが嘘でなく女をもとめる人間の動作だということだった。それはJの逆だ。そのとき蜜子は自分が映画製作を放棄して、かつての情人の若い詩人とともに山荘の外の暗闇へ逃亡してしまいそうだと感じ、恐怖にうたれた。そこで蜜子は、自分の内部のオルガスムにいたる滅びの道を拒み、そして若い詩人を拒み、彼女の唯一《ゆいいつ》の情熱、映画へと戻ろうとした、そして青ざめながら階段をのぼったのだった。ジャズ・シンガーの体の匂《にお》いの籠《こも》っている暗い部屋にいたり、生あたたかいベッドで待っていた夫と性交をはじめたとき、彼女はあの動揺を克服できたと感じていた。

　蜜子にとってＪは理想の夫だ。映画をつくるためのすべてをあたえてくれ、しかも彼女がつねに自分自身の内部にとどまることを許している。彼女は解放された女性芸術家になるつもりだった、そのためには、彼女を女性的なるもののうちに束縛するすべてから自由でなければならない。彼女の堅固な内部を脆《もろ》い粥《かゆ》状にかえてしまう危険を拒まねばならない。女性としてのオルガスムは彼女の映画作家としての反女性的な基本権を崩壊させる。蜜子はそういう罠《わな》におちいるまいと決心していた。また女性的な嫉妬《しっと》の毒からも自由であろうとつとめ、成功していると思っていた。しかし、あの若い詩人の一瞬の愛撫でこれほど自分が動揺してしまうのだとしたら、いったいこれからどうすればいいのだろう？　蜜子はすぐ脇で眠っている夫に感づかれないように全身をこわばらせた。Ｊは性交しながら幾度も頭をねじって、どこかから二つの眼が見ている、といっていた。わたしは、いいえ、誰も見ていないわよ、Ｊ、いい気持でしょう、早く安心して、なってしまいなさい、誰も見てなんかいないから、といってＪをはげました。しかし、わたしも誰かがわたしたちを見ていたような気がする。それはばかな女みたいに、牝犬《めすいぬ》でも感じるオルガスムを感じ、前衛映画をつくるというすばらしい仕事への情熱を、穢《きたな》らしい性本能におきかえる敗退を見とどけようとした眼なのか？　すすり泣きながら、蜜子は眠った……

　Ｊは解放された。妻がすすり泣いているあいだ、Ｊは、熊に出会った旅人みたいに死んだふりをして裸であおむけに横たわり、わずかに呼吸していたのだ。できればエラ呼吸にでも切りかえたいとねがいながら。二年前、Ｊは子供の時分からの友人のカメラマンに、その教育映画の製作所に臨時に働いている、映画監督志望の若い娘を紹介された。ジーン・パンツをはき汚れた髪をひっつめてゴム輪でとめ、熱狂的な眼をした、みじめな若者みたいな娘で大学を卒業したばかりだった。娘は性的にきわめて自由で、しかも不感症なので性交を重大視せず、映画をつくる夢にだけ熱情をかたむけていた。一年たってＪと娘とは結婚した。それからＪの陰湿な計画がすすめられはじめた。Ｊは自分を核とした自分流の性の小世界をつくりあげたいとねがっていた。Ｊはスキャンダルを懼《おそ》れていた、それはかれの家族の属している社会の血みたいなものだ。それにまたＪは勇敢すぎる妹とは逆にじつに敏感に反応するウサギの心をもっていた。最初の妻の死以後かれは現実世界にたいしてなにひとつ働きかけることのできない男になっていた。しかもなおかれは、自分流の性の小世界にたいしてだけはカキが岩にしがみつくみたいに固執していたのだ。それがかれの生涯のただひとつの意味への通路でもあるように。

Ｊは結婚後一年たらずのあいだにすでに蜜子にかれ自身がごく正常な性交渉では満足できない人間であることを示していた。蜜子は夫のレモンの頭みたいに尖《とが》った肛門とオルガスムとの連絡に気づき、それへの愛撫を習慣化していた。蜜子はまた、Ｊがかれら夫婦の性の世界にジャズ・シンガーの娘をみちびきいれることについてもすぐ同意した。それがかれらのもうひとつの習慣となった。そして三人組のそれでもなおＪに欠落の感覚があるということを、蜜子は了解していた。そしてこの次の一歩はひどく困難な一歩に違いない。

やがておれの性の世界はなんとかみたされるだろうか？ぼんやりした不安と不可能の感覚の霧にとざされてＪは考えた。かれは数しれない夜々をこの息苦しい霧に包まれて眠りの暗黒のまえの数分をすごしてきた。それはかれの性の困難な世界が完結するまですっかり晴れてしまうということのない霧だろう。若い俳優を、かれと妻の性の世界にジャズ・シンガーのかわりにみちびきいれることが、その最後の一歩でありうるだろうか？　かれの妻が十八歳の娘の参加にたいしてとくにショックもうけず承認したように、あの二十歳の青年がかれらのベッドにはいりこんでくることにも妻がショックをうけないということはありうるか？　Ｊは妻がしだいにホモ・セクシュアルへの偏見から自由になるようにみちびいてきた。妻はもう男色家をパーティに呼んでもとくに落着かぬというふうではない。しかし自分の夫がもうひとりの男と性的にむすびついているベッドのなかで、自分もまたおなじ性関係にくわわるということは、特別なジャンプであるにちがいない。

おれは妻に、彼女自身の不感症から脱け出すためにもこの大きいジャンプをおこなうほかない、という幻影をうえつけてしまうことができるだろうか？　とＪは考えた。それがなしとげられる遠い日まで、妻がいかなる容易なオルガスムとも無縁に、映画にだけ熱情をそそいでいてくれれば、Ｊに希望はのこされているわけだ。妻は苦しげな寝息をたてて眠っていた。Ｊは最初の妻が自殺してしまった冬の夜明けちかくのことを思いだした。そのときＪは妻とひとつのベッドに眠っていた、そして不意に妻の寝息が異常であることに気づいたのだった。Ｊの妻は、その夫が義妹の教師の外国人とホモ・セクシュアルの関係をつづけていることを知っていたのだ。Ｊはいわばあの冬の夜明けちかくのベッドの中での恐怖感からたちなおることのできる日のために生きているのだった。第二の妻が、かれの性の小世界を承認したときはじめて、かれは死んでしまった第一の妻から自分を解放できるきっかけが出て来るのだと思っていた。なぜなら死んだ妻にたいしてなにごとかを償うことはもうできない以上、かれは逆に自分自身のなかの罪の感覚を、逆に正統な自己主張の感覚に転化して、自分の平安をとりもどすほかないのだから。

Ｊは幽鬼のようにまっ黒の心で眠りこんでいった、タールのような暗黒の眠りに。もちろんかれは自分が追いつめられて居なおった犯罪者とことならないのに気づかないわけではなかった。そこで眠りの暗い淵《ふち》のなかにかれはさきほど見たように感じた、かれを告発するふたつの眼の輝きをふたたび見出さないではいなかった。かれは心底おびやかされている眠りを眠った……

広間ではカメラマンが煖炉《だんろ》のまえで眠っていた。かれは大きい胎児のように体をちぢめて眠っていた。起きてみんなとまじわっている時にくらべて、かれはいま、ずっと老《ふ》けこんで不機嫌に孤立している印象だ。かれは他の者たちすべてを拒んで眠っていた。かれは会社の中でだけ非協調的な孤独の人間なのではないだろう。この世界に生きているあいだ協調的に生きる瞬間はないのだろう。そこにじっと眠っている獣のように自己閉鎖的な四十男を見る者は、なぜかれがここに若い男たち、若い娘たちにかこまれて存在しているのか疑わないではいられないだろう。

カメラマンの脇でやはり床にじかに座りこみ裸の膝《ひざ》をかかえこんだ十八歳のジャズ・シンガーがジン・トニックの最後の一滴をすすろうとしていた。Ｊとの不満足な性交が彼女の体のなかに硬い抵抗体をつくりだしていた。それは不愉快だ。それを融《と》かして排泄《はいせつ》してしまいたい、そこで強いアルコール飲料をずっと飲んでいるのだろう。すでに飲みすぎている。酔いと睡気とが十八歳の娘の小さい頭のなかに滑稽《こっけい》なうずまき状のものをぐるぐるまわらせた。彼女の掌からコップがすべりおちた。彼女は欠伸《あくび》をして立ちあがろうとした。なかなか立ちあがることができない。彼女は自分の足に憤激の唸《うな》り声をあげ、よろめきながら、なおむなしく立ちあがろうとつとめた。

「外国人とぼくとどちらが良かった？」と壁ぎわのソファで眠そうで上機嫌で甘ったれたぼうやの声が執拗にくりかえしていた。「ねえ、外国人とぼくとどちらが良かった？」

「外国ではねえ、妊娠したらどうしようかと、それが死ぬほど怖かっただけなのよ、わたしはまだ子供だったし」とやはり眠そうな女流彫刻家の声がこたえた。

「ねえ、外国人とぼくとどちらが良かった？」と二十歳の俳優は歌うようにいいつづけていた。

ジャズ・シンガーはゆっくりドアにむかって歩きはじめた。彼女がソファの脇をとおりすぎるとき、もうすでにソファの上の二人は眠りこんでしまっていた。彼女はドアをひらきドアを閉じた。それからやっとのことで浴室のドアとキッチンのドアを判別し、浴室の方へはいってゆく。彼女は低い声で黒人の歌をうたっていたがそれは蜂《はち》のぶんぶんいう羽音のようにしか自分の耳に戻ってこない。便器に腰をかけジャズ・シンガーはなかば眠りながらのろのろ放尿する。体のまわりに尿とアルコールの匂いが熱いシャワーの湯気のようにたちこめた。

そのとき鳥の影がさっとひらめいたように一瞬なにか小っぽけな運動体がジャズ・シンガーの閉じた瞼《まぶた》の向こうを暗くした。十八歳の娘はまだ放尿しながらうっとり眼をひらく。すぐまえに、その小さな存在は吊《つる》されたように停止して、輝く二つの眼で彼女を見つめていた。ああ、あんたね！　あの眼は！　と彼女は声をたてることなく喉《のど》の奥で叫ぶ。眼はたちまち自分自身の背後に敏捷《びんしょう》に跳びすさった。ジャズ・シンガーはあまりに酔っていたし、あまりに眠かったので、視線ですらそれを追うことができない。それは、仔猿のようでもあったし、道祖神《さえのかみ》みたいな小さな神のようでもあった。結局娘は放尿しおわって便器からゆっくり立ちあがるまでに、その闖入者《ちんにゅうしゃ》のことを忘れていた。彼女は広間に向かって夢遊病者のように歩きながらしだいに深く睡りこんでしまった。広間の庭園に向かうガラス戸は乳色にあかるみはじめている。煖炉の火はまったく消えている。もう誰もめざめている者はいない。海からの風が湾の集落の数羽の雄鶏の声をはこびあげてくる。眠っている者たちが眠ったまま夜明けの冷たさに身じろぎする……

午前四時、カメラマンが階段の陰の暗がりにコウモリのように壁にすがりつき立ったまま眠っている十歳ほどの小っぽけな闖入者を見つけだした。かれは足音をしのんで浴室にはいり、女のように屈《かが》んで音をたてないように放尿し、ひきかえして、その子供をつかまえた。子供は眼ざめるとたちまち死にもの狂いで抵抗しはじめた。カメラマンは狼狽《ろうばい》して大声で仲間たちを呼びおこした。まず浴槽のなかで寝ていた若い詩人、ソファにおりかさなって眠っていた二十七歳の女流彫刻家と若い俳優、それにジャズ・シンガーとがぶつくさいいながら、それでも好奇心にかられて起きてきた。やがてJとその妻も階段をおりてきて加わり、捕えられた子供をとりかこんだ。カメラマンが子供の両腕をつかまえ、そのカメラマンに咬《か》みつく子供の頭を、若い俳優が両手でおさえ、二人とも捕えた子供にさんざん蹴《け》りつけられながら、やっとのことで子供を広間へはこんだ。他の五人もそれを囲んだまま昂奮《こうふん》して移動した。小さい悪鬼のような子供だ。若い詩人が屈みこんでその子供の足をおさえこんだが、すぐに膝で顔を蹴られて鼻血を流しはじめた。三人の屈強の男につかまえられても、子供はかたくなに黙ったままウナギのように動きまわった。俳優は指に咬みつかれて憤《いきどお》りと痛みの叫び声をあげた。カメラマンの頰からも血がしたたっていた。子供は怒りくるっているようでもあり、恐慌《きょうこう》にかられているようでもあった。ケニヤの動物映画で見た野生の小動物捕獲の情景のようだった、そのまま暴れつづけさせればこの小動物は心臓の発作で仆《たお》れてしまうかもしれない。そんな不安が七人の捕獲者たちの頭をかすめていた。直接に子供をつかまえている三人にはとどめようもなく腹立ちの気分がしだいに高まってきた。しかしこの子供をとらえてどうするというのだろう？　それから不意に小さな体のなかでスチールのバネが折れたように不自然に、子供はすべての抵抗をやめた。そして子供は憎悪《ぞうお》の毒にまみれた奇妙なキンキン声で《おら見たがぜ！》と叫んだ。あおむいた黒い小さな顔を涙でぐっしょり濡《ぬ》らして、蛇のように硬く鋭い舌を口蓋《こうがい》にうちあてて鳴らし……

　七人の捕獲者たちは茫然《ぼうぜん》とした。次の瞬間、子供は昨夜ジャズ・シンガーが見た猿か小っぽけな神かわからないあの敏捷な運動体のおもかげをとり戻した。かれは三人の腕をふりほどき、女たちをつき倒して囲みを破ると閉じたままの広いガラス戸に向かって突進していった。世界の終りがきたような音が広間をみたした。七人はみな眼をつむった。再び眼をひらいたとき、かれらは破壊されたガラス戸の向うを、なお昏《くら》い庭園のうずまく霧の深みへ泣きわめきながら（おそらく裸足に尖ったガラス片をいっぱいたてて、露に濡れた芝を血に汚しながら）駈《か》けこんでゆく子供の小さい黒い背を見たのだった。夜明けは近く、その短いあいだにも霧は後退しつづけるようだった……

　七人は魚を釣りおとしたあと波紋の静まってくる海面を見つめるように、霧のうずまく庭園を昂奮してうらめしげに眺め黙っていた。破壊されたガラス戸の大きい穴から霧粒をはらんだ夜明けの空気がいっせいにふきこんできて広間にさかんな対流をかもしだした。みんなの頭は熱く下肢は寒くなった。室内の空気に潮の香がしだいにあきらかになった。七人とも、少年が逃亡した瞬間のままの姿勢で、頭だけ夜明け近い庭園にねじむけ、霧の海に消えさったものの残像を凝然と追っていた、かれらの運動を記録してきたフィルムがそこで停止し、水銀燈は一枚のスチールをむなしく輝かせつづけているという風に。それからひとりだけ、ジャズ・シンガーがスチールからぬけだしてあわただしく部屋の奥に駈けた。彼女は広間の電燈のスイッチをおしにそこへ駈けて行ったのだ。室内は再び夜の底に沈み、もう誰もおたがいの顔をミイラの黒い顔のように見るだけだ。破壊されたものもそうでないものも、ガラス戸はたちまち白っぽい光をまして霧のなかの庭園から、室内の夜を隔離するために壁のようにそこに存在している印象にかわった。ジャズ・シンガーのほかはみな、部屋のあまりの暗さに、彼女がふたたびスイッチをおすだろう、と思った。彼女はもう夜が明けてしまったと過信したのだろうと。しかしスイッチのすぐ上の壁に頭をおしつけたまま、ジャズ・シンガーはじっとしたままなのだ。

「おい、燈をつけろよ、どうしたんだ？」とJが不機嫌のあまり怯《おび》えたような声で叫んだ、みんなJがそのように大きい声をだすのをはじめて聞いたと思うほどだった。

「厭《いや》よ、厭よ、暗くしておかないと！」と激しく十八歳の娘はいった。それから向こうむきのまま肩をふるわせてすすり泣きヒステリー症状の坂をころげおちはじめた、とどめようもなく弾みながら。ああ、ああ！ と娘は身もだえして泣いた。ああ、ああ！ 殺されてしまう、湾の連中に殺されてしまう。あの子のしらせをきいてやってきた連中に殺されてしまう！ 姦通《かんつう》しただけの人をあんなに苛《いじ》めていた連中に……

あとの六人はヒステリーから遠く自分をもちこたえていた。しかしみんな、深夜の敷石道をうずめて沈黙の威嚇《いかく》をおこなっていた漁民たちの重苦しいイメージから自由であることはもう不可能だった……

「ジャガーで逃げだそうよ、ねえ、ジャガーに乗って、逃げだそうよ！ あいつらがやってこないうちに、ねえ！」とジャズ・シンガーは泣いた。

「だめだ、もしきみのいうとおり、あいつらがおれたちのことを怒って厭がらせをするつもりなら、すぐ湾の道に勢《せい》揃《ぞろ》いしておれたちの退路をふさぐさ！」とJが拒否した。

「どうしよう、どうしよう？」とヒステリーの娘はすすり泣いた。

「まず、燈をつけるさ、そしてゆっくり朝飯の心配でもしましょう」とJはいった。それからかれがジャズ・シンガーの所へ歩いてゆき、左手でスイッチをおしながら右手で娘の首筋にふれると、娘は嫌悪に耐えないように短く叫んでその手をはらいのけ、屈みこんでしまった。皮膚を破いてしまわないかと心配させるほど壁に強く額をおしつけたまま……

燈の光のなかでジャズ・シンガーをのぞく六人は居心地わるく羞《は》ずかしい気分で、おたがいの顔から眼をそらしうつむいて自分の座る椅子《いす》とか、自分のよりかかる壁とかを探した。若い詩人は唇から顎《あご》を鼻血で汚していたし、俳優は咬まれて血のにじんだ指を口にくわえていた。カメラマンもまた、掌で頬の血をこすりつけて唸《うな》り声をたてた。血を流している三人ほどひどくないにしても、化粧をおとしたままの女たちの顔は明るい光のなかで嫌悪なしに眺め合える顔ではなかった。そしてみんな不満足な眠りと二日酔いとで、ぐったりして自己放棄的になっていた。ますます加速度的に、みんな不機嫌に、不安になった。

「なぜあの子をあんな風にあつかったんだろうなあ、安い万年筆でもやって幸福な気分にして、平和的に帰すことはできなかったのかい？」とうらめしげにJがカメラマンにいった。

「気がついたとき、もう、あいつはおれの腕のなかで暴れていたんだよ」とカメラマンは弁解した、それからためいがちにつけくわえた。「それに、あいつは、おら見たがぜといっただろう？ あんな風になるほかなかったんじゃないか？」

それまでの沈黙よりなおぎごちなく、なお罠《わな》にみちた沈黙がふたたび飛行機の影のようにかれらの頭上におおいかぶさった。そうだ、あいつはなにもかも見ていたんだ、と誰もが考えていた。そしてそれまでかれら七人のグループのなかでは誰もおたがいに他の人間を見なかったのだ、むしろ自分自身をさえ見なかった、とみんな気がつくのだった。

Jの妹は少年が水の中へのようにダイヴィングして破壊したガラス戸のそばに立って、わずかな血がそこにこぼれているのを見つめていた。血のしずくは露台と芝生の接するところまでつづいていた。かなりの量の血が夏の芝の生いしげる葉を汚して無意味につかいはたされたことだろう。あれほどの小さい子供の体に浪費していい血液がどれくらいの量あるというのだろう？

Jの妹はふりかえってJを見つめた。そしてJが顔をあげて当惑した微笑を浮べようとするのへ宣告するように、こういった。

「もしあの子供が崖《がけ》から身を投げて死ぬということにでもなれば、あなたは二人目のなにも罪のない無邪気な人間を殺すのよ、J」

「なぜ、あなたはそういうことをいうの？」と蜜子がいった、一瞬、逃亡した子供のことを忘れるほど動揺して哀れげな声で。

「なぜなら、もう一人すでにJが、なにの罪もない無邪気な人間を自殺させたからよ」

「前の奥さんのこと？　あの人はノイローゼで自殺したんでしょう？　それがJの責任？」と蜜子はJに向っていった。

「おれの責任だよ」とJはいった。そして誰もが沈黙した。ジャズ・シンガーはひとり向こうむきにしゃがみこんですすり泣きつづけていた、それは教室でつねに孤立しているシカトされた生徒のようだ。その痛ましく醜いすすり泣きの声が他の者たちを苛《いら》だたせ腹だたしくした。

「なぜ」と蜜子がいった。

「なんだか複雑な話なんだよ」

「その人自身のせいで？」と蜜子がいった、ほんのわずかな希望の兆候を見出して。

「いや、それだけじゃない」

蜜子の絶望感はぶりかえし、なお深まるばかりだった。彼女はどういう風に？　とくりかえして夫にたずねた。

「きみはおれの最初の妻が自殺したことを知りながらおれと結婚したんだろう？　きみとは関係ないよ」とJは妻とおなじ絶望を深めながらエゴイスティクなヤドカリの殻に大急ぎで這《は》いこもうとした。

「関係あるわよ、あなたがまたくりかえそうとしているから！」とJの妹がきっぱりといった。「現にいま、あの子供が崖から傷だらけの袋みたいになって海へおちこんでいるとしたら、もうあなたはおなじことをやってしまったのよ」

「おれだけか？　あの子供が見たのは、おれが穢《きたな》い性交をやっているところだけか？　きみも充分あの子供に見られたのじゃないか？　おれとおなじくらい穢いきみたちの性交を？」

「恥しらず！」と二十七歳の彫刻家の娘は震える鳥の叫喚のような、しかもいかにも暗い声でいった、そして充血して眼脂《めやに》のたまった、崩れかかっているような眼に涙を湧《わ》きおこらせた。彼女は兄を睨《にら》みつけたまま声なく泣いた。

「あなたはなにをしたの？　どのようにしてあなたの前の奥さんを自殺させたの？」

肩をふるわせて嗚咽《おえつ》しつづける義妹を無視して蜜子は、夫を問いつめた。

「いつか話すよ」

「いま聴きたいの」と蜜子はいった。

「聴いてどうするんだ？　結局それがきみにどう関係するんだ？　きみはただ映画をつくりたいから、おれと結婚したのじゃなかったのか？　きみはいまきみの滑稽な地獄イメージの映画をつくっているんだ、それよりほかに、なにをおれに求めることがある？」とJは抗弁した。しかしその声はとくに説得的ではない、むしろJ自身、自分の声に嫌悪を感じるほどだった。

「J、ごまかしてしまうのはよくない」とその時、青ざめた中年男のカメラマンが介入して、Jをびっくりさせた。Jとカメラマンとはすでに十年ちかくのあいだの友人だったのだが、その永い期間つねに、Jはカメラマンに君臨していた。カメラマンがJに反逆したことなどはいちどもない。Jはそのカメラマンにいま新しく他人そのものを発見して、おびやかされるふうだった。

「おれは唯《ただ》……」とJは顔をあからめて妥協点を模索しようとした。カメラマンに十年来の家臣の位置を再び確認させねばならないのだ。もうJはエゴイスティクな気弱な子供みたいにとりとめなくなっていた。

「Jのまえの奥さんが自殺したのは、Jがその娘さんと結婚したあとも、厭らしい外国人の男色家と、昼間からベッドにはいったりしたからだ。Jは奥さんにそれを告白しなかったくせに、見つからないよう気をつけもしなかったんだ。J、きみは、結婚した日から、あの奥さんが自殺することを望んでいたんだ。きみは奥さんが睡眠薬を百錠ものんだのを知っていたくせに睡《ねむ》りこんだふりをして奥さんの死をじっと待っていたんだ。J、いつまでも黙ってごまかしているのか？」

Jが椅子から跳びあがるように立って、カメラマンに向って行った。Jがカメラマンの頬を拳《こぶし》で殴りつけるのを、カメラマンはますます青ざめて唇から血をしたたらせながら無抵抗に耐えていた。かれはいま極度に疲れはてた中年男だ。苦痛の声さえもたてない。Jは結局義務のように殴りつづけるだけだった。

「Jをとめて、ねえ、Jをとめて」と自分が殴られているように怒りと苦痛にかりたてられて、蜜子が叫んだ。

若い詩人が立ちあがってJを背後からとらえた。Jの拳をかためた右腕と、左肩が、詩人の手にふれるとたちまち力をうしなって赤んぼうのそれのように柔らかくなった。

若い詩人はJが倒れるのかと一瞬うたがった。しかしJは倒れなかった。荒い息をつき顔を真赤にしてじっと無抵抗に、若い詩人にとらえられたままだ。それから、陰気な声で、

「離してくれ、もういいだろう」と背後の詩人にいった。

詩人がJの体にかけていた腕をぐったり垂れると、Jは詩人から顔をそむけながら自分の椅子に戻った。若い詩人は蜜子の椅子に守護者のように立ったままで、Jを睨みつけていた。Jは、両掌に顔をうずめてじっとしていた。かれもまた嗚咽をはじめるかと思われた。しかしかれは屈伏したままではなかった。一瞬、熱をおびて赤い猿のような顔をあげると若い詩人を睨みかえしてこういった。


「おれはきみが蜜子と寝ていたことを知っているし、いまも時どききみがおれの妻に欲望を感じていることを知ってるよ。きみはそういうことをすべて、きみのおとなしそうな沈黙と微笑にかくして、おれのところへきているんだから、多分きみには、おれを糾弾する審問官みたいな眼つきをしていても、内心気がかりがあるんじゃないか?」

鬱屈《うっくつ》した激しい憎悪にみちた沈黙が、J、蜜子、女の彫刻家、若い詩人、カメラマンのそれぞれを檻《おり》のようにとざした。かれらは身じろぎもせず忿懣《ふんまん》と不信と、友情の喪失感の墨に体の内側を黒ぐろと染めて居竦《いすく》んでいた。かれらはみな昨夜かれらを緊密にむすびつけていた架空の友情のコイルの切れはしをむなしく両掌にのせて、その切れはし自体、たちまち霜のように融《と》けて消えうせるのではないか疑っていた。そして自分はみすぼらしく独りぼっちで見棄てられたもののように感じていた。ジャズ・シンガーのすすり泣きはかれらみなの憎悪に傷ついた喉《のど》からの声のように思われた……

独りだけヒステリーからも憎悪の鎖からも自由な二十歳の俳優もまた、ひとつの異常を自分の内部に発見していた。かれは想像力に欠け判断力はもろく、鈍感なタフ・ガイのぼうやにすぎない。しかし自分が感じている肉体的な居心地の悪さ、不快感の奥底に、かれを不安にするものがひそんでいることを予感しないではいなかった。そこでかれは頭にくる、かれはどうにかして、その奇怪なものの芽を、ごくつまらない具体的な対象に置きかえ、それを克服したい。かれはおちつかずキョロ、キョロした。そして不意にひとつの着想をえた。かれはこういって沈黙をかきみだした。


「ああ、おれはシャワーを浴びたいんだよ、風呂にはいってシャワーを浴びたいんだよ。おれは気持悪いよ。おれは、女とやった次の朝はいつでも風呂にはいってシャワーを浴びるんだがなあ! 自分の精液やら女のバルトリン腺《せん》のなにやらが、おれのペニスを糊《のり》づけしてしまったみたいだよ。ああ、おれ、気持悪いよ!」

若い俳優も他のみんなもプロパンガスがすっかりなくな

っていては浴室も使用不能であることを知っていた。そしてみんな自分の皮膚が汚れきっている不快感にとらえられた。憎悪感の鎖は肉体的な自己嫌悪でいろどられ二重になった。俳優は道化てみるほかなくなった。

「なあ、おれは気持悪いよ、体じゅうが匂《にお》うよ！　ひとりでペニスとヴァギナをもっていて、しかもふたつともに、凄《すご》く匂うやつをもってる気分だ！」

もちろん残りの六人は笑わなかった。若い俳優はますます不機嫌な、もの悲しい気分になった。むずかる幼児のような気分。そこでかれはわざわざ椅子をひっくりかえすほど荒あらしく立ちあがるとガラス戸に向かって歩いた。ガラス戸の砕片に足裏を傷つけられないよう気をつかって古典劇の泥棒か密通者のような足どりで。そして突然かれは非演技的な声に戻って叫びたてた、幼い弱虫の子のような声で、

「おい！　あいつらが、きたぞ、見ろ！」

みんながガラス戸の向うの夜明けの庭園をふりかえった。すっかり霧は晴れわたって、美しい夏の夜明けだった。生い茂った芝の斜面がガラス戸の外を覆《おお》いつくしていた。空も海も見えない。樹木も見えない。手入れの粗雑な、しかしきわめて濃く生い茂っている芝の所どころに、芝よりも強靭《きょうじん》な野草が、芝の緑よりもなお濃い緑のかたまりをつくっているだけだ。そして二つの彫像。前景の彫像は、アポロンだ、手首のない左腕を左前方に向かってのばし、端正な青年の頭もその方向を眺めている。ゆるやかに踵《かかと》をもちあげた左肢の筋肉の房は朝霧に濡《ぬ》れ、陽の直接の光があらわれるまえの、夜明けの平静な光にわずかな影をおびている。そして葡萄《ぶどう》の葉と二つの腿《もも》の内側との接点だけが黒ぐろした陰にひそんでいる。後景の彫像はゼウスにちがいない。鬚《ひげ》と、おなじ様式の髪とにかこまれた老人の顔に眼はふたつの穴ぼことしてひらいている。それは夜明けの微光に照らしだされた緑の庭園のなかの数少ない夜の残りだ。

広間の奥の椅子に座ったり立ったりしたまま待ちうけている者の眼に、漁民たちは不意に、ふたつの彫像のあいだへ出現した。それを見出《みいだ》したもののみなが身震いした。昨夜、耳梨湾《ミミナシ》の集落の狭い敷石道を占拠していた人々だった。中年女たち、老人たち、子供ら、かれらの顔は夜明けの光のなかで、ヘッド・ライトに浮びあがった時よりも、なお平板に、なお動物的に、そしてまた、ますます小さく縮こまっているように見えた。かれらは敷石道で、不眠の夜をすごしたのだろうか？　あのひそかに孤独な食事の準備をしていた姦通《かんつう》女を威嚇《いかく》し辱《はずか》しめる沈黙の集会は夜明けまで続いたのだろうか？　漁に出ている者をのぞき残りのすべての村民が夜のあいだじゅう憤激して鋪道《ほどう》にたたずんでいたとすれば、耳梨湾の集落は憎悪《ぞうお》のためにはすべての日常生活が崩壊することをもこばまない人々の村なのか？　室内の七人は共通の恐怖の輪でふたたびつな

ぎあわされた。昨夜まであいまいな親和力がかれらを大騒ぎパーティに連帯責任をとらせていたように、いまは新しくはじまる恐怖と暴力のパーティへ協同させていた。沈黙したまま四十人ほどの漁民たちは近づいた。かれらは露台の前までやってきた。室内の七人はみな、集団の前景に豊かな髪と浅黒い皮膚の中年女と頬を血で汚した少年とが押しだされるように進みでるのを見た。みんなどんづまりにおちこんだ気分だった。室内を覗《のぞ》きこんで立ちどまっている漁民たちが、昨夜のあのみじめに圧迫されている女の家のまえでとおなじ眼つきをし、おなじ情念をひそませていることはすでにあきらかだ。二十歳の俳優も気おされて仲間の椅子《いす》のあいだに後退した。外の人々は叫びたて乱入し暴力のかぎりをふるうだろうか？　ともかく室内のおびやかされた七人はなすこともなく、ただ待機し、深い芝に踝《くるぶし》をうめふくらはぎまで露に濡らした耳梨湾の人々はおそいかかろうとして体勢をととのえた……

　その時、Jの妹が椅子を立って進み出た。ガラスの破片を室内靴でギシギシ踏みしだき、破壊された硝子戸《ガラスど》の危険な穴ぼこを注意深くくぐりぬけ、独りだけ露台に出て人々に立ち向かった。室内から見つめている六人の眼に、耳梨湾の人々が動揺するのがわかった。

「その子供が崖から落ちて死にでもしないかと心配していたのよ、夜じゅうここに隠れていて、それからガラスを破って逃げだして行ったから。怪我《けが》はひどくないようね？」

とJの妹は話しかけた。彼女は棄て身の反撃に出たのだ。彼女の政治的な罠は人々をとらえるだろうか？　耳梨湾の漁民たちはもろい嘘《うそ》をかぎつけ、その嘘の小さな穴ぼこを手がかりにJの妹をたちまち崩壊させるだろうか？　背後の六人は激しく不安な疑いにとらえられた。

　沈黙、勝負の分れ目の微妙な感覚。あの少年は叫び声をあげてJの妹の欺瞞《ぎまん》をつきくずしはしないか？　一瞬。Jの妹は勝利をおさめた。中年女はその高く太い腰の左脇《ひだりわき》によりそってうつむいている少年の頭を左手でつかまえた。そして右手を大きく振りかざすと少年の耳の上を力まかせに殴りつけた。バシッ、と鋭い音がひびいた。露台の娘も室内の六人もみな身震いにおそわれた。少年は芝のなかにうつむきに倒れた。その尻《しり》を女の頑丈な足が蹴《け》った。少年は芝の上を獣の仔《こ》のように這ってのがれ、大急ぎで立ちあがると喚《わめ》きたてながら逃げ去った。《おら見たがぜ！　おら見たがぜ！》と涙声の叫び声をあげながら。

「あの阿呆があん、鬼を見たがぜいうて、鬼の人殺しを見たがぜいうて！　あの阿呆の嘘つきチビがあん。見苦しやあ！」と女は陋劣《ろうれつ》な小さい笑いを頬にうかべていった。女のまわりのすべての顔が弛緩し善良そうに無意味に非個性的にかわった。

「ガラスのことはいいのよ。いつものように魚を届けてくださる？　映画をとりにきたのよ、七人だから沢山欲しいのよ、いい？」

「映画を？」という口ぐちの声がひとしきりざわめいた、耳梨湾の人々はもうすでにすっかりＪの妹の影響下にあった。

「昨夜だってそうだし今朝だってこんなに早くなぜみんなそろって出歩いているのよ、お祭りでもないのに！」と彼女は追討ちをかけた、彼女はもう自信にみちているように見えた。

　女たち、老人たちが弁解した、いま耳梨湾の集落から出漁している船は最悪の不漁に苦しんでいる、そこで集落の残留者たちは湾から不漁の種子となるとおぼしい悪霊の摘発と追放につとめているのだ。あの姦通女はすべてを告白してみんなのまえに許しをこうまで監視されつづけるだろう。あの女が屈伏したとき悪霊のひとつは追放されるのだ。他にもなお様ざまな悪霊が摘発されなければならない……

　耳梨湾の人々が黙りこんで再び一団となり彫像のあいだをとおりぬけて降《くだ》ってゆくと、Ｊの妹は露台からガラスの破壊された穴ぼこを注意深くくぐりぬけて、室内に戻った。彼女の顔は庭園を背にして真黒で、その生毛《うぶげ》の残っている輪郭だけが光に輝いた。漁民たちにたいしていかにも堂々と威圧的だった彼女は、室内に戻ると老女のようにもの憂《う》げにしていた。彼女は六人に向かって嗄《しゃが》れた細い声で、

「わたしは暫《しばら》く寝るわ、もうわたしにさしせまった用事はないでしょう？」と不機嫌にいい、そのまま椅子の脇をとおりぬけて広間を横切りドアをひらいて消えた。それからしばらくたって、Ｊが寝た部屋とはちがう部屋のドアがひらかれる音が二階から聞えてきた。みんな黙ってじっとしていたので、Ｊの妹がドアを閉じるとおそらく服を着たままベッドに倒れこむ重おもしい音も聞いた。そして二階からはもうどんな物音もひびいてこなかった。

「カメラを組み立てようよ、もう撮影の準備をはじめないと陽が昇ってしまうよ」とカメラマンがやはり不機嫌に、しかしさきほどの会話で破壊しあったものを挽回《ばんかい》したがっているようにいった。そして独り立ちあがるとアリフレクスのケースの脇に屈《かが》みこんで作業をはじめた。黙りこみ腹を立てているように荒あらしく、しかもどこかのろのろと。

　それでもカメラマンの提案がいつものように他のみんなを救助したのだ。蜜子はヒステリーの発作のなごりのなかで涙ぐんでいる青ざめたジャズ・シンガーをなだめすかし仕事をはじめるよう説得にかかった。若い詩人は彫像の写真効果をたかめるためにバケツに水をくんで芝生を歩いて行き、アポロンの像の肌を洗った。つねに怠惰で肉体労働をともなう仕事には決して参加しないＪが、その日はゼウスの彫刻を洗った。若い俳優はいそいそと上半身だけ裸になると、殴られた少年の倒れたあたりに屈みこんで芝に血がついていないかどうか調べていた。すでに真夏にふさわしい直截《ちょくせつ》な気温の上昇がはじまって庭園は寒くなかった。やがて蜜子に説得されたジャズ・シンガーがすっかり裸で

芝生に下り彫像に向かってよろめきながら近づいてゆく。十八歳の娘の涙に汚れた小さな稚い顔は青黒く醜かったが、そのほっそりした裸の体自体はエロティクで密《ひそ》やかだった。それはシュール・レアリストの裸婦のイメージをフィルムのなかに喚起するだろう。カメラマンが撮影機を調整している脇でやはり青ざめて醜い蜜子がコンテを眺めていた。はるか下方の海はすでに陽の光に灼《や》けつく照りかえしを発していた。庭園は輝く夏の朝のただなかにあった。

「おい、ほら、あの子供の折れた歯がおちてるよ、ほら！」と若い俳優が屈託なげに叫んだ。かれは右手に小さなかたまりをもち陽の光に裸の上体を照りかえらせて微笑していた。「あいつはずいぶん痛かったろうなあ！　頬の痛みが、心の痛みをおしのけてしまうかね？」

Jも、その妻も、ジャズ・シンガーもカメラマンも若い詩人も不意に動きをうしなった。かれらはじっと黙ったまま非難に燃える眼を若い俳優にむけた。

「なあ？　あいつは鬼を見たことを忘れるよ、こんなに血を流して痛む傷をがまんしているうちに、なあ？」と若い俳優は叫んだ。

みんな黙ってたたずんでいた。若い俳優は疑わしげに、苛《いら》だって叫びつづけた。

「なあ？　みんなどうしたんだ？　ミイラになった人間みたいに！　どうしたんだ？　時間がとまってしまったみたいに！」

誰もこたえなかった、凝然とたたずんだまま、かれを見つめているだけだ。突然、若い俳優は右手に子供の歯をにぎりしめたまま、血に汚れた芝生に両膝《りょうひざ》をついてすすり泣きはじめた。ああ！　とすすり泣きながら二十歳の俳優はつぶやいた、《ああ、おれは厭《いや》なんだよ、こんな所で、こんな裸で、こんな仕事をしていて、おれはすこしも楽しくないんだ！　ああ、おれは厭なんだよ、きっと本当におれむきの楽しい仕事がある筈《はず》なのに、ああ、それは他の若いやつがやっているんだ……》

2

国会議事堂前駅を地下鉄の混雑した車輛《しゃりょう》が発車して一分たったときだった。Jと老人とが同時に、十八歳くらいの少年に気づいた。それは飾りボタンや尾錠《びじょう》が所狭しとばかりについた、若むきの英国製トレンチコートを着た大柄な少年だった。襟からのぞいている頸《くび》と顔とが、ぐっしょり汗に濡《ぬ》れ、白く光っていた。密集した人間の体の茂みの中へぐっと一歩、踏みこんで進む少年の片足が見えた。それは鹿皮のブーツをはいた足で、ふくらはぎと膝《ひざ》が一瞬むきだしになって見えた。少年は痩《や》せているような感じだったけれども、頸から頭にかけてのしっかりした肉づきは、かれが七十キロはこえる重量をもっていることを暗示していた。おそらくトレンチコートとブーツのほかはすっかり裸なので、痩せているように見えるのだ。

地下鉄の電車は冬の夜明けの遅れた新聞配達夫みたいに震えながら大急ぎで駈《か》けていた。少年は魚の卵のような汗粒を額にびっしり浮べてもう一歩、前に進んだ。少年の体は、いまひとりの娘の背と尻《しり》にぴったりと接したところだ。鬼のように額に肉瘤《にくりゅう》があり尊大に鼻を上にむけている小娘の背後から。おそらく鉄の自制心を発揮してだろう、少年は、静かに音もなく溜息《ためいき》をつき、かれの周囲にたいして、警戒の眼をはしらせた。それは、もうドブ鼠《ねずみ》を追うこともできない病気の犬みたいな眼だ、ほんの少し狡猾《こうかつ》そうな生気をたたえてはいるが、まったく熱にやられてしまっている。少年のせいいっぱいふくらんでなにごとか異常をかぎつけようとしている小鼻は、いかにもモンゴリアン系の形だ。かれをふくめてすべての乗客たちの頭のほぼ五メートルうえには冬のはじめの荒涼たる夕暮の大都会の風景がひろがっており、そこには一千万の人間が生活しているのだが、誰ひとり、この孤独な少年の作業の協力者はいない、それを少年は知っている様子だ。

それから、大柄な少年は傲岸《ごうがん》にもこの世界全体を無関係だと考え、とたんにまったく死にもの狂いに昂奮《こうふん》して、トレンチコートの隠しポケットのひとつの小窓から、硬い武器をのぞかせ、それを、小娘のオレンジ色のコートの尻の部分に、愛《いと》しげに憂《うれ》わしげにこすりつけはじめた。聖者のように衛生無害の微笑を、快感でめくれあがる唇を中心にしだいに顔いちめんに浮べてゆきながら……

Jとかれの友人の大柄な老人とが肩をよせあってこの情景を見つめていた。二人とも、緊張に耐えられないで眼をつむってしまいたいほどだ。とくに老人は心臓の発作が恐しかった筈《はず》だ。電車が駅にはいって停車し、人々を吐きだし、新しい他人を中に吸いこみ、再び発車した。少年が姿を消していることを希《のぞ》んで二人はもう一度そちらを眺め、さきほどよりもいくらか乗客のすくなくなった眼のまえの人間のジャングルに、あの少年がなお活動中であることを発見した。しかもいま少年には、死のようにさけがたいオルガスムがおそいかかろうとしていた。そしてこの瞬間、Jたち二人のみならず電車のなかのすべての他人どもの眼がこぞって見ひらかれ、少年に注目したようだった。少年は、他人どもの眼の洪水のなかでオルガスムに達した。そのとき、少年を見まもってきた青年と老人の脇《わき》から、屈強な中年男がとびだして少年のトレンチコートの襟をひっつかまえた。たちまちトレンチコートが剝《は》ぎとられるのではないかと疑って、青年と老人は唾《つば》をのみこみ熱い息をはいた。

「あいつは、やりすぎましたよ」と青年は植物みたいな老人の耳にささやいた。

いま、あの少年の腰のなかでは快感の水たまりが恥辱感と恐怖のインクににごりはじめているだろう、絶望がオルガスムの最後の一脈動とともにあいつを唸《うな》らせ、弱よわしく身震いさせるだろうと心臓を異常亢進《こうしん》した鼓動に踏みにじられながら二人は悲しげに考えていた。それから絶体絶命の追いつめられた感覚があいつの若々しい内臓全体を縄のようによじれさせるのだ。あいつはトレンチコートを剝ぎとられ裸で小さな皺《しわ》のような眼とふやけたペニスからしずくをたらし、自瀆《じとく》したチンパンジーみたいな恰好《かっこう》で警察へひかれてゆく自分を予感しているにちがいない。股座《またぐら》はすでにかたまってきている涙のような色の精液のゼリイでこわばらせて、数しれない敵意の眼のまえで。「あの冒険家を助けてやろうじゃありませんか」と青年は熱情を感じていった。「ああ、救助しよう。もし、できれば！」と老人は答えた。そして二人はトレンチコートの少年をつかまえている男に向かって、並んで進んで行った。昂奮に青ざめ、むしろ自分自身を救助される者のように感じて。

「わたしたちが警察にわたしましょう、本当になんという痴漢だろう」と老人が、少年をとらえていきりたっている中年男にいった。緊張してこわばる頰に困難な努力のあげくにやっとわずかに微笑を維持し、鷹《たか》のように脂色《やに》をおびて鋭く光る眼にもっとも弛緩《しかん》した表情を浮べようとし、そしてその屈強な消防団員みたいな中年男とくらべても堂々として見劣りしない体軀《たいく》でおだやかに、しかし頑《かたく》なに威圧しながら。Jはいつもこの老人の肉体的な威厳に魅惑されるのだった。そしてこの老人が三十代の時にもっていた筈の筋肉の束にたいして嫉妬《しっと》を感じるのである。この老いたる野牛の内部に、不満足の棘《とげ》がびっしりうわって、つねに水ゴケの触手のようにおののいていることを、Jの他の誰に見ぬくことができたろう？

「こういう痴漢は、殴りつけてやってもいいんです、なにもしらない無垢《むく》の娘に、ああいう恥しらずなことをして！」と中年男はすでに憤激を演技してしゃべっていた。

老人が一瞬、激しい孤独な怒りにとらえられて眼のまわりの枯葉色の皺におおわれた皮膚を紅潮させた。しかし中年男は、かれ自身の痴漢への憤激に老人が同調して腹を立てたのだと誤解して、善人らしくうなずいてみせるのだ。Jは、怒りに紅《あか》らむ老人の顔が、ゴードン・ジンのラベルの酔った山犬に似てくるのを見まもっていた。それはJがはじめて老人に会った日以来、発見している類似だった。

「ともかく、ぼくらが警察にわたします、あなたの名刺をいただければ本当にこいつを捕えたのはあなただということを署長に知らせておきます」とJは老人が中年男を罵倒《ばとう》しはじめないうちに中に割ってはいった。

「愉快ですよ、正義派の仲間に出会えて、わたしに時間があれば一緒に警察へ行くんだが、この痴漢めが！」と中年男はいうと内ポケットの財布から折れた古い名刺をぬきだしてそれをJにわたした。

老人とJとは両脇からトレンチコートの少年の体を支えた。かれらの脇腹と腰に、捕えられた少年の体の震えがつたわった。泣くな、愚かしい悲鳴や哀願の声をたてるな！

とJは沈黙してうつむいたまましきりに震えている少年に、喉《のど》のおくの方にしかひびかない声でささやきかけた。中年男はオレンジ色のコートの尻を汚されてすすり泣いている小娘を慰めにかかった。かれは鼠色のハンカチで精液をぬぐいとってやろうとしてもういちど小娘に悲鳴をあげさせた。まわりに集ってきた乗客たちは上機嫌で笑い声をたてた。額に鬼のように肉瘤のある娘は青ざめていまにも黄色の胃液を吐きそうだった。傷ついて醜い娘の印象だけがJに、それの原因をつくった痴漢の少年にたいするわずかな嫌悪《けんお》の種子となった。こんなに厭《いや》らしく尊大そうで、しかもみじめに怯《おび》える娘になぜペニスをこすりつけてやったりしたんだ？　とJは、不満に思ったわけだ。

「娘さんよ、こんなことでは妊娠しはしないよ、またあなたは処女をうしなってもいないよ、純潔だよ！」とますます図に乗って中年男は娘にささやき、まわりの乗客たちを再び笑わせた。その時になって老人もJも、男がアルコールの匂《にお》いをたてていることに気がついた。

次の駅で老人とJとは少年の両腕を側からかかえたままプラットフォームに降りた。ドアが閉じられた時、中年男が黄色のトウモロコシ粒みたいな歯を剝《む》いて笑いかけ手をふった。Jは男からうけとった名刺を破いて棄てると男に向かっていかにも生真面目《きまじめ》な赤ンベエをして見せてやった。そして中年男が示すその反応には関心も示さずにJと老人は少年の腕をかかえたまま（しかし今は年齢のちがう愉快な三人組といった様子で）プラットフォームを階段に向かって歩きながら、少年にかわるがわるこんなことを注意してやった。

「きみのやり方はめちゃくちゃだ、あれでは摑《つか》まらないほうがおかしいよ。なぜもっとひかえめにやらないんだ？」

「それにもっと乗客の多いときでなければどうにもならないだろう？　もしあんな冒険をやるつもりなら、満員電車の中でやるほかない」

そして老人とJとは同時に少年の腕を離しその場に立ちどまって少年をやりすごした。かれらは少年を救助することに成功したわけである。少年は自由になっても、なお二人からの束縛をうけているかのように二、三歩おなじ姿勢で前に進み、それから唐突に立ちどまると急いで振りかえって、老人とJとを不審そうに見つめた。かれの小鼻はもうふくらみすぎていなかったし、かれの眼はすでに病気の犬のようでなかった。オルガスムのあとの善良な肉体的鎮静が少年の大柄な顔に表情をあたえている。かれは受難のあとの瀕死《ひんし》の殉教者みたいだし、苦難のあとの聖者みたいだ。

「あんたらは、おれを？」と甲高い声で少年は問いかけた。かれは、いまにも逃亡しようとして身がまえながらいかにも疑わしげにそういっているのだった。

「ああ、ぼくたちは、きみを警察につきだしなどしないよ、あれはつまらない冗談だよ」とJが言い難いことをいうように口ごもりながらいった。少年が、あまりにも真剣だったので、救助者は自分を羞《は》ずかしくさえ感じていた。

「しかし、おれは今日、摑まってひどいめにあわされることを考えにいれていたんだ。おれは決心して、引きかえしできないポイントまで出ていったんだよ」と少年が挑みかかるようにいった。

Ｊと老人はおたがいに茫然《ぼうぜん》として見つめあった。それからＪは老人がやっとのことで微笑するのを見て自分もしぶしぶ微笑した。弱い所へ的確な一発をうちこまれ、びっくりして攻撃者の力を評価しているボクサーの微笑を。それからＪと老人は好奇心を新しく刺戟《しげき》されて、少年をもっと注意深く見つめた。少年は苛《いら》だち憤《いきどお》ろしげでまた悲しげでもあった。かれをおとなしい聖者のように性格づけていた、さきほどのオルガスム後の静けさの印象はたちまちぬぐいさられて、そのあとにきわめて不満の影が濃く浮びあがっていた。

「おれはこのコートとブーツのほかなにも着ていないんだが、その恰好で町に出てくるという決心までこぎつけるのに、ずいぶん煩悶《はんもん》したんだぜ。そして誰もかれもがおれを見つめていると知りながら、快感の最後の横木をピョンと跳びこえるのは、本当は、時速八十キロで走っているオートバイの上で、眼をつむって手を離す冒険くらいに、恐かったんだぜ。その決死隊員みたいに真剣なおれを、あんたらはゲームの道具にしたのか？」

そして少年は充血した眼に涙を湧《わ》きおこらせ、やにわにＪに向かって殴りかかろうとした。Ｊは大学の夏休に練習したボクシングの技術をつかって少年の前腕をブロックした。少年は痛みに呻《うめ》いて両腕をだらりとたれ、ほんの少し涙をこぼした。

「なんなら、きみを鉄道公安官か警察に、つきだしてやってもいいんだ」とＪは息をはずませて赤くそまってくる手《て》頸《くび》をこすりあわせながら少年を睨みつけて脅した。

「その必要ないよ」と少年は涙まみれの眼に一瞬回復した恐怖の兆候をむきだしにうかべて用心深げにいった。

Ｊは少年が睡眠薬をのんで、眠りこむまえの昂奮と心理の不均衡の状態にいるらしいことに気づいた。それはもしかしたらＪの知らない、なにかある特別な麻薬による昂奮であったのかもしれないが、Ｊは数年前、自分がその中毒症状をなかなか克服できなかった、ドイツ製の睡眠薬の白いタブレットのことを思いだしたのだった。Ｊの最初の妻がそれをもちいて自殺した睡眠薬で、妻の死のあとＪはただむなしく昂揚し、そのあげく、不意に恐怖にみちた無意識の底へおちこんでいった……

Ｊは回顧的な気分になり、少年がかれにやにわに殴りかかったことで害した感情から自由になった。かれは微笑していった。

「警察に出かけるかわりに、ぼくらの巣の酒場にこないか？　畝火《ウネビ》町のホテルのバーなんだが」

「あんたらが男色家でなければ、おれは行くよ。ともかくおれは男色家のための可愛《かわい》らしい鶏じゃないんだから」と少年は嘲笑《ちょうしょう》的にいった。

Jは答えなかった。かれはもう永いあいだ同性の情人と寝たことはなかった。しかし、若い男の裸体や男根の感触への不意の渇望がかれを混乱させることはあった。おれはもう決してあの種の刺戟的な性関係をもつことはないだろう、とかれはいわば自己処罰的に考えていたが。もっともJは男色家的本質が生れながらに一人の人間に内在的に存在してその人間を一生涯、男色家として決定する、というように考えるのではなかった。

「わたしたちは男色家じゃない!」と老人がいった。

老人とJと少年とは冬の夕暮の地上に出た。わずかの雪が間歇《かんけつ》的な風に乗ってくりかえし吹きつけてきた。少年は身震いし、いくども滑稽なしゃっくりをもらした。老人とJとはまず少年を洋品店につれて行って下着を買ってやり、少年にそれをトイレットでつけてくるよう説得せねばならなかった。それでもなお寒さのあまりに唇を桑イチゴみたいに青黒くしていた少年は、タクシーに乗りこむとすぐに鼾《いびき》をかいて眠りこんだ。Jは少年がやはり睡眠薬に酔っていたのだということを了解した。タクシーが雪の夕暮の危険な道を畝火町に向かって疾走するあいだ、少年はずっと睡っていた。そして時どき小さな欠伸《あくび》をもらしては、なにか小声で寝言をいった。Jにはその言葉の意味がわからなかったが、やがて老人はそれを理解した。

「この少年は、なにか夢のなかで怪物に出会っているらしいよ、恐イヨ、恐イヨといっているよ」と老人はいった。

「トレンチコートとブーツのほかは裸で地下鉄に乗りこむのは恐い体験だと思いませんか？　夢のなかの怪物はおそらく痴漢となった自分自身でしょう。そのような年齢なんですよ」

「そのような年齢だって?」

「ええ、自分自身のなかで怪物が生まれるように感じることのある年齢なんでしょう、十八歳から二十一、二歳ころまでは」

「きみたちの年齢と自分の年齢とのあいだにわたしはそれほど深い谷がひらいているとも思えないんだが、わたしは六十歳で……」と老人はいいかけて黙った。

いったん黙りこんでしまうと、老人にはとりつくしまもなく堅固に閉鎖した印象が頭から体ぜんたいにあらわれるのだった。しかも老人はたびたび話の途中で黙りこんだ。老化して軽石みたいになった歯ではあるがいったんそれでかみついた言葉は逃れさせない、といった具合に、老人はぐっと唇をひきしめ、鷹のような眼を身のまわりにくばって沈黙するのだった。このような老人を見るたびにJは老人がどのような閲歴をへてきた人間なのかを様ざまに空想した。Jと老人とは《鋪道《ほどう》上の友人》だった。Jは老人についてその過去も現在の社会的位置も、なにひとつ知らなかった。かれらは反・社会的なつきあいをしていたから、Jのほうでも自分がどのような人間であるかを老人に話したことはなかった。もっともJは自分自身に向かっても現在の自分がどのような人間であるか話してみることができるとは思わなかったが。

Jは老人がどこかの国へ外交官として出向いたことがあり、また政治家としての仕事もしたことのある人間だろうと推測していた。それは老人がJとたびたび外務省や国会議事堂のそばで待ちあわせたこと、そういうとき老人は官吏や議員にうやうやしくおくられて、しかもいかにも気骨のおれる対話のあとという様子で出てきたこと、そういう事情からの推測だった。現在もなお政治に関係しているというような生臭さは老人にまったく欠けていたが、その日も国会議事堂前の地下鉄昇降口に立って待っているJを見つけた老人は、あまりにもあからさまな解放感を顔じゅうに浮べてJに向かって手をふった。Jは醜い老婆《ろうば》に挨拶《あいさつ》されたような気分になったものだ。

わたしは六十歳で……と老人がなかばまで口にのぼせた言葉の後半をJは考えた。それはおそらく老年と死に関った言葉だろう。老人は癌《がん》とか心筋梗塞《しんきんこうそく》とかの生なましく具体的にかれ自身を脅している死の恐怖についてたびたび語っていた。わたしは六十歳で、死という怪物が生まれる感覚をあじわってるよ、と老人はいうつもりだったろうか？　Jは老人が現に心臓の動脈硬化をきたしていること、また手術しても無意味な癌を体のなかのどこかにあたかも大切な葡萄酒《ぶどうしゅ》のようにそっとしまっているらしいことも推測していたのだった。老人は直接には黙っていたが……

「この少年は本当に痴漢なんでしょうか？　痴漢であるほかない人間なんでしょうか？」とJは微笑して老人にいった。

「自分ではそう思いこんでいるらしいよ。それに今日のこの少年のやり方は独得だった。痴漢について相撲の批評家めいたことをいえば、じつに独得な取り口だったよ」

「ええ、たしかに独得でしたね。自分自身の退路をたちながら攻撃しているといった風な、勇敢すぎる兵隊みたいなところがありましたよ。それにしてもこんなに子供で、きっと十八歳ですよ、自分が痴漢でしかありえないと発見するということがありえると思いますか？　それともこの少年は恋人もつくれなければオナニストであることにも満足できない、そして梅毒恐怖ヒステリーか、単にお金がないため娼婦《しょうふ》を買うこともできない、欲求不満者なんでしょうか？」

「いや、もっと意識的な痴漢だろうよ」と老人は注意深く少年の寝顔を見まもりながらいった。Jは老人もかれと同じく、この少年にしだいに好意を深めているらしい、と感じた。それまでJはいつも老人の具体的な人間嫌悪の激しさに衝撃をうけてきたのだった。Jは老人が、このように見知らぬ他人に寛大なのを老人と《鋪道上の友人》になってからはじめて見る気がした。Jは自分がこの少年に魅力を感じていることの理由について考え、老人がいったとおり、今日のこの少年の痴漢の行動法がじつに独得だったからだろうと思った。確かにこの少年は孤独で、恐怖感にみちていて、パセティクな痴漢だった……

「地下鉄のプラットフォームでこの少年が抗議した言葉は、決して思いつきというのではなかったように思うんだ、とにかく興味のある少年だなあ」と老人はいった。

畝火町のホテルの玄関の両脇《りょうわき》には汚れた雪が土塁のように積みあげられていた。老人とJが少年を揺りおこすと、少年は汚れた雪を見て身震いし、わずかな涙を瞼《まぶた》のあいだに眼脂《めやに》のように滲《にじ》みださせた。

「歩けるかい？」とJが訊《き》いた。

「おれをなんだと思っているんだ？」と眉《まゆ》をしかめて咎《とが》めるようにJを見かえしながら少年は横柄《おうへい》にいった。

かれら三人にホテルの玄関のドアをひらいた制服のボーイは濃い緑の上衣《うわぎ》にも金モールのふちかざりにも、ライト・ブルーのズボンにも決して似合わない、不恰好《ぶかっこう》で大きいオーバー・シューズを錘《おもり》のようにひきずっていた。雪がかれを脅しているのだろう。三人は身震いしながら一階のフロントの奥のバーにまっすぐ歩いて行った。そこには煖《だん》房《ぼう》があったのでみんなほっとした。老人とJとは自然に少年を見張るような具合に、少年の座った椅子《いす》に向かって扇形に二つ椅子をならべて座った。少年は反撥《はんぱつ》して、「おれは睡《ねむ》いからウィスキーを飲むよ」とオーバー・シューズをはいたままのボーイにまっさきに注文した。Jも老人も、少年にならった。かれらはまず黙って一杯ずつ飲んだ。少年はたちまち生気をとりもどす様子だった。三人はもう一杯ずつ生《き》のウィスキーを注文した。労力を節約しようとしてボーイはウィスキーの瓶をテーブルまでじかに運んできた。

「おれになにを聞きたいんだ？　それともおれに謝らせようというのか？」と少年はあいかわらず挑みかかるようにいった。「おれにたいして、どんな悪だくみをもっているんだ？」

「もちろん、きみはそんなに若いのになぜ痴漢なのかを聞きたいんだ。女の子のお尻《しり》がどんな程度の硬さか知りたかったのかい？　それならきみ自身のお尻にさわればよかったのに」とJは少年の挑発に答えた。

「やる気か？」と少年は体中を憤激で波だたせんばかりにして、嗄《しゃが》れた声でいった。

「怒るな。ぼくらはきみがなぜ痴漢になったか、痴漢であることをどう思っているか、それを聞きたいんだよ。きみほど若い痴漢はこれまで見たことがないからね」とJはいった。

「おれは詩人なんだよ」と少年はいった。

「詩人？」

「永いあいだかかってひとつの凄《すご》い詩を書こうとしている

んだよ、それは《厳粛な綱渡り》という詩なんだ」と少年は熱情をこめていった。「痴漢をテーマにした嵐《あらし》のような詩なんだよ。そして、いわばその詩と痴漢のおれ自身とは、鶏と卵との関係にあるんだね。おれはもっとチビのころから痴漢だったから、その痴漢の詩を書きたいとねがうようになったんだし、その詩をもっと凄くするために、おれはいちばん勇敢で絶望的な痴漢になってやろうとしている訳だから」

Jはかれの知っているもうひとりの若い詩人のことを思いだした。その若い詩人はかれの二度目の妻のかつての情人だった。妻が最初の短篇映画をつくっていたあいだ、情人はつねにかれのアパートやかれの別荘、またかれのジャガーのなかで、不燃焼な欲望に怨《うら》みっぽい眼で、Jとその妻とを観察していた。しかし結局のところ最後まで、若い詩人はJの妻とふたたび性関係をもつことはなかったらしい。あの飢えた猫のような眼をした無抵抗主義者は、不意にJの周囲から姿を消したのだが、いまはどうしているのだろう？　いまもなお弱よわしく閉鎖的な詩を書きつづけて、Jの妻への欲求不満の癌を解消しようとしているのだろうか？　ともかく、あいつよりはこの少年に詩人としての豊かな才能がありそうだ、とJは考えた。すくなくとも、あのおとなしくあわれげな若い詩人にくらべて、この少年には人間的に激しい印象がある。裸で、ただトレンチコートとブーツだけを身にまとって、地下鉄の他人どもの中で射精する男なんだから！

「どのような詩なんだ？　もういくらかの行は書いたのか、きみは？」と老人も好奇心をかきたてられたように訊《たず》ねていた。

「いくらかの行は書いたのか、だって？　詩は、そういう風に書かれるものじゃないよ。すくなくともおれの詩はなあ。きっと、おれはある日、その詩を書くことができる準備ができたと本能で感じるのさ。そして一秒間に一語ずつの割合で、もの凄く長い時間、書きに書いて、それで完成するはずなんだよ」と少年は傲岸《ごうがん》にいった。

「しかし、ノートのようなものはあるだろう？　記憶の中だけのノートにしても？」とJはいった。

「ああ、それはあるよ。それをつくるためにおれはずいぶん苦しいことに耐えてきたんだから。結局おれは体験的に詩を書きたいんだ」

それからますます雄弁に少年はかれの詩の構想を話した。痴漢たち、この東京に数万人をかぞえながら、きわめて孤独でしかない、心貧しくむなしく危険な熱情にみちた日常生活の闘牛士、厳粛きわまる綱渡り師たち……

かれらはもの哀しいほどにもいかめしい顔をして切実に滑稽に、地位やら名誉やら、ときには生命までをも危険にさらして、徒手空拳《としゅくうけん》で、ごく小っぽけなつまらない快楽のために活動する。そもそも現代は、冒険家たちにとってめぐまれた時代ではないだろう。宇宙ロケットに乗りこんだあとメーターをすべて自己流に動かしてしまうといった凄《すさま》じい勇気をもつ男以外には。二千年来人間たちはよってたかって、この世界を総ゴム張りの育児室につくりかえた、すべての危険は芽のうちにつんで！　しかし痴漢たちは、この安全な育児室を猛獣のジャングルにかえることができる。祈りの儀式みたいに、たとえば幼い女の子の腿《もも》に指をほんの一秒ふれてみるという一動作だけで、かれはそれまでの生涯にきずきあげた、すべてのものを危険にさらすのだ。

痴漢たちは、発見され処罰されることを深く懼《おそ》れてはいるものの、同時に、その危険の感覚なしには、かれの快楽は薄められあいまいになり衰弱し、結局なにものでもなくなる。禁忌が綱渡り師にその冒険の快楽を保障する。そして痴漢たちが安全にかれの試みをなしとげると、その瞬間、サスペンスのなかの全過程の革命的な意味は、帳消しになってしまうのである。結局、いかなる危険もなかったのだから、いままで自分の快楽のかくれた動機だった危険の感覚はにせにすぎなかったのであり、すなわち、いまあじわい終ったばかりの快楽そのものがにせの快楽だと、痴漢たちは気がつく。そして再びかれはこの不毛な綱渡りをはじめないではいられない。やがて、かれらが捕えられ、かれの生涯が危機におちいり、それまでのにせの試みがすべて、真実の快楽の果実をみのらせるまで……

痴漢たちは、たいてい沈黙して行動しているものだ、かれらがおしゃべりなら、かれらの行動も饒舌《じょうぜつ》もカラまわりするだけだ。痴漢たちは、サーカスの綱渡り師たちとおなじように沈黙している。しかし、いったん捕えられて、他人どもの敵意の眼によって痴漢としての認識票があたえられ、痴漢の本質が確定すると、痴漢たちのなかには感動をよびおこす自己宣伝をおこないはじめる者がいる。戦後の日本のもっとも激しかった政治的動揺の時に、国会をとりまく十万人のデモンストレイションの群衆のなかで一人の痴漢がつかまった。かれが警官に告白した言葉、《いま十万人の怒れる政治的人間が、いまはその時期じゃないとして放棄している十万人ぶんの性的昂奮が、連中のなかでつまらない娘の尻をねらっているわたしひとりだけの、特権的な指に集中してくるようで、わたしの指は至福の熱に燃えあがりました。しかも、武装した第四機動隊の厖大《ぼうだい》なポリス群のまえで、それをやったんだから！》かれらは日々の厳粛な綱渡り師だ……

「悪くない、きみはその詩を書くべきだ、もし出版する費用が必要なら、わたしがだしてあげよう」と老人がいった。それはJが口に出そうとした言葉でもあった。自分が書こうとする嵐のような詩のためにトレンチコートを裸の体にまとって、この冬の夕暮地下鉄にのりこみあの危険をおかした少年、しかもずいぶん煩悶《はんもん》したあげくに決死のおももちで、醜い小娘の毛ばだった外套《がいとう》の尻を汚して射精した少年、それはやはり独得な少年というべきではないか？

「しかし今までのところ、おれの頭のなかで形をとりつつある詩はすこしも嵐のようじゃないのでね」と少年は不機嫌にいった。「いわば観察的なのさ」

「観察的でいいじゃないか？」とJはいった。

「観察的なだけでは詩は、凄くならないねえ」と少年はいかにも詩についてのヴェテランらしく考え深くいった。

「それではきみは今日、自分の詩の世界にかなり深く踏みこむことができただろう？」とJはいった。「すくなくとも第三者的な観察をこえたんだから」

「だめだよ、救助されたので！　そこでおれの恐怖心も英雄的な勇気も、すべてにせにかわったのさ、なぜならおれは、あんたらという救命ボートの出現を根拠もなしに予想していた気がするからね、今日は」と少年はいった。

「ぼくらがあらわれたのを見てから、きみは自分がそれを予想していたような気分になったんだよ。あの公徳心のお化けにつかまったとき、きみはいまにも心臓をつぶしかねない様子だったぜ」とJは半ばからかいながら慰めた。

「いや、いまとなってはそうじゃない、おれ自身が、救助されていま、そうじゃないと感じはじめているんだからもうだめだよ」と少年はじつに疲れきったように悲しげにつぶやいた。いま、かれの稚い顔は限りなく暗鬱《あんうつ》だった。

　Jと老人とは言葉をうしなって少年をいたましげに見まもるだけだった。この少年を痴漢という出口のない穴ぼこへの降下から、他の方向へとそらせてやることはできないものだろうか？　この少年は痴漢をめぐって嵐のような詩を書こうと熱望しているのだから、あるいはJと老人はこの少年を、あの嫌悪《けんお》すべき壮漢の道徳家の腕と功名心の束縛のうちへ残しておくべきだったろうか？　もしそうしたとすれば、少年はいまどこかの警察署の一室で寒さと恥辱感に震えながら《厳粛な綱渡り》についてのかれ自身に納得のゆく激しさをもった詩を書きおろしているだろうか、一秒間に一語のスピードで、長い間……

「きみは明日にでもまた、あの自殺行為みたいな、逃げ道のない冒険をするつもりなのかい？　もう、ぼくらみたいな救助者があらわれないだろうと見きわめて？」とJはいった。

「明日？　とてもだめだよ、いまおれは疲れているし、また次の冒険を決心するまでにはずいぶん永い間、煩悶することだろうと思うよ。ああ、おれは自殺したつもりが、川底からひきあげられてプープー呼吸してる間ぬけみたいだよ。救助者は、その間ぬけが自殺を試みるまでにあじわったさまざまな辛《つら》い試練のことは考えてもくれないんだから、微笑して愉しげに救助するだけだからなあ。そしてこの世の地獄のなかへひき戻すんだから、ヒューマニズムの火掻《ひか》き棒で」

「しかしきみはなぜ、逮捕されることに固執するんだ？　逮捕されることの意味を重視しすぎてはいないか？　きみが無事逃げのびてもそれは決して、痴漢として行動したきみの冒険の意味をそこないはしないのじゃないか？」と老人がいった。

「痴漢にもきっといろんなタイプがあるのでしょうよ。おれは詩人だから、痴漢たちのサムプル箱から一等危険なタイプの痴漢の行動法を採用したんだ」と少年は老人を余裕たっぷりにはぐらかした。

老人とJとは感にうたれて少年を見つめた。少年にはたしかに最も危険な緊張をはらんで爆発にいたろうとしている不幸な熱情家の印象があった。それは魅力的だった。少年は幼児期をぬけだしたあとの長い醜さの年齢を過ぎたばかりだった。かれはますます美しく魅力的になるだろう。しかしその美しさよりもなお少年の憎々しい傲岸さに、その年齢独自の輝きがあってJと老人とを捕えた。

「きみがあの道徳家に襲撃されたとき、ぼくはきみが心臓発作をおこさないように注射をうってやりたいと思ったぜ、一等危険な方法を選んで痴漢になった勇者にしては、ひどくおびえていたじゃないか？」と暫《しばら》くしてからJは少年にいった。

「本当におれはそれほどおびえていたかい？　じゃ、おれは少しずつほんものの痴漢にちかづいているんだ。おれの頭が考えだして、隅からすみまで設計したとおりの意識的な痴漢でなく、おれの頭を越えて実在する痴漢に。おれのなかの思いがけない他人としての痴漢にちかづきつつあるわけさ」と少年はいった。かれはJの嘲弄《ちょうろう》を意に介さず、自分自身の饒舌にだけ情熱を集中しているのだった。Jはこの種のナルシストの人間が好きだった。従ってJは微笑をうしなうことなしに、好意的な嘲弄をつづけることができるわけだ。

「自分のなかの他人になりたい、という欲求は、ぼくもきみくらいの年齢では充分に持っていたぜ。それは単純にいえば、大人になりたいという熱望なのさ」とJは少年をいかにも子供あつかいにしていった。「背のびしてひっくりかえりそうになった子供を見た誰もが手をのばして支えてやりたくなるように、ぼくらもきみを救助したくなったんだ。この大人だけの世の中で、どんなに自分の頭のなかの痴漢にちかづこうとしても、きみはそのたびに周囲の大人どもに救助されて、また振りだしに戻るのさ。お可哀想《かわいそう》に！」

「そうかもしれないよ、もしそうだとしたら、おれは次のチャンスまでに、絶対とり消し不可能の、大人どもが救助しようとしても手の出ない、致命的な痴漢行為を発明しなければならないなあ。世の大人どもが、おれの顛倒《てんとう》をふせいでくれるどころか、よってたかっておれを逆立ちさせては引っくり返したがるようなのを」と少年はその睡そうな稚い眼の底を再び暗くみじめな疲労感で翳《かげ》らせていかにも哀れっぽくいった。嵐のように激しい詩を書くべき人間というより受験に失敗して途方にくれている劣等生のような感じで心細げに。

そこでJは少年を嘲弄しすぎたことを悔んだ。Jが自分を羞《は》ずかしく感じながら老人を見ると、老人もまた居心地悪げな様子でかれを見かえした。Jは老人がこんな具合に考えているのだろうと思った。自分たちはこの少年の率直きわまる自己表白にくらべていかにも自己防衛的すぎて厭《いや》らしいじゃないか？　患者をまえにした二人の精神分析医みたいに自分たちだけをまもっているじゃないか？　そこでJは老人にうなずきかえして提案した、さあ、この少年へわれわれのことを話してしまおうじゃありませんか？

「わたしたちは、安全をとうとぶ側のサムプルを選びとった痴漢だ。しかしもちろん、痴漢であることが完全に安全であるわけはないんだが、二人で共同防衛しているのでね」と老人がいった。

「なんだ、この酒場は痴漢クラブなのか」と少年は叫んだ。「あんたらがおれを救助したり、しつこくおれに興味をしめしたりした理由がわかったよ。しかしなぜ、あんたらは独りぼっちの痴漢であるかわりに痴漢クラブをつくったりしたんだ？」

「それは痴漢こそかれらのクラブをつくるべきだからだ、もしそれをクラブと呼ぶなら」と老人がいった。「ホモ・セクシュアルの連中を見るがいい、かれらは特殊な新しい黒人みたいに、いま迫害されている。そしてかれらは、世界中のいろんな隅ずみに小集団をつくって抵抗している。もしかしたら二十一世紀には自分たちの種族の国をつくって独立しようと考えているかもしれない。すくなくとも、かれらのための議員の数人くらいはそれぞれの国でだすようになるだろう。わたしのように早晩死ぬ人間には予想することができるだけだが、きみはきっと二十一世紀まで生きるだろうから、きみの眼でそれを見るよ。かれらの議員は優秀で強力にちがいないよ。ところで痴漢は、ホモ・セクシュアルよりもっと反社会的だ。ホモ・セクシュアルが犯罪でなくなる日は遠くないだろうが、痴漢は犯罪者であることをまぬがれる時をむかえはしない。きみのように、逮捕され罰せられることとそれ自体を、痴漢であることの根本条件にしているタイプだっているんだから！　しかし痴漢たちもいくらかの自衛手段は工夫すべきじゃないか？　そこでわたしたちは、二人のあいだで相互扶助の小機関をつくったわけだ。そして今日きみを救助したように、おたがいを窮地から助けだしてきたんだよ」

こんどは少年がJと老人とを注意深く眺めた。かれは深く興味をそそられている様子だった。それから、かれはそれまでのかれの言動にまったく欠けていた、一種の敬意（相手の存在になにがしかの独自さを認める態度）を示してこう訊ねた。

「この痴漢クラブの会員はずいぶんふえたかい？」

「いや、いまもわたしたち二人だけだが、それでも独りぼっちの痴漢しか活動していない現在では、ひとつの発明だよ。現にわたしも、この青年もいままでの所、逮捕されることはまぬがれてきたんだ」と老人は微笑して答えた。「どうだ、きみも加入しないか？」

「おれは救助されるのは厭だ、しかしあんたら二人にたいする救助専門の係りとして加入するよ。まだ、いまのところおれの次の行動計画はきまっていなくて退屈だから。それにおれは、自分よりほかの痴漢のことも見ておきたいんだなあ。おれの強烈な詩のヒーローはもちろんおれ流の危険な痴漢だが、もっと安全でありふれた痴漢どもを脇役《わきやく》にするのも詩の構造を複雑にするだろうからね！」

「それじゃ街に出るときには、この酒場に寄ってくれ、そしてぼくらと待ちあわせて一緒に地下鉄か電車かバスに乗りに行こうよ。もちろん、きみはその新しい自己破壊プランを思いつくまでぼくらを救助する役割だけはたしてくれるわけだがね。それは、結局きみの希望なんだから」とJがいった。

「ああ、おれの希望だよ！」と少年は楽しそうにいった。もうかれの眼は翳りをおびてはいなかった。むしろ生きいきとした好奇心に燃えあがらんばかりだった。それから少年はウィスキーのグラスをテーブルに戻すとソファに深ぶかと体を沈め、あけひろげに欠伸《あくび》をし眼を拳《こぶし》でこすりつけて眩《まぶ》しそうにしながらこういった。「おれは安心して睡《ねむ》くなったぜ、おれは本当に睡いよ。おれはあんたらを男色家かと疑って、睡りこまないよう注意していたんだから、あんたらが痴漢同士ということでおれに関心をもったのなら、おれは安心だよ。しかしあんたら二人はどういうキッカケで痴漢クラブをつくるようになったんだ？　そもそもの最初に、どんな具合に相談してさ？　それとも、もしかしたら、あんたらは親子か？　まさか親子じゃあるまいね？」

「ああ、親子じゃないし、兄弟でもないよ」と老人は笑いながらいった。

「それじゃ、最初にどちらかがどちらかに痴漢としての自己紹介をして、そして痴漢クラブをつくろうと誘ったんだろう？　しかし、それにはずいぶん勇気がいっただろうなあ」と敏感に推察して少年はいった。かれはいまやずっと近くJと老人に歩みよりをみせていた。このように無防禦《むぼうぎょ》に好奇心を示す少年には信じがたいほど稚い印象があった。

「ああ、勇気がいったね。痴漢というものは、ホモ・セクシュアルの連中のように匂《にお》いでかぎつけられる特徴はもっていないからな。もっともわれわれのあいだには、今日のきみとの出会いのように、偶然が幸運に働いたわけなんだよ。そうでなければ、われわれはおたがいに話しかけ合いもしなかったさ！」老人はJを見つめながら楽しげな声でいった。

ある朝、不意にJは痴漢となることに決めたのだった。そのときかれは性の世界から遠い、いわば反・性的な自己処罰の欲求にかられていた。そしてまた同時にJは、渇望のような、性的な昂奮の予兆にかりたてられてもいた。しかしJはその最初の回心にあたって痴漢としてのかれ自身のなかの性の双頭の怪物をはっきり意識していたのではなかった。かれはただ、不眠の夜をすごしたあげくの、ある冬のはじめの午前九時にベッドの中で、おれは痴漢になろう、と考えたのだ。そしてかれは寝室から妻の仕事場の広間へ出てゆき、新しい映画のコンテをカメラマン相手に検討している妻に向かって、ジャガーを自由に使っていい、自分は電車に乗って外出するから、といった。どこへ行くの？　と妻とカメラマンがたずねた。Jは、ただ電車に乗りさえすればいいんだ、といった。それからJの日々の街歩きの習慣がはじまったのだ。かれは毎日、朝早くアパートを出発した。そして夜遅くにそのアパートへ戻った。妻はたいてい仕事場のソファに毛布を胸までかぶり疲れきって睡りこんでいた。Jと妻とがほとんど口をききあうこともなく数日すぎることもあるようになった。

　いま妻と中年男のカメラマンはすっかり新しい映画を計画していた。妻の最初の映画は完成こそしたけれども製作にたちあった者らだけが数回の試写を見ただけだった。それから映画はある映画会社に二百万円で買いとられ焼却された。初め妻はこの提案に激しく抵抗したけれども、結局、屈伏するほかなかった。そして今度は風景と樹木としか登場しない映画をとろうとしているのだった。その二百万円を基金にしてカラー・フィルムで。なぜそのような結果になったかといえば、誰もがぼうやと呼んでいた二十歳の俳優のせいなのだ。かれがすべての混乱と不運の原因なのだ。最初の映画の撮影がおわり蜿蜒《えんえん》と永い期間にわたっての編集が妻の手でおこなわれていたあいだに、若い俳優はテレビの連続ドラマに出演して輝かしいスターになってしまった。そしてかれが映画会社にまねかれ第一回の主演映画をとることがきまったころになって、Jの妻はその最初の短篇映画を編集し終ったのだった。若い俳優は自分がすっかり裸で、地獄の日常生活をおくっている映画が公開されてひきおこすスキャンダルを恐怖しはじめた。その恐怖はプロデューサーにうちあけられ、映画会社の首脳部につたわった。それから当然な悶着《もんちゃく》がおこり結局、Jの妻が屈伏した。Jはスターになったあとの若い俳優を、テレビ・インタヴューでいちどだけ見たが、それはあの不安定で鋭敏で自由に性的だった浮き草みたいな青年ではなく、がっしりと安定し鈍重で市民道徳のなかのもっとも卑小に限られた性しか信じていない順応主義者という印象だった。Jは自分がその人間と一緒に寝ることを望んでいたのだ、と考えたが、自分がもっていた筈《はず》の情熱は再び思いかえしてみることさえ不可能に感じた。Jはパリへ帰った女流彫刻家の妹に長い文章をついやしてこの一人のスターの誕生の物語を書きおくった。それは滑稽《こっけい》な手紙になってパリの妹を充分に愉しませたようだった。若い俳優の主演映画は好評だったが、カメラマンはJの妻の短篇映画にくらべてみると、ぼうやの美しさは比較を絶して、われわれの映画の方がいいといっていた。若い俳優はもうJのアパートへあらわれることがなかった。

露出狂のジャズ・シンガーもまた、Jのアパートから遠ざかっていた。ただ、彼女は順応主義者となりかわったのではなく、ますます叛逆《はんぎゃく》的な人間となって自由に生きていたのだった。彼女はひとつのコールガール組織との関係をスキャンダル記事に書きたてられて、ナイト・クラブでの歌手の仕事をやめた。それから彼女は東南アジアからの政治交渉のための旅行者たちと一緒に国内を旅行したり、アメリカ人のバイヤーとともにホテルに滞在したりする新しい生活にはいった。Jはいまでも時どきこの高級娼婦《しょうふ》となったジャズ・シンガーから連絡の電話をうけていた。しかしジャズ・シンガーがJのアパートにあらわれるということはなかった。新しい映画に女優は必要でなかったし、もういかなるパーティもJのアパートでひらかれることはなかったから。

Jの日々の街歩きのあいだJのアパートにこもって孤独に憂《うれ》わしげに新しい映画のコンテをつくっているのは、Jの妻と中年のカメラマンの二人だけだった。Jすら、いまはこの二人が仕事中の広間へ入って行くことはなかった。結局、耳梨《ミミナシ》湾をのぞむ山荘でのあの朝にJの上機嫌で快楽的なサロンは崩れてしまったのだ。あれ以来、かえって結束のかたくなったJの妻とカメラマンより他の誰もが孤立してしまい、それぞれ独自の行動法を選んで生活しはじめたのだ。Jから見れば、かれの妻と古い友人のカメラマンの二人組もおなじようにきわめて孤独で閉鎖的な印象だった。二人は過度なほどにも熱中して新しい映画のプランをたてながら、しかもその仕事をとくに楽しんでいる様子はなかった。もっともJはほとんどつねにアパートから出歩いていたので妻とカメラマンの二人の仕事を観察する時間を偶然のように持つにすぎなかったが。Jのジャガーは妻とカメラマンのために車庫に残されていたが映画はまだ野外ロケーションの段階にいたらないので、ジャガーが運転されることはなかった。その象牙色《ぞうげいろ》のボディは埃《ほこり》にまみれて輝きをうしなった。

なぜ自分が痴漢であることを選んだのか？　ということについてJはとくに集中して考えたことがなかった。それはかれの心のすみにつねに、まだ自分が真正の痴漢ではない、という意識があるからだったし、また一方では、自分が暴力的な他人の腕にがっしりとつかまえられ、数かずの恥辱をうけるときに、自分が決定的にそれを考えざるをえなくなるはずという苦しい予感をいだいているせいでもあった。ただ、時どき、かれ自身の内部の奥底においての、自分が痴漢であることの意味のフラッシュが、意識の表面に浮びあがる瞬間はあるのだった。突然の執行猶予《ゆうよ》停止のように。

ある夕暮、Jは国電中央線の下り快速電車に乗っていた。かれのすぐまえに、かれと同年輩の娘が、かれと直角に、そしてかれの胸、腹、腿《もも》のあわせめに、その体をおしつけて立っていた。Jは娘を愛撫《あいぶ》していた。右手は娘の尻《しり》のあいだの窪《くぼ》みからその奥にむかって、左手は娘の下腹部の高みから窪みにむかって。そしてJのむなしく勃起《ぼっき》した男根は女の腿の外側にふれていた。Jと娘との身長はほぼおなじだった。Jの吐く息は上気している娘の耳朶《みみたぶ》の生毛《うぶげ》をそよがせつづけた。はじめのうちJは恐怖におののき息づかいも荒かった。娘は叫ばないだろうか？　その自由な二本の腕でJの腕をつかみ周囲の人々に救いをもとめないだろうか？　最も激しく恐怖しているときJの性器は最も硬くなって娘の腿にむかってきつくおしつけられている。Jは娘の端正な横顔をいかにもまぢかに見つめながら恐怖のうちにたゆたう。皺《しわ》はないが狭い額、短く上向きに反っている鼻梁《びりょう》、コーヒー色の生毛のはえた皮膚のしたの大きい唇、しっかりした顎《あご》、それに色素の濃すぎるせいで全体が黒っぽく曇って見える立派な眼、それはほとんどまばたくことがない。Jは粗い手ざわりのウールのスカートごしに愛撫しつづけながら、不意に失神しそうになる。もしいま娘が叫び声をあげれば自分はオルガスムにいたるであろうと感じる。かれは懼《おそ》れのように、あるいは、熱望のように、その空想に固執する。しかし娘は叫ばない。唇はかたくひきしめられたままだ。そして舞台に切られた垂れ幕がおりるように、瞼《まぶた》が不意にきつく閉じられる。その瞬間、Jの両手は尻と腿の拒否から自由になる。柔らかくなった尻の間をなぞって右手はその奥にとどく。ひろがった腿のあいだを左手は正確に窪みにいたる。

そしてJは恐怖感から自由になる、同時にかれ自身の欲望も稀薄になる。すでにかれの性器は萎《しぼ》みはじめている。かれはいま義務感あるいは好奇心のみにみちびかれて愛撫をつづけているだけだ。そのときJは、ああ、いつものとおりだ、こういう風にすべて容認され、この状態をこえたひとつの核心にいたることが不可能となる、というようなことを冷たくなってくる頭で考えていたのだった。そこまでは、かれが痴漢になることを決意した日から幾度となくくりかえされた、おなじ様式の一過程にすぎなかった。やがてJは自分のふたつの手の指先に、その見知らぬ他人の孤独なオルガスムを感じとった。

その直後だった、電車は轟々《ごうごう》と新宿駅に入りつつあった、Jはかたく閉じられた娘の瞼のあいだからキラキラした大粒の涙が盛りあがって崩れ頰に流れるのを見た。唇は酸《す》っぱい梅の実を嚙《か》んだあとのように、ヒビみたいな皺をいっぱいにきざんでひきしめられていた。しかしその時、電車のドアがひらきJはたちまち人波に押されて娘から遠ざかり、プラットフォームに降りてしまっていた。電車が発車したあとJはプラットフォームに立ったまま、あの娘は自分を一瞬なりとも見かえしはしなかったと考え、そして自分をひどく孤独に感じた。Jはかれの最初の妻が睡眠薬をのんで自殺した夜の圧倒的な孤独と恐怖のことを思いだしていたのだった。かれと妻とは頬をおしつけあって寝ていたのだが、妻は睡眠薬からの深い眠りをねむり高い鼾《いびき》をかきながら、しかもその閉じた瞼から涙を流していた。その涙がJを目ざめさせたのだった。滑稽な話だがJは、もし自分が再びあの娘と会うことができたなら哀願してでも結婚して一緒に暮らしたいと考え、それから数週にわたっておなじ夕暮の時刻に東京駅に張込んだのだった。しかもかれは娘の容貌《ようぼう》についてすでに明瞭《めいりょう》な記憶をうしなっていた。ただ、涙の形と色と輝きとその運動についてだけは、はっきりおぼえていた。

この娘との唯《ただ》いちどだけの出会いは、痴漢としてのJのもっとも幸福な思い出だった。暗い不幸な思い出は数しれない。かれが痴漢であることを決意した初めのころの日々、電車のなかでバスのなかでデパートのエレヴェーターで、かれはただ熱望に燃えながら青ざめて汗をしたたらせ、じっと体を硬くして立ちすくむだけだった。朝早くアパートを出て夜遅くまで東京じゅうを彷徨《ほうこう》しながら、ただの一瞬も他人の肉体に向かって自分の掌をさしのべることのできない日々が数週間つづいたのだった。痴漢としてのかれはじつに様ざまの伏兵を、禁忌を、敵意にみちた制止信号を発見した。生れてからそのときまでJは外部社会がそのようにかしましく自己主張的にかれに向かって起きあがってくるという印象をうけたことがなかった。Jは反社会的な行動家としての痴漢になった日、社会の存在感についてもっとも敏感になったわけだ。この時期に、鋪道《ほどう》上のJを見かけた人々はJのことを堅固な道徳家だと信じたにちがいない、痴漢への回心をおこなったばかりの苦しい徒弟修業期間のJを……

Jに恐怖をひきおこす《魔除《まよ》け札》は、たとえば電車の天井から吊《つ》りさがっている中吊り広告だった。その広告の一枚に、八千万人のための百科事典という言葉が印刷されているとしよう。たちまちJは、自分が百科事典を愛用する八千万人の他人どもに攻撃をかけている孤独な戦士だという気分になり、武者震いする。その時、いっせいに揺れている電車の吊り革のミルク色の握り輪は、すべてJの首を絞めあげるための処刑具のように感じられる。Jは汗を流して眼を硬くつむる。

このような暗黒週間がすぎさり、Jが痴漢として自由にふるまえるようになったあとでも、Jは決してつねに幸福であったのではなかった。見も知らぬ他人たちの中へ入りこんで行き、その他人たちのなかの見も知らぬ一人の性器に触れ、そして他人たちのあいだから安全に脱出して再び独りぼっちになる。そのような理想的なタイプの痴漢行為がおこなわれ完成されることは不可能に思われてくるほどだった。Jは獣たちの森にはいりこんだ猟師が一頭の鹿を倒し、死んだ獣はそのままにして、ストイックで男性的な昂揚《こうよう》をあじわいながら疲労してひきあげてくる光景を夢みていた。満員電車の他人どもの森で闘い、そこから退却する自分にJはその猥師の昂揚しか期待していなかったのに、ほとんどつねに、かれは途中で挫折《ざせつ》して不満足な苛立《いらだ》ちと屈辱感をいだくか、どうしようもない嫌悪にまみれて、はてしない行きすぎをおかしてしまうのだった……

ある夕暮、Jは渋谷発の大型バスの中ほどに立っていた。右手は吊り革に、左手は一人の大柄な女の靴下とコルセットのあいだの裸の皮膚におしあて、かれの眼の十センチ前で揺れている女の頑丈な頭の豊かで重たげな髪を見つめ、その匂いをかぎながら喉《のど》を緊張と昂奮にざらざらの感触になるまで乾かせて。女のめくれあがった厚いウール地のスカートを覆《おお》いかくすために、馬に乗った人間のように両膝《りょうひざ》をまえにつきだし前屈《まえかが》みになっているJにとって、その左手を女の裸の腿におしあてていることは困難な作業だった。苛だたしい苦痛が左肩から指先までをしびれさせるようにさえ感じられた。しかしJはそのままじっと忍耐していた。それから不意に、女が屈みこむように腰をおとし、Jの不安定な左手に重みをかけた。Jは体の均衡をうしなってその額を、女の肩にしたたかうちつけた。そしてJが体をたてなおしたときJの左手は女のがっしりした掌にしっかり握りしめられていたのだった。Jは恐怖感の洪水のなかにくるくるまわりながら沈みこみはじめた。次の停留所にバスがとまったときJは汗粒を体じゅうにうかべながら、女に手をひかれて人々のあいだをくぐりぬけバスをおりた。Jはそのとき自分の恐怖と絶望感にまみれている心の奥底にひとつの予定調和の匂いを嗅《か》ぎとっているようだった。そのとき初めてかれは痴漢としての自分の快楽への熱望の裏側に自己処罰の欲求が付属していることを実感したわけだ。逃亡を試みるかわりに、Jは母親に保護されている幼児のようにその女に従って歩いた。しかし女がJをみちびいていったのは警察ではなかった。それは壁も天井も床もすべて防音装置の厚紙で幾重にもはりつめた安ホテルの一室だった。そしてJはできるだけ早く奉仕の苦役をおえようとしてつとめたのにいつまでも不能だった。女は蜂の仔《こ》のように黄色の脂肪につつまれた裸を蛍光燈の光のもとに横たえ苦しげに眼をつむり、ずっと一語も発しないでじっとしていた。Jは女の脇《わき》に裸で膝をつきぐったりうなだれて絶望した。部屋のなかで生きて動いているのは女とJの裸の匂いだけのように感じられた。やがてJも眼をつむり、そのままじっとちぢこまって、その地獄の百年間が過ぎ去るのを無抵抗に待った。女もまた急速に腐敗しつつあるとでもいうようにいつまでも動かず擬装死の狐みたいだった。

雑踏のなかでほんの一瞬、その下着ごしに性器にふれることに自分の存在のすべてをかけるほど昂揚しながら、その性器の持主とおたがいに裸で体をよせあうと自分の性的な熱情のすべてがその女を拒否する方向に働くということをJはこの体験から理解したのだ。かれはつねに欲求不満だったのに、もう数箇月もかれ自身の妻と性交しなかった。そしてわずかな性的接触の機会だけをいかにも物ほしげに求めて、Ｊは毎日のように朝から夜ふけまで大都会の他人どもの雑踏のなかへはいりこんで彷徨しつづけた。あの老人とめぐりあうまでは、生れてからかつて体験したこともない深さまで、徹底的に孤独に。もしこの老人とめぐりあうことがなかったなら、Ｊはすでにノロマで常習的な痴漢らしく行動して逮捕されてしまっていただろう。Ｊは老人と自分とのあいだの相互扶助の恩恵を感じていた。

……その時、Ｊは山手線に乗って東京を一周りしようとしていた。冬の薄陽のさす朝も昼ちかくで、Ｊの車輛《しゃりょう》の座席はほとんど乗客によってしめられていたが、床に立っている者はいなかった。床は鼠の背のように乾いてわずかな土埃を陽ざしのなかへ湧《わ》きたたせていた。人々は退屈し、しかも疲れすぎてはいず、周囲に眼を遊ばせて座っている。痴漢のためには魔の時だ。

しかし電車が上野駅のプラットフォームへはいってから事情が変った。おそらく教師に引率されて博物館にミイラか縄文土器でも見学に行ってきたのだろう、上機嫌の女子高校生たちの二十人ほどの群がＪの車輛にのりこんできたのだ。Ｊはとっさに席を立って娘たちの混雑のなかにまぎれこみ、痴漢としてのもっとも有効な位置を占めようとした。しかし、かれは自分がそうするよりもまえに、ひとりの大柄な老人がじつに敏捷《びんしょう》に、なにげなく、その座席を立つのを見かけた。Ｊはある予感をいだいて、胸をときめかせながら傍観者にまわった。老人はいかにも屈強そうな体つきだった。女子高校生の穢らしい頭のむらがりの上に、老人のラクダの豪華な外套《がいとう》につつまれた広い肩と厚い胸がそびえた。老人は太い頸《くび》に白絹のマフラーをまきつけ頭にはソフトを深くかぶっていた。顔の皮膚が枯葉色をした皺におおわれていることと、猛禽《もうきん》のように鋭い眼とをのぞけば、老人は強壮剤の広告にゴルフのクラブを握りしめて登場する理想の老年像だった、それは見ていて気持がよかった。自分の老年に幻影を抱かせてくれるようだ。女子高校生たちはいくつかの空いた座席を見ても座りに行こうとせず、ライオンにおそわれた縞馬《しまうま》かおびえた雛鶏《ひなどり》の群のようにぎっしりと体をよせあっていた。喋《しゃべ》りあうその声は電車の轟音をこえて車輛のなかを領している。

老人の頭と上体はいつまでも微動だにしなかった。そのうち老人はゆっくり眼をつむった、睡気に抵抗しながら、しかもそれに屈伏してしまう幼児のようにゆっくり瞼を閉じたのだ。Ｊは老人の閉じられた瞼のまわりの枯草色の皺の皮膚がしだいに桃色に染まってくるのを見た。老人はいま、ゴードン・ジンのラベルの酔っぱらった単純そうな山犬に似ている。それから不意にＪは、女子高校生の一群がいっせいにしゃべり止めたのに気づいた。もう電車の走る轟音しかきこえてこない。そして女子高校生たちはみな怯《おび》えた表情にかわりつつある。恐怖の寒さに凍えている未発育な少女たち。それでも眼を閉じた老人だけはうっとりと幸福そうに眼のまわりを桃色に染めて立っているままだ。Jは自分のことのような恐怖にかられた。あと一分たてば少女たちは喚《わめ》きはじめ老人は痴漢として逮捕されるだろう。

電車は日暮里《にっぽり》駅のプラットフォームにそって停車し扉がひらかれたところだった。Jはとびだしてゆき、女子高校生たちをおしわけて老人の前にすすみよると、そのラクダの外套を着こんだ腕をつかまえ力ずくでプラットフォームへとひきずりおろした。かれらが電車をおりるとすぐ背後に扉が閉じた。Jはふりかえって、硝子《ガラス》ごしにかれというより老人を睨《にら》みつけている女子高校生たちを見まわした。彼女たちの中のいちばん小っぽけな少女が、いまにも泣きださんばかりに真赤な顔をしていた。おそらく老人は、あの少女の胸に掌をふれるというようなことをして孤独な性的昂揚に身をまかせていたのだろう……

「あなたがあまり不用心だったので」とJは老人の腕から自分の腕をほどきながら、その時になっていくぶん狼狽《ろうばい》し、自己嫌悪まで感じながら弁解した。

「ありがとう、もし救ってくださらなかったら、わたしはとことんまで行ったでしょう」と老人は率直に感謝した。

こうしてJと老人は、《鋪道上の友人》になり一緒に畝《ウネ》火《ビ》町の酒場へ出かけて一杯やったのだった。

Jと老人に、少年が加わって畝火町の酒場で会い、街の雑踏のなかへ出発してゆく日々がはじまった。少年は高等学校を卒業したまま進学も就職もせず、ただひたすら、痴漢についての嵐《あらし》のような詩を書くことを熱望しているのだった。Jも老人も、少年からそれ以上に詳しい身の上話を聞きだそうとしなかった。それは必要でなかったから。かれら三人はおたがいの名前すら知らなかったのだ。しかもほとんど毎日朝から夕暮まで、時には真夜中までかれらは三人そろって地下鉄に乗り国電、都電のなかをうろつき、バスに揺られて新橋、渋谷間を数往復したりして睦《むつ》み合っていたのである。かれらはおたがいに最も忠実な《鋪道上の友人》たちだった。少年はその英国製のトレンチコートをはじめとして（もっとも真冬の日々にそれはいくらか季節はずれだったが）背広もシャツもネクタイも、靴も、きわめて上等なものを身につけていてその年齢にしては贅沢《ぜいたく》すぎるほどだったが、ポケットには数個の硬貨しかもっていないという日が多かった。老人とJとは時どき、少年のトレンチコートのポケットにいくらかの金をおしこんでやった。少年はそれについてまったく自由で、こだわらず、その日のうちに、あたえられた金をすべて投じていかにも豪華な飾りだらけのスキー用皮手袋を買ったりした。もしそれをしたままで女の尻に触れるとしたら、女は少年にいたずらされたというよりも、なにか小型の装置に触れたと誤解するかもしれないといった風な、およそ非実用的な装飾過多の手袋だったが。

　Jと老人と少年が雑踏のなかへ出て行く、といっても少年が加わってからは、痴漢として行動するのはもっぱら老人で、Jと少年とはその保安係りの仕事に専心するようになっていた。それは少年が、はじめから、その仕事だけに限る意志をあきらかにしていたので、Jもまた、つい少年の側に立ってしまったせいだった。Jの変化について老人は気にかけずそれまでどおりにヴェテランの痴漢として行動しつづけた。その熱中ぶりはファナティクなほどで、Jはもとより、少年も、この老怪物・痴漢に一目《いちもく》おいているようだった。

　老人の活動を車輛の別の隅から見張りながら、Jと少年とはたびたび痴漢であることとの意味をめぐって議論した。少年は痴漢を歌う嵐のような詩のことを日夜考えているので、話が痴漢をめぐってでありさえすれば、いつ、いかなる場所でも、熱中してしゃべりつづけた。そして結局少年は、危険にたいしてあらかじめ予防措置をとっている痴漢を、原則として認めないのだった。老人にたいしてしだいに畏敬《いけい》の念をいだいてきていることを告白しながらも。少年もまた、ファナティクなところのある人間だった。かれは安全な痴漢にもなお魅力がある、というようなことを考えたがらなかった。かれの嵐のような詩のヒーローである最も危険な痴漢のイメージをあいまいにすることを、かれはつねに拒否していたわけだ。

「きみだって、まったく危険のない場所で危険のない痴漢行為をはたらくとして、それが自分を昂奮させるとは信じないだろう？　この痴漢同士の相互扶助だって安全率が百パーセントではないから、そこでわずかながらでも昂奮できるんじゃないか？　おれたちが畝火町で初めて話し合った夜、あの老人もそういっただろう、完全に安全なわけじゃないと。痴漢は猛獣狩のハンターとおなじだ、ライオンも犀《さい》もすっかりおとなしくて喉をグルグルいわせてすりよってくるような大草原では、たいていのハンターは退屈してノイローゼになるよ！」というようなことを少年はいった。

　そしてJは少年との議論に興味をうしなうことがなかった。それはJ自身、自分が痴漢となることをきめた選択の意味を考えてみないではいられなかったからだろう。

「なあ、安全な痴漢というのは困るのじゃないか？」と少年はくりかえしいった。

「困るね、それはそうだ。しかし、いつか捕えられて決定的に辱《はずか》しめられ最大の危険をあじわうことが痴漢の宿命みたいなものだとしたら、とくにそれを急ぐことはないだろう？　それは死についてとおなじだ、やがて死ぬわけだから、とくに急ぐことはないんだろう」

「いや、おれはそういう風にいうのはまちがいだと思うよ。死が生の意味をあかす唯一《ゆいいつ》のものなら、おれはできるだけ早く死にたい。逮捕される危険が、痴漢の内部を決定する要素のひとつなら、やはりその要素を考えない痴漢は本当の痴漢じゃない、にせの痴漢なんだ。そんな痴漢は結局何者でもないよ、すぐに退屈してあきあきしてしまうだろうさ。おれの詩の痴漢のヒーローは、そういうけちなやつじゃない！　ただ、おれにわからないのは、あの老人がおれたちにまもられながらも、まったく孤立無援の、危うい痴漢だということなのさ！」と少年はいうのだった、バスの混雑のなかで眼をつむり瞼《まぶた》を桃色に染めてかれ自身の世界に沈潜している老人を見やりながら。

　そこでＪは少年に、老人がその屈強な肉体の内部に癌《がん》の巣を宿しているらしいこと、また心臓の症状にも不安をもっているらしいという自分の推測をうちあけた。それから少年は老人にたいしてもっと献身的にふるまうようになった。少年はその嵐のような詩の脇役として、瀕死《ひんし》の痴漢を登場させるつもりになったのかもしれない。

　少年はまた、じつにしばしば、かれの痴漢行為の計画の試案を話してはＪをおびやかした。それらはすべてあきらかに性犯罪と呼ぶべき計画で、もしいったんそれらのひとつを少年が実行したとすれば、もう確実に、Ｊと老人には、少年を救助することが不可能だった。それらはすでに痴漢の行動範囲をこえて性的な犯罪の域にいたっているプランなのだ。

「だめだよ、きみはきみ自身のためにもそういうことをしてはいけない。もし、そういうことをすれば、きみは嵐のような詩を書くまえにこの社会から抹殺《まっさつ》されるだろう。なぜそのようにしてまできみはその激しい詩を書かねばならない？」

「いや、考えてみると詩のために、というよりおれが本当のおれ自身になるために、それが必要なのかもしれないんだよ」と少年は神秘めかした。

　もっともＪは少年の夢想をとくに信じこんだわけではなかった。しかしＪはしだいに少年にたいして友情を感じてきていたので、その夢想からなりと少年を解き放してやりたいと思うのだった。そしてそれはＪの無意識と照らしあわせてみれば次のようなタイプの心理作用であったかもしれない。Ｊは自分自身、危険な棘《とげ》のあるウニみたいな痴漢になりかねないことを知っており、それを懼《おそ》れている。そこで、少年の危険な棘をとりのぞいてやることで、自己防《ぼう》禦《ぎょ》に近いことをしようと望んでいるのだ……

　ある日、畝火町のホテルの酒場で、Ｊと老人ふたりきりだった深夜に、Ｊは老人に相談をもちかけた。

「あの少年をぼくが以前から知ってる面白い娘のところへつれて行ってみようと思うんですよ。もしかして、痴漢をヒーローにした詩から、肉体的な愛を歌った抒情《じょじょう》詩《し》にでも、あの少年の詩的関心がうつれば、そのほうがましなのじゃないかと思って」

「そうしてみてくれ、本当に。痴漢になるつもりなら六十歳になってでも充分遅くなく転身することができるのだから」と老人は微笑していった。

そこでJはジャズ・シンガーの所へ電話をかけて少年を彼女と会わせにつれて行ったのだった。ジャズ・シンガーは新橋のホテルに定住していた。Jはジャズ・シンガーに事情を話し、また少年にはごく正常な性関係というものをいちど験《ため》してみるべきだ、と説得した。少年はあいまいな微笑を浮かべてJの主張を聞いていた。それからかれはJに、なんだか不安だからホテルのバーで待っていてくれないか、と頼んだ。少年の言葉は軽率なジャズ・シンガーを自己満足でみたしたようだった。しかしバーで待っていたJの所へ電話をよこして殆《ほとん》ど泣きわめくようにこのバケモノをつれてかえってくれ！　と叫んでよこしたのはジャズ・シンガーのほうで、まだJは一杯のペルノ酒を飲んだばかりの所だったのである。Jがジャズ・シンガーの部屋へあがって行くと少年はもうネクタイまできちんとしめてあいかわらず微笑しながら椅子《いす》にゆったりとかけていた。ジャズ・シンガーは浴室で気も顚倒《てんとう》したように荒あらしい音をたててシャワーを浴びていた。Jが浴室に頭をつっこんで、少年をつれて帰るむねつたえると、Jの方をふりむいたジャズ・シンガーはシャワーの冷たさのせいもあるだろうが、すっかり蒼《あお》ざめているのだった。そしてもうJとも絶交だ、と叫んだ。Jはドアを再び閉ざしながら浴槽の脇のタイルに血が数滴したたっているのを見た。少年はずっと黙っていたしJも訊《たず》ねなかった。少年はなにかひどいことをしてしまったのだ。

それからはJも老人も、少年にたいして特別な干渉を試みることをしなかった。そこであらためてJと少年と老人の《鋪道《ほどう》上の友人》たちの街歩きの習慣が平坦《へいたん》につづいた。しかし、少年はやはりJと老人の所に永くとどまるべく訪れた新しい定住者というのではなかった。かれはただ、第二の決定的な痴漢行為に向かって歩みだすまで、Jと老人の庇護《ひご》のもとに自分自身の処刑を延期していたというのにすぎなかった。かれは短期滞在の旅行者だったのだ。

……冬は終ろうとしていた、深夜に雷鳴が空を駆《か》け間歇《かんけつ》的な雨がふりそそぎ、朝早くから陽の光は猫の腹のように生あたたかかった。Jの妻は中年男のカメラマンと野外ロケーションの日程表をつくりあげ仕事場の壁に張った。彼女たちは春から夏のはじめにかけて新しい映画のフィルムを撮影するだろう。ある朝、Jは老人とまちあわせて二人で畝火町の酒場へでかけた。その数日、少年はかれらの前から姿を隠していた。少年は憂鬱《ゆううつ》症にとりつかれているようなのだった。今となってはJも老人も少年があらわれなければ、雑踏の中へはいりこむときにも気分が冷えてくるのを感じた。そこで、その朝、畝火町のホテルの酒場でひさしぶりにかれらを待っている少年を発見した時にはJも老人も喜びを禁じえなかった。Jはそのとき漠然とながら、まだJと老人の二人組だったころ、Jがあらわれるのを見つけた老人の顔が喜びに輝いたことを思いだしていた。ところが少年はJと老人に嫌悪を感じてでもいるように、じつにあからさまに不機嫌だった。かれの椅子のまえの低い卓には睡眠薬の瓶とウィスキーのタンブラーとが置かれていた。Jと老人は少年に遠慮しながらもそれを非難をこめて一瞥《いちべつ》した。しかし結局Jも老人も少年が朝から強い酒と睡眠薬をのむことについてなにもいわなかった。二人は少年に向かって座り黙ったまま、おのおのくつろごうとして椅子のなかでごそごそ身動きしながら微笑しつづけていた。

「おれはもう第二の準備期間を終ったんだ、おれはやるつもりなんだ」と少年がいった。

老人とJとは少年を見つめ微笑していた頬や唇をこわばらせた。少年は睡眠薬とウィスキーとに頭をほてらせはじめているようだった。少年は老人とJがはじめてかれに会った夜の、素裸の体にブーツをはきトレンチコートを着こんだ冒険家の面影をまざまざと思いださせる鋭い表情をしていた。眼は充血して膨れあがっているようだし、顔の皮膚は耳のあたりまで薄汚れている。それに声はヒステリックにおののき嗄《しゃが》れて怒りくるっている子供の声のようだ。

「しかしきみは今日、背広も着てるしズボンもはいているじゃないか？　これから化粧室にでもこもってトレンチコートとブーツだけの軽装にかわるのかい？」と老人がいかにも不安をまぎらしながら嘲弄《ちょうろう》的な言い方をした。

「いや、おれは前と同じことはやらないよ、あんたらに妨害された時にもそういっただろう？」と少年は応じた。Jは少年が救助されたというかわりに妨害されたといったことに自分が少年にたいして持っている友情があからさまに踏みにじられたのを感じた。

「しかし、きみがぼくに話したような、電車のなかでの強《ごう》姦《かん》とか、地下鉄のなかで老女刺殺とか、そんな残酷な夢物語を、実現してみようと思っているのでもあるまい？」とJはつとめて冷やかにいった。

「おれはもう自分の計画を誰にも話さないよ、話した瞬間に、おれのプログラムは消えうせてしまうんだから。とにかく、もう、おれをほうっといてくれないか？　おれは単に痴漢クラブの救助者専門の係りとして、あんたらに参加する約束だったろう？　これからは、どうかおれをほうっておいてくれ！」と少年はいった。

「じゃ、きみはなぜ、ぼくらに、いまきみが準備期間を終って二度目の大冒険をやるつもりだなどとわざわざしゃべったんだ？　ぼくらに黙ってどこか遠方で独りぼっちでそれを決行すればよかったのじゃないか？」

「おれはただ、さよならをいいにきたんだよ、ともかく友達だったろう？」と少年は、Jと老人を動揺させるほどあからさまに率直なことをいった、そして眩《まぶ》しそうな眼で二人を見つめると、乱暴な子供みたいに荒あらしく立ちあがった。「おれを妨害するなよ、おれは死ぬほど苦しがってやっと今度のことを実行する決心をしたんだから、おれは本当に犠牲をはらって決心したんだから、もう妨害するなよ。おれはあんたらのような安全タイプの遊び半分の痴漢にはがまんできないんだ。もしあんたらがおれを妨害するなら、おれはあんたらが痴漢だと密告してやる！」

　そして少年は駈けるようにホテルの玄関を出て行った。老人とJは酒場の勘定をすませて後を追った。もう雪のあとかたもない乾いた鋪道を前屈《まえかが》みに大股《おおまた》に歩いて行く少年を、Jと老人は息を弾ませて尾行した。少年は国電の畝火《ウネビ》町駅に向かって歩いていた。それから少年は不意に頭をめぐらせてJと老人を見つけると忿懣《ふんまん》に耐えないという身ぶりをし、かれらを睨《にら》みつけたまま立ちどまっていた。Jと老人はためらいながら少年に近づいて行った。

「あんたらは、なぜおれについてくるんだ？」と少年は叫んだ。かれの心理の均衡は睡眠薬とウィスキーとに攻めたてられて破綻《はたん》していた。肉体的にも少年は正常でなくなっていた。少年の大柄な上体はゆっくり斜めにかしいでは唐突にまっすぐの姿勢に戻り、また斜めにかしいだ。

「きみは頭にきている、帰って眠れ。ぼくらがタクシーでおくってやるから！」

「あんたらは、なぜついてくるんだ？　なぜ他人のことを干渉するんだ？　いま、おれは大切な時なんだぞ！」と少年は威嚇《いかく》するように腕をふりかざして叫んだ。そこは繁華な商店街だった、たちまち人だかりがしはじめた。

「よし、ぼくらはきみに干渉しないよ。しかしぼくらがきみの冒険を傍観する分にはきみもそれを止めることはできないだろう？　ぼくらはきみが危険タイプの痴漢になる所を見ておきたいよ。それというのは、きみが冒険を決行したあと、きみの嵐のような詩を書く自由があるとは思えないからだ。さあ、どんどん自分のやりたいことをやってくれ。ぼくらはもう決して救助も妨害もしない。きみがいま恐怖を感じているなら、それは本物の恐怖だろうよ」とJはしだいに苛《いら》だちながらついには憎悪《ぞうお》とともにいった。

　少年は一瞬、びっくりしたように素直な表情に戻ってJを見つめていた。そして急にふりむくと歩きはじめた。もうふりかえることもなくJと老人をまったく忘れてしまったとでもいうように、自分自身にのみ熱中して。Jと老人とは三十メートルほど遅れて、おたがいに沈黙したまま、少年を尾行した。

　少年は国電の畝火町駅にはいって行った。Jと老人は少年が改札口をとおりぬけてから切符売場に行き、いくらか手間どって自分たちの切符を買った。そしてかれらが改札口を通過したとき、少年はすでに行動を始めていたのだ。神田方面と池袋方面との二つのプラットフォームへの扇形にわかれる二つの階段にはさまれた場所の、売店の脇《わき》に少年は立っていた。かれの右手はひとりの幼女の手を握り、かれの左手は電池で動く赤いサルの玩具を幼女の眼のまえにかざしているのだった。それから少年は前屈みになって幼女に話しかけ、幼女にサルの玩具をあたえ、二人そろって神田方面へのプラットフォームの階段を昇って行った、兄と妹のようにいかにも内輪な親しさの印象において、かれらを見まもる他人たちを和ませながら。Ｊと老人とだけが別だった、かれらは少年が幼女を誘拐《ゆうかい》するつもりらしいと見出《みいだ》しながら、その事実を信じることを怖れていたのだ。

　少年たちが階段を昇りきって見えなくなってから、売店の奥の化粧室のドアを押して若い女が出てきた。彼女は周囲を見まわし臆《おく》したような声で誰かを呼んでいた。それから恐怖にかられ子供の名を呼びながら池袋方面へのプラットフォームの階段を昇って行った。老人とＪは同時に一歩前へ出て女を呼びとめ、それと逆の階段を昇らねばならないと注意しようとした。しかも二人とも唇をかたくむすび伸した手をむなしく垂れて、黙っていたのである。かれらは少年の言葉の魔法にかけられてしまっていたのだろうか？

　一瞬あと頭上から女の悲鳴がトビさながら急降下してきた。Ｊは老人をかえりみる暇もなく、少年と幼女の去った階段を、数段ずつ跳んで駈けのぼった。そしてＪはその光景を見たのである。プラットフォームにそって轟々《ごうごう》と山手線の電車がはいってこようとしている。反対側のプラットフォームには若い女が腕をさしのべ線路に向かってダイヴィングしようとしている。赤いサルを握った幼女は両側の線路のあいだの鉄色の礫《こいし》の窪《くぼ》みに倒れこんでもがいている。そして少年は電車のやってくる線路に両膝《りょうひざ》をつき、倒れた馬のように上体だけ空をあおいで嘶《いなな》かんばかりだ。幼女を安全な窪みへ投げたあとの虚ろな両腕を胸のあたりに折り曲げて。眼をつむる直前にＪは電車の先端が少年の血でそまるのを幻影のように見た。Ｊは叫び声をあげた。

　一時間後、Ｊと老人は畝火町のホテルの酒場のソファに肩をならべて座り、おたがいにそれぞれの掌のグラスが震えるのを眺めて黙りこんでいた。Ｊは幼女を胸にだきしめた若い母親が嗚咽《おえつ》しながらまわりを囲んだ群衆にくりかえし訴えかけた言葉を思いだしていた、《あの人は神様です、わたしの子供がわたしを見てプラットフォームから線路にとびだしてきた時、もう誰にも、わたしの子供は殺されてしまうことがわかっていたんです、わたしにも！　それをあの人が救けてくれたんです、そして可哀想《かわいそう》に、ああ！》

「あの少年はやはり痴漢としてしか生きようのない人間だったんだよ、そう考えれば、わたしにもいくらかの惨《みじ》めな平安があたえられるんだ」と老人がいった。「そして痴漢は、あの少年のように死を賭《と》しても痴漢でありつづけるほかない人間だと思うんだよ。われわれのように安全を心がけた痴漢クラブは薄められた毒を飲む機関にすぎない」

「ええ、ぼくはあの少年からそういわれていました」とＪはいった。

「やはりわれわれにはごまかしがあったんだ。結局われわれは、あの少年のように危険な痴漢になるか、痴漢であることを止《や》めるか、そのどちらかしか道がないという気がする」と老人はいった。

「ぼくもそう思います、ぼくはもうこの酒場には来ないし、あなたにお会いすることもないでしょう」とJはいった。

「きみは痴漢であることを止めるだろう。わたしはもっと危険な痴漢になるだろう。そしていつか地下鉄の人ごみの中で逮捕されて心筋梗塞《しんきんこうそく》で死ぬのじゃないかという予感がする」

Jは立ちあがった。老人はソファにかけたままJを見あげ頭をふった。老人は怒りに燃えたり性的に昂揚《こうよう》したりするときそうだったようにゴードン・ジンのラベルの酔った山犬のように眼のまわりを赤らめていた。猛禽《もうきん》みたいな眼には白い膜がかかっていて、それはJが見た最もなごやかな老人の眼だった。Jも再び涙ぐみ、老人とおなじようにわずかに頭をふり黙って酒場をぬけホテルの玄関を出た。かれは背後から老人が彼を見まもっているあいだに貧血して倒れるのではないかと懼《おそ》れていた。ホテルのボーイがとめてくれたタクシーの中でJはむせび泣いた。Jは生涯の最良の二人の友をうしなったばかりだった……

それから数週間、Jはアパートにひきこもって暮した。そのうちにかれは、自分がまったく外出しなくなったことが、妻に負担であり苦痛であるらしいことに気がついた。それは妻ばかりでなく仕事場へ映画の製作準備にかよってくるカメラマンがJの存在にたいして示す反応だというとにも、気づかないではいなかった。しかしJは毎日、あの少年と老人のことだけを考えていたので、とくに深く、妻とカメラマンの反応の意味を追ってみるというのではなかった。かれはいまや幼児のように鈍感だったのだ。

そしてついにある朝遅く、Jの寝室に入ってきたカメラマンがJに、話したいことがあるとあらたまっていった時にも、まだJはそれが映画の製作費かジャガーの使用権にかかわることなのだろうと思ったほどだ。しかしカメラマンは、自分がJの妻と恋愛していること、Jの妻はその結果妊娠していることをうちあけたのだった。Jは、鯨の頭のように巨《おお》きく丸く黒っぽい顔に口髭《くちひげ》をたて、血走った眼をぎょろつかせる中年男をしばらく眺めていた。そしてかれは特別な感情が湧《わ》きおこらないことを当然のことのように感じた。いったいどうしたというんだろう、この熱情的なアウトサイダー、精密器具偏愛家の中年男と、映画製作にしか興味をもたない瘦《や》せっぽっちで男の子みたいな肉体をした妻とのあいだにそういうことがおこるなど、いったいどうしたというんだろう、とJはいぶかしがった。それにあの反・女性的な腰をした妻が妊娠する能力をもっていようとは。出産にあたって妻は死にはすまいか？

「J、きみがショックをうけていることはわかるんだ。きみは、いちばん古い友人に、裏切られたんだから、なあ、J」とカメラマンがいった。いちばん古い友人？　とJは反撥《はんばつ》した、いまかれにとって友人という言葉が正当に喚起する実体は死んだ少年と、いまも雑踏のなかを孤独な痴漢として彷徨《ほうこう》しているはずの老人だけのように思われた。

「それで、いつから？」Jは間のぬけたことを問いかえして、自分で自分の言葉の無意味さに赤面した、いつから自分が裏切られていたか、それを確認していったいどうなるというのだろう？　しかしカメラマンは、

「きみが家をあけはじめてからのことだよ」と律儀にこたえた。

「昼間に妊娠させたのか？」Jはいくらか嘲弄《ちょうろう》的にいった。

　カメラマンは一瞬、巨きく丸い色黒の顔を赤銅色《しゃくどういろ》にして吃《ども》りながらこういった。

「J、きみは性倒錯だ、蜜子ちゃんに聞いたところでは、きみが自分の妻を性的にも男色の相手の少年の代用みたいにあつかっているのはあきらかだ。はっきりいえば性倒錯の男が妻をもっているときには、他の男がその妻と肉体関係をもつべきなんだ、むしろそれは他の男の義務だ」

　Jはカメラマンと妻とが、自分の性的な癖について噂《うわさ》話《ばなし》をしている光景を思いうかべて、はじめて怒りにとらえられた。カメラマンもJに殴りつけられることを無防禦《むぼうぎょ》に耐えようと予期しているようだった。しかしJは結局、カメラマンに暴力をふるいはしなかった。そのかわりにJは、耳梨《ミミナシ》湾にのぞむ山荘でカメラマンを殴って以来、心の隅にこだわらせつづけてきた自己嫌悪の種が解消するのを感じたのだった。

「それで、どうするつもりだい？」とJはカメラマンを見つめて親身に訊《たず》ねた。

「蜜子ちゃんと結婚して子供を生むよ、もしJが離婚を承諾してくれるなら！」とカメラマンはいった。

「きみの奥さんや子供はどうなるんだ？」

「仕送りをすることにはなるだろう、もっとも引きとれるなら、子供は引きとりたいんだが」

「これからが大変だな」とJはいった。

「ああ、大変だよ、映画も完成しなければならないし」とカメラマンはいった。しかしかれの中年男らしい鈍く固定的な表情は、しだいに誇らしい自信に内側から充実するふうなのだ。この父系社会の首長タイプの中年男のために、これからいったいどれだけの人間がこの現実社会の辛酸をなめることになるだろう、とJは同情と憐《あわ》れみを感じながら考えた。

「できるだけ早く離婚手続きをとるよ」とJはいった。「それで蜜子をつれて行く場所はもうさがしてあるのかい？」

「いや、まだなんだ」

「じゃ、おれのほうが立ちのくよ」とJはいった。

「それで映画のことなんだが……」

「アリフレックス16ミリはきみたちに贈る、それに前の映画を売った金は蜜子が自分名義で預金しているからね。おれの父の投資した分のことは考えなくていいだろう」

「J、ありがとう」と感動して体じゅうの緊張をとき髭の

カメラマンはいった。そして仕事場へ戻って行った。

Jはベッドに横たわって暫《しばら》くじっとしていた。なにも考えなかった。仕事場で妻とカメラマンのひそひそささやきかわす声が時おり聞こえてきた。それからJは服と身のまわり品とをトランクにつめ、妻とは顔をあわさず、キッチンの階段からガレージにおりて、数箇月ぶりにジャガーに乗りこんだ。そしてかれは丸の内の鉄鋼会社の本社ビルに、父親をたずねた。Jは父親に離婚のいきさつやら、その日から父の家にしばらく戻ることやらを話して了解をもとめた。父親は終始おだやかにJの話を聞いていた。それから父親はJに、おまえはもう幾つだ？　と訊ねた。三十歳です、とJは答えた。三十歳という言葉の音がかれ自身の耳にも一種の特殊な反響をおこすようだった。Jはなんということなく、うしろめたい気分になった。三十歳？もう子供ではない年だ。

「おまえは、最初の女房に自殺されてから、逃亡生活をおくってきたんだが、こんど二度目の女房が姦通《かんつう》しておまえを棄てた以上は、フィフティ・フィフティじゃないかね？どうだ、もうおまえも世間並の生活に戻る年じゃないか？おれの会社でこんど革命的なアマルガムの工場をつくるんだが、その下準備に、おれがアメリカの提携会社へ視察に行く予定がある。おれの秘書としてアメリカへ行かないかね？　そしてこのアマルガムの新工場で、ひとつ働きがいのあるポストにつかないかね？　これから、おまえにそのアマルガムだけでつくられた四十階のビルのスライドを見せてやろう。それは昂奮させるよ。おまえはきっとおれの提案をのんで新しい生活にはいりたくなるよ！」

Jは父親とならんでカラー・スライドを見た。古い友人たちと妻とがかれから去り、新しい友人のひとりが事故死し、もうひとりが東京の一千万人の雑踏のなかへ消えてしまった以上、Jはいまやまったく独りだった。それは確かにもとの順応主義者としての現実生活に戻るチャンスではないか？　Jはもちろん、最初の妻の自殺にたいするかれの責任と罪の感覚とを、第二の妻に姦通され背かれたことで相殺《そうさい》することが、気分的にさえも自己欺瞞《ぎまん》にすぎないことを知っていた。しかしそのような自己欺瞞を承認することこそ、順応主義者としての現実生活への復帰の第一歩ではないか？　Jは自分がこれから数しれない自己欺瞞をかさねて、いま喉の奥で唸《うな》りながらカラー・スライドを見まもっている父親そっくりの老人になるのだ、と考えた。それはあきらめの感情のようでもあり永い漂流のあとに救助された者の感覚でもあるような気もした、敵の船による救助にしても……

結局Jは父親に屈伏し、その提案を承諾した。出発は三週間後だ、かれの日常生活は突然にフル回転をはじめるだろう。Jは社長室を出て長い廊下を歩きエレヴェーターに乗りこんだ、そのあいだずっとJは、四十年後の自分のイメージとしていま別れたばかりの父親の風貌《ふうぼう》姿勢を思いえがいていた。現在の父親も、四十年後の自分も、癌《がん》におかされ心筋梗塞《しんきんこうそく》の危険にさらされるにしても、順応主義者のポーカー・フェイスを崩しはしないだろう。さあ、自己欺瞞の順応主義者の新しい生活がはじまったところだ。Jは、多忙で有能なサラリーマンのようにきびきびと肩をふって歩き、ビルの自動ドアをとおりぬけ地下鉄の昇降口の脇に駐車しておいたジャガーに向かった。それからJは、極度に昂奮して、ジャガーを見棄てると、地下鉄の階段を跳ぶように走りおりて行ったのだ。

　Jは地下鉄の混雑した車輛《しゃりょう》のなかへ乗りこんでゆき、人々の押しつけあっている体のあいだをぐんぐんと進んで行き、約束でもしていたように迷わずひとりの娘の背後にたどりつくと素早く周囲を見わたした。いまはもう電車の轟音も人々のざわめきも、かれの耳のなかで鳴っている熱い血の音に吸いこまれてしまっていた。かれは眼を硬くつむり雉子《きじ》のように肥《ふと》って抵抗感のある娘の尻《しり》のあいだのひめやかに熱い窪《くぼ》みに裸の性器をくりかえしこすりつけた。たちまちかれは後退不能の一歩を踏みだそうとしている自分を感じた。新生活、自己欺瞞のない新しい生活、かれは赤く燃える頭のなかで小さな呻《うめ》き声をあげた。外部のすべてのどよめきが蘇《よみがえ》った。かれの精液はもうぬぐいがたく確実に娘の下着を汚しひとつの証拠として実在していた。一瞬、一千万人の他人どもがJ！　と叫びたてるようだった。至福感とせりあっていた恐怖感の波が一挙にJをのみこんだ。数人の腕がJをがっしりとつかまえた。

大人向き

僕が二十歳で本郷の法学部にすすんだとき、田舎の伯父は、当時の政府の大蔵大臣もまた、僕とおなじ年齢でおなじ法学部に入った秀才だと調べてきて、僕を鼓舞激励したものだ。僕は頭の古いタイプの人間ではないが、それはやはり僕の将来の栄光にみちたキャリアのための、ひとつの予兆かもしれないと考えた。そこで僕はしばらくのあいだ上機嫌だったものだ。僕の同級生のうち、早生れで現役パスの、すなわち二十歳グループの連中は、たいていみな四月いっぱい上機嫌だったから、大蔵大臣の経歴を調査したのは、僕の伯父だけではなかったわけだろう。まったく、まごまごしていなくてもバスに乗り遅れるのが、今日の世の中なら、最良のバスをつかまえるランニング競争は、すでに大学の法文経教室で始っているのだ。僕はいちばん苛烈な競争のトップ・グループに伍してどんどん駈けだしていたわけだ。しかも僕の知的アキレス腱と心臓のコンディションは相当なものだとうぬぼれていたのだ。

もちろん油断は禁物。僕の大学の法学部ときたら、礼文島から奄美大島にいたる日本全国の津々浦々から、モンゴリアン系の色青ざめた二十世紀版ジュリアン・ソレルどもが死にものぐるいで集ってきた出世主義のルツボみたいなものだったから。

法学部の、それも一番みんなに狙われているゼミナールの最初の授業のあとで、同級生の親睦会がひらかれた。大学の地下の喫茶部を借りきってのミルク・コオフィとサンドウィッチだけの会だったが、まさに凄じい親睦会だった。ボクシングのタイトル・マッチの四、五日まえに、新聞記者をあつめてひらかれる公開スパーリングというものがあるでしょう？　チャンピオンも、挑戦者もそれをひらく。僕は受験勉強をはじめる前まで、気違いみたいなボクシング・ファンの高校生だったから、かなりのことを知っているつもりだが、あの公開スパーリングというのが、たいした代物だ。選手たちは、ヘッド・ギヤーのなかで厭な顔してつきあっているスパーリング相手と闘っているのじゃない。かれらは実はリング・サイドの新聞記者やスパイ連中相手に前哨戦をやっているのだ。スイングの得意なやつは、ジャブしかくりださない。スリッピング上手のすばしこいやつは、ロボットみたいにぎくぎく歩いて殴られて見せる。敵もさるもの、そんなことをまるまる信じこみはしないがもともと頭のもろい若僧だから、恐しい狼に立ちむかうまえには長い顎から牙を一本とりのぞいた狼のイメージを思いえがくことはやはり抗しがたい誘惑というわけである。そこを狙ってチャンピオンも、挑戦者も、インチキ手練手管をつくすのだ。もっともあまり演技がうまくいって、相手に見くびられ、相手の心から恐怖心をすっかり洗いさってしまったとしたら、それはそれで、こちらのハンデキャップだから、度をこさないよう注意せねばならない。そこのところが公開スパーリングの難かしさだ。

僕らの親睦会はまさに知的ボクシングの公開スパーリングというところだった。しかもいちどに三十人もの選手たちがリングにあがって右に、左に、フックやカウンター・ブロー、アッパー・カットを見せたのだから壮観というか、奇々怪々というか、星菫派《せいきんは》には見せられないショーだった。

学生たちはみんなおたがいに自分の能力を過小評価させて、本番の試合での敵の意表をつく一撃をたくらんでいる。もっともゼミナールの教授たち、助教授たちも来賓として出席しているのだから、かれら審問官の眼にまでも自分が無能な鈍才と映じては困るのだ。そこで、僕らの知的ボクシングはまさに虚々実々だ。もし、喫茶部のリング脇にスポーツ記者がつめていたとしたら、かれらの書く記事は、複雑に屈折した心理関係のクロスワード・パズルになっただろう。僕はこれからの自分の苦難にみちるべき生涯にも、つづけさまにあれだけ卒直でない自己紹介をきかされるという体験を、再びあじわうことはないだろうと思っている。こういうと他人事みたいだが、僕自身も演出たっぷりの自己紹介をしたわけだ、学生服の鎧のしたにナイーヴな自分は堅固に防禦して。

ところが、この親睦会にひとつの異変がおこった。一人の学生がまったく戦闘の意志なく赤んぼうのように無警戒に、仔羊のようにおとなしく、僕らの知的ボクシングのリングにすすみでると、こんなことをいって自己紹介にかえたのだ。

「僕は四年間も浪人してこの大学に入った上にここ三年間休学していたので、もう二十八歳です。大学を出るときには三十で、若いエネルギーならなくしかけているころです。まあ、あまり出世はしないだろうと思う。いま、諸君の自己紹介をきいていると、じつに衒気たっぷりというか、雄心ぼつぼつというか、僕はそのたくましさに頭がくらくらするんですが、ともかく、日銀総裁とか総理大臣とか恐しい怪物がきみたちのあいだから出ることはきまっているわけだから、その諸君がいくらたくましくてもたくましすぎるということはない。ただ、僕はいま人間同士の愛ということを考えています。われわれは、社会が人間同士の愛でもって有機的に組織された時代というものを、考えてみなければならないのじゃないか。諸君が、やがて日本の官僚機構を独占する連中であるだけに、僕はこのことを考えてもらいたいと思うんです。さて、僕は駒場でも諸君とは顔をあわさなかったわけですが、休学の前にはあすこでみんな僕のことを青髭と呼んでいた。それは僕に七人も恋人があるからではなくて、このとおり髭が濃く、剃りあとがつねに青あおとしているからだ」

かれが冗談でしめくくって着席したとき、僕をふくめて他の学生の誰ひとり、笑いもしなければ拍手もしなかった。みんな日蝕の唐突な暗闇に度をうしなって、おたがいに怯えた顔をキョロ、キョロうかがいあうガラパゴス島の海トカゲみたいだった。僕は十四の時にその光景をニュース映画で見たのだ。そのころ僕は動物学者になりたいとひそかにねがっていた。結局、僕が出世主義者のマラソンに頭をつっこむことになったのは郷里の伯父と母に説得されたからだが、僕は僕で、もっと小さい時分から、自分の最上の幻影は決して長つづきすることがない、という不幸な固定観念をもって育ってきていたのであまり深く失望することはなかった。しかし日蝕がすぎさったあと海トカゲがすぐに活気をとり戻したように、その年長の学生以外のみんなは、しだいにポーカー・フェイスを回復した。そして、ずいぶん時間がたってから、その学生の冗談をいくぶん嘲弄的に面白がって笑い、僕らもかれを青髭と呼ぶことにし、みんな内心ではそれぞれ、これで競争相手が一人減ったぞ、と納得した。僕自身も、この青髭にひきおこされた動揺のことをそのまま忘れてしばらくは思いだしさえもしなかった。

人間同士の愛、そんなことよりも、この親睦会で僕にもっとも印象深かったのは、二十歳から、二十一、二の学生たちの集りであるこの会の中心の話題が、癌をめぐってであったことだ。さすがの出世主義レーサーの僕も癌のことなど考えてみたことがなかっただけに、ショックをうけた。東京都内の高校からやってきた、はしっこい秀才で、みんなからマークされている男は、こんな風にいった。

「結局おれたち、ほぼおなじコースをたどってだよ、局長クラスになるだろう？　そのとき、癌で中途退場するやつとそうでないやつとのひらきが、とにかく最大のひらきだよ。おたがいに癌には気をつけよう。そうはいっても、おれにはとても禁酒、禁煙はむりだなあ！」

みんな共感を誇張した笑い声をたてたが、その実僕には、誰もかれも癌をおそれて、ただちに酒も煙草もやめるだろうということがわかった。もちろん僕はそれ以来、禁酒、禁煙だ。コンパの時に競争相手たちのまえで示威的に煙草をふかし酔っぱらってみせるときは別だが。僕らのゼミナールで癌のために若死にするのは、青髭くらいなものだろうと、みんな考えているのである。そういう風に、この親睦会以後、青髭はともかく僕らの同級生の一異色となった。

五月祭のころになると僕ら、出世主義のランニング選手たちも、それぞれガール・フレンドを見つけだした。ただ、そのガール・フレンドが名門や富豪の娘である場合は別にして、軽卒に結婚の約束をしてしまったり、スキャンダラスな深みにはいりこんでしまったりしない点が、文学部の学生たちなどとはちがっているわけだ。学生服の襟にどんな文字のバッジがついているにしても、やぼったい替えズボンのなかの男根をピクピク流れる血のヘモグロビン量がことなるわけではないのだから、僕ら法学部の学生にもガール・フレンドは必要なのだ。

その年僕らのゼミナールの選良たちのあいだに流行したのは、ある私立の女子美術大学の女子学生と恋愛することだった。そこの女子学生たちは、筋肉の研究とアルバイトの一石二鳥をこころざして、ずいぶん沢山の連中がトルコ風呂で働いていた。僕らはこの、美術家志望のミス・トルコたちを狙った。彼女たちは小遣いを充分もっているし、おかしな欲求不満につねにかりたてられていると僕らは空想した。しかも僕らと相互に欲望をみたしあう技術についてはエキスパートだ。それでいて、奇妙に独立的で、僕らに結婚の約束を強請したりはしない……

僕も五月祭の絵画展で恰好な女子美術学生と出会い、たちまち性関係をもったので、僕にはもう性欲の危険な暗闇に足をすくわれるおそれはなくなった。その点でも、僕という二十歳の出世主義ランナーは、かなりのスピードと安定性でもって他をぬきんでていたのだ。

僕のガール・フレンドには不可解なところもあったがともかく文学趣味であることだけは確かだった。僕は英文科の研究室にもぐりこんで一冊のアメリカ文学の新刊書を借りだしてき、ガール・フレンドと性的な遊戯にあきた時などは、そのいくつかの章をぬき読みしてやったりしておたがいに退屈をまぎらせた。

その本の中にアメリカの順応主義者と、反逆者とについて様ざまな特徴をリストにした章があって、それはガール・フレンドのみならず、僕にもかなり面白かった。それ以後、僕は一冊も文学書を読まないが、あの本のことだけは時どき懐かしく思いだす。リストというのは、たとえばこうだった。

順応主義者は、肩中心に、熊みたいに歩く。

反逆者は、お尻中心に、猫みたいに歩く。

なぜこの部分をとくに覚えているかというと、僕はこのリストを読んですぐ、あの青髭のことを考えたからである。青髭は、教室でも廊下でも、大講堂のまえの広場でも、たしかに猫のように、お尻をひょい、ひょいと左右につきだして歩き、まるでお尻から歩いているようだった。僕は、ああ、あの青髭こそ日本資本主義社会の反逆者、非順応主義者ということなんだな、と妙に感心したものだった。そして、出世コースを一〇〇米一一秒フラットで走りたい順応主義者の僕は、がっしりした肩を熊みたいにゆさゆさ揺さぶって歩かなければならないと考えた。そこで大学の正門前の交叉点をわたる時、僕はいつも注意深く、正面の書店のウインドーにうつる自分の影を観察した。しかし、僕はまだ二十歳で、躰も大人向きに固まったというのでなかったせいだろう、僕の歩きぶりは、時には猫のように見えたし、時には熊のように見えるのであった。

夏休になると僕は四国の山間部の谷間の村に帰省した。夏休にも東京にのこってアルバイトをし、冬学期の本代をかせぐ連中もいるが、僕は夏休のあいだに独りひそかに勉強するつもりだった。そして秋になれば夏のあいだ働いて疲れきった競争相手たちを、外コースから内コースにまわりこむ時のスピード・スケートの選手みたいに、悠々ひき離してやろうと計画していたのだった。そのためにならば冬学期のいくらかの貧乏くらいは平気だと思ったわけである。大学に残っているのは、あとせいぜい十八箇月ではないか？ それ以後は実際に食うか食われるか、ビューロクラシイの戦争だ。僕は作戦上この夏休を重要視していた。

村にかえってみると僕はそこに住む人たちの、ひとつの確実な希望のようだった。村長は僕の家にやってきて工場誘致の話をした。僕は官僚になって地方自治体の指導者たちの、さまざまないじけた熱望をポン、ポン蹴ちらしている自分を夢想して快感をあじわった。村長は僕の母に、あなたの次男は大物になるだろう、と予言してかえった。あなたの長男がひどいできぞこないだったかわりに、あなたの次男は生れながらに天分をさずかっているのだ、という風に村長はいったのだった。

そこで僕は久しぶりに兄のことを思いだした。戦争のおわりちかく、予科練を脱走して首を吊って死んだ、あわれな兄のことを。僕は中学校の英語の時間で、はじめてtouchingという単語をならったとき、ただちに、この若死にした兄の顔を鮮明に思いだして、ひとり涙を流したものだ。touching人を感動させる、悲壮な、いじらしい、そのような訳語が辞書にのっていたが、僕にはもっと直截にこの言葉の意味がわかった。僕の死んだ兄は、僕の心のいちばん深いところに、パチンとtouchする人間だった。僕の兄こそtouchingな人間だった。そう考えて僕は、教室全体のニキビヅラどもにあからさまに嘲笑されながら、ジャック・アンド・ベティのリーダーに木槌頭をのせてすすり泣いたのだった。

予科練にはいった当座は、僕の兄も村のもっとも華やかな希望だった。もう一人、僕の村から兄と一緒に予科練に入った少年がいたが、僕の兄の素晴しい制服姿にくらべれば濡れた鼠みたいに貧相だった。予科練の兄は、僕の村に二度かえってきた。いちどは、そのもうひとりの僕の村の予科練が逃亡したのを捜査にきた一団の若い兵士たちにまじってかえってきたのだった。逃亡者はすぐにつかまり、業者が犬の皮を剝ぐ窪地で、十人の兵士たちにいつまでもいつまでも殴られた。村の老人、女たち、子供らが業者の作業を眺めるときとおなじように、窪地をかこむ台地に立ってそれを見物した。僕の兄も、幼なじみの逃亡者を殴った。数日後村にその予科練が病死したという通知がきた。

二度目に兄が村へかえってきたとき、今度はその兄自身が脱走者だった。僕ら家族が眠っているあいだに、兄は僕らの家にしのびこみ、姉の着物と、化粧具をぬすんでまたひそかに出て行った。翌朝、僕の兄は濃紺の制服を脱ぎすて、葡萄の刺繡のある女の晴着を着、娘のように花やかに化粧して、業者が皮を剝ぐ窪地の栗の木に、首を吊って死んでいた……

それ以来、僕の家で、兄のことは禁句だったのだが、村長の言葉が誘い水になって、母と僕とは、しばらく兄の思い出を話した。もし幽鬼になった兄がなお僕の家をさまよっていたとしても、もうかれには、僕の栄光コースを妨害するにたるなにほどのこともできそうにないという気もしていたのだ。母は、僕が兄を描いた二枚の肖像画が土蔵の長持にしまってあるといった。

その夜、僕は土蔵から二枚の絵をとりだしてきて眺めた。二枚ともクレヨン画で、おなじ硬いクレヨンを使って描いた絵にちがいなかったが、それにしても、二枚の絵はじつに印象がちがった。一枚目の絵では、僕の兄は卵のように髭のいっぽんも生えていない小さな丸い顔に、草色の戦闘帽をかぶり、眼は赤くぬりつぶされてトラコーマ患者みたいだ。僕はすぐにその絵が逃亡者の捜査にきたときの兄だということを思いだした。同時に僕は、兄たちがつかまえられた逃亡者を殴っている光景と、それを見まもっている子供の僕の過熱したボイラーのような頭のことなども思いだしていた。

二枚目の絵は、はじめ僕にもどのような瞬間の兄を描いたものかわからなかった。兄の肖像であるかどうかということさえ確かでなかった。鬼みたいな人間の頭がいちめんに黒ぐろとぬりこめられて、そのまん中に歯車型のギザギザのある丸い口が赤い傷のようにひらいている。その口から、巣をあばかれた地鼠どものような灰色の粒つぶがいっせいに外へむかってとびでている。これはクレヨンで言葉を表現したつもりなんだろうか？　この人間は頭のみならず胴体まで、まっ黒だ。そのうち僕は胸のせまる発見をした。黒い胴体の腹の部分に紫色のクレヨンで、葡萄らしい模様が描きこんであるのだ。そこでやっと僕にはこの絵が、縊死後の兄を描いたものだということがあきらかになった。

夜がふけても僕は労働法の参考書を読みはじめるかわりに、いつまでも自分が子供の時分の戦争の時代に描いた二枚のクレヨン画を眺めていた。それらの絵はしだいに様ざまの秘密をあきらかにしてゆくようだった。そして僕がはっと気がついたときには、僕はもうその二枚の鱏《えい》の毒針でチクリと脳前葉を刺されていた。僕はひとつの不安のとりこになっていたわけだ。僕はもともと不安になったり動揺したりするタイプの人間じゃないのに！

一枚目の絵のバックは苛だたしい黄色と、火花のようにとびかっている空色の引っ搔き傷だけだ。それは悪意とか敵意、反抗心などの印象だ。二枚目の絵のバックはいちめんに深いスミレ色でそこに様ざまな草花がいっぱい描きこんである。おそらく僕は美術全集の原色版のゴッホの肖像画を模倣してこんなバックを描いたのにちがいない。美術全集は、僕の死んだ兄が予科練に熱中するまえの情熱の対象だった。

　僕がなぜ不安になったか？　それは絵を描いている子供の僕が、逃亡者を殴りつけている勇ましい兄にたいしては反感をもっており、逆に女装して辱かしい縊死をとげた兄にたいしては、深い愛をいだいているということが、二枚の絵をくらべてみて、あまりにもあきらかだったからだ。

　いったい僕が touching だと思っていたのは実は、輝やかしい予科練の選良である兄ではなく、女装して自殺した脱走者の兄だったのか？　子供の僕は、わけのわからないできぞこないと化したあとの兄のほうを愛していたのか？　子供のころ僕は兄のようになりたいといつもねがっていたのだが、僕は一枚目の絵の兄のようにではなく、二枚目の絵の兄のようになりたかったのか？　女のように化粧し、女の服装をして縊《くび》れて死ぬ兄のように？

　兄が不意に女のふりをして死んでしまったように、僕もいつなんどき女のふりをしたくなるかもしれない、と僕は深く動揺して考えた。熊みたいに歩く、と、猫みたいに歩く、とは順応主義者と反逆者という風に呼ぶよりも、男性的と女性的と呼んだほうがもっと意味明瞭だが、僕の歩きぶりは、二十歳になっても男性的か女性的かあいまいじゃないか？　こんな具合に考えているうちに、僕は不安のビールスに躰じゅうの粘膜をやられてしまった。法学部に二十歳で進学したエリートの不動の出世コースという、僕の生活の最も重要なよりどころさえ、いまはまったく疑わしく見えてきたのである。大蔵大臣が突然に娘みたいに化粧し花やかな晴着を着て予算委員会にあらわれたら、共産党議員はいったいなんと叫ぶだろう？

　夏休が終ると、僕はこの二枚の絵をもって東京に戻った。夏休のあいだずっと僕はこの二枚の絵と、それが発生させた不安のビールスから解放されることがなかったのだ。おかげで僕は食欲をなくし、いくぶん痩せていた。僕の村の医者は勉強しすぎた過労のせいだといったが、僕は自分をノイローゼかもしれないと疑っていた。僕の大学に神経症患者が多いことは、学生新聞の統計でよく知られている。

　僕は大学の同級生の誰かに自分のおかしな不安について相談したいと思った。そう考えて教室のなかを見まわすと、そこには僕の相談相手になってくれそうな人間は誰ひとりいないのだった。みんな出世主義のポーカー・フェイスで武装してとりつくしまもない。もし僕が自分の弱みをあらわにして相談しかければ、アドヴァイスをしてくれるどころかその弱みへフォークをつき刺してきかねない。教授たち、助教授たち、かれらにたいしても僕は自分の心配をうったえかけることはできなかった。もし、かれらが僕の就職調書に、ノイローゼの既往症あり、と書きこむとしたら、いったい僕のキャリアはどんなハンデを負うことになるだろうか？　秋のはじめの大学構内で、僕はまったく孤独な辛い気持だった。そういう気持など一切、僕が大学受験にパスした日に、僕の内部世界から追放されたと信じこんでいたのに。

そういうわけで憂鬱のスモッグのなかに行きくれている僕に、あの日、意外な友情の声が、こう呼びかけてきたのである。

「おい、きみは近頃どうしたんだ？　なにか苦しいことでもあるのかい？」

僕はびっくりして声の主をまじまじと眺めた。そうだ、青髭だ、人間同士の愛の思索家だ、かれがいたんだ！　僕はその瞬間、青髭に僕の心配をうちあけて相談にのってもらうことにきめた。青髭は僕の話を摑まえてそれを縄にない、僕の足にくくりつけて僕を、エリート競争のグラウンドからひきずりおろすような人間ではない。なぜならかれは最初から、この競争のグラウンドとはちがう場所で、もっぱら人間同士の愛について考えている仙人だから。そこで僕は六法全書やノート類と一緒に革鞄に四つ折りにしてつめこんで始終もって歩いていた二枚の絵をとりだして青髭に見せた。それから僕はかれに死んだ兄のことやら僕の不安のことやらを話した。僕のゼミナールの他の連中に盗みぎきされないように、図書館から大講堂、池のまわりから正門にむかって、という具合にずっと歩きつづけながらである。青髭は猫のようにひょい、ひょいとお尻をつきだして歩き、僕は熊のようにでもなく猫のようにでもない、いたって自意識たっぷりのぎごちない歩きぶりで。

「きみの兄さんは勇敢な素晴しい少年だったんだよ。感動的な少年だ。確かに、きみの兄さんはホモ・セクシュアルだったろうさ。おなじ村から予科練に行って、先に逃げだしたその少年と情人同士だったのかもしれないね。その友達が殺されたあと、きみの兄さんは、じつに堂どうとホモ・セクシュアルの自分を主張して、抗議したんだ。家族とか村とか国家とか戦争とか、そういう外的な人殺しの権威すべてに正面から抵抗して死んだのだ。女装して郷里の村で縊死する脱走者というイメージは、あらゆる意味で徹底して反抗的だよ！　すごい少年がいたもんだなあ」

「きみが僕の兄の名誉回復をしてくれるのはありがたいんだけど、僕自身はどうなんだろう？　僕もまた兄みたいにいつのまにかホモ・セクシュアルの方向に歩きだすんだろうか？　子供の僕は、そんな風にホモ・セクシュアルのはっきりしたデモンストレイションをした兄に、深い愛をしめしているみたいなんだが？」

「それはどちらでもいいじゃないか、ホモ・セクシュアルだって、そうでなくたって」

「いや、僕はそこのところが不安なんだ。明日にでも自分がホモ・セクシュアルになるかもしれないと思うと国際法の講義も頭にはいりにくいんだ。僕は自分の無意識にこっそり影響されるのが心配だ」

「それじゃ、テストしてみればいいじゃないか。ホモ・セクシュアルの酒場に行って、そういう連中とつきあってみるんだね。自分の深層心理的な無意識にその傾向がかくされているかどうか、ともかくわかるよ」

僕は青髭のプランにとびついた。青髭は親切にも新宿の《ストリンドベルグ》という、その種の酒場の地図まで書いてくれた。

「土曜日にでも行ってみるよ、本当にありがとう」と僕は心から青髭に感謝し、握手した。青髭は微笑して握手をかえしながら、僕の熱い感謝にいくらか照れくさがって、きみの兄さんはじつに独得な少年だったんだなあ、というようなことをくりかえしつぶやいていた。

その週の土曜日の夕暮に僕は新宿の《ストリンドベルグ》の歪んだ木階段を登って行った。階段を登りきったところに油煙にすすけたような、びっくりするほど古風なドアが半開きになっていた。僕はあまりに緊張し昂奮して足もおののくばかりだったので、この酒場は旅館にたとえれば、木賃宿というところだ、などと考えて自分自身を解放しようとした。試験であがってしまった時にもちいる手だ。僕は自分自身を激励して酒場の薄暗い内部へはいってゆきカウンターにむかってかけた。装飾のまったくない狭い酒場だ。ガス灯の形をした蛍光ランプがつりさがっている。僕は誰か他人の内臓の中へはいりこんだ気分だった。もう店がひらいているのかどうかさえはっきりしなかった。僕の他に客はなかった。カウンターの向うに口髭を剃って頭をクルーカットにしたストリンドベルグという印象の憂鬱な中年男が立っていた。かれはすぐに僕のまえにやってきて、深ぶかした気持のいい声で、どぎまぎしている僕になにを飲むかたずねた。僕はウイスキーといった。男は僕がウイスキーを飲むのを羊のように潤んだ眼でじっと見まもった。僕が飲みおわると男は微笑して、はじめてきたのか、誰におそわってきたのか？　とたずねた。僕は大学の友人に地図を書いてもらった、といった。すると男はうなずいて、ああ、といい大きい背中を僕に向けてむこうをむくとカウンターの奥の黒いビロードのカーテンへ呼びかけた。

「青ちゃん、お友達よ！」

カーテンの向うで扉のひらく気配がした。そしてすぐにひとつの顔がカーテンの隅からあらわれた。青髭だった、かれは親しげに、やあ！　といった。それからいったんカーテンの陰にひっこむと、再びカウンターのこちら側に、ブラウス風な黄色の上衣を着、横縞の細いズボンをはいて、ベルトをしめながら出てきた、やはり猫のような歩きぶりで。やあ、と答えたものの、僕はあっけにとられて、その声は震えんばかりだった。

「このすぐ裏に、僕らの宿舎があるんだよ、そこで話さないか？」と青髭は、僕の狼狽を敏感にうけとめて、はにかんだように微笑しながらいった。

「ああ、そうしよう」と僕は急いでいった。

僕と青髭とはそのまますぐ階段をおりて鋪道に出た。僕はあわただしく狼狽から立ちなおろうとつとめていた。その結果僕は青髭の部屋につくまでに一応ふだんの自分のコントロール状態に戻ったのだが、そこへ戻るにつれて、こんどはもうひとつ別のおかしな心理状態にはいりこんでしまったのだ。それは直接には土曜日の夕暮の盛り場の雑沓をわけて歩きながら、青髭が僕にたいしていかにも女性的な心づかいを示した、ということにもよるのだろうが、僕はしだいに、醜男に求愛された美少女のように驕慢に傲岸になっていったのである。僕は青髭にたいして冷笑的にさえなっていた。青髭の部屋であらためてむかいあった時、僕はかれのアドヴァイスにたいして、深く感謝したことなどすっかり忘れ、自分がひそかな不安に責めさいなまれてそこへたずねてきたのだということまで忘れていた。そして僕は突然弱いものいじめのサディクで辛辣な熱情にかりたてられていたのである。

「きみが性的に倒錯しているかどうかを子供の時の思い出にさかのぼったりして、二人で調べようじゃないか？　僕の協力は役に立つと思うよ」と青髭はおばあさんのように善良に友情にみちて、しかもいくらか媚びるような優しさで話しはじめた、いかにも無防禦に。

「いや、僕ならもういいんだ」

「しかしきみは自分がホモ・セクシュアルかどうかを調べにきたんだろう？　もうわかったのか？」

「わからない。しかし僕は自分にその傾向が潜在していても、それを克服できると思うようになったんだ。たとえば権力への意志で押しひしぐよ」

「そんなこと、できるかい？」

「できると信じるよ。すくなくとも僕は、おかまにはならない。直腸癌で死ぬのは厭だからな。ともかく僕はいま死んだ兄を恥じているんだ」

青髭はあの赤んぼうのように無警戒な眼で僕を験すように見つめ悲しげに頭をふった。

「よし、わかった、僕がまちがって了解したらしい。しかし、きみは僕がストリンドベルグに出入りしていることを秘密にしてくれるだろう？　僕はまた休学しなければならなくなることを惧れているんだが」

「約束はできないよ」と僕はいって冷笑した。

「なぜだ？」と青髭は叫んだ。

「僕ときみとのあいだには人間同士の愛がないからじゃないか？」

次の瞬間、青髭は電燈を消すと真暗闇の中で僕におそいかかってきた。僕は夢中になって抵抗したが、青髭は信じがたく強く重かった、そして執拗だった。はじめ僕は青髭が僕を殺そうとしているのだと思った。しかしそうではなかった。僕は青髭にくみしかれてむなしく抵抗しているうちに、自分の下半身が裸にむかれていることに気づいた。それから熱く硬い大きなキノコのようなものが、僕の下腹、腿の内側、尻などへ忍耐づよくうちあてられつづけ始めた。僕は生れてはじめて感じるみたいな絶大の恐怖心にかりたてられて抵抗したが僕よりも肥って上背のある青髭をおしかえすことはどうしても不可能なのだ。やがて僕は自分の内部の奥深くで青髭が涙のように熱くさらさらしたものをしたたらせるのを感じた。同時に僕自身もまた自分と青髭の腹と胸とをしたたかに汚していた。僕の汚辱感は二重になった。

……僕は茫然として下宿に戻った。そして日曜の朝まで一睡もしなかった。僕は生涯の最悪の夜をすごし、最悪の朝をむかえたのだった。僕は自分のおちこんだ罠にどのような逆刃がしこまれ、自分の弱い部分をどのように挟みつけているかを考えつづけた。それはおもに次の二つの条件に帰するようだった。第一に、青髭は大学で僕を強姦したことをふれまわるだろう。そこで僕が厚顔にも同級生たちの嘲笑に耐えて大学を卒業し、大蔵省にはいったにしても、僕は定年まで、ああ、あいつか、青髭におかまをほられたやつか！　という風に記憶されることになるだろう。そんな状況で出世できるものだろうか？　いや、だめだ。そして第二に、僕は昨日の体験以後、どんどんホモ・セクシュアルの坂をころがりおちはじめているのだ。僕もまた兄のように、お化粧をし、女の晴着を着て、首を吊って死ぬだろう。いまのうちに僕は自殺したかった。しかも独りぽっちで寝床のなかで苦しんでいるのが耐えがたく恐しくもあるのだった。おそらく僕自身が、いつ自殺を企てるかわからない自分にたいして本能的な自己防禦をおこなったのだろう。

昼すぎ僕は思いついて新宿のトルコ風呂で仕事中のガール・フレンドに電話をかけた。ヴァンさんは居ますか？　ヴァンというのがトルコ風呂での僕の友達の呼び名だ。それはこの女子美術学生が、ヴァン・ドンゲンの崇拝者で、自分自身、ヴァン・ドンゲンの女みたいな恰好をしているからだ。友達はいた。僕は会いたいといった。友達は僕の電話の声から、異常なにごとかを感得した。それでは仕事を早退けしてすぐに会う、と友達はいった。僕は新宿へでかけることが恐かったので上野の動物園のキップ売場の脇で待ちあわせよう、といって電話をきった。

僕がマラリア患者のように眼をつむり震えながら待っていると、友達はペルーのインディオがかぶるような帽子をかぶりソラ豆くらいの大きさの赤い合成樹脂のパイプで煙草をすいながらタクシーのルノオに乗ってやってきた。

「すぐホテルに行く？」と彼女はいった。

「いや、僕はペッティングしたりする気分じゃないんだ」

「じゃどうする？　わたしたち、なにか他のことできる？」

「動物園にはいろう」

日曜日の午後で動物園は子供たちのアパッチ族の大群に

占拠されていた。動物の檻にちかづくことさえ不可能だった。もとよりなにひとつ珍らしい動物を見ることはできなかった。結局、僕とガール・フレンドとは、子供たちに人気のないナベヅルの金網檻のまえの柵によりかかって休んだ。鶴はよごれていて臭く、人間みたいな顔をしていた。僕はガール・フレンドにガラパゴス島の、ゾウガメや陸トカゲ、海トカゲ、ガラパゴス鷹、フラミンゴ、それに塩づけ肉用のバカラオという魚の生態を話した。

「僕は動物学者になりたかったんだよ」と僕はいった。

「大蔵省の官僚になるよりいいじゃない？　あなたの大学の官僚志願者の厭らしさときたら！　この鶴より臭いわよ！」

「僕だって官僚志願者のトップ・グループで走っていたんだ」

「あなたもじつに厭らしかったわよ」

「じゃ、なぜ僕とつきあっていたんだ？」

「あなたの性的なしつっこさが刺激的だったからよ。あなたは若き狒狒《ひひ》なんだから」

僕はびっくりしてガール・フレンドをあらためて赤の他人のように見つめた。

「わたしがあなたをちょっと観察していたことがわかって頭にきたんじゃない？　これまであなたは、ずっとわたしのことをペッティング・マシーンだとこころえていたんだから」

動物園は東京でいちばん閉園時間の早い娯楽場だ。僕らは追いたてられた。裏門を出ながら、僕はガール・フレンドに、自分が猫のようにひょい、ひょい歩いているかどうか見てくれと頼んだ。

さあ？　とガール・フレンドは一歩退いて僕を眺めながら考えこんだが、結局僕の歩きぶりについてはなにもいわなかった。そして僕を追いかけてくると物ものしくこういった。

「ともかく今日のあなたは、いままでのあなたで最高の感じだわ」

「僕は大学をやめるかもしれない」

「ホテルに行く？」

「いや、今日は疲れているんだ」

「汚い顔しているわ、帰って寝たら？」

「ああ。それじゃ、さよなら」

「さよなら」とヴァン・ドンゲン風の女子美術学生はいった。僕らは動物園の裏門の外で別れた。僕は独りになると呻いて泣いた。

月曜日の朝、僕は死人みたいに青ざめて大学へ出て行った。それは僕の最後の登校となるかもしれなかった。僕は欠席裁判をうけるより、眼かくしで銃殺されるほうがいいと思っていたのだ。晴れわたった秋の朝だった。その日はもしかしたら冬の最初の兆候が秋にまぎれこむ日だったかもしれない。

僕は地獄を彷徨する亡者みたいに恐しい顔をして正門をはいりオレンジ色の銀杏並木の下を歩いて行った。法文経教室の建物のひとつの入口に立看板がだされ、その前に僕のゼミナールの連中が集って陽気に叫んだり笑ったりしていた。遠方から立看板を読んで僕は思いだした。その日は大蔵省から先輩がやってきて就職説明会をひらく日だった。僕は虫みたいにゆっくりそちらに向って歩いていた。その時、僕は、大講堂の方から、やはり立看板のある入口に向って、僕とおなじように死人みたいに青ざめた青髭がのろのろ歩いてくるのに気がついたのである。僕にたいする架空の銃撃は始っていた。大学へ出てきたことを泣きたくなるほど後悔しながら僕はいまにも前屈みに倒れて気をうしなうかと、自分の一歩、一歩ごとに疑いながら歩いて行った。青髭もあきらかに僕を認め、しかも僕とおなじく歩調をかえず、別の方向もとらず、猫のようにお尻をひょい、ひょいと振ってゆっくり歩いてきた。

すでに僕と青髭との距離は三米しかなかった。その時、僕は青髭の顔に小さなざわめきのようなものが湧きおころうとするのを見た。なぜ次の瞬間、僕が不意にあの策略を思いついたのか僕にもわからない。僕は次の瞬間、青髭から眼をそらすと、立看板の下の陽気なゼミナール仲間たちに向って共謀者めいた微笑をうかべたのである。青髭がぎくっと立ちどまる気配を僕は感じた。それから僕は、青髭が、両掌で顔をおおい嗚咽しながら、大講堂の方向へ逃げだして行くのを見送った。そして僕は、他人に立ちむかうための大人向きの方法というものをいま自分が学んだばかりだということに気がついていたのである。

僕はそれまで青ざめて冷たかった頬や唇にソーダ水のようにシュッ、シュッと熱い血がのぼるのを快楽的にあじわいながら、大蔵省就職説明会の入口の出世主義ランニング競争の好敵手たちの間に割りこんでいった。いかにも大人らしく熊のように肩を揺すって、大股にのしのしと。

敬老週間

三人のアルバイト学生が、看護婦に案内されて入って行った客間は倉庫のように宏大《こうだい》で暗く、すべての窓に厚いカーテンがひかれ、外部の光も音もすっかり遮《さえぎ》られつくしている孤立した部屋だった。家具がじつに沢山つめこまれていて古道具即売会の展示場のようでもある。真昼の豊かな光に、くまなく照らしだされた熱い芝生を踏んで、屋敷内のこの蔵造りの建物にやってきた三人の学生は、不意の暗がりになれようとして、しきりに眼《め》をしばたたきながら様ざまな家具にごつごつ躰《からだ》をぶつけて自分たちに示された部屋の中央の椅子《いす》まで進み、やっと腰をおろすと溜息《ためいき》をついた。みんなわずかながら怯《おび》えてくるような気分なのだった。それにしてもこの部屋は古めかしく無用めいた家具の森だ。ひとりだけ、夜行性の動物みたいに薄暗がりの中を自由に歩きまわっていた看護婦が学生たちの三つの椅子のまえの背の高い電気スタンドの房かざりのついたスイッチの鎖をひくと、淡い黄色のあかりが学生たちの強《こわ》ばった三つの顔を照らしだした。学生たちは一瞬おのおのの顔の秘密をさぐるような具合に眺《なが》めあい、すぐにまたそれぞれ視線をそらした。一列に横にならんだかれらの椅子の前方に丈の低いベッドが葡萄色《ぶどういろ》のビロードの垂れ幕を背にして置かれていた。そのベッドの片すみから、唐突にイタチのように警戒的にまっすぐ頭をもたげた老人が、かれらを注意深く眺めた。白髪を短く刈りこんだ、赤んぼうのように小さな頭をした老人で、眼だけが鷹《たか》のようだった。

「これから一週間、外の世界のことを話しにきてくださる学生さんたちです。あまり昂奮《こうふん》なさってはいけません、三十分ずつですよ、それをおまもりになってください」と学生たちの背後に立った看護婦が、かれらの頭ごしに、老人にむかって押しつけがましくいった。

「ご苦労様です、私はもうずいぶん永いあいだ閉じこもっているのでねえ、死ぬまえに外の世界のことを聞いておきたいと思いはじめてねえ。私は、もう十年ほど、新聞もラジオもいっさい知らないですよ。ああいうものも、いまどんな具合になっているんだか」と嗄《しゃが》れて細い咳《せき》をしているような声で老人はいった。

「テレビも」と看護婦がつけくわえた。

「ああ、それよりなにより、私がここに閉じこもってから、訪ねてきてくれた、外の世界の人間は、あなた方がはじめてなんだからねえ。よろしくおねがいしますよ、楽しみにしているんです」と老人は嬉《うれ》しげにいった。

「この方が文科の学生さん、こちらが理科の方、それに女子学生さんは、教育学部の方です。さあ、おじいさん、今日はご挨拶《あいさつ》だけということにしましょう！　昂奮しすぎますからね」と看護婦はいった、彼女もすでに五十歳は越えているようだった、頰《ほお》に深い傷のような荒あらしいタテ皺《じわ》がきざまれていて、それが彼女を怨《うら》めしげでかつ兇暴《きょうぼう》にさえ見せた。

「ああ、そうするよ。この女も私同様、外の世界のことをまったく知らないんですよ。なにか聞いてみても、あやふやな返事だけで」と老人はいって穏やかに笑った、声はたてず嘆息しているようなシュウ、シュウいう音だけかすかにひびかせて。

「それでは、みなさん」と看護婦が学生たちをうながした。そういいながら、すでに看護婦は電気スタンドのスイッチの鎖をひいていた。

暗闇《くらやみ》のなかの低みから、老人の声がせわしげに湧《わ》きおこった、

「ひとつだけ、ひとつだけ。まず最初に、一般的な意見として、外の世界はうまくいっていますかね？　私は安穏に死ねますか？」

「うまくいっています、きわめてうまくいっています」といくらかは不安げに、しかしそれを償うに足りる熱情をこめて文科の学生がこたえた。

それから、名残りおしげな老人を後にのこして、三人の学生たちは夏のはじめの真昼の光のなかに出た。かれらは頰にチクチクする熱気を感じながらアジア・モンゴロイドらしく眼をほそめて肩をならべて歩いた。みんな安堵《あんど》にみちた解放された気分だったが、誰も蔵造りの離れの方をふりかえってみようとはしなかった。九十歳の老人が閉じこもっている孤独な城塞《じょうさい》から死の前ぶれの瘴気《しょうき》が湧いてかれらを窒息させにおしよせるとでもいう風に、かれらはしだいに急ぎ足になって芝生の上を歩いた。

看護婦は太陽崇拝の信者のような恰好《かっこう》で陽《ひ》ざしを大仰に両手でさけて学生たちの脇《わき》を歩いていたが、学生たちのしだいに早まる足にとりのこされそうになると敏捷《びんしょう》に小走りしてかれらに追いつき、

「最初にいったとおり、外の世界はいま幸福であふれているという風に話してくださいよ。あなたが、うまくいっています、きわめてうまくいっています、といった時、他の二人の方もすぐに賛成してくれればもっとよかったんですよ」といった。

理科生と女子学生は強い陽ざしにしかめっ面《つら》をしたまま急いでうなずいた、確かにあの時この二人も声をそろえて文科生をバック・アップすべきだったのだ。死期近い九十歳の老人に現実世界への花やかに充足した幻影をあたえるべく、かれら三人は傭《やと》われたのだったから。屋敷の通用門のまえで三人の学生たちは、看護婦に挨拶してまず第一日目の仕事から解放された。かれらは屋敷を出ると掘りかえされた鋪道《ほどう》の隅《すみ》をひょい、ひょい跳ぶようにして地下鉄の

駅にむかって歩いて行った。みんなの額はたちまち汗ばんできた。

「それほど容易な仕事でもなさそうだなあ」と理科生が憂《うれ》わしげにいった。

「九十歳だというから、もっと老衰して頭もぐっと弱くなってると思ったんだがなあ、意外に正常そうじゃない？」

「だけど、やはり老衰していることは確かよ。看護婦さんがいっていたけどこの夏を越すことはとてもできないって」と女子学生はいった。

「しかし、なあ、外の世界はうまくいっていますかね？うまくいっています、きわめてうまくいっています、というきみの応答は、そばで聞いていておれには少し抵抗があったなあ」と理科生がいった。「黙っていて悪かったが、そういうわけだよ」

「きみはどう答えればよかったというんだ、あの看護婦との約束をぬきにしても」と文科生は反撥《はんぱつ》して、なじるようにいった。「死をまえにした老人にむかって、むざむざ、現実世界に失望して死なせるようなことがいえるかい？」

「それとは別になあ、おれはただ、ああいう質問にすんなり答えられる人間はこの世にひとりもいないんじゃないかと思うんだよ。この世界がうまくいっているか、いないか、はっきり結論をだすことのできる存在はもしあれば、神様くらいなものじゃないか？　そんなこと人間にはできないよ」

「ああ、誰にもできないいさ、現在の現実世界について正しい結論をひきだせるわけはないよ。しかし、おれもあの看護婦の注文どおりに、いいかげんなでまかせをペラペラしゃべるつもりはないんだ。現にいま死んでゆこうとしている人間が相手で、その老人がここ十年間、部屋の外でおこったことをなにひとつ知らないにしても、無責任な嘘《うそ》は厭《いや》だよ。そこでおれは自分の二十年後のユートピアを話すつもりさ、それが今日の現実世界の眺めだという風にね。未来形で話すかわりに現在形をつかうんだ。結局、二十年早すぎる報告をやっているんだと思えば、その嘘は嘘でなくなるのじゃないか？」と文科生はいった。

「それでは、きみの一九八〇年代の未来の世界は、うまくいくんだね。おれのためにも、そういうことになってもらいたいよ」と理科生はシニックにいった、かれはいまかれら三人のリード・オフ・マンを文科生にとられるのをいくぶん苛《いら》だたしく感じていたわけだ。

「ともかくおれがあの老人に話すことに、一応は調子をあわせてくれないか？　そうでないと、老人の頭を混乱させるからね。あの老人が今日の風景だと思って聞いてることを、おれたちみんなは明日のユートピアを話しているんだとはっきり意識していればいいんだから」

「ああ、調子は合わせるよ。しかし、往々にして、きみのような優しい心づかいをする人間が、面倒の種をまくんだがなあ」

「とにかく協力してくれ、おれは今夜ずっと、おれのいちばん明るい未来像を考えるよ。おれはもともとペシミスティクな人間なんだがね。おれはあの老人が好きになりそうだよ」

「私も、調子をあわせるくらいのことはするわよ。ただ、あまり複雑なユートピアは考えつかないでもらいたいわ。私にしてみれば、無事に一週間つとめあげて、報酬をいただければそれでいいんだから」と率直にいかにも現実的なことを女子学生がいった。

因《ちなみ》に、かれら優しい若者たちが毎日三十分間ずつ九十歳の老人に奉仕して一週間後にうけとるべき報酬は、それぞれ一万円という、アルバイト学生にとっては破天荒な高値で、大学の掲示板にこの仕事の募集ビラがはられた時、志願者は多く、結局クジびきで、この三人の学生たちが幸運を射とめたのだった。そこで三人の学生たちは基本的に機《き》嫌《げん》がよく、おたがいにまずまず協調的だったわけだ。それから三人の学生たちは地下鉄のプラットフォームで別れるまで、夏休の旅行プランについて話しあった。かれらはみんな二十歳で、暗い部屋にのこしてきた九十歳の老人のまわりに色濃くただよった死の味はすでにこれらの若者たちの肉体にも精神にも、ほんのわずかな思い出をのこしているにすぎなかった。

火曜日、老人は疲れているらしくイタチのように頭をもたげることはせず、夏毛布をわずかにもりあがらせている小さな躰をあおむけに横たえたまま三人の学生たちをむかえた。昂奮しないようにとくりかえし注意して看護婦が部屋を出て行くと、老人は、まず、いくらか他人行儀な気どった調子で、

「いま外の世界で、生れてくる赤んぼうたちは一般に幸福ですか？」と訊《たず》ねた。

「幸福です、ただアザラシ児というような例もありますけど」と女子学生が差別的な言い廻《まわ》しに、というよりその事実をあかすことの意味にも不用意なままいった。

文科生はもとより理科生も、この不注意な女子学生を非難の眼で荒あらしく見つめた。女子学生は自分のミスに気がついてたちまち首筋まで赤くなった。

「それは母親がなにか特殊な薬品を服用した、というようなことの結果ですか？」とおどろくべく敏感に反応して老人は訊ねかえした。

「ええ、睡眠薬です」と女子学生は消えいらんばかりの様子で答えた。

「妊娠したというのに、嬉しがるんじゃなくて、睡眠薬をのむというのはどういうことなんでしょうねえ？　不安な母親が多くなったということで？」

文科生があわてて遮って、

「しかしそのアザラシ児たちも、幸福に育っていますよ、施設も完備したのができていますし、このまえ新聞に、就

職して結婚したアザラシ児の青年の写真がのっていました」といった、かれは自分のユートピアに早急にアザラシ児の施設を附加したわけだった。

「癌《がん》で死ぬ人間は、あいかわらず多いですか？」と次に老人は訊ねた。

「いいえ、急速に減っています、癌はいわばもうすでに征服された病気なんです、と結核とおなじように」と文科生が征服された病気なんです、文科生が力をこめていった。「十年前にくらべて日本人の平均寿命は比較を絶してのびているんですよ」

「それじゃ銀座などは老人だらけでしょうなあ。そのなかを幸福なアザラシ児青年が、若い妻の腕をとって、いやアザラシみたいでは腕をとれないかな、ともかく嬉しげに歩いてゆく、という眺めでしょう？」と老人は無邪気にいった。

三人の学生たちは一瞬疑わしげに老人を見つめて黙りこんだ。浅黄色の夏毛布を茶色の皮膚がつっぱっている鎖骨《さこつ》のあたりまでひきあげてじっとあおむいている老人のひどく小さな頭は老人がそのまま死んでしまったにしてもとくに変った印象をひきおこすことがないのではないかと思われた。老人の乾し肉みたいな色をした薄い唇《くちびる》がどういう言葉を発するにしても、この老いさらばえた小っぽけな躰の持主に三人の若者たちを嘲《ちょうろう》弄するにたるだけのいわば無用なエネルギーが残っているものだろうか？

「自動車事故はどうです？」と老人はあらたまった冷静な声で再び訊ねはじめた。

「減少しています」と文科生が断乎《だんこ》としていった。

「自動車の数はあまりふえませんか？」

「いいえ、それは飛躍的に増大しています。マイ・カー族などといって、ごく一般の小市民が自家用車をのりまわしていますよ。普及率では十年前のアメリカの域にせまっているのじゃありませんか」

「それで自動車事故がおこらないのはおかしい。マイ・カー族というのは自分のお宝の自動車が傷でもつけられれば首をつりかねないびくびくしたカタツムリみたいな連中なのですかな？」

「道路がよくなったんですよ、じつにいい道路が日本じゅうをくまなく走っています、とくにいまや東京はすばらしいですよ」と文科生は頰を紅潮させて力説した。

「そうですか、それで事故がすくなくなったというわけですか。癌で死ぬやつが減り、事故で死ぬやつが減ったとすると、いまいちばんありふれた死因はどういうものです？日本じゅうが人間であふれてしまうのでなければ、やはり年々、死んでゆく人間もいるのでしょう？」

「それは、もちろん……」

「みんなどんな病気で死んでいます？　癌にとってかわる恐しい病気があらわれましたかな？」と老人は執拗《しつよう》にこだわりつづけた。

三人の学生たちはたちまち困惑して黙りこんだ。かれらはみな考えていたのだった、二十年後のユートピア世界でわれら日本人がもっともありふれた死を死ぬる、その死とはどのような死なのだろうか？

「ああ、そうだ」とひとりで不意に思いついたように老人はいうと、麻布をかけた枕《まくら》の上の小さな頭をなお黙って考えている三人の学生たちにむかって弱よわしくめぐらせて鷹みたいな眼を一瞬きらめかせた。

「いちばん多いのは自殺でしょうな、だれもかれもが自殺しているわけなんでしょうが？」

　水曜日、ますます疲れきったような老人は最初に、皇太子殿下はもう結婚されたかね？　と訊ねた。三人の学生たちはたちまち返答につまっておたがいの顔を素早くうかがいあった。この老人は熱狂的な天皇家ファンではないだろうか、御成婚前後に、そういう老人たちのなかにはショックをうけた連中がいたものだが、この老人はどうだろう？とみんな考えこんでいたのだった。しかし、結局、もっとも実際的な性格の女子学生が、

「ええ、結婚されましたよ、赤ちゃんもあります」といってのけた。

「どの宮家の方と？」と老人は訊ねた。

　文科生も理科生も、自分たちは責任放棄して、罠《わな》におちこんだのかもしれない女子学生を見まもった。そこで女子学生は反撥すると、いかにも直截《ちょくせつ》に老人に一撃加えかねぬ様子でいった。

「いいえ皇族とも宮家ともまったく関係のない、ごく一般の娘さんと結婚されたんですよ」

　そこで三人の学生たちは緊張して老人の反応を見まもった。ところが老人は平然としていた。

「それはいい、こういうことは古代にもありましたよ」と老人はいった。「ほら、万葉に、籠《こ》もよ、み籠《こ》もち、掘串《ふくし》もよ、み掘串《ぶくし》もち、この丘に菜摘《なつ》ます児《こ》、という歌があるじゃないですか」

　三人の学生たちはひとつの不安からやすやすとときはなたれて喜びの溜息をついた。しかし老人の攻撃はそれからはじめられたのだった。

「天皇家はやはり日本人の心をひろくとらえていますか？」と老人はいった。

「ええ、そのように見えますけど」と女子学生が答えた。

「それじゃ、あいかわらず政権は保守党のものでしょうなあ」と老人はいった。

　女子学生は答えるまえに文科生を一瞥《いちべつ》した。そこでこの二十年後の未来世界の代弁者は、女子学生にむかって不承不承にうなずいて見せた。かれは、女子学生にむかって、ああ、そうだよ、二十年後も政権はあいかわらず保守党のものだろうよ、とがっかりした声でいうかわりに、うなずいて見せたわけだった。そこで、

「ええ、そうです」と女子学生がいった。

「道路が段ちがいによくなったそうだが、それでは税金もかさんだことでしょうねえ？　十年もそれ以上も保守党が政権をとりつづけていてしかも税金が高ければ、人民の暴動かなんか起りそうなものだが、どうでしたかね？　起りましたか？」

「いいえ、起りません」と文科生が女子学生からまた一瞥されて、こんどは自分から援助にのりだした。

「それじゃ、日本の民衆に不満はないのかね？」

「とくに大きい不満があれば保守党は選挙でやぶれたでしょう」

「きみは本当にそう思っていますかな？」と老人は反問して文科生を一瞬、赤面させたが、幸いにもそれ以上に追及しようとはしなかった。「それともひどく景気がいいとか、いうのだろうか？　この十年間に韓国か台湾あたりで、日本人をひと儲《もう》けさせる戦争でもおこりましたかな？」

「戦争はおこりませんでした、これからもおこらないでしょう」と文科生はいった。

「なぜ、これからもおこらないのです？」

「もし戦争がおこるなら、それはもう核戦争しかないんですが、いまや核戦争はぜったいにおこらないんです」と文科生は正真正銘の熱情に揺りうごかされて眼《め》を輝やかせていった。

「そうですか、それじゃ私もここで老衰死するかわりに世界中の人間みなと核戦争で死ぬことを期待していいちゃ、いけませんかねえ？」と老人はわずかながらそれを遺憾に感じているふうにいっていた。

「ええ、地球上の人間がみんな一緒に核戦争で死ぬというようなことはおこりえないですよ。そのおこりえないということはしだいに確実になってきています。核兵器のボタンの管理の仕方もどんどん進んでいて、いまやどんな種類の偶発戦争もさけられるようになってきていますからね」と文科生はいった。

「しかし、アメリカの大統領とソヴィエトの指導者が、完全に和解したというのじゃないでしょう？」

「ええ、そのかわりに核兵器をもった二つの陣営のあいだに、恐怖のがっしりした均衡があるわけです」

「両すくみですか？　しかしワシントンとモスクワが恐怖の均衡の泥沼《どろぬま》に膠着《こうちゃく》してしまっても、そのかわりに局地戦争がおこなわれるということはありませんか、代理戦争というか、なんというかねえ」

「ええ、ヴィエトナムやラオスで、そういう戦争がありましたよ。しかしそれは過去のことです」と文科生はしだいにかれ自身のユートピアの世界に頭からすっぽり入りこんでなおも深くもぐりながら主張した。かれは老人の魂の平安を祈って、善意の限りをつくそうとしているわけだが

……

「そこにもまたやはり恐怖の均衡がおこりましたかな？　そうでしょうなあ、ヴィエトナム人だって核爆弾を手にい

れるだろうから。ともかく外の世界は日進月歩ですねえ。けれども、またそのかわりにこんどは部族間の代理戦争がはじまってはいませんか？　戦争の単位がもっと縮小して」

「ええ、ええ」と途方にくれながらも、なおいっきょに挽《ばん》回《かい》しようと試みて文科生はいった。「しかし、そこにも平和が……」

「やはり恐怖の均衡？　ラオスの部族長たちまで小さい原爆を購入しましたかな。それでは、こんどは個人と個人とのあいだの代理戦争ですか？　いろんな段階での恐怖の均衡の何重もの壁のなかで、外の世界の今日の人間たちは、それではひどく荒廃した孤独をあじわっていることにはなりませんかなあ？」と老人は恐ろしげにいった。

「それにしても、もう戦争はこの地球上から消えさったんですよ」と歌うような、またすすり泣くような声で文科生はいった。

「地上の楽園ですねえ、しかし、地球上の人間たちが、みんな個人間の戦争に大童《おおわらわ》だとしたら同胞愛とか人類愛とかいうものは喪《うしな》われてしまうほかないのじゃありませんか？」

「それらは、やがて、回復しますよ」

「恐怖の均衡の積木細工の塔がこわれてしまわないままで、それが可能ですかねえ？」

「きっと、いつか、いつか……」

「きっと、いつか？　それは、いつでしょうなあ？」

　文科生は力つきてぐったりと頭をたれ黙りこんだ。かれの頭のなかのユートピアはいまや個人間の戦争という新しく喚起された毒におかされて酸《す》っぱい嫌《いや》な匂《にお》いをたてはじめていた。

「きっと、いつか、それはねえ」とあいかわらず細く嗄《しゃが》れて、しかもユーモラスに軽やかで生きいきとさえしてきた老人の声が、倉庫のような部屋の数かずの家具群のあいだを鼠《ねずみ》のように走りまわった。

「それは火星人が地球を攻撃するときですよ。個人、個人は和解して味方同士になり、部族間でも同盟がおこなわれ、国家群はその区別を無意味に思い、モスクワとワシントンとは代表をひとりずつ出して、そのどちらが地球防衛軍の総司令官になっても、地球上の人間は誰ひとり文句をいわない。それは火星人と地球人が戦うときですよ。その時は数時間のうちに地球が滅びるかもしれない時ですがねえ」

　そして老人ひとりだけがキッ、キッと病弱な子供のように笑った。三人の学生たちは躰《からだ》をすくめ強《こわ》ばった顔をうなだれた。とくに文科生は、昂奮《こうふん》に青ざめた頰《ほお》をいつまでも痙攣《けいれん》させていた。かれは、老人をその暗い未来図から解放してやろうとしながら、その手だてが見つからないで焦《あせ》っているのだった。しかもその暗い未来図とは、もとはといえばかれの善意の行為が蒔《ま》いた種子に咲いた思いがけない毒の花ではないか？　かれは瀕死《ひんし》の老人に地獄の予告篇を見せるような、とんでもない苛酷《かこく》なことをしでかしてしまったのではないか？　文科生の頭のなかのこの恐慌《きょうこう》状態はおおかれすくなかれ理科生と女子学生にも影響をあたえた。ひとり九十歳の小柄《こがら》な老人だけが、葡萄色《ぶどういろ》の垂れ幕のまえの寝台をつつむ薄明りのなかで好奇心にみちて生きいきと、ほとんど無邪気に見えるほどな上機嫌《じょうきげん》の状態にあった。もっとも三人のアルバイト学生たちは、老人の満足げな表情をたたえた小さな顔の鷹《たか》のようなヤニ色の眼の奥に、深甚《しんじん》な絶望感のきらめきを覗《のぞ》くような気持だったが……

木曜日、金曜日と文科生を中心にした三人の学生たちは努力をかさねてこの失点をとりかえそうとし、死を目前にひかえた老人に二十世紀風の幸福な来迎図《らいごうず》を描きだして見せようとしたが、かれらが善意のサーヴィスをつくせばつくすほど、意外に絶望的な深淵《しんえん》が不意に老人のまえに出現しては、三人を狼狽《ろうばい》させ失望させるのだった。老人がうけとっているはずのひどいショックのことを思うと理科生も女子学生も、文科生に負けずおとらず、どうにか挽回策を練ろうと努力しないではいられなかった。そこでかれらも自分の頭のなかのぼんやりしたユートピアのイメージをむりやり意識の表面にひきだしては、老人の耳にそれをかれらの現実生活の描写のようにささやきかけてみる気持になった。しかしそれらの描写的な言葉も、老人の嗄れて小さい声の問いかえしに答えているうちにたちまち脆《もろ》くも崩れて、まったくの逆の効果をあらわしはじめるのだ。日々の三十分間の会見のあと、蔵造りの離れにベッドに横たわったまま残る老人はいざしらず、三人のアルバイト学生たちは疲労困憊《こんぱい》し暗く苛《いら》だたしい無力感におそわれ、しかも陰湿な昂奮からなかなか回復できないのだった。

たとえば金曜日の最後の会話は次のようだった。老人が最近の若い人たちは思想的にどういう状態か？　と訊《たず》ねたのにたいして、

「それはとくに十年前と変らないかもしれませんが、左翼もいるし保守的なものもいます。ただ、十年前のように血みどろの乱闘さわぎがおこったりはしません。いわばぼくらは思想的な立場をこえて素直な友情を復興したんです」と理科生がいった。かれがすぐ答えたのは日が進むにつれて文科生がしだいに黙りがちになり先頭をきって答えたりすることが少なくなっていたからだが、理科生自身、最初のシニックな態度はすてて老人の生涯《しょうがい》の最終の日々のために、失地回復すべく懸命になっていたのだ。

「しかし、中国もソヴィエトもアメリカも恐怖の均衡の煉《れん》瓦《が》の迷路に閉じこめられてしまったそうじゃありませんか？　そうすると日本の青年たちは、たとえ左翼でも保守党の永久政権のもとで、すっかり頭うちということじゃないかねえ？　素直な友情というよりも、対立して抗争する熱意をうしなったんじゃないかな？　いわば頽廃《たいはい》してしま

ったというのじゃありませんかい？」

「いいえ、頽廃して無気力に和解しているように見えるとしても、それは表面だけで」と大慌《おおあわ》てで理科生が遮《さえぎ》った。

「ああ、そうですか、やはり、この前の話のとおり、個人と個人のあいだの戦争はあるわけ？　いま抑圧されている憎悪《ぞうお》が、やがて爆発して、大学生と若い警官とが、ほんとうに血みどろの対決をおこなうというようなことがおこるかもしれないねえ。あなたにそういう予感はありますか？」

「いいえ、ありません。ぼくらはもっと希望にみちた未来というものを予感しているんです」とむしろ憐《あわ》れげに聞えるほど自信なくしかし虚勢をはって声高《こわだか》に理科生はいった。

「そうだ、明日はあなた方に来ていただく最後の日だから、あなた方が二十一世紀についてどんな希望をえがいているかを話してもらうことにしましょうよ。私はもうすぐにでも死ぬんだが、あなた方は二十一世紀まで生きるんだから、自分たちの未来の姿は眼にうかぶでしょう？　あなたのいわゆる、もっと希望にみちた未来の予感というものを、聞かせてくださいよ。楽しみにしていますよ、本当に心から」と老人はいって眼をつむった。

　蔵造りの離れを出たとき、文科生だけが、あとの二人にしばらく待ってくれといい、時間をしらせにきた看護婦とひそひそ話しあいながら屋敷の正門の方へ歩き去った。理科生と女子学生は小学校に入学して以来の最も困難な宿題をもらった気分で、むっと憂鬱《ゆううつ》におし黙って待っていた、強い光に眼はほとんどつむって、おたがいの汗の匂いを意外に身近くかぎながら。やがて駈《か》け戻ってきた文科生は異様に赤く火照《ほて》った頬と、さもしげな眼をしていた。三人が通用門を出るとすぐ、文科生がほとんど居丈高に感じられるほど唐突に、太い声で、

「おれ、明日はここへ来ないよ、おれは五日分のアルバイト料を受けとってきたんだ」と叫ぶようにいった。

　理科生と女子学生は怒りに茫然《ぼうぜん》として文科生を見つめた。

「しかし、それはひどいじゃないか！　あのユートピアめいた嘘《うそ》の宣伝は、おまえの発明なんだぞ！　いま逃げだすなんて、卑怯《ひきょう》じゃないか、おれたちにいちばん厄介《やっかい》な明日の仕事をおしつけて！」と理科生は憤激に青ざめて震えながら文科生につめよって叫びかえした。

　文科生も震えていた、そしてそれが内心の恥のためだということはあきらかだった。そこで理科生は文科生を殴ることをやっとのことで思いとどまった。

「おれは恐《こわ》いんだよ、これ以上、あの老人と話していると、もうとことんまであの老人を不幸な妄想《もうそう》のなかにおとしこんでしまいそうに思えるんだよ。それに、おれはもともとペシミスティクな人間なんだが、それでも、いまほど自分の未来図を暗く陰惨に思いえがいたことはないんだ。それも、あの老人との辛《つら》い会話の影響だと思うんだよ。ああ、おれはこんなことになるなどと思ってもみなかった！」と文科生は怯《おび》えたように潤《うる》んだ眼を見はって二人の顔を見つ

めながら訴えかけていた。

「今日までの話はみな空想だと白状してしまったらどうかしら、そして現在のありのままの様子を、話すことにしたらどうかしら？」と女子学生がいった。

「だめだ、そんなことをしたら、それこそあの老人はショックで死んでしまう。おれたちが考えに考えたユートピアの話を聞いて、その底にたちまち様ざまな地獄を見つけだす、そういう性格の老人なんだぜ？　アザラシ児を殺して無罪になった母親が現実にいるとか、癌《がん》の病院がいつでも満員だとか、ラオスでは汚ない戦争が進行中だとか、そんなことをわんさと聞いてあの老人が心臓麻痺《まひ》をおこさないと思うか？」と文科生が脅《おび》やかされたように不意に声をたかめて激しくいった。

「私たちが取消さない限り、あの老人は、銀座をアザラシ児の青年がうようよ歩きまわっていたり、地球上のすべての人間が個人、個人の憎悪の戦争をおこなったりしていると、こういう風に今日の現実を頭にえがいて、まったく絶望して死ぬわ」と女子学生はむなしくやりかえした。

掘りかえされた鋪道《ほどう》の泥が熱いつむじ風にまきあげられて三人の学生たちの頭上から容赦なくふりそそいだ。轟々《ごうごう》と進んでくるブルドーザーの高い運転席で愚かしげな明るい眼つきの若者が、憂《うれ》いと不安の奥底にしずむ三人の学生たちを、いかにもものめずらしげに見おろしていた。

「ああ、本当になんということをしてしまったんだろう、すぐにも死んでしまう老人にたいして」と呻《うめ》くように文科生はいった、かれの乾いた細かい泥にまみれた頰に涙が黒いしずくとなってしたたった。「おれが明日を避けるのを軽蔑《けいべつ》しないでくれ、おれは恐いんだよ。なあ、おれの分のペイできみたちに食事を奢《おご》らせてくれよ！」

「いやよ、絶対に！」と女子学生がヒステリックな叫び声をあげて後ずさりした。

理科生もまた文科生の懇願するような眼に頭をふって拒み、誰にともなく、悲しげにこういった、「あの老人がいけないんだよ、あの人は九十歳にもなって、突然なぜ、外の世界に興味をとり戻したんだろう？　そうしなければ、あの人は暗い静かな部屋でおとなしく平和に死ねたのに。おそらくこの世でいちばん幸福な老人のひとりとして死ねたのに。結局、あの老人がいけないんだよ」


土曜日、日頃の時間よりも一時間遅れて（それまで学生たちを待っていたのだ）看護婦ひとりだけが、老人の待つ薄暗い部屋にはいっていった。看護婦は学生たちを案内するときの敏捷《びんしょう》さをうしない、退屈げで、ものぐさな様子をしていた。

「やはり学生たちはやってきません、残りのアルバイト料は大学あてに郵送しなければならないでしょう」と看護婦は老人に報告した。

老人はベッドの上に瘦《や》せて小さい裸の肩をおこした。かれもいかにも不満そうだった。

「なんだ、またこういうことか！」と老人は憤《いきどお》ろしげになんどもくりかえしていっていた。

「あなたは学生たちを苛《いじ》めすぎるんです、年甲斐《としがい》もなく！」と看護婦は老人を睨《にら》みつけていった。

　老人はそれに答えず、猿《さる》のように身がるにベッドの向うがわに降りたつと葡萄色の垂れ幕をさっと横へひいた。その向うに夏はじめの真昼の光に照らしだされた芝生とそれに面した明るくモダーンな部屋があらわれた。テレビ、ステレオ装置、それに新聞、週刊誌、数種の新刊書をのせたテーブルなどなどが、その部屋をうずめていた。ともかく老人が家具調度をぎっしりつめこむ趣味の人間であることは確かだ。

　老人はテレビのスイッチを押し、画面が明るくなるまでの短い時間もおしむ様子で、気ぜわしく最新の老人体操をはじめた。小柄な筋肉質の躰を猿のようにきびきびと素早く、おりまげたり伸ばしたり、ねじったりして。首をぐるぐるまわす体操に移ったとき老人は看護婦にむかって荒あらしくこう叫んだ。

「まったく近ごろの大学生の空想力の貧困さには愛想がつきるよ。こんどはもっと若い層の連中を募集してみるか。当世流行の、現代っ子というのはどんなもんだろう？」

アトミック・エイジの守護神

ぼくがその中年男をはじめて見かけたとき、かれはABCCの建物のなかの廊下で、立ったままむせび泣いていた。かれは泣きながらも、顔をおおっていなかったので、ぼくはかれの浅黒く青みがかった丸い顔の涙に濡《ぬ》れてぱっちり見ひらかれた海驢《あしか》の眼《め》みたいに愚鈍そうな眼をいかにもはっきり見たことをおぼえている。その眼のみならず、かれの頭全体が南太平洋の暗褐色《あんかっしょく》の海獣をおもわせた。そしてかれは教科書の写真によく使われる魯迅《ろじん》の肖像の、黒い詰襟《つめえり》の服とおなじものを着て、真新しいゴム底の靴《くつ》をはいているのだった。かれの脇《わき》を通りぬけようとして、ぼくはかれのエイ、エイ！　というような泣き声を、廊下にみちている水の流れるような音の底に聴きとった。その水の流れるような音は、廊下をかこむ両側の資料室のなかで、ＩＢＭが原爆症の死者たちのカルテの山を整理している音だった。八十三万個の白血球をもち、内臓のありとある肉の襞《ひだ》に癌《がん》をもち、軽石のような背骨をしていた七十歳の老人のカルテをはじめとする、死者たちの英文の認識票を。

「あいつが、とうとう獲物にありついたわけだなあ」と、そのときぼくを案内してくれていたひどく憂鬱《ゆううつ》そうな地方紙の記者がいった。

「あいつが、とうとう獲物に？」とぼくはかれの声の暗いひびきに驚いてといかえした。

「あなたは、あいつの噂《うわさ》を聞いたことがありませんか？　そもそものはじめに、あいつのことを記事にしたのはぼくなんですが、それでもあいつが実際に獲物を手にいれるところを見ると、嘔《は》きそうですよ」

そこでぼくは、その親しみにくい新聞記者の書いた記事のことを、暗い怒りの文章のように思ったのだったが、あとでかれから届けられた切りぬきの見出しは、ハイエナの野心とか、死の商人の投資計画とかいう、おどろおどろしい敵意の言葉どころか、《アトミック・エイジの守護神》というのだった。記事の本文もまた蜜菓子《みつがし》みたいなヒューマン・インタレストの、すなわちこの地方紙数十万読者の起きぬけの三十分間を、幸福な気分でかざる効果をめざした文章なのだ。もっともぼくは、新聞記者からすでに《あいつの噂》を聞いていたので、いささかも幸福な気分にはならなかったが。まず、この記事の内容を紹介しよう。

広島にひとりの中年男がやってきた、というところから記事は、はじまっている。その男は数年前日本の外務省と、ソヴィエト大使館に、タシュケントの日本人戦犯の身がわりになることを志願し、それが許可されなかったかわり、外務省の高官から個人的に、イスラエルとアラブとのあいだの荒地にいる避難民救済事業に奉仕する仕事をあたえられた人物だった。かれはユネスコのメムバーとなってアラブ人の貧民のために働いた。そのときアラブ人の修行者たちの集落を見てそれに感銘をうけたりもした。やがて日本にかえったかれは、日本の不幸な人間のうちでも、もっとも苛酷《かこく》な状況を生きている人々を救済するために働くことを決心し、そして広島にきたのである。かれは十人の原爆孤児を養子とし、そしてかれらを東京につれて行ってそこで共同生活をはじめる。いま、かれは十人の新しい息子たちを選んだところだ。かれのような人間をこそ、アトミック・エイジの犠牲者たちの守護神と呼ぶべきではあるまいか？

これはもう、ずいぶん前の日付けの記事だ。

そして《あいつの噂》とはこうである。その男はたしかに十人の原爆孤児を救済した。かれはいま十人の少年たちと一緒に暮している。しかし、肝要なのは、その男が十人の少年たちをそれぞれ三百万円ずつの生命保険に加入させている、ということだ。そして保険金の受取人はかれ自身だ。すなわち、かれはそれに投資して有利な収益をはかるべき、利益率の高い家畜として、それら十人の少年たちをひきとったというべきではないか？

「しかし、その少年たちがすでに原爆症だとしたら、保険会社は、かれらと契約しないでしょう？」とぼくは《あいつの噂》を聞かせてくれた新聞記者に反問した。

「もちろん、契約しないでしょう。契約したのは、その少年たちの躰《からだ》に、まだ異常がなかったからです。あの男自身、少年たちを選ぶとき、躰に異常がない連中を選んだんだし」

「それじゃ、かれらに生命保険をかけたとしても、有利な投資という魂胆だとばかりはいえないのじゃないですか？」

「あのころすでに原爆病院で被爆者と白血病との関係づけは、たしかめられていましたよ。それに広島では、被爆ほどにも凄《すさま》じい経験をした人体にその後どんな異常があらわれても決して不思議じゃないという考え方は常識ですよ。あいつは、自分のひきとった少年たちの何割かが、やがて白血病で死ぬことを見こしていたにちがいないですよ。本当にあいつは恐しい商売人なんだから！　これは、あの記事を書いたあと投書をうけとって知ったことなんですが、あいつは戦犯の身がわりにタシュケントに行くことを志願したが、だからといってかれを一般的な人道主義者と考えたのはまちがいだったんです。かれにはそれだけの罪の意識があったんだ。かれは戦争のあいだ特務機関員として、蒙古《もうこ》あたりへ潜入して、人間を殺している。終戦のときには玄界灘《げんかいなだ》を往復して闇《やみ》商売で儲《もう》けていた。それが無一文になったのは結局、台湾の海軍につかまったからなんですね。釈放されて日本にかえってきてからあの男が、なにをやったか？　進駐軍のキャンプで甘い汁を吸っていたんです。こういういかがわしいシュトルム・ウント・ドランクを乗りこえたあと、かれは泰平の世の商売として、広島の十人の少年に投資することにしたんです。それを、ぼくは迂闊《うかつ》にも、アトミック・エイジの守護神などと呼んでしまったんだ！」と銅みたいに濃く沈んだ色をした脂《あぶら》気《け》のない皮膚の、暗くて、かつ熱情的な小男の記者は慨嘆した。

「それで、あなたの新聞は、かれの正体およびかれの計画を、あらためて暴《あば》くキャンペーンをやったわけですか？」

「それがやれないんですなあ！　あいつのしていることはヒューマニズムのフィルターから覗《のぞ》けば、汚ない血で染まっているのがわかるけれども、だからといってとくに犯罪というわけじゃないんだから。今度死んだ少年だって、白血病の最初の兆候がでたときすぐ、あいつが広島へつれてきて、原爆病院に入院させていて、あいつの落ち度というものはまったくないんですよ」

「ほかの少年たちはどうしてます？」

「とても健康だそうですよ。うちの東京支社のものが、今度死んだ少年の入院のときにあの男の家へ行ってみたら、まるまる肥《ふと》って血色のいい九人の少年たちが、高等学校のラグビー部の合宿のような具合に暮していたそうですよ」

ぼくはそれを聞いて、不謹慎だと思いながら笑ってしまった。新聞記者も、ぼくにつられて短いキイキイ声で笑い、それからぼくとかれ自身とを咎《とが》めるように、たちまち鬱屈した渋面をつくって、

「黒いユーモアというものを感じるでしょうが」と憂《うれ》わしげにいった。「もっと厭《いや》なことはねえ、あいつが少年を広島につれてきたのは、原爆病院だと、白血病の被爆患者は無料で入院できるということがあるし、そして、少年が死んだあと、その死体を解剖用に、ＡＢＣＣへわたせば、葬式費と金一封とをくれるからなんですよ。僅《わず》かな額だけれども、ともかくあいつはちゃんとＡＢＣＣに出頭していたでしょうが。ほくほく顔で」

「ほくほく顔？　泣いていましたよ、身もだえして」

「ああ、ぼくには誇張癖があるんですよ、アトミック・エイジの守護神とかねえ」と新聞記者はコンプレックスの強い性格らしくわざわざ自嘲《じちょう》してみせた。

その次にぼくがかれを見たとき、それは比治山《ひじやま》のＡＢＣでかれを見かけた翌日で、ぼくはやはりその前日とおなじ憂い顔の地方紙記者と車で走っていたのだが、男は真夏の日ざかりに詰襟の黒い上衣《うわぎ》を着こんで市庁前広場に立っていた。かれの脇には犀《さい》のように堅固で巨《おお》きい第一級の霊《れい》柩車《きゅうしゃ》がとまっていた。その夏のもっとも暑い日だったからだろう。霊柩車とかれのほかには広場に人影がなかった。男は汗まみれの汚ならしい顔をして孤独な放心状態にあった。ぼくらの車がかれと霊柩車のまえをとおりすぎる時にも、かれは茫然《ぼうぜん》と立ったままで、ぼくらの車に注意をはらおうともしなかった。

「あいつはいったい市庁に霊柩車をのりいれて、なにをしようというんだろう？　ひとり死んだから、つぎの獲物候

補を紹介してくれ、とでもいいにきたんだろうか？」と地方紙の記者は、かれの常々のポーズのようにさえ感じられてくる、嫌悪《けんお》にたえないという様子でひとりごとした。

「しかし、かれは心底悲しんで放心しているみたいじゃないですか」とぼくは自分の観察を率直にのべた。

「まさか！　あいつが悲しむことなんかないですよ」と記者は憤然と反撥《はんぱつ》した。しかし霊柩車の脇のひとりぽっちのその男の表情にはぼくの感情のやわらかい部分を鋭く刺すところのものがあったのだ。ぼくは、あの海驢《あしか》みたいな頭の黒服の男が、心の底深く激甚《げきじん》な悲しみの硫酸に焼かれつづけていることを信じた。かれが十人の若者たちを単なる投資した家畜のようにしか考えなかったにしても、現にいま、かれは死んでしまったひとりの若者のことを悲しんで途方にくれ、茫然としているのにちがいないとぼくは考えたわけである。かれはぼくの眼にそのようにうつったわけだ。この日は原爆記念日だったが、すくなくともぼくは、この盛夏の広島の真昼の陽《ひ》の光のなかであのように茫然として立っている男を、ほかに誰ひとり見かけなかった。

「ともかく死んだ少年のために、あの男が傭《やと》った霊柩車は、ずいぶん立派じゃないですか。ＡＢＣＣが葬式の費用をだしてくれるといっても、それは誰にも一律にいくらかの金をはらうということでしょう？　あの男が、いちばん立派な霊柩車を傭ったとしたら、やはりそれだけのことは認めていいじゃないですか」

「霊柩車の費用？　あいつの受けとる保険金は三百万ですよ。霊柩車なら、買うことだってできますよ、それも外車を改造したやつを何台も！」

「あなたは、あの男にとても冷酷だけどそれはあの記事を書いた自分を咎めているからじゃありませんか？」

「ぼく自身、被爆者です」と地方紙の新聞記者はぼくから眼をそらせて不機嫌《ふきげん》にいった。


それから三年たって、ぼくはその中年男がジャーナリズムに再び登場するのに接したのである。こんどのかれのトレード・マークは《アトミック・エイジの守護神》ではなくて、《アラブの健康法の指導者》ということだった。ぼくは始め驚いてしまったが、そのうちかれが、ユネスコの仕事のとき、アラブ人の修行者の集落で感銘をうけたというエピソードを思いだしたのだった。そのころ、インドのヨガが日本に紹介されて、ひとつのブームをつくりだしていたが、この中年男は、かれのアラブ式健康法でもって、ヨガ・ブームに便乗しようとしているらしいのだった。

ぼくはかれが養子にした十人の少年たちのうち、すでに青年と呼ぶべき年齢に達したはずの幾人のメムバーが、なお生きのこっているかということに関心をもっていた。そこで、ぼくはかれが＊＊ホテルでかれの健康法のショーをやるという新聞記事を読むと、友達の編集者にたのんで招待券を手にいれてもらい、その会場に出かけていったわけである。

予想してはいたものの三年ぶりに見た、新しいかれの印象はＡＢＣＣの廊下でむせび泣いていたかれ、陽ざかりの市庁前で霊柩車の傍《そば》に茫然と立ちすくんでいたかれと、あまりにもちがっていた。中年男はホテルの小宴会場の正面に、短いパンツだけ身にまとったアラブ人の大男を傍にはべらせて胸をはり足をひろげて立っていた。かれは顔色こそひどく悪かったが（かれはそれを、その日で一週間目になる断食のせいだと報道陣に説明した）傲然《ごうぜん》として、太陽のようだった。そこではかれの海驢《あしか》みたいな頭が、いかにもかれの得意然とした態度に似合っていた。ぼくは、その新しい中年男の態度に接してはじめて、広島の地方紙の苦労性の記者の憤激に自分の感性がおなじ波長の共鳴音をひびかせだしたのを感じた。このお化け海驢めは、すでに残りの九人をも喰《く》ってしまったのか？

中年男はまず報道陣に挨拶《あいさつ》したが、それは、はじめからヨガに対して攻撃的な演説だった。自分はヨガ・ブームに便乗するどころか、アラブの健康法でもって、悪《あ》しきヨガを追放するんだ、とかれは一般の風評にたいして敏感に反応しながら説明を展開した。これはむろん、アラブ人だけのための健康法じゃない。アラビアのロレンスは白人だが、この健康法をやっていた。インドのヨガなら、ガンジーもそれをやったにちがいないが、皆さん、アラビアのロレンスと紡《つむ》ぎ車のガンジーと、どちらが精力的だったと思いますか？

「アラブの健康法には、性的な能力の鍛錬法もふくまれておりますわ、現に、わたしがそれをやっております」と男は声をはげましていうと聴衆の反応を愚かしげなほど期待に輝やく眼でたしかめようとするのである。

男はジャーナリズムの関心をかれの健康法にひきつけるためのひとつの切り札として、性的な能力の鍛錬というようなことをもちだしたつもりだったろう。しかしぼくをふくめてかれを囲むジャーナリストたちがとくに生きいきした興味を示すというのではなかった。ぼくを＊＊ホテルにつれてきてくれた友人の編集者は、いかにも飽きあきしたようにぼくに眼くばせすると、

「そら、どこでもこうなんだ、最近の健康法は！　ぼくはヨガをすこしやっているが、性エネルギーをたかめて、それからコントロールする方法の研究を、ヨガでは、タントラ・ヨガというんだ」とささやいた。

「性エネルギーをたかめて、それからコントロールする？　それはまた御丁寧に」

「われわれの性エネルギーなどというものは、まず、おおいにたかめてやらないと、ヨガの網の目からもれてしまうんだなあ。ラジオで受信した電波をまず増幅しなければなにもはじまらないのとおなじだね」

男は、ぼくと編集者の私語のあいだ、あいかわらずあけひろげな期待の眼を見ひらいたまま、サスペンスをもりた

てるつもりとでもいうように、なかば唇《くちびる》をひらき舌を見せて黙っていた。むしろ無邪気なタイプの人間のように感じられるやりかたで。かれの青ざめた皮膚に不つりあいに濡れたサーモン・ピンクをした脣のおくから曇り空のような色の舌がのぞいている。この男の胃は断食にもかかわらず、決して良い状態にはないらしい、そのようなことを考えてぼくが友人との私語を止《や》めると、男は初めてかれの説明のつづきを口にだした。そこでぼくにはかれがお人好しらしい外見の裏に、聴衆のなかにひとりでも注意力の散漫なものがいれば、絶対に自分の演説を続行しまいという、頑固《がんこ》な自尊心をひそめているらしい、ということが了解されたわけである。

「性的な能力の鍛錬といってもねえ、わたしは戦後ずっと独身なんですよ。自分の使命感のために、戦争が終った日、女房を離縁してねえ、ずっと独身でとおすことに定めたですよ。そのわたしが、なぜ性的な能力を鍛錬しておるか？　それもまた、自分の使命感のためです。わたしにはいま女と寝るひまなどない、それで独身をとおしているんだけれど、当然欲望はある。時どきそいつに頭をもちあげられて思索や行動をさまたげられることがあった。そこでわたしは、意識的に自分の欲望を管理することにしたわけです。一箇月にいちど、わたしは欲望を解放する。さあ、ぜんぶの欲望よ、活動せよ、とよびかけるわけですわ。そしてカタルシスする。自分でカタルシスする意志をもちさえすれば、指一本ふれずに、すべて流れだすわけですな、蛇口《じゃぐち》をひねったみたいに」

これはやはり、あまり乗り気でなかったジャーナリストたちにも、ちょっとしたショックをあたえた。そこでかれらのひとりが、

「壮絶だねえ」と嘆息するようにいうと、いくらか動揺している笑い声がいっせいに湧《わ》きおこった。

「これはわたしのような独身主義者の場合なんだが、わたしの鍛錬は結婚している現代人にも一般的に応用できますよ。不自然な形で禁欲せよ、というのじゃない。性欲にかかわることは一箇月に数十分間だけに限ってしまう。もちろん配偶者には完全な満足をあたえますわ。そしてこれ以外の時間をすべて自分の野心と使命感のために集中なさい、というんです。逆に、まったく欲望がなくて配偶者に不満をもたれている弱い夫も、わたしの鍛錬法でその能力を回復することができる。いつでも自在に、自分の性的機能をコントロールできるんだからね。これこそ二十世紀になって文明人のなしとげた、コペルニクス的転回じゃありませんか？　現代の心理学はいたずらに性的神経衰弱者をつくりだすほか能がなかったが、アラブの健康法の性的な鍛錬法は性欲そのものを道具のように使いこなすことを可能にする。もう性欲はわけのわからぬ危険なものじゃない。いつでもポケットからとりだして使える万年筆みたいなもんだ。これは計画出産だって、革命的に変えますよ。

火星に人間がいれば、おそらくかれらはアラブの健康法とおなじ性管理をおこなっていると信じますねえ。これでこそ現代人として、自分の野心と使命感とにむかってまったくフルに力をだすことができるんですわ！」

ひとりのジャーナリストが手をあげて質問を試みた。その時、中年男の海驢みたいな眼《め》が新しく強い期待に輝やいたので、ぼくにはかれが質問を熱望していたのだというこ とがわかった。それも、かれの現代人としての野心と使命感とはなにか？　という質問を。しかしジャーナリストはひやかし半分にそれとは別のことを訊《たず》ねたのだった。

「あなたは、いま、ここで、その性的な機能の全面的な管理というのをやることができますか？」

「ああ、やれますよ。やってみますか？」と中年男は眼いっぱいにつまっていた期待の花をたちまちしぼませながらも、それでも誠意のこもった声でこたえた。かれはますます無邪気なお調子者に見えたが、誰かの嘆息どおりに、壮絶だねえ、と呻《うめ》かせるおもむきももっているのだった。

「いや、けっこうです」と質問したジャーナリストが辟易《へきえき》して辞退するともういちど、ぐったりした笑い声が小宴会場のなんとなく弛緩《しかん》した悪い空気を揺るがせた。

「他に質問がありませんでしたら」とものほしげなためいを示したあと中年男は次の演出に移った。

「それじゃ、アラブ人の行者にひとととおりの型をやってもらいましょう、写真はご自由におとりください」

その瞬間までじっと沈黙をまもり不動の姿勢をとっていた半裸のアラブ人に、三十人ほどのジャーナリストたちみながあらためて気づいた。誰もが、暗闇で獣に出くわしたとでもいうように、一瞬そのアラブ人をみつめ、ぎくりとして頭をのけぞらせたみたいだった。ぼく自身、最初にかれを一瞥《いちべつ》したあと、中年男の説明のあいだはずっとかれのことを忘れてしまっていた。ぼくには、ひとりの人間、しかも大男の半裸の外国人が、あたかもくすんだ色の家具のように、これほどまったく徹底して自分を主張せずに、そこにひっそり存在していたことが不思議だった。かれは、いわば、穴ぼこのように存在していたのだ。中年男が、圧倒的にそのアラブ人を支配し、頭ごなしにどなりたててこきつかい、かれを、家具のような人間にしたててしまったのだろうか？

中年男はぼくらにむかって顔じゅうにたたえてみせた無邪気な微笑のひとしずくなりとも、そのあきらかに怯《おび》えている半裸のアラブ人にあたえなかった。かれはなにやらわけのわからぬ軍隊調の命令言葉をつづけざまに発した。アラブ人は追いたてられる家鴨《あひる》のような恰好《かっこう》で小宴会場の中央に進み、かかえていたアラビア模様の一米《メートル》四方ほどの絨毯《じゅうたん》をそこに敷き、その中央に長い両腕をたれて立つと、全身これ耳という具合で、背後の独裁的健康法指導者の命令を待った。

そこで中年男は、再びぼくらに愛想よく微笑し、

「カメラの方は前へどうぞ。おもしろいポーズがありましたら、おっしゃってください。その姿勢のままいつまででも続けさせますから！　もちろん、くりかえしてもいいですよ。いちばん気にいった所をとってください」といい、そして青ざめた善良な鬼のような形相に戻ると、アラブ人になにやら叫ぶのだ。

　アラブ人はまず、ブルッと身震いした。それからそそくさと左足だけに体重をかけて片足立ちになると、右足を頭の上から肩のつけ根へとまわしてしっかり載せ、両腕をうしろにさしだすと自分の右足の腿《もも》を赤んぼうを背負うようにしっかりと抱きかかえた。そしてアラブ人はその鬚《ひげ》だらけの小さな顔をいくぶんかたむけると、きっと眼をみはってぼくらを見つめ、突然、意外にも、悠揚《ゆうよう》迫らぬ薄笑いを浮べたのである。いまこそが、中年男の叱咤《しった》する声に怯えることのない唯一《ゆいいつ》の時だ、ということを確信し、一種の気分的な報復を中年男におこなっているとでもいう薄笑い。

　カメラを持った者らは一斉《いっせい》に写真をとり、ペンと手帳しか持っていない残りの大多数はなんとなく溜息《ためいき》をついた。写真が一段落すると中年男は次の命令を発するまえに、ぼくらの反応をにこにこして見まわし、再び厳しい顔に戻ると、アラブ人にむかって叫んだ。そして、また新しくアラブ人のあわただしい動きと、奇想天外なポーズによる静止、ゆったりした薄笑い、というコースがくりかえされたわけだ。

はじめ中年男の報道陣とアラブ人とへの態度の極端な変り方に不愉快な感じをうけていたぼくも、アラブ人の薄笑いを眼にしてからは、なんとなく心理の平衡がとれたようで、結局、素直な見物人の役割にまわっていた。やがて中年男の命令の言葉も、アラビア語とかスワヒリ語とかいうものではなく、単なる英語にほかならないことがわかった。中年男はこんな風にくりかえし叫びたてていたわけである。エンダバニンギ、ファースト・ポーズ！　クイックリー、クイックリー！　ヘイ、ユー、ザ、ネクスト・ポーズ！　ドンチュー・アンダスタン？　クイックリー、クイックリー、エンダバニンギ！　そこでぼくにも、エンダバニンギというのが、いまオレンジ色のパンツの下からブルーのサポーターをちらちらさせて時に奇怪な味のする体操をつづけるアラブ人のことだとわかった。

　この日、＊＊ホテルの小宴会場でエンダバニンギ氏がくりひろげたアラブの健康法のポーズをいちいち紹介することはさけるが、それでも二、三のポーズについては書いておきたいと思う。アラブ人がしゃがみこみ子供の拳《こぶし》ほどもあるその両拇指《りょうぼし》に力をみなぎらせて特殊な爪先立《つまさきだ》ちをする。かれの上躰《じょうたい》はすっかり両膝《りょうひざ》のあいだにある。その膝の外側から両腕をまわして、かれは背骨をふたつの掌《てのひら》でマッサージする、これがひとつのポーズだ。また、もうひとつのポーズ、アラブ人は右膝と右肱《ひじ》とで平衡をとっておかしな倒立をしている。しかもかれの左足は頭のうしろにあるし、左肱は右の踵《かかと》の上に載ってみなぎった力に震えている。

最後にアラブ人は人間の筋肉のあらゆる細部が意志の力で制御できるということを示す、という中年男の説明にしたがって、オレンジ色のパンツをいくらかずりさげると、腹の筋肉を自由自在に動かしてみせた。虐待《ぎゃくたい》された内臓は、ボートの舷側《げんそく》をたたく水の音のように、時どきザブリと鳴った。それはまったく脈絡なく人を不意に懐《なつ》かしい気分に誘う音だった。結局、このアラブ人は、小宴会場じゅうのジャーナリストたちに、特殊な、胸のせまるような印象をあたえて、再び隅《すみ》に悄然《しょうぜん》とひっこみ、くすんだ家具か穴ぼこのような存在に戻った。

おそらくエンダバニンギ氏にもっとも深い感銘をうけた新聞記者にちがいない、ひとりのジャーナリストが、実演のあとの質問の時間に中年男にたいする反感をあらわにしてこう訊ねた。

「あのアラブ人の青年はどういう契約で日本にきて、あなたのために健康法のデモンストレートをやっているんですか？」

「契約？」とやはり愚かしいほど善良そうに問いかえして、男は質問者を見つめたまま頭をかしげた。

「どれくらい給料をはらうとか、どんな待遇をするとか、いつまで滞在するとか、そういう契約です」

「ああ、そういう契約？　そんなものありやしませんよ」とあっさり中年男はこたえた。

質問した新聞記者のみならず、小宴会場のすべてのジャーナリストたちが、これには、幾分あっけにとられた。

「だってエンダバニンギはねえ、アラブの健康法の行者だもの。行者はみな独身だしなにも所有することができないんですわ。主義も主張も金も財産も、ともかく、なにもかもっちゃいかん。これをアラブの健康法では、鶏みたいな人間というんですが白紙の人間として真実を見きわめようとするんです。かれは日本に、その行のためにきたのでね、わたしの家の三畳に住んでいるが、ほんのすこしたべ、ほんのすこし眠り、そして行にいそしんでいますよ。かれはすこしでも怠けることで自分の行を後退させるのを恐れてねえ、行をやらない時間は、わたしのために下男みたいなことをやってくれていますわ。本当にかれは、えらい男ですよ。まさに行者だねえ、まさに鶏みたいな人間だねえ！」と中年男は感に堪えぬようにいい、こんどだけは笑顔のまま、アラブ人に近づいて、その肩をどすんと叩《たた》いた。ちょうどアラブ人はズボンをはこうとしていたので二三歩よろめき、鬚もじゃらの鼠《ねずみ》みたいに小さい顔にあいまいな訝《いぶ》かりの表情をうかべ、しきりにＯＫ、ＯＫ？　と中年男に訊ねるのだった。

「他に質問してくださる方はありませんか？」とすぐアラブ人に背をむけた中年男はいった。

誰もが《鶏みたいな人間》とその日本の《飼い主》の相

互関係の話に圧倒され、かつ、うんざりしていたので、もうひとりも質問する意志をしめすものはなかった。そこで敏感に雰囲気《ふんいき》を察した中年男が、待機していたホテルの給仕たちにすばやく合図し、たちまち小宴会場にはオードブルの皿とビールにコップが運びこまれた。

「それじゃアラブの健康法のために乾杯してください！」と中年男は上機嫌な声で音頭《おんど》をとった。「これはわたしにとって、一週間ぶりの断食やぶり、すなわちブレック・ファストです、乾杯！」

たれも中年男の英語の（おそらくはきわめて気のきいたつもりの）言いまわしに感心したふりはみせなかったが、それでも一応、ビールのコップをかかげ、乾杯とつぶやいてそれをほした。ところが次の瞬間、中年男は、見世物の人間クジラのように、飲みこんだばかりのビールとキャビアをのせたビスケットのかけらを、勢いよく嘔《は》いてしまったのである。男はますます青ざめ、コップをにぎっていない手で自分の胃のあたりをしっかりおさえつけ、海老《えび》みたいに躰《からだ》をねじまげながらも、霞《かす》んだように苦悶《くもん》の脂《やに》がかかっている眼にむりやり微笑をたたえて、

「ブレック・ファストですからねえ、失礼しました！」と陽気な声で叫んだ。

「壮絶だねえ」とぼくの友人の編集者はいった。ぼくも同感の意を表して溜息をついた。

そしてぼくらのみならず粛然としたすべてのジャーナリストたちができるだけ中年男に背をむけるようにして、まずそうにビールを飲みながら憂《うれ》い顔でささやきあっているあいだを、中年男は胃の痛みは依然として残っているらしく腹を押えてではあるが、いきいきと魚のように泳ぎまわり、愛想よく声をかけてまわりはじめた。とにかくかれは相当な男だった。

やがて中年男がぼくの所へやってきたとき、ぼくの友人の編集者がぼくをかれに紹介すると、かれはいかにも訳知り顔に、

「やあ、あなたのような若い作家が、アラブの健康法に興味をよせてくださるのは、ありがたいですよ」といった。

「いや、どうも」とぼくはあいまいな返事をした。

「それに、あなたのような、坐《すわ》って仕事をする若い人にこそ、アラブの健康法は大切なんですよ。あなたはずいぶん背骨が曲っていますわ。それは精神状態にも直接ひびきますよ。あなた、最近、なんということもなく憂鬱《ゆううつ》でしょうが、そして怒りっぽいでしょうが？」

「ええ、そういう感じですねえ」

「ふむ、ふむ」と満足気に男は唸《うな》り声をあげてぼくの躰全体を見まわした。

「話はかわりますが、ぼくは、以前あなたをお見かけしたことがあるんです、広島で」とぼくはいった。「あなたはABCCの廊下に立っていられたし、次には市庁前の広場で霊柩車《れいきゅうしゃ》の脇《わき》に立っていられました。あなたが広島から

つれてこられた原爆孤児は、いま何人生き残っています?」

中年男の海驢に似た頭は、一瞬、いわばその海驢が骨をとがらせてつくったイヌイットの銛《もり》でつき刺されでもしたというような表情をうかべた。かれはもう上機嫌《じょうきげん》なホストではなく、憂わしげで警戒的で、白じらしい憤懣《ふんまん》さえしめしている中年男だった。かれは荒あらしく息を吸いこみ、そのまま呼吸をとめてじっと疑わしげにぼくを見つめ、十秒ほどもたってやっと、アラブ人に命令していたときの声よりももっと険悪な、しかしずっと低い嗄《しゃが》れ声で、ぼくにこう囁《ささや》きかけた。

「あんた、ねえ、どういう意図かわからんが、その話は別の機会にしてくれんかねえ。あんたがその話を聞きたいなら、いつでもうちの方へ来てくれれば、わたしは話すよ」

「いつお宅へうかがえばいいでしょう?」とぼくもまた挑戦的《ちょうせん》な気分になっていった。

「早い方がいい、そういうことは早くすませたいからねえ。明日の午後二時はどうだね」と手負いの海驢はいった。

「場所はこの健康法のパンフレットに印刷してあるわ」

「じゃ、明日うかがいます」とぼくは慇懃《いんぎん》にいった。

それがアラブの健康法の呼吸術でもあるのか、中年男はもういちど荒あらしく息を吸いこんで呼吸をとめ、ぼくを品定めするように見つめ、それから不意にくるりと躰のむきをかえると、ジャーナリストたちの別のグループにむかって歩いて行った。ぼくはかれの急に重くなった足どりを見おくりながら、自分がしだいに昂奮《こうふん》していくのを感じた。同時に、この上機嫌だった、アラブの健康法の指導者に、アトミック・エイジの守護神としてのかれ自身を思いださせ、かくも即物的なショックをあたえたことに漠然《ばくぜん》とした後悔を感じてもいたのだが、ともかく賽《さい》は投げられたわけだった。

「本当に明日、かれに会いに行くのかい?」と友人の編集者が黙りこんでいるぼくをいくらか疑わしそうに横眼でうかがって訊ねた。

「ああ、行くよ」とぼくは力んでいった。

ぼくと編集者とが報道陣よりもひと足さきに小宴会場を出て帰ろうとしたとき、ぼくらはその広間の扉口《とびらぐち》の外套《がいとう》掛《かけ》の陰で青いジーン・パンツをはき、肩から無地のタオルを羽おったアラブ人が、粥《かゆ》のようなものをひとりで食べているのを見た。かれは一心不乱に碗《わん》のなかを覗《のぞ》きこんで左手にもったスプーンをうごかしていてぼくらにはまったく注意をはらわなかった。

「アラブの健康法は、おそらく、ヨガ・ブームに便乗できないね」と友人の編集者がなんとなく憂鬱にいった。

「ああ、ぼくもそう思うよ」と昂奮のさめてくるむなしい寒さに身震いしてぼくもまた憂鬱にこたえた。そしてぼくは、確かにおれの背骨は曲っているかもしれないなあと考え、階段を降りながらも腰をねじってみたりしたのだった。

翌日、電車とバスを乗りついで、ぼくはアラブの健康法の道場へでかけた。そこは東京湾の埋立地の北のはずれの小工場や木造モルタルの工員用アパートがたてこんでいる一角で、初夏の晴れた日ではあったが、遊んでいる子供らも犬もいず荒涼とした気分がそこらいちめんにただよっていた。アラビア文字と漢字で看板のかかった、高い板塀《いたべい》の片隅の入口をはいると、狭い空地、それは中庭と呼ぶのだろう、それをはさんで、倉庫のような建物と、小っぽけな事務所のごときものがむかいあっていた。その倉庫のような建物が道場らしい。開いたままの扉口から、運動している青年たちの裸の上半身が時どき、きらめくように眼《め》にうつる。その内部はきわめて明るいようだ。逆のがわがすっかり開けはなたれているのだろう。それにくらべて、事務所風の建物は道場と板塀とにかこまれていかにも暗く湿っぽい外観だった。ぼくは事務所風の建物の玄関のまえで声をかけた。すぐに中年男の声が答えた。つづいて中年男は例の調子でアラブ人を叱咤した。ドアが開かれ狭く暗い玄関にアラブ人が顔をだした。かれの脇腹の向うの薄暗がりに畳に坐ったままコップを左掌《ひだりて》に、ぼくを覗《うかが》っている中年男の顔が見えた。かれはあきらかに酔っていた。

「どうぞ、勝手にあがってください」とかれは叫んでよこした。

ぼくがかれのまえに、畳にじかに坐って挨拶《あいさつ》すると、かれはやはり大声で、エンダバニンギ、テイク、アナザー・カップ、クイックリー！　とぼくの背後でぼんやり立っていたアラブ人に命令した。アラブ人はぼくらの脇を摺《す》り足で通りぬけ、隣の三畳の部屋に接している台所から、ただちにコップを一個運んできた。かれはこの日、青いジーン・パンツと、白とブルーの縞《しま》の水夫のような丸首シャツを着こんでいて、裸のときより比較を絶して貧弱だった。

中年男もまた、前日の＊＊ホテルでの印象よりずっと老《ふ》けこみ、かつ衰弱しているようなのだった。かれはいま広島で見かけた時とおなじく魯迅みたいな黒い詰襟《つめえり》の服を、それも革でできていて膝に届くほどにも長い服を着ていた。それがかれに隠退した大陸浪人とでもいう感じをあたえていた。考えてみるとかれは前日、ボクシングのトレーナーのような恰好をしていたのだ。

「まあ、一杯やろうじゃないですか、飲めるんでしょう？」というと中年男は膝の脇の国産ウィスキー瓶《びん》をとりあげてぼくのコップにたっぷり注いでくれた。それを水で薄めるというのではなく、生《き》のまま飲むらしい。かれは自分のコップにもまた十分に注いだ。

「いま、エンダバニンギが、アラブ風のひとくちカツをつくりますわ」と中年男は一瞬、あいまいに微笑していい、それから、こう叫んで、アラブ人を台所に追いやった。ヘイ、エンダバニンギ！　ゴー・トウ・クック・クイックリー！

ぼくは中年男とともに、ひとすりだけウィスキーを飲んだ。家具ひとつないその薄暗い部屋には、なにやら得体のしれない、おかしな臭《にお》いがこもっていた。それはしだいに鼻についてきた。ぼくはあわててウィスキーをもうひとすすりした。

「あの原爆孤児のことではねえ、いまなお、毎月、広島から脅迫状がきますよ。匿名《とくめい》ですわ。しかし誰が書いているか、見当はついているんだ。新聞社の封筒に入っているからねえ」と中年男は、ぼくをその匿名の脅迫者の仲間に擬しているとでもいうようにきわめて敵対的にいった。

ぼくはそれを聞いて、広島でぼくにアトミック・エイジの守護神のエピソードを話してくれた地方紙の記者の、東洋風のマーロン・ブランドみたいな鬱屈した顔、あのコンプレックスにみちた地方的良心家の顔を思いだした。あの記者が思い屈したあげく、こういう行動に出たわけではないのか、新聞社の封筒での匿名の脅迫というような陰険な悪意のこもった行動に……

「ともかくそれはいけないなあ」とぼくは胸のあたりに不消化な滓《かす》がたまってくるような気分でいった。

「そうでしょう？　いけないことでしょうが」と中年男はいくらかぼくにたいする敵意をひそめていった。「わたしは、あなたも、そういう脅迫を考えているのかと思いましたわ」

「いいえ、ぼくはただ、単純に、あなたがひきとられた十人の原爆孤児の現在の生活について知りたいだけです」

「六人の現在の生活」と中年男は静かにいいなおした。

「すでに四人亡《な》くなられたので？」

「ええ、四人ねえ。しかしみんながみな、白血病で死んだんじゃないですよ。ひとりは交通事故で即死しましたわ。わたしは、あの子たちのために、ポンコツ自動車を一台、買ってやっていたんですが、ひとりの子がそれに乗って出かけてねえ、トラックと正面衝突して死んだんですよ」と中年男はいった。

「事故でしたか？」

「え？」とかれは鈍そうな眼をむいて反問し、それからやっと理解した。「自殺だというんですか？　とんでもない、その子がいちばん愉快なやつだったんだからねえ。わたしのことを、父上と呼んでいましたわ」

そして中年男はウィスキーをひとくち飲み、＊＊ホテルの小宴会場で報道陣にみせた、いかにもお調子者らしい無邪気な微笑を浮べた。さきほどまで不機嫌の毒に根深くおかされていた丸く蒼黒《あおぐろ》い顔いちめんに。ぼくは中年男がしだいに急ピッチに酔いを深めていることを了解しはしたが、かれの突然の微笑には反撥《はんぱつ》してしまう。そこでぼくは自分でもうひとくちウィスキーを飲み、再びコップにそれをみたしているうつむいた中年男にむかって意地悪なことをいってしまう自分を抑制できなかった。

「それでは、四人分の保険金、千二百万円が、すでにあなたの手にはいったわけですね」

中年男はぼくの挑発をうけてたちまち怒れる海驢にかわった。かれの蒼黒い顔を酔いは赤く染めなかったのに憤激は一瞬にしてかれの喉《のど》もとから禿《は》げあがった額まで、色覚検査表みたいな複雑な模様にしてしまった。かれはコップのウィスキーをぐっと飲みほすと、咳《せ》きこみ、それから激越に自己主張しはじめた、その饒舌《じょうぜつ》はずいぶん永いあいだつづいたが、ほぼつぎのようなものだったと覚えている。

「四人の保険金だって？　もちろんそれはもらったよ、きみはそれを辞退して保険会社を儲《もう》けさせろとでもいうのかね？　当然おれはそれをうけとった。そして税金をのぞけば千二百万まったくみな、あの子らのために使っていますわ。いったい原爆孤児のために、国がなにをしたというのかね？　世界がなにを試みたというのかね？　ゼロだったじゃないか。おれは個人で、原爆孤児のために、責任をとっているんだよ。そして責任をとるための資金として、不幸にも死んだあの子らの仲間の保険金を使っている。それがなぜ悪いことかね？　それがヒューマニズムに反するとでもいうかね？　確かにおれはここに地所を買ったよ。そして道場をたてて、アラブの健康法というものをはじめている。しかし、それはおれ個人の名誉心からじゃない。しばらく前のことだがね、あの子たちが、まったく沈みこんで暗くなってきたのを、どうにかしようとして、おれがあの子たちに、躰をきたえることをすすめた。そして造った道場を、いくらかでも金の入るやり方で運転しようとして、おれはアラブの健康法などというものを始めたんだよ。あとから道場へ行ってみてくれ、あの子たちはまったく堂々たる肉体をして、底抜けに明るいよ。いまも孜々《しし》営々《えいえい》とトレーニング中だ。おれが千二百万を浪費したとはいわせないよ！」

もしエンダバニンギ氏が洋皿に大盛りにしたひとくちカツを運んでこなければ、中年男はいつまでも、いかにも戦闘的な自己主張をつづけただろう。しかしエンダバニンギ氏があらわれた瞬間、おそらくはアラブ人の行者のまえで威厳をうしなうことを惧《おそ》れてだろう、中年男は大声での自己主張をやめた。そしてぼくに、ひとくちカツ、それもアラビア風のひとくちカツを味わってみるようにと、ほとんど強制的に（すでに酔っぱらった人間の非連続性と執拗《しつよう》さをあらわにして）すすめた。ぼくはひとつ頬《ほお》ばってみたが、それは肉がきわめて薄く切ってあることと、タバスコ・ソースでべとべとするほどなのをのぞけば、とくに日本風のそれと異なるところがなかった。われわれにアラビア風ひとくちカツを提供したエンダバニンギ氏は、隣の部屋と台所とのさかいの板の間に膝をかかえて坐りこみ、再びあの、穴ぼこか、くすんだ家具のような、稀薄《きはく》な存在感において、酔っぱらった中年男の命令を待機しはじめていた。

「うまいでしょうが？　あのエンダバニンギにできるまともなことといえば、ひとくちカツをつくることくらいでねえ」と中年男はぼくがその味に満足していることを疑わないで、鈍く素朴な海驢の眼でぼくを深ぶかと覗きこみながらいった。

「ええ」とぼくはいったがそのアラビア風の食物はあまりに辛すぎて、ふたつめを試みる気にはなれない。ぼくは中年男がウィスキーと交互にやみくもに食べつづけるのを見まもっているだけだった。

そのうちぼくは奇妙なことに気づいた。中年男はしきりにひとくちカツを濡《ぬ》れた唇《くちびる》のなかに押しこみ咀嚼《そしゃく》するが、それを胃にむかって呑《の》みこむことには困難を感じているらしいのだ。そのうち中年男は猿《さる》のように頰いっぱいに嚙《か》みくだいたひとくちカツを渋滞させてしまった。そしてとうとう、中年男は、自分の左掌のなかへすでに胃にいたっていたものをもふくめてそれらを激しく嘔《は》いた。かれの意外なほど繊細な指がたちまち茶褐色《ちゃかっしょく》のドロドロのもので汚れた。ぼくは嫌悪《けんお》を感じたが中年男自身は平然たるものだった。かれは黒い革の長衣で汚れた掌《てのひら》をぬぐうと素知らぬ顔でウィスキーを飲みつづけるのである。ぼくもまた黙りこんでウィスキーをすするほかなかった。それから中年男はなにごとかに耳をすませるようなそぶりをして、

「ほら、聞えるでしょうが、あの子たちが一般のアラブの健康法ファンにまじってトレーニングしている音が。けなげなものじゃないですか。わたしが、あの連中に愛情を感じないでいることができると思いますか？」と打明け話をするような調子でいった。

馬の群が地面を踏みつけているような音がさきほどから聞えていたのだった。道場で、いっせいに新しい運動がはじめられていたらしい。それはなんとなく涙ぐましいイメージをよびおこす音だったし、それに耳をすましている中年男の表情にもまた、なにやら真実なものがあった。ぼくは自分の正義派ぶった詰問《きつもん》の根拠が単に感情的なものにすぎなかったことを感じ、そしてそのぼくが別の種類の感情の擒《とりこ》になりつつあることをもまた感じた。

「あなたがかれらに愛情をもっていられることは知っています」とぼくはセンチメンタルになっていった、ぼくもまた、いくらか酔っていたのだ。「ぼくはあなたがＡＢＣＣの廊下ですすり泣いていられたのを見たし、それに霊柩《れいきゅう》車《しゃ》の脇のあなたも、本当に茫然《ぼうぜん》自失した様子でしたよ」

一瞬、中年男は蘇生《そせい》した。かれは自信をとり戻し、微笑し、そして自己弁護していたあいだの鎧《よろい》のように着ていた硬い抵抗体のすべてを、ぐにゃぐにゃにとろけさせた。かれはもう醜いほど自分を解放して、ぼくを信頼している様子を示した。その時ぼくは、最初からこの部屋をみたしていた異臭がなおも強まってきているのを感じ、それがかれの吐瀉物《としゃぶつ》の臭いにほかならないのに気づいた。かれはぼくが訪ねるまえ、すでに嘔いていたのだ。

「本当にわたしはあの子たちを愛しているんですわ。それで、あの子たちの誰かが白血病にかかったと知ると、それは地獄の苦しみなんですわ。白血病というものはねえ、恐

ろしいですよ。いったんそれにとりつかれると、もうだめなんですねえ、血液の癌《がん》といわれるくらいなんですからねえ」と男はいって微笑した。ぼくはもうかれのとくに意味のない微笑に反撥することをしなかったが、今度は中年男自身が濡れた脣を噛んで血をにじませ、その微笑をおし殺した。かれはいま切実に訴えかけようとしていた。

「原爆病院の先生がいうんですが、注射をつづけているといったん白血球がへるんですね。しかしそれは絶対にまた、ぶりかえすんです。そしてこんどはもうふえる一方。だから、白血球の中休みのときに、退院させてしまうこともあるんですなあ。この春に死んだ四人目の子がそのケースだったんですよ。かれ自身、それは知っていたんですわ。だから、病院からかえってすごした数箇月、他の青年たちは、あの子に本当に優しかったですねえ。それは人間愛にあふれていましたよ。わたしもふくめて誰もが、その子のまえでは冗談をいって笑いかげにかくれて泣いていました。だからもういちど、あの子が入院したときには、みんなかえってほっとしたんです。あの子自身、仲間の心づかいを重荷にしていたんじゃないか。かれも二度目の入院で、むしろ明るくなりましたねえ。それがまた、わたしには辛《つら》いんですわ、気が変になりそうでしたよ。特務機関員の時代には何人もの蒙古《もうこ》人を殺したわたしがねえ。わたしはあの子たちが、これからも次つぎ死んでゆくかと思うと、本当に恐怖におそわれますよ。まったくそれは恐ろしくて悲しい。あの子たちの顔を見るのが辛い。今では、あの子たちに道場で寝泊りさせて、できるだけ、あの子たちと顔をあわさないようにしているほどですわ。わたしはこちらでエンダバニンギとふたりで暮しています。孤独ですよ。そして脅迫状！」

それから中年男はかれの眼をしっかり見ひらいたまま、それを涙でいっぱいにすると、身悶《みもだ》えして革の長衣をキュウ、キュウ鳴らせ、緊張に震える声で訴えた。

「脅迫状にはねえ、やがて残りのあの子たちもみな死んで、十人の保険金の残金とこの地所とが全部わたしのものになる日がくるとくりかえし書いてあるんですよ。ああ、ああっ！　そういうことになったら、どうすればいいんでしょうねえ、恐ろしいことですわ。わたしは恐怖心と孤独感で気が狂うと思います。それではまったく、脅迫状がいうように、わたしがこの歯で原爆孤児の人肉をばりばり噛んで喰《く》ったことになるからなあ！」

「もういちど、あなたが守護神の役をつとめるための十人の青年を集めたらどうですか？」とぼくは確信もなくいった。

「いや、とんでもない！」と中年男は脅《おび》やかされたように激しくさえぎった。「いまの青年たちが、みんな死んでしまったなら、わたしは辛くて辛くて別の青年たちを集めたりできないですわ」

ぼくはかれを慰める言葉に窮した。そしてぼくは決して中年男の大災厄《さいやく》の幻影をうたがったわけではないが、酔っぱらったかれの苦しみぶりに自分がしだいについてゆけなくなるのを感じていた。ともかく中年男はすでに泥酔《でいすい》していた。ぼくと男とは、しばらく黙ってむかいあっていた。男は頭のなかの地獄のイメージにわれをわすれてしまったのだろう。憑《つ》かれたように再び洋皿に手をのばしカツを口にいれ、困難をこえてのみこもうとしもう一度病気の猫《ねこ》みたいに無気力に嘔きだした。ぼくはかれの白く長い指、かれの頭や躰《からだ》に不つりあいな華奢《きゃしゃ》な指のあいだからカツの衣が脳漿《のうしょう》のように溶けて流れるのを見た。部屋じゅうの異様な臭気はますますたかまった。男はなおもウィスキーを飲もうとしたが、そのコップにはウィスキーのかわりに吐瀉物が流れこんでいるのである。ひとくち飲んでから、かれは不思議そうにコップのなかを覗《のぞ》きこんだ。ぼくは耐えがたく感じた。

「あなた、その金で立候補して議員になればいいじゃないですか、そしてもっと沢山の青年たちを守護することにしたら？　こんどは保険会社の金でじゃなく、国家の金で」

「ああっ、そうだ、議員になるんだ、政治をやればいいんだ」と男は唐突な希望の擒になって躰をうちふるわせ、けたたましい革の音をたて叫ぶようにいった。「それにわたしは立候補して演説するとき、いろんな弥次《やじ》にさらされて、自分の試煉《しれん》に直面することになりますわ。いま噂《うわさ》や中傷や脅迫状のかたちでわたしについていわれていることが、他人の面前で大声で、直接わたしにいわれますわ。それは試煉だ。本当に、わたしは、議員になればいいんだなあ、政治をやればいいんだ！　コロンブスの卵というが、本当に気がつかなかったなあ。あなたはわたしのためにいちばん良い生き方を教えてくれましたよ。ああっ、そうだ、そうなんだ、議員になればいい、立候補して試煉に出会うだけでも大収穫だ」

ぼくは、ますます昂奮をたかめる、大陸浪人風の服装の、健康法の指導者を黙りこんで眺《なが》めた。確かに、この男は十人の青年の生命保険の金をもって立候補し、しかも当選して議員になるかもしれない。デンマークの蒼ざめた憂鬱《ゆううつ》症の王子がいったとおり、この世界にはおまえの哲学ではかりきれないことどもがある、というわけだ。こういうタイプの中年男こそ選挙の数週間くらいのあいだは日本の庶民の心をがっちりとつかむことができるのかもしれない。選挙資金が十人の青年の生命保険の金だという宣伝もかえって強力な武器となるかもしれない。こいつは立会演説会でも海驢みたいな眼《め》をして泣くだろうか、エイ、エイ！　と声をあげて？

「わたしが立候補するとき、あなた推薦人になってくれませんか？　あなたみたいな若い作家には、若い読者が沢山いましょう？」

「あなたに守護されている青年たちがみんな死んでからの話ということにしませんか、推薦人のことは」とぼくは再び自分の内部の苛立《いらだ》たしさに負けて中年男をつきはなす厭《いや》味《み》をいった。

中年男はぼくをチラッと見て、顔をふせた。ぼくはかれが夏のさかりの広島で陽《ひ》の光にさらされながら茫然と放心状態で、犀《さい》ほどにも巨《おお》きい霊柩車の傍に立っていた時の、疲れきった孤独な印象をそこに見出《みいだ》した。ぼくはいま自分が口にしたばかりの言葉をつぐなうに足る別の言葉をさがしていた。しかし中年男はそのままゆっくり横だおしになると眠りこんでしまったのである。光をさける赤んぼうのように顔を両掌でしっかり覆《おお》ったまま荒い息をはいて……

ぼくは救助をもとめるような気分で、エンダバニンギ氏を見やった。かれは隣の部屋と台所のあいだに膝《ひざ》をかかえて坐《すわ》ったまま、アラブの健康法のひとつのポーズをとっているとでもいうように微動だにしなかった。ただ、かれの黒い花かざりとでもいうべき髪と鬚《ひげ》の輪にかこまれた浅黒い小さな顔には、かれが＊＊ホテルのショーにおいてもポーズのきまった瞬間に見せた、いかにも悠揚《ゆうよう》迫らぬ薄笑いが浮んでいるのだった。ぼくは、かれが、まだ十八歳ほどの年齢なのではあるまいかと疑った。かれはそのとき、その鬚にもかかわらずじつに若わかしく稚《おさ》なく見えたのだった。

中年男はじっと顔を覆い、黒革の服を着た躰を襲われたダンゴムシのようにまるめたまま、いつまでも眠りつづけそうな気配だった。ぼくは断念して立ちあがった。玄関に降りるときぼくは、ためらってから日本語で、「さよなら、エンダバニンギ」といったが、アラブの《鶏のような人間》はいささかの反応も見せはしなかった。

ぼくは中庭を横切って、道場を見に行った。そこでは六人の生きのこりの原爆孤児たちが一般のアラブの健康法ファンとともにトレーニングしている筈《はず》だったから、かれらのひとりふたりと話してみたかったわけである。

道場は中にはいってみると高等学校の雨天体操場を小さくしたような印象で、天井は高く、窓は広く、明るくて気持が良かった。中年男と話した建物の薄暗さと異様な臭気とにくらべると道場の明るさと清らかな空気はぼくに、ほとんど快楽的な解放感さえもたらした。初夏らしい微風が吹いてきて、ぼくは健康な人間の汗の匂《にお》いをそこに嗅《か》ぎつけた。ぼくが入口の土間に立って見物をはじめても、道場のそこかしこで思いおもいのトレーニングをしている十数人の半裸の青年たちは、いささかもかれら自身のスポーツへの集中をみだされる様子がなかった。ぼくは六人の生きのこりたちを選別しようとしたが、十数人の青年たちはみな筋肉のもりあがった硬い躰をいかにもきびきびと充実した動きにかりたてていて、その誰にも頽廃《たいはい》と不安と病気の兆候はなかった。

それに幾人かの例外をのぞき大半の青年の運動はとくにアラブの健康法に即しているというのでもないようだった。むしろありふれたボディ・ビル・センターでの鍛錬風景を思わせた。とくに土間のすぐ脇《わき》で、太いスプリングの両端に握りをつけた道具を頭の真上に両腕で支え、彎曲《わんきょく》させ、もとに戻し、彎曲させ、またもとに戻す運動をやっている青年など、かれはまったく普通のボディ・ビルの教程をおこなっているのだ。ぼくもしばらくそれをやったことがある。その道具はおもに躰の外側の筋肉をつくるためのものだ。眼のまえの青年の汗と艶《つや》に光りウナギみたいにくねる肉体は、内側も外側も、充分に彫りこまれみがきたてられた筋肉の束が、せめぎあっているような具合だった。ぼくがいくらかは嫉妬《しっと》のこもった嘆賞の思いでかれに見とれていると、ぼくの視線のアブが自分の筋肉の束をやっとのことでおおっている張りつめた皮膚にとまった、とでもいうように、突然かれはぼくに気づき、無造作に体操を中止すると、片手に運動具を提げてぼくにむかっていかにもなにげない様子で歩みよってきた。ぼくはまぶしい光に急に面したようにしきりに瞬《まばた》きした。

「やあ！」と青年は屈託なくいった。

「やあ」

青年は胸の両がわのふたつの筋肉の板を、むずがゆそうに拳《こぶし》の背でこすりながら、注意深くぼくを見つめた。ふたつの筋肉の板はどちらも乾いているのに、そのあいだから鳩尾《みぞおち》にいたる窪《くぼ》みは汗で濡れそぼっている。

「ぼくは小説を書いているものですが」とぼくは自分の息がアルコール臭くないかどうかを疑って気おされたような気持になりながら自己紹介しようとした。

「知ってますよ、今日は取材でしょう？」と青年は微笑して大人ぶったいい方をした。「あの人には会われました？」

「ええ、会いました、それで……」

「それで？」

「あの人が広島からひきとってきた原爆孤児の方に、話を聞きたいんですよ、誰か」とぼくはいった。

「誰でもいいんですか？」

「ええ」

「ぼくがその一人です」と青年はいった。「ほら、この道場の連中で、ぼくとおなじトレーニング・パンツをはいているやつは、みな仲間です」

幾人かの青年たちが、ぼくらの会話に好奇心をしめして、じっと動きをとどめたまま、首をねじってこちらを眺めていた。ぼくは屈強な裸のかれらを見て、ローマの体育場に建っていた、スポーツにはげむ青年たちの群像を思いだした。かれらのうち、踵《かかと》に紐《ひも》がまわしてある徒手体操用のトレーニング・パンツをはいている者たちが、とくに筋肉の発達状態も皮膚の桃色の輝やきもきわだって美事だった。ぼくはすでに質問すべき言葉をうしなった。

「ずいぶん立派に躰をつくったんですねえ」とぼくはいった。

「まあ、ねえ、みんな永くやってるから」と青年はとくに謙遜《けんそん》するというのでもなく落着いた自信を示していった。

「それに、ぼくらはいつも白血病の不安にみまわれているでしょう？　だから、すくなくとも、躰の、眼にみえる部分だけでも、要塞《ようさい》みたいに頑丈《がんじょう》にして、その不安に対抗しようとしているんですね」

「ええ」とぼくが相槌《あいづち》をうつと、

「しかし無意味ですよ、白血病には」と青年は微笑しながらもきっぱりといった。

「無意味ですか」とぼくはしおたれた声で反問した、自分が赤面するのを感じながら。

「無意味です。しかし、ぼくらはみな、ボディ・ビルに熱心ですね。この道場にくる、他の人たちにくらべても、やはりちがいますね。この春、死んだ仲間も、とても熱心でしたよ。かれは、うちの誰よりも立派な三角筋をもっていました」

そういってから、青年はぼくの当惑が、筋肉の名称への無知からきたものだと思いこんで、片腕にさげていたスプリングの運動具を床に置くと、ぼくを見つめたまま半身にかまえ、さっと上躰《じょうたい》を沈めて腕から肩口への筋肉を隆起させて見せてくれた。この瞬間だけ、かれの若わかしい顔にいかめしさがみなぎった。ぼくは汗の匂いとともに、好ましい腋臭《わきが》の匂いを嗅いだ。

「この肩のところが三角筋、その上のが僧帽筋、下のところのが、誰でも知っているやつ、上腕三頭筋ですね」

「凄《すご》いなあ」とぼくは素直にいった。

「いやいや、無意味ですよ」と照れかくしのように荒あらしく筋肉をもとにもどし微笑を回復してかれはいった。

ぼくは黙りこんで頭をふってみるだけだった。青年はぼくの沈黙を見てとると、

「あなたは、あの人がぼくらに保険をかけていることを知っているでしょう？　そのことでぼくらの誰かと話したいと思ったんじゃないですか？」といった。

「ええ、まあ……」とぼくはますます自分が赤面してくるのを感じながらいった。

「ぼくらはねえ、ここでの生活に満足していますよ。あの人がぼくらに保険をかけたにしても、その金は、ぼくらのここでの生活のために使われているんですからね。それに、あの人がいなかったとしたら、ぼくらはさしずめ、浮浪児にでもなったでしょうよ。そしてやっとのことで成長したとしても、ウサギみたいな筋肉をした中途半端《はんぱ》な労働者にでもなったですね」

ぼくはうなずいた。ぼくはかれにお礼をいい、そこから退却しようとした。その時だった。

「あなたと話しながら、あの人は酒を飲みました？」と青年がさりげなくぼくに訊《たず》ねたのである、別れの挨拶《あいさつ》のかわりのように。

「ええ、飲みましたよ、いまは酔いつぶれています。それでぼくは、ひきあげてきたんです」とぼくは沈んだ気分でこたえた。

「時どき、酒が胃に流れこみにくいような様子をしませんでした？　ひとくちカツが好物なんですが、それが喉《のど》をとおりにくいような様子をしませんでした、あの人？」

「しました、それに、幾度か嘔《は》きました」

「そうでしょう、そうでしょう。ぼくらは、あの人のことを胃癌《いがん》じゃないかと疑っているんですよ」と青年はきっぱりいった。

「やはり、あの人が死んでしまえば困るというふうに、あなたたちは心配していられるわけですか」とぼくはいった。

「え、心配？　いいえ、心配というよりもねえ、ぼくらは、二年ほどまえに、あの人からもらう小遣いをだしあって、あの人に生命保険をかけたんですよ、受取人はぼくら八人ということにして、もっとも、いま残っているのは六人だけど」と青年は、澄みわたって輝やく眼でぼくを見つめて微笑しながらいった。若い人間には時にその故郷の風物に似た表情をしめす瞬間があるものだ。この時、青年の眼はぼくに広島の真夏の青空のことを思いださせた。「そしていま、ぼくらはあの人が胃癌じゃないかと考えています。あの人についてとやかく噂はありますが、ぼくらは、あの人のことを本当にぼくらの守護神だと信じていますよ」

ブラジル風のポルトガル語

　ジープに乗ったぼくと森林監視員とは、香りたてる深い森を暗渠《あんきょ》のようにつらぬく道を疾走し、カーヴでは落葉をかぶった赭土《あかつち》をえぐりとっては弾《はじ》きとばした。落葉は黒く赭土は朱《あか》く、数しれないイモリを轢《ひ》いて疾走するみたいだった。やがて、われわれは不意に、視界のひらける高台に出た。われわれは夏の終りの真昼の光に輝やく深い森に囲《い》繞《にょう》された紡錘形の窪地《くぼち》を見わたした。われわれの高台から、なだらかな敷石道が窪地へとくだり、それは再び、昇りはじめ、向うがわの森のはじまる接点で砂地の川のように忽然《こつぜん》と消滅している。その両側のとびとびの十数戸の人家とそのまわりの畑。窪地は四国山脈のうちもっとも深く濃密な森の侵蝕《しんしょく》にわずかに抵抗している。森は威圧的だ。われわれは高台にジープを駐《と》めて窪地を眺《なが》めていた。窪地をしだいにひとつの巨大な欠落感の蓋《ふた》が閉ざしてくる感覚。森林監視員がエンジンをとめると、巨大な欠落感とまったき静寂がジープのわれわれまでのみこんでしまうようだった。われわれはエンジンをとめたままの、唖蟬《おしぜみ》みたいなジープで敷石道を降《くだ》った。

「敷石のあいだにのびている草を見てくれ」と森林監視員がささやき、その声は、森の宏大《こうだい》な吸音壁にかこまれた窪地でたちまち消えうせてしまった。

　ぼくは敷石のあいだに延びている硬くつよい草の葉を眺めた。この敷石道は永いあいだ歩行者の足に踏まれていない。ぼくは草のなかに、陽《ひ》と雨に晒《さら》された猫《ねこ》の骨を見いだした。それは犬でもなければ仔山羊《こやぎ》でもない、あきらかに猫の骨だ、骨の構造を正確に保ったまま、敷石道にひそんでいる。森林監視員は、それらを避けて、狭い敷石道をジグザグ運転した。

「猫が死んでいるなあ」とぼくはいった。

「餓《う》えて死んだのさ」

「鼠《ねずみ》でも食べればよかったのに」

「その鼠が、まず餓えて死んだか、森に逃げこむかしたんだろう」と森林監視員はいった。

　ぼくは猫が好きだ、ぼくは胸を揺さぶられた。現代の猫は森で生活できないものだろうか？　猫の元祖はＢＣ一万年にエジプト人がナイル川上流の森で狩猟用に飼いならしたものなのに。敷石道を覆《おお》う、硬くつよい青草のあいだに、なおいくつかの骨が見出《みいだ》される。それにしてもあの羞恥《しゅうち》心《しん》と傲岸《ごうがん》のかたまりがなぜ敷石道のまんなかで死んだのだろうか、かれらの死に場所にふさわしい緑にかげった暗がりは窪地を囲んでほとんど無限にひろがっているのに。

ぼくらのジープが敷石道の船底型の勾配《こうばい》のいちばん底に降りついて静かにとまったとき、不意に茶色の犬が素早くオオカミのようにぼくらの前方を横切った。ぼくは思わず叫び声をあげた。森林監視員は薄笑いをうかべた。われわれはジープのエンジンをかけて坂を昇り森と窪地の接点にむかった。

なぜぼくは叫び声をあげたのだろう？　ほの暗い樹木のトンネルをくぐりぬけて高台に出てから、ぼくらが見た唯《ゆい》一《いつ》の動く存在がその犬だったのだが、それにしても大仰すぎる。ぼくはあの野生化した犬を、犬の亡霊のように感じたのだ。ともかく、われわれは畑で働く男や女たち、敷石道で遊ぶ子供ら、家畜群を一切、見かけないで、ジープを走らせてきたのだった。家々の扉《とびら》と窓はすべて深夜に対しているように閉じられている……

「この集落は、貧しかったのかね？」

「貧しい？　とくにそうではないよ」と森林監視員はいうとジープを任意の一軒の民家のまえに駐めた。

われわれは草を踏みしだいて敷石道に降り立った。永いあいだ、この集落の人間の足が踏んでいない敷石道を、単なる旅行者の自分の足が踏んでいることはうしろめたい。しかしぼくはいそいでジープに戻りたい衝動にかられた。しかし、森林監視員は、ぼくのためらいなどものともせず、その民家の扉口に歩みよると、いかにも権威とともに板戸をこじあけ、いまわれわれが横切ってきた森よりもなお暗い土間に入りこんでしまった。結局かれは村の人間なのだ。そしてぼくはこの集落をふくむ宏大な森を支配している村の、外部からやってきた人間だ。ぼくはもう余分の草の茎を一本なりと踏みおるまいと決心してじっと待っていた。

森林監視員は土足のまま（かれは旧軍隊の兵士たちの編《へん》上靴《じょうか》のごときものをはいていた）床のうえにあがりこんでなにごとかを行なっている様子である。ぼくが当惑して恐怖感さえいだきはじめているところへ、森林監視員が埃《ほこり》まみれになった頭をのぞかせて、

「こちらへ来てくれ、見せたいものがあるから」といってよこした。

ぼくは止《や》むなくかれの言葉にしたがって、暗い土間に入りこんだ。森林監視員と肩をならべて立ったぼくが、暗がりの奥底に見たのは、燐光《りんこう》ほどにも青ざめた光をはなちながら映像をむすぼうとしているブラウン管だった。ブラウン管のわずかな明るみが囲炉裏を切った板の間の船簞笥《ふなだんす》、神棚《かみだな》、柱時計などを、浮びあがらせた。そこはいくらか整理されすぎ、人間の生活の匂《にお》いのする種々な細部をすっぽりとりさった印象ではあるが、それでもごく正常な小農家の室内だった。窪地全体を覆っているあの欠落感のミニアチュアがそこにも入りこんでいる。やがて金属製の喉《のど》をもっているともおぼしい快活な男の声がしゃべりはじめ、テレビの画面には、じつに鮮明な海の光景があらわれた。わずかに波だっている雄渾《ゆうこん》な海、晴れわたった空、白い城壁

のような崖《がけ》。画面の海が拡大されると、炭酸水のようにあわだつ海面に、ひとりの外国人の婦人の頭がもがいている。彼女は泳いでいるらしい。声は、ドーヴァ海峡のさまざまな横断記録について解説している……

森林監視員が再び土足のまま板の間にとびあがると、濛々《もうもう》と埃がたってテレビの海をさえぎった。そしてテレビのスイッチがきられると土間に立っているぼくの眼《め》はもう暗闇《くらやみ》のほかなにものも認めない。ぼくはその暗闇に押しかえされて敷石道に出ると、肩口の埃をはらった。

われわれがあらためてジープを走らせはじめてから、森林監視員は、

「たいていの家がテレビを買っていたということは、とくにかれらが貧しくはなかったことを示すと思うよ。それも一年前のことなんだからね」といった。

敷石道を昇りつめると壁のように立ちふさがる森のまえで、森林監視員はたくみに方向転換した。その高みからは、民家の背後の畑地が見わたせた。それらはまさに徹底的に荒れはてていた。死んだドブ鼠が腐爛《ふらん》しながら陽にかわくのをぼくはたびたび見たがあれに慣れてしまうことはできない。窪地の畑地はいまや数しれない死んだドブ鼠をぎっしり並べたてたような光景だった。腐爛した植物が腐爛した動物とおなじく嫌悪《けんお》をもよおさせるということをぼくが始めて体験したのだった。

「なんだか嘔《は》き気がするよ」とぼくは疲労を急に発していった。

「ああ」と森林監視員が素直に応じた、かれがこのように直截《ちょくせつ》な反応を示すのはめずらしいことだ、かれは内向的な屈折にみちた性格だった。「それじゃ、ひきあげるとしよう、きみはもう充分に見たよ」

われわれのジープはスピードをあげて一挙に敷石道を降り、再び森の入口の高台に昇った。この窪地の集落には、あの野生化した犬のほかにわれわれのジープに轢《は》ねられる危険のある存在はないわけだったから、われわれは自由に加速できたわけである。高台から森に入るまえに、もういちどわれわれはふりかえって窪地を見おろした。

「番内《バンナイ》の集落の連中が、いっせいにこの窪地を脱《ぬ》けだして、どこか遠い所へ出発してしまってから、まだ一年しかたっていない。それでいて、森がいくらか窪地にむかってせりだしてきたみたいな感じなんだ。連中が十年も帰ってこなければ、この窪地は、森の樹木に食いつくされてしまうだろう」

「そうかもしれないなあ」とぼくはすっかり怯《おび》えてくるのを感じて相鎚《あいづち》をうった。

「こういう深い森はじつに恐ろしいよ、おれは年中、盗伐者を探して森のなかの毛細血管みたいな林道をジープで駈《か》けずりまわっているから、その恐ろしさをよく知っているんだ。いつか森の樹木どもに林道をふさがれて、脳血栓《のうけっせん》をおこした老いぼれの頭のなかにとり残された不運な血みた

いに、おれは森に閉じこめられるのじゃないかと思うよ。まったくこの仕事は、大学でフランス文学しか勉強しなかった人間には苛酷《かこく》だね。しかも、ひとつの集落の、五十人近い人間が、虎《とら》の子のテレビまで置きざりにして、どこか遠方へ出奔してしまうというような奇怪がおこる地方なんだからなあ」

自己嘲弄《ちょうろう》と、思いがけない自己陶酔の複雑にまじりあった詠嘆を窪地の見棄《みす》てられた集落にむかって吐きだすと、わが友、森林監視員は、森のなかの樹木の暗渠にむかって猛然とジープをもぐりこませた。日没までに森を抜けだして村に戻りつかなければ、われわれは危険をおかすことになるだろう。ぼくにもまた深い森の恐怖はいまや具体的に感じとれた。われわれは黙りこんだまま、腋臭《わきが》のように濃く匂いたてる暗い森を疾走した。ぼくと森林監視員が、大学のフランス文学科でひとつの教室にいたとき、フランスから深海潜水艦とその乗組員たちが東京にやってきた。ぼくらは一緒に、その潜水艦の艦長の講演を聴きにいったものだ。そのとき艦長の説明つきで見た短篇映画のなかの深海潜水艦と、いま疾走するわれわれのジープは似ているようだった。深海潜水艦もジープも、緑の光がわずかに暗闇にしのびこむ濃密な空間を濡《ぬ》れた獣のようにさかんに身震いして進んでゆく。

「きみはバチスカーフ号の艦長の演説会をおぼえているかい？」とぼくはジープの風除《かぜよ》けが凧《たこ》のように唸《うな》る音に抵抗して叫んだ。

「おれは森林監視員としてきわめて多忙だからなあ。いまや、フランス文学あるいはフランス語学について、なにごとかを思いだすということはないよ！」とジープの運転者は叫びかえした。

しかしそれはいかにも、この森林監視員の性癖の一面をあきらかにする嘘《うそ》なのだ。昨夜、ぼくの宿舎に挨拶《あいさつ》にきた、かれの母親はかれが絶対に結婚しようとしないことを嘆いたあげく、いま、かれはひどく酔っぱらうようになってお り、泥酔《でいすい》するとフランス語の詩を（ボードレールだ、かれの卒業論文は《秋の歌》の半諧音《はんかいおん》と畳韻法、というのだった、こういう主題の選び方にもかれの性癖はなんとなくあきらかだ）朗唱するので、飲み仲間の森林組合員から嫌《きら》われている、といっていた。大学にいるあいだ、かれは泥酔するほど、酒を飲んだろうか？

大学で、わが友、森林監視員はとくに異彩をはなつ学生ではなかった。かれは未熟児がやっとのことで育った青年という印象で、突出して広く彎曲《わんきょく》している額のしたに窪んでおとなしくつねに恥じらっているような内斜視の眼をもち、小さな顎《あご》をしていた。歯ならびが極度に悪いのを気にしていて、話すときにはつねに、水をすくうような恰好《かっこう》にした片掌《かたて》を口のまえにかざした。かれのことを阿波《あわ》人形の虐《しいた》げられる農民の頭に似ていると無遠慮な同級生が嘲弄したことがある。その時、かれは突然、日々の羞恥心にうらうちされた小心なふるまいのすべてに報復するとでもいうように、みんなのまえでイスカの嘴《はし》みたいに捩《よじ》れている歯を剝《む》きだし内斜視の眼で虚空を睨《にら》むとギャッ、と叫んでひっくりかえって見せた。それは虐げられる農民のうちの最も虐げられる農民の磔《はりつけ》にされる断末魔を演技したわけだったが、それを見たものはひとしく動揺した。

しかし、かれがわれわれ同級生にもっと深甚《しんじん》な動揺をあたえたのは卒業まぎわのことで、かれは東京で放送局や出版社に就職すべく駈けまわっているわれわれを尻目《しりめ》にかけて、郷里の四国にかえり木材問屋の若主人になると宣言した。そしてかれは実際に四国へひきあげてしまった。それから数年たち、新年の同窓会にあらわれたかれは、また、われわれの話題を独占した。かれの木材問屋は、競争相手の、巨大な森林組合にうちまかされて破産した。四国の森林組合の巨大さを誰が知っているだろう？　破産した若主人は、果敢にも転進して、森林組合の森林監視員という仕事についたのである。かれの仕事は、毎日、朝から夜まで、森林の奥深くひらかれた道をジープで走りまわり、盗伐者を監視することだ。かれはすでに十五人の盗伐者を捕獲したといっていた。ぼくらはみな、かれのファナティクな現実生活に圧倒されて、かれに、われわれの仲間のもっとも非順応的生活者の賞という、架空の賞をおくった。かれは、毎年の同窓会で、自分がこの賞を独占しつづけるつもりだ、と昂奮《こうふん》して挨拶した。かれはすでに、話すとき口を掌《てのひら》でおおう癖を棄てていた。逆に、奇怪な歯を誇示するように脣《くちびる》を花みたいにひらいてしゃべるのだった。

そのわが友、森林監視員から、ぼくの所へ手紙がとどいた。かれが監視を担当している大森林の村のひとつの集落番内《バンナイ》の十数戸の五十人にも近い数の老幼男女すべてが、突然、その窪地《くぼち》の集落を放棄して立ち去ってしまったというのだ。理由はまったくわからないし、かれらの立ち去った行方もわからない。村長ほか、村のブレインは、このおかしな事件をひとまず外部には秘密にしておくことにきめた。マス・コミュニケイションがこの集落に注目して、村全体が大騒ぎにまきこまれることになっては、村の人間すべての名誉にかかわるだろう。脱出していったすべての人々が再び窪地に戻ってくれれば、すべては解決するのだから、番内の集落をあげて、かれらがピクニックに出ていると考えることにしよう、そのように村長たちは態度をきめたのだ。そしてすでに一年たったが、集落は、空《から》のままだ。きみは、すべての住民が逃げだしてしまった集落を見にこないか？　自分は大森林とともに、その窪地の集落をも見張る役目をはたしているから、きみのために良い案内人になれるだろう。そこで、ぼくは、わが友、森林監視員の村へきた。しかしぼくは、深い森のなかの見棄てられた集落が、あのようにぼくに激甚な印象をあたえるとは思っていなかった。村の宿舎に戻りつくと、

「どうだ、東京から四国の大森林の深みまで、やってきた

ことを後悔しているかね？」とシニックな森林監視員がいった。

「いや、その逆だ、おれはショックをうけているよ、あの集落の名の番内だが、それは、鬼という意味だね。折口信夫《おりくちしのぶ》の論文に出ていた、出雲《いずも》の杵築《きづき》の春祭りの鬼だ」

「鬼？　あの窪地の連中が鬼の種族だったとでもいうのか？　いまかれらは集落を去って再び鬼になったのか？　しかしあの集落はもともと戦争のおわりにできた開拓村だからなあ。よせあつめのごく普通の連中の集落だよ。おれたちは、この一年間、考えつづけてきたんだが、あの連中が、窪地を出ていったことについて、もっともらしい理由はなにひとつない。生活に窮して夜逃げしたというのでもないからね。森林からの収益が豊かだから、村はほとんど税金もとっていない。かれらが借金に苦しんでいたという話もない。集団的な発狂じゃないかというやつもいるが、かれらは気違いのようにではなく、じつに静かにおちついて出発したんだ。そうでなければ村の他の集落の連中に知れただろう。かれらは深夜、獣のように黙りこんで大森林をこえて行った。もし、確たる理由があるなら、おれはそれを知りたいよ。この村に大災厄《さいやく》がおこってわれわれがみな滅びてしまうという予言でもあったのだったら、おれたちも逃げなければなあ！」

　ぼくらは笑うかわりに、なんとなくおたがいの心の底を疑惑とともにのぞきこむような憂鬱《ゆううつ》な眼でみつめあった。

　東京に帰ってからも、ぼくはあの窪地の巨大な欠落感の印象にたびたびとりつかれた。ぼくとわが友、森林監視員とのあいだに、しばしば手紙の交換があった。かれら番内の人びとは、集落に戻ってこなかったし、かれらの出奔の意味をあきらかにする事実も依然としてなにひとつあらわれなかった。しだいに、友人の手紙は暗く翳《かげ》ってきて、やがてかれは自分が一種の憂鬱症にとりつかれたらしいという告白を書いてよこしたりした。かれは窪地をかこむ森林地帯を日々ジープをかけって孤独な監視をつづけているのだから、あの集落の巨大な欠落感の毒につねにさらされているわけだ、憂鬱症もまた当然のことだったろう……

　ぼくが窪地を訪ねてから半年たった、冬の終りのことだった。ぼくは、いま東京駅についたばかりだという、森林監視員から電話をうけた。そのときかれは、憂鬱症どころか昂奮に熱っぽい、生きいきした声をしていた。番内の娘のひとりが、村の友達に手紙をよこした。彼女自身の住所は書いてなかったけれども、その手紙の封筒は無邪気なことに彼女が働いている工場のものである。葛飾《かつしか》区＊＊の塗装工場。そこで、森林監視員が、その娘を手がかりに、すべての出奔者たちに帰村をうながす役目をひきうけて、上京してきたというのである。ぼくは友人と待合せる時間をきめて電話を切った。黒いエボナイトから友人の昂奮のヴィールスがとびだしてたちまちぼくをも感染させてしまっていた。ぼくは古いルノオに80キロのスピードを耐えしのばせて友人の待ちうける場所に走った。やがてぼくと森林監視員とは、喘息《ぜんそく》の赤んぼうみたいに喘《あえ》ぐルノオで、ふたたび川をわたり（その一帯に荒川と隅田《すみだ》川のみならず無数の川と運河があるようだったが、ぼくらは堂々めぐりしていたわけだ）目的の塗装工場をさがしにむかっていた。冬曇りの空のもとですべての川が白内障の眼《め》のような色をしていた。結局われわれはひとつの路地の奥全体を占めている、その塗装工場を見出《みいだ》した。森林監視員は、かれが深い森のなかで盗伐者を追いつめたとき示す表情にちがいない、昂奮と緊張に青ざめ、内斜視の眼だけキラキラしている悪酔いしたような顔でルノオを降りたった。かれは森林監視員の職業をつづけるうちに、グレイハウンドほどにも追跡者の本能を局部肥大させてしまったのではあるまいか？　ここは大森林ではなく東京の葛飾区なのに、かれは森林組合のマークの入ったカーキ色のヤッケのような制服を着こんで編上靴をはきひどく緊張している。

われわれはまず工場長と会った。初老の小男の工場長は、友人の監視員の肩書入りの名刺を見たが、とくに反応を示さなかった。それから、かれはぼくの名刺を見て、「障害児の就労状況を、取材にいらしたのですね？」と考え深げにいった。

ぼくと森林監視員にはその誤解がなにに由来したかわからなかった。われわれは不意をつかれて狼狽《ろうばい》しながら四国から出てきて働いている筈《はず》の娘に会いたいむねをのべた、われわれはかたくなに拒否されるのではないかと恐れていた。

「ああ、あの四国出身の人たちですか、いま案内します」とこともなげに工場長はいった。「うちの社長のお嬢さんがダウン症でしてね、おなじような障害児たちと一緒に、工場で働くように社長が配慮したんです。それで、うちの工場は、中小企業にしては、新聞関係によく知られているんですよ」

「あの四国出身の人たち、とおっしゃいましたけど」と森林監視員はダウン症の子供たちのことなどにはいささかの興味もよせないで追求した。「おなじ村から、何人もお宅に就職しているわけでしょうか？」

一瞬、初老の工場長はぼくの友人を値ぶみするように見つめた。かれは障害児の就労状況について詳しく話したい様子なのだった。しかしかれは小男らしい克己心を示して、穏やかな口調をたもち、森林監視員の性急な問いにこたえた。

「ええ、ええ、婦人の方たちが、塗装部門で働いていますが、そこだけで、二十人は越えるでしょう、おなじ村の人たちですよ。熱心で我慢強い人たちですからねえ、あの集団就職は成功でしたよ。じつに単調な仕事ですからねえ、無口で集中力のある人たちほど能率があがるんですよ。まず、ダウン症の子供たちがいちばん優秀で、つぎが、四国のあの人たちですね。仕事の成績は一般の労働者が最悪です。いまでは一般の労働者を別の部門にはずしましたよ」

　われわれは工場長にしたがって、製品搬出のための男の労働者が働いている倉庫に入ってゆき、その二階の工場へ狭い階段をのぼった。塗料の激しい臭気がまさにシャワーのようにわれわれにおそいかかってきて眼もくらむほどだった。工場のいちばん手前に、長いテーブルをかこんで子供たちが働いている。子供たちはタブロイド判大の金網に、これから塗装すべき蟹《かに》のようなブリキ片を一個ずつ並べているのだ。二十個のブリキの蟹が並び終るとその金網は床のすでに仕上った金網の塔の上にかさねられ、子供たちは別の金網をとって再び、ブリキ片をならべはじめる。子供たちはわれわれの出現に一顧もはらわず、沈黙して働きつづけていた。われわれに背をむけている子供たちの項《うなじ》はずんぐりと太く、われわれにむかっている子供たちのうつむいた顔はみな、おたがいに似かよっていて、眼と眼のあいだは広くそして鼻梁《びりょう》はないに等しい。かれらは確かに小さなおとなしい蒙古《もうこ》人のようだった。

　その子供たちの向うに、おなじように長いテーブルを囲んだ寡黙《かもく》な女たちが働いていた。その女たちもまた、われわれをまったく無視して働きつづけた。女たちは種々雑多な年齢にわたっていたけれども、そろって紺の上っ張りと帽子をつけており、こちら側のテーブルの子供たちほどたがいに似かよってはいないにしても、やはりある統一された気分のなかにいた。それも服装のみにとどまらず、疲労感、怯え、警戒心などという内的存在にかかわっているようなのだ。

　ぼくと工場長とがダウン症の子供たちの傍《そば》にたちどまっているあいだに、森林監視員は、わきめもふらず、それら一団の沈黙して働く女たちに歩みよって話しかけていた。

「ぼくは森林組合からきました。番内の人たちでしょう？」そういいながら、かれは金網をつみあげた通路いっぱいに足を踏んばって立ち、女たちが一瞬、恐慌《きょうこう》におちいって逃げまどうとしても退路はたっておこう、という気がまえを見せているのだ。

　しかしもっとも年若い少女たちがいくらかものめずらしげにかれを見あげただけで、老女から中年女、そしてしっかりした年齢の娘にいたるものたちはじっと働きつづけて森林監視員を無視し、かれの言葉にも一切、無関心だった。少女たちも自分たちに発言する資格がないことをよく知ったものたちらしく、ごく自然に黙っていた。

「この人たちは仕事をしているあいだ、ほとんど話さないですよ、こちらのテーブルの子供たちとおなじですよ。だから能率があがるんですねえ。それじゃ、ごゆっくり！」そういって小男の工場長はぼくらに会釈《えしゃく》すると、やにわに屈《かが》みこんで、ブリキ片を整然とのせた金網の塔をかかえあげ、鰐足《わにあし》で歩いて、工場のもうひとつの翼につづくらしい、製品の壁に狭められた廊下を去って行った。その先に塗料をふきかけては乾燥する装置があるのだろう。

森林監視員は、働く女たちの総体に漠然《ばくぜん》と話しかけることが戦術としていかにもまずいことに思いいたったようだった。かれはひとりの小柄《こがら》な中年女を選んだ。かれは一歩近づき、「あなたはずっとここで働いているんですね？」と女の硬《こわ》ばって浅黒い横顔をじっと覗《のぞ》きこんでいった、情人かなにかのように。

そして結局中年女は譲歩した。

「はい」と中年女はいった。

「村を出てからずっとですか？」

「はい」

「番内の女の人たちはみんなここで働いているのですか？」

「はい」

「男たちは？」

「ここで発送の仕事をしているものや、道路工事に出ているものや、いろいろです」とはじめて中年女は森林監視員を見かえしていった。皮膚のはりつめた小さな顔に眼球がつきでている鳥みたいな女だった。

「どこに住んでいるんです？」

「夫婦ともここで働いているものは、寮におります。そうでないものと年寄りは、宿屋におります」

森林監視員は、二人の老人の名前をだしてかれらの所在をたずねた、かれらが番内の集落の長老たちなのだろう。中年女は、その二人の老人が住んでいる簡易旅館街の名前をあげ、老人たちは毎朝十時までに街の中心の大食堂にあらわれ、そこで食事をすませると電車に乗ってひもすがら東京じゅうをまわっているというようなことを、森林監視員の問いにみちびかれて話した。昼のあいだも旅館にいのこれば費用が高くなるからということにちがいない。そこはたびたび宿泊人たちの暴動がおこる町だった、窪地を出奔した人びとも、暴動に参加しただろうか……

「あなたたちはもう村に帰らないのですか？」と森林監視員がいった。

そのときブリキ片をつかんでは金網にうえこんでいるすべての女たちが、わずかに身震いしたような気配だった。しかし中年女は黙ったままだった。

「あなたたちはもう村に帰らないのですか？」と友人はくりかえした。

「年寄りに聞いてください」と中年女は頑強《がんきょう》な拒否にみちた態度をしめしていった。

「明日の朝、その大食堂に行きますから、そういっておいてください」と森林監視員はたじろいでいった。

「はい」と再び従順な様子に戻って中年女はいった。

「死んだ人はいますか？」

「いいえ」

「病気にかかった人は？」

「ひとりおります。村を出るときから病気でした」

「どんな病気です？」

「恐ろしい病気で、腹が腫《ふく》れてきて……」

森林監視員は矢つぎばやに質問をはなって病状を聞きただそうとした。ほとんど中年女は答えられなくて、結局、その患者が入院している病院の名を教えたにとどまった。それはわれわれが卒業した大学の医学部附属病院だった。

「その恐ろしい病気が集落に出たから、あなたたちは逃げてきたのじゃありませんか？」

この質問は中年女をこんどこそいつまでもつづく頑強な拒否の鎧《よろい》にとじこもらせた。他の女たちもまたおなじだった。森林監視員は執拗《しつよう》に様ざまな質問をこころみたが女たちはぼくらが最初に彼女たちを見たときとおなじくまったく閉鎖的な労働の内側にかくれてしまった。それでもなお問いかけようとすると、女たちはそれぞれ、自分の脇《わき》に積みかさねてあったブリキ片つきの金網の塔を、小男の工場長がしたとおなじ鰐足で運びはじめた。

われわれは断念するほかなかった。われわれが階段にむかってその脇をとおりすぎる時、ダウン症の子供たちはわれわれにまったく注意をはらわず、ブリキの蟹を金網にのせつづけていた。倉庫の階段をわれわれが降りて行くと数人のいかにも農夫らしい男たちが製品発送の仕事の列を離れて、裏口の方へ消えた。女たちの誰かが伝令に走ったのだろう。ここでもわれわれは、断念するほかなかった。

われわれは再びルノオに乗って、大学病院にむかった。森林監視員はなお昂奮してはいたけれども、同時に憂鬱症の兆候を示しはじめていた。障害児にやれることを夢中になってやっているんだ！　とかれは番内の女たちをこきおろした。ぼくにはかれが自分の村の女たちについてぼくに恥じているのだとわかった。

「しかしあの窪地を出た人たちが、結局、なにごともなく働きつづけていたんだから、よかったじゃないか」とぼくはかれを励ました。

「塗装工場でブリキ片をならべる仕事をして、簡易宿泊所に住んで、それでなにがよかったんだ？」と友人は反撥《はんばつ》した。「いったい、あの連中はどういう考えなんだろう。あいつらはともかく旅のいざないをうけて窪地を出たんだ、秩序と美と栄耀《えいよう》と静寂と快楽とを、ねがってみてもよさそうなものだと思うよ。それが、塗装工場で障害児のやる仕事をしているんだからなあ」

それから、かつてのボードレール研究家は《旅のいざない》のルフランをもじって次のような詩句をつくった。

かしこには、ただ、無秩序と、醜さと、貧困と騒音とインポテ。ここで快楽という言葉のかわりにインポテという言葉をおきかえたのは、原詩のヴォリュプテと韻をふんだつもりだったのだろう。ともかくかれの卒業論文は韻律にかかわるものだったのだから。

ぼくらは大学の附属病院につくとそこでインターンをやっている同級生を呼びだした。かれがぼくらのために少年患者との面会をとりはからってくれた。少年は十人ほどのおなじ年頃《としごろ》の患者たちがベッドをならべている病室の窓わきにいた。はじめ少年は、ぼくらの出現に警戒心をむきだしにして対したけれども、それはかれが面会の客をむかえたことがほとんどないからだということがあきらかだった。

森林監視員が、少年に自分がかれの村からやってきたことを話し、それから少年が、大学生のころの森林監視員に野球のコーチをうけたことがわかると、突然少年はいくらか浮腫《むく》んでいる青黒い顔におだやかな微笑をうかべ、とめどなくしゃべりはじめた。

「毛布の上からでも、ぼくの腹が腫れていることがわかるでしょう？　友達はみんな、ぼくのことを妊婦といってますよ」と少年は膝《ひざ》をたてて寝ているのでもないのに、あきらかに盛りあがっている下半身を犬でもさすように顎《あご》で示しながらいった。

「友達？」

「この部屋の」と少年はいった。

「きみが村を出てくるときから、きみの腹はこういう風に腫れていたのか？」と森林監視員はいった。

「ええ、もう相当でしたよ、番内の人たちは、みんな知っていましたよ。しかし、医者に見てもらってもどんな病気だかわからなくて。この病院にきてやっと、それがわかったんですよ」

「どんな病気？」

「エヒノコックスですよ。鼬《いたち》についている、ほんとうにちっぽけな、三ミリくらいの条虫があるんですね、その幼虫が人間の躰《からだ》にはいってくると、特別なフクロみたいな包虫になるんです。成虫はちっぽけなのに、幼虫のフクロはどんどん大きくなって、赤んぼうの頭くらいにもなります。ぼくの場合、包虫は、肝臓に寄生して、いまも、すくすく育っているんですよ。それが育ちすぎて、ぼくが死ぬことになると、そのフクロみたいな大きい虫も死にます。また、ぼくが死なない限り、この虫は死なない。そんな包虫のこと、あの村の医者ではわからないでしょう？　だから、みんな、ぼくの腹がぐんぐん腫れるのを見て、びっくりしたらしいですよ」と少年はいって、思いがけなく小さな声をたてて笑った。「そのころ、集落で、村から出て行くことがきまったんですね。ぼくは運がよかったんですよ。みんなが村を出て、東京へやってきたから、ぼくはこの病院に入れたし、東京もちょっと見ることができたし、それに、ぼくの包虫は研究の材料になるから、ぼくは入院費用をはらわなくていいんです。ほんとに運がよかったですよ」

「きみたちは森のなかをどこか他の村の出口にむかって歩いたんだろう？」

「ええ、永いあいだ歩きましたよ」

「きみも歩いたの？」

「いや、ぼくは担架。運がよかったですよ。それに、ほんとはぼくは、旅行なんかしたら危なかったんですね。包虫のフクロが破れたら、ぼくは麻痺《まひ》をおこしてしまった筈なんですよ、フクロのなかの液の毒で。ところが、ぼくは三日間も、森の中を担架に揺られてそれで大丈夫だったんだから、運がよかったですよ！」

　少年はしだいに陽気になり、われわれはますます沈みこんだ。もっともわが友、森林監視員は、この出奔をほんとうに好運に感じている人間をすくなくともひとりだけは、発見したわけだ。

　翌朝、われわれはルノオに乗りこんで簡易旅館街にでかけ、その中心の屋内バスケットボール競技場のような大食堂で、二人の老人に会った。森林監視員は、かれらを見たことがあったし、食堂の混雑する時間ではなかったので、すぐかれら番内の長老たちを見つけだせたわけだ。

　老人たちはともに小柄《こがら》で痩《や》せこけていた。ひとりは白髪で黒い皮膚の、アメリカ・インディアンの長老のようで酸《す》っぱく硬い表情をしていた。もうひとりは禿頭《はげあたま》で赤みがかった皮膚をもち、いくらか猥雑《わいざつ》なところがあった。ともかく二人とも老いたる農民よりほかのなにものでもないという印象ではあったが、かれらには性格のちがいがあるように思われた。そして白髪の老人が、この二人のイニシアティヴをとっているようだった。かれは抜けめがなく警戒的で最小限のことしか答えなかったし、たびたび質問そのものを無視し、禿頭の老人がそれに誘われそうになるとあらわにしかめっ面《つら》をして制した。

「あなたがたが村に帰ってこなければ、村も森林組合も困ります。あなたがたは、もう帰ってこないつもりですか？」と森林監視員は説得にかかっていた。

「帰る」と白髪の老人はいった。

「いつ帰りますか？」

「あと半年もすれば帰る」

「なぜ、すぐに帰らないのです？」

　白髪の老人は口をつぐんだ。

「半年などといって、また、ここからどこか別の場所へ姿をくらましてしまうのじゃありませんか？」と森林監視員はいった。

「村を出てから、ここを動いたことはない」と白髪の老人のかわりに禿頭の老人がこたえた。「他に、居場所も仕事もみつけられないから」

「半年たてば帰るというのはなにか理由があってのことですか？」

　白髪の老人は森林監視員の質問を無視したが、もうひとりの老人が、病気の子供もあと半年はもたないだろう、というような意味のことをいいかけてから途中で黙りこんだ。

「大学病院のあの子供の病気が、集落を出た理由ですか？」と森林監視員はそのおもわせぶりな様子にたちまち喰《く》いさがった。

「子供ぐれえで」と白髪の老人は憎にくしく嘔《は》きすてるようにいった。

　もうひとりの老人は顔を赧《あか》らめ、そしてもうなにもいいださなかった。

「なぜ、あなたがたは村を出たんです?」と森林監視員は思いきったようにかれにとってもっとも緊急であるにちがいない質問をつきつけた。

　二人の老人は黙って無視した。

「あなたがたは村を出てから、ずっとここで暮していたのなら、なぜ、手紙とかなんとかで村に連絡しなかったんです?」

　二人の老人はしばらく黙っていた。そして白髪の老人がアメリカ・インディアンの長老みたいないかめしい顔を思いがけなく狡猾《こうかつ》な薄笑いに崩して、

「風《フウ》が悪うて手紙もなにも!」といった。

　これは森林監視員に、確実な一撃をくわえた。かれは精も根もつきはてたという具合に、この手ごたえがあいまいでいたずらに質問者を疲労させる問答をきりあげ、

「ともかく半年たったら帰ってください。それ以上遅れれば、やはり表ざたにするほかありません。義務教育をうけていない子供らがいるんだから」とむなしく威嚇《いかく》した。

　老人二人はとくに挨拶《あいさつ》をするのでもなくやおら立ちあがってぼくらを残したまま大食堂を出て行った。これから東京中を電車で流浪《るろう》するのだろう。ガラス窓ごしに、われわれは、かれらが鋪道《ほどう》に出たところで、なにやら口論している様子なのを眺《なが》めた。かれら小柄な老人たちは口論しながら歩き去っていった。ぼくらはそれを見送っていた。

　それから、

「風が悪うて、というのは、きまりが悪くて、という意味だ、あきれたもんだ」と森林監視員はいい、壁画のようにいちめんにはりめぐらされた献立表を見あげた。「焼酎《しょうちゅう》と二級酒しかないわけか、それなら焼酎ということにしよう」

「ああ、そうしよう」とぼくも結局、疲労困憊《こんぱい》している自分を見出《みいだ》して同意した。

「あいつらがなぜ、窪地から出て行ったか、なぜ、窪地へ帰ってくるか、おれはもう、それについて考えないでいることにするよ。半年たったら帰ってくるというんだ、その約束をとりつけただけで、おれは仕事を充分にやりとげたわけなんだから」と森林監視員はいった。

　ぼくは、森林監視員が、はたしてあの窪地の巨大な欠落感と、そこから五十人にものぼるすべての住民を不意に出奔させたなにものかについて考えないでいることができるかどうかを疑った。かれは日々、黒犀《くろさい》のようにジープを疾走させて、あの窪地をかこむ大森林の樹木の暗渠《あんきょ》を駈《か》けめぐっているのだから。われわれは屋内バスケットボール競技場のような食堂に、いまや二人きりで、黙りこんだまま焼酎を飲んだ。

　ぼくはそれから六箇月のあいだ友人に手紙もださなかったし、かれの手紙をうけとるということもなかった。おたがいに、あの窪地から逃げだした人びとについて、考えな

いでいるべくつとめていたわけだ。しかし六箇月たつとぼくは自制心をうしなった。ぼくはかれに問いあわせの手紙をだし、すぐ返事をうけとった。ここ数日来、かれらが帰村しはじめているというのである。そのニューズとともに友人はぼくをかれの森林組合が講演会にまねきたがっているとつたえてきた。ぼくは承諾するむね電報をうった。ぼくはもういちどあの窪地《くぼち》とそこに帰還した人びとの生活を見たいと考えていたわけだ。

　一週間後、ぼくは四国にむかって出発した。ぼくが草のおい茂った飛行場からズボンにヌスビトハギの実を数しれずたからせて出て行くと、森林監視員が、例のジープの運転台に坐ったままで煩《わずら》わしげに、一本の指だけ曲げる合図をおくってぼくをむかえていた。かれは憂鬱《ゆううつ》症の底にもぐりこんでいるようだった。ぼくはいくらか警戒しながらジープに近づいて行った。

「ボン・ディア！」とかれはいった。

「ポルトガル語かい？」

「しかしブラジル風の発音のやつだよ。ボン・ディアは今日は、という意味だ。コモ・エスタ？」

「ハウ・アー・ユー？」

「そのとおり」と友人はいった。「オブリガード・ムイント・ベン・イ・オ・セニョール？　これはわからないだろう。ありがとうございます、小生は元気であります、しかして貴殿は？」

　ぼくは黙って頭をふった。

「オ・セニョール・エスター・ドエンテ？」と森林監視員はつづけた。「これは、貴君はご不例で？　というんだ」

「古風な翻訳だなあ」

「おれの祖父がもっていた本を見つけだしたんだよ。おれの祖父はブラジルへ渡航することを考えたことがあったらしいね。しかし、かれはおれの谷間の村で九十歳まで生きて死んだよ。ともかく珍妙な本なのさ、おれは大学を卒業して以来、こういう風に外国語に熱中したことはなかったよ。さあ、パルタモス！　出発しよう、ということさ。おれはきみを、このジープで、五時間も九十九折《つづらお》りの山道を運ばなければならないんだ。われわれは、死ぬほど疲れるよ。ともかく、乗ってくれ、さあ、パルタモス！」

「パルタモス！」

　ぼくらは出発した、これは確かに困難な旅だった。ぼくの友人はジープの運転に熟達してはいたが、ぼくらは永い時間をかけて、ひとつの急峻《きゅうしゅん》な峠を越えなければならなかった。危険をさけるためには、おちおち口をきくこともできないのだった。友人は憂《うれ》わしげに眉《まゆ》をひそめ唇《くちびる》を咬《か》みしめ、頬《ほお》をこわばらせて懸命に運転した。かれは地方出身のインテリらしく過度にシニックだったけれども、地方出身の人間のもっと一般的な性格、すなわち篤実《とくじつ》さをもっていた。かれの真摯《しんし》な運転ぶりには痛ましくて眼《め》をそむけたくなるほどのものがあった。

そういうわけで五時間をこえる強行軍のあいだ、ぼくらはほとんど沈黙したままだったが、それでもいくらかのことは話しあった。ぼくはかれの村に戻ってきた、出奔者たちがいまどのように再び、あの窪地での生活をはじめているかを聞かずにはいられなかった。友人はなんとなく冷淡に、かれらは二年間も放棄しておいた畑地の整理に励んでいる、というのだった。かれらは再び村に戻って、うまくやってゆけるだろうか？　うまくやってゆくだろう、すくなくとも当分のあいだはね、そのほかに道がないのだから、と友人はいった。エヒノコックス患者の少年はついに死んでしまった、かれとともに巨大な包虫もまた死滅し、少年の肉体は焼かれたが、寄生虫は特別製の大きい瓶《びん》にアルコールづけにされて大学病院に存在しつづけることになった。

「どうだ、むなしいことじゃないかね？　おれはあいつのことを思い出すたびに、自分の上機嫌《じょうきげん》で安穏な生活に、液体空気をそそがれるような気持だよ」と友人はいった。もっとも現在のかれに上機嫌で安穏な生活の印象はなかった。

「それではあの少年の死が、贖罪《しょくざい》羊みたいに、村の大災《さい》厄《やく》をまぬがれしめることになったというわけで、長老たちが、村への帰還を決定したのか？」

「しかし、番内に行っていろんな連中と話してみるとそんな論理的ないきさつがあって、帰ってきたというのでもないようなんだよ。村から出ていったことと、あの少年のエヒノコックスとを絶対に無関係だと主張する男もいるよ。ただ、なんとなく出発し、また、なんとなく戻ってきた、という風にいっている。まったく訳がわからない連中だよ。いま、かれらは夢中になって荒れた集落をたてなおしている」

「どういうことだろう？」

「すべての出来事が、つねに理解可能とはかぎらないね、この四国山脈の周辺は、カルテジアンの土地じゃないから。もっとも、東京もカルテジアンの市街ではないが。ひとつブラジル風のポルトガル語の文例を教えよう。リオ・デ・ジャネイロもカルテジアン都市ではないらしいね。こういうんだ」

オ・セニョール・コンプレエンデ？　貴君は理解しますか？

ナウン・セニョール・ナウン・コンプレエンド！　いいえ、小生は理解しません。

五時間余のジープの旅のあと、ぼくは友人の森林組合の会議室で三十分、休息しただけで、小学校の講堂につれてゆかれ、そこで一時間半、講演した。まさに死ぬほど疲れて、ぼくが舞台の袖《そで》にひっこんでゆくと、シニックな森林監視員がまちかまえていて、

「きみは演説口調で話すときに限って、きわめて希望的な人間になるね、頭のなかに薔薇色《ばらいろ》の血が流れているみたい

だったよ。もっともきみは早口すぎる、わが森林組合員たちはびっくりして、なにひとつ理解しなかっただろうよ。オ・セニョール・ファロウ・ムイト・デプレッサ。貴君はきわめて早く話した」といった。

かれはいま嘲弄《ちょうろう》であれ語学練習であれ、いったんそれをはじめると、とめどなくつづけたくなる性癖を身につけてしまったようだった。ぼくは惨《みじ》めな気分だった。それでもその夜の森林組合の幹部の招宴で、いちばん先に酔っぱらい、ボードレールを朗唱し、例のポルトガル語を喚《わめ》きたて、いつか大学の教室でかれが演じてみせた磔《はりつけ》にされる百姓一揆《いっき》の指導者さながら青ざめて無念やるかたないしかめっ面をして森林監視員が酔いつぶれてしまい、かれの仲間たちがきわめて冷淡にそれを傍観するのに接すると、ぼくは自分がかれに友情をもちつづけているのを感じないわけにはゆかない。いったい、かれが十五人もの逞《たく》ましい盗伐者どもを捕獲したというのは本当だろうか？　盗伐者である以上、かれらは巨《おお》きい斧《おの》をたずさえているだろうではないか？

翌日、ぼくと森林監視員は、ジープをかって深い森を横切った。この季節では、森のなかの道は乾き、朱《あか》い蛾《が》の鱗《りん》粉《ぷん》のように赭土《あかつち》の埃《ほこり》があがった。樹木もまた乾いてそれは匂《にお》わなかった。すでに森は、集落に戻ってきた人々によってふたたび占領され、その侵蝕力《しんしょくりょく》を武装解除されてしまったようだった。われわれのジープが、この深い森の総体に、よく拮抗《きっこう》しうる存在であるとでもいうようにぼくはいま森の威圧を感じなかった。われわれは樹木群の暗渠をゆるがせて疾走した。

われわれが森の出口の高台にジープを乗りあげた瞬間、われわれのまえに展開するはずの窪地の眺めのかわりに、われわれが見たのは暗い乳色の霞《かすみ》だった。霞は森の宏大《こうだい》なひろがりにかこまれた窪地を天蓋《てんがい》のようにおおっている。ぼくが最初にここをおとずれたとき、窪地を閉ざしていたのは、巨大な欠落感と静寂の蓋《ふた》だったが、いまはそのかわりに暗い乳色の霞だ。しかし人びとがその霞のしたの集落に戻ってきていることはあきらかだった。窪地からは、子供らの声、犬の吠《ほ》えたてる声、それに得体のしれぬ様ざまの物音が湧《わ》きおこってきていた。

森林監視員は高台にジープを駐《と》めると、サイド・ブレーキを起した。

「おれは、長老たちと、いまでは親しいんだが、きみという他所者《よそもの》と一緒だし、今日は、忙がしそうだし、集落へ入るのはよそう」と森林監視員はいった。

ぼくは了解した。すでに森にかこまれた窪地の集落は、他人どもを拒む、ひとつの領域《テリトリイ》だった。獣たちにその領域《テリトリイ》があるように、このような森の宏大無辺なつながりのなかの点にもひとしい窪地の集落に住む人間には、やはりかれらだけの領域《テリトリイ》があるにちがいないとぼくは臆測《おくそく》した。しかもかれらは二年間におよぶ放浪の旅から帰還したばかりである。

「この霞はなんだろう？」とぼくは尋ねた。なにか思いがけぬことを答えられるのではないかとわずかに不安を感じながら。その霞の色彩には人を不安にするところのものがあるのだった。

「きみも覚えているだろう、畑地の状態を？　あれを焼いているんだ。腐って溶けた作物が土にへばりついて乾いたんだ、干潟《ひがた》の海草みたいな具合になっている。それに二年間に繁茂した雑草がある。焼きはらいでもしなければどうにもならない。連中はもう何日もその仕事をやっているよ。そのあとで、硬くなった土地を耕やすのがまた一苦労だと思うよ。かれらは、牛も馬もすべてなくしてしまったし、耕作機械を買う金もないだろうしなあ。それになお悪いことに、若い働き手たちが何人も、そのまま東京の道路工事に居残って、村へ戻ってこなかったんだよ。かれらこそが、とうとう本当の脱出をやりとげたわけだ。しかし、集落の連中はなんとかのりきるだろう。かれらは森林をいくらか売ることもできる。それに、こんどの事件まで、この窪地の連中は、他の村の農夫たちとおなじに、とくに固い結束を示していたのじゃないんだが、二年間の村を出ての生活のあと、集団で働くシステムを身につけたようなんだ。いま集落じゅうの男と女たちが軍隊みたいに統率をとって働いているよ。このつぎに、また、かれらが村を出てゆきたくなったら、こんどこそじつに効率よく、この窪地を去るだろう」

ぼくは驚いて友人を見つめた。

「このつぎに、また、といっても、きみはかれらが再び出発するとは思わないだろう？」とぼくはいった。

「ポールケ？　なぜかね？」

ぼくは黙りこんだ。ポールケ？　なぜ、かれらが出発したか結局わからない以上、なぜ、かれらがもう二度と出発しないだろうと信ずることができよう？　ポールケ？　しかし、かれらはもう出発すまい、と考えることで、われらの生活の秩序の感覚が保障されるのだ。ポールケ？　まあ、そういうことなんだ、とぼくは考えた。しかし森林監視員は、ぼくとは逆の考え方に固執した。

「このつぎに番内の連中が、この窪地を出て、どこかへ去ってしまうとしたら、そのときには、かれらはもっと徹底して遠方へ行かなければならないだろうなあ。もういちど、東京へ出たとしても、森林組合が、かれらをすぐ、連れ戻すだろうから。それに、かれら自身、こんど村を離れたくなれば、このまえのときにくらべて、比較を絶するほど、遠方へ行かなければ、本当に、村を離れたという安心感をえられないだろうと思うよ」

「きみは、かれらがまた、絶対に、出発したくなり、出発するだろうと、確信しているようだなあ、それこそ、なぜかね、ポールケ？」とぼくは落着かない気分で反問した、とにかくわが友、森林監視員の声には、えたいのしれない熱いものがこもっているのだ。

友人はぼくが挑戦《ちょうせん》でもしたと感じているような、戦闘的な表情でぼくを見かえした。

「なぜ、ということもない。しかし」とかれはいった。「このまえの出発で、あの少年の奇妙な病気がキッカケをなしたことはたしからしいが、それはキッカケにすぎなかったんだ。それより、出発したいという気分がこの窪地にみなぎってきたのが、そもそもの始りなんだ。長老たちから、小学生どもにいたるまで、みんなかれらの道祖神にまねかれていたわけだ、この窪地で、旅のいざないの音楽が鳴っていたんだ。そうでなければ、だいたいのところコンサーヴァティヴな集落の連中が、一挙に窪地を去っていったりはしないだろう、長老がいったとおり単にひとりの子供の病気くらいのことで。あれが作用したとしても、それはキッカケにすぎなかった。あの子供の病気がなければ、他のキッカケを見つけて、出発しただろうと思うよ。キッカケくらい、自分たちで造りあげたかもしれない。恐ろしい長老たちが生きているからね。容易に造りあげられる、絶対的に禍々《マガマガ》しいこと、たとえばひとくみの近親相姦《そうかん》くらいはしたてあげたかもしれない、あの病気の子供がいて、本当によかったよ。ふたたび、この窪地に、出発したいという希望、または、ここに閉じこめられていたくないという不満がみちみちれば、なにか惧《おそ》るべきことがおこり、かれらの出発のキッカケをなすだろうと思うんだ。そのとき、かれらは東京よりもっと徹底的に遠方へ行かねばならないね。それはどんな地方、どんな国だろう？　おれは、ブラジルがいいと思うんだ」

「きみがいま、その国の独特のポルトガル語を独習しているブラジル？」

「ああ、そうだよ、ブラジル。こんど、かれらが出発したくなり、もしおれのところに相談にきたとしたら、おれはブラジルをすすめるよ。村ぐるみのブラジル移住は、政府だって援助したがるだろうが？　番内の長老はおれにもパルタモス！　といってくれるだろう。すなわち、出発しようじゃないかとな。おれは、かれらと一緒に出発するよ。きみも一緒に出発しないかね？」

窪地には畑の荒廃した作物を焼きすてる煙がたちのぼりつづけ、暗い乳色の霞は濃くなったが、猛《たけ》だけしい風が不意に起り、霞の膜は裂けて、火と焼けただれてタール色をした畑が覗《のぞ》いた。人びとは赤や黄の布で仰々しく頭を覆《おお》い、皮膚という皮膚をすべてくるみこんで、鉤《かぎ》のついた棒をふるい、立ちはたらいている、それはもういちどぼくに、《番内》という言葉のことを思いださせた。それがこの集落の野焼きの風俗にすぎないにしても、ともかくかれらは鬼の群のように異様だ。

沈黙しているぼくに苛《いら》だって森林監視員は、かれのもちまえの性格の内向的屈折をはじめた。ぼくを挑発するための言葉でもあれば、かれ自身を嘲弄するための言葉でも

あるような棘《とげ》だらけの口調で、

「じつのところは、あの農夫どもよりも、この、おれが出発したくてうずうずしているのかもしれないがね。きみもまた、どこか、遠方へ出発したいのじゃないか？　おれたちは友情というより、そういう欲求不満でむすびついているのかもしれないよ」とかれはいった。それから叫ぶように、「オ・セニョール・コンプレエンデ？」

　貴君は理解しますか？　ぼくもブラジル風のポルトガル語で答えようとしたが、ぼくに使えそうなのは、かれに教わったひとつの文例のみである。ぼくは躊躇《ちゅうちょ》し、それから自分のいじましい躊躇をおしきるべく、やはり叫ぶようにいった、

「ナウン・セニョール・ナウン・コンプレエンド！」

　森林監視員は侮辱されたように赧《あか》くなって口をつぐみ、ぼくもまた黙りこんだ。ぼくは自分がいま、自分自身の内部の旅のいざないの声、あるいは逃亡勧告にむかって叫んだのではないかと疑った。ナウン・セニョール・ナウン・コンプレエンド、いいえ、小生は理解しません！

犬の世界

かれは酸のように鋭く、容赦せず、傷つきやすい、とフィリップ・ロスという若い小説家の短篇集にアメリカの批評家が広告を書いていた。《しかしなによりも、かれは若いのだ。かれは人生をフレッシュでファニイな眼《め》で眺《なが》める》

　洋書店の雑誌売場の棚《たな》にそなえつけられているカタログで走り読みしたこの一節が、いまもぼくの相当に粗くなった記憶力の網目を漏れおちないで印象深くとどまっているのは、それがぼくに、あるひとりの若者の思い出を喚起するからである。もっとも、この一節がその若者に完全にぴったりする、というのではない。確かにかれは酸のように鋭いところのある少年だった。敵を容赦しないばかりか、自分自身をも容赦しないことがあった。しかし、かれが傷つきやすいタイプであったかどうか、ということになると、それを判断することは、困難だし、いつまでも曖昧《あいまい》さの尻尾《しっぽ》がついてまわるように思われる。かれはいかにも繊細で敏感な不安と恐怖心に充塡《じゅうてん》されたおどろおどろしい夢にとりつかれ、なやまされていたし、ぼくや妻との会話にすばやく反応することもあった。しかしかれは、具体的な暴力にみちた小世界とつながりをもち、追いつめられてしまってからも、自分だけで責任をとって黙りこみなんとなく平常心を保っているところがあった。ぼくは鉈《なた》で仔牛《こうし》を殴り殺す光景を見たことがある。素人《しろうと》の食肉処理者はくりかえし失敗をかさねた。仔牛は一撃をうけるたびに凶《まが》まがしく吠《ほ》えたて身震いしたが、攻撃のあいまには傷の痛みをたちまち忘れさったかのようだった。疲労困憊《こんぱい》した、血だらけの食肉処理者が林間の窪地《くぼち》に寝そべって一服するあいだ、外套《がいとう》のフードを肩にのせるような具合に、黒と真紅の傷口を太い頸筋《くびすじ》にひらいた頑強《がんきょう》な仔牛は、斜面の羊歯《しだ》のやわらかい新芽を鼻面《はなづら》で吟味して喰《く》ってみようと試みたりしていた。

　その若者も、殴りつけられ傷をうけた瞬間には、叫び声をあげて痙攣《けいれん》するにしても、ほんの暫《しばら》くすれば自分がどういう仕打ちをうけたのか忘れてしまったという風にまた暴力の場へ出かけてゆく獣じみて鈍感なところがあった。

　また、かれの内部には十九歳という当の年齢よりも若く、おさなく感じられる部分と、年長のぼくよりも格段に手ごわく、したたかに老成している部分とが雑然と同居していた。かれは確かに若かったが、しかしなによりも、かれは若いのだ！　と詠嘆することをためらわせるところのものもあったわけである。そして、かれが生きた人生は、ぼくとぼくの妻とに関《かか》わった小部分をのぞくと、つねに暴力的なるものによって牛耳《ぎゅうじ》られているもののごとくだった。かれがその人生を、フレッシュでファニイな眼で見ていたかどうかは、かれがじつに寡黙《かもく》な人間だったので、数多くの証拠があるわけではない。ただ、ぼくはかれのことを暴力的な世界できたえられた他人への独特な観察力と生活態度をもつ人間ではないかと疑うことがたびたびあった。比喩《ひゆ》的な意味でなくかれの眼そのものの印象には、確かにフレッシュでファニイな感覚があった。しかし、かれの硬くがっちり閉ざされた大きな口を見ると、この若者は子供の時分からの度かさなる殴りあいに、頭のなかの柔らかい脳をどうかしてしまったのではないかという気がしてくるのだった。かれの憂《うれ》わしげな霧のかかったような眼と、いかにも堅固に閉じた口は、あいまってイシガメを思わせるところがあった。どうか、わが国で最もありふれたこの種類の亀《かめ》の眼と口とを思いだしてみてください。それは、これからぼくがその思い出を語ろうとする若者の風貌《ふうぼう》についていちばん手っとりばやく正確なイメージをあたえるものですから。

かれがはじめてぼくとぼくの妻の借家を訪ねてきたのは、ぼくら夫婦が結婚して数箇月たったばかりの夏のはじめで、ちょうどぼくが北海道の網走《あばしり》周辺を旅行していた時だった。ぼくは終戦後、樺太《からふと》からひきあげてきた、ギリアク人とオロッコ人の家族をたずねてあるいていたのである。ぼくは北見《きたみ》盆地の小さな村でギリアク人の巫女《シャーマン》の祈《き》禱《とう》の踊りを見て、基地にしていた網走の旅館に戻ってみると、妻から電報がとどいていた。それは、ほぼつぎのような電文だった。

アナタノユクエフメイダ　ツタオトウトサンガ　アラワレマシタ」シキユウオカエリコウ

ぼくにはまだオロッコ人の祈禱師の老人に会うプランが残っていた。この老人は、樺太でソヴィエト軍の収容所に同族の人々とともに監禁されていた時、かれの民族の不運な境遇を一挙に挽回《ばんかい》すべく、片方の眼をみずからつぶした。オロッコ人の祈禱師の名において、かれは自分の片眼に民族の悪運をすべて封じこめ、それを犠牲にしたのである。しかしそれでとくにオロッコ人に良き生活が回復したわけではなかった。かれにひきいられて樺太をひきあげたオロッコ人たちは最下級の肉体労働者として北海道を放浪し、しだいに網走周辺に北上した。ぼくを案内してくれた地方紙の記者はそれがおそらくかれらにとって樺太につらなる海から遠ざかっての生活は不安だからだろうといっていた。ぼくは製材工場につとめているオロッコ人の祈禱師の老人の公休日を待っていたのだが、その電報を読むとただちに予定をかえて札幌行きの夜行列車に乗った。

ぼくは非常に昂奮《こうふん》してまさに気も顚倒《てんとう》せんばかりだったので眠れないことをおそれて睡眠薬をのみ、それでもまだ不安でウイスキーの小瓶《こびん》をかかえこんで窮屈な寝台に横たわっていた。戦争の終りの夏、ぼくは集団疎開《そかい》した谷間の村で弟とはぐれてしまったのだった。ぼくは、はじめ、すねた弟が森にかくれているか、谷間の農民の家にとまりこんでいるかするのだろうと思っていた。谷間の底の川は奥山の乱伐のあおりで雨が降るたびにたちまち増水したので、そこにはつねに危険がひそんでいたが、ぼくの弟はチビながらも敏捷《びんしょう》で狡猾《こうかつ》な、頭のいいやつで、まだ五歳だったが泳ぐこともできた。そこで、ぼくはとくに心配もせず弟がぼくらの宿舎だった曹洞宗《そうとうしゅう》の寺に戻ってくるのを待っていたが、かれはいつまでたっても戻らないのだった。十キロ離れた隣村に、おもに木材運搬用のちっぽけな支線がひきこまれていて、その貨車にもぐりこめばぼくらの市に直行できるという噂《うわさ》が、疎開児童のなかにひろまっていた。弟を待ちあぐねたぼくが採用した第二の推測は、かれが十キロの県道を歩き、それからチビの機能を充分に発揮して松や杉の丸太のかげに潜入し、ひとりでぼくらの市に帰ってしまったのだろうということだった。ぼくは市の祖父に葉書をだして弟の単独旅行を報告しただけで、付添の教師には黙っていた。それというのも弟は、祖父が集団疎開に便乗してぼくにむりやりおしつけた非公式のメムバーだったからである。戦争が終り、ぼくが祖父のところへ帰りついたとき、弟はそこにいなかったばかりか、ぼくの葉書すら届かなかったことがわかった。ぼくらの市は戦災に焼けつくし、祖父はひとり防空壕《ぼうくうごう》で暮していた。そしてそれ以来、ぼくは弟を見喪《みうしな》ったままだ。

あれから十四年だ、弟は十九歳になったわけだ、とぼくは考えた。睡眠薬とウイスキーがおかしな具合に作用しあって、ぼくは一種の狂躁《きょうそう》状態におちこみ、どうしても抑制しきれない笑い声を小鳥みたいにくりかえしけたたましく発した。あの独立癖のある滑稽《こっけい》なチビは、この十四年間をいったいどこにひそんでいたというのだろう？　そしてまた、どういういきさつで、十四年ぶりにぼくの前へ出現することになったのだろう？　ぼくはセンチメンタルになって他愛《たわい》なく涙を流したり、また、突発的に笑ったりして、とめどなかった。ついに周囲の寝台の旅行者たちが、国鉄のマークの浴衣《ゆかた》で廊下にあつまり、相談したあげく、代表が寝台車係の車掌に訴え出て、ぼくは車掌から厳重な注意をうけた。そこであらためてぼくはウイスキーを口いっぱいにふくむと睡眠薬をグジグジ嚙《か》みつぶして、ぐっとのみくだし夢のひとかけらもはいりこまない徹底して暗い眠りをねむった。

ところが翌朝すでにぼくは、昨夜の狂躁状態の反動の苦く重い憂鬱《ゆううつ》症の兆候もあって、行方不明の弟の出現を疑いはじめたのだった。いったん疑いはじめてみると、十四年ぶりの弟の帰還などありえる話ではないと思われた。ぼくの家族は戦後の十年間手をつくして弟の行方を捜索したうえであきらめたのである。もし弟が、生存しており、かれがぼくの家族の姓だけでも記憶していたとしたら、かれはとっくの昔に、ぼくらの家に戻ってきていたことだろう。かれが十四年間、記憶を喪失していた、ということが奇跡的な確率において、ありえたとしても、十九歳の人間の頭によみがえった五歳の時分の記憶がかれにどれだけの志向性をあたえるものだろうか？　おそらくその十四年ぶりにあらわれた弟という人物は、奇妙な思いつきにかられた頓《とん》馬《ま》な詐欺師《さぎし》にちがいない。ぼくら夫婦を相手どって詐欺を企《たく》む詐欺師など、その道の人間にしてもいわば低級の詐欺師にすぎないだろう。

　ぼくは昨夜、狂躁状態におちいっていた自分の鳥みたいな笑い声や甘ったるい涙を愚かしく腹立たしく恥辱的に感じた。

　ぼくは札幌のホテルで東京へ長距離電話を申しこみ、通話を待つあいだ食堂で卵の朝食をとりながら、妻との連絡しだいでは、このまま網走へひきかえしてオロッコ人の祈禱師の老製材工に会いに行きたいと考えた。十四年ぶりに出現した弟を信じるくらいなら、オロッコ人の祈禱師のよびだす弟の生霊あるいは死霊を信じたいものだと思いさえもしていたのである。

　やがてぼくは卵の黄身を唇《くちびる》のまわりにこびりつかせたまま東京の妻と話した。ぼくは、冷たく否定的に、出現した《弟》について質問したわけだったが、答えてくる妻の言葉の気分はぼくのいかなる予想ともちがっていた。彼女は昂奮してもいなければ、警戒的でもなく、すなわち、ぼくらの家にやってきた人物を本当の義弟だと信じて喜んでいる様子でもなく、にせの義弟だと疑って緊張している様子でもなく、懐《なつ》かしい古い友人の不意の訪問をめぐってのように話した。それは端的に、ぼくの妻が、その《弟》に良い印象をうけていることをしめしている。

　妻の話によれば、若者は、ぼくの郷里の地方都市から、そこに住むぼくの大伯母《おおおば》にすすめられて十四年ぶりの《兄》と再会するため、上京してきたのだった。大伯母か！　ぼとぼくはたちまち事件の核心にいたった思いで考えた。ぼくの大伯母は、地方都市の慈善事業の大立者のひとりだが、親戚《しんせき》のすべての者たちから孤立している。ぼくの《弟》を、おなじ市に住んでいるぼくの家族にひきあわせるかわりに、直接、東京のぼくの所へさしむけたのは、大伯母がぼくらの一族でぼくを最も与《くみ》しやすいと考えているからだし、もっと正確にはおなじ市のぼくの家族から煙ったがられていることを知っているからだ。ぼくはあらためて妻に、大伯母が奇矯《ききょう》なふるまいの多い気違いめいた神秘家であることを話した。それにしても大伯母は、今度の気まぐれのいけにえ羊を、どこで見つけだしてきたのだろう？

　――あなたの大伯母さんが理事をしていられる、非行少年の試験観察のための民間施設でこの夏、退園にこぎつけた少年たちの名簿を調べていて、かれに気づいたということよ。年齢は十九歳で、名前はあなたの行方不明の弟さんとおなじだし、姓はちがうけれども、かれはずっと小さい時分から独りぼっちで暮してきたので、その姓もどこかの施設でアトランダムにつけてもらったにすぎないらしいわ。

——かれは疎開先での生活や、ぼくとはぐれてしまった時の様子やらを、おぼえているのかい？

——それがまったくおぼえていないというのよ。自分に兄がいたかどうかさえ、はっきりは記憶にないらしいわ。あなたの弟だと主張する気持だって、とくにかれにはないようだわ。ただ、あなたの大伯母さんが、東京までの旅費と、お小遣いと、わたしたちの住所を書いた紙片とをくれたので、かれはやってきたのよ。

——それでかれは昨夜どうした？　どこかホテルを見つけてやったのか？

——内庭の芝生にテントを張って寝袋に入って寝たわ、と妻は笑い声をまじえていった。とても遠慮深い少年で、あなたが留守だと知ったら、玄関でしりごみしているのよ。野宿だってできるというから、あなたのテントと寝袋とを貸してあげたわけ。今朝早く庭の蛇口《じゃぐち》で顔を洗ってどこかへ出かけて行ったの。友達がひとり東京にいるといっていたわ。非行少年の時分の友達らしいけれど。

——もしぼくの弟でないとしたら、かれは当然、他人なんだから、あまりしつっこく根ほり葉ほり聞きただすのは失礼だ。きみの話だと、元兇《げんきょう》は大伯母で、かれはむしろ犠牲者らしいぞ。

——かれはとても無口な性格だから、根ほり葉ほり聞きただすことなどできないわ。

——かれはぼくに似ているかね？

——あなたをふくめて人間の誰かに似ているというよりも、むしろイシガメに似ているわ。だけど、もしあなたが、かれの生きてきたような世界に生きたとしたら、あなたもまた、イシガメみたいな顔つきになったかもしれないと思うのよ。

——かれの生きてきたような世界？

——恐ろしいほど暴力にみちた世界。かれは左手の指を二本なくしているわ。無口でおとなしくて鈍い感じもある少年だけど、躰《からだ》じゅうに暴力の世界をただよわせているわ。ともかく、あなたや、あなたのお友達の誰ともちがうタイプの人間であることは確かね。

——それできみは、どの程度かれが本当にぼくの弟である可能性があると思うかね？

——ほとんどその可能性はないと思うわ。

——それじゃ、なぜ、ああいう電報をうったんだ？

——あなたをギリアク人の巫女《シャーマン》から早くひき離そうと思ったのよ。

——四時の飛行機で帰るよ、かれと一緒に空港にこないか？　とぼくはオロッコ人の老祈禱《きとう》師との会話をあきらめていった。

ぼくはその夕暮、羽田空港で妻と、紺のデニムのズボンとスポーツ・シャツを着た小柄《こがら》な若者に出むかえられた。その瞬間から黙契のごときものが結ばれていたように、ぼくら三人は大伯母の《弟》発見の話を無視した。それ以後、若者がぼくら夫婦の前から姿を消してしまうまで（一度目の別れのあとで、若者は戻ってきた。二度目の別れが決定的な別れだった）ぼくら三人は《弟》発見の話をむしかえすことがなかった。かれはたちまちぼくら夫婦の家庭の友人になったので、とくに《弟》である必要はなかった。むしろ大伯母の考えた十四年目にあらわれた《弟》という着想はぼくらのあいだではひとつの冗談のような性格をおび、ぼくら夫婦はひそかにかれをにせ弟という渾名《あだな》でよんだ。にせ弟は終始、寡黙な男だった。かれはその日、ぼくら夫婦と一緒に都心に戻ってくるバスの中で、正式の中華料理を食べたことがない、ということを話しただけだった。そこで、三人で囲んだ四川《しせん》料理の食卓でも、もっぱらぼくがギリアク人とオロッコ人の話をし、妻とにせ弟は黙ってそれを聴いているだけだった。にせ弟は麦酒《ビール》さえ飲まずオレンジ・ジュースをちびちび飲んで真剣に料理を食べた。テントと寝袋のなかでの睡眠とともに、これはかれのストイシズムをあかしだてていた。かれがあまりに寡黙で、しかも黙っているかれの存在が食卓をぎごちなくするということはなかったので、ぼくはお行儀の良い大きな家畜をつれて食事に来ているように感じたことをおぼえている。

ところでにせ弟は、この夜、傷つきやすいところと、酸のように鋭いところとをも、おのおの示したのだった。

ぼくはギリアク人に文字が無いことを話していた。それはかれらの伝承にこの古代アジア人の祖先が、アイヌ人やオロッコ人たちの祖先と泳ぎに出て、かれひとりだけが岩のうえに置いていた文字の板を盗まれてしまったからである。それ以後アイヌ人やオロッコ人は文字をもっているのに、ギリアク人にはひとかけらの文字もない。ぼくがそう話すと、にせ弟は鱶《ふか》のヒレのスープをすくう手をやめて、途方にくれてあれこれ考えあぐねるようなそぶりをしイシガメみたいに粗暴な顔にどす黒く血をのぼらせた。やがてぼくら夫婦は、にせ弟が満足に読めるのは二種類の仮名だけで、漢字の知識などごくごくわずかであるのを見出《みいだ》した。にせ弟は新聞をふくめていかなる刊行物も読まなかった。ぼくの小説家の職業ほどかれに無意味に思われた仕事はなかったのではないかと思う。とくに興味を示すということもないのだった。

にせ弟が、酸のように鋭いところをあらわしたのは、ぼくが老オロッコ人の祈禱師のつぶれた眼《め》について話した時だ。ぼくが、この老人はかれの少数民族のひとつの集落の首長としての責任感から、自分の眼をみずからつぶした、というと、それまでほとんど反応をみせなかったにせ弟が不意に濃い疑いの表情を浮べてぼくを見かえした。そこで、ぼくら夫婦が執拗《しつよう》にうながすと、かれはこういう意味のことをいった。

――樺太の収容所でつぶされた老人の眼に祈禱の意味がこめられているにしても、それは、かれが自発的につぶしたのではなくて、祈禱師をかこむおなじ種族の人々が暴力的に強制したのだと思う。そしていったん眼がつぶされてみると、老人は祈禱師だから、それを訴え出たり怨《うら》んだりしなかったのだ。

ためらいながら、ぼくの郷里の方言をまじえてかたるにせ弟の意見にぼくは同意した。おそらくそのとおりだったのだろう。苛酷《かこく》な話だが、苛酷であるなりに自然なところがある。ぼくがそれを認めると、

――自分はそういう風に眼をつぶすところを見たことがあるので、とにせ弟は照れくさげにいい、ぼくと妻とはショックをうけて食欲をうしなった。

ギリアク人もオロッコ人も、樺太では本来、狩猟民族で、かれらはヤマトナカイのひそむ森や鮭《さけ》の上る川を見つけだすためにもっとも鋭く働く本能を持っている。北海道にひきあげてきてもその本能はうしなわれない。かれらは北海道にヤマトナカイのためのすばらしい森や鮭の大群をむかえるべき豊かな川を発見しては、そこへ出猟しいかなる獲物にもめぐりあえなくて当惑してしまうのである。ここは樺太でなく北海道だから、と民生委員が説得にまわっても、かれらは再びヤマトナカイの森、鮭の川をめざして肉体労働にはげみながら性こりなく移動してしまうので生活保護をあたえることもできない。かれらの民族の本能がいまやまちがいしかおかさないことをかれらに説得できる者はいないだろうか？

――ひどいねえ、とにせ弟はいった。

――ひどいなあ、と同時に妻もいった。

ぼくもおなじ感想をもって網走から帰ってきたわけだった。食事のあと妻同様に、にせ弟に好意をもちはじめたぼくは、風変りな大伯母の関係妄想《もうそう》の責任をとる必要もあることだし、地方都市へひきかえす前に二週間ほどぼくら夫婦の借家の書庫に滞在することをすすめたわけである。

にせ弟は書庫の書棚《しょだな》にかこまれた狭い間隙《かんげき》に長椅子《ながいす》を置いて寝ていたが、最後まで書物の一冊にたりと手をふれなかった。かれはまさに信じがたいほど徹底して書物への好奇心を欠いていた。ぼくは夜遅く書庫へ辞書をひきに入っては、眠るかわりに長椅子の中央にあぐらをかきじっと頭をかかえこんでいるにせ弟を幾度か見出した。そのように退屈の魔に咬《か》みつかれている時にすら、かれは書物に食指を動かしてみるということがないのだった。ぼくは、その後も、かれのように絶対に書物を必要としない人間を、赤んぼうより他には見たことがない。もっとも書物群に興味を示さないかわり、かれは、書棚の谷間でじっと頭をかかえこんでいるうちに、わずかながら自己主張の欲求を見出すことがあるようだった。ぼくが寡黙《かもく》なにせ弟から、指を

つめることになったいきさつを聞いたり、いつも見る夢について相談されたりしたのは、そういう時のことだった。なにやらわけのわからぬ漢字がびっしり書きこまれている数百万ページが、にせ弟に漠然《ばくぜん》とした圧迫を加えることもあったのではないかと思う。そうだとすれば、かれに書庫を提供したのはあまり親切なことではなかった。

にせ弟は、朝、ぼくがまだベッドのなかにいる時間に、ぼくの妻とふたりできわめて素早くしかし充分に楽しんで食事をすませ、街へ出て行った。そしてかれがぼくの借家に帰ってくる時間には、ぼくはすでに夕食を終って書斎に入っていたので、ぼくがかれとちょっとした会話をかわすことのできる機会は、夜がふけてからぼくが調べものをしに書庫へでかけた時、しかもかれがなお眼ざめている時に限るのだった。もっともぼくが書庫へでかける時間が遅すぎると、にせ弟は風の動きのまったくない夏のはじめの書庫で頭から足先までミイラさながら、毛布にすっぽりくるみこまれて眠っているのだった。にせ弟がぼくの書庫に滞在しはじめて暫《しばら》くたって、このような夜ふけにかれは自分がなぜ指をつめることになったかを、吃《ども》りがちの訥弁《とつべん》で永い時間かかって話してくれた。地方都市の暴力団の最も身分の低い成員だった若者は、ある日、喫茶店でひとりの少女と知りあって、その夜のうちに一緒に寝てしまった。ところが少女は暴力団の兄貴株の情人だったので面倒が生じたわけである。兄貴株が若者を狙《ねら》っているという噂《うわさ》を聞くと、かれは逆に兄貴株を市営グラウンドに、深夜呼びだしてナイフで刺し軽傷を負わせてしまった。

――それで自分は仕返しが恐《こわ》くて、とにせ弟は、保護観察の施設で習慣づけられたとおぼしい軍隊調でいった。指をつめれば、仕返しされないかと……

――仕返しされなくてすんだ？

――自分はもうひとつ指をつめられました、とかじかんだような老成した微笑とともに若者はいった。

そこで当惑したぼくが冗談に解消しようとして、

――その恋人は美人だったかね？　と尋ねると、少年は真剣な口調で、

――自分とやったのでは不感症でした、といった。

若者の性格のストイシズムについて、ぼくの妻はこういっていた。

――ほんのつまらない朝食を、にせ弟は素晴しい大晩餐《だいばんさん》のように楽しんで食べるのよ。街の愚連隊だった時分もかれはいかにも卑小な快楽にストイックに充足して生きていたにちがいないという気がするの。それは見ていて辛《つら》くなるような非行少年だったにちがいないわ。

かれの滞在のちょうど一週間目の朝、ぼくの妻は一週間かれがただいちども歌わなかったことに気づいた。そこで妻が若者に問いただしてみると、かれは実際に、ただひとつの歌さえもおぼえていず、決して歌ったことがないという答だった。その朝ぼくは、ピアノの音とかれらの叫喚に

よって眼をさましました。それはまったく歌を知らない若者に興味をいだいたぼくの妻がかれの毎日の外出前の時間に、まず《夏は来ぬ》という歌を教えてみようと試みていたのだった。しかしピアノの脇《わき》で二時間にもわたる無益な努力をつづけたあと、妻はもとよりにせ弟まで疲れきって諦《あきら》めた。

――ある夜ふけにせ弟は書庫で、ぼくに何十回もおなじひとつの夢だけを見ているのは病気か？　と尋ねた。

――自分は頭をさんざん殴られてきたので狂ったのかと思うんですよ。

――どういう夢？

――自分は螺旋《らせん》階段に立っているんですが、眼のまえに銀色の長くまっすぐな髪をした女の子供が向うむきに立っていて、自分はその子供の頸《くび》のまわりに両手をぐっとさし伸べているんです、それだけの夢。

――何十回も？

――ええ、何十回も、自分は両手をぐっとさし伸べるだけです。

――それだけではよくわからないなあ、とぼくは匙《さじ》を投げた。しかしそれはきみにとって重要な夢かもしれないね。

ぼくは無責任にもそういうことをいって、にせ弟からなんとなく余裕のある微笑をかえされた。こういう風に、ぼくら夫婦と滞在者は、おたがいに気持よく暮して、大伯母のまいた毒々しい麦をうまく刈りとろうとしていた。ぼくはにせ弟が地方都市へ帰る際には旅費を贈ろうと考えていた。

ところが二週間目のはじめのこと、ぼくとにせ弟とのあいだにひと騒動おこったのである。その日はめずらしく、ぼくと妻とが夕食をとっている時刻に早ばやと若者が外出から戻ってきたのだった。かれは、ぼくらがかれにはじめて会って以来、もっとも生きいきと昂揚《こうよう》してむしろ若者らしい直截《ちょくせつ》な粗暴さに輝いているように見えた。しかもかれはぼくらに問いかけられるまえに、ポケットにいれてきたメダルをとりだしてみせて酔っぱらったように幸福な声で、

――国電の駅で、朝鮮人の高校生を建設作業員の連中が殴ってたんですよ。自分も跳びこんで、ぶん殴ってこれをとりあげたんですよ、といった。

――どちらをぶん殴って？

――朝鮮人の高校生をですよ。

――なぜ？　とぼくは蒼《あお》ざめてしまうほど腹をたてて訊《たず》ねた。

――朝鮮人の高校生だから、と若者は無邪気にいった。

――きみは戦争がおわった時、五歳だったろう？　それからずっと、きみと日本に住む朝鮮人とは対等の関係だろう？　とくに朝鮮人から被害をうけたか？　きみが朝鮮人を憎んだり軽蔑《けいべつ》したりする理由があるのか？　なぜ、朝鮮人の高校生だからといって跳びこんで、ぶん殴って、そん

なもの盗むんだ？

——…………

——きみが施設にいれられるまえにどういう恥知らずなことをしたか知らないが、今日やったことだけで厭《いや》らしい、気違いだ。

ぼくがそう叫んだ瞬間、にせ弟の眼は十重二十重《とえはたえ》の遮蔽《しゃへい》の膜で覆《おお》われ、唇はがっしりと閉じられた。顔の皮膚自体、厚ぼったく粉をふいたように血の気をうしなってすべての表情を隠匿《いんとく》した。そして、その底から、まったく見知らぬ人間の顔のように思える傲然《ごうぜん》と薄笑いを浮べたしたたかな顔が浮びあがって、鈍く、しかし完全にぼくら夫婦を拒否した。翌朝、若者はかれの唯一《ゆいいつ》の荷物、二つに割ったラグビー・ボールでつくった古ぼけた惨《みじ》めなバッグを提げて姿を消していた。

にせ弟がぼくらの家から挨拶《あいさつ》もしないで出て行ったあと、ぼくら夫婦はこまごましたふたつの品物が紛失しているのに気づいた。そのひとつは妻が台所で音楽を聴くために食器棚にのせておいたごく小型のトランジスタ・ラジオだった。妻によると、それは、あのポーカー・フェイスのにせ弟が、食事のたびに子供じみた偏愛をしめしていた唯一のもので、もしにせ弟がぼくらの家を円満に去って行ったのだったとしたら、妻としてはかれへの贈物にするつもりだったというのである。したがってそれについては問題がなかった。

ぼくが当惑したのはもうひとつの品物、書庫の書物机の上にかざっておいたスエーデン製の空気銃ピストルについてだった。それはゼニットの鋼鉄でつくった鼠狩《ねずみが》り用の銃で、十米《メートル》はなれた屋根の上の泥棒猫《どろぼうねこ》を仰天させるほどの威力なら確実にそなえている。ぼくは悪戯《いたずら》ずきの外国人の友達からどういう意図だか結婚祝いにそれをもらったのだったが、それはもし外国旅行の土産に買いもとめてきたとすれば当然、税関で没収される性質のものだった。ぼくは空気銃ピストルを携行して去ったにせ弟に漠然としてはいるものの根深い危惧《きぐ》の感情をいだいた。

にせ弟が姿を消して三週間たって、妻の問い合わせにこたえる大伯母の手紙が届いた。若いころ、ニューヨーク駐在の商社員の妻だった大伯母はそれが国内の手紙であれ、航空便用の薄い封筒と便箋《びんせん》とをつかうのだ、宛名《あてな》もＴＯＫＹＯなどとローマ字をタイプして。にせ弟が、ぼくの本当の弟でなかったらしい、という妻の婉曲《えんきょく》な報告に、大伯母は平然として自分もそう信じたわけではない、と答えていた。そして、あの若者はぼくの借家を立ち去ったあとも地方都市には帰ってこず、家庭裁判所の調査官を困らせていると書いて、暗にぼくら夫婦の不注意を非難していた。しかし、ぼくらはあの若者がいまなお調査官と連絡をとらなければならない境遇にいるというようなことなどまったく知らされてはいなかったのだ。大伯母の手紙にはにせ弟の非行歴のそれだけ厚く粗悪な罫線紙《けいせんし》の写しがそえられていた。それには、にせ弟が指をつめるにいたった傷害事件および不純異性交遊という項目のほかに、それより数年さかのぼった強姦《ごうかん》事件といくつかの窃盗の項目があった。いつもの奇矯《ききょう》のふるまいの例にもれないとするにしても、この非行歴の写しをなぜ大伯母がぼくの妻におくりつけてきたのかは判断がむつかしかった。結局、ぼくら夫婦はこの手紙を契機に、大伯母にたいして積極的に悪い感情をもったけれども、にせ弟にたいしてはむしろ同情的だった。強姦と窃盗数件といっても、それらはすべて十五歳以前のにせ弟の事件だ。十五歳以後、かれは少年院や保護観察の施設で禁欲的に暮し、自由な身分の期間も暴力団の先輩とひとりの少女をめぐって乱闘したあげく二本の指を喪《うしな》うほかになにもしていない。

ぼくはにせ弟が、朝鮮人の高校生たちに加えた暴行と誇らしげな吹聴《ふいちょう》からなおショックをうけたままだったけれども、しだいにそれは一般的な問題におきかわり、にせ弟への個人的な腹立ちはおさまってきていた。ぼくも妻も、結局にせ弟がきわめて独特な若者であったということに関して一致した意見をもち、たびたびかれのことを懐《なつ》かしんだ。

にせ弟が失踪《しっそう》して五週間ほどたった夏の終りのことだが、ぼくは海浜の行楽地から東京の盛り場にひきあげてきた暴力団員たちの最初の手入れ、という主旨の週刊誌記事をぼんやり眺《なが》めていて、暴力団員から押収された兇器《きょうき》としてぼくの盗まれたスエーデン製の空気銃ピストルとおなじものの写真を見出した。とくに記者は空気銃ピストルについて、大仰にも、人ごみのなかで音なくおこなわれる殺人の可能性というコメントをつけていた。空気銃ピストルはほとんど音をたてずに発射でき、しかも至近距離からならば充分に心臓を貫通する損傷をあたえることができる。暴力団によってこの種の空気銃ピストルが大量に密輸入されることがあればきわめて危険だ、と記者は主張している。

空気銃ピストルを盗んで失踪したにせ弟にたいしてぼくがいだいていた危惧の感情は、より明確に、より直接的になった。にせ弟が、ぼくの空気銃ピストルをもってこの暴力団に加盟したのではないかとぼくは疑った。押収された空気銃ピストルと、にせ弟が盗んでいったそれが別物であったにしても、依然として、にせ弟が、ポケットの空気銃ピストルを不穏な目的に使用することはありえるのだから、ぼくの危惧感はますます濃くなってくるばかりだった。

ところが、それからまた二週間ほどたった秋のさなかに、にせ弟は、ぼくら夫婦の借家を再び訪ねてきたのである、凄《すご》いかぎりの打撲傷を全身におって、イシガメみたいに克己的な小さな顔を二倍に腫《は》れあがらせ苦痛のあまりに呻《うめ》きながら。

真夜中だった、ベルを聴きつけたぼくが、玄関の鍵《かぎ》をあけると、小っぽけなラグビー・ボールのバッグを重たげに提げたにせ弟がベルのボタンの位置から暗い砂利道へいったんしりぞいて待ち伏せするような様子で立っていた。そしてかれは、ぼくがたちまちかれの鼻先にドアを閉ざしてしまうのをおそれるとでもいうように、

――テントと寝袋を貸して泊めてください、と喉《のど》につかえたものを懸命に嘔《は》きだすような吃りがちの声でいった。

すでに野宿できる気候ではなかったし、暗がりのなかでも明瞭《めいりょう》ににせ弟が、負傷をうけ苦痛を耐えて立っているのがわかった。ぼくはひとまずにせ弟を書庫にみちびいてから、妻を呼び起してきた。にせ弟は妻と顔をあわせてもとくに挨拶する気力もなく、ただ苦しげにぐったりと長椅子に腰を沈みこませていた。かれはこの夏ぼくの所へはじめてやってきた時同様、白いふちどりのついた紺のジャージーのスポーツ・シャツにブルーのデニムのズボンをはいているだけなので、シャツからのぞく首筋や腕の皮膚は寒さに鳥肌《とりはだ》だっていた。しかしそれよりも直截にぼくと妻に衝撃をあたえたのは、そのあいだも、にせ弟の顔や指や上膊《じょうはく》のあたりが漫画映画じみて機械的にむくむく腫れあがってくることだった。書庫の明るい燈《ひ》のもとでも、にせ弟が躰《からだ》のどこかから出血しているという兆候はなかったが、そのかわりかれが鈍器で躰じゅうをまんべんなく殴りつけられていることはあまりにもあきらかだった。嘔気をもよおすほど動揺し無為にかれを見まもっていた数分間で、かれの腫れあがった左眼はすっかり閉じてしまい、瞼《まぶた》の色はみるみる変って山羊《やぎ》の睾丸《こうがん》のような具合になった。

――医者に電話しよう！　とわれにかえったぼくはいった。

――いや、自分はいらんです！　とにせ弟が思いがけず敵意を剝《む》きだしたようにきびしく拒否した。

――しかし呼吸するたびに痛むんだろう？　きみは肋骨《ろっこつ》を折っているかもしれないぞ。

にせ弟はわずかにまだ使用できる右眼でぼくをちらりと見あげたまま脣《くちびる》をかたく閉じて黙っていた。その右眼もふさがりつつあったし、脣はマウス・ピースがはみでたような具合に腫れあがりつつあった。

――湿布でもすればすこしはいいかもしれないわね、と怯《おび》えた妻が自信なげにささやいた。

――いや、自分はいらんです！　とにせ弟は再び断乎《だんこ》として拒否した。

ぼくは妻に今夜のところかれをこのまま自由にほうっておくほかはない、と眼《め》くばせの合図をした。妻は毛布と枕《まくら》をとりに出て行った。

――きみを殴ったやつはブラック・ジャックをつかったんだ。だから、出血してはいないが、打撲傷はひどいぞ。頭も殴られたろう？　脳に内出血していないか精密検査をしないと危いぞ、とぼくはもうなにも見ずうなだれて黙りこんでいるにせ弟を苛《いら》だたしくもの悲しい気分で威嚇《いかく》しつづけた。明日早く、医者に見てもらわなければ危険だ。

――いや、自分はいらんです！　とロボットみたいに頑《がん》強《きょう》ににせ弟は反覆した。

――きみは医者が警察にとどけるのを恐れているのか？

にせ弟はびくりと肩を震わせた。それが筋肉に鋭い痛みをひきおこしたのだろう、妙におさない響きのある、アッ、というような悲鳴をあげた。そのあいだもにせ弟は、腫れのために薄笑いしているように細い眼を懸命に見ひらいてぼくを睨《にら》みつけようとしているのだ。かれはグロテスクで厭な表情をしていた。ぼくは嫌悪感《けんおかん》をごまかすために書庫を出ると妻を督促しに行った。妻は新しいシーツをかけた毛布と枕を膝《ひざ》にのせたまま腰をぬかしたようにべったりベッドに坐《すわ》りこみ、蒼ざめて涙ぐんでいるのだった。ぼくもまた、怪我《けが》をして迷いこんできた愚かしい獣に手当てしようがなくて傍観しているといった腹だたしく涙ぐましい気分になった。

――あいつはブラック・ジャックで殴りつけるプロの暴力団、四、五人とひと悶着《もんちゃく》やったんだ、仕方がないじゃないか！　とぼくは妻を叱《しか》った。

　そしてぼくは妻から毛布と枕をうけとり、疲れた神経症のオランウータンみたいに茫然《ぼうぜん》と腰をおろして待っていたにせ弟の脇にとどけてやると黙ったまま書庫を出た。それからぼくは書斎にこもって読んでいた本のつづきにとりかかろうとしたのだが、壁ひとつへだてた書庫から抑制されてはいるが、猛《たけ》だけしい強さのある苦痛の呻き声が聞えはじめ、ぼくの眼は活字を追う力をうしなった。ぼくはますます腹だたしく、涙ぐましい気分になって寝室にひきあげると、あの愚鈍でグロテスクなイシガメのやつめが！　いや、自分はいらんです、などと陋劣《ろうれつ》なことをいって！　とにせ弟を罵《のの》り睡眠薬を大量にのんで眠った。

　翌日、にせ弟は終日書庫にこもりきりで、ぼくの妻が打身の薬とタオル、洗面器いっぱいの湯などを運びこみ、傷を手当てしてやろうとすると、あいかわらず、

――いや、自分はいらんです！　と激しく拒んだ。

　しかし一時間たって妻が食事を運びこむと、にせ弟は素裸になって躰じゅうに打撲傷の薬をぬりこんでいた。妻はすっかり脅《おびや》かされて戻ってくると、にせ弟の筋肉質の小柄《こがら》な躰は全身、青黒いアザの斑状《まだらじょう》で、ピカソがデザインしたバレエの衣裳《いしょう》のようだったといった。その夜もぼくは壁ごしに書庫からの呻き声を耳にこびりつかせてなにひとつ片づけられないのだった。

　それでもその次の朝、ぼくが居間兼用の台所に起きだしてゆくと、にせ弟が書庫から出てきて朝食をとっていた。顔の横幅は二倍ほどにも腫れあがり、瞼は舌みたいにたれさがったままだったが、にせ弟は平常心をとりもどして鈍感なほどにもおちついた態度をとっていた。食事のあいだ、ぼくも妻も注意ぶかくふるまって、にせ弟に、かれの突然の出発や紛失したトランジスタ・ラジオ、空気銃ピストルなどを思い出させるようなことはなにひとついわなか

った。それにしてもにせ弟はじつに泰然として、ぼくの妻の言葉によればいかにも卑小な快楽にストイックに充足して、つまらない朝食を心底おいしそうに食べつづけるのだった。やがてぼくの妻が掃除をはじめるので、ぼくとにせ弟とはおのおの自分のコオフィのカップを持って、書斎に移動した。考えてみれば、ぼくとにせ弟とが、朝からじっくり話しあうことのできる機会をえたのはそれがはじめてだった。肱掛椅子《ひじかけいす》に腰をおろすとコオフィに熱中して書棚《しょだな》にも壁の画や地図にも机の上の写真にも、いささかの関心もよせないにせ弟に、ぼくは、

――いったい、どういう連中と殴りあったんだい？　と尋ねてみた。

にせ弟はぶよぶよ腫《むく》んだ唇をぎごちなく閉ざすと憂《うれ》わしげに眼をくもらせてぼくを見まもった。そこでぼくは遅まきながらにせ弟の眼が憂鬱《ゆううつ》そうに見えるとき、それはかれが警戒していることを意味するのだということをさとった。ぼくはかれが答えるまで自分も沈黙したままで待っていてやろうと考えていた。しかしいったん黙りこんでおたがいを見つめあってみるとぼくはにせ弟の霧のかかったような眼にとうてい対抗できはしないのだった。ぼくはたちまち敗退して、矛先を変更すると、

――きみはずいぶんひどく痛めつけられたんだなあ、昨日もまだ、きみは呻いていたじゃないか？　と嘲弄《ちょうろう》してみた。

今度、ぼくの戦術は功を奏した。腫れあがったイシガメの閉鎖的な表情に穴がひらいて、にせ弟は吃《ども》りながらこういった。

――自分は夢を見て魘《うな》されたので……

――あの夢？

――あの夢のつづきの夢、とにせ弟は思い屈した様子でいった。

それからにせ弟がぼくに描写してみせた夢は、確かにかれの第一の夢の産物、あるいは補遺だった。第二の夢で、かれは螺旋《らせん》階段を駈《か》けおりつつある。かれは、あの銀色の髪の少女を扼殺《やくさつ》してしまったのだ。階段の上から数しれない烏《からす》の群のような警官たちがギャアギャア喚《わめ》きたてながら追いせまる……

――自分はこの夢ほど恐ろしいめにあったことはないです、と若者はいって腫れあがった唇をゆったりとめくって微笑を浮べた。

――指をつめた時でもかい？

にせ弟は微笑したまま黙ってぼくの問いを無視すると突然、粗暴きわまる表情にかわって、

――夢のなかの事件が、夢のなかで、どんどん進んでゆくことはあるのかなあ？　と狡猾《こうかつ》にぼくを誘うようにいった。

――きみがこの夏のあいだ、どういう生活をおくったかをみな話したなら、夢の世界のきみが、なぜ第一の夢から、

第二の夢へと移ってしまったか説明できるかもしれないよ。

　にせ弟は粗暴な表情のまま、うさんくさげにぼくを見まわして考えこんでいた。それからぶよぶよした唇を蠅《はえ》をぱくりと咬《か》みとめたヒキガエルさながら堅固に閉ざし、したたかで挑戦《ちょうせん》的に微笑している奇怪なイシガメの顔に戻った。ぼくはにせ弟とのそれ以上の会話を放棄した。

　その日ぼくは出版社を訪ねなければならなかった。そして夕暮にぼくが家に帰りつくと、妻が、にせ弟はラグビー・ボールのバッグを置いたまま外出したといった。ぼくはかれの打撲傷のことを考えたがとくに深く心配したというのではなかった。しかしにせ弟は夜が更《ふ》けても戻ってこない。そして真夜中ちかくぼくは玄関で重い砂袋みたいなものが墜落する音を聞いた。ぼくは妻に声をかけて玄関に跳びだしていった。そしてぼくはにせ弟が二日前よりも、もっとひどく徹底的に撲《う》ちのめされて砂利にうつぶせに倒れているのを発見したのである。ぼくはかれの頭と肩を支えて起きあがらせかれの後頭部が掌《てのひら》をぐっしょり濡《ぬ》らすほどにも多量の血に汚れているのを知った。若者の小柄な上躰《じょうたい》を自分の胸によりかからせて、血にまみれた自分の掌を見ているぼくの背後から、かれの頭を覗《のぞ》きこんだ妻が逆上して、

　――早く医者に見せなければ死んでしまう！　と叫んだ。

　その声を聞くとにせ弟は吠《ほ》えたてるような喚き声をあげしゃにむにぼくの腕から逃れてめったやたらに駈けだすとすぐツツジの植込みに頭から突っこんで倒れ、嗚咽《おえつ》しはじめた。ぼくも妻も暫《しばら》くは腕をこまねいてそれを見まもるだけだった。ぼくが泣きつづける若者に医者をよばないことを約束してなだめすかし、書庫の長椅子に運びこんで、頭の傷に繃帯《ほうたい》をしてやり眠らせた時には、もう午前二時をすぎていたものだ。それでもぼくら夫婦は疲れすぎているうえに神経を昂《たか》ぶらせていて眠るどころではなく、にせ弟の不可解な行動について夜明けまで話しあっていた。妻は、にせ弟が東京の暴力団といざこざをおこし、つけ狙《ねら》われているのだとしたら、警察に保護を申請すべきだとくりかえし主張した。しかしいまやぼくにとってもにせ弟のふたつの夢の話は一種のオブセッションとなっていた。医者に見せようという妻の声を聞いただけで、少年はあのように錯乱したのだからもし警察に保護をねがいでたりすればどういうことになるかわかったものではない。

　――警察に保護を頼むかどうかは、明日にでもかれ自身に定《き》めさせよう、とぼくは妻に妥協案をだした。

　翌日と翌々日、にせ弟は書庫の長椅子で呻きつづけていた。しかし三日目の朝には、頭に繃帯し、凄《すご》いばかりに蒼《あお》ざめてではあるが、食事に出てくる回復ぶりだった。にせ弟が動物的に負傷への反撥力《はんぱつりょく》の強い人間だったことは確実だ。妻が警察に保護を申請することを提案すると、にせ弟は鈍感なお化けのような顔つきでそれを無視した。ぼくはもういちど無益に、どういう連中と闘ったのかと尋ね、

やはり質問を黙殺して過度に熱心にコーン・フレイクを食べはじめる若者を、

――次にああいうことをやれば、きみは打撲傷で死ぬよ、と虚《むな》しく嚇《おど》かした。

ところがその日の夕暮、かれはまた外出してしまったのである。ぼくと妻はずっと玄関の鍵《かぎ》をあけて待っていたが、いつまでもにせ弟は帰ってこなかった。真夜中すぎになるにつれかれがまた全身、新しい打撲傷だらけになって帰ってくるのではないか、という惧《おそ》れや、もっと悪い状態で運ばれてくるのではないかという不吉な予感がぼくら夫婦をとらえた。

――子供のころに隣の家の高校生にルッキーという犬をもらって飼っていたんだけど、と突然、妻がいった。

――その高校生はラッキーという綴《つづ》りをまちがえて発音したんだな、とぼくはいった。

――ルッキーは本当に愚鈍な犬で、いつも喧嘩《けんか》に出て行っては、さんざんに咬みふせられて戻ってくるのよ。それでも傷がいくらかなおると、また性懲《しょうこ》りなく喧嘩に出かけて、またさんざんに咬みふせられて戻ってきたわ。

ぼくは妻の暗喩《あんゆ》の種明しを聞くまえに、ヒステリー症状におちいろうとしている妻を寝室にひきこもらせた。そしてぼくは夜明けまで書斎で待っていたが結局、にせ弟は帰ってこなかったのである。翌日の朝がすぎさってもかれはなお帰ってこなかった。ぼくらはかれが再び無断で失踪したのだと思いこみたかったが、今度の場合にせ弟は、ラグビー・ボールのバッグを置いたままだった。昼すぎ、ぼくと妻はかれのバッグを開いて手がかりを探してみようとした。

バッグの中には、まず、にせ弟が妻から盗んで行ったトランジスタ・ラジオが入っていた。電池がきれたのをラジオの故障だと思いこんだのにちがいない、ラジオは皮ケースを剝《は》ぎとられナイフ傷をつけられて廃品然としていた。これはセンチメンタルな判断をさそう材料だ。つづいて、まるめられた三足の婦人用ナイロン靴下《くつした》とおそろしく尖《とが》ったハイ・ヒールの踵《かかと》が出てきた。それらはどういうつもりでそこにつめこまれていたのか判断を躊躇《ちゅうちょ》させるグロテスクな材料だった。そしてNHKのマークのある手帳。ぼくはそれをなにげなくめくるうちに、財布の残高を計算したらしく汚らしい小っぽけな数字でうずめられたページと、次のような記載のあるページとを見出した。

うの花のにおうかきねにほととぎすはやもきなきてしのびねもらすなつはきぬ
ぼくはそれ以上にセンチメンタルでグロテスクな記載を見つけだしてしまうのをおそれてそそくさと手帳をバッグに戻した。

――きみのルッキーなんだが、かれは最後にどうなった？

――咬み殺されてしまったわ、と妻は犬の話をもちだしたことを深く悔んでいる様子でいった。

　夕刊が私鉄駅の新聞売場に到着する時間になると、ぼくら夫婦は駅に出かけてすべての種類の夕刊を買いこみ、せわしげに息をつきながら、全身打撲による変死体、という風な記事を探したが、それはどこにも見あたらなかった。帰りに交番の前でたちどまった妻が、届けておこうか？　といった時ぼくはその時にもやはり、にせ弟のふたつの夢の話のもたらしたオブセッションにさえぎられてそこを素どおりした。しかしぼくは夕暮になると、古雑誌の山からスエーデン製の空気銃ピストルの記事の載っていた週刊誌をさがしだして、その暴力団の本拠のある盛り場を確かめ、妻とふたりでタクシーに乗りこみ、そこへ出かけて行ったのである。ぼくらは始めにせ弟とぱったり出会う僥《ぎょう》倖《こう》を希《ねが》って盛り場をぐるぐる歩きまわった。それからぼくは意を決して、玉蜀黍《とうもろこし》を売っている、いささか棘《とげ》にみちた威厳のある若者に近づいて玉蜀黍を二本買うと、ブラック・ジャックでめちゃくちゃに殴られた十九歳の男の噂《うわさ》を聞かないかとたずねてみた。若者はますます棘だらけのウニみたいな威厳のかたまりになってぼくを睨《にら》みつけたまま黙っている。そしてふと気がついてみると、数人の棘ある威厳の持主たちが、ぼくら夫婦をとりかこもうとしているのである。ぼくはやにわに妻の腕をひっつかむと全速力で駈けだした。五米《メートル》ほど駈けてふりかえると、棘ある威厳どもは、突然に大声をあげて罵りながらぼくら夫婦を追ってくるのだった。ぼくは妻をひきずって荒い息を吐きながら、いつも非順応的な職業人だと考えている小説家のぼくも、いま喚《わめ》きたてて追いかけてくる連中のもの凄さの前では、妻を後生大事にひきつれて逃走する、順応主義者のなかの順応主義者だ、と考えて雲を霞《かすみ》と走り去った。

　にせ弟の思い出はたびたび不意に湧《わ》きおこってはぼくら夫婦をとらえてきた。ぼくの妻はにせ弟の二度目の失踪《しっそう》が確定的になったあと、ぼくらの最初の子供が生れるまで、熱烈な映画狂となっていたものだが、ある日、妻がぼくにイタリア映画のタイトルのひとつを説明して、イタリア語で《犬の世界》といういいまわしは、残酷な暴力にみちた世界という意味だそうだ、といった時にも、ぼくら夫婦はたちまち、にせ弟の思い出にがっしりとらえられてしまったものだった。さて、ぼくは最初に引用した広告にひかれてフィリップ・ロスの本をとりよせて読んでみたのだが、そこにおさめられた短篇群に、にせ弟を思い出させるヒーローがあらわれるということはなかった。それでもひとつの短篇の題名は、ぼくを個人的な回想へとおしやるものだった。それは《人が歌う歌によって、かれを判断してはならない》というモラルめいた題名である。もしかしたらぼくの本当の弟であったかもしれない、にせ弟は、ただのひとつの歌も満足に歌えない若者だった。ぼくの妻はかれに単純な歌をおしえこもうとして二時間の徒労な試みをしただけだった。

　ぼくは街を歩き、そこここにたむろする非行少年候補たちが声高《こわだか》に歌うのを聞きつけるたびに、なんということもなく安堵《あんど》する。かれらもまた、暴力的な小世界にかかわって、いかにも卑小な快楽にストイックに充足して生きている犬みたいな連中だが、すくなくともかれらは歌うことができるからだ。人が歌う歌によって、かれを判断してはならない、というモラルにぼくは賛成だ。しかし二時間の練習のあと、なお《夏は来ぬ》を歌うことのできない若者に、ぼくが再び出会うことがあれば、それによってぼくはかれがどういう人間であるかを判断せざるをえないだろうと思うのである。

封印は解かれ、ここから新たに始まる

尾崎真理子

「大江健三郎」。その名を口にするだけで常に、一瞬にして場の雰囲気が緊迫する。この作家への距離が、その個人の価値観を推し測る決め手となるのを私たちは知っている。いわゆる団塊の世代以上で本を読む男性の大部分、一九七〇年代以降の生まれでも現代文学に関心を持つ男性ならば、「大江健三郎」への思い入れが各々強く、往々にして冷静な会話は成り立たない。対照的に、年配の女性の多くはこの作家を危険人物として避けてきた気配がある。しかし、一九九四年のノーベル文学賞の受賞から今日まで、後期大江作品のコアな読者は、この作家に現代の良識を見出そうとする、比較的若い女性たちではないかと思うこともある。また、忘れてならないのは、平野啓一郎や中村文則をはじめとする現在活躍中の若い小説家にとって、大江健三郎はもっとも畏敬を集める存在であり続けているという、まぎれもない事実だ。

文芸担当の新聞記者として、九二年から大江本人への取材を続ける筆者は、氏のインタビューをまとめた単行本や年譜の製作にも携わってきた。この小説家に関する大方の批評も読んできた。その上で痛感しているのは、それぞれの世代の檻に閉じこめられた私たちは、まだ誰も、この小説家の全貌を理解するには至っていない、大江作品の真価を見極めるのはこれからだということである。

一九五七年、東京大学文学部の仏文学科在学中に二十二歳でデビューした大江健三郎は、時代と共に大胆な作風の変遷を重ね、六十年間にわたって約百作の長・中・短編を発表してきた。前半は昭和の後半にあたり、作家生活三十年の記念碑となった『懐かしい年への手紙』が刊行された一九八七年には、村上春樹『ノルウェイの森』、吉本ばなな『キッチン』が同時に世に出て、日本の文学はここから大きく様変わりした。後半の三十年は平成のほぼ全体であり、出版不況、活字離れが進む中、純文学にとって厳しい局面に転じた。それでも、一貫して大江の発表する新作小説は批評家の注目の的であり続け、これほど長い間、評論や書評、研究論文に多く取り上げられてきた同時代の作家はいない。

かつて新潮社から『大江健三郎全作品』(全六巻、一九六六～六七年)、『大江健三郎全作品第Ⅱ期』(全六巻、七七～七八年)、ノーベル文学賞の受賞後には、『大江健三郎小説』(全十巻、九六～九七年)が、岩波書店からは散文を集めた『大江健三郎同時代論集』(全十巻、八〇～八一年)がそれぞれ刊行されている。代表的な長編、短編集の多くは講談社文芸文庫をはじめとする文庫版で入手することができ、『大江健三郎自選短篇』と銘打つ二〇一四年刊の岩波文庫に二十三編の短編がまとめられた際には（連作短編含む）、全収録作品に細かな加筆と修訂が施されている。だが、文芸誌に発表されたまま、単行本への再録をされなかった短編や、重版を見送られてきた長編も、初期作品を中心に少なからず存在する。

今回、講談社が発刊する『大江健三郎全小説』全十五巻には、それらを含む長編二十八作、中・短編六十六作が収録される。何より画期的なのは、一九六一年、「文學界」二月号に発表されたまま一度も再録されることのなかった「政治少年死す（セヴンティーン第二部）」が、第一回配本となるこの第三巻で初めて再録されることである。発表から実に五十七年。この見えざる抑圧の年月は、日本の社会と文学にとって非常に重い何事かを意味し続けてきた。と同時に、大江健三郎という作家を解く鍵もこの中に隠されたままだったのかもしれない。本全集の解説は、この作品から始めるしかないだろう。

まず、「セヴンティーン」が発表された一九六〇年から六一年にかけての、天皇をめぐる小説と実際に起こった事件の連鎖に触れておかねばならない。

敗戦後、五二年までの占領期間を経てこの時期まで、「天皇」を題材とした作品が通俗的な読み物も含めて相次いで書かれた。今日出海「天皇の帽子」、火野葦平「天皇組合」など、風刺的な文学作品もあった。流れは加速し、一九六〇年十一月十日発売の「中央公論」十二月号に、深沢七郎の「風流夢譚」が掲載される。皇居に「左慾」が乱入し、天皇とその家族が殺害されるという苛烈な「夢」が描かれた風刺小説だった。この前月の十月十二日には、赤尾敏率いる大日本愛国党の元党員、山口二矢《おとや》、十七歳による日本社会党の浅沼稲次郎委員長殺害事件が、東京の日比谷公会堂で起きている。山口二矢は逮捕後、十一月二日に独房で首吊り自殺。年が明け六一年二月一日、同じ元大日本愛国党員であった十七歳の少年が、中央公論社社長、嶋中鵬二宅に侵入し、手伝いの女性を刺殺。嶋中夫人は重傷を負う。いわゆる「風流夢譚」事件、あるいは嶋中事件と呼ばれる右翼テロだ。

大江健三郎の「セヴンティーン」が発表されたのは「風流夢譚」よりひと月遅い十二月発売の「文學界」六一年一月号。同号の締め切りは十一月の後半、浅沼委員長の殺害事件からひと月半後であり、原稿用紙にして百十枚を超すこの一人称の小説を構想、執筆し始めた時点でこの事件を念頭に置いていたとは考えにくい。この小説について大江は「自分の頭の中で、どんなに深く入りこんでいっても見つけることができないような人間を空想することから『セヴンティーン』を書いたんです」（「文學界」六七年七月号）と座談会の中で発言している。あらためて二〇一八年二月、大江自身に、浅沼委員長殺害事件が起きる前から発想されていた作品ではないか、と尋ねると、「そうです。経過だけ読むとモデル小説のようですけど、直接のモデルというのはありません。右翼的な宣伝、テロみたいなことを考えたり、書いたりしていた時に、そういう事件が起こってしまった。事件が起きたから小説ができたというのではなかった」と、明確な答えが返ってきた。
「おれ」は東京の進学校に通う高校二年生。浴室で自瀆に耽る十七歳の誕生日を迎えた「おれ」の語りから始まる。〈おれの体のなかの晴れわたった夏の真昼の海で黙りこんだ幸福な裸の大群集が静かに海水浴しているのがわかった。そしておれの体のなかの海に、秋の午後の冷却がおとずれた〉。ナイーブで、容姿や運動神経に劣等感を持ち、死を異様に怖れる「おれ」。父親は感情を表に出さぬ苦労人で、アメリカ風の自由主義教育を標榜する私立高校の教頭をしている。東大を卒業してテレビ局に勤務する兄は最近とみに無口で無気力で、母親の存在感は薄い。自衛隊の病院で看護婦をしている姉だけが、皇室も自衛隊も税金泥棒だと軽口を叩く「おれ」に〈左翼の人たちが狡い〉と反論を仕掛けてくる。

そんな「おれ」は十七歳の誕生日を迎えた直後に極右組織の活動と出会い、さまざまな瞬間を機に昂揚のステージは上がり、終盤では、〈十万の《左》どもに立ちむかう二十人の皇道派青年グループの最も勇敢で最も兇暴な、最も右よりのセヴンティーン〉に変貌している。〈小雨のふりそぼつ夜、女子学生が死んだ噂が混乱の大群集を一瞬静寂に戻し、ぐっしょり雨に濡れて不快と悲しみと疲労とにうちひしがれた学生たちが泣きながら黙禱していた時、おれは強姦者のオルガスムを感じ、黄金の幻影にみな殺しを誓う、唯一人の至福のセヴンティーンだった〉。

安保反対デモ騒動に巻き込まれた東大生、樺美智子が死亡した六月半ばの国会議事堂周辺の情景を想起させる記述で「セヴンティーン」第一部は終わる。皇道派を率いる逆木原国彦が、「おれ」の武道着に〈七生報国、天皇陛下万歳〉と書いてくれたとの記述があるのは、十一月二日の山口の自殺に際して報じられた、獄中の壁に残された遺書の文言を報道で知ったからだろう。

そして十二月後半に締め切りを迎えた「文學界」六一年二月号に掲載された「政治少年死す（セヴンティーン第二部）」では、先に触れた通り、六〇年十月十二日に東京の日比谷公会堂で催された自由民主党、社会党、民社党の党首の立会演説会において、壇上で演説中の社会党党首の浅沼稲次郎委員長を短刀で刺殺した大日本愛国党の元党員、山口二矢の事件にかなり近い内容になっている。二十五歳の大江は現実と自身のイマジネーションが同調したことに揺さぶられ、当初の構想よりさらに踏み込んだ「おれ」を第二部で書き進めたように思われる。警視庁、東京地検と家裁の取り調べを経て、東京少年鑑別所に移された十七歳の少年は、ずっと取り憑かれてきた死の恐怖を克服したと感じる。

〈おれは将来になにを見ていたのか？　**死だ**、私心なき者の恐怖なき死、至福の死、そして**天皇**こそは死を超え、死から恐怖の牙をもぎとり、恐怖を至福にかえて死をかざる存在なのだった！（中略）おれ個人の恐怖にみちた魂を棄てて純粋天皇の偉大な熔鉱炉のなかに跳びこむことだ、そのあとに不安なき選れたる者の恍惚がおとずれる、恒常のオルガスムがおとずれる（後略）〉

十二月発表の「セヴンティーン」に対する各新聞に掲載された文芸時評の評価は、しかし、格別高いものでも驚きに満ちたものでもなかった。江藤淳は、当時は毎月上下二回ずつ掲載されていた「朝日新聞」の文芸時評欄の下回（一九六〇年十二月二十日付）で、まず「セヴンティーン」について、〈久しぶりの快作を期待させるに十分な出来栄えである。ここで作者が展開しようとしている問題は、結局エロティシズムと政治の関係――大義名分に殉ずることがそのままエロスの頂点をきわめることになり、逆にエロスの頂点に至福をあたえるという行為が「大義」への献身に通じるというような、人間の根源にひそむ二つの衝動の相互交渉の秘儀である〉と評価した。同月、新年号各誌を見渡して、江藤が最も評価したのは上回で取り上げた里見弴の「極楽とんぼ」（「中央公論」）であり、下回で強く推しているのが三島由紀夫だった。〈大江氏が小説的に（発展と変化という時間的な要素を軸として）展開しているこの問題を、三島由紀夫氏の「憂国」（小説中央公論）は、もっぱら審美的に凝固させている。この短編はおそらく三島氏の数ある作品のなかでも秀作のひとつに数えられるものであろう〉。江藤氏は十月の同欄でも〈三島由紀夫氏「スタア」（群像）と大江健三郎氏「下降生活者」（群像）が、ともに「仮面」「ニセ物」を主題としているのはおもしろい〉と両氏を比較している。この頃、大江と三島はもちろん文壇を代表する「スタア」だったものの、敵対していたわけではなく、とりたててタブー視される作家でもなかった。タブーを求めていたのは六〇年安保闘争に揺れた時代の方だったのだろう。「セヴンティーン」と「憂国」が同じ月に発表されるとは。

しかし、翌一月、「政治少年死す」が「文學界」二月号に掲載されると、江藤は〈期待は第二部にいたってむしろ裏切られたという感が強い〉と否定する（「朝日新聞」一九六一年一月二十一日付）。それは純粋に小説に対しての不満で、〈「政治少年」は広島の平和大会になぐり込みをかけたり、講演旅行に来ていた作者自身の戯画のような青年小説家と対決したりしながら、右翼団体にもあきたらなくなって脱退し、結局私たちの記憶にまだ新しい現実の右翼少年と同じような行為をおこなって自殺する〉。〈この作品が腰砕けに終っているのは、第一部では自分の内部の「セヴンティーン」に向けられていた作者の視線が、中途から一転して浅沼事件という外側の「事件」を追いはじめたからであろう〉。さらにこんな指摘も添えられている。〈大江氏は、自分の政治的理想と自分の中の「セヴンティーン」との落差におびえはじめたのかも知れない〉。

政治的理想と個人的な性向との落差、ずれ……。その兆しならば、「セヴンティーン」より一年以上早く、五九年七月に中央公論社から出版された書き下ろし長編『われらの時代』（本全集の第一巻に収録）に遡って発見することができる。この群像劇の主役の一人であるフランス文学科の学生、南靖男は、外国人相手の娼婦である中年の情人との不毛な同棲生活に甘んじている。〈戦争の時代に若く純潔で死んだ兵隊たちを愛していた。しかし現代は戦争における果敢で暴力的な野性の死が若者の精神と肉体を祝福しなくなった時代だ、死は飼いならされた家畜になってしまった。老人も、女子大生も、若者もおなじ死を、家畜となった死を死ぬる〉と絶望する靖男は、フランスへ留学する名目で〈汚辱と猥雑とのわが母国から脱出する！〉ことを夢見ている。鬱々と始まる物語の軸は、次いで靖男の弟、十六歳の滋の加わるジャズトリオ「不幸な若者たち《アンラッキー・ヤングメン》」に移る。リーダーはドラムスの高征黒、二十歳。高は本巻収録の「叫び声」の「虎」ともつながる、それぞれ朝鮮にルーツを持つ、悲劇的で冷酷なトリックスターだ。

「不幸な若者たち」は真夏の真昼、駅前広場で五百円の報酬につられて、〈天皇こそ日本国民の唯一の独裁者！〉と叫ぶ初老の男の演説を聴く〈傭われ右翼〉となる。そのうち、〈朝鮮戦線でしこまれた男色家〉の高は、秘匿していた米軍の手榴弾を、映画鑑賞に出かけた帰りの天皇の車の前で爆発させようと持ちかける。滋らはすぐさまその計画に熱狂するが、高は内心、恐怖におののく。〈天皇を爆死させること、それはこの大地を破壊しさることのように、歴史がすべて暗い虚無に沈んでしまうようにおそろしい。それは地球が消滅して、方向も時間もない宇宙におれが一つの粒子としてただよいはじめるようなおそろしさだ。それは死よりもおそろしい〉。この作品の最後、滋も高も死に、靖男はフランスに出発できず、支援を要求するアラブ人からこう告げられる。〈少年が爆殺された場所から、あなたが北アフリカの市街戦を思いだされたというのは暗示的です。予言を含んでいます〉。

そう、ここに大きな予言が含まれていた。

その時、二十代半ばで、少年期の尻尾をいくらか残すような青年であった大江健三郎だからこそ、社会から疎外され、追い詰められる、未だ育ちきらぬ若い魂の危うさを描き出すことが可能だった。時代に焦点を合わせるように極右のテロリストになりゆく少年をジャーナリスティックに描きつつ、この作品は、本人の意図をはるかに超え、二十一世紀初頭、世界的なテロリズムの時代の到来を予言することになった。

『われらの時代』と「セヴンティーン」「政治少年死す」の全体から、まず浮かび上がるのは、性の衝動に最も突き動かされ易い年齢ともされる十七歳頃の少年が、まだ思想以前の、どれほど危うい心情で日々を生きているか、国家体制を揺さぶるテロの実行犯としてどれほど呼び込まれやすい存在であるか、ということだ。若者らが先を争うように超国家的な政治思想、一神教の教えに殉じてゆくのは、そこに約束されている精神的至福のみならず、肉体的、性的エクスタシーの瞬間を信じるがゆえのことではないのか。性と文学とテロリズムを貫く感受性、衝動を描ききろうとしたのが大江のこの二部作であり、その普遍性は半世紀以上経った今、世界中で暴発する十代の、不敵で純粋なテロリストらの心情を、極限までリアルに映し出している。

アメリカの9・11同時多発テロから幕を開けた二十一世紀。神に命を捧げるイスラムの若者らに、大江はもう一度、自分の描いた十七歳の少年の姿を見続けていただろう。「政治少年」の正体を描ききった「政治少年死す」は事態の渦中である今こそ、世界中で有効のはずだ。無期限の出版延期は作家にとって実に無念な事態だったろう。丸山眞男が「超国家主義の論理と心理」（一九四六年）で〈縦の究極的価値への直属性の意識に基づいているということから生ずる諸々の病理的現象は、日本の軍隊が殆ど模範的に示してくれた〉と述べたのは周知だが、天皇を頂点とする縦の直属性に殉じたいという欲望は、青年らが禁欲的な一神教、君主への忠誠の鋳型に嵌められてきた歴史を持つ国々でも理解を得るはずである。

ドイツ、フランスでは二〇一五年以降、相次いで「セヴンティーン」全編が翻訳出版され、これまでの大江小説の評価を一新する作品として、さまざまな観点から評価が始まっている。

このような予兆を描くことは大江健三郎以前の誰にも可能ではなかったし、以降も、誰も可能にならなくなった。一九六一年二月一日、嶋中事件が発生すると、天皇をめぐる日本の文化状況は一変したのだ。

中央公論社は、嶋中鵬二社長名で六日付の新聞各紙に〈皇室ならびに一般読者に多大の御迷惑をおかけしたことを深くお詫び致します〉とするお詫びの社告を掲載する。作者の深沢七郎は、この時期から六五年まで放浪生活に入る。大江の作品については二月七日発売の「文學界」三月号に、同誌編集長名と一月二十日の日付をもって「謹告」が掲載される。〈虚構であるとはいえ〉としつつ、その根拠となった山口氏及び関係団体に〈御迷惑を与えたことは率直に認め深くお詫びする〉とした謝罪文だった。版元の文藝春秋新社には、〈関係団体〉などからの激しい糾弾が相次いだと伝えられる。

大江健三郎は同六一年夏、「いつまでもむごたらしい死者」と題したエッセーで書いている。〈ぼくは政治青年としての素質をまったくもっていないことをこの一年、深く実感してきた。ぼくは政治を現実生活の側からうけとるよりほかの能力をもたないことをさとっている。ぼくは国会議員と話合うことに情熱をまったくかんじない。ただ、あのむごたらしい死者のイメージにつきまとわれて怒りの情念に熱くなっているのみである〉(「日本読書新聞」一九六一年六月十二日付)。六四年の夏には「戦後世代と憲法」と題した「朝日新聞」への寄稿でこう述べている。〈数年前、やはり戦後世代のひとりの少年が左翼の政治家を刺殺し、かれ自身も、自殺した。それはぼくに激甚なショックをあたえた。ぼくはこのようなタイプの戦後世代についてひとつの小説を書いた。それがどういう性質のショックであったかといえば、ぼくにとって、日々の生活の基本的なモラルのひとつである《主権在民》の感覚、主権を自分の内部に見出そうとする態度が、いまや、戦後世代すべての一般的な生活感覚とはいえなくなっていることを発見して受けたショックだった〉(同紙六四年七月十六日付)。

だが、それでは大江はなぜ、これらの論考を含む最初のエッセー集『厳粛な綱渡り』(六五年)の巻頭の文章を次のように始めているのか。

〈ずいぶん長い間ぼくは、《厳粛な綱渡り》というタイトルの詩集を刊行したいとねがってきた。それはぼくの小説家としての仕事を、現実生活とみなすとすれば、ぼくの夢の生活、ひっくりかえされた裏がわの生活の内容となるべきものだった。ところが、ぼくは二十二歳から二十九歳にいたる、足かけ八年間のあいだに、いくつかの断片をのぞけば、ただ一篇の詩を書いただけだった。ここにその詩をひいておきたいと思う。タイトルは《死亡広告》である。

純粋天皇の胎水しぶく暗黒星雲を下降する
永久運動体が憂い顔のセヴンティーンを捕獲した八時十八分
隣りの独房では幼女強制猥せつで練鑑にきた若者がかすかに
オルガスムスの呻きを聞いて涙ぐんだという、ああ、なんて
　いい……
愛しい愛しいセヴンティーン
絞死体をひきずりおろした中年男は精液の匂いをかいだとい
　う……〉

これは「政治少年死す」の最後の「9　死亡広告」と同じ文章を改行した「詩」である。公刊されぬまま宙づりになっている無念さがあったとはいえ、「文學界」の初出を読んでいない読者はこの「詩」を読んで当惑したに違いない。「性的人間」に出てくる、電車内で痴漢を犯す少年が書いているという詩の題名も「厳粛な綱渡り」であるが。

〈ぼくの夢の生活、ひっくりかえされた裏がわ〉と軽い調子で説明されている、現実と夢との分裂、江藤が先に指摘した「落差」が、ここに顔を出している。その「顔」が、今日まで大江健三郎という人物をどこか正体不明にしてきたとも言えよう。小説とエッセーにおけるこうした「ずれ」をどのように理解すればよいのだろうか？

この点について、大江が書き下ろし長編『取り替え子《チェンジリング》』を発表した直後の二〇〇〇年十二月、評論家で東大教授の小森陽一がじかに問うている。「大江さんは、憲法や民主主義の重要さを繰り返し語られてきたのですが、他方で小説を書くに至る大江少年を考えた時、その心の底には日本の超国家主義に惹きつけられる傾きがある。このあたりのつながりがどうなっているのかを、お聞きしたい」。大江と同学年の劇作家で小説家の井上ひさしと小森が大江健三郎をゲストに迎えての、座談会「昭和文学史」シリーズでこそ実現した問いである。対する大江も、二〇〇四年から「九条の会」で現行憲法擁護のための活動を共にする間柄ともなる二人に応えるため、覚悟を決めて準備したであろう回答を述べている。かなり込み入った発言だが、以下、重要と思われる部分を引用する。

〈僕には、いつもアイロニーの視点が近くにあった。アイロニーという大きい、恐ろしいものの目が自分を見ている。その気持ちを常に意識しながら、民主主義をかかげて、デモにも行っていた。ところが、小説を書いていると、そういう自分の中の複雑なものも、アイロニー的なものもふくめて、全部解放することができたんですよ」

「社会での生き方の上では、ずっと民主主義者として生きていこうとしてきた。同時に、小説はアイロニックな視点で表現して、現在まで来た。／ところが、自分でよく意識できなかったものとして、自分が超国家主義的なものに圧倒されて、頭のてっぺんまで飲み込まれてしまうのじゃないか、という惧れがあった。それはアイロニーの視点の逆です。それも根深い恐怖とともに僕は持ってきた」

「超国家主義的なものに引きずられやすい、それに強い魅力を感じる人間だということは、無意識の中に押さえ込もうとしていた。僕の戦後の視覚的な最大の経験は、一九六〇年に社会党の委員長の浅沼稲次郎という人が殺されていく、新聞の写真を見たことです。僕は、自分が信じている戦後民主主義的なものを体現している人の、肉体的なもろさを感じたわけですよ。そして、それが精神的なもろさとも関係しているんじゃないかと思った」

「三島さんの死の時にも思ったのは、戦後を生きてきて超国家主義的なものを意識的に採用して、自分で超国家主義的な人間になってしまう人間というものは、全部フェイクだと感じてきました。三島さんが、本当に超国家主義的な人間として充足して死んだとは思わないんですよ。（中略）三島さんよりずっと前に、山口二矢だけは、完全に超国家主義的な形で、天皇と自己同一化する試みをやってみせ、成功した。三島さんは、その後で同じことをやってみたけれども、うまくいかなかった」

そして大江は答えをこう締めくくっている。

〈「自分の一種政治的なものに対するアイロニーの気持ち、それから超国家主義の中で完全に天皇と自己同一化する誘惑とその不可能性。もし右翼的な超国家主義の思想に自分が入りこんでも、やはりアイロニーがあるだろうという発見です。それが僕の今までの文学生活を貫いていると思います」〉（井上ひさし、小森陽一編著『座談会昭和文学史　第六巻』二〇〇四年、集英社）

「セヴンティーン」「政治少年死す」が創作されて四十年近い年月を経た時点での作家自身の発言である。文学とは、自身の政治的主張をも徹底して批評する精神をもって初めて成立する、人間という得体の知れない存在を描く行為なのである。大江の中の超国家主義と天皇をめぐる問いは、大戦中、大江が九歳の頃に突然亡くなった父の問題と深くつながり、根を伸ばし、『われらの狂気を生き延びる道を教えよ』『みずから我が涙をぬぐいたまう日』などから二〇〇九年の『水死』まで、作者をとらえて放さない。テロへの加担をいとわぬ若者らもさまざまな作品に繰り返し姿を現す。天皇、そして父の問題については、これらを収録する第四巻（第五回配本）で改めて述べたい。

右翼団体から脅迫を受けるのみならず、左翼陣営からも痛烈な批判の矢は飛んできた。左と右、両翼に過敏になりながら、まさに「厳粛な綱渡り」を二十代後半の大江は続けねばならなかった。その頃書かれた短編を見ていくと、「スパルタ教育」（「新潮」六三年二月号）のように、新興宗教団体の写真を発表したことから脅迫電話に脅かされる、若いカメラマンと身重の妻の鬱屈した日常を描いたものもある。実生活と重ねれば、この作品の執筆の時期は長男・光の誕生の半年前にあたる。

もう一つ、「妻」と不安を共有する作品に「犬の世界」（「文學界」六四年八月号）がある。妻と二人で暮らす東京の家に、十四年間、消息不明だった「弟」を名乗る青年がやってくる。暴力団とのつながりもありそうなこの青年を「にせ弟」と見なしつつ、危険よりもむしろ痛ましさを受けとる夫婦は、彼を自宅に滞在させ、無防備なほど鷹揚に対応する。それはこの夫婦がひそかに共有する、ある不安の裏返しのようでもある。

東京の生活で暗雲の晴れた作品はないが、陽射しやユーモアに縁取られた、地方を舞台にした短編もこの時期にいくつかある。かつて行った取材旅行に着想したと思われる、北海道のオホーツク海に面した小さな町に生きる無名の青年が自分の民族の根を掘り当てて自信をつかむ「幸福な若いギリアク人」（「小説中央公論」六一年一月号）。やはり少数の民である「山の人」たちが起こす不可解な集団行動を現代の奇譚として描いた「ブラジル風のポルトガル語」（「世界」六四年二月号）などは暗くない。後者には、故郷四国の森と東京からそこへ還る「ぼく」という関係の萌芽も生じている。

広島の原爆孤児の養育をビジネスとする、珍妙でしたたかな男を造形したブラック・ジョークのような「アトミック・エイジの守護神」（「群像」六四年一月号）はアイロニーとユーモア、戦後の貧しさを抜けて高度成長期に入り始めた時代性が豊富に盛り込まれていて印象深い。自宅から出られぬ高齢男性のために、三人の学生が現代について情報を伝える奇妙なアルバイトとそのからくりを伝える「敬老週間」（「文藝春秋」六三年六月号）、同じくコントふうに同性愛の危うい遊戯を追い求める青年の一昼夜の行動を追った「ヴィリリテ」（「小説中央公論」六二年七月号）など、純文学系の雑誌以外に発表した短編には苦いユーモアが凝らされている。半世紀経つうちにこれほど社会通念は変わったのかと驚きももたらされる。

同性愛者についてのシニカルな描写は、「大人向き」（「群像」六三年五月号）も同様。東大法学部の学生らが当たり前のように共有する出世主義、エリート意識の中にいる「僕」が、四国の村に帰郷した兄の自殺や、兄同様、自分も同性愛者ではないかと不安に揺さぶられる話だが、当時、どれだけ東大法学部が信奉され、同性愛を明かすことがタブーであったか。ホモセクシュアルを生きる人間の苦悩は今なお新しく、やはりこの作家の先見性、敏感な想像力を思い知らされる。

親も家も金も持たず、絶望し、暴力と性に傾斜する疎外された少年や青年の物語を、「セヴンティーン」以後も大江は書き続けた。短編「善き人間」（「新潮」六二年十月号）の主人公は十四歳の少年。真夏の夜、海沿いの高級ホテルで犬猫の世話係として泊まり込みで働いている。大学教師、その妻、学生……。酒と気分に任せて不埒な行動をとる連中に振り回される少年は、〈早く大悪人になって三千万人も、人を殺したい〉などと、同じく不遇な被雇用者である老人に向かって口にする。「不満足」（「文學界」六二年五月号）は百枚ほどの作品だが、快作だ。定時制の高校に通う十六歳の「僕」、女の子のような「菊比古」、強姦の疑いで退学となった後も、朝鮮戦争反対のビラを米軍基地に撒く危険を冒し、あらゆる恐怖心から自由な、いつでも命を投げ出そうと身構えている二十歳の男「鳥《バード》」。この三人組が、路面電車や精神病院に乗り込みながら、ある地方都市をやみくもに逃走する。朝鮮戦争は遠い国の話ではなく、彼らの中にはあたかも戦時のような昂揚が続いている。「鳥《バード》」という名が初めてここで登場する。そして、これとほぼ同じ物語が、「鳥《バード》」を主人公とする『個人的な体験』（六四年）の中で、結末につながる重要なエピソードとして繰り返されている。何らかの実体験に基づいているとも思われる。

こうした作品を次々に発表しながら、後年、大江自身はこの時期の創作を振り返って、「二十三歳の『芽むしり仔撃ち』の後、二十七歳の『叫び声』まで、作家として自分は死んでいたと考えています」とまでこの時期の自作を否定している（前出『座談会昭和文学史　第六巻』）。ということは、長編「叫び声」（「群像」一九六二年十一月号）から何かが始まった感触があったということでもあるのだろう。

「叫び声」に登場する二十歳の大学生の「僕」と黒人の父と日系移民の母を持つ混血児の「虎」、朝鮮人の父と日本人の母の間に生まれた「呉鷹男」は、百科事典のセールスマンで同性愛者のスラヴ系アメリカ人、ダリウス・セルベゾフの家に同居している。セルベゾフに飼われる彼らは何を目的とするでもない。「僕」は理屈っぽい女子学生との交際に手を焼き、「虎」は中年の有閑夫人たちを渡り歩いては酒を浴び、呉鷹男は自分が強姦犯だという悪夢に苛まれている。それでも彼らは、建造中のヨットで航海に出るのを夢見ながら、陽気で上機嫌で融和的気分の中にあった。三人は陸の上ではセルベゾフの白いジャギュアを乗り回す。感受性に任せた無軌道な彼らの日常生活に描き込まれた風俗、地名、商品名自体が、文学作品に引用されるのは新しかっただろう。

〈鷹男と僕も、心の奥底のやわらかいところに、水栽培の球根のようなひとかたまりの感動が、ゆらゆら沈みこんでゆくのを感じていたのだった〉。セルベゾフが日本を発つ際のこんな描写など、巧まずして巧みな比喩が随所にある。ところが、第四章に至って呉鷹男は女子高生が朝鮮籍の少年に絞殺された「小松川事件」の犯人と鮮明に像を結ぶのだ。作中で描かれる呉鷹男の想念に震撼する。

〈おれは違和感なしに確実に、カッと熱くなるほど充実して、現実世界と四つに組むことができるだろう、強姦殺人という手段でなら！〉。電車の中で晴れ着を着たひと組の母と娘を一緒に強姦し、扼殺する空想のゲームに興じる呉鷹男は「怪物」という形容でも足りない。

秋山駿は、「叫び声」が七一年に文庫化された際、解説に書いている。〈この小松川事件の少年に対する関心は、ほとんど彼の出発当時から今日に至るまで執拗に続けられている。しかも、おどろくべきことには、その犯罪の像や内容が、一歩ごとに深化した姿であらわれるということだ〉。最後には畏怖をもって作者に問い返している。〈どうだろう、大江氏はこの小説を書いているとき、小説を書くということが、そのまま一つの犯行の行為のように感ぜられていたのではなかろうか？〉（秋山駿『考える兇器』七二年、冬樹社に収録）。趣旨としては、先に江藤淳が挙げた〈政治的理想と自分の中の「セヴンティーン」との落差〉の指摘と同じである。呉鷹男、この性的人間にはどこにも他者がいない。だが、それも作者大江にとっては冷静な戦略であったらしい。この作品を、同じ「小松川事件」を取材して『事件』を書いた大岡昇平から「老人的で人工的な性欲昂進」だと批判されると、大江は、〈「叫び声」の青年たちの今日の平穏な日常生活のかげにひそむ危険の芽、異常の予感を、くっきりときわだたせるための方法。かれらの赤裸の魂と、愛や友情、希望や喪失感、それに恐怖心と冒険心それらを、あきらかに表現するための方法として、ぼくは「性的なるもの」をえらんだのだった〉(「朝日新聞」六三年二月三日付)と、単行本出版に際して反論している。同時代に在ったヘンリー・ミラー、ノーマン・メイラーら米国の長編作家に学んだ政治と性と現代からの刺激も大きかっただろう。「われらの性の世界」というエッセーでも自作の意図が説明されている。

〈**性的人間**はいかなる他者とも対立せず抗争しない。かれは他者と硬く冷たい関係をもたぬばかりか、かれにとって本来、他者は存在しない。かれ自身、他のいかなる存在にとっても他者でありえない〉。対して〈政治的人間は、他者を対立者として存在させはじめることにより機能を開始する〉。

〈ぼくは現代日本の青年一般をおかしている停滞をえがきだしたいと考え、**性的イメージ**を固執することでリアリスティックな日本の青年像をつくりだすことを意図してきた。／ぼくがえがきだしたいのは停滞しているものの不幸であり、とくに停滞している青年の不幸である。そしてそれはいうまでもなく現代日本の性的人間としての青年の不幸である〉

このような「性」と「政治」の概念を念頭に一九六三年、「新潮」五月号に一挙掲載された「性的人間」を読めば、最後に「J」がはたらく行為の意味も違ってみえてくるだろうか。

二十九歳の青年Jの大きなジャガーが、湾を囲む漁村を抜けて岬の別荘へ疾走する。乗っているのはJとその妻、Jの妹、中年のカメラマン、若い詩人と俳優とジャズ・シンガー。彼らは、それぞれの度合いで酩酊しながら、Jの妻が制作を企てている「地獄」がテーマの短編映画についてのアイデアをしゃべったり、虚しく抱き合ったりしている。前衛芸術家を自任するJの妻は不感症であり、前の妻はJの同性愛的嗜好を苦に自殺していた。「性的人間」の前半は、そうした七人の間に交錯する人間関係の説明と、不埒な別荘の一夜を覗き見ていた地元の子ども、不漁の原因と考えられる「鬼」を一晩中探していた漁民らとのやりとりに終始する。映画のシナリオとして書かれたのではないか、と思われてくるほど映像的あるいはト書き的な描写が続く。Jが快楽のために催したこのサロンには、行き先も出口もなく、倦怠だけが延々とある。それが後半になると、サロンの尊大な主人だったJの性格は一変する。Jは地下鉄の中で痴漢の現行犯としてつかまりそうになっていた少年を、社会的な立場もありそうな老齢の痴漢と共謀して救ってやる。少年は言う。〈永いあいだかかってひとつの凄い詩を書こうとしているんだよ、それは《厳粛な綱渡り》という詩なんだ〉〈痴漢をテーマにした嵐のような詩なんだよ〉。男色家から痴漢へ〝転向〟したJ自身も痴漢を繰り返す。丸の内に本社を持つ鉄鋼会社を経営する父親にうながされ、今度はビジネスマンに転身し、父親の秘書としてアメリカに渡ることに決めたJ。しかしその直後、Jは〈一千万人の他人ども〉の手にあえなく捕まる。大江作品にはめずらしく、鮮烈なクライマックスのうちに幕を閉じている。

この結末を「あれがとてもいい」と評価したのが三島由紀夫だった。三島は一九六四年「群像」九月号に掲載された大江との対談「現代作家はかく考える」で、「そこらのどんなサラリーマンの心の底にもひそんでいる人間の真実だと思う。性的偏向というのは政治的偏向や社会的偏向が許されなくなった部分で出てくるものなのか、それとも政治的偏向や社会的偏向と同じ次元で代償をなすものなのか」と問いかけている。それに対して大江は、「代償をなすというより、論理的な組立があるわけです。政治的な偏向ができない人間が性的偏向に代償を求めようとするのが第一段階で、それが不可能だとさとることでより人間の真実に近づくという、そういう二段組みがあるわけですね、ぼくのフィクションの場合は」と、二部構成にした意図をここで明かしている。

「性的人間」の発表と同じ六三年、「文學界」では約七百枚に上る長編「日常生活の冒険」も続いていた。単行本の表紙に描かれたギターを弾く青年は、俳優時代の伊丹十三（三十四歳までは一三）にそっくりだ。実際、語り手を翻弄する気まぐれで悪魔的な魅力を放つ中心人物、斎木犀吉のモデルは、愛媛県立松山東高校以来の友人で、結婚した妻・ゆかりの兄である伊丹十三であるのは明らかだろう。大江の十代から二十代終わりまで最も大きな影響をもたらしたと思われる伊丹とこの作品の関係については、『取り替え子《チェンジリング》』などと共に収録される第十四巻（第七回配本）で詳しく述べる。

本巻からスタートする配本順に書き進める各巻の解説は、作者本人による自作解説、現時点からの執筆当時の回想的証言、当時の批評や書評、背後にあった同時代の社会状況と作家たちの動向、そして最新の研究成果を総動員して大江作品の本文を再読し、読解の助けとなる情報を伝えることを目指している。できればそこに、新たな評価、発見まで加えたい。今なお的を射てスリリングであり続ける批評を過去に遡って特定する作業ともなり、各巻に引用されるそれらは、昭和から平成にかけての日本の批評家、研究者の列伝ともおのずとなるだろう。

著者略歴

尾崎真理子　おざき・まりこ

一九五九年宮崎市生まれ。一九九〇年代初頭から読売新聞記者として、大江氏へのインタビューや評論執筆を続ける。『大江健三郎　作家自身を語る』（二〇〇七年）の聞き手、構成を務めた。著書に『現代日本の小説』、『ひみつの王国　評伝石井桃子』（芸術選奨文部科学大臣賞、新田次郎文学賞）、『詩人なんて呼ばれて』（谷川俊太郎氏との共著）など。二〇一六年度日本記者クラブ賞受賞。

「政治少年死す」若き大江健三郎の「厳粛な綱渡り」ある文学的時代精神の〝考古学〟

日地谷＝キルシュネライト・イルメラ

「悲しみとユーモア、残酷と慈しみ、怒りと失意、情熱と憂愁の、きわめて稀で個性的な混合」
――若き大江健三郎の文学に対する三島由紀夫の英文コメント[*1]

「恐るべき犯罪に至る以前にこの男の生涯に起きたことは、程度の差こそあれ誰もが経験することであり、この男は我々自身と少しも違わない」
――過激思想から大量殺人を犯したノルウェーのテロリストについて、同国の作家クナウスゴールが２０１３年に記した言葉[*2]

文学研究にとって、個人全集の刊行は常に特別なできごとである。それは、その作家の大御所としての地位を出版市場を通じて改めて確認するだけでなく、文学研究にとっては、出版社の入念な編集作業を経たその作家の仕事の全容を見渡す、新たな立脚点が得られることを意味する。そこから、また新たなパースペクティヴが開かれる可能性も出てくる。いずれにしても、全集の刊行は文学研究に新鮮な刺激をもたらす。これまで刊行されていなかった資料がそこに加わるとなれば、なおさらであろう。本論の主な対象は、大江健三郎の小説「政治少年死す」の研究史であるが、この作品は１９６１年２月号の「文學界」で発表されて以来、日本で再び刊行されるのはこれが初めてである。

これに先駆けドイツでは２０１５年に大江健三郎氏から出版の許可を得ることができ、ドイツ語訳を発表することが可能となった。大江健三郎という作家、とりわけその初期に関する研究はまだそれほど進んでおらず、この作品を一連の初期作品および当時の歴史的な文脈に据えて詳細に分析することが、大江の文学とその成立基盤を理解し、また戦後日本の文化、思想、政治の歴史の中でも特異な一つの時代を理解する鍵であると私は確信していた。以下は、ドイツ語で『綱渡り―若き大江健三郎』と題して出版された本に書いた、「政治少年死す」のための序とエッセイの一部が元になっている。この本は私が発行責任者となって２０１５年に日本研究書シリーズ『Iaponia Insula』第30巻（ミュンヘン iudicium 社）として刊行したものである。これを通して、このプロジェクトがどのようにドイツ語圏の読者に紹介されたのか、日本の読者にもお分かりいただければと願っている。

「政治少年死す」—ドイツ語読者のための序

現在、日本で大江健三郎ほど確固たる地位を占めている作家は他にないだろう。これまでに数々の文学賞を受賞し、1994年にはノーベル文学賞に輝き、国際的な知名度も抜群である。大江自身は自分をむしろアウトサイダーで周縁的な存在だと言っているとしても、日本の文学界や知的世界では紛れもない大きな存在であり、批判的な評者をも含めて誰も無視することのできない文学者・知識人である。大江は1990年代以降、これ以上もう小説は書かないと言い続けてきたが、総作品数はそのあとも増え続けている。また大江作品のドイツ語訳も着実に増えており、大江はドイツ語圏にきわめて忠実な読者層をもっている。

これまで大江の作品を読んできた者は、ある種のテーマが長年にわたって執拗なまでに追求され、そこにより深い新たな次元が加わっていることに気がついたであろう。大江は1957年から1963年までの初期作品で、茫然自失、失望感、行き場のないエネルギー、疎外感、自信喪失といった敗戦直後の混乱期のテーマと取り組んでいた。アウトサイダーとしての存在、アイデンティティーの追求、セックス、暴力などが当時の大江作品の中心的テーマをなし、これらが神話と実存主義的な象徴表現をまじえて語られていた。しかし、1963年に障害をもった長男が生まれると、この〝実体験〟を基にした新たな視点がそこに加わり、大江作品の中でおそらく最も知られた『個人的な体験』（1964年、ドイツ語版 *Eine persönliche Erfahrung* 1972年）に結実する。大江の作品は、一貫して個人的なものと社会的なものとが結びつけられている点に特徴があり、知的・政治的な課題、自然の破壊と保護、責任観と倫理、スピリチュアルな方向づけなどに同時代人として関わることが、今日に至るまでのその数多くの小説やエッセイなどの基調をなしている。

それにもかかわらず大江研究の現状は、日本文学の枠の中で、あるいは何らかの意味でその枠を超えた、大江作品の重みと意義に十分に対応するものではないように思われる。そろそろ、大江健三郎という作家を改めて読み直す時期なのかもしれない。そしてそのためには、大江の初期作品から入っていく以上に有効な道があるだろうか。それは、現代日本の歴史を理解する上で極めて重要な時期に踏み入ることも意味することになろう。

日本の近年の歴史にあって、政治問題などで大きく揺れた1945年から60年代ほど興味深い時期は他にないであろう。断絶と連続性の感覚、戦後のエネルギーと熱に溢れた時代の空気、その中での書籍・雑誌市場の爆発的なブーム、敗戦と再出発がもたらした幻滅と自由。そうした中で文学は中心的な役割を担い、70年代までその役割を保持していた。大江健三郎の小説家としての出発点は、まさにこの時代に置かれていたのだ。

私は過去10年ほど、ベルリン自由大学日本学科において日本精神史をテーマに美学・ファシズム・戦後・現代文学を取り上げてきたが、そのどれを対象としても行き着く先には必ず大江作品の姿が見え隠れしているのであった。そしてそれらのゼミナールの成果として、二つの論文が生まれた。いずれも、新たな資料を掘り起こし、それが投げかける問題に異なる方法で取り組み、それぞれのアプローチで初期の大江健三郎に迫るものであり、これらが本書の骨格をなしている。

このドイツ語で出版された本の第一部では、共同執筆者のクリストフ・ヘルトが、１９５８年に発表された大江の三つの作品を論じている。「飼育」、「芽むしり仔撃ち」、「見る前に跳べ」である。このうち「見る前に跳べ」は、ヘルトが論じた当時、まだ西欧のどの言語にも訳されていなかった。大江の初期作品は、戦後日本の主体の危機という文脈上にあると思われるが、それらは意味、倫理、イデオロギーなど、価値観が根本的にアンビヴァレントな時代の、深刻なアイデンティティー崩壊の問題を取り扱っている。そして、そこに生じる無秩序な歴史状況を描き出すとともに、他方では価値の危機の原因と結果を意識的かつ批判的に考察し、こうした状況から生まれる「不条理」（アルベール・カミュ）とアイデンティティーの喪失に対抗する方策を探ろうとしている。その意味で大江の初期作品は、戦後の主体に危機をもたらし、また批判的な主体性、同時にアンガージュ文学そのものを成り立たせるあの時代のアンビヴァレンツの記録としても読めるだろう。この本の第一部は、２０１２年にヘルトが提出した修士論文「アイデンティティーと危機―大江健三郎の初期作品」を書き改めたものである。

これまで偶像破壊者、挑発者、政治的モラリストとして大江が果たしてきた役割が、何年にもわたった私のゼミで繰り返し議論の的であった。大江を「政治的作家」と捉えることは可能か、もし可能だとすればその根拠は何なのか。こうした議論の中で、ひとつの作品に対する好奇心が高まっていった。その作品とは、かつてスキャンダルを引き起こし、多くの研究者から言及されてきた「政治少年死す」である。この作品は、すでに述べたように、月刊文芸誌「文學界」１９６１年２月号に発表されたもので、社会党の党首浅沼稲次郎が、１９６０年10月12日に17歳の右翼少年によって暗殺されたアクチュアルな事件に基づいている。この「政治少年死す」は、同誌前月号に発表された大江の「セヴンティーン」の第二部として書かれたもので（両者をあわせてひとつの長編「セヴンティーン」を構成する）、その作品が各種団体の憤激を買い、大江と「文學界」は過激な右翼団体から脅迫を受けるに至った。その結果、同誌の編集部は「政治少年死す」を掲載したことを謝罪した。これ以降、事情は判然としないが、この作品は選集などへの収録はもとより、書籍化されることもなかった。また「文學界」の当該号が、図書館やアーカイブで欠号になっていたり、置いてあってもこの作品のページが切り取られていたりしたケースもあった。文学史研究者の小森陽一の言葉を借りるなら、あたかも「ゴブリンたちに連れ去られ」たかのようにその姿を消した。[*3] この作品のこうした背景に触発されて、ベルリン自由大学の修士課程の院生アントン・ヴォルフは、原作とコメントを施したドイツ語訳の双方を主要部分とした修士論文を、ベルリン自由大学日本学科に提出したのである。

こうして、１９６１年に発表されてから数十年にわたり書籍化されることのなかった「政治少年死す」が再び姿を現した。しかしながら、作品の日本語オリジナルとその最初のドイツ語訳が修士論文に掲載され出版されることを大江健三郎が許可しようとは、当時の私にはまったく想像することもできなかった。それだけに、大江が私の予想に反して出版を許可してくれたおかげで、文学史・精神史の立場から大江の初期作品の研究が深められることとなり、私は心から氏に感謝している。

本書の出版にあたり、私は注解を書くと同時に、ヴォルフのドイツ語訳の徹底的な見直しを行った。それがこの本の第2部である。そして巻頭の小論において、作品の時代背景や文化史的なコンテクスト、「セヴンティーン」の第一部と第二部の相互関係、ならびに翻訳や注釈に関わる問題などを論じた。それに続けて、現段階までのクロース・リーディング（作品の詳細分析）ならびに先行研究の結果などを踏まえ、この小説の中核をなす問題を明らかにしようと試みた。一体この作品の何があれほどの問題となったのか。さまざまに異なった読みがなされる原因はどこにあるのか。現実とフィクションはどのような関係にあるのか。この小説と同時代の他の小説とに共通するものは何か。この小説の文学作品としての質を決定づけているのは何か。この作品のもつ多義的なメッセージで、作者はいったい何を意図したのか。こうした問題をそこで取り上げたが、すべてを論じ尽くしたわけではない。それでも、私なりに、大江健三郎という作家と彼を取り巻く時代の文学的・社会的な様相をさらに掘り下げるための基礎づくりはしたつもりだ。その中で、当時の大江のエッセイ集のいかにも彼らしいタイトルと同じような、大江の微妙な〝綱渡り〟を読み取ることができると思う。大江は、22歳で作家生活に入って以来、「観衆の眼のまえで、いつ首の骨を折るか分からない危険にさらされているにもかかわらず、どうしても滑稽なところのつきまとういわば厳粛な綱渡り」をするしかなかったのだ。[*4] こうして私たち読者は、文学がまだ知的・文化的生活の中心にあり、公共の議論に決定的な貢献をしていた、それほど遠くない日本の過去を目の当たりにすることができるのである。

以上が、「政治少年死す」のドイツ語訳だけでなく著者の正式な許可を得て原文も収録し、またこの小説の執筆当時の時代背景なども詳細に論じた、"*Drahtseilakte - Der junge Kenzaburō Ōe*"（＝「綱渡り　若き大江健三郎」２０１５年）のあらましである。

歴史と作品の背景

ドイツ語圏の読者のために、まず１９６０年代の初頭に日本で起きたもっとも重要な出来事、なかでも１９６０年1月に当時の岸信介首相が日米安全保障条約に署名した後、ますます激化していった左右陣営の対立について記しておこう。条約署名に続く同年5月の安保条約改定案の国会審議にあたり、特に日本社会党が激しく抵抗した。国会の外では、学生、学者、左翼政治団体、および各種の市民団体などが、ともに大衆的な抗議行動を繰り広げていた。6月には警官隊との衝突によって一人の女子学生が命を落とす。だが、こうした経過は日本の読者は周知のことなので、これ以上は述べるまでもないだろう。

そのあと10月に起きた浅沼稲次郎暗殺事件は、暗殺の瞬間をテレビが繰り返し放映し、これを目にした国民は大きな衝撃を受けた。テレビという新しいメディアによって、この暗殺事件はこれまでになく広い国民層に影響を与えたのである。これが若き大江の心を強く捉えたことは明らかで、この事件をテーマとした二つの中編小説が、ごく短期間のうちに書き上げられた。早くも翌1961年1月号の「文學界」に「セヴンティーン」が発表され、その続編の「政治少年死す」が2月号に掲載されている。

この激動の時期、反体制運動や政府打倒の熱気が日本社会を席巻していた。1960年12月には、50年代~60年代の実存主義を代表する埴谷雄高（1909―1997年）が、雑誌「中央公論」に「暗殺の美学」を発表している。しかし、より重大な結果を招いたのは、同じ号に発表された、深沢七郎（1914―1987年）の諷刺小説「風流夢譚」だった。この作品が発表されるや、激烈な議論が巻き起こった。[*5] 強い影響力を持った当時の知識人の間でも、その作品に対する意見が割れた。そこへ、浅沼事件とは別の、やはり17歳の少年が殺傷事件を引き起こした。この少年は、1961年2月1日、「中央公論」の発行人である嶋中鵬二（1923―1997年）の自宅に押しかけ、嶋中自身が不在だったため夫人をナイフで刺し重傷を負わせ、さらにお手伝いさんを殺害した。この若き暗殺犯も、浅沼暗殺事件の前まで山口二矢が属していた右翼団体大日本愛国党の元党員だった。この小説の発表以降、中央公論社に各種の団体が押しかけ、ついに同社は新聞各紙に「謝罪」を載せるに至った。また、同誌の編集長は更迭され、編集部も一新された。それでも、状況は決して沈静化したわけではない。というのも、大江の「セヴンティーン」の続編が「政治少年死す」というタイトルで「文學界」1961年2月号に掲載されたためである。この中で天皇崇拝が自慰行為と並べられていたため、過激右翼団体はこれをさらなる挑発と受け取り、浅沼事件が起きたばかりの日比谷公会堂で「赤色革命から国民を守る国民大会」を開催した。嶋中事件が起きたのは、その2日後のことであった。

大江の小説を掲載した「文學界」も、「政治少年死す」掲載の翌月の3月号で謝罪文を発表せざるを得なくなった。

それ以前から、「風流夢譚」の作者深沢七郎はこうした危険な状況ゆえに自分の生活を変えざるを得なくなる。深沢の小説はそのあと何年も出版されず、また深沢自身も田舎に引き籠もり、それから長期にわたり作家としての活動を控えることとなった。[*6] 同じように、大江もまた身に危険が迫っていることを感じた。しかし大江は筆を折らずに書き続けたが、問題となった作品「政治少年死す」は、数十年にわたって書籍化されることもなくほとんど読むことのできない状況にあった。このようにして、過激な右翼陣営は各方面で大きな成果をあげた。こうした作家や「中央公論」、「文學界」にかぎらず、他の文学書出版社もすっかり萎縮し、誰の目にも明らかな自己検閲が行われるようになった。たとえば中央公論社は、1961年12月発売の「思想の科学」1月号として天皇制特集を予定していた同社の号の発行を取りやめている。こうした結果、出版社やメディアは非公式あるいは社則によって、いわゆる「菊のタブー」と呼ばれる自己規制を行い、文芸・芸術の分野において天皇家や皇族を批判的に取り扱ったりパロディーや諷刺の対象としたりすること、さらには天皇というテーマ自体が避けられるようになっていった。[*7]

なんとも皮肉なことだが、よく知られた三島由紀夫の小説「憂国」が発表されたのは、こうした出来事の只中の1961年1月冬季号の「小説中央公論」であった。「憂国」は特異な特徴を帯びた挑発的な小説で、三島自身の監督・主演で映画化され1966年に公開されるとさらに大きな議論を巻き起こしている。この小説は、左翼的立場にある深沢の「風流夢譚」や大江の「政治少年死す」に対し、右翼の側においてこれらに「対応」するものであった。しかし、発表当時からこの作品はむしろ天皇制の諷刺を促すものではないかという声もあり、三島が右翼から嫌がらせを受けたこともあった。いずれにしても、「政治少年死す」の受け取られ方にも見られるように、1960年代初期の凝縮され錯綜した文学的・知的状況にあっては、ときおり「右翼」・「左翼」の線引きは明確でなくなっていたことも注目されよう。

［セヴンティーン］

小説「セヴンティーン」は、「文學界」1961年1月号に発表された。この作品は4章からなる中編小説で、わざと俗っぽく自分を「おれ」と呼ぶ一人の若者の内側から見た世界が語られ、「今日はおれの誕生日だった、おれは十七歳になった、セヴンティーンだ」[*8]という文で始まる。タイトルに用いられた外来語「セヴンティーン」は、この最初の文章ですでに用いられ、一種のシグナルワードの地位を与えられている。これによって、主人公が少年から大人に移行する年齢にあることが示されるだけでなく、アメリカにおける同名の若者向け雑誌を思い起こさせ、アメリカの強い影響下にあった戦後日本の生活感情をも反映していると思われる。また同時にこの外来語のタイトルは、情緒、態度、価値観などにおける愛憎半ばする感情が、この小説の各レベルにおいて強く影響していることを暗示している。

「セヴンティーン」という小説の私なりのクロース・リーディングはここまでにして、直ちにこの小説の最後に飛ばせていただこう。「セヴンティーン」の最終場面で主人公の少年は雨降りの5月の晩、「皇道派青年グループ」の隊員20名とともに「十万人の左」からなる大衆デモと対峙する。「おれは深夜の乱闘で暴れぬきながら、苦痛と恐怖の悲鳴と怒号、嘲罵の暗く激しい夜の暗黒のなかに、黄金の光輝をともなって現れる燦然たる天皇陛下を見る」[*9]。やがて、一人の女子学生が乱闘の中で死んだという知らせが激しく対峙する両陣営に達しデモ隊は歩を止めるが、その瞬間主人公は、「おれは強姦者のオルガスムを感じ、黄金の幻影にみな殺しを誓う、唯一人の至福のセヴンティーン」[*10]だと感じる。

その後に続く展開を予想させるこの言葉で、小説「セヴンティーン」は終わっている。この作品は、1960年のアクチュアルな出来事、とくに当時の政治的抗議行動と直接・間接に関連付けられながら、父親は教員で母親は主婦という東京のごく平凡な中流家庭に育った高校生が、過激な右翼団体の一員となっていく内面の過程を描いている。主人公は、そこに揺れ動き孤立する自分を受け入れてくれ、拠り所ともなり、また宗教的とも言えるイデオロギーと使命感を与えてくれる場を見出すのである。

この小説に続きがあったことは、一ヵ月後の「文學界」1961年2月号に「政治少年死す」が掲載されて初めて明らかとなった。この作品には、発表当時「セヴンティーン第二部・完」というサブタイトルが付けられていたのである。どちらの作品も完結した展開を持ち、それぞれが独立した作品として見ることもできるのだが、「政治少年死す」は前作「セヴンティーン」に直に接続する作品であり、しばしば前作内の出来事に言及され、モチーフなども前作と密接に結びついている。また著者自身がサブタイトルで「第二部」としていることからも、二つの作品を合わせてひとつの長編小説と捉えることもできるだろう。

「政治少年死す」──現段階での考察

二つの部分からなる長編小説と捉えた「セヴンティーン」は、自らに懐疑をいだき自問を繰り返す時期と、再び自分の使命を確信する時期との間を揺れ動く若い主人公の心理を内側から描いて説得力があり、たとえ再び獲得した彼の確信がいかに荒唐無稽で現実離れしており、読む者には縁遠く感じられようとも、読者はこの「愛しい」若者に、ある種のシンパシーを抱くようになっていく。しかし、この小説の最後から二行目において、感情をこめて「愛しい」と言っているのは、いったい誰なのだろうか。

小説の技法から言えば、「政治少年死す」の主人公の内側からの視野は、なによりも二つの決定的な場面で外からの叙述に取って代わられている。まず第7章において、暗殺事件が手紙の形を取って幾重にも屈折したかたちで客観的に描かれるが、そのひとつは新たな過激団体の結成を目論む皇道党の先輩、安西繁からと思われる手紙である。ビデオ、写真、当時の有名・無名の人々の反応などを伝えるこの手紙は、作中で「小さなポータブル・テレビ」に喩えられている。もうひとつは、「死亡広告」と題された最終の第9章である。最初に、主人公の詩情豊かな宇宙的視点からの幻想が、神の啓示のごとくに描き出される。そして、その直後に息を引き取ったばかりの主人公の独房と、その隣の独房へともう一度ズームインする。この場面で語っているのは、いったい誰なのだろう。ここでは、直前に自分の独房で自殺した主人公の少年と、それを察して「涙ぐむ」隣の独房の若者の視点およびアイデンティティーが、ひとつに重なり合っていくようだ。息絶える直前に主人公が発する恍惚とした最後の言葉「ああ、なんていい……」に、残響のごとくに続く「愛しい愛しいセヴンティーン」という表現は、自殺直前の主人公が「**真の右翼の魂をもっている選ばれた少年**」として完璧だった」少年と重ね合わせられていることを明らかにする。これに対して、最後の行の「絞死体をひきずりおろした中年の警官は精液の匂いをかいだという……」は、読者の視点を突然に主人公の内部世界から引き離してしまう。だが、それはその前にある、少年をほとんど神格化し深い共感を誘う表現に、これと対立するような新しい視点を付け加えるものではない。したがって、少なくとも主人公の少年に対して、アイロニーや嘲笑が向けられているわけではない。これは「作家は絶対に反政治的たりうるか?」と題した、1966年の大江自身のエッセイからも裏付けられる。

「……この小説は保守派からも進歩派からも、様ざまな種類の政治的誤解をうけたが、もっとも端的にいって、僕はこの小説のヒーローに対して、嘲弄的であったことは一瞬たりともない」[*11]

とは言え、より正確にこの作品の真意を汲み取るためには、作品の物語分析は遥か前に遡らなくてはならないだろう。ここでは、いくつかの点のみを挙げておこう。大江は「政治少年死す」において、幾度もメディアの技法、特に映画的な中断の手法を用いて他者の眼差しを取り込んでいる。すでに第3章では語り手である主人公の少年が、ヒロシマで学生活動家を向こうにまわして戦うなかで、「おれの現実は後退しおれの**映画**が始まる、暴れ者の主役おれは恐怖におびえた学生の眼の大写し……」と語る。映画のヒーローに憧れ、マーロン・ブランドを気取る主人公は、ここではまだ外部の眼と直接に対峙しているのだ。しかし、警察官は主人公の意図を理解せず、メディアはその行為の一部のみを恣意的に報道し、主人公の主体性を否定し奪いとる。主人公は、繰り返し事件の自分なりの意味づけを主張するが、皮肉にもまさに自分の存在を抹殺することによって初めて主体性を獲得し、出来事の主役になれたのだ。

この小説が展開するにつれ、内外の視点が互いに錯綜し、画然と区別しがたくなり、逆説的なことに、ついには全てが主人公の視点に収斂するように思われる瞬間が増えていく。「政治少年死す」ないし「セヴンティーン」は、若者が完全に妄想の虜となっていく過程を描いており、あたかも原理主義的テロを扱った長編小説とも読み取れ、その意味でアクチュアルな側面があると言えよう。左翼にシンパシーを抱くこともあれば、自分を非政治的と見なすこともあるこの若者は、揺れ動き偶然に支配されたその政治行動、完璧な理想社会の夢、宗教的恍惚感、自分で作り上げた抽象的な〝純粋天皇〞という観念を抱くに至る。こうした様相は、かたちを変えて21世紀の現実世界においても見受けられる。しかし、当時の大江自身の立ち位置はいったいどこにあったのか。きわめてアクチュアルであったこの素材を取り上げた作者は、いったい何を意図していたのであろうか。

第一に、左翼陣営に属すると思われていた若い作家が、右翼の若者の視点から小説を書き、しかも既に見てきたように、その主人公に自分を重ね合わせていると思われかねない内容からしても、「政治少年死す」が一種の挑発と受けとめられることは予想できたはずだ。そう考えると、大江のこの作品がしばしば、戦後文学のテーマ、なかんずく大江以上に作家としての地位を確立していた、同時代の三島由紀夫との関わりで論じられたことは驚くに当たらない。もっともこうしたアプローチは、作品そのものと直接に取り組んだ結果ではないだろう。むろん戦後の生活感情を描き出すという点では、大江と三島の小説にはテーマにおいて共通したものが明らかに認められるが、常に個人的な体験も両作家を駆り立てた動機だと主張されがちだ。たとえば大江の伝記を書いた片岡啓治は、若き大江の人格の分裂という表現を用いて、戦争が終わったとき十歳だった大江が、突然「愛国少年」から「民主主義少年」へと「新生」する課題を負わされ、人格的な分裂の事態に直面したのだとする。[*12]また福島章は、大江の作中人物たちは「父親不在の世界」に生きており、自分は「歴史の孤児」であると感じ、テロ、暴行、殺人、放火といった挑発や反道徳的行為でこれに応える。別な言い方をするなら、彼らは「行動するヒーロー」を演じるのだという。[*13]

大江自身は、執筆の10年あまり後に「政治少年死す」を振り返り、この作品を書いた中心的な動機は、天皇制にあったことを強調している。大江はすでに触れたエッセイの中で、「セヴンティーン」という作品は、日本の右翼を描いてみようという意味だけではなく、「われわれの外部と内部に、普遍的に深く存在する天皇制」[*14]を扱ったものだったと述べている。事実、この作品を起点として、1962年に発表された長編『遅れてきた青年』から、1972年の注目すべき『みずから我が涙をぬぐいたまう日』（ドイツ語訳1995年）に至る一連の作品において、主人公の家族の歴史、不在であるか死にかけている父親、内にこもり口をきかない母親などのモチーフが天皇制と絡み合い、それがますます複雑となっていく様相を描いている。大江の描くこの二極が織りなす絡み合いは、『みずから我が涙をぬぐいたまう日』でその頂点に達する。この、反復、パロディー、不条理、異化といった手法を駆使した複雑を極めた様相は、これまで多くの研究者が取り上げてきた。[*15]このように振り返って見ると、天皇制に対する批判を内包する一連の作品の出発点であった作品「セヴンティーン」の輪郭が、一層くっきりと浮かび上がってくるように思われる。

これに対し、「政治少年死す」のテクストに焦点を合わせてみると、パロディー・異化・諷刺といった手法は、この系列の他の作品にくらべ使用頻度がはるかに少なく、いずれにしても主人公の人格や世界観を相対化するほどではない。その代わりに、諷刺の矛先は様々な対象へと向けられ、そのため各方面から憤激を買う結果になったのだろう。たとえば、広島や東京の警察官あるいは刑務官などが右翼過激派の犯罪者である主人公をとくに寛大に扱い、それによって国家機関が右翼に対し心の中でシンパシーを抱いていると描かれるとなると、この方面の関係者達がそれを喜ぶはずはなかろう。また左翼知識人の描き方は、少しも英雄的でないし共感も呼ばない。また、作品に登場する南原征四郎という若い作家を、戯画化された大江自身であると見る評者さえいる。大江が左翼陣営からも敵視された原因は、恐らくこういうところにあったのだろう。ヒロシマの平和運動団体側も、自分たちの心からの平和の願いに対して礼を欠く扱いだといきり立った。また保守派や天皇家に近い層がとくに憤激したのは、作品内で天皇崇拝と自慰行為を結びつけたことであり、それが前代未聞の不敬行為と受け取られたのである。こうした〝挑発〟が憤激を呼んだ真の理由は、この小説が発するメッセージの多義性に求められるだろう。

事実、創作、文学的なるもの

世間を騒がせスキャンダルとされたアクチュアルな社会的事件を文学作品が取り上げることは、当時にあっては珍しいことではなかった。この点でも、三島由紀夫のかなりの作品は先駆的な役割を果たしていたと思われる。よく知られた例としては1950年の長編小説『青の時代』があるが、それ以上に有名なのは1956年に書かれた『金閣寺』(ドイツ語訳1961年)で、この小説は1958年に市川崑監督によって映画化されている。また1960年に出版された長編『宴のあと』(ドイツ語訳1967年)は、アクチュアルな政治的スキャンダルをあまりにも赤裸々に描いたため、三島はプライバシー侵害で訴えられ1964年に敗訴している。

大江の「政治少年死す」は裁判沙汰にはならなかったが、この暗殺事件は直前に起きたばかりの出来事であり、またメディアがこぞって写真や映像を使って大きく取り上げたこともあり、特に注目を集め物議を醸すことになった。この作品に描かれた細部の多くは、歯磨粉を水で溶き壁に指で書きつけた遺書に至るまで、自殺した暗殺犯・山口二矢についてメディアが伝えることと一致していた。またこの事件の中心人物である、右翼団体大日本愛国党総裁の赤尾敏や、暗殺された社会党党首浅沼稲次郎は、小説では名前こそ変えてあっても、世間のよく知る彼らの特徴がそのまま小説に書きこまれているため、誰を指しているかは誰の目にも明らかであった。また同様に、赤尾や浅沼が率いる政治団体の名称も変えてある。[*16] そして、この事件に関するニュースや実際の記録などが作中に用いられているため、叙述がきわめて生々しいリアリティーを得ている。たとえば、野党の党首が主人公の少年に襲われる直前に発した言葉は、日比谷公会堂の舞台上で山口に襲われる直前の浅沼委員長の言葉とほとんど同じである。また、この事件に対する世間の反応を主人公に伝える友人の手紙には、部分的には当時の日本社会で広く知られた知識人、作家、ジャーナリストの言葉が用いられている。もちろん小説である以上、誰の言葉の引用かは記されていないが、それらが誤った引用であったなら原文を書いた側から抗議が来たことだろう。また、引用されているコメントの中には、他に「某右翼結社員」あるいは「某主婦」など匿名のものがあるが、それらは大江の創作でもありうるし、新聞ないしは右翼団体機関紙などの投書欄から引用された可能性もある。少なくともそのひとつは、生々しい話し言葉で書かれており、走り書きそのものという印象を与える。

しかし部分的に用いられたこのようなコラージュの手法にもかかわらず、この小説はどこをとっても文学作品であり、決してドキュメンタリーなどでないことは疑いない。文学的な特徴や性格が、あまりにも勝っているのだ。相前後して書かれたこの二つの小説の、明らかに平行した構造、「政治少年死す」の言葉の豊かさ、驚くほど頻繁な両テクスト間の呼応関係、文学作品としての構成へのこだわりが、それを明らかに物語っている。その事実は、「政治少年死す」の冒頭にすでに読み取れる。

「夏はまさにあらわれようとしていた、空に、遠くの森に、海に、セヴンティーンのおれの肉体の内部に、夏は乾いた鋪道の地面にむかってゆるめられる消火栓からの水のように盛んに湧こうとしていた……」

早くも作品の冒頭からすでに、視覚的な描写は一般的な日本の大都市のイメージを超えている。この描写からは、水が湧き出る消火栓はもとより、日本の大都市の典型的な夏の風景は思い浮かばない。むしろニューヨークなどアメリカの大都市を連想させるものだろう。都市に住む日本の若者の内面の描写は、こうしたイメージ描写、そして西洋の文化や歴史と結びつけられて、ますます日本らしい世界を超越していく。読者はこの流れに乗って読み進むにつれてこれを追体験することになる。ここでは、そのいくつかの例とキーワードのみを挙げておこう。作品内では幾度となく魔女裁判のイメージが用いられるが、それは奇妙なことにアメリカの西部劇と結びつけられていて、ドイツなどで一般的なイメージとは異なり魔女は火刑に処せられるのでなく首吊りになる。このイメージや連想の混乱は、主人公の想像の世界が断片的な知識の寄せ集めであることを示しているのであろう。また、この若者の夢には欧米の映画、とりわけフランス映画が強い影響を及ぼしており、主人公はアラン・ドロンを思い浮かべるかと思えば、「天皇をカンヌにうつす」といった途方もない妄想を抱いたりする。また一般にも名の知られた少年鑑別所に〝煉獄〟の比喩が用いられたりしているが、この表現も日本人には縁遠い。鑑別所をこうしたメタファーで語る箇所には神話的な要素が混入し、キリスト教的世界と日本的伝説の世界がない交ぜになっているようだ。[*17]

若き主人公の内面を描いた作品世界に、これほどまでに「西洋」の事物が混入している事実は、いったい何を意味するのだろうか。そもそも主人公が自分をセヴンティーンと呼ぶことも、またアメリカのニール・セダカのヒット曲「おお！ キャロル」がライトモチーフのように用いられるのも同じ方向にあるのだろうか(ついでながら、音楽をライトモチーフのように扱う点において「セヴンティーン」は、すでに触れた『みずから我が涙をぬぐいたまう日』における「ハピイ・デイズ」を先取りしている)。魅力的な西欧文化とアメリカの生活スタイルの影響は、戦後の日本人の生活感情に深く浸透していたが、自分の生きる方向を過激な右翼団体に見いだそうとする、孤独な若者の思考や感情世界でさえその例外ではない。語り手である主人公は、本来なら同じ志を抱いて暮らす仲間達の簡素な田園生活から学び、消費中心的な生き方の残滓を自分の価値観から徹底的に洗い落とさざるをえないはずであろう。しかしながら、「政治少年死す」で描こうとしたのは「われわれの外部と内部」に「深く存在する天皇制」であると語る大江の言葉に倣って言えば、これは「われわれの外部と内部」に「深く存在する西洋的なるもの」である。あるいは、主人公がたとえ過激な道を歩もうとも捨てることのできない、強い「現代文明」志向なのである。これもまた、この小説が描き出す典型的なアンビヴァレンツであろう。

性的なもの、政治的なもの

大江の初期作品の中心的要素は、「現実逃避と自己欺瞞」の表現である「性」であったとクリストフ・ヘルトは見る。「セヴンティーン」では、主人公と周囲との問題の多い関係は、過度な自慰、暴力的な空想と暴力行為、また天皇のイメージに重なるエロティックな連想などによって表現されている。当時の日本ではまだ性器や性行為へのあからさまな言及は社会的タブーの侵犯であると見なされており、[18]それにもかかわらず性的なものと政治的なものを直接に結びつけたことが「政治少年死す」のそもそもの挑発であった。大江の初期作品を論じるにあたりヘルトは、「セヴンティーン」、「叫び声」（ドイツ語訳1962年）や「性的人間」（ドイツ語訳1963年）など性を扱った一連の作品にも目を配り、「肉体と性に関するフィジカルな真実は、アイデンティティーを決定する最後の拠り所であり、アンビヴァレントな歴史的状況にあって崩壊の危機に曝された自我の最後の隠れ場」であると見る。またヘルトによれば、神話化と同様に、性の強調は小説の戦略として二重の機能を持っている。すなわち、「文学の主体を一定のイデオロギーへの固執から解放」し、「自分自身を超える必要性」を示すことである。

政治的なるものと性的なるものとの対置が当時の大江の特徴であったが、[19]これについて大江自身がこれに関連するエッセイのなかで説明を試みている。たとえば1950年代末の日本の政治状況については、アメリカから押しつけられた安全保障条約による秩序に服従して言いなりになることに性的快感を覚え、そのために日本は「しだいに性的人間の国家となった」[20]と見る。大江はそのエッセイを通じて、一方では日本の政治的・社会的な現状に満足し妥協した日本人に対して、また他方では批判的な若い「政治的人間」を排除して体制に順応した「性的人間」に対して（その「お手本」を演じている共産党に対しても）論陣を張る。[21]これに続くエッセイ[22]においても政治と性は、ある種の態度を区別するメタファーとして用いられている。これは、必ずしも明瞭ではない漠然とした意味で、イデオロギーと本能、あるいは目的追求と適応という二元論を表すものと理解できよう。しかし、たとえそうであったとしても、否定・肯定の区分け自体も揺れ動く。そればかりか小説「政治少年死す」にあっては、この二項対立がある程度まで崩れているように思われる。逆接的なことに、この〝政治的少年〟は性的志向が極度に強い自分を、イデオロギーによって抑えることを学ぶが、また同時に自分を受け入れた過激な右翼団体から離れ、自分自身の行動の道を切り開いていく。そして最終的には、ポジティブな意味での自己の抹殺によって、「政治」（理想化された天皇像）と「性」（自慰的欲求）との融合に行きつくのである。

ホセア・ヒラタは「誘惑のディスコース」と題した論文の「マスタベーション、天皇、そして大江健三郎における昇華の言語」の章で、性を作中のアンチヒーローの現実として描こうとする大江の試みを分析し、文学作品には目新しいドラスティックで直截的な言葉遣いと生き生きとしたイメージによって、それがリアリスティックな見せかけではなく、むしろグロテスク・リアリズム的な表現であると見る。[23]またスーザン・ネイピアと同じくヒラタも、大江が文学作品でないところで示した天皇制批判や、その他の知識から容易に引き出せる、安易な政治的な読みを拒否する。しかしネイピアが、「政治少年死す」の主人公の描写に根源的なアンビヴァレンツを見て、そこに日本社会の状況に向けた大江の根本的批判の意図があったとするのに対し、ヒラタは言語化されず、また言語化不能な外部を示唆する「昇華」や「空所」といったテクストの地平を超えた特質を指摘する。[*24] アメリカの研究者アンドリュー・スクローンスはその未刊行の修士論文のなかで、こうした解釈の試みが、歴史的現実に偏り過ぎて解釈上の一貫性を欠いた読みを克服するものなのか、解釈上のジレンマから巧妙に逃れようとするものなのかと問い、「この小説は開かれた作品であり、確定不能であることがその特質であり、これが各種の読み方が共有する最小公倍数であろう」[*25]と論じている。私もこの見解に賛成である。

再び、アンビヴァレンツ、アンビギュイティー、コンテクストについて

これまで見てきたように、この作品では様々なレベルにおいてアンビギュイティーが繰り返し出現することは、多くの論者が指摘している。そしてアンビギュイティーが日本の、そして自分の創作の本質的な特徴であると大江自身が認めたのは、いかにも大江らしいのだが、何十年も後のノーベル賞受賞記念講演「あいまいな日本の私」の中であった。[*26] そこで大江のいうアンビギュイティーは、東洋と西洋の狭間に置かれた現代の日本の文化的状況、ならびに戦後に発した危機意識を指しており、それは極めて広い対象に向けられている。その一方で、この概念を大江が記念講演の中心に据えたのは、自分よりノーベル文学賞受賞者として先輩である川端康成が受賞記念講演で強調した「美しい日本」[*27]にこれを対置して、作家としての大江自身のアイデンティティーの中核を強調する意図もあったのであろう。「政治少年死す」においてアンビヴァレンツとアンビギュイティーの問題が特に強調されているのは、現実に起きた事件を扱うこの作品の本質と明らかに関わっていると思われる。この小説は、テーマや内容から見てもイデオロギー上の立場を明確に示しており、そこにはパロディーや空想などを差し挟む余地はない。おそらく読者が苛立ちを覚える原因はこの点にあるのだろう。アメリカで教えていたマサオ・ミヨシもその一人で、ミヨシは一読者として、自分の使命を果し終えた主人公が独房の孤独のなかで自由と安堵を憶えるこの小説の最後まで読み進むと、主人公に強い共感を覚える自分を見出す。ミヨシの見るところ、もはやここではテロリズム思想などとは無関係に、自分が信じ求めてきたものの真正であることこそが問題なのである。もしかすると、この作品は左右のイデオロギー問題とはまったく関わりがないのではないかとマサオ・ミヨシは言う。[*28] 日本人読者以外で同じ結論にもっとも早く到達していたのは、おそらくエドワード・サイデンステッカーであったようだ。「政治少年死す」は、なににも増して戦後日本の若者の絶望的な生きる道の模索を描きだしたものであるとサイデンステッカーは見ていた。[*29] また、マサオ・ミヨシは、突き詰めて考えるなら、作家の内にある隠された天皇崇拝を暴き出してもおか

しくないような「解消不可能なアンビヴァレンツ」がこの小説にあるとしている。[*30]

　しかしながら、すでに見たように、この小説には政治的批判のメッセージも含まれている。スクローンスの言葉を借りるなら、それは「埋め込まれた政治的メッセージ」[*31]として隠されており、注意深い読者は自分で考えるよう促される。最も分かりやすい具体例は登場人物の名前であろう。たとえば、主人公の同級生である「新東宝《シントーホー》」というニックネームがそれで、同名の「新東宝」という映画会社との象徴的結びつきにそれが示されている。[*32]映画史研究者によれば、戦後創業の「新東宝」は、天皇の役割を取り上げた歴史映画から出発し、それら広く大衆向けに製作された娯楽映画は、過激な右翼的なサブテキストを含んでいた。この「新東宝《シントーホー》」というあだ名で呼ばれる登場人物は、主人公の少年に声をかける唯一の同級生で、自分自身は過激な右翼団体などに属してはいないのだが、主人公をその方向に導き、小説の最後で主人公が自分の歩んできた道を振り返る時、その中に再び立ち現れる。そこからも見て取れるように、この新東宝《シントーホー》には、主人公の視点からは象徴的意味が与えられているのである。

　「セヴンティーン」を出発点として検討を進めると、この作品の従来の研究ですでに気づかれてはいたものの、まだ徹底的には解明されていない研究上の問題が出てくる。そのひとつは、大江自身が繰り返し問題にする創作の政治性であり、さらにまた三島と大江の小説を分かちがたく見せている複雑な関係などもそれに当たるだろう。三島は、政治的には大江とは対極的な立場にありながら自分より若い大江を高く評価しており、また10歳年下の大江にとって三島は、今日なお特別な地位を占めている。言わば三島由紀夫は、大江にとって躓きの石のごとく、未だに未消化な課題であり続けているようだ。大江は三島の没後も三島批判を繰り返し、また長編『さようなら、私の本よ！』（2005年、ドイツ語訳2008年）にいたる数多くの作品、あるいは無数のエッセイやインタビューで三島に対する強いこだわりを見せてきたが、それはこのように考えなければ理解できないであろう。

　今では、本格的な大江研究にとって、この二人の作家、あるいは両者の個々の作品の比較は避けて通れない課題である。しかしながら、残された大江からすれば三島との複雑な関係は不運と思われようが、そのような個人的な問題は別として、スーザン・ネイピアの大江研究のような重要な貢献にもかかわらず、注目すべき両者の関わりが持つ歴史的・文化社会学的な意味合いは未だに充分に検討されたとは言い難いようだ。その意味でも「政治少年死す」は、歴史的、精神史的、また文学史の枠を超えた戦後日本の文化研究・文学研究の出発点となり得る作品であろう。[*33]

未解決なまま残された問題の今後

　それにしても、当時の大江をあれほどに駆りたて、アクチュアルな暗殺事件の直後、二部からなる長編小説を書かせたものは、一体何だったのか。大江はエッセイや創作において、この問い、いや、まさにこの問いだけは、大江特有の自分へのコメント、自問、自己弁明などの形で、かなり時間の間隔をおいて繰り返し取り上げている。たとえば１９８７年の『懐かしい年への手紙』もそのひとつであり、「オナニストからテロリストへの転換」を遂げるこの少年の暗殺事件の描写にあたり、自伝ないし伝記的な身辺事情を詳細に取り上げている。[*34]またエッセイ集『厳粛な綱渡り』においても、「政治少年死す」に関係するさまざまな出来事に繰り返し言及している。しかも、最も目立つ「この本全体のための最初のノート」という前書きで、「厳粛な綱渡り」というタイトルは自分の詩集のために予定していたものだと明かしている。この詩集は、ある意味で作家の日常生活の裏側、その夢の世界を描こうと意図したものだったようだ。しかし22歳から29歳までの8年ほどの作家生活のなかで書いた詩はたった一編だけだったのだが、それをこの場で引用しておきたいと大江は書いている。それ以上の説明はないが、ここに収録された「死亡広告」と題するこの詩は、「政治少年死す」の最終章である第9章の文章とほとんど変わらない。

純粋天皇の胎水しぶく暗黒星雲を下降する
永久運動体が憂い顔のセヴンティーンを捕獲した八時十八分
隣りの独房では幼女強制猥せつで練鑑にきた若者がかすかに
オルガスムスの呻きを聞いて涙ぐんだという、ああ、なんていい……
愛しい愛しいセヴンティーン
絞死体をひきずりおろした中年男は精液の匂いをかいだという……[*35]

スキャンダルを巻き起こした「政治少年死す」がなかなか読むことのできない状況であっただけに、大江のこの「告白」はいくつかの点で注目に値する。これは、それまで書籍化されなかった作品の思い出のためなのであろうか。もっとも、大江は抜かりなくこの点には触れずにいる。第二に、この作品は未だに反発を呼び起こす可能性を秘めており、これこそが大江独自の筆法[*36]であると明確かつ挑発的に示すことが目的だったのだろうか。あるいは、１９６０年代の文化シーンでは稀に見るような挑発者でありアンファン・テリブルであった自分の役割を描いた、このエッセイ集の〝冒頭宣言〟を意図したものなのだろうか。大江はこの詩の引用に続き直ちに序論に移り、自分のエッセイは小説執筆に対する絶えざるコメントであり試行錯誤であると書く。こうしたエッセイや文学作品の中に書かれた文章の間の時間的な間隔は様々であるにしても、自らの役割は文学を通じて時代を診断する者、一種のモラリストと規定して自己像を作り上げてきた大江の足跡をそこに辿ることができるだろう。この詩を引用した理由は何であったのかという先ほどの問いは、こうして見るとさほど重要ではないであろう。おそらくこの問いに対する答えはなく、もしあったとしても、この関連においてはあまり本質的なものではあり得ないだろう。[*37]私たちが知り得て研究の出発点となるのは作品そのものであり、そこにこそ数多くの個別の問いを見出すことができるのだ。また、作家自身にとっても私たちの大江作品の理解にとっても、この作品の長期的に見た意味は、ようやく検討可能となったのである。１９９５年に雑誌「週刊金曜日」で、この作品を読めるようにしてほしいと求める記事が出たが、これは実現しなかった。[*38]また前述のスクローンスは、「政治少年死す」が書籍化されてこなかった理由として、大江は自分が「政治的作家」であると見なされるのを恐れているのではないかと推測している。[*39]いずれにしても大江研究にとって、さらなる道が開けたことは事実である。

以上が、ドイツ語版の読者のために書いた解説を、半分ほどの長さに縮めたものの日本語訳である。

ドイツ語版への反響

この本が２０１５年に出版されると、直ちにドイツ語圏各国の日刊新聞に長い記事が掲載された。国際的に評価の高いスイスの「新チューリッヒ新聞」（ＮＺＺ）は、この小説が長らく書籍化されなかったことの歴史的背景や、それを初めて他言語へ翻訳するこのプロジェクトについて、詳細なエッセイを書くよう依頼してきた。その結果、２０１５年12月10日付の同紙に「不敬罪の問題」という見出しで、文芸面の第一面すべてを使った私の論考が掲載され、そこに社会党の浅沼委員長が刺殺される瞬間を撮影した、あの有名な長尾靖の写真も載った。この写真により長尾は、１９６０年度の世界報道写真賞を授与され、またピューリッツァー賞にも輝いている。さらに他の有力日刊紙がこれに続いた。たとえばドイツの代表的新聞として知られる「フランクフルター・アルゲマイネ紙」は２０１５年12月29日付でかなり長い記事を掲載し、同紙の文芸面の主筆アンドレアス・プラットハウスが、この作品の刊行について詳細に紹介した。同氏はこの作品の刊行により、大江が「恐るべき若者」から「ノーベル賞作家」となっていく軌跡がようやく辿れるようになったと書いている。また、この作品のドイツ語訳を賞賛すると同時にその文体が時折「現代的すぎる」とも書き添えているが、他方、この本の刊行は「文学史上の一大センセーション」であると評している。そして、この本を読もうとする読者は、まず作品そのものを読み通し、そのあと前書きとして書かれた解説を読むようにと奨める。そうすることで読者は「綱渡り」の現場に立ち会い、この「極度な緊張に溢れるドラマ」の目撃者になることができると述べる。さらに、ドイツの全国紙「ディー・ヴェルト紙」の文芸批評家ウーヴェ・シュミットは、２０１６年１月30日付の紙面で、「政治少年死す」という作品は、「読む者が不安になるほど時代を超越した」、「典型的な暗殺者のプロフィール」を描き出していると書く。この作品の翻訳と文学史における位置づけを試みたイニシアティブが、「綱渡り」というタイトルで出版されたことにシュミットは大きな敬意を表し、「55年後の大発見！」と述べている。またシュミットは、「政治少年死す」は冷笑に陥ることなく、説得力ある言語表現を通して「読者を底知れない狂気」に引きずり込むことに成功しており、大江の傑作に数えられると高く評価する。また、２０１６年１月23／24日付の「ベルリーナー・ツァイトゥング」には、「敵対者の目から見た世界」という見出しで評論家アルノ・ヴィルトマンが評を書き、１９６０年10月の政治的暗殺に対する大江の素早い反応に驚きを隠さない。「即席の作品だろうか。そうかもしれない。しかし、大江はそれをあのような距離をもって、あのような共感をもって描いているのだ！　ヨーロッパの文学の中に、これと肩を並べられる作品があるかどうか私は知らない。大江健三郎は、自らの政治的敵対者を理解しようと、あらんかぎりの創造力と、同時代人に向けた豊かな想像力を総動員する。（中略）大江は、内面描写の手法を選んだが、その結果としてこの作品には、主人公に対する道徳的な断罪など初めから介在する余地がないのだ。（中略）作者は、一瞬たりとも客観的な眼差しを気にかけない。ここでは、世界を敵の目を通して見ることだけが重要だからだ」。そして、この「感動的な作品」にすっかり魅了された評者は、この作品が「アクチュアルな議論」の対象に取り上げられるよう、ドイツにおける大江作品の出版元であるS・フィッシャー社がポケットブックとして出版することを提案している。

　出版直後のドイツ語圏各国の日刊紙における反応は、ここまでにしておこう。

　このような出来事に反応するためには、もちろん文学研究はメディアより長い時間を必要とする。その意味でも、大江のこの作品の発表が、国際的な文学研究にどのように受けとめられたかは、あらためて扱いたいと考えている。ここでは、本論のはじめに述べたことをもう一度思い出していただきたい。さまざまな憶測がなされてきた作品が、とうとう書籍化されたのである。そして我々日本研究者は、原典を踏まえた確実な根拠に基づいて、大江のこの作品に文学史・精神史の側面から迫るという大きな課題をようやく果たせるようになったのだ。

　今回ようやく書籍化された「政治少年死す」を、インド系の英国人ジャーナリスト、パンカジ・ミシュラの『怒りの時代』の論考に照らして見るならば、なによりもその驚くべきアクチュアリティーが読者を魅了することだろう。ミシュラは19世紀から現在に到るまで、世界各地で暗殺やテロとして噴出してきた無数の過激行動の動機は、実行犯たちが近代化から何も得るところのない自分を歴史の敗者と見なし、その結果ナショナリズムの「救世妄想」に取り憑かれたところにあると見る。大江は、「セヴンティーン」と「政治少年死す」において、こうした犯行に到る人間の驚くべき軌跡を読者に描いて見せたのである。むろん、この作品が明らかにしてくれるのは、それに留まらない。この作品によって、この日本文学のひとりの重要な現代作家の出発点を、彼が生きてきたその時代の文脈の中で知ることができるのだ。大江健三郎という作家の重要性は、日本の文化史と現代史、そして世界の文学を視野に入れてようやく完全に明らかになってくるのである。

＊1―"… a rare and highly individual amalgam of sorrow and humour, the brutal and the gentle, the angry and the spiritless, passion and melancholy."『三島由紀夫全集』36巻、新潮社、２００３年、p.612.（原文は英語）

＊2―"Im Kopf des Massenmörders."、原文はノルウェー語。ドイツ語訳は、ドイツの日刊紙"Die Welt"２０１５年7月18日付に収録。

＊3―小森陽一『歴史認識と小説　大江健三郎論』講談社、２００２年、p.92.

＊4―大江健三郎『厳粛な綱渡り　全エッセイ集』文藝春秋新社、１９６５年、裏表紙「〈厳粛な綱渡り〉のための広告文」

＊5―「昭和文学大年表」、『昭和文学全集　別巻』小学館、１９９０年、p.795. 等を参照。

＊6―これに関しては、John Whittier Treat: *Beheaded Emperors and the Absent Figure in Contemporary Japanese Literature*, in: PMLA Vol.109, No.1 (Jan., 1994), pp.100-115. 参照。

＊7―渡部直己は、この事件を「菊のタブー」の成立に決定的な影響を与えたと見ている。渡部直己『不敬文学論序説』太田出版、１９９９年、p.139. 以下。Reika Hane: *Gewalt des Schweigens: Verletzendes Nicht-Sprechen bei Thomas Bernhard, Kōbō Abe, Ingeborg Bachmann und Kenzaburō Ōe*, Berlin, Boston: de Gruyter, 2014, p.244. からの示唆による。

＊8―大江健三郎「セヴンティーン」、『大江健三郎全作品　３』（第１期）新潮社、１９６６年、p.263.

＊9―同書、pp.303-304.

＊10―同書、p.304.

＊11―大江健三郎「作家は絶対に反政治的たりうるか?」、前掲『大江健三郎全作品　３』（第１期）p.381.

＊12―片岡啓治『大江健三郎論　精神の地獄をゆく者』立風書房、１９７３年、pp.81-86.

＊13―Susan J. Napier "*Escape from the Wasteland: Romanticism and Realism in the Fiction of Mishima Yukio and Oe Kenzaburo*", Harvard University Asia Center, 1991, p.12. から引用。

＊14―大江健三郎「作家は絶対に反政治的たりうるか?」、前掲『大江健三郎全作品　３』（第１期）p.381.

＊15―Wilson Niikuni, Michiko. (1986): *The Marginal World of Ōe Kenzaburō: A Study in Themes and Techniques*, New York: M.E. Sharpe, 1986, pp.61-82. がその代表的な例。

＊16―浅沼稲次郎が委員長をしていた「日本社会党」は「進歩党」、赤尾敏が創設した「大日本愛国党」は「皇道党」と書き換えられている。

＊17―獄中の主人公が自分の通ってきた道を、自殺する前にもう一度思い浮かべる中で、独房は「黄泉《ヨミ》の国」のような感じだとしている。だとすれば練監は煉獄なのだろうか。「古事記」などの中でも語られる黄泉という概念は日本の伝説世界のものだが、煉獄は明らかにキリスト教の考え方である。ここに神話の混交が見られる。

＊18―Hane 前掲書、p.241.

＊19―このテーマに関しては、渡辺広士「大江健三郎における政治と性」、『大江健三郎』審美社、１９７３年、pp.69-79. 黒古一夫「性、政治、天皇制」、『作家はこのようにして生まれ、大きくなった　大江健三郎伝説』河出書房新社、２００３年、pp.119-136. 参照。「政治少年死す」に関してはpp.125-132. で論じられている。

＊20―大江健三郎「われらの性の世界」、前掲『厳粛な綱渡り』pp.233-234.（『群像』１９５９年12月号初出）

＊21―Hane 前掲書、p.242.

＊22―Yasuko Claremont は、大江の他のエッセイをも検討する中で、思春期の性衝動が反社会的行動を生むとする Wilhelm Reich の理論を大江が学んだことを指摘し、それと「セヴンティーン」ならびに「政治少年死す」とを関係づけて論じている。Yasuko Claremont : *The Novels of Ōe Kenzaburō*, London u. New York: Routledge, 2009, pp.39-42.

＊23―Hosea Hirata: *Discourses of Seduction: History, Evil, Desire, and Modern Japanese Literature*, Cambridge Harvard University Asia Center, 2005, pp.137-154.

＊24―Hirata 前掲書、p.138. また１９９０年代における大江と日本の現代文学における「昇華」の概念に関しては、Susan J. Napier: *Ōe Kenzaburō and the Search for the Sublime at the End of the Twentieth Century*, in: *Ōe and Beyond: Fiction in Contemporary Japan*, Ed. by Stephen Snyder und Philip Gabriel. Honolulu: University of Hawaii Press 1999, S. 11-35. 参照。

＊25―Andrew A. Scronce の未公刊修士論文：*Oe Kenzaburo and "Seiji shonen shisu": Reconsidering the banished work,* University of Massachusetts Amherst, 2007, p.94.

＊26—大江健三郎『あいまいな日本の私』岩波新書、１９９５年、pp.1-17.

＊27—川端康成『美しい日本の私　その序説』(E.G. サイデンステッカーの英訳も所収)、講談社現代新書、１９６９年

＊28—Masao Miyoshi "*Introduction, in: Kenzaburō Ōe: Seventeen & J. Two Novels*" Translated from the Japanese by Luk Van Haute. New York, Blue Moon Books, 1996, p.xi.

＊29—Edward G Seidensticker, *The Japanese Novel and Disengagement,* in: *Journal of Contemporary History* 2, 2 (1967), p.183.

＊30—Miyoshi 前掲書、p.xiv.

＊31—Scronce 前掲論文、p.85.

＊32—兪承昌「『セヴンティーン』と浅沼事件—戦後日本の社会、文化的な変容とナショナル・アイデンティティー」、２００５年、名古屋大学『国語国文学』96号、pp.23-38. これは、スクローンスの前掲論文pp.79-84. の指摘によるもので、スクローンスは、この箇所の引用に続けて作中人物と映画会社・新東宝との関係を詳細に分析している。

＊33—これについては、１９６０—70年代の日独の文学に現れた沈黙と暴力を取りあげ、歴史的なコンテクストの中で大江の作品を詳細に論じたHane の研究を挙げておきたい。Hane 前掲書、p.208. 以下。

＊34—大江健三郎『懐かしい年への手紙』講談社、１９８７年、p.334. また小森陽一、前掲書、pp.229-306. も参照のこと。

＊35—大江健三郎「この本全体のための最初のノート」、前掲『厳粛な綱渡り』、p.11.

＊36—Hirata 前掲書、p.11. Hirata は、大江の小説において理性的な言語が限界にぶつかり、この小説の最後に現れるデモーニッシュな行為を表現するには一種の「詩的狂気」しかなかったとする。

＊37—後の２０００年になっても、大江は小森陽一や井上ひさしとの対談の中で「政治少年死す」は「自分の心の中の一番危険なところに触れた」ものと語っている。小森陽一、前掲書、p.307.

＊38—鈴木邦男「抹殺された『セヴンティーン』と『政治少年死す』の再刊を求めて」、『週刊金曜日』１９９５年３月10日号、pp.28-31. Scronce の前掲論文、p.100 の指摘による。

＊39—Scronce 前掲論文、p.102. 参照。

著者略歴

日地谷＝キルシュネライト・イルメラ
Irmela HIJIYA-KIRSCHNEREIT

一九四八年生まれ。一橋大学助教授、トリアー大学教授を経て、現ベルリン自由大学日本学科主任教授。東京のドイツ日本研究所所長およびヨーロッパ日本研究協会会長を歴任。専門は日本文学・日本文化・比較文化。『私小説・自己暴露の儀式』をはじめ著作・翻訳書多数。インゼル社『日本文庫』(全34巻）の総編者。ドイツ学術界で最も権威あるライプニッツ賞、人間文化研究機構の日本研究功労賞等を受賞。レオポルディーナ・ドイツナショナル学士院会員。

訳者略歴

上田浩二　うえだ・こうじ

一九四七年生まれ。筑波大学名誉教授。専門はドイツ文学・演劇・映画、ドイツ文化史、日独比較文化研究。『戦時下日本のドイツ人たち』(共著)をはじめとする著書、『天使の文化図鑑』などの翻訳書がある。ベルリン日独センター副事務総長、ケルン日本文化会館館長を歴任し、現ドイツ語学院ハイデルベルク学院長。

書誌一覧

セヴンティーン

「文學界」文藝春秋新社／一九六一年一月一日／第一五巻一号
『性的人間』新潮社／一九六三年六月三〇日
『われらの文学18　大江健三郎』講談社／一九六五年一一月五日
『大江健三郎全作品3（第1期）』新潮社／一九六六年一〇月三〇日
『日本の文学76　石原慎太郎　開高健　大江健三郎』中央公論社／一九六八年二月五日
『性的人間』新潮文庫／一九六八年四月二五日
『日本文学全集第Ⅱ集25　大江健三郎集』河出書房新社／一九六八年一一月三〇日
『新潮日本文学64　大江健三郎集』新潮社／一九六九年七月一二日
『現代の文学28　大江健三郎』講談社／一九七一年九月二二日
『日本の文学76　石原慎太郎　開高健　大江健三郎（アイボリーバックス）』中央公論社／一九七三年八月二〇日
『大江健三郎小説1』新潮社／一九九六年五月三〇日
『大江健三郎自選短篇』岩波文庫／二〇一四年八月一九日

政治少年死す（「セヴンティーン」第二部）

「文學界」文藝春秋新社／一九六一年二月一日／第一五巻二号

幸福な若いギリアク人

「小説中央公論」中央公論社／一九六一年一月一日／第一巻三号
『大江健三郎全作品3（第1期）』新潮社／一九六六年一〇月三〇日

不満足

「文學界」文藝春秋新社／一九六二年五月一日／第一六巻二号
『性的人間』新潮社／一九六三年六月三〇日
『大江健三郎全作品3（第1期）』新潮社／一九六六年一〇月三〇日
『現代の文学28　大江健三郎』講談社／一九七一年九月二二日
『空の怪物アグイー』新潮文庫／一九七二年三月三〇日
『大江健三郎小説2』新潮社／一九九六年七月一〇日
『空の怪物アグイー』新潮文庫（改版）／二〇〇二年九月一〇日

ヴィリリテ

「小説中央公論」中央公論社／一九六二年七月一日／第三巻三号

善き人間

「新潮」新潮社／一九六二年一〇月一日／第五九巻一〇号

叫び声

「群像」講談社／一九六二年一一月一日／第一七巻一一号
『叫び声』講談社／一九六三年一月二〇日
『叫び声』講談社ロマン・ブックス／一九六四年五月一〇日
『われらの文学18　大江健三郎』講談社／一九六五年一一月五日
『大江健三郎全作品5（第1期）』新潮社／一九六七年二月二五日
『全集現代文学の発見15　青春の屈折（下）』学藝書林／一九六八年三月一〇日
『日本文学全集第Ⅱ集25　大江健三郎集』河出書房新社／一九六八年一一月三〇日
『叫び声』講談社／一九七〇年六月一六日
『叫び声』講談社文庫／一九七一年九月一五日
『叫び声』講談社文芸文庫／一九九〇年三月一〇日

『大江健三郎小説2』新潮社／一九九六年七月一〇日

スパルタ教育

「新潮」新潮社／一九六三年二月一日／第六〇巻二号
『大江健三郎全作品3（第1期）』新潮社／一九六六年一〇月三〇日
『空の怪物アグイー』新潮文庫／一九七二年三月三〇日
『空の怪物アグイー』新潮文庫（改版）／二〇〇二年九月一〇日

性的人間

「新潮」新潮社／一九六三年五月一日／第六〇巻五号
『性的人間』新潮社／一九六三年六月三〇日
『文学選集29』講談社／一九六四年七月二五日
『われらの文学18　大江健三郎』講談社／一九六五年一一月五日
『大江健三郎全作品6（第1期）』新潮社／一九六六年四月二五日
『性的人間』新潮文庫／一九六八年四月二五日
『日本文学全集第Ⅱ集25　大江健三郎集』河出書房新社／一九六八年一一月三〇日
『新潮日本文学64　大江健三郎集』新潮社／一九六九年七月一二日
『大江健三郎小説2』新潮社／一九九六年七月一〇日

大人向き

「群像」講談社／一九六三年五月一日／第一八巻五号

敬老週間

「文藝春秋」文藝春秋新社／一九六三年六月一日／第四一巻六号
『大江健三郎全作品6（第1期）』新潮社／一九六六年四月二五日
『日本短編文学全集16　永井荷風　石川淳　大江健三郎』筑摩書房／一九六八年六月五日

『新潮日本文学64　大江健三郎集』新潮社／一九六九年七月一二日
『空の怪物アグイー』新潮文庫／一九七二年三月三〇日
『大江健三郎小説2』新潮社／一九九六年七月一〇日
『空の怪物アグイー』新潮文庫（改版）／二〇〇二年九月一〇日

アトミック・エイジの守護神

「群像」講談社／一九六四年一月一日／第一九巻一号
『文学選集30』講談社／一九六五年五月一〇日
『大江健三郎全作品6（第1期）』新潮社／一九六六年四月二五日
『日本文学全集第Ⅱ集25　大江健三郎集』河出書房新社／一九六八年一一月三〇日
『現代日本の文学47　安部公房　大江健三郎集』学習研究社／一九七〇年四月一日
『空の怪物アグイー』新潮文庫／一九七二年三月三〇日
『大江健三郎小説2』新潮社／一九九六年七月一〇日
『空の怪物アグイー』新潮文庫（改版）／二〇〇二年九月一〇日
『コレクション　戦争と文学19　ヒロシマ・ナガサキ』集英社／二〇一一年六月一〇日

ブラジル風のポルトガル語

「世界」岩波書店／一九六四年二月一日／第二一八号
『大江健三郎全作品6（第1期）』新潮社／一九六六年四月二五日
『日本文学全集第Ⅱ集25　大江健三郎集』河出書房新社／一九六八年一一月三〇日
『空の怪物アグイー』新潮文庫／一九七二年三月三〇日
『大江健三郎小説1』新潮社／一九九六年五月三〇日
『戦後短篇小説選3』岩波書店／二〇〇〇年三月一七日
『空の怪物アグイー』新潮文庫（改版）／二〇〇二年九月一〇日

犬の世界

「文學界」文藝春秋新社／一九六四年八月一日／第一八巻八号
『大江健三郎全作品6（第1期）』新潮社／一九六六年四月二五日
『日本文学全集第Ⅱ集25　大江健三郎集』河出書房新社／一九六八年一一月三〇日
『空の怪物アグイー』新潮文庫／一九七二年三月三〇日
『空の怪物アグイー』新潮文庫（改版）／二〇〇二年九月一〇日

編集付記

・各作品の底本はそれぞれ書誌一覧中の最新版としました。
・書誌一覧は森昭夫氏編『大江健三郎書誌稿（２０１６年増補版） 第二部 初出目録』を参考にしました。
・本全集では、底本をもとに著者と相談し加筆・削除を行った上、漢字・カタカナの表記を適宜修正し、さらにルビの移動・加筆・削除を行いました。
・底本にある表現で、身体障害者、知的障害者、同性愛者、屠場ほか職業差別、外国人差別、旧植民地などに関して、今日から見れば不適切ともとられかねない表現が使用されています。しかしながら作品が書かれた時代背景、および著者が差別助長の意図で使用していないことを考慮し、一部発表時のままといたしました。この点をご理解くださるようお願いいたします。

ブックデザイン　鈴木成一デザイン室
カバー原稿　『叫び声』

大江《おおえ》健三郎《けんざぶろう》全小説《ぜんしょうせつ》　3

二〇一八年七月一〇日　第一刷発行
二〇二四年九月二〇日　第二刷発行

著者　大江《おおえ》健三郎《けんざぶろう》

発行者　森田浩章

発行所　株式会社講談社
東京都文京区音羽二丁目一二−二一　郵便番号一一二−八〇〇一
電話　出版　〇三−五三九五−三五〇四
販売　〇三−五三九五−五八一七
業務　〇三−五三九五−三六一五

本文データ制作　講談社デジタル製作

印刷所　株式会社ＫＰＳプロダクツ／ＴＯＰＰＡＮ株式会社

カバー合紙　岡山紙器所

製本所　大口製本印刷株式会社

ISBN978-4-06-509000-8